Quando retirou a carta de sua caixa de correio, Kelsey não imaginava que o remetente era uma mulher falecida. O envelope creme, a caprichosa caligrafia que indicava seu nome e endereço e o carimbo postal do estado da Virgínia eram tão corriqueiros que ela simplesmente colocou a carta na pilha de correspondência sobre a velha mesa Belker, junto à janela da sala de estar, enquanto se livrava dos sapatos.

Foi até a cozinha e serviu-se de uma taça de vinho para beber vagarosamente, planejando, antes de abrir a correspondência. Não era preciso álcool para enfrentar aquela carta fina, os panfletos de propaganda, as contas e o delicioso cartão-postal enviado por uma amiga que fazia uma viagem rápida pelo Caribe.

O que a perturbou foi o envelope timbrado de seu advogado, que ela sabia conter os papéis definitivos do divórcio. Os documentos legais que mudariam seu nome, de Kelsey Monroe para Kelsey Byden novamente, o estado civil, de casada para divorciada, e o fato de deixar de ser parte de um casal para se tornar uma mulher sozinha.

Era tolice pensar nessas coisas, e ela sabia disso. Só estivera casada com Wade no mais estrito senso técnico e legal durante dois anos, quase o tempo em que tinham sido marido e mulher.

A papelada, entretanto, fazia tudo parecer tão definitivo, muito mais do que as discussões e as lágrimas, a separação, os honorários do advogado e os estratagemas legais.

"Até que a morte nos separe", pensou ela gravemente, e bebericou um gole do vinho. Que tolice. Se fosse verdade, estaria morta aos 26 anos. E ela estava viva – viva e muito bem – e de volta ao misterioso universo dos solteiros.

Kelsey estremeceu com esse pensamento.

Ocorreu-lhe que, provavelmente, Wade estaria comemorando com sua esperta e exuberante colega da agência de publicidade, com quem tivera um caso; mas, segundo suas próprias palavras para a atordoada e furiosa esposa, fora uma ligação que nada tinha a ver com ela ou com o casamento deles.

Engraçado como Kelsey não pensou dessa forma. Não acreditou ser necessário suicidar-se ou matá-lo para desfazer os laços do matrimônio, mas levaria a sério o restante de seus votos de casamento, renunciando aos que estavam no topo da lista.

Não, ela achou que a pequena e atrevida Lari, com seu corpo esculpido por ginástica aeróbica e seu sorriso de líder de torcida tinha tudo a ver com ela.

Wade não teve uma segunda chance. Sua escapulida, como ele mesmo denominara, nunca se repetiria. Kelsey mudou-se imediatamente da adorável casa em que moravam, no centro de Georgetown, deixando para trás tudo o que haviam conquistado ao longo do casamento.

Fora humilhante voltar de repente para a casa do pai e da madrasta, mas o orgulho tinha limites, tanto quanto o amor. E seu amor se apagara, como uma lâmpada, no momento em que surpreendeu Wade e Lari confortavelmente instalados na suíte do Hotel Atlanta.

"Surpresa...", relembrou ela, com um sorriso irônico. Bem, na verdade fora uma grande surpresa para os três quando ela entrou na suíte do hotel segurando a mala na mão, com a intenção tolamente romântica de passar o fim de semana com Wade durante sua viagem de negócios.

Talvez tivesse sido rigorosa, inexorável, insensível, todas as coisas de que Wade a acusara quando ela se recusou a recuar em seu pedido de divórcio. Mas Kelsey assegurou-se de que estava certa.

EDIÇÕES BESTBOLSO

Traições legítimas

Nora Roberts nasceu em Maryland, nos Estados Unidos, em 1950. O talento para criar histórias apaixonantes e irresistíveis fez com que Nora se tornasse a autora número 1 de diversas listas de best-sellers em todo o mundo. Escritora incansável, publicou mais de 200 romances e seus livros já foram traduzidos para 40 idiomas. Sua grande popularidade é resultado do enorme talento para mesclar suspense, amor e paixão em suas tramas. Em 1995, a autora criou a série Mortal, sob o pseudônimo J. D. Robb, que atualmente conta com mais de 50 títulos. Em edição de bolso estão disponíveis os livros *Traições legítimas, O testamento, Lua de sangue* e *Três destinos.*

Nora Roberts

Traições Legítimas

Tradução de
MILTON CHAVES DE ALMEIDA

1ª edição

EDIÇÕES
BestBolso

RIO DE JANEIRO – 2015

CIP-BRASIL. CATALOGAÇÃO NA PUBLICAÇÃO
SINDICATO NACIONAL DOS EDITORES DE LIVROS, RJ

Roberts, Nora, 1950-
R549t Traições legítimas / Nora Roberts; tradução Milton Chaves de Almeida. - 1ª ed.– Rio de Janeiro: BestBolso, 2015.
12 x 18 cm.

Tradução de: True Betrayals
ISBN 978-85-7799-447-2

1. Romance americano. I. Almeida, Milton Chaves de. II. Título.

CDD: 813
14-14605 CDU: 821.111(73)-3

Traições legítimas, de autoria de Nora Roberts.
Título número 401 das Edições BestBolso.
Primeira edição impressa em julho de 2015.
Texto revisado conforme o Acordo Ortográfico da Língua Portuguesa.

Título original norte-americano:
TRUE BETRAYALS

www.edicoesbestbolso.com.br

Design de capa: Luciana Gobbo com imagens iStockphotos.

Rua Argentina 171 –20921-380 – Rio de Janeiro, RJ –Tel.: 2585-2000.

Impresso no Brasil
ISBN 978-85-7799-447-2

Para Phyllis Grann e Leslie Gelbman

Tomou o restante do vinho e voltou à imaculada sala de estar do apartamento de Bethesda. Não havia uma única cadeira ou castiçal da sala ensolarada que tivesse ficado em Georgetown. Separação – foi o que ela quis e obteve. As cores suaves e os quadros que agora a circundavam eram exclusivamente seus.

Para passar o tempo, ligou o aparelho de som e colocou um CD, preenchendo a sala com a "Pathétique", de Beethoven. Havia herdado o gosto por música erudita de seu pai. Era uma das muitas coisas que partilhavam. Na verdade, partilhavam o amor pelo conhecimento em geral, e Kelsey sabia que correria o risco de se tornar uma estudante profissional antes de conseguir seu primeiro emprego sério, com a Monroe Associates.

Mesmo depois de ter começado a trabalhar, sentiu-se compelida a continuar estudando, assistia a aulas de disciplinas que variavam de antropologia à zoologia. Wade divertia-se, aparentemente intrigado com sua instabilidade, que a fazia ir de um curso para outro e trocar de emprego sucessivamente.

Kelsey demitiu-se da Monroe quando se casou com Wade. O rendimento e o salário dele permitiam-lhe não precisar trabalhar, e ela preferiu dedicar-se à reforma e à decoração da casa que haviam comprado no centro de Georgetown. Adorava cada minuto que passava raspando a tinta das paredes, lixando o assoalho, percorrendo lojas de antiguidades à procura de peças específicas para cada cômodo. Trabalhar no minúsculo pátio, esfregar e limpar os azulejos e tijolos ingleses, arrancar ervas daninhas e planejar o elegante jardim inglês proporcionavam-lhe grande prazer. Um ano depois, a casa ficara um espetáculo, testemunho de seu bom gosto, de seus esforços e de sua paciência.

Agora, entretanto, não passava de um patrimônio que fora avaliado e dividido entre eles. Ela retornou à universidade, o paraíso acadêmico capaz de afastar a realidade por algumas horas todos os dias. E trabalhava, em regime de meio expediente, na Galeria Nacional de Artes, graças a seus cursos de história da arte.

Não precisava trabalhar para ganhar dinheiro. O rendimento deixado pelo avô paterno proporcionava-lhe conforto suficiente para passar de um interesse a outro a seu bel-prazer.

Era, portanto, uma mulher independente. "Jovem", pensou, observando a pilha de correspondência, "e solteira novamente". Qualificada para fazer um pouco de tudo e muito de nada. A única coisa em que acreditava se destacar – o casamento – fora um fracasso absoluto.

Deixando escapar um suspiro, aproximou-se da mesa Belker. Tamborilou sobre o grosso envelope que o advogado enviara; seus dedos finos e longos, adestrados nas aulas de piano e de arte, dedos que sabiam digitar, cozinhar com requinte e programar um computador. Uma mão competente que um dia usara uma aliança.

Kelsey afastou o volumoso envelope, ignorando a delicada voz que se insinuava repetindo a palavra *covarde* em sua cabeça, e pegou outro, que exibia uma caligrafia estranhamente parecida com a sua. O mesmo desenho forte, rebuscado e elegante, mas talvez um pouco exagerado. Curiosa, abriu-o.

> Cara Kelsey. Imagino que você se surpreenda por receber notícias minhas.

Ela continuou a ler, o vago interesse de seus olhos transformando-se em espanto que, por fim, virou incredulidade. Então, a incredulidade se aproximou de algo semelhante ao medo. Tratava-se de um convite feito por uma mulher morta que, por acaso, era sua mãe.

Em momentos de crise, Kelsey sempre, desde suas mais remotas lembranças, recorrera a uma única pessoa. O amor e a confiança que sentia por seu pai eram a única constância em sua natureza irrequieta. Ele estava sempre ao lado dela, não apenas como um porto seguro em meio à tempestade, mas como uma mão firme na qual se amparar até a tempestade passar.

Suas memórias mais antigas o envolviam, seu rosto belo e sério, as mãos suaves, a voz infinitamente serena e paciente. Lembrou-se dele prendendo laços em seus longos cabelos lisos, escovando suas madeixas louras ao som de Bach ou Mozart. Fora ele que beijara seus machucados, que lhe ensinara a ler, a andar de bicicleta e enxugara suas lágrimas.

Ela o adorava, e se orgulhava imensamente de suas realizações como diretor da Faculdade de Língua Inglesa da Universidade de Georgetown.

Não sentiu ciúmes quando o pai se casou de novo. Aos 18 anos, ficou radiante com o fato de ele finalmente ter encontrado alguém para amar e partilhar sua vida. Kelsey reservou um lugar para Candace em sua casa e em seu coração; em segredo, orgulhou-se de sua maturidade e altruísmo ao aceitar a madrasta e um meio-irmão adolescente.

Talvez tudo tenha sido facilitado pela profunda certeza de que nada nem ninguém poderia abalar a ligação que tinha com o pai.

"Nada nem ninguém", pensava agora, exceto a mãe que ela julgava estar morta.

O choque da traição misturava-se a um ódio impassível e insensível enquanto ela forçava caminho em meio ao congestionamento de carros, na hora do rush, em direção às exuberantes e suntuosas fazendas de Potomac, Maryland. Apesar de, na pressa de sair, ter esquecido o casaco e também de ligar o aquecedor do seu Spitfire, não sentia o frio usual das noites de fevereiro. A raiva fez seu rosto corar, acrescentando matizes de rosa à tez de porcelana e centelhas aos olhos cinzentos.

Kelsey tamborilou os dedos no volante enquanto esperava o sinal abrir, ansiando pela luz verde para que pudesse correr, correr. Comprimia os lábios generosos numa linha fina, tentando manter a mente vazia.

De nada lhe adiantaria pensar naquele momento. Decididamente nada lucraria ao considerar que sua mãe estava viva, viva e morando no estado da Virgínia, a pouco menos de uma hora de carro do seu apartamento. Era melhor não pensar nisso ou Kelsey poderia acabar gritando.

Mas suas mãos começaram a tremer quando ela entrou na majestosa rua ladeada de árvores onde passara sua infância, e mais ainda quando estacionou diante da casa de três andares em estilo colonial onde crescera.

A casa parecia tão tranquila e asseada quanto uma igreja, as vidraças brilhando, as madeiras tão brancas quanto uma alma imaculada. Pequenas nuvens de fumaça espiralavam-se sobre a chaminé da lareira, e os primeiros tímidos açafrões abriam suas delicadas folhas em volta do velho olmo do jardim da frente.

A casa perfeita na vizinhança perfeita, fora o que sempre pensara. Segura, confortável, elegante, a poucos minutos da agitação e da vida cultural do D.C.* e com ares de requinte de tranquila e respeitável opulência.

Ela saltou do carro e correu em direção à porta da frente da casa, abrindo-a sem cerimônia. Nunca precisara bater à porta daquela casa. Assim que começou a andar sobre a passadeira Berber, que cobria parte do piso de lajotas brancas, Candace surgiu da sala de estar.

Ela estava, como sempre, impecavelmente vestida. A esposa perfeita de um acadêmico, usando a tradicional lã azul-marinho, os cabelos prateados e escovados para trás, exibindo o belo rosto ainda jovem e discretos brincos de pérolas.

---

*Distrito de Colúmbia, área que constitui a capital e abriga a administração central do governo dos EUA. (*N. do T.*)

– Kelsey, que surpresa agradável. Espero que possa ficar para o jantar. Vamos receber alguns convidados da faculdade, e eu poderia...

– Onde ele está? – interrompeu Kelsey.

Candace piscou, surpresa com o tom de voz que ouvira. Logo em seguida percebeu seu estado de absoluta irritação. A última coisa que precisava a uma hora da chegada de seus convidados era uma crise da enteada. Automaticamente, mudou a abordagem.

– Algo errado?

– Onde está papai?

– Você está nervosa. É Wade novamente? – Candace balançou a mão, insinuando menosprezo pelo problema. – Kelsey, divórcio não é uma coisa agradável, mas também não é o fim do mundo. Venha, sente-se um pouco.

– Não quero me sentar, Candace. Quero falar com meu pai. – Suas mãos apertavam os quadris. – Você vai me dizer onde ele está ou terei de procurá-lo?

– Oi, mana. – Channing desceu as escadas aos pulos. Tinha as mesmas belas feições maternas e uma avidez por aventuras que, segundo sua mãe, não fora herdada de ninguém. Embora tivesse apenas 14 anos quando Philip Byden se casou com Candace, seu extremo bom humor facilitou a adaptação. – O que houve? – perguntou ele.

Kelsey respirou profunda e deliberadamente, tentando controlar a vontade de gritar.

– Onde está o papai, Channing?

– O mestre está no escritório, ocupado com o livro que está escrevendo. – O rapaz ergueu as sobrancelhas, reconhecendo também os indícios de um acesso de cólera: o brilho no olhar, o rubor nas faces. Algumas vezes, ele ficava de fora para aplacar a explosão; outras, divertia-se atiçando-a.

– Ei, Kels, você não vai ficar enfurnada aqui dentro esta noite com esse bando de traças devoradoras de livros, vai? O que acha de sairmos para dançar?

Ela balançou a cabeça e irrompeu pelo corredor, na direção do escritório do pai.

– Kelsey. – A voz de Candace, forte, aborrecida, acompanhou-a. – Você precisa ser tão instável?

"Sim", pensou Kelsey enquanto abria abruptamente a porta do santuário favorito do pai. "Sim."

Ela bateu a porta com força atrás de si e deteve-se por alguns instantes sem dizer nada, pois as palavras, ávidas e aceleradas, agitavam-se em sua garganta. Philip estava sentado à sua escrivaninha de carvalho, parcialmente escondido por pilhas de livros e pastas de arquivo. Ele segurava uma caneta em uma de suas mãos ossudas. Sempre defendera a ideia de que os melhores trabalhos nascem da intimidade do *ato de escrever* e se recusava, de modo obstinado, a redigir suas obras num processador de texto no computador.

Atrás das lentes dos óculos de prata, seus olhos mostravam a expressão de coruja que sempre assumiam quando Philip se alienava da realidade à sua volta. Seu olhar se iluminou aos poucos, e ele sorriu para a filha. A luminária da escrivaninha fazia reflexos em seu cabelo curto e prateado.

– Minha menina! Chegou na hora certa para ler o rascunho de minha tese sobre Yeats. Temo ter me estendido muito de novo.

Ele parecia tão normal. Foi tudo o que ela pôde pensar. Tão perfeitamente normal, sentado ali em seu casaco de tweed e sua gravata de nó perfeito. Bonito, tranquilo, cercado por seus livros de poesia e arte.

E o mundo dela, cujo núcleo central era ele, acabara de se despedaçar.

– Ela está viva – explodiu Kelsey. – Está viva e você mentiu para mim durante toda minha vida.

Ele ficou extremamente pálido, e seus olhos afastaram-se do olhar da filha. Por um momento, uma fração de segundo, ela percebeu neles choque e medo.

– Sobre o que você está falando, Kelsey? – Mas ele sabia, e precisou de todo seu autocontrole para não comprometer suas palavras.

– Não minta mais para mim – gritou ela na direção da escrivaninha. – Não minta para mim! Ela está viva. Minha mãe está viva, e você sabia. Você sabia disso toda vez que me dizia que ela estava morta.

O pânico tomou conta de Philip.

– De onde você tirou essa ideia?

– Dela. – Tirou da bolsa a carta e completou: – Da minha mãe. Vai me contar a verdade agora?

– Posso ver a carta?

Kelsey inclinou a cabeça e o encarou. Era um olhar tão penetrante que parecia chegar até os ossos.

– Minha mãe está morta?

Ele vacilou, mantendo a mentira tão intimamente no coração quanto a própria filha. Mas sabia, embora desejasse que tudo pudesse ser diferente, que manter uma delas significava necessariamente perder a outra.

– Não. Posso ver a carta?

– É tão simples assim? – As lágrimas contra as quais vinha lutando afloraram perigosamente à superfície. – Só um não? Depois de todo esse tempo, de todas as mentiras?

"Uma única mentira", pensou ele. E nem foi tempo suficiente.

– Farei de tudo para explicar da melhor maneira possível, Kelsey. Mas eu gostaria de ver a carta.

Sem dizer uma palavra, ela lhe entregou o envelope. Depois, não podendo mais suportar olhar para o pai, virou-se para a estreita e alta janela, através da qual viu a noite engolir os últimos matizes da claridade da tarde.

A folha de papel tremia tanto nas mãos de Philip que ele foi forçado a apoiá-la sobre o tampo da escrivaninha. A caligrafia era inconfundível. Terrificante. Ele leu, cuidadosamente, palavra por palavra.

Cara Kelsey,

Imagino que você se surpreenda por receber notícias minhas. Pareceu-me insensato ou pelo menos injusto entrar em contato com você antes. Embora uma ligação pudesse ter sido mais pessoal, acho que você iria precisar de tempo para lidar com ela. Uma carta lhe permite mais opções sobre a atitude a tomar.

Devem ter lhe dito que eu morri quando você era muito pequena. De certa forma, era verdade, e eu concordei com a decisão de poupá-la. Mais de vinte anos se passaram, e você não é mais uma criança. Acredito que tenha o direito de saber que sua mãe está viva. Talvez não lhe agrade receber essa notícia. De qualquer maneira, tomei a decisão de procurá-la e não vou me arrepender disso.

Se quiser me ver ou simplesmente fazer perguntas que, acredito, merecem ser respondidas, será bem-vinda. Moro na fazenda Three Willows, próximo a Bluemont, na Virgínia. O convite está feito. Se decidir aceitá-lo, terei muito prazer em recebê-la pelo tempo que você quiser. Se não entrar em contato comigo, entenderei que não queira estabelecer nenhum relacionamento. Espero que a curiosidade que tinha quando criança a estimule pelo menos a me responder.

Um abraço,

Naomi Chadwick

Naomi. Philip fechou os olhos. Meu Deus, Naomi.

Já se haviam passado 23 anos desde a última vez que ele a vira, mas lembrava-se de tudo que dizia respeito a ela com absoluta clareza. O perfume que ela usava, lembrando florestas escuras e úmidas, a contagiante gargalhada, que sempre fazia todos rirem, a cascata de cabelos louros muito claros que lhe descia pelas costas, os olhos de mel e o corpo esbelto.

Tão nítidas eram as lembranças de Naomi que, ao abrir os olhos, acreditou vê-la à sua frente. O coração subiu-lhe abrupta e violentamente até a garganta, em parte por medo, em parte por causa do desejo longamente sufocado.

Mas era Kelsey, dando-lhe as costas, observando o horizonte à sua frente.

Como poderia ter esquecido Naomi, quando lhe bastava olhar a filha para ver a ex-esposa?, perguntou a si mesmo.

Philip levantou-se e serviu-se do uísque de uma garrafa de cristal que reservava às visitas. Ele raramente bebia qualquer coisa mais forte do que um gole de licor de amora silvestre. Agora, entretanto, precisava de algo que o ajudasse a controlar o tremor das mãos.

– O que pretende fazer? – perguntou a Kelsey.

– Ainda não decidi. – Ela continuava de costas para ele. – Minha decisão vai depender em parte do que você me contar.

Philip quis aproximar-se dela, tocar seus ombros. Mas sabia que ela não o receberia bem naquele momento. Desejou sentar-se e esconder o rosto nas mãos. Isso, porém, seria fraqueza, além de inútil.

Mais, muito mais do que isso; ele teve vontade de voltar 23 anos no tempo e fazer alguma coisa, qualquer coisa, para impedir que o destino definitivamente atropelasse sua vida.

Mas isso era impossível.

– Não é uma questão fácil, Kelsey.

– Mentiras geralmente são complicadas.

Ela se virou então, e os dedos dele, apreensivos, apertaram o cristal. Ela se parecia tanto com Naomi, os cabelos luminosos cuidadosamente despenteados, os olhos escuros, a pele sobre os maxilares proeminentes iluminada pelo rubor da paixão. Algumas mulheres alcançam o auge da beleza quando seus sentimentos estão em um ponto perigosamente crítico. Como Naomi, como sua filha.

– Foi o que você fez durante todos esses anos, não foi? – prosseguiu Kelsey. – Você mentiu para mim. Minha avó também. – Kelsey apontou para a carta sobre a escrivaninha. – Se essa carta não tivesse chegado, vocês continuariam mentindo para mim.

– Sim, enquanto eu acreditasse que era o melhor para você.

– Melhor para mim? Como poderia ser melhor para mim acreditar que minha mãe estava morta? Como uma mentira pode ser o melhor para alguém?

– Você sempre teve absoluta certeza do certo e do errado, Kelsey. É uma qualidade admirável. – Ele fez uma pausa e tomou um gole da bebida. – E aterradora. Mesmo quando criança, sua ética era inabalável; de prática difícil para os simples mortais.

Os olhos dela faiscaram. A acusação era próxima, muito próxima da que Wade lhe fizera.

– Então, a culpa foi minha – concluiu ela.

– Não. Não. – Ele fechou os olhos e esfregou o centro da testa. – Nada disso foi culpa sua, mas tudo foi por sua causa.

– Philip. – Depois de bater levemente à porta do escritório, Candace abriu-a. – Os Dorsets chegaram.

Ele forçou um penoso sorriso.

– Distraia-os, querida. Preciso de alguns minutos com Kelsey.

Candace lançou um olhar para a enteada. Um misto de desaprovação com resignação.

– Está bem. Mas não demore. A mesa está posta para sete pessoas. Kelsey, devo providenciar mais um lugar?

– Não, Candace. Obrigada. Não vou ficar.

– Tudo bem, mas não atrase muito seu pai – disse ela, fechando a porta suavemente.

Kelsey inspirou fundo, esticando a coluna.

– Ela sabe?

– Sim. Tive que contar a ela antes de nos casarmos.

– Teve que contar a ela – repetiu Kelsey. – Mas não a mim.

– Não foi uma decisão irrefletida. Nós pensamos muito. Naomi, sua avó e eu, todos achamos que seria o melhor para você. Você tinha apenas 3 anos, Kelsey. Era pouco maior do que um bebê.

– Sou adulta há algum tempo, pai. Já me casei, já me divorciei.

– Você não imagina como os anos passam depressa. – Ele se sentou novamente, segurando a taça. Convencera-se de que aquele momento jamais chegaria; que sua vida era suficientemente tranquila e estável para recair de repente num redemoinho. "Mas Naomi", pensou ele, "nunca se conformaria com uma vida tranquila."

Tampouco Kelsey. E agora era a hora da verdade.

– Já lhe contei que sua mãe foi minha aluna. Ela era bonita, jovem, vibrante. Nunca pude entender por que se interessou por mim. De fato, tudo aconteceu muito rápido. Nós nos casamos seis meses depois de nos conhecermos. Nenhum de nós dois teve tempo suficiente para compreender que éramos completamente diferentes. Morávamos em Georgetown. Ambos viemos do que poderíamos chamar de ambientes privilegiados, mas ela tinha um senso de liberdade com o qual jamais pude rivalizar. Uma impetuosidade, uma volúpia pelas pessoas, pelas coisas, pelos lugares. E, claro, por seus cavalos.

Ele bebeu outro gole, a fim de atenuar a dor da recordação.

– Acho que foram os cavalos, mais do que qualquer outra coisa, que começaram a nos separar. Depois que você nasceu, ela quis desesperadamente voltar a morar na fazenda em Virgínia. Queria que você fosse criada lá. Minhas ambições e esperanças para o futuro estavam aqui. Eu estava trabalhando na minha tese de doutorado, mas já tinha expectativas de me tornar o diretor da Faculdade de Língua Inglesa da Universidade de Georgetown. Durante algum tempo, mantivemos um acordo, e eu passava todos os fins de semana que podia na Virgínia. Não foi suficiente. É mais simples dizer-lhe que nos separamos.

"Mais seguro", pensou ele, fitando o copo de uísque. E, certamente, menos doloroso.

– Decidimos, então, nos divorciar. Ela queria que você ficasse com ela na Virgínia. Eu queria que você ficasse aqui, comigo. Eu não entendia, mas também não me importava com as pessoas que a cercavam, apostadores, jóqueis. Discutimos violentamente, e, depois, cada um contratou um advogado.

– Para obter minha custódia? – perguntou ela, fitando o pai, espantada. – Vocês disputaram minha guarda em juízo?

– Foi algo horrível, incrivelmente desprezível. Como duas pessoas que haviam se amado, que haviam criado juntos uma criança puderam se tornar inimigos mortais? É algo verdadeiramente patético da natureza humana. – Ele ergueu o olhar novamente, encarando-a, afinal. – Não me orgulho disso, Kelsey, mas eu acreditava do fundo do meu coração que você me pertencia. Ela já estava saindo com outros homens. Corria o boato de que um deles tinha ligações com o crime organizado. Uma mulher como Naomi sempre atrai muitos homens. Era como se ela os exibisse, assim como as festas e seu estilo de vida, para desafiar a mim e ao mundo no sentido de condená-la por fazer o que bem entendesse.

– E você ganhou – disse Kelsey serenamente. – Você ganhou a causa e minha guarda, e então decidiu me dizer que ela havia morrido. – Deu-lhe as costas novamente, voltando-se para a janela e encarando a noite. Vislumbrava na vidraça o fantasma de si mesma. – As pessoas já se divorciavam na década de 1970. As crianças sobreviviam; havia visitas. Eu deveria ter tido permissão para vê-la.

– Ela não queria que você a visse. Nem eu.

– Por quê? Porque ela fugiu com outro homem?

– Não. – Philip pousou cuidadosamente o copo sobre um descanso de prata. – Porque ela matou um deles. Porque passou dez anos na prisão acusada de assassinato.

Kelsey virou-se devagar, bem devagar, porque o ar pareceu-lhe subitamente carregado.

– Assassinato. Você está dizendo que minha mãe é uma assassina?

– Gostaria de nunca ter precisado lhe contar isso. – Ele se levantou, com a plena certeza de poder ouvir o ranger de seus ossos no absoluto silêncio do escritório. – Você estava comigo. Dou graças a Deus por você ter estado comigo em vez de na fazenda na noite do crime. Ela atirou no amante. Ele se chamava Alec Bradley. Estavam no quarto dela, discutiram, e ela pegou a arma na gaveta da mesa de cabeceira e o matou. Naomi estava com 26 anos, a mesma idade que você tem agora. Foi julgada e condenada por homicídio culposo. A última vez que a vi, ela estava na prisão. Disse que preferia que você acreditasse que ela estava morta. Jurou que não entraria em contato com você se eu concordasse e manteve a palavra, até agora.

– Não consigo entender. – Atordoada, Kelsey levou as mãos ao rosto, pressionando os dedos sobre os olhos.

– Eu a teria poupado disso tudo. – Philip segurou gentilmente seus pulsos, baixando-lhe as mãos para ver seu rosto. – Se ter tentado preservá-la foi um erro, então eu errei, mas não lhe pedirei desculpas. Amo você, Kelsey. Você é minha própria vida. Não me odeie por isso.

– Não, eu não o odeio. – Como de hábito, ela apoiou a cabeça no ombro dele, descansando do turbilhão de ideias e imagens de sua mente. – Preciso pensar. Tudo parece tão impossível. Eu nem me lembro dela, papai.

– Você era muito pequena – murmurou ele, fortalecido pelo alívio. – É impressionante, mas posso garantir-lhe que você se parece muito com ela; e que era uma mulher vibrante e fascinante, apesar dos seus defeitos.

"Um crime violento é um deles", pensou Kelsey.

– Tenho tantas perguntas a fazer, mas não sei por onde começar.

– Por que não fica aqui esta noite? Logo que eu puder, voltaremos a conversar.

Era tentadora a sugestão; refugiar-se na segura intimidade de seu velho quarto, deixar seu pai aplacar a dor das mágoas e dúvidas, como ele sempre fizera.

– Não, preciso voltar para casa. – Ela se afastou dele para não fraquejar. – Preciso ficar sozinha por algum tempo. E Candace já está aborrecida comigo por mantê-lo longe dos convidados.

– Ela vai entender.

– Claro que sim. É melhor você ir. Acho que vou sair pelos fundos. Prefiro não encontrar ninguém agora.

O rubor da emoção desaparecera de seu rosto, ele notou, devolvendo-lhe a palidez e a delicadeza da pele.

– Kelsey, eu gostaria que você ficasse.

– Estou bem, acredite. Tudo o que preciso é assimilar o que aconteceu. Conversaremos depois. Vá ver seus convidados agora e falaremos sobre isso depois.

Ela o beijou, tanto em sinal de perdão como para apressá-lo. Assim que ficou sozinha, Kelsey caminhou até a escrivaninha e encarou a carta.

Alguns minutos depois, dobrou-a e guardou-a novamente na bolsa.

Fora um dia infernal, pensou ela. Tinha perdido o marido, mas havia recuperado a mãe.

2

Às vezes é melhor deixar-se levar pelos próprios impulsos. "Talvez não seja o melhor", ponderou Kelsey enquanto dirigia em direção ao oeste, ao longo da Rota 7, percorrendo as colinas da Virgínia. "Mas certamente é satisfatório."

Talvez tivesse sido mais sensato voltar a conversar com o pai. Ganhar tempo para avaliar os fatos. Mas era muito mais eficaz simplesmente entrar no carro e ir até a fazenda Three Willows enfrentar a mulher que se passara por morta durante duas décadas.

"Minha mãe", pensou Kelsey. "A assassina."

Para se desvencilhar dessa ideia, Kelsey aumentou o volume do rádio, de forma que Rachmaninoff ecoasse através da janela entreaberta. Era um belo dia para um passeio de carro. Foi o que argumentou para si mesma ao sair apressadamente de seu solitário apartamento naquela manhã. Não admitira o rumo que pretendia tomar, embora tivesse consultado um mapa para descobrir o melhor caminho até Bluemont.

Ninguém sabia que ela estava indo para lá. Ninguém saberia para onde ela teria ido.

Havia algo de libertador nisso. Ela pisou mais intensamente no acelerador, deleitando-se com a velocidade, o assobio do vento atravessando as janelas, a força da música. Podia ir a qualquer lugar, fazer qualquer coisa. Não tinha a quem prestar contas, nem ninguém para questionar. Era ela quem tinha todas as perguntas agora.

Talvez tenha se vestido com mais cuidado do que o exigido para uma simples viagem ao campo. Era orgulho. O tom de pêssego de sua jaqueta de seda e de sua calça era perfeito para ela, realçando seu corpo esguio.

Afinal, qualquer mulher que estivesse prestes a se encontrar com a mãe pela primeira vez depois de se ter tornado adulta iria querer impressioná-la. Havia feito no cabelo uma elegante trança e demorado mais do que o normal para se maquiar e escolher os acessórios.

Os preparativos lhe haviam acalmado, mas estava começando a ficar nervosa novamente à medida que se aproximava de Bluemont.

"Posso mudar de ideia", pensou Kelsey quando parou o carro em frente a uma mercearia. Pedir orientação de como chegar à fazenda Three Willows não significava que devesse segui-la. Poderia, se quisesse, simplesmente dar meia-volta e retornar a Maryland.

Ou poderia simplesmente seguir em frente. Atravessar a Virgínia, na direção dos dois estados da Carolina. Poderia rumar para o oeste, ou para o leste, em direção ao litoral. Uma de suas maiores satisfações era pegar o carro e dirigir para onde lhe desse vontade. Passara um impulsivo fim de semana num hotelzinho encantador logo depois de ter se separado de Wade.

"Bem que poderia voltar lá agora", devaneou. Um telefonema para o trabalho, uma rápida passagem por alguma loja no caminho, e estaria pronta.

Não seria uma fuga, mas uma simples saída.

Por que, então, parecia tanto uma fuga?

A pequena mercearia era tão abarrotada de prateleiras e de caixas, e tinha as paredes tão cheias de ferramentas, que os três fregueses daquele momento formavam uma multidão. O velho atrás do balcão tinha, próximo ao cotovelo, um cinzeiro repleto de guimbas, a cabeça tão calva e lustrosa quanto uma moeda nova em folha, e um cigarro recém-aceso pendurado num dos cantos da boca. Seus olhos semicerrados se fixaram em Kelsey através de uma nuvem de fumaça.

– Por favor, poderia informar como chego à fazenda Three Willows?

Ele a encarou por mais alguns instantes, seus olhos avermelhados pela fumaça, semicerrando-se por simples especulação.

– Por acaso está procurando a Sra. Naomi?

Inconscientemente, Kelsey tomou emprestado um dos olhares de sua avó, justo o que colocava o interlocutor definitivamente em seu devido lugar.

– Estou procurando a fazenda Three Willows. Creio que seja por aqui.

– Oh, sim, é – confirmou ele, sorrindo, e seu cigarro, desafiando a lei da gravidade, manteve-se no canto da boca. –

Bem, é só seguir por esta estrada, digamos, por cerca de 3 quilômetros. Então vai encontrar uma cerca, uma cerca branca. Dobre à esquerda pegue a Chadwick Road e siga em frente por mais ou menos 8 quilômetros. Vai passar por Longshot e seguir em frente. Um pouco mais adiante vai ver um grande portão de ferro forjado com um nome inscrito nas folhas. Não há como errar. Depois disso, na primeira curva, vai ver duas pilastras de pedra, cada uma com um cavalo empinado. É Three Willows.

– Obrigada.

Ele tragou o cigarro e soltou a fumaça.

– Seu sobrenome por acaso é Chadwick?

– Não, não é. – Kelsey saiu da loja, deixando a porta balançar atrás de si. Sentia o olhar do comerciante seguindo seus movimentos até o momento em que entrou no carro e pegou a estrada.

Compreensível, supôs. Era uma cidade pequena, e ela era uma estranha. Apesar disso, não gostou do jeito como ele a olhou demoradamente.

Avistou a cerca branca e dobrou à esquerda, saindo da cidade. A distância entre as casas aumentava à medida que ela avançava, contornando as colinas não totalmente envolvidas pela atmosfera cinza do inverno nem pelo verde da primavera. Cavalos pastavam, as crinas eriçadas pela brisa. Éguas, ainda com os pelos densos do inverno, mordiscavam ramagens de árvores, e seus filhotes saltitavam alegremente por perto, sobre as pernas longas e roliças. Aqui e ali um pedaço de terra lavrada para o plantio da primavera, quadrados de fértil solo marrom, cortando o verde.

Kelsey reduziu a velocidade ao se aproximar de Longshot. Não era uma estrada, como supusera, mas uma fazenda. O portão de ferro, arredondado, exibia o nome da propriedade e permitiu-lhe ver a longa curva do caminho de pedra que se estendia até a frente de uma casa de cedro e pedras no topo da colina. "Encantadora", pensou ela. "Imponente. Os vários pavimentos e sacadas deveriam proporcionar uma vista ampla e deslumbrante."

O caminho era ladeado de olmos que pareciam mais velhos e tradicionais do que a casa, arrogantemente moderna, embora plantada no alto da colina com orgulho territorial.

Kelsey deteve-se ali por algum tempo. Não que estivesse particularmente interessada na arquitetura ou na paisagem, por mais atraentes que fossem. Sabia que se prosseguisse por aquela estrada, não teria mais como voltar.

"Longshot",* considerou ela, "era o ponto decisivo, sem volta." Aliás, ironicamente apropriado. Fechando os olhos, procurou acalmar-se. Tratava-se de algo que deveria ser feito de modo frio e pragmático. Não seria um encontro em que ela se lançaria, chorando, nos braços da mãe que estivera ausente por tanto tempo.

Eram desconhecidas que precisavam decidir se permaneceriam assim. Não, corrigiu-se Kelsey. *Ela* iria decidir se continuariam ou não desconhecidas. Estava ali à procura de respostas, não de amor; nem mesmo de justificativas.

E não as conseguiria, Kelsey observou, se não seguisse em frente e fizesse as perguntas.

Nunca fora covarde; podia acrescentar isso à sua lista de vaidades, pensou ela, ligando o carro novamente.

Mas percebeu que suas mãos estavam frias quando segurou o volante, ao passar por entre as duas pilastras que sustentavam os cavalos empinados, quando entrando no caminho de cascalho que conduzia à casa de sua mãe.

No verão, a casa certamente deveria receber a sombra dos três graciosos salgueiros que lhe emprestavam o nome. Agora, entretanto, seus galhos arqueados estavam apenas tocados

*Em inglês, um tiro no escuro, algo com poucas chances de acontecer. (*N. do E.*)

pelo tenro verde da primavera que se aproximava. Kelsey pôde ver, por entre os galhos, as brancas colunas dóricas erguendo-se na ampla varanda, as curvas sutis da casa de três andares em estilo rural. "Feminina", pensou ela, "quase suntuosa, e tão graciosa e imponente quanto a época que celebrava."

Havia jardins que, ela imaginou, explodiriam em cores em poucas semanas. Podia imaginar facilmente o zumbido das abelhas e o chilreio dos pássaros, e até mesmo o inebriante perfume de glicínias e lilases.

Ergueu instintivamente o olhar em direção às janelas superiores. "Em que quarto?", perguntou-se. "Em que quarto havia ocorrido a cena do crime?"

Kelsey sentiu um calafrio percorrer-lhe a espinha quando parou o carro. Embora pretendesse encaminhar-se diretamente para a porta da frente e bater, estava agora dirigindo-se para um pátio lateral de pedras, limitado por grandes portas corrediças envidraçadas.

De onde estava, podia ver as construções anexas da propriedade. Galpões bem cuidados, um estábulo quase tão imponente quanto a própria casa. Mais adiante, na curva das colinas, alguns cavalos pastando e o brilho do sol refletido na água.

De repente, outra cena invadiu seu campo de visão. Havia abelhas zumbindo e pássaros cantando. O sol estava quente e brilhava intensamente, e ela pôde sentir o cheiro de rosas, um perfume forte e doce. Alguém ria e a levantava, levantava, até que ela sentisse a forte segurança do dorso de um cavalo sob suas pernas.

Com um breve grito de pânico, Kelsey levou uma das mãos à boca. Ela não se lembrava daquele lugar. Não se lembrava. Aquilo era apenas fruto de sua imaginação. Só isso. Imaginação e tensão.

Mas ela podia jurar que ouvira aquela risada, sua rebelde e livre sedução.

Abraçou o próprio corpo, buscando aquecer-se, e deu um passo atrás. "Preciso do casaco", pensou Kelsey. Tinha que pegá-lo no carro. Então, viu um homem e uma mulher contornando a lateral da casa, de braços dados.

Eles eram tão belos parados sob a nesga de luz do sol que por um momento Kelsey pensou que os estivesse imaginando também.

O homem era alto, com um pouco mais de 1,80 metro, e tinha a elegância que certos homens parecem trazer de berço. Seu cabelo escuro, despenteado pelo vento, encaracolava-se sobre o colarinho de sua desbotada camisa de cambraia. Kelsey observou seus olhos, profunda e radiosamente azuis, sobressaindo no rosto sombreado por feições angulosas e momentaneamente arregalados pela provável surpresa.

– Naomi, você tem visita – disse com uma voz arrastada, mas não tão lenta quanto sonora, como um fino conhaque envelhecido.

Nada do que seu pai lhe dissera a preparara. Era como se olhar num espelho no futuro; um espelho tão polido que ofuscava os olhos. Talvez Kelsey estivesse olhando para si mesma. Por um alucinado instante, receou que realmente estivesse.

– Bem. – A mão de Naomi apertou com força o braço de Gabe, uma inevitável reação da qual ela não se deu conta. – Não pensei que fosse ter notícias suas tão cedo, muito menos vê-la. – Ela aprendera há muitos anos que as lágrimas eram inúteis, por isso seus olhos mantiveram-se secos enquanto observava a filha. – Íamos tomar chá. Por que não entramos?

– Aceito seu convite numa próxima ocasião – começou Gabe, mas Naomi pendurou-se em seu braço, fazendo-o de escudo.

– Não se preocupe. – Kelsey escutou a própria voz vindo de muito longe. – Não posso demorar.

– Então, vamos entrar logo. Não podemos perder o pouco tempo que você tem.

Naomi tomou a frente, conduzindo-os pelas portas do pátio até a sala de estar tão encantadora e elegante quanto sua proprietária. Um fogo suave ardia na lareira, neutralizando o frio do final de inverno.

– Por favor, sente-se. Fique à vontade. Preciso apenas de alguns minutos para providenciar o chá. – Naomi olhou de relance para Gabe e se retirou.

Ele era um homem acostumado a situações difíceis. Sentou-se, pegou um charuto e sorriu para Kelsey, tentando ganhar sua simpatia.

– Naomi está um pouco alvoroçada.

Kelsey ergueu as sobrancelhas. Aquela mulher lhe parecera tão fria quanto uma estátua de gelo.

– Está?

– É compreensível, eu diria. Você lhe provocou um grande choque. Até eu fiquei balançado. – Ele acendeu o charuto e se perguntou se o nervosismo evidente no olhar de Kelsey lhe permitiria sentar-se. – Sou Gabe Slater, o vizinho. E você é Kelsey.

– Como você sabe?

"A rainha e o plebeu", pensou ele. Aquele tom de voz normalmente desafiaria um homem, ainda mais um homem como Gabriel Slater. Mas ele deixou passar.

– Eu sei que Naomi tem uma filha chamada Kelsey, que ela não vê há muito tempo. E você é um pouco jovem para ser sua irmã gêmea. – Ele esticou as pernas e as cruzou na altura do tornozelo, exibindo as botas. Ambos sabiam que ele se cansaria de ficar olhando para ela. Mas ele também sabia que não tinha a mínima pressa.

– Você agiria com mais dignidade se sentasse e fingisse relaxar.

– Prefiro ficar em pé. – Ela se aproximou da lareira, desejando conseguir aquecer-se.

Gabe simplesmente deu de ombros e recostou-se. Afinal, a questão não tinha nada a ver com ele. A menos que ela tentasse ofender Naomi. Não que Naomi não soubesse se defender. Jamais conhecera uma mulher mais capaz ou, na opinião dele, mais sagaz. De qualquer maneira, gostava dela demais para permitir que alguém, até mesmo a própria filha, a magoasse.

Também não lhe dizia respeito o fato de Kelsey claramente ter decidido ignorá-lo. Deu uma tragada em seu charuto e ficou observando. "Os ombros empertigados e a coluna rígida não a prejudicavam", pensou ele. "Um belo contraste entre os membros longos e graciosos e o cabelo elegantemente penteado."

Perguntou-se com que facilidade ela se assustaria, e se ficaria tempo suficiente para que ele mesmo pudesse testá-la.

– O chá está quase pronto. – Recuperada, Naomi voltou à sala. Cravou o olhar na filha e sorriu para ela, formalmente. – Esta situação deve ser bastante constrangedora para você, Kelsey.

– Não é todo dia que minha mãe volta da morte. Era realmente necessário que eu acreditasse que você estava morta?

– Pareceu-me que sim naquela ocasião. Eu estava numa situação em que minha sobrevivência era prioridade. – Ela se sentou, parecendo confortável em seu impecável traje de montaria castanho-escuro. – Eu não queria que você me visitasse na prisão. E, mesmo que quisesse, seu pai nunca teria concordado. Portanto, eu estaria fora de sua vida por dez ou quinze anos.

Seu sorriso se enterneceu.

– Como reagiriam os pais de seus amigos se você lhes dissesse que sua mãe estava cumprindo pena por assassinato? Duvido que conseguiria ser popular ou feliz.

Naomi parou de falar e desviou o olhar quando uma mulher de meia-idade, trajando uniforme cinza e avental branco, surgiu no corredor, empurrando um carrinho de chá.

– Essa é Gertie. Você se lembra de Kelsey, não é, Gertie?

– Sim, madame – respondeu a criada, com os olhos marejados. – Era quase um bebê na última vez em que a vi. Você costumava me pedir biscoitos.

Kelsey nada disse. Nada poderia dizer àquela mulher de olhos marejados. Naomi pousou a mão sobre a de Gertie e a apertou gentilmente.

– Terá de fazer alguns quando ela vier aqui novamente. Obrigada, Gertie. Eu mesma sirvo.

– Sim, madame. – Ela se retirou, fungando, mas virou-se quando alcançou a soleira da porta. – Ela se parece muito com a senhora. Muito.

– Sim – disse Naomi brandamente, olhando para a filha. – Parece.

– Não me lembro dela. – A voz de Kelsey era desafiadora. Dando dois passos em direção a Naomi, disse: – Não me lembro de você.

– Não esperava que você se lembrasse. Quer açúcar ou limão?

– É preciso toda essa civilidade? – perguntou Kelsey. – Mãe e filha conversam enquanto tomam chá. Você imaginou mesmo que eu me sentaria aqui e tomaria chá Oolong educadamente?

– Na verdade, acho que é Earl Grey. E, para ser sincera, não sei o que imaginei. Raiva, certamente. Você tem direito de estar zangada. Perguntas, acusações, ressentimentos. – Com mãos surpreendentemente firmes, Naomi passou uma xícara para Gabe. – E, para ser honesta, não creio que haja algo que você possa dizer ou fazer que não seja justificado.

– Por que me escreveu uma carta?

Ganhando tempo para ordenar seus pensamentos, Naomi serviu outra xícara.

– Por vários motivos. Alguns egoístas, outros não. Esperava que você ficasse suficientemente curiosa para se encontrar comigo. Você foi uma criança curiosa, e sei que sua vida neste momento está meio sem rumo.

– Como sabe qualquer coisa sobre minha vida?

Naomi ergueu os olhos, fitando o vazio com um olhar tão indecifrável quanto a fumaça de uma chaminé.

– Você pensava que eu estivesse morta, Kelsey. Mas eu sabia que você estava viva, bem viva. Acompanhei todos os seus passos. Mesmo da prisão, pude fazer isso.

Um acesso de raiva fez com que Kelsey avançasse, porém se conteve, refreando o ímpeto de arremessar longe a bandeja com a louça de porcelana. Seria tão gratificante, tão gratificante. Mas também a faria parecer uma tola. Apenas isso a impediu de prosseguir.

Enquanto bebericava impassivelmente seu chá, Gabe observava seu esforço para recuperar o autocontrole. "Exaltada", considerou ele. "Mas inteligente suficiente para não se deixar levar por um impulso. Ela provavelmente é mais parecida com a mãe do que as duas podem imaginar."

– Você mandou alguém me espionar – questionou Kelsey, com crueldade. – Contratou quem? Detetives?

– Nada tão melodramático. Meu pai a acompanhou enquanto pôde.

– Seu pai. – Kelsey sentou-se. – Meu avô.

– Sim. Ele morreu há cinco anos. Sua avó faleceu no ano seguinte ao que você nasceu, e eu era filha única. Você foi poupada de uma série de tios, tias e primos. Eu responderei a todas as perguntas que você fizer, mas gostaria muito que nos desse algum tempo antes de tomar alguma decisão a meu respeito.

Apenas uma pergunta lhe ocorria, uma pergunta que martelava incessantemente em sua mente. Então, ela perguntou depressa, antes que desistisse.

– Você matou aquele homem? Você matou Alec Bradley?

Naomi ficou paralisada, mas em seguida levou a xícara aos lábios, fixando o olhar nos olhos de Kelsey por sobre a borda da xícara de porcelana. Depois pousou-a sem o mínimo ruído.

– Sim – disse simplesmente. – Eu o matei.

– DESCULPE, GABE. – Naomi estava à janela, observando a filha partir. Foi realmente imperdoável fazê-lo participar de tudo isso.

– Conheci sua filha, só isso.

Naomi piscou devagar, rindo desanimadamente.

– Você, sempre o mestre do eufemismo, não é, Gabe? – Ela se virou, colocando-se sob a forte luz do sol, sem se importar com a exposição das finas rugas em torno dos olhos que lhe evidenciavam a idade. Estava muito longe disso. Muito longe. – Senti medo. Quando eu a vi, tantas coisas do passado afloraram... Algumas previsíveis, outras não. Eu não conseguiria enfrentar essa situação sozinha.

Ele se levantou e se aproximou dela, pousando-lhe as mãos nos ombros e acariciando os músculos fortes e tensos.

– Se um homem não é capaz de se sentir feliz em ajudar uma bela mulher, é melhor que morra.

– Você é um bom amigo. – Ela ergueu uma de suas mãos e a apoiou sobre a dele, apertando-a reconhecidamente. – Um dos muito poucos para quem não preciso fingir. – Seus lábios curvaram-se para beijá-lo. – Talvez por nós dois termos cumprido pena.

– Nada como a vida na prisão para ensinar a solidariedade – disse ele, erguendo os cantos da boca num breve sorriso.

– Nada como a vida na prisão. Naturalmente, nem sempre uma discussão por causa de um simples jogo de pôquer termina em assassinato, mas...

– Lá vem você de novo, levando vantagem.

Ela riu.

– Nós, os Chadwicks, somos muito competitivos. – Afastando-se dele, Naomi ajeitou um vaso de tenros narcisos amarelos sobre uma mesa, empurrando-o alguns centímetros para a direita. – O que você achou dela, Gabe?

– Ela é bonita. Parece muito com você.

– Pensei que estivesse preparada para isso. Meu pai tinha me falado, e havia as fotografias. Mas olhar para ela e ver a mim mesma me deixou atordoada. Eu me lembro dela criança. Lembro muito bem. Agora, vendo-a crescida... – Impaciente, ela balançou a cabeça. Os anos haviam passado. Ela sabia disso mais do que ninguém. – Mas, fora isso – ela o encarou por cima do ombro –, o que achou dela?

Gabe não tinha certeza se poderia ou deveria explicar precisamente o que havia pensado. Ele também ficara atordoado, e era um homem que raramente se surpreendia. Muitas mulheres bonitas haviam entrado e saído de sua vida. Ele havia gostado delas, e as tinha admirado e desejado. Mas a primeira visão de Kelsey Byden quase lhe paralisara o coração.

Analisaria esse pequeno e interessante fato mais tarde. Agora Naomi aguardava sua opinião, e ele sabia que era importante para ela.

– Ela estava bastante nervosa e descontrolada. Não tem seu autocontrole.

– E espero que ela nunca precise ter – murmurou Naomi.

– Estava irritada, mas foi muito inteligente e curiosa para se controlar até avaliar a situação. Se ela fosse um cavalo, eu seria obrigado a dizer que precisaria conhecer sua andadura antes de poder julgar a valentia, resistência ou graça. Mas o sangue indica, Naomi: sua filha tem estilo.

– Ela me amava. – Sua voz estava trêmula, mas ela não percebia. Tampouco sentiu a primeira lágrima escorrer pela face. – É difícil explicar a alguém que não teve filhos a sensação de ser o objeto de um amor puro e totalmente desinteressado. Kelsey sentia esse tipo de amor por mim e pelo pai. Eu e Philip, entretanto, falhamos. Nós não nos amávamos o suficiente para manter essa unidade. E então eu a perdi.

Naomi secou a lágrima com a ponta do dedo. Observou-a como se fosse um exótico espécime recém-descoberto. Ela não chorava desde a morte do pai. Não encontrava um motivo justo.

– Nunca serei amada desse jeito novamente. – Livrou-se da lágrima e a esqueceu. – Acho que só hoje me dei conta disso.

– Acho que está tirando conclusões precipitadas, Naomi. Você não é assim. Teve apenas 15 minutos com ela hoje.

– Você observou a fisionomia dela quando eu disse que realmente havia assassinado Alec? – Havia um sorriso em seus lábios quando se voltou para Gabe, mas era um sorriso frio e frágil como vidro. – Já vi essa expressão em muitas pessoas. Indignação civilizada. Pessoas decentes não cometem assassinato.

– As pessoas, decentes ou não, fazem o que precisam fazer para poder preservar a vida. – Ele tinha razões para saber isso.

– Ela não pensará assim. Pode ser muito parecida comigo fisicamente, Gabe, mas tem os princípios do pai. E, meu Deus, não há ninguém mais digno do que o Sr. Philip Byden.

– Ou mais tolo, já que ele permitiu que você se separasse dele.

Ela riu novamente, um pouco mais relaxada dessa vez, e beijou-lhe com firmeza.

– Onde você estava há 25 anos? – Ela balançou a cabeça, quase suspirando. – Brincando com seus potros?

– Não me lembro de ter brincado com eles. Apostando com eles, talvez. Por falar nisso, aposto 100 por 1 que meu cavalo deixará o seu para trás no próximo Grande Prêmio, em maio.

Naomi ergueu as sobrancelhas.

– E quais são as chances de ele vencer a corrida?

– Cinquenta por cento.

– Está apostado. Que tal irmos lá embaixo para você dar uma olhada na minha promissora potranca antes de ir embora? Em poucos anos, ela deixará os outros cavalos comendo poeira nas competições.

– Qual nome você lhe deu?

Os olhos dela brilharam enquanto ela abria as portas que davam para o pátio.

– Naomi's Honor.

"Ela foi tão fria", pensou Kelsey enquanto abria a porta de seu apartamento. Naomi admitira ter cometido um assassinato tão serenamente como uma mulher admite ter tingido os cabelos.

Que tipo de mulher era ela?

Como pôde servir chá e conversar normalmente? Tão educada, tão tranquila, tão despreocupada. Encostada à porta, Kelsey passou as mãos pelo rosto, tentando acalmar a dor de cabeça que a atacava. Parecia um sonho louco – a casa enorme e bonita, o lugar tranquilo, a mulher idêntica a ela, um homem vigoroso.

O mais novo amante de Naomi? Eles dormiam no mesmo quarto em que outro homem havia morrido? "Ele parecia capaz disso", considerou ela. "Parecia capaz de qualquer coisa."

Com um arrepio, Kelsey entrou em casa e fechou a porta.

"Por que Naomi escreveu a carta?", perguntou a si mesma. "Nenhum arroubo de emoção, nenhuma recepção calorosa, nem desculpas comovidas pelos anos perdidos. Apenas um convite formal para um chá."

E a serena e firme confissão de culpa.

"Então, Naomi Chadwick não era hipócrita", pensou Kelsey, ironicamente. "Apenas criminosa."

Quando o telefone tocou, ela se virou e viu que a secretária eletrônica piscava. Kelsey a ignorou. Ainda dispunha de duas horas antes de ir para seu turno no museu, e não precisava nem queria falar com ninguém até chegar lá.

Agora só tinha de se convencer de que o reaparecimento da mãe não deveria alterar sua vida. Continuaria exatamente como antes – seu trabalho, suas aulas, seus amigos.

Deixou-se cair no sofá. Afinal, a quem estava tentando enganar? Seu emprego não representava mais do que um passatempo, suas aulas, um vício, e seus amigos... Quase todos eram amigos em comum com Wade, e, portanto, durante o processo de separação, dividiram-se em dois grupos ou simplesmente saíram de cena, protegendo-se dos traumas.

Sua vida estava um caos.

Ignorou a batida à porta.

– Kelsey. – Outras pancadas rápidas e impacientes. – Abra a porta ou pedirei ao síndico para abri-la.

Resignada, Kelsey levantou-se e obedeceu.

– É sua avó.

Depois de oferecer o rosto para o esperado beijo, Milicent Byden entrou no apartamento. Estava, como sempre, impecavelmente vestida e penteada. Os cabelos, tingidos de um castanho-avermelhado brilhante, estavam presos, exibindo um rosto requintado que, de relance, aparentava 60 anos em vez de 80. Mantinha a boa forma graças à ginástica e à dieta rigorosas. Seu terninho Chanel tamanho 40 era azul-claro. Tirou as luvas de pelica, deixou-as casualmente sobre uma mesa e, depois, pendurou seu casaco de pele de visom numa cadeira.

– Você me decepciona, enfurnando-se em casa como uma criança. – Os olhos pretos e amendoados da avó fitaram a neta enquanto ela se sentava e cruzava as pernas. – Seu pai está muito preocupado com você. Eu e ele já lhe telefonamos hoje pelo menos meia dúzia de vezes.

– Eu saí. E papai não tem motivos para se preocupar.

– Não? – Milicent tamborilou as unhas pintadas no braço da cadeira. – Você o procurou ontem à noite com a notícia de que aquela mulher lhe escreveu e depois você some e se recusa a atender o telefone.

– Aquela mulher é minha mãe, e vocês dois sabiam que ela estava viva. Acredito, vovó, que tenha considerado uma atitude de mau gosto, mas eu acho perfeitamente justificável.

– Não fale comigo neste tom. – Milicent inclinou-se para a frente. – Seu pai fez tudo para protegê-la, proporcionar-lhe uma educação decente e um lar estável. E então você o ataca por isso?

– Eu o ataco? – Kelsey ergueu as mãos, mesmo sabendo que o gesto seria prejudicial. – Eu o enfrentei e pedi respostas. Exigi dele apenas a verdade.

– E agora que você a obteve, está satisfeita? – Milicent inclinou a cabeça para o lado. – Estaria em melhor situação, todos nós estaríamos em melhor situação, se, para você, ela continuasse morta, mas aquela mulher sempre foi egoísta, sempre se preocupou mais com ela mesma do que com qualquer outra pessoa.

Por razões que Kelsey jamais poderia explicar, resolveu comprar briga com a avó.

– E a senhora sempre a odiou?

– Eu sempre soube o que ela realmente era. Philip estava cego por sua aparência, pelo que ele considerou vivacidade e força. E ele pagou por seu engano.

– E eu me pareço muito com ela – disse Kelsey suavemente –, o que explica por que a senhora sempre olhou para mim como se eu fosse capaz de cometer um crime abominável a qualquer momento; ou, ao menos, uma imperdoável quebra de etiqueta.

Milicent suspirou e sentou-se novamente. Não negaria. Não via motivos para isso.

– Eu me preocupava, naturalmente, com o quanto ela lhe havia legado. Você é uma Byden, Kelsey, e, na maior parte de sua vida, acrescentou muito à família. Cada erro que vejo você cometer, no entanto, traz a marca daquela mulher.

– Prefiro admitir que cometo meus próprios erros.

– Como o divórcio – disse Milicent enfastiadamente. – Wade pertence a uma boa família. Seu avô por parte de mãe é senador. O pai dele possui uma das mais prestigiosas e respeitadas agências de publicidade do Leste.

– E Wade é um adúltero.

Depois de um resmungo de impaciência, Milicent balançou a mão, fazendo cintilar em sua mão de viúva o diamante de seu anel de casamento, como gelo exposto ao sol.

– Você prefere culpá-lo, em vez de culpar a si mesma ou à mulher que o seduziu.

Kelsey sorriu, quase se divertindo.

– É isso mesmo. Eu o culpo. O divórcio é definitivo, vovó. Desde ontem. A senhora está perdendo o seu tempo aqui.

– E você tem a duvidosa honra de ser o segundo Byden da história da família a se divorciar. No caso de seu pai, foi inevitável. O que você fez, no entanto, foi o resultado do vício que você cultivou durante toda a sua vida: reagir impulsivamente. Mas essa é outra questão. Eu quero saber o que você pretende fazer com relação à carta.

– A senhora não acha que isso é problema meu e de minha mãe?

– Isso é uma questão familiar, Kelsey. Seu pai e eu somos a sua família. – Milicent tamborilou novamente as unhas, enquanto selecionava cuidadosamente o tom de voz e as palavras. – Philip é meu único filho. A felicidade e o bem-estar dele sempre tiveram prioridade em minha vida. Você é a filha única dele. – Com um afeto sincero, ela estendeu o braço e tomou a mão de Kelsey. – Eu só quero o melhor para você.

Não havia como argumentar. Kelsey sabia o quanto era amada, por mais irritantes que fossem os preceitos morais de sua avó.

– Eu sei. Não quero discutir com a senhora, vovó.

– Nem eu com você. – Satisfeita, ela acariciou a mão de Kelsey. – Você tem sido uma boa filha, Kelsey. Ninguém que conheça você e Philip pode duvidar de sua dedicação. Sei que não faria algo para magoá-lo. Acho que seria melhor que você me entregasse a carta, que me deixasse cuidar dessa questão para você. Não precisa entrar em contato com ela ou se expor a esse turbilhão.

– Eu já entrei em contato com ela. Fui visitá-la esta manhã.

– Você... – interrompeu-se Milicent, erguendo bruscamente uma das mãos e logo a abaixando. – Viu? Você foi visitá-la sem conversar conosco antes?

– Tenho 26 anos, vovó. Naomi Chadwick é minha mãe, e eu não preciso consultar ninguém para saber se devo ou não visitá-la. Sinto muito se isso a aborrece, mas fiz o que tinha de fazer.

– O que quis fazer – corrigiu Milicent. – Sem pensar nas consequências.

– Entenda como quiser, mas as consequências são minhas. Achei que a senhora e papai concordariam que minha reação é normal. Pode ser difícil para a senhora, mas não consigo entender por que isso a deixa tão furiosa.

– Não estou furiosa. – Mas estava. – Estou preocupada. Não quero que uma reação emocional insensata a influencie. Você não a conhece, Kelsey. Não tem ideia de como ela é inteligente e vingativa.

– Ela tentou obter minha custódia.

– Ela queria magoar seu pai, pois ele estava começando a ver quem ela realmente era. Você não passava de um instrumento. Ela bebia e tinha vários homens; alardeava os próprios erros e defeitos, pois tinha certeza de que sempre venceria. E acabou assassinando um homem. – Milicent inspirou profundamente. Bastava-lhe pensar em Naomi para o coração se descontrolar. – Suponho que ela tenha tentado convencê-la de que agiu em legítima defesa. De que estava tentando preservar sua própria honra. Sua *honra*!

Incapaz de se manter sentada por mais tempo, Milicent levantou-se.

– Ah, ela era inteligente e bonita. Se as evidências contra ela não fossem tão condenatórias, teria conseguido convencer o júri a absolvê-la. Mas quando uma mulher recebe um homem em seu quarto de madrugada, usando apenas um penhoar de seda, é difícil conseguir provar que foi estuprada.

– Estuprada – repetiu Kelsey, num murmúrio perplexo que Milicent não ouviu.

– Houve quem acreditasse nela, logicamente. Sempre haverá quem acredite nesse tipo de mulher. – Com olhos rancorosos, ela apanhou as luvas de cima da mesa e começou a batê-las de encontro à palma da mão. – Mas, por fim, eles a condenaram. Ela ficou longe da vida de Philip e da sua. Até agora. E você será tão teimosa, tão egoísta a ponto de deixá-la aproximar-se novamente? Você dará esse desgosto a seu pai?

– Não seria uma escolha entre ele ou ela, vovó.

– Seria exatamente isso!

– Para a senhora, não para mim. Sabe, antes de a senhora entrar aqui, eu não tinha certeza se voltaria ou não a vê-la. Agora sei que irei, porque ela não tentou se defender. Não me pediu para fazer uma escolha. Vou procurá-la novamente e decidir por mim mesma.

– Sem se importar com quem possa magoar?

– Pelo que sei, sou a única pessoa que corre o risco de ser magoada.

– Você está enganada, Kelsey, perigosamente enganada. Ela corrompe as pessoas. – Com movimentos rígidos, Milicent calçou as luvas, ajustando dedo por dedo. – Se insistir em prosseguir com essa amizade, ela fará tudo o que puder para destruir os laços de afeição entre você e seu pai.

– Ninguém é capaz de destruí-los.

Milicent ergueu o olhar, penetrante como um punhal.

– Você não conhece Naomi Chadwick.

3

Não, Kelsey não conhecia Naomi Chadwick. Mas iria conhecer.

Os anos de Kelsey dedicados aos estudos não foram em vão. Se havia algo que ela sabia fazer bem era pesquisar. Qualquer assunto. Naomi não seria exceção.

Durante as duas semanas seguintes, ela passou a maior parte de seu tempo livre debruçada sobre os microfilmes da biblioteca pública. Sua primeira parada foi na coluna social de um jornal, que anunciava o noivado de Naomi Anne Chadwick, 21 anos, filha de Matthew e Louise Chadwick, da fazenda Three Willows, Bluemont, Virgínia, com o professor Philip James Byden, 34 anos, filho de Andrew e Milicent Byden, de Georgetown.

O casamento estava marcado para junho.

Kelsey encontrou a reportagem anunciando o casamento. Foi um choque ver o pai tão jovem, tão feliz, seus dedos entrelaçados aos de Naomi, sobre o peito. Na lapela, um botão de rosa. Kelsey perguntou-se se teria sido branco ou amarelo.

Do lado dele, Naomi cintilava. Nem mesmo a impressão granulada do jornal diminuía seu brilho. O rosto era inconcebivelmente jovem, deslumbrantemente belo; os lábios curvos e os olhos faiscantes antecipavam um sorriso.

Eles davam a impressão de poder enfrentar qualquer coisa juntos.

Não deveria sofrer. Kelsey disse a si mesma que era tolice sofrer por um divórcio que havia ocorrido sem que ela soubesse. Mas aqueles dois jovens a haviam gerado. E agora não representavam mais do que dolorosas lembranças um para o outro.

Fez cópias das informações que desejava e algumas anotações sobre o restante, como se para um relatório. Divertida e frustrada, deparou com a reportagem que anunciava seu nascimento.

Pouco depois disso, uma ou outra pincelada sobre a presença em um baile ou em uma festa de caridade. Enquanto durou o casamento, seus pais aparentemente tinham uma vida tranquila, longe do esplendor de Washington.

Depois, encontrou informações sobre o processo de custódia – um artigo conciso, que havia recebido espaço no *Washington Post* por causa da posição de seu avô paterno como subsecretário do Tesouro Americano, imaginou ela. Leu os nomes das pessoas citadas – o dela, o de Naomi, o de seu pai – com isenção total. O *Post* não abalaria sua dignidade por conta de uma disputa familiar.

Kelsey encontrou alguns artigos sobre Three Willows e corridas de cavalo. Um deles mencionava a desventura de um potro promissor que havia quebrado a perna numa corrida e teve de ser sacrificado. A reportagem foi acompanhada de uma única foto, de Naomi, o belo rosto desfigurado pelo choro.

Então vinha o assassinato, em matérias maiores e algumas manchetes.

BRIGA DE AMANTES TERMINA EM TRAGÉDIA

zona rural da Virgínia é palco
de morte violenta

Sua mãe foi descrita como ex-esposa de um professor de inglês da Faculdade de Língua Inglesa da Universidade de Georgetown e filha de um famoso criador de cavalos puros-sangues.

A vítima, mencionada de forma um tanto irreverente, seria um playboy ligado ao submundo das corridas de cavalo. A reportagem era clara e direta. Alec Bradley havia sido morto com um tiro no quarto da casa principal da fazenda Three Willows. A arma pertencia a Naomi Chadwick Byden, que havia notificado a polícia. Ela e Bradley estavam sozinhos na casa na hora do crime. A polícia estava investigando.

Os jornais da Virgínia foram um pouco mais informativos. Naomi jamais negou ter disparado o tiro fatal. Alegou, entretanto, por intermédio de seu advogado, que Bradley a atacara, e ela recorrera à arma em legítima defesa.

Informavam ainda que, segundo se havia apurado, Naomi e Bradley tinham uma relação amigável e vinham se encontrando socialmente havia várias semanas. Mencionavam também, é claro, que Naomi estava envolvida em um tumultuado processo de custódia da filha de 3 anos.

Uma semana após o assassinato, havia novas manchetes:

MULHER DA VIRGÍNIA PRESA POR ASSASSINATO
Novas provas refutam alegação de legítima defesa

Provas novas e condenatórias. Kelsey sentiu o sangue gelar ao ver a fotografia tirada por um detetive contratado pelos advogados de seu pai, a fim de reunir argumentos para a batalha judicial por sua custódia. Mais do que o relacionamento ilícito, ele optou por registrar o assassinato em seu relatório.

Também prestou depoimento no tribunal. Obstinada, Kelsey prosseguiu a leitura, página por página: testemunhas que admitiram, sob juramento, que Naomi e Bradley se comportavam como amigos íntimos em público, que Naomi era exímia atiradora, que adorava festas, champanhe, o flerte dos homens e que ela e Bradley haviam discutido na noite do crime por ele ter flertado com outra mulher.

Então chegou a vez de Charles Rooney sentar-se no banco das testemunhas e contar sua versão da história. Ele havia tirado dezenas de fotos de Naomi, no hipódromo, na fazenda, em vários eventos sociais. Detetive particular, licenciado pelo estado da Virgínia, seus relatórios de investigação eram cuidadosamente documentados.

As fotos traçavam o perfil de uma mulher bela e inconsequente, que adorava emoções fortes e estava ávida por romper os laços de um casamento limitador com um homem mais velho. E, na noite do crime, ela convidou a vítima para ir até sua casa, onde estava sozinha e vestindo apenas um penhoar.

Rooney não foi capaz de relatar o que os dois haviam conversado, mas suas fotografias e anotações diziam tudo. O casal se beijara e tomara conhaque. Em seguida, eles aparentemente discutiram, e Naomi subiu tempestuosamente, seguida por Bradley.

Impaciente para executar suas obrigações de detetive, Rooney havia subido numa árvore e apontado as lentes teleobjetivas para a janela do quarto. A discussão prosseguira e se acirrara. Naomi esbofeteara o rosto de Bradley, e quando ele se virara para partir, ela pegara o revólver da gaveta do criado-mudo. A câmera captara o choque no rosto dele e a fúria no de Naomi enquanto disparava a arma.

Kelsey observou por um longo tempo a foto e o título acima dela, que alardeava CULPADA! Com cuidado, fez mais cópias, depois desligou o equipamento e recolheu seus arquivos e anotações. Antes que a lógica pudesse interferir em sua emoção, ela procurou um telefone público e fez uma ligação.

– Three Willows.

– Naomi Chadwick, por favor.

– Quem gostaria de falar, por gentileza?

– Kelsey Byden.

Houve um som abafado, seguido de silêncio, e ela ouviu:

– A Sra. Naomi está no estábulo. Vou transferir a ligação. – Momentos depois, escutou o ruído de alguém atendendo na extensão, e em seguida a voz de Naomi, no escritório, fria como gelo.

– Oi, Kelsey. É bom ouvir sua voz novamente.

– Eu gostaria de conversar mais com você.

– Claro. Quando você quiser.

– Agora. Devo levar cerca de uma hora para chegar aí. E preferiria que estivéssemos sozinhas dessa vez.

– Ótimo. Eu a estarei esperando. – Naomi colocou o telefone no gancho e enxugou as mãos úmidas na calça jeans.

– Minha filha está vindo para cá, Moses.

– Foi o que imaginei. – Moses Whitetree, treinador dos cavalos de Naomi, empregado de confiança e seu amante há muito tempo, continuou a analisar seus relatórios de adestramento. Era meio judeu, meio Choctaw,* e não ligava muito

*Povo nativo americano que habitava o sudeste dos Estados Unidos, onde hoje se encontram os estados do Mississippi, Flórida, Alabama e Louisiana. Atualmente, os estados com mais representatividade de Choctaw são Oklahoma, Texas e Califórnia. (*N. do T.*)

para a miscigenação. Usava os cabelos numa trança longa e grisalha, que lhe descia pelas costas. No pescoço, cintilava uma estrela de Davi em prata.

Conhecia tudo a respeito de cavalos e, com poucas exceções, gostava mais deles do que das pessoas.

– Com certeza fará perguntas.

– Sim.

– Como devo responder? – Ele não ergueu os olhos, e nem precisava. Conhecia todas as nuances do rosto de Naomi.

– Pode tentar a verdade.

– A verdade me tem feito muito bem – disse ela, com ironia.

– A menina tem seu sangue, Naomi.

"Para Moses, tudo é tão simples", pensou Naomi, impaciente.

– Ela é uma mulher adulta. E espero que seja uma mulher segura. Não me aceitará só porque temos o mesmo sangue, Moses. Na verdade, se isso acontecesse, eu ficaria completamente desapontada.

Ele afastou seus papéis para o lado e se levantou. Não era um homem grande, apenas poucos quilos e alguns centímetros além do necessário para realizar seu frustrado sonho de ser jóquei. Calçando suas botas surradas, ficava na altura dos olhos de Naomi.

– Quer que ela ame e aceite você, mas deseja que ela faça isso do jeito que você quer. Você sempre quis muito, Naomi.

Com imensa ternura, ela lhe tocou a face corada pelo vento. Era impossível irritar-se com ele – o homem que a esperara, que nunca a questionara e sempre a amara.

– É como você já me disse tantas vezes. Antes de vê-la, Moses, não sabia que iria precisar tanto dela. Não sabia que ela era tão importante para mim.

– E você gostaria que não fosse.

– É, gostaria que não fosse.

Ele entendia. Passara a maior parte da vida desejando não amar Naomi.

– Meu povo diz que...

– Qual povo?

Ele sorriu. Ambos sabiam que ele criava metade dos ditados, e a outra metade adaptava à conveniência de seus propósitos.

– Apenas os tolos desperdiçam a oportunidade de concretizar seus desejos. Deixe-a perceber o que você é. Isso bastará.

– Moses. – Um cavalariço entrou no escritório e cumprimentou Naomi erguendo levemente o chapéu em sua direção. – Madame. Não estou gostando da maneira como Serenity está poupando a perna dianteira esquerda. E está um pouco inchada.

– Mas ela correu sem problemas esta manhã... – Moses franziu a testa. Ele acordara antes do alvorecer para assistir aos exercícios matinais. – Vamos dar uma olhada.

O escritório de Moses situava-se numa pequena área em frente aos estábulos. Era pouco espaçoso e frequentemente cheirava a urina de cavalo, mas, mesmo assim, ele o preferia àquele espaço arejado que seu antecessor usara, numa construção caiada próxima dos cercados de pastagem do lado oeste.

Moses costumava dizer que, para ele, o cheiro natural dos cavalos era como perfume francês, e que não queria saber de um escritório arrumadinho longe de onde as coisas realmente aconteciam.

Na verdade, os estábulos eram quase tão reluzentes quanto um hotel de luxo e, geralmente, mais movimentados. O piso inclinado em concreto entre as fileiras de baias era mantido imaculado e em excelente estado de conservação. Todas as baias tinham uma placa esmaltada com o nome de cada cavalo gravado em ouro, uma das vaidades do pai de Naomi que ela decidiu conservar quando assumiu a direção da fazenda.

Havia cheiro de cavalos, unguentos, feno, cereais e couro – uma miscelânea de que Naomi sentira falta durante os anos de prisão e que jamais deixou de apreciar.

Era, para ela, o cheiro da liberdade.

Quando Moses passava, os cavalos esticavam a cabeça para fora das baias. Ele também tinha um cheiro próprio, que os animais reconheciam. Suas botas ressoavam os passos ligeiros no chão de cimento, mas sempre havia tempo para um afago rápido, uma palavra murmurada.

Os cavalariços prosseguiam seu trabalho, talvez agora com mais entusiasmo pela presença de Moses.

– Eu ia levá-la para pastar quando notei que estava mancando – disse o cavalariço, parando ao lado da baia de Serenity. – Então vi que estava inchada e achei que você gostaria de dar uma olhada.

Moses apenas resmungou, passando a mão pelo lustroso pelo castanho do animal. Examinou os olhos da potra, sentiu seu hálito, murmurando-lhe alguma coisa enquanto descia a mão do focinho ao tórax e à perna.

Localizou o inchaço um pouco acima do machinho e verificou que a região estava quente. Quando ele apertou suavemente, Serenity recuou, relinchando.

– Parece que levou uma pancada.

– Reno a montou hoje de manhã – disse Naomi, lembrando-se de que o jóquei a exercitara num trajeto pela fazenda. – Procure saber se ele ainda está aqui.

– Sim, madame – disse o cavalariço, saindo.

– Ela me pareceu muito bem no exercício da manhã. – Com os olhos apertados, Naomi agachou-se ao lado de Moses e examinou a perna machucada da potranca, erguendo-a para a frente e dobrando-a para trás gentilmente, a fim de verificar a probabilidade de torção. – Talvez tenha batido com as patas traseiras nas dianteiras – murmurou ela. Notou então sangue pisado sob a pele. "Provavelmente, o osso foi atingido", pensou. Se tivessem sorte, não haveria fratura. – Ela está sendo esperada para uma exibição em Saratoga na próxima semana.

– Deve conseguir ir. – Mas, no fundo, ele não acreditava. Não se dependesse daquela perna. – Podemos tratar do inchaço, mas é melhor chamar o veterinário. Seria bom fazer uma radiografia.

– Cuidarei disso e falarei com Reno. – Ela se levantou, passando um braço em volta do pescoço da égua. Os animais eram um investimento, um negócio, mas isso não anulava seu amor por eles. – Ela tem fibra de campeã, Moses. Não quero receber a notícia de que ela não poderá mais correr.

MENOS DE UMA HORA mais tarde, Naomi assistia tristemente ao tratamento da lesão. Depois de colocar compressas de água fria, Moses massageava a lesão com uma mistura de vinagre e água fresca. O veterinário preparava uma injeção.

– Quanto tempo até que ela possa voltar a treinar, Matt?

– Um mês. Seis semanas seria melhor – disse o veterinário, olhando para Naomi de relance. Matt Gunner tinha um rosto comprido e agradável, e olhos bondosos. – O osso foi atingido, Naomi, e há lesões nos tecidos, mas nenhuma fratura. Mantenha-a na baia, continue com a massagem e alguns exercícios leves. Ela vai se recuperar.

– Andamos a galope – informou Reno. O jóquei mantinha-se à entrada da baia, observando os procedimentos. Trocara a roupa de treinamento por um de seus elegantes ternos sob medida. Mas ele era um jóquei. Não havia nada que o preocupasse mais, ou aos colegas de profissão, do que as delicadas pernas de um puro-sangue. – Não notei nenhuma alteração em sua andadura.

– Nem eu – acrescentou Naomi. – Reno diz que ela não tropeçou.

– Eu assisti ao treino e teria percebido. Essa égua tem um temperamento calmo, não é do tipo que fica escoiceando na baia.

– Bem, ela sofreu uma pancada forte – disse Matt. – Se o cavalariço não tivesse percebido, teria sido muito pior. Isto vai aliviar a dor. Vamos lá, mocinha. Fique calma agora. – Ele enfiou a agulha na pele de Serenity, pouco acima da lesão. A égua revirou os olhos, resfolegou, mas não se mexeu. – Ela é forte e saudável – disse Matt. – Voltará a correr. Moses, não há nada que eu possa recomendar para o tratamento dessa perna que você não saiba. Ligue para mim se a temperatura da região lesada aumentar. De qualquer forma... – ele se interrompeu, fixando um ponto atrás e acima do ombro de Naomi.

– Com licença – disse Kelsey, apertando a bolsa e uma pasta na mão. – Desculpem-me pela interrupção. Disseram lá em cima que eu poderia encontrá-la aqui.

– Ah. – Surpresa, Naomi passou a mão pelos cabelos. – Perdi a noção do tempo. Tivemos um pequeno problema aqui. Matt, esta é minha filha Kelsey. Kelsey Byden, Matt Gunner, meu veterinário.

Matt estendeu o braço, com a seringa ainda na mão, mas logo recuou, enrubescendo.

– Desculpe. Olá.

Apesar do nervosismo. Kelsey sorriu.

– Prazer em conhecê-lo.

– E este é Moses Whitetree – prosseguiu Naomi. – Meu treinador.

Moses apenas acenou com a cabeça, continuando a massagear a perna da égua.

– Reno Sanchez, um dos melhores jóqueis do circuito.

– O melhor – disse ele, piscando. – Prazer em conhecê-la.

– E você – comentou Kelsey automaticamente. – Vejo que está ocupada. Posso esperar.

– Não, não há mais nada que eu possa fazer. Obrigada por ter vindo tão rapidamente, Matt. Desculpe se atrapalhei seu dia, Reno.

– Que nada. Tenho bastante tempo até a linha de chegada. – Ele olhou para Kelsey com uma admiração indissimulável. – Precisa ir ao hipódromo me ver montar.

– Tenho certeza de que vou gostar.

– Moses, voltarei mais tarde para ver como ela está. Vamos subir para a casa? – sugeriu Naomi a Kelsey, gesticulando com cuidado, com extremo cuidado, para não tocá-la. Passou à frente, conduzindo-a para fora do galpão.

– Um de seus cavalos está doente?

– Machucado, infelizmente. Teremos de mantê-lo longe das pistas durante as próximas quatro ou seis semanas.

– Que pena.

Kelsey olhou em direção a um cercado onde um potro estava sendo adestrado, induzido a marchar a meio galope e em círculos, sob o comando de uma longa guia amarrada ao pescoço. Outro, com um cavaleiro à sela, era levado por um manejador para a área de exercícios. Um cavalariço dava banho em outro, molhando o lustroso pelo do animal com uma mangueira. Outros cavalos, em diversos pontos, trotavam em grandes e repetitivos círculos.

– É movimentado aqui – murmurou Kelsey, ciente dos olhares que se voltavam em sua direção.

– Ah, a maior parte dos trabalhos é efetuada pela manhã, mas haverá movimento hoje à tarde, quando se encerrarem as atividades do hipódromo.

– Seus cavalos correrão hoje?

– Sempre correm – respondeu Naomi, distraída. – E há sempre uma égua ou outra prestes a parir. Portanto, o que não é feito pela manhã, acaba acontecendo no meio da noite. Elas parecem escolher a madrugada para ter os filhotes – informou Naomi, sorrindo.

– Acho que não tinha imaginado a extensão de suas atividades.

– Nós nos tornamos, no decorrer dos últimos dez anos, um dos haras mais prestigiados do país. Um de nossos cavalos realizou um verdadeiro espetáculo nos últimos três Grandes Prêmios. Ele venceu a corrida de St. Leger e a de Belmont.

Ganhou também o Breeders' Cup por dois anos consecutivos. Uma de nossas éguas ganhou a medalha de ouro na última Olimpíada. – Naomi interrompeu os comentários com uma risada. – Não me provoque. Sou pior do que uma avó com a carteira cheia de fotografias dos netos.

– Não se incomode. Eu gosto. – "Mais do que podia imaginar", pensou Kelsey. – Aliás, tive aulas de equitação quando era mais nova. Acho que a maioria das meninas passa por essa fase de paixão por cavalos. Papai detestava, mas... – hesitou Kelsey, subitamente compreendendo por que o pai se sentira tão infeliz quando ela desenvolveu a tradicional obsessão infantil por cavalos.

– É natural – disse Naomi, esboçando um sorriso desanimado. – Perfeitamente compreensível. Mas, de qualquer forma, você teve aulas?

– Sim, insisti até ele me deixar frequentar o curso. – Kelsey parou e olhou a mãe diretamente nos olhos. Pôde ver os sutis indícios de envelhecimento, que seu excessivo nervosismo não lhe permitira perceber no primeiro encontro. Finas rugas no canto externo dos olhos. Outras, de temperamento ou preocupações, marcavam sua testa larga e suave. – Deve ter sido muito doloroso para ele me ver. Simplesmente me ver, dia após dia.

– Não, acho que não. Independentemente do que Philip tenha vindo a sentir por mim, ele a adorava. – Ela desviou o olhar, pois lhe pareceu mais cômodo contemplar as montanhas. Um cavalo relinchou, alta e vigorosamente. Um som mais doce para Naomi do que o de qualquer melodia. – Eu ainda não lhe perguntei sobre ele. Como está?

– Está bem. Há sete anos é diretor da Faculdade de Língua Inglesa da Universidade de Georgetown.

– Ele é um homem brilhante. Um bom homem.

– Mas não suficientemente bom para você.

Naomi ergueu uma sobrancelha.

– Minha cara Kelsey, eu é que não fui suficientemente boa para ele. Pergunte a quem puder. – Naomi jogou os cabelos para trás e continuou a caminhar. – Soube que ele se casou novamente.

– Sim, quando eu tinha 18 anos. Eles são muito felizes. Tenho um meio-irmão. Ele se chama Channing.

– E você gosta deles, de sua família?

– Muito.

Naomi passou pelo mesmo pátio, usou as mesmas portas pelas quais introduzira a filha pela primeira vez na casa.

– O que gostaria de tomar? Café, chá? Vinho, talvez?

– Nada. Não se incomode.

– Gostaria que você fizesse um agrado a Gertie. Ela fez biscoitos quando soube que você estava vindo. Sei que não se lembra disso, mas você significa muito para ela.

"Encurralada", pensou Kelsey. Pela educação e pela compaixão.

– Chá e biscoitos, então. Obrigada.

– Pedirei que ela os sirva. Sente-se, por favor.

Ela não se sentou. Preferiu ficar em pé e dar uma olhada nas coisas da mãe. A princípio, a sala lhe pareceu discretamente elegante, um mundo à parte diante do alvoroço e das botas sujas de estrume do estábulo. Havia um fogo brando na lareira, e as cortinas rosadas haviam sido recolhidas aos cantos da janela para receber o sol que iluminava uma dúzia, ou mais, de adoráveis cavalos de cristal em diversas tonalidades. O tapete persa sobre o lustroso assoalho de nogueira realçava as cores das cortinas e os tons creme do sofá.

Nenhuma ostentação. Nenhum excesso. Até que se olhasse mais atentamente. As paredes eram revestidas de chamalote no mesmo tom suave da tapeçaria. Mas os quadros, grandes e abstratos, eram explosões de cores carregadas e inquietantes. "Trabalhos fortes", pensou Kelsey. Inspirados em ódio e paixão. Eram assinados, notou num sobressalto, com as iniciais N.C. em vermelho-sangue.

"Obras de Naomi?", perguntou a si mesma. Ninguém lhe havia dito que sua mãe pintava. Não eram trabalhos de um amador, constatou Kelsey, mas de alguém competente, experiente, instigante.

Deveriam desequilibrar a harmoniosa dignidade da sala, considerou, virando-se. Mas a humanizavam.

Havia outros indícios ao longo do cômodo. Uma estatueta de mulher, seu rosto de alabastro esculpido em linhas de insondável angústia, um coração de vidro verde-claro com uma fissura no meio, um pequeno pote com pedras coloridas.

– Essas pedras eram suas.

Constrangida, Kelsey repôs no pote a pedra que segurava na mão e se virou. Gertie havia chegado com o carrinho de chá e a estivera observando antes de falar. Agora, sorria largamente para ela.

– O que disse?

– Você gostava muito dessas pedras coloridas. Eu guardei quando você... – Seu sorriso oscilou. – Quando você foi embora.

– Ah. – Como ela deveria responder a isso? – Então você trabalha aqui há muito tempo.

– Estou na fazenda Three Willows desde criança. Minha mãe cuidava da casa para a Sra. Chadwick. Quando se aposentou, fiquei no lugar dela. Ela se mudou para a Flórida – relatou Gertie. – Os biscoitos de chocolate eram seus preferidos, Kelsey.

A empregada dava a impressão de poder devorar Kelsey por inteiro com o olhar. Era difícil encarar seus olhos enternecidos.

– Ainda são – conseguiu articular Kelsey.

– Sente-se e sirva-se à vontade. A Sra. Naomi está atendendo a uma ligação, mas logo estará de volta. – Exalando alegria, Gertie serviu o chá e arrumou os biscoitos num prato. – Eu sempre soube que você voltaria. Sempre soube. A Sra. Naomi não acreditava. Ela se lamentava o tempo todo. Mas eu lhe dizia: "Ela é sua filha, não é? Então ela voltará para rever a mãe, sim." E aqui está você.

– Sim. – Kelsey conseguiu sentar-se e aceitar o chá. – Aqui estou.

– E tão crescida. – Incapaz de conter-se, Gertie passou a mão pelos cabelos de Kelsey. – Uma mulher adulta agora – observou ela, franzindo o rosto, já enrugado, ao afastar a mão. Em seguida, virou-se e saiu da sala apressadamente.

– Desculpe – disse Naomi ao retornar, instantes depois. – É um momento muito emocionante para Gertie. Você provavelmente deve ter ficado constrangida.

– Não, tudo bem. – Kelsey provou o chá. Dessa vez, era chá chinês, notou ela, esboçando um pequeno sorriso. Compreendendo o gesto, Naomi riu.

– Não resisti à piada – disse Naomi, servindo-se. Em seguida sentou-se. – Não tinha certeza de que você voltaria.

– Nem eu. Não sabia se voltaria ou não, pelo menos tão cedo, até vovó me proibir.

– Ah, Milicent. – Tentando relaxar, Naomi esticou as longas pernas. – Ela sempre me detestou. Bem – acrescentou dando de ombros –, era mútuo. Você conseguiu satisfazer os altos padrões dela?

– Não inteiramente – respondeu Kelsey. Um sorriso brotou em seus lábios e logo se retraiu. Pareceu-lhe desleal falar sobre a avó.

– Honra familiar – disse Naomi, acenando positivamente com a cabeça. – Você está absolutamente certa. Não devo estimulá-la a criticar Milicent. Além disso, não sou eu quem deveria estar fazendo perguntas.

– Como isso pode ser tão fácil para você? – Kelsey colocou a xícara na mesa de centro, com um tinido de porcelana contra porcelana. – Como consegue sentar-se aí tão calmamente?

– Quando eu estava na prisão, aprendi a aceitar tudo o que aparecesse. Você tem as rédeas na mão, Kelsey. Tive bastante tempo para meditar e, antes de entrar em contato com você, prometi a mim mesma que aceitaria o que acontecesse.

– Por que esperou tanto tempo? Você saiu da prisão há...

– Doze anos, oito meses, dez dias. Ex-condenados são mais obcecados do que ex-fumantes, e sou as duas coisas. – Sorriu novamente. – Mas isso não responde à sua pergunta. Pensei em entrar em contato com você no dia em que saí da prisão. Cheguei até mesmo a ir à sua escola. Durante uma semana, fiquei sentada no carro do outro lado da rua, observando-a no pátio. Olhava você e as outras meninas admirando os meninos e fingindo que nem os notavam. Num desses momentos, saí do carro e comecei a atravessar a rua. Mas me perguntava se você sentiria o cheiro da prisão em mim. Eu ainda podia senti-lo.

Naomi desencostou-se do sofá e escolheu um biscoito.

– Então, voltei para o carro e fui embora. Você estava feliz, segura, não sabia que eu existia. Então, meu pai adoeceu. Os anos passaram, Kelsey. Toda vez que eu pensava em pegar o telefone ou escrever uma carta para você, ou simplesmente reaparecer em sua vida, tinha a sensação de que iria fazer algo errado.

– E por que agora não?

– Porque me pareceu correto. Você não está tão feliz, tão segura, e pensei que seria o momento de saber de minha existência. Seu casamento acabou, você está numa encruzilhada. Talvez pense que não posso entender como se sente, mas posso.

– Você sabe sobre Wade?

– Sim. E sobre seu emprego, sua carreira acadêmica. Você tem sorte de ter herdado a inteligência de seu pai. Eu sempre fui uma aluna medíocre. Se não quiser os biscoitos, guarde alguns na bolsa, está bem? Gertie pensará que você os comeu.

Com um suspiro, Kelsey pegou um e o mordiscou.

– Não sei o que pensar sobre tudo isso. Nem sobre você.

– A realidade raramente se assemelha àqueles grandiosos e emocionantes reencontros do programa da Oprah – comentou Naomi. – A mãe ausente há anos finalmente reencontrando a filha. Tudo é perdoado. Não peço que tudo seja perdoado, Kelsey. Mas espero que você me dê uma chance.

Kelsey estendeu a mão para pegar a pasta ao seu lado, no sofá.

– Estive fazendo alguns levantamentos.

"O inferno", pensou Naomi. E pegou outro biscoito.

– Imaginei que fosse fazer isso. Artigos de jornal sobre o julgamento?

– Entre outras coisas.

– Eu poderia conseguir uma transcrição.

Os dedos de Kelsey tremeram sobre a pasta.

– Uma transcrição?

– Se estivesse em seu lugar, iria querer. É um documento público, Kelsey. Se eu tivesse algo a esconder, não teria como.

– Na primeira vez que vim aqui, perguntei se era culpada e você disse que sim.

– Você perguntou se eu havia matado Alec, e eu disse que sim.

– Por que não me disse que havia alegado ter agido em legítima defesa?

– Que diferença teria feito? Eu fui condenada. Paguei minha dívida com a sociedade, e estou, de acordo com o sistema, reabilitada.

– Foi mentira, então? Apenas uma manobra legal você ter dito que havia atirado nele para se defender de um estupro?

– O júri achou que sim.

– Estou perguntando a você – disse Kelsey bruscamente, exasperando-se. – Um simples sim ou não.

– Tirar uma vida não é uma coisa simples, quaisquer que sejam as circunstâncias.

– E quais eram as circunstâncias? Você o deixou entrar em sua casa, em seu quarto.

– Eu o deixei entrar em minha casa – refutou Naomi, serenamente. – Mas ele entrou no meu quarto.

– Ele era seu amante?

– Não, não era. – Com as mãos gelidamente calmas, Naomi serviu-se um pouco de chá. – Poderia ter sido, mas não dormi com ele. – Seus olhos buscaram os da filha. – O júri não acreditou nisso também. Eu me sentia atraída por ele. Achava-o um louco encantador, inofensivo, divertido.

– Você brigou com ele por causa de outra mulher.

– Sou possessiva – disse Naomi, sorridente e despreocupada. – Todos sabiam que ele estava loucamente apaixonado por mim. O que para mim significava que eu podia flertar, mas ele não. E decidi terminar nosso relacionamento porque ele estava começando a me cansar e a me importunar. Alec não concordou, e tivemos uma discussão em público. Logo depois, outra, a sós. Ele estava furioso, me xingou e tentou algumas grosserias. Eu não me ofendi, mas exigi que ele fosse embora.

Apesar de se esforçar para se manter calma, Naomi não pôde evitar que a voz tremesse.

– Mas ele me seguiu até o quarto e continuou a me xingar e a fazer grosserias piores. Aparentemente, decidira me mostrar o que eu estava perdendo, me forçando a deitar com ele. Eu estava irada, e com medo. Nós lutamos, e compreendi que ele iria fazer exatamente o que ameaçara. Consegui desvencilhar-me dele, e peguei a arma. Então atirei nele.

Sem dizer nada, Kelsey abriu a pasta e retirou a cópia da foto do jornal.

Quando Naomi a pegou, apenas um leve espasmo num dos cantos da boca demonstrou alguma emoção.

– Nada muito lisonjeiro para qualquer um de nós dois, não é? Mas não sabíamos que tínhamos plateia.

– Ele não está tocando em você. As mãos dele estão levantadas.

– Sim. Acho que só estando lá. – Ela devolveu a foto. – Não estou pedindo que acredite em mim, Kelsey. Por que você deveria? Quaisquer que tenham sido as circunstâncias, não sou isenta de culpa. Mas eu paguei por isso. A sociedade me deu uma nova chance. Isso é tudo que estou pedindo para você fazer também.

– Por que me deixou pensar que estava morta? Por que permitiu isso?

– Porque eu mesma me considerava morta. Uma parte de mim estava. E, apesar dos crimes que cometi, eu a amava. Não queria que você crescesse sabendo que eu estava na prisão. Eu não teria sobrevivido àqueles dez anos pensando nisso. E eu precisava sobreviver.

Havia outras perguntas, dezenas delas giravam na cabeça de Kelsey, como abelhas. Mas ela achava que não poderia suportar ouvir as respostas.

– Eu não a conheço – disse ela, afinal. – Não sei se algum dia sentirei algo por você.

– Seu pai deve ter lhe ensinado o que é obrigação moral. Milicent, com certeza, ensinou. Vou apelar para seu senso moral e pedir que venha para cá, para ficar aqui durante algumas semanas. Um mês.

Kelsey permaneceu completamente surpresa por alguns instantes.

– Você quer que eu more aqui? – conseguiu finalmente dizer.

– Apenas uma visita prolongada. Umas poucas semanas de sua vida, Kelsey. Pela vida inteira que eu perdi. – Ela não queria implorar. Deus do céu, ela não queria implorar, mas faria se não tivesse escolha. – É egoísmo de minha parte, e não muito justo, mas eu quero essa chance.

– Isso é pedir demais.

– Sim, é. Mas, de qualquer forma, estou pedindo. Sou sua mãe. Você não tem como evitar isso. Tem o direito de me evitar se é isso o que você quer, mas ainda continuarei sendo sua mãe. Teremos tempo para avaliar se há algo entre nós.

Se não houver, você irá embora. Aposto que não fará isso. – Naomi inclinou-se para a frente. – De que você é feita, Kelsey? Há algo dos Chadwicks em suas veias para fazê-la aceitar um desafio?

Kelsey ergueu o queixo. Era um risco. Talvez ela precisasse que fosse assim, em vez de um convite.

– Não prometo um mês. Mas virei – respondeu, pasma ao ver os lábios de Naomi tremerem antes de voltarem a exibir o sorriso firme e suave.

– Ótimo. Se eu não conseguir enfeitiçá-la, Three Willows conseguirá. Veremos o quanto você aprendeu nas aulas de equitação.

– Não caio facilmente.

– Nem eu.

4

Jantar em família era uma situação civilizada. "Excelente comida servida com dignidade, como nos jantares de despedida", pensou Kelsey enquanto tomava a sopa de alho-poró. Ela não queria considerar a noite na casa do pai uma obrigação, ou pior, um julgamento, mas sabia que era exatamente as duas coisas.

Philip conversava sobre generalidades, mas seu sorriso era forçado. Desde que Kelsey lhe falara sobre a visita que faria a Three Willows, ele só conseguia pensar no passado. Parecia-lhe de certa forma desleal com Candace que sua mente se ocupasse inteiramente com a primeira mulher, passando as noites insone e perturbado por lembranças dela. Por mais que se assegurasse de que era insensatez, tolice, e até mesmo fantasia, não conseguia livrar-se do medo de perder a criança por cuja guarda tanto lutara.

Era uma mulher agora. Bastava-lhe olhar para Kelsey para lembrar-se disso. Como também bastava fechar os olhos para se lembrar da menina. E da culpa.

Milicent esperou até que o assado fosse servido. Normalmente, detestava discutir assuntos desagradáveis na hora das refeições, mas percebeu que daquela vez não haveria alternativa.

– Soube que você irá amanhã.

– Sim. – Kelsey tomou um gole de água e observou a fina fatia de limão afundar e flutuar. – Pela manhã.

– E seu emprego?

– Pedi demissão. – Kelsey ergueu as sobrancelhas em sinal de desafio e menosprezo. – Na verdade, era só um trabalho voluntário. Posso conseguir algo no Smithsonian quando voltar.

– Talvez seja difícil conseguir algo com seu currículo de idas e vindas.

– Talvez.

– A Historical Society está sempre precisando de alguém – interveio Candace. – Tenho certeza de que eu poderia indicar você.

– Obrigada, Candace. – "Sempre mediadora", pensou Kelsey. – Pensarei a respeito.

– Cuidado para não pegar a febre das corridas – disse Channing a Kelsey, dando uma piscadela. – Compre um reprodutor e participe dos rodeios.

– Além de insensato, isso seria inaceitável – disse Milicent, tocando repetida e delicadamente os lábios com o guardanapo. – Essas coisas podem parecer românticas e excitantes na sua idade, Channing, mas Kelsey é suficientemente madura para escolher algo melhor.

– Acho bem legal andar pelos estábulos, ir ao hipódromo, apostar – disse ele, dando de ombros e atacando a comida. – Não seria nada mau passar umas semanas no campo.

– Você pode me visitar. Será divertido.

– Isso é tudo que está pensando? – Indignada, Milicent repousou o garfo no prato com um tinido. – Divertido? Você não consegue imaginar o que isso está causando a seu pai?

– Mãe...

Milicent neutralizou a objeção de Philip com um impaciente aceno de mão.

– Depois de todas as dores e de toda a infelicidade por que passamos, basta aquela mulher estalar os dedos para que Kelsey saia correndo até ela. É espantoso.

– Ela não estalou os dedos. – Sob a toalha, Kelsey cerrou os punhos. "Seria fácil demais fazer uma cena", pensou. – Ela me convidou, e eu aceitei. Sinto muito se isso o magoa, papai.

– Minha preocupação é com você, Kelsey.

– Estive pensando... – Candace tomou a palavra, na esperança de deter Milicent e salvar parte da noite. – É realmente necessário que você fique lá? Afinal de contas, o lugar fica a mais ou menos uma hora de carro daqui. Você poderia ir aos poucos, passando um fim de semana ou outro lá. – Olhou para Philip, a fim de avaliar sua reação, e em seguida sorriu sugestivamente para Kelsey. – Seria mais sensato.

– Se ela fosse sensata, nunca teria ido lá – alfinetou Milicent.

Kelsey controlou um suspiro ao comentário da avó e recostou-se.

– Não assinei um contrato. Posso voltar quando bem entender. E eu quero ir. – E, virando-se para o pai, acrescentou: – Quero descobrir quem ela é.

– Acho muito natural – disse Channing, saboreando um pedaço do assado. – Se eu descobrisse que minha mãe morta estava viva, e que tinha cumprido pena, eu faria o mesmo. Você perguntou a ela como é dentro da prisão? Sou louco por filmes de mulheres presidiárias.

– Channing – murmurou Candace, horrorizada. – Você precisa ser tão grosseiro?

– É apenas curiosidade – continuou ele, espetando uma batata primorosamente corada. – Aposto como a comida é horrível.

Encantada, Kelsey soltou uma risada.

– Pode deixar que vou perguntar para ela. Meu Deus, será que Channing e eu somos os únicos que não encaram a questão de um modo tão dramático? Vocês deveriam estar aliviados por eu não ter tido de procurar um psicólogo para resolver meus traumas, nem ter decidido afogar uma possível tristeza na bebida. Sou eu quem deve fazer adaptações aqui, e estou tentando fazer o melhor que posso.

– Está pensando apenas em você – disse Milicent, entre dentes.

– Sim, estou. Estou pensando em mim. – "Paciência tem limite", pensou Kelsey. E se retirou da mesa. – Talvez lhe interesse saber que ela só disse coisas boas a seu respeito – revelou ao pai. – Não existe nenhum plano pérfido para me colocar contra você. Nada poderia fazer isso. – Ela caminhou até ele, e se curvou para lhe dar um beijo no rosto. – Obrigada pelo jantar, Candace. Preciso voltar para casa e acabar de arrumar as malas. Channing, se você tiver um fim de semana livre, me ligue. Boa noite, vovó.

Kelsey retirou-se depressa. Assim que fechou a porta, respirou profundamente. "O ar tem o sabor da liberdade", pensou. E ela pretendia aproveitar.

De manhã, Gertie veio receber Kelsey à porta.

– Você chegou. – A criada pegou as malas de Kelsey antes que ela pudesse impedir. – A Sra. Naomi está nos estábulos. Como não sabia a hora certa de sua chegada, pediu que a chamasse assim que a visse.

– Não a incomode. Tenho certeza de que está ocupada. Me deixe levar isso. Está pesado.

– Sou forte como um touro – disse Gertie, recuando um ou dois passos e exibindo um generoso sorriso. – Vou lhe mostrar onde fica seu quarto. Só precisa trazer você mesma.

Gertie podia ser pequena e franzina, mas subiu as escadas com facilidade e sem parar de falar.

– Está tudo pronto. É bom ter o que fazer novamente. A Sra. Naomi quase não me dá trabalho. Raramente precisa de mim.

– Tenho certeza de que não é verdade.

– Bem, como companhia é diferente. Mas ela come igual a um passarinho e cuida das coisas sozinha, antes que eu pense em fazer algo. – Gertie seguiu por um largo corredor, forrado com um tapete de rosas desbotadas. Às vezes, ela recebe hóspedes, mas não mais como antigamente. Costumava haver muitas festas e muitas pessoas por aqui.

Ela cruzou a porta de um dos quartos e colocou as malas sobre uma elegante cama com dossel.

O quarto estava iluminado pela luz do sol, que entrava pela sacada voltada para as montanhas e pelas janelas altas e estreitas, de onde se avistava o jardim. Cores vivas e arranjos florais conferiam ao quarto um elegante ar europeu.

– É encantador – disse Kelsey, dando alguns passos até a penteadeira de cerejeira, em que havia tulipas num vaso de cristal longo e estreito. – É como dormir num jardim.

– Este era seu quarto. Claro que era decorado de forma diferente, todo rosa e branco – disse Gertie, mas logo em seguida mordeu os lábios, ao ver a surpresa estampada nos olhos de Kelsey. – A Sra. Naomi disse que se você não gostasse dele, poderia ficar no quarto em frente.

– Este é ótimo. – Questionou-se por um momento se seria bombardeada por alguma recordação sensorial. Mas tudo que sentiu foi um surto de curiosidade.

– Seu banheiro é aqui. – Ávida por agradar, Gertie abriu uma porta. – Se precisar de mais toalhas, basta pedir. Ou qualquer outra coisa, qualquer outra coisa mesmo. Vou chamar a Sra. Naomi.

– Não, não vá. – Uma Kelsey impulsiva afastou-se das bagagens. – Vou descer. Posso desfazer as malas mais tarde.

– Não se preocupe. Eu farei isso para você. Desça e divirta-se. Mais tarde você almoça. É melhor abotoar a jaqueta. Está frio lá fora.

Kelsey lutou contra um sorriso.

– Está bem. Estarei de volta para o almoço.

– Faça sua mãe vir também. Ela precisa comer.

– Falarei com ela. – Kelsey deixou Gertie no quarto, feliz, abrindo as malas.

Era tentador dar uma volta pela casa, explorando quartos e corredores. Mas isso podia esperar. O dia, apesar do frio de fim de inverno, estava esplendorosamente ensolarado. "E promissor", desejou ela enquanto saía da casa.

Não iria começar a visita perseguindo fantasmas do passado, embora, naturalmente, isso tivesse de ser feito mais tarde. Era reconfortante um dia livre de preocupações no campo, o ar impregnado pelo perfume das flores ainda em botão e da grama renovada, a montanha, os cavalos, o céu. Seria, pelo menos naquele momento, como férias curtas. Até pouco antes de ter começado a arrumar as malas, não se dera conta do quanto precisava sair do confinamento de seu apartamento, afastar-se do pseudoemprego e da entediante rotina de reaprender a ser solteira.

"Aqui com certeza há algo mais para aprender", pensou, enquanto sentia o forte cheiro de cavalo. Desconhecia o mundo das corridas e seus personagens. Iria, portanto, pesquisar e descobrir. Imaginava que, quanto mais informações tivesse, mais entenderia a mãe.

Como da outra vez, o estábulo estava intensamente movimentado, cavalos eram conduzidos para o local de seus exercícios diários ou eram lavados; havia ainda homens e mulheres carregando selas ou empurrando carrinhos de mão. Kelsey ignorou os olhares, disfarçados ou diretos, e entrou.

Um cavalariço colocava uma bandagem na perna de uma égua na primeira baia. Kelsey hesitou quando os olhos dele a fitaram. À sombra do boné, seu rosto era incrivelmente envelhecido, engelhado como couro deixado ao sol.

– Com licença, estou procurando a Sra. Chadwick.

– Como você cresceu, hein? – O homem deslocou o naco de fumo para o canto da boca. – Soube que você estava vindo. Vamos lá, doçura. Fique calma.

Kelsey levou algum tempo para perceber que as últimas frases eram dirigidas à égua e não a ela.

– Há algo errado com ela? – perguntou Kelsey. – Com a égua?

– Apenas uma pequena torção. Já está velha, mas ainda gosta de correr. Lembra-se daqueles dias, não é, garota? Ela venceu sua primeira e última corrida, além de muitas outras. Ela tem 25 anos. Era uma potranca jovem e ágil na última vez em que a viu. – Seu sorriso, quase sem dentes, alegrou-lhe o rosto. – Não deve se lembrar dela, e nem de mim. Sou Boggs. Eu a coloquei no dorso do seu primeiro pônei. Esqueceu como se monta, não é?

– Não, sei montar – disse Kelsey, estendendo a mão para acariciar o focinho da velha égua. – Como ela se chama?

– Queen Vanity Fair. Eu a chamo simplesmente de Queenie.

A égua relinchou, seus doces olhos castanhos profundamente cravados nos de Kelsey.

– Está velha demais para correr agora – murmurou Kelsey.

– Ou para procriar. Queenie está se aposentando, mas ela continua achando que ainda é uma garota e fica esperando. Se eu trouxer uma sela, ela ergue as orelhas imediatamente.

– Então ela ainda pode ser montada?

– Pelo cavaleiro certo. Sua mãe está no barracão de procriação, lá atrás, à esquerda. Hoje temos muita atividade.

– Ah. Obrigada...

– Boggs. Seja bem-vinda ao lar. – Ele se virou, voltando a ocupar as enrugadas e calejadas mãos, passando-as carinhosamente sobre a perna da égua. – Melhor usar botas por aqui da próxima vez.

– Sim. – Sem se constranger, Kelsey olhou para seus delicados sapatos baixos italianos. – Você tem razão.

Ela atravessou o estábulo, dando uma olhada por sobre o ombro antes de parar na baia de Serenity. Foi recompensada com bufos de boas-vindas e com o avanço de um focinho requisitando carinho.

Ao sair, não precisou das orientações de Boggs. Havia movimento suficiente no anexo da esquerda para guiá-la.

Ela reconheceu Gabe e por um instante ficou dividida entre quem considerar mais majestoso: ele ou o garanhão castanho, cujo empino Gabe tentava controlar. Ele se mantinha próximo à cabeça do animal, botas cravadas, músculos retesados, rédeas reprimidas, enquanto o cavalo tremia e relinchava.

Com os cabelos ao vento, Gabe jogou a cabeça para trás e riu.

– Está ansiosa? Não me surpreendo. Nada como uma bela fêmea pronta para a cópula para fazer o sangue correr nas veias. Bom dia, Kelsey. – Ele continuou tentando controlar o garanhão, sem olhar para trás. Sabia que ela estava ali. Tinha quase certeza de ter sentido seu cheiro, como o garanhão havia sentido o da égua. – Você chegou bem a tempo para a melhor parte do espetáculo. Não está assustada, está?

– Não, não estou.

– Ótimo. Naomi está lá dentro com a égua. Longshot e Three Willows estão prestes a produzir um campeão.

Kelsey percorreu o cavalo com os olhos. Manejadores posicionavam-se em torno dele, ajudando Gabe a impedir que o animal investisse contra o barracão onde estava a égua. Era magnífico, o pelo reluzente de suor, os olhos fogosos, os músculos tensos.

– Você vai soltá-lo sobre a pobre égua desprevenida?

Gabe sorriu.

– Ela ficará agradecida, acredite.

– Ela vai ficar apavorada – discordou Kelsey, entrando no barracão. Viu a mãe e Moses acalmando a égua, que parecia tão ávida por consumar as coisas quanto o garanhão. Ela também tinha o pelo castanho, e era tão imponente quanto seu pretendente. Embora estivesse amarrada e protegida no pescoço por uma grossa jaqueta de couro e lona, ela parecia altiva e valente.

– Kelsey. – Coberta de suor e sujeira, Naomi passou o dorso da mão na testa. – Pedi que Gertie me avisasse quando você chegasse.

– Eu disse a ela para não se incomodar. Estou atrapalhando?

– Não... – respondeu Naomi, olhando hesitantemente para Moses. – Mas as coisas aqui vão ficar agitadas. E bem evidentes.

– Sei alguma coisa sobre sexo – disse Kelsey secamente.

– Fique aqui – interveio Moses –, e você aprenderá mais um pouco. Ela está pronta – disse para um dos manejadores.

– Tente ficar longe do caminho – orientou Naomi. – Isso não é tão simples como uma hora no motel.

Ela podia sentir o cheiro de sexo. Quando Gabe e os manejadores trouxeram o garanhão, o ar do barracão impregnou-se completamente. Forte, penetrante, elementar. A égua relinchou, em protesto ou dando boas-vindas, e o garanhão respondeu com um som que fez com que o estômago de Kelsey se contraísse.

Ordens eram dadas. Os movimentos eram rápidos. Numa poderosa investida, o garanhão empinou e montou a égua. De olhos arregalados, Kelsey observava Moses intervir tecnicamente na cópula. Sua respiração estancou ao compreender a necessidade da cobertura no pescoço da égua. Sem ela, o garanhão teria arrancado pedaços de sua carne com violentas mordidas, enquanto lançava impetuosamente seu corpo contra o da égua, em frenética necessidade, de alguma forma, quase humana.

Ele a cobriu, dominador, exigente. Ela aceitava, os olhos revirando-se no que Kelsey acreditou ser certamente prazer.

Quase sem se dar conta, ela se aproximou deles, fascinada pelo apaixonado arrebatamento do acasalamento. Seu próprio coração estava descompassado, seu sangue, quente. A dor penetrante e intensa da excitação a atordoava.

Percebeu-se olhando para Gabe. O suor escorria pelas faces dele. Seus músculos retesavam-se sob a camisa. E seus olhos encontravam os dela. Era chocante perceber sua primitiva e inesperada reação refletida nos olhos dele. Era desconcertante a visão de ser, como a égua, dominada de modo feroz, violento, arriscado.

Ele sorriu. Um lento movimento dos lábios, tão arrogante quanto sedutor. "Sorriu como se soubesse exatamente o que estou pensando", considerou ela. Como se planejasse que ela pensasse aquilo.

– Incrível, não é? – disse Naomi, pondo-se ao lado da filha. Aquela fora a terceira égua que eles tinham acasalado naquela manhã, e o corpo de Naomi doía devido ao esforço. – Centenas de quilos inebriados na satisfação de uma das necessidades mais elementares.

– Isso... – Kelsey pigarreou. – Isso a machuca?

– Duvido que ela perceba se machuca – respondeu Naomi, retirando um lenço azul do bolso traseiro para enxugar o suor do pescoço. – Alguns garanhões cobrem a fêmea de forma bem gentil, como um amante tímido ou de longa data – disse ela, lançando um malicioso sorriso na direção dos cavalos ofegantes. – Não existe um milímetro de timidez naquele corpo. Ele é uma fera. E qual é a fêmea que não quer ter uma fera uma vez ou outra na vida? – concluiu, olhando de relance para Moses.

"O intelecto", pensou Kelsey enquanto seu pulso disparava. Seria melhor, ou pelo menos mais confortável, explorar outra tática.

– Como você escolhe o garanhão para cada égua?

– Por descendência, temperamento, tendências e até cor. Compomos quadros genéticos. E depois cruzamos os dedos.

Deus, sei que é um clichê, mas eu preciso de um cigarro. Vamos tomar um pouco de ar. As coisas por aqui estão quase terminando.

Naomi tirou um chiclete do bolso enquanto saíam do barracão.

– Quer?

– Não, obrigada.

– Um precário substituto do tabaco. – Ela suspirou enquanto levava o chiclete à boca. – Mas a maioria dos substitutos é precária. – Pendendo a cabeça para o lado, observou a filha mais detidamente. – Você parece cansada, Kelsey. Dormiu mal a noite passada?

– Um pouco.

Naomi suspirou novamente. Sua filha já fora tão aberta com ela, uma tagarela, sempre com novidades e perguntas a fazer. Mas aqueles dias, como muitos outros, haviam passado.

– Se você não quiser falar sobre isso, não tem problema, mas eu gostaria de saber se Philip é contra esta visita.

– Acho que seria mais apropriado dizer que ele está magoado com a minha decisão de aceitar seu convite.

– Entendo. – Naomi olhou para o chão, e fez um gesto afirmativo com a cabeça. – Eu ia dizer a você que estava pensando em conversar com ele, tentar tranquilizá-lo, mas acho que isso só pioraria as coisas.

– Com certeza.

– Está bem, então. Ele ficará apreensivo por algumas semanas. – Seu olhar estava endurecido quando voltou a erguê-lo. Droga, ela merecia um único mês com a filha, depois de tantos anos. – Ele sobreviverá. Não posso continuar morta só porque algumas pessoas gostariam que eu estivesse. – Lançou um olhar em direção a Gabe enquanto ele conduzia o garanhão para fora do barracão. Um sorriso brotou em seu rosto, suavizando novamente sua expressão. – E, então? Acha que teremos um novo garanhão?

– Se não tivermos, não será por falta de tentativa. – Ele bateu carinhosamente no pescoço do animal antes de passar as rédeas para o manejador. – O primeiro de muitos, espero. Bem, Kelsey, essa foi uma boa iniciação na vida de um haras. Se ficar aqui até o começo do próximo ano, verá o resultado desse encontro.

– É uma definição interessante do que aconteceu. Ela não teve muita escolha – disse Naomi.

– Nem ele. – Sorrindo, Gabe pegou um charuto. – Esse tipo de atração primitiva não permite escolha. Moses me informará se será necessário ou não repetir o encontro – disse Gabe a Naomi –, mas sinto que não.

– Confio no seu pressentimento. Só um minuto. Quero ver como ela está – disse Naomi.

Kelsey voltou seu olhar para onde o garanhão estava sendo refrescado.

– Você não deveria estar lá, trocando bravatas e dividindo o charuto com ele?

– Parei de contar bravatas sobre minha vida sexual quando estava no ensino médio. Eu a deixo nervosa, Kelsey, ou é apenas o ambiente?

– Nem um, nem outro. – "Ele me causa mesmo alguma sensação", pensou Kelsey. Mas isso era problema dela. – Então você é dono da fazenda vizinha? Longshot?

– Isso mesmo.

– Observei sua casa da estrada. É um pouco menos tradicional do que as outras da região.

– Sim, como eu. O imponente Cape Cod* que havia no topo da colina quando a fazenda passou para minhas mãos

*Tipo de chalé de madeira com um único pavimento. (*N. do T.*)

não combinava comigo: por isso eu o demoli. – Soltou uma baforada de fumaça. – Você precisa ir lá conhecer.

– Eu gostaria, mas vou concentrar minhas andanças por aqui: quero conhecer Three Willows primeiro.

– Você não encontrará melhor administração na Costa Leste. À exceção da minha. – Uma risada zombeteira fez com que ele se virasse e sorrisse para Moses. – Naturalmente, eu teria a melhor do país se conseguisse persuadir Whitetree a vir trabalhar comigo. Pelo dobro do que Naomi lhe paga, Moses.

– Guarde seu dinheiro, garoto. Compre uma roupa bonita com ele – ironizou Moses enquanto entregava a égua para um cavalariço banhá-la. – Empresários como você não se criam.

– Foi o que você disse há cinco anos.

– É o que digo agora. Dê-me um charuto.

– Você é um homem de fibra, Whitetree. – Gabe entregou-lhe o charuto.

– Talvez. – Moses enfiou o charuto no bolso, guardando-o para mais tarde. – Aquele seu cavalariço de nariz quebrado... senti cheiro de gim no hálito dele...

O sorriso de Gabe se esvaiu, suas pálpebras cerraram-se.

– Vou tomar providências.

– Diga ao seu treinador para tomar providências – sugeriu Moses. – É obrigação dele.

– Sim, mas os cavalos são meus – retrucou Gabe. – Com licença. – Gabe dirigiu-se ao reboque em que o garanhão ia ser transportado de volta para sua fazenda.

– Esse aí nunca vai aprender – murmurou Moses.

– Não existe equipe de comando quando se trata de Gabe – disse Naomi, balançando a cabeça enquanto o observava abordar o cavalariço. – Você deveria ter falado com o treinador dele, Moses.

– E Jamison não deveria precisar de mim para lhe contar o que acontece debaixo do nariz dele.

– Vocês se importariam de me dizer o que está acontecendo? – perguntou Kelsey erguendo uma das mãos.

– Gabe vai demitir um de seus cavalariços – esclareceu Naomi.

– Assim, sem mais nem menos?

– Não se bebe quando se está trabalhando – ponderou Moses, assobiando quando a voz do enfurecido cavalariço alcançou seus ouvidos. – Os proprietários deveriam ficar longe dos assuntos de estrebaria.

– Por quê? – perguntou Kelsey.

– Porque são proprietários. – Com um gesto de cabeça, Moses retirou-se para os estábulos.

– Aqui nunca é monótono – afirmou Naomi, tocando o braço da filha. – Por que nós não... droga!

– O quê? – Kelsey desviou o olhar a tempo de ver o cavalariço tentando esmurrar Gabe, que se esquivou uma, duas vezes, fluido como uma sombra.

Gabe não reagiu. Embora o instinto de defesa estivesse presente, estava sendo contido pelo homem civilizado que se tornara. "O cavalariço é um miserável", pensou ele. E tinha a metade de seu tamanho. O pior, entretanto, era o fato de Moses ter precisado apontar que um bêbado estava cuidando de seu cavalo.

– Vá pegar suas coisas, Lipsky – disse Gabe mais uma vez, com uma calma gélida, enquanto encarava, com os punhos erguidos o cavalariço de pé à sua frente. – Não há mais lugar para você em Longshot.

– Quem é você para dizer que não há mais lugar para mim? – desafiou Lipsky, passando o dorso da mão na boca. Não estava bêbado, ainda. Bebera gim apenas o suficiente para ficar alto. E mesquinho. – Eu sei mais sobre cavalos do que você jamais saberá. Você subiu na vida por sorte, Slater. Por sorte e trapaça, e todos sabem disso. Do mesmo modo que todos sabem que seu velho é um perdedor beberrão.

O ódio incendiou os olhos de Gabe, e os manejadores recuaram, formando silenciosamente um círculo. Estava quase na hora do espetáculo, julgaram eles.

– Conhece meu pai, não é, Lipsky? Isso não me surpreende. Venha fazer-lhe uma visita e tomar alguns drinques. Você será bem-vindo. Mas antes, pegue suas coisas e o pagamento a que tem direito. Você está despedido.

– Foi Jamison quem me contratou. Estou na fazenda Cunningham há dez anos. E ainda estarei lá depois que você tiver voltado para a roleta e para a mesa de *blackjack*.

Por sobre a cabeça de Lipsky, Gabe viu dois manejadores trocarem olhares. "Então, essas são as cartas que recebi", pensou ele. Ele as descartaria depois. Agora, precisava terminar aquela rodada.

– A fazenda Cunningham não existe, assim como não existe lugar para você em Longshot. Jamison pode tê-lo contratado, Lipsky, mas sou eu quem assina seus cheques. E eu não assino cheques para bêbados. Se você se aproximar dos meus cavalos, eu lhe prometo, não será Jamison que lidará com você.

Ele se virou, olhando diretamente para Kelsey que, como os manejadores, assistia ao espetáculo. Ela teve tempo de pensar que preferiria que o olhar sereno de desprezo estampado em Gabe não estivesse voltado para ela, antes de perceber a lâmina de aço cintilar ao sol.

O aviso estacou-lhe na garganta, mas Gabe já havia se virado para a faca, cuja primeira estocada feriu-lhe muito superficialmente o braço em vez de se cravar em suas costas. A visão e o cheiro de sangue mudaram rapidamente a atitude dos manejadores.

– Afastem-se – ordenou Gabe, ignorando a dor no braço. "Meu erro", pensou ele, "foi não ter avaliado corretamente até onde o efeito da bebida levaria o cavalariço." – Você quer me enfrentar, Lipsky? – desafiou ele, preparando seu corpo. Quando não se pode evitar uma briga, luta-se e joga-se com a sorte. – Bem, você vai precisar dessa faca. Vamos lá! – A lâmina tremeu na mão de Lipsky. Por um instante, ele não pôde lembrar-se de como ela fora parar ali. O cabo parecia ter lhe saltado inexplicavelmente até a mão. Mas, agora, ela estava lá, assim como o sangue do primeiro golpe. O orgulho atiçado pela bebida não lhe permitiria recuar.

Ele se agachou, preparando-se, movendo-se em círculo.

– Precisamos fazer algo. – O horror que subia à garganta de Kelsey chegava à boca com gosto metálico. – Vamos chamar a polícia.

– Não, a polícia não. – Pálida como cera, Naomi apertava as mãos nos quadris. – A polícia não.

– Precisamos fazer alguma coisa, Deus do céu. – Ela observava a lâmina reluzir e se projetar, passando a poucos centímetros do corpo de Gabe.

Ninguém se movia, exceto os dois homens dentro do círculo. O garanhão começou a escoicear no interior do reboque, excitado novamente pelo cheiro de sangue e pela violência.

Sem pensar, Kelsey pegou um forcado que estava encostado no barracão. Desconsiderando as consequências de um golpe com aquele instrumento, ela o ergueu e correu, só se detendo quando viu a faca cintilar novamente ao voar, descrevendo um arco no ar, enquanto Lipsky caía por terra.

Ela não vira o golpe. Gabe não pareceu ter feito o mais insignificante gesto. Mas agora ele observava o cavalariço prostrado no chão, seu olhar frio, seu semblante calmo como se esculpido em pedra.

– Informe Jamison sobre onde você vai se enfurnar. Ele lhe enviará suas coisas e seu dinheiro. – Sem esforço, ergueu Lipsky pelo pescoço. O cheiro de gim e de sangue embrulharam seu estômago. Amargas lembranças. – Não me deixe vê-lo por aqui novamente ou esquecerei que sou um homem civilizado agora, e o partirei ao meio.

Colocou o bêbado novamente no chão, e voltou-se para seus homens.

– Levem-no para a estrada. Ele pode conseguir uma carona e sumir daqui.

– Sim, Sr. Slater. – Tão impressionados quanto meninos no pátio da escola, eles se mobilizaram para cumprir as ordens, soerguendo Lipsky e carregando-o para o caminhão.

– Desculpe, Naomi – disse Gabe, tirando os cabelos do rosto com os dedos. – Eu deveria ter esperado até chegar em Longshot para demiti-lo.

Ela tremia e detestava isso.

– Mas eu teria perdido a chance de assistir à proeza. – Ela se aproximou dele, esforçando-se para esboçar um sorriso. O sangue gotejava-lhe do braço. – Vamos até minha casa. Precisamos cuidar desse braço.

– Eu deveria dizer que é apenas um arranhão – tornou ele, olhando de relance para o ferimento, agradecendo por não passar disso, embora doesse intensamente. – Mas seria um tolo se recusasse os cuidados de mulheres bonitas – disse ele, olhando para Kelsey.

Ela ainda empunhava com força o forcado. As articulações de seus dedos estavam brancas devido à pressão, as faces, rubras, e os olhos intensamente emocionados.

– Acho que já pode largar isso – propôs Gabe, tomando-lhe o instrumento, gentilmente. – Agradeço a intenção.

Os joelhos de Kelsey começaram a tremer, mas ela os travou com firmeza.

– Vai deixá-lo simplesmente partir?

– O que mais deveria fazer?

– As pessoas costumam ser presas por tentativa de assassinato. – Ela olhou para a mãe, e viu os lábios se curvarem num sorriso tenso. – É assim que as coisas são resolvidas por aqui?

– Você terá que perguntar a Moses – respondeu Naomi. – É ele quem decide sobre as demissões em Three Willows. – Ela retirou o lenço do bolso para tentar estancar o sangue de Gabe. – Sinto muito por não usar anágua e, portanto, não ter o que rasgar para amarrar seu ferimento.

– Eu também.

– Segure isso firme aí – instruiu Naomi. – Vamos até minha casa para colocar uma bandagem.

Eles partiram, com Gabe retardando o passo até Kelsey os alcançar. Ele a olhou e sorriu.

– Bem-vinda ao lar, Kelsey.

5

Kelsey deixou os primeiros socorros por conta da mãe, e o nervosismo e alvoroço por conta de Gertie. Acreditava que uma corrida até o ambulatório seria mais razoável, mas ninguém parecia particularmente interessado em sua opinião. Ao que tudo indicava, ferimentos a faca, naquelas fazendas, eram filosoficamente tratados na cozinha.

Assim que o braço de Gabe foi limpo, medicado e enfaixado, tigelas de canja e torradas quentinhas foram servidas, em meio a conversas sobre cavalos, raças e linhagens, tempos e hipódromos. Uma vez que se tratava de um universo que Kelsey não dominava, ela se sentiu à vontade para observar e especular.

Precisava identificar o tipo de relacionamento existente entre Naomi e Gabriel Slater. Eles pareciam íntimos, espontâneos. Era ele quem se levantava para encher as xícaras de café, e não a anfitriã. Eles frequentemente se tocavam, de modo casual, mãos superpostas, pontas dos dedos sobre o braço.

Disse a si mesma que não se importava com o que eram um para o outro. Afinal, sua mãe e seu pai estavam divorciados há mais de vinte anos. Naomi era livre para ter qualquer relacionamento que quisesse.

Contudo, alguma coisa fundamental a inquietava.

Certamente, eles eram feitos um para o outro. Além do relacionamento tranquilo e espontâneo, e acima do interesse por cavalos que os empolgava, havia um traço de violência em cada um. Controlado, congelado. Mas, pelo que sabia da mãe e pelo que viria a experimentar com relação a Gabe, mortal.

– Kelsey gostaria de ir ao hipódromo para assistir aos exercícios matinais – propôs Gabe. Ele estava adorando o café, adorando observar Kelsey, quase podendo ver o movimento dos pensamentos em sua mente.

– No hipódromo? – interessou-se ela, apesar de ter sido interrompida em suas meditações. – Pensei que exercitassem os cavalos aqui mesmo.

– Fazemos as duas coisas – informou Naomi. – Lá eles se acostumam com as reais condições da corrida.

– E os apostadores têm elementos para basear suas apostas – interpôs Gabe. – Há sempre um grupo interessante e eclético no hipódromo, principalmente às primeiras horas da manhã, bem antes da corrida.

– Ele não está exagerando – disse Naomi, sorrindo para a filha. – Talvez você não pretenda começar seu dia tão cedo.

– Não, eu gostaria de ver como é.

– Amanhã? – Gabe ergueu uma sobrancelha, em desafio.

– Está ótimo.

– Nós o encontraremos lá. – Naomi consultou o relógio. – Preciso ir ao estábulo. Tenho de fazer o pagamento do ferrador. – Quando se levantou, afagou o ombro de Gabe. – Termine seu café. Kelsey, você pode fazer companhia a Gabe? Ele lhe dirá o que esperar de amanhã de manhã. – Naomi pegou uma jaqueta de brim e saiu.

– Ela não fica muito tempo no mesmo lugar – murmurou Kelsey.

– Os primeiros meses do ano são os mais movimentados nesse tipo de negócio – disse Gabe, recostando-se, a xícara de café na mão. – Então, quer saber o que a espera?

– Prefiro me surpreender.

– Então, me diga uma coisa: você ia usar aquele forcado?

Ela refletiu, deixando a pergunta no ar.

– Acho que nenhum de nós saberia responder a isso.

– Posso apostar que usaria. Você esboçou um quadro impressionante com aquela atitude, querida. Valeu a pena ter levado uma espetada no braço.

– Você ficará com uma cicatriz, Slater. Teve sorte de ter sido no braço em vez de no seu belo rosto.

– Ele pretendia atingir minhas costas – lembrou ele. – Eu ainda não lhe agradeci o aviso.

– Eu não avisei.

– Claro que sim. Seu rosto foi tão alarmante quanto um grito. – Ele enfiou a mão no bolso, pegou um velho baralho e começou a embaralhar as cartas. – Você joga pôquer?

Confusa, ela o encarou.

– Não costumo jogar, mas conheço o jogo.

– Se algum dia for jogar, nunca blefe. Você perderia mais do que a camisa do corpo.

– Você já perdeu? Mais do que a camisa?

– Mais vezes do que gostaria de me lembrar. – Automaticamente, ele deu duas mãos de cinco cartas, as duas primeiras à mostra. – Você apostaria na sua rainha?

Kelsey deu de ombros.

– Talvez.

Ele virou as cartas seguintes.

– Depois de algum tempo, se for esperta, você aprende a não apostar o que não pode perder. Ganhei muitas camisas. Sua rainha ainda está muito alta.

– Parece que sim. – Por alguma razão absurda, ela estava gostando do jogo. A terceira carta, sua rainha de espadas, ainda reinava. E também a quarta. – Ainda é minha. São as apostas ou os cavalos que lhe interessam?

– Tenho mais de um interesse.

– Incluindo Naomi?

– Incluindo Naomi. – Ele virou a última carta, e sorriu amplamente.

– Uma dupla de cinco. Parece que eles batem a sua rainha.

– É uma vergonha perder para cartas tão pequenas – disse ela, esboçando nos lábios algo próximo a uma careta.

– Nenhuma carta é pequena quando se vence. – Ele tomou a mão de Kelsey, divertido com a súbita tensão dos dedos. – Uma velha tradição sulista, madame. – Levou-lhe a mão aos lábios, fitando-a nos olhos. – Devo-lhe algo por conta de Lipsky. A retribuição fica a seu critério.

Há muito tempo ela não sentia o sangue fervilhar. Uma vez que não podia ignorar o fato, tinha de combatê-lo.

– Não acha de gosto questionável me cortejar na cozinha? – Deus, ele adorava quando ela dizia frases cerimoniosas naquela voz rouca.

– Querida, isso está muito longe de ser um galanteio. – Segurando-lhe firmemente a mão, ele virou a palma para cima. – Mãos de dama – murmurou ele. – Mãos de porcelana. Sempre tive fraco por mãos longas, finas, de pele macia.

Gabe pressionou os lábios no centro da palma da mão de Kelsey, sentindo, delicadamente, o pulso latejar fortemente contra seu queixo.

– Isso – disse ele, fechando a mão dela, como que para se assegurar de que a marca de seus lábios seria preservada – foi um galanteio. No que se refere a gostos, os seus combinam com os meus. Provavelmente você vai querer guardar isso em sua mente. – Ele soltou a mão dela, recolheu as cartas e se levantou. – Vejo você amanhã pela manhã. A menos que esteja com segundas intenções.

"A dignidade", lembrou ela a si mesma, "é tão importante quanto o amor-próprio".

– Não estou com nenhuma intenção, Slater, no que se refere a você.

– Claro que está – replicou ele, curvando-se até que ficassem frente a frente. – Eu lhe avisei para não blefar, Kelsey. Você perde.

Ele a deixou fumegando diante do café gelado. "É uma pena", pensou ele, "que não possa me permitir algumas fantasias esta tarde." Tinha trabalho a fazer.

ASSIM QUE CHEGOU a Longshot, Gabe foi ao encontro de Jamison. O treinador havia sido empregado de Cunningham, mas quando Gabe comprou a fazenda não teve muito trabalho para convencer Jamison a ficar.

Sua lealdade sempre se voltara mais para os cavalos do que para o proprietário deles.

Era um homem bastante barrigudo, que adorava um bom prato de comida e um copo de cerveja. Embora houvesse treinado várias gerações de cavalos que renderam muito dinheiro, ninguém, exceto seus amigos mais próximos, vislumbraria a possibilidade de ele fazer parte da equipe de Moses Whitetree.

Ele era natural do condado de Kerry, de onde veio ainda bebê, nos braços da mãe. Suas lembranças mais remotas eram as que se referiam às baias, ao cheiro dos cavalos de que seu pai cuidava.

Jamison passara a vida inteira à sombra dos puros-sangues. Agora, aos 62 anos, sonhava às vezes em realizar o desejo de ter uma pequena fazenda e um campeão, apenas um, para lhe garantir uma aposentadoria confortável.

– Oi, Gabe. – Ele cumprimentou o patrão, pondo de lado um livro de anotações de tempos de corrida e levantando-se. – Despachei Honest Abe para Santa Anita, e Reliance para Pimlico. Perdi o primeiro páreo. – Sorriu palidamente. – Soube que você teve um pequeno problema e achei que gostaria de conversar comigo antes que eu fosse para o hipódromo.

– Quantas vezes surpreendeu Lipsky bebendo durante o expediente?

"Nada de rodeios ou evasivas com Gabriel Slater", pensou Jamison. Ele o conhecia há quase vinte anos e ainda não o compreendia totalmente.

– Duas vezes antes dessa. Eu o adverti que seria despedido se acontecesse novamente. Ele era um bom funcionário. Tinha um fraco pela bebida, é verdade, mas trabalhava nesta fazenda há uma década. – Ele olhou de relance para a bandagem no braço de Gabe, e suspirou. – Posso jurar pelo coração de minha mãe que nunca poderia imaginar a possibilidade de ele ferir você.

– Não se pode confiar em bêbados, Jamie. Você sabe o que eu penso sobre isso.

– Sim, sei muito bem. – Jamison entrelaçou as mãos sobre a barriga. Deveria estar no hipódromo e não ali, engolindo sapos. – E talvez eu entenda por que você não tolera esse tipo de fraqueza. Mas os rapazes são responsabilidade minha, não são? Agi de acordo com meu julgamento pessoal.

– Seu julgamento foi errado.

– Sim, foi.

– Se um funcionário beber durante o expediente, seja você ou o mais novo nos estábulos, estará fora. Basta de advertências, Jamie. Sem exceções.

Embora seus olhos chispassem de irritação, Jamison acenou positivamente com a cabeça.

– É você que manda, Gabe.

Satisfeito, Gabe pegou o livro de registro de desempenhos e folheou as páginas.

– A partir de hoje, passarei mais tempo nas cocheiras e nos galpões. Não quero, entretanto, que você pense que estou na sua cola.

– As cocheiras são suas – respondeu Jamison, endurecendo a voz. – Os galpões também.

– Sim, são. Mas ficou bem claro hoje para mim que os funcionários não me consideram parte integrante deste negócio.

A culpa é minha. – Ele abandonou o livro. – Durante os dois primeiros anos de posse da fazenda, estive ocupado com a construção da nova casa e tentando entrar no fechado clube dos criadores. Tenho deixado a maior parte do dia a dia do negócio nas suas mãos e brinquei de fazendeiro. Mas agora vou pôr a mão na massa. Você é meu treinador, Jamie, e no que diz respeito aos cavalos, aceitarei todo conselho e orientação que você me der. Mas estou de volta ao jogo. E não pretendo perder.

"Isso vai passar", considerou Jamison. Os proprietários de haras raramente se ocupam do verdadeiro trabalho por muito tempo. "Tudo que querem é um lugar no padoque e dinheiro na carteira", pensou.

– Você sabe o que fazer nas baias como ninguém.

– Faz muito tempo que não sei o que é empunhar um forcado. – Gabe sorriu quando a imagem de Kelsey empunhando um lhe veio à mente.

– Podemos chegar a Pimlico por volta das três horas da tarde – disse ele, olhando para o mostrador do grande relógio que Jamison havia pendurado na parede do escritório. – Quem você enviou com a potra?

– Carstairs. Torky para montá-la e Lynette como cavalariço.

– Veremos que espécie de equipe eles formam.

Quando foi deixada com os próprios devaneios, Kelsey resolveu trocar os sapatos por botas e sair. Não tomou a direção das cocheiras, temendo atrapalhar ou ser olhada como um objeto estranho. Em vez disso, caminhou para as suaves colinas onde os cavalos pastavam.

A paz inabalável e reconfortante do lugar era uma grata alternativa à frenética manhã. Apesar disso, permanecia nela uma inquietação que a exortava a continuar caminhando, movendo-se, até descobrir o que havia além da próxima subida.

Como era possível ter andado por ali quando criança e não se lembrar de absolutamente nada?

Sentia-se frustrada por descobrir que os três primeiros anos de sua vida eram um vazio virtual. Em geral esse período é pouco valorizado. No que lhe dizia respeito, entretanto, foi a época em que seu destino foi traçado. Queria esses anos de volta. Queria poder determinar por si mesma o que era certo e o que era errado.

Parou diante de uma cerca branca e bem conservada, inclinando-se sobre ela no exato instante em que um trio de éguas decidiu improvisar uma corrida com seus filhotes saltando atrás delas. Outra égua mantinha-se impassível, pastando pacientemente enquanto sua cria mamava.

"É quase perfeito", pensou Kelsey. Um cartão-postal que parecia óbvio demais, belo demais para ser real. Apesar disso, ali estava ela, sorrindo para o pequeno potro, admirando suas pernas inconcebivelmente delicadas, a inclinação da cabeça prenunciando a futura elegância. "O que ele faria", perguntou a si mesma, "se pulasse a cerca e tentasse acariciá-lo?".

– Maravilhosos, não são? – disse Naomi, aproximando-se da cerca. A brisa lhe havia despenteado os cabelos, cortados à altura do queixo, mais por comodidade do que por modismo. – Nunca me canso de admirá-los. Primavera após primavera. Ano após ano. É uma rotina reconfortante e uma possibilidade excitante.

– São lindos. Um bálsamo, de certa forma. É difícil imaginá-los correndo como um raio pelas pistas.

– São atletas, criados para correr. Amanhã você poderá constatar. – Naomi jogou os cabelos para trás, mas, impaciente, pegou um boné no bolso da jaqueta e o pôs na cabeça. – Vê aquele lá, mamando? Ele nasceu há cinco dias.

– Cinco? – Surpresa, Kelsey observou a égua e seu filhote mais atentamente. Ele era esguio, saudável, e parecia ter o porte perfeitamente talhado para as aventuras no padoque. – Incrível!

– Eles crescem muito rapidamente. Em três anos, terá alcançado a pujança de sua raça. Tudo começa aqui, ou para ser mais exata, no barracão de procriação, e atravessa momentos gloriosos naquela mistura de raças e cores na linha de chegada. Ele terá 1,70, 1,73 metro, e talvez uns 540 quilos, e correrá nas pistas com um homem no dorso. É algo muito bonito de se ver.

– Mas não é fácil – observou Kelsey. – Não parece fácil fazer com que algo tão delicado se torne um animal de competição.

– Não – confirmou a mãe, sorrindo. Sua filha já estava entendendo alguma coisa sobre cavalos. Imaginou que estivesse em seu sangue. – São necessários trabalho, dedicação e, frequentemente, decepções. Mas vale a pena. Sempre. – Ela puxou o boné de forma que a pala fizesse sombra sobre os olhos. – Desculpe por ter saído, mas o ferrador adora conversar. Ele era amigo do meu pai, e trabalha para mim aqui em vez de no hipódromo por conta de velhos laços de amizade.

– Tudo bem. Não espero que você fique me distraindo o tempo todo.

– O que você espera então?

–Por enquanto, nada.

Naomi tornou a olhar para a égua amamentando, desejando que seu relacionamento com a filha também fosse tão simples.

– Você ainda está aborrecida com o que aconteceu hoje de manhã?

– Aborrecida não seria bem o termo – respondeu Kelsey, virando-se para a mãe a fim de observar seu semblante. – Confusa seria mais exato. Todos simplesmente ficaram olhando, sem fazer nada.

– Você não ficou. – Naomi balançou a cabeça, sorrindo. - Pensei que fosse furar aquele bêbado. Eu a invejo por isso, Kelsey, por essa reação instintiva que parece brotar da ausência de medo ou da presença de honra. Eu congelei. Sou muito medrosa, e me restou pouca honra. Mesmo que fosse há muito tempo, eu teria hesitado da mesma forma.

Criando coragem, ela mudou de posição para que pudesse encarar a filha.

– Você deve estar questionando o fato de a polícia não ter sido chamada. Gabe não chamou por minha causa. Ele poderia ter agido ou não da mesma forma em sua fazenda, mas aqui... Bem, ele sabe que eu relutaria em conversar com a polícia novamente. Será sempre assim.

– Eu não tenho nada a ver com isso.

Naomi fechou os olhos. O simples fato de as duas precisarem se encarar tinha tudo a ver com Kelsey.

– Não tive medo quando eles vieram me prender. Estava tão arrogantemente certa de que eles acabariam parecendo uns tolos, e eu uma heroína... Não tive medo quando me sentei na sala de interrogatório com aquele grande espelho, as paredes cinza, a cadeira dura, projetada para deixar a pessoa arrasada. – Ela abriu os olhos. – Mas comigo não funcionou. Pelo menos no princípio. Eu era uma Chadwick. Mas o medo vai se insinuando, centímetro por centímetro em seu corpo. É impossível repeli-lo. Não se trata de eliminá-lo, mas de repeli-lo. Antes de sair daquela sala horrível com aquele espelho e aquelas paredes cinza, eu já sentia medo.

Ela respirou reconfortada, lembrando-se de que estava livre daquilo.

Livre, exceto das recordações.

– Senti medo durante o julgamento, ao ver as manchetes, os olhares. Mas não queria demonstrar. Eu detestava a ideia de que todos soubessem que eu estava apavorada. Então eles mandam que você se levante para que o júri dê o veredicto. O seu veredicto, que não tem como repelir. É um choque e você não consegue respirar. Até pode manter-se de pé, fingindo estar calma e segura porque sabe que eles a estão observando. Todos os olhos voltados para você. Mas, intimamente, está trêmula. Quando eles dizem "culpada", é quase um anticlímax.

Ela respirou fundo novamente.

– Portanto, você pode entender agora por que eu me sinto receosa em voltar a falar com a polícia. – Ela fez uma pausa por alguns instantes, sem esperar alguma resposta. – Sabia que costumávamos vir aqui quando você era pequena? Eu a colocava sentada sobre a cerca. Você adorava vir ver os potrinhos.

– Sinto muito. – De fato, de repente, ela se ressentiu profundamente. – Não me lembro.

– Não tem importância. Vê aquele lá tomando sol? O preto? É um campeão. Soube disso assim que ele nasceu. Tem tudo para se tornar o melhor cavalo que Three Willows já viu nascer.

Kelsey observou o cavalo mais detidamente. Ele era gracioso, sem dúvida, mas para ela nada o distinguia do outro filhote no pasto.

– Como você sabe?

– A diferença está nos olhos. Nos meus e nos deles. Nós simplesmente sabemos.

Ela se inclinou sobre a cerca, contemplando os campos com a filha. E sentiu-se, por alguns momentos, quase feliz.

MAIS TARDE NAQUELA NOITE, quando a casa silenciara e o vento soprava sedutoramente junto às janelas, Naomi aconchegou seu corpo ao de Moses. Ela gostava mais das noites em que ele vinha acomodar-se em sua cama, pois provocava-lhe uma sensação maior de permanência do que quando ela subia até os aposentos dele, localizados em cima do barracão do treinador.

Não significava que ir até lá não lhe proporcionasse certa emoção. Na primeira vez, na primeira vez deles, ela entrara no quarto, surpreendendo-o sentado na cama usando apenas roupas de baixo, tomando cerveja e debruçado sobre seus papéis de trabalho.

"Foi difícil seduzi-lo", rememorou ela, acariciando-lhe a pele firme do peito. Mas seus olhos o haviam traído. Ele a desejava, como sempre tinha desejado. Ela precisara de apenas 16 anos para perceber que o desejava também.

– Amo você, Moses.

Ficava comovido ao ouvi-la dizer isso. E acreditava que seria sempre assim. Segurou a mão de Naomi sobre seu coração.

– Eu amo você, Naomi. Como você conseguiu me convencer a vir até seu quarto com sua filha instalada aí ao lado?

Ela riu, mudando a posição da cabeça para mordiscar o pescoço dele.

– Kelsey já é adulta. Duvido que se chocaria se soubesse que você está aqui na cama comigo. – Ela rolou seu corpo sobre o dele.

– É difícil discutir isso agora, porque meu sangue desceu todo da cabeça para o colo. – Num hábito antigo, ele deslizou as mãos por seu tronco e envolveu seus seios com as mãos. – Você fica mais bonita a cada dia que passa, Naomi. A cada ano.

– Seus olhos devem estar envelhecendo.

– Não quando olham para você.

O coração de Naomi parecia derreter.

– Você acaba comigo quando fica romântico. Mas basta olhar Kelsey para perceber o quanto mudei. É maravilhoso poder vê-la, tê-la por perto, mesmo que por pouco tempo – concluiu ela, rindo e sacudindo os cabelos para trás. – E eu ainda tenho a vaidade de me comparar com ela diante do espelho, percebendo cada maldita ruga.

– Sou louco por todas essas benditas rugas.

– Ser bonita era tão importante para mim. Como se fosse uma missão. Mais do que isso, uma obrigação. Depois, isso passou a não significar nada mais por muitos anos. Até reencontrá-lo. – Ela sorriu, curvando-se para roçar os lábios nos dele. – E agora você me diz que gosta de rugas!

Moses segurou a cabeça dela, trazendo-a para mais perto de si. Mergulhados no beijo, ele rolou sobre Naomi, ergueu-lhe os quadris e depois baixou os seus de modo a penetrá-la profundamente. Observou-a arquear-se para trás, vibrando de prazer em gemidos roucos. Vagarosamente, ele a fez acompanhar seus movimentos, prolongando o prazer de ambos.

Do corredor, Kelsey pôde ouvir os sons abafados, o ranger do velho colchão, os gemidos e murmúrios. Parou, aturdida e imobilizada, em uma das mãos estava a xícara de chá que fora na cozinha preparar, na outra, um livro.

Nunca ouvira sons de seu pai e Candace durante a noite. Imaginou que fossem muito discretos e educados para se permitir os barulhos do amor.

Certamente não havia discrição ou polidez alguma nos ruídos apenas parcialmente abafados pela porta fechada do quarto.

Tampouco era educado, ela se deu conta, ficar ali escutando. E resolveu recolher-se. Na pressa de andar, atrapalhou-se com a maçaneta e derramou o chá.

"Minha mãe", pensou ela, em meio a conflitantes emoções. "E Gabe Slater", presumiu. Os sentimentos que a presença dele atrás daquela porta lhe evocavam jamais haviam sido explorados.

Assim que fechou a porta, Kelsey se encostou nela, com segurança. Uma parte dela desejou rir do absurdo daquela situação. Uma mulher adulta chocada porque outra adulta, que por sinal era sua mãe, tinha vida sexual ativa.

De qualquer forma, não lhe agradava muito a situação, nem sua reação. Tendo perdido a vontade de tomar o chá e de ler o livro, ela os deixou de lado. O escuro e adormecido jardim abaixo de sua janela estava prateado sob o luar. "Romântico", considerou ela, encostando a testa na vidraça. "Misterioso. Tanto quanto Three Willows."

Mas ela não queria romance. Não queria mistério. Ao menos, não desejava querê-los. Estava ali porque considerava importante conhecer a outra metade de sua origem que fora afastada de sua vida.

Dando as costas à janela, voltou para a cama. Mas só conseguiu dormir muito depois de ouvir a porta do quarto da mãe abrir e fechar, e o ruído de discretos passos ao longo do corredor perdendo-se na escada.

6

Ao amanhecer o hipódromo era um mundo diferente do que Kelsey imaginara. As corridas para ela significavam mais do que apenas velocidade. Eram apostas e apostadores, grossos charutos e ternos baratos, o cheiro rançoso de cerveja e o suor dos perdedores.

O cavalariço beberrão que Gabe demitira no dia anterior cabia melhor no quadro que imaginara do que a tranquila e, de certa forma, mística realidade da alvorada no hipódromo.

A pista ainda estava encoberta pela neblina quando ela chegou com Naomi. Os cavalos tinham vindo bem mais cedo, para serem retirados dos reboques, selados e preparados para os exercícios. Tudo era muito tranquilo, quase sereno. A névoa parecia abafar o eco das vozes, e as pessoas sumiam e despontavam como se fossem fantasmas. Alguns homens encostavam-se na cerca da pista, sorvendo fumegantes bebidas em copos de papel.

– São os cronometristas – informou-lhe Naomi. – Alguns deles trabalham para o hipódromo ou para o *Daily Racing Form*. Eles ficarão aqui durante horas, cronometrando o desempenho dos cavalos, impondo-lhes *handicaps*. – Ela sorriu. – Perseguindo a velocidade. Na verdade, é o que todos nós fazemos. Achei que você gostaria de conhecer as coisas primeiramente por esse ângulo.

– É... É mesmo muito bonito. A névoa, as árvores apenas esboçadas, as arquibancadas completamente vazias. Não é como eu imaginava. – Ela se voltou para a mãe, uma adorável loura usando jaqueta e calça jeans. – Nada, aliás, parece ser – acrescentou Kelsey.

– A maioria das pessoas vê apenas um lado das corridas. Dois minutos em volta da pista e pronto. Um momento excitante, com certeza. Às vezes, terrível, triunfante ou trágico. Frequentemente, homens e mulheres são julgados da mesma forma, sob um único aspecto ou por uma única atitude. – Não havia amargura em sua voz, apenas resignação. – Vou levá-la até o galpão, que é onde acontece de fato a ação.

E onde se mostra o verdadeiro caráter das pessoas, descobriu Kelsey. Jóqueis idosos, que haviam fracassado nas pistas ou ultrapassado o peso normal, suavam para fazer jus aos 40 dólares que ganhariam por corrida, exercitando os cavalos. Outros, pouco mais do que crianças, com um brilho ávido no olhar, aguardavam a chance de mostrar seu valor. Os cavalos eram analisados e os planos, traçados. Um cavalariço usando um colorido boné de lã exercitava gentilmente um cavalo coxo, cantarolando para ele uma monótona melodia.

Nenhuma excitação especial ou antecipação. Apenas rotina. Rotina que se repetia dia após dia enquanto a maior parte das pessoas ainda dormia ou cabeceava sobre a primeira xícara de café.

Avistou um homem de terno azul-claro e botas lustrosas conversando seriamente com outro, de olhar plácido, que usava um surrado cardigã. De vez em quando, o homem de terno enfatizava suas palavras com o dedo em riste, e um exagerado anel de diamantes em forma de ferradura cintilava a cada movimento de sua mão.

– Bill Cunningham – disse Naomi, ao identificar quem havia chamado a atenção de Kelsey.

– Cunningham? – repetiu Kelsey, franzindo a testa e vasculhando a memória. – Não foi esse nome que o cavalariço demitido por Gabe mencionou ontem?

– Antigamente Longshot era a fazenda Cunningham. Bill herdou-a há 25 anos, acho. – O desprezo na voz de Naomi era indisfarçável. – Ele estava fazendo um ótimo trabalho afundando a propriedade num pântano de incompetência, quando a perdeu para Gabe. Agora ele investe em alguns cavalos. Possui um ou dois garanhões medíocres. Ele mora em Maryland. O treinador é Carmine, trabalha para ele e para vários outros criadores. O que vemos ali é Carmine ouvindo as instruções de Bill. Um ditando regras e o outro concordando com tudo. Mas, depois, Carmine agirá como bem entender, pois sabe que Bill é um idiota. Opa – interrompeu-se, deixando escapar um suspiro. – Ele nos viu. Peço-lhe desculpas antecipadamente.

– Naomi. – Num andar de longas passadas que exibia suas botas, Cunningham aproximou-se delas. Os olhos dele brilharam como mármore polido quando pegou sua mão. – Uma bela visão numa triste manhã.

– Bill. – Os anos haviam incutido em Naomi grande dose de tolerância com os tolos, e ela lhe ofereceu a face. – Não é sempre que o vemos nas pistas para assistir aos treinos.

– Comprei uma égua nova. Num leilão em Hialeah. Ela venceu a corrida facilmente, para alegria do jóquei. Agora eu estava orientando Carmine quanto ao treinamento de hoje. Não a quero em evidência.

– É natural – concordou Naomi, que acrescentou docemente: – Bill, esta é minha filha, Kelsey.

– Filha? – Ele inflou as bochechas, fingindo surpresa. Assim como todos ali, ele já sabia sobre Kelsey. – Você quis dizer sua irmã, talvez. Prazer em conhecê-la, gracinha. – Ele espalmou sua mão na de Kelsey e a sacudiu vigorosamente. – Vai seguir os passos da mãe, não é?

– Só estou aqui para observar.

– Bem, há muita coisa para ver. Com certeza, nós a teremos viciado até o anoitecer – disse ele, piscando para Naomi. – Confirme suas apostas comigo antes de fazê-las, meu bem. Eu lhe darei umas dicas.

– Obrigada.

– Nada é suficientemente bom para a filhinha de Naomi. Sabe, se eu não tivesse bobeado, provavelmente seria seu pai. Bem, preciso ir.

– Nem se a vaca tossisse – murmurou Naomi, enquanto Bill se afastava, possivelmente para atormentar o treinador. – Ele gosta de pensar que tivemos um caso, quando o máximo que aconteceu entre nós foi eu não ter conseguido evitar um beijo desajeitado.

– Aprecio seu bom gosto. Que diabo ele estava tentando dizer sobre o cavalo dele?

Naomi colocou as mãos nos quadris e começou a rir.

– Bill gosta de contar vantagens. Acha que as pessoas acreditam que ele sabe das coisas. O que ele disse na verdade foi que conseguiu comprar um cavalo por um bom preço num leilão cujas ofertas são feitas pouco antes de a corrida começar. Ele teve sorte. O cavalo pelo qual ele havia feito uma oferta venceu facilmente. Como a quantia que ele tinha oferecido cobria a expectativa dos donos, ele ficou com o cavalo. E acha que durante os treinos não seria bom alardear suas virtudes nem depreciá-las – explicou-lhe Naomi, franzindo a testa e mirando as costas de Bill. – Ele é do tipo que paga ao jóquei uma quantia adicional por cada corrida vitoriosa. Mas se seu cavalo não cruza a linha de chegada em primeiro lugar, Bill se sente traído.

– É espantoso como você o trata educadamente.

– Não me custa nada fazer isso – disse ela, dando de ombros. – E sei bem o que é ser pária. Vamos. A essa altura, Moses já deve ter um jóquei nas pistas.

Passaram pela área do padoque, onde muitos treinadores recebiam apoio para subir na montaria. Quase em contato direto com o pelo, observou Kelsey. A sela era muito fina, pouco mais do que um pedaço de couro. Os rapazes, como eram chamados independentemente do sexo, ficavam de pé na montaria, apoiados nos altos estribos, e treinadores montados os acompanhavam pelo lado ou por trás até a pista.

– Aquele é um dos nossos – disse Naomi, apontando para um baio trotando. – Virginia's Pride. Se não conseguir resistir e quiser apostar hoje, eu aconselharia apostar alguns dólares nele. É um admirável atleta e tem certa predileção por esta pista.

– Você aposta?

– Hum... – Naomi tinha os olhos voltados para Moses, que seguia atrás do baio a meio-corpo de distância. – Sempre detestei recusar uma aposta. Vamos vê-lo correr.

Havia outros cavalos na pista. O nevoeiro se dissipava e eles o atravessavam como se fossem balas passando por redes, rompendo-lhes facilmente a trama, dilacerando-as. A respiração de Kelsey paralisou-se àquela visão enfatizada pelo som poderoso. Corpos enormes sobre pernas esguias, levantando poeira, seus pescoços estirados para a frente, os minúsculos jóqueis curvados sobre seus dorsos. O coração de Kelsey parecia bater ao ritmo do estrondo abafado dos cascos dos cavalos.

– Lá – indicou ela, a emoção encorpando-lhe a voz ao apontar. Lá está seu cavalo.

– Sim, aquele é nosso. A pista está rápida hoje, mas presumo que Moses tenha instruído o jóquei a completar a volta em pouco menos de dois minutos.

– Como o jóquei poderia saber?

– Ele tem um relógio na cabeça – afirmou Gabe, atrás dela. Embora Kelsey tivesse se sobressaltado, não tirou os olhos do cavalo, que parecia voar em torno da pista. – Ele parece estar bem, Naomi.

– Estará bem melhor na hora da corrida. – Apertando os olhos, acrescentou: – Aquele é um dos seus, não é?

– O dobro ou nada. – Gabe inclinou-se sobre a cerca quando seu cavalo passou. – Ele também estará melhor em maio.

Kelsey não podia entender como. Ambos os cavalos pareciam magnificamente em forma, devorando a pista, jogando pedaços dela no ar. Eles pareciam voar, suas pernas assombrosamente delicadas perdendo o contato com o solo, como se tivessem asas.

Poderia ter ficado ali durante horas, observando cavalo após cavalo, volta após volta. Na verdade, era apenas um ou dois minutos, os cronometristas de pé junto à pista, de olhos fixos em seus cronômetros, os treinadores com os seus. Para ela, entretanto, não havia noção de tempo – como um quadro vivo em uma encantadora moldura.

– Já tem o seu favorito? – perguntou Gabe.

– Não. – Ela não o olhou; não queria que ele ou a recordação do que ouvira na noite anterior estragassem seu humor. – Não sou muito de apostar.

– Então, com certeza não vai querer apostar que estará à frente de um dos guichês de aposta antes que a tarde termine.

Ela deu de ombros, mas logo percebeu que não resistiria.

– Bill Cunningham se ofereceu para me dar algumas dicas.

– Cunningham? – Gabe irrompeu em uma estrondosa gargalhada. – Então espero que você tenha os bolsos bem fundos, querida – advertiu ele, inclinando-se sobre a cerca. Pensou em acender um charuto, mas achou que estragaria o prazer de sentir o cheiro de Kelsey. Suave e sutil, do tipo que penetra os sentidos de um homem e permanece por muito tempo depois de a mulher ter ido embora.

– A manhã é a melhor parte do dia – murmurou Naomi, protegendo com a mão os olhos dos raios do sol através da névoa, dissipando-a. – Nítido cinza-azulado.

– Possibilidades. – Gabe olhou para Kelsey. – Tudo é uma questão de possibilidades.

Pouco depois, eles voltaram para o galpão. Os cavalos fumegavam pelas narinas em meio ao ar gelado enquanto eram desarreados e levados para caminhar. Suas pernas eram examinadas à procura de entorses, torceduras ou contusões. Os cascos de um ruão estavam sendo lubrificados. Um cavalariço amarrou outro animal e se agachou para identificar possíveis ferimentos. Um ferrador, com um avental de couro e uma surrada caixa de ferramentas, trocava uma ferradura.

– É como um quadro, não acha? – perguntou Gabe, como se tivesse se apropriado da imagem na mente de Kelsey.

– Sim, é.

– Quase tudo que você está vendo aqui já acontecia há cem, quinhentos anos. As pernas de um puro-sangue sempre foram resistentes, e é por isso que somos obcecados por eles. Olhe lá. Para onde o treinador está olhando?

Ela se virou e viu um cavalo sendo conduzido para fora da pista.

– Para as patas do animal.

– E manterá os olhos fixos ali. – Ele acenou com a cabeça, indicando outro animal. – Já se fazia isso há provavelmente mil anos.

Um homem com boné de jóquei seguia Moses de perto, como um cão atrás do dono. Ele falava rápido, ofegante por tentar acompanhar os passos do treinador de Naomi.

– Quem é ele?

– Um agente de jóqueis. Eles vão de baia em baia tentando convencer a todos que representam um novo Willie Shoemaker – explicou ele, prendendo amigavelmente parte dos cabelos de Naomi atrás de uma de suas orelhas. – Gostaria que lhe trouxesse um café?

– Adoraria. Kelsey?

– Claro. Obrigada. Haveria algum problema se eu observasse seu cavalo mais de perto enquanto ele caminha?

– Vá em frente.

Naomi acomodou-se num balde emborcado. Os trabalhos da manhã estavam quase terminando. E só restava esperar, algo que ela aprendera muito bem a fazer. Agora, havia um prazer na espera, enquanto observava a filha rodear o animal suado. "Está fazendo perguntas", presumiu Naomi. "Quando criança, Kelsey tinha muitas perguntas, mas não era distante ou arredia, como agora."

Por alguns instantes naquela manhã, enquanto se detinham em meio à névoa observando os primeiros cavalos percorrerem a pista de exercícios, ela havia percebido certa descontração entre as duas. Mas logo depois, o constrangimento voltou, sutilmente. Sua filha tinha, aliás, muitas sutilezas, muitos contrastes em relação à mãe.

Kelsey ria. Foi a primeira vez que Naomi ouviu o som de seu riso, sem reservas.

– Ela está se divertindo – comentou Gabe, entregando o café para Naomi.

– Sim, é bom ver isso. Estava aqui sentada dizendo a mim mesma que as coisas não serão sempre tão constrangedoras entre nós duas. – Ela reconfortou a garganta seca com o doce e quente café. – Quero apenas poder tocá-la, abraçá-la, uma única vez que seja. Mas sinto que não posso. Ela poderia permitir por pena, o que seria pior do que rejeição.

– Ela está aqui – ponderou Gabe, passando suavemente a mão pelos cabelos dela, descendo-a até o ombro. – E não me parece ser do tipo de fazer o que não quer.

– Não espero que ela volte a me amar. Mas quero muito que ela me deixe amá-la – suspirou Naomi, levando a mão ao ombro, pousando-a sobre a dele.

Kelsey tentou ignorar a intimidade daquela cena quando se uniu aos dois novamente. "É problema deles", disse a si mesma. Esboçou um sorriso e estendeu o braço para pegar o café que Gabe lhe ofereceu.

– Obrigada. Acabei de receber as dicas dos prováveis vencedores de todas as corridas de hoje. Garantiram que sairei daqui rica.

– Jimmy tem sempre uma dica – disse Naomi para Kelsey. – E ele acerta tanto quanto erra.

– Ah, mas essas são certeiras – defendeu-o Kelsey, sorrindo, enquanto levava a xícara à boca. – Ele jurou que nunca daria à filha da Sra. Naomi um palpite que não fosse infalível. Aconselhou-me a apostar em Necromancer, no primeiro páreo, porque a pista de grama está lenta, e ele venceria facilmente. – Ela ergueu uma sobrancelha. – Entendi tudo direito?

– Ninguém conseguiria adivinhar que hoje é seu primeiro dia – disse Gabe, sério.

– Ah, eu aprendo rápido. – Ela olhou em volta. Notara que o ritmo dos trabalhos havia claramente diminuído. – O que acontece agora?

– Esperamos – respondeu Naomi, levantando-se e estendendo o braço. – Venha. Vamos comprar donuts para acompanhar o café.

Esperar, ao que tudo indicava, era o estilo de vida das pessoas envolvidas com os negócios do hipódromo. Para os cavalos não escalados para as corridas, o dia terminava por volta das 10 horas. Os reboques iam e vinham. A pista recebia cuidados.

Por volta do meio-dia, as arquibancadas começavam a encher. O restaurante envidraçado atrás delas servia almoço aos que preferissem assistir às corridas longe dos odores e do barulho das massas.

Nas baias, os cavalos eram preparados mais uma vez. Pernas inchadas eram tratadas com baldes cheios de gelo. De acordo com a estratégia pessoal, alguns eram excitados, outros, acalentados como bebês. Jóqueis colocavam suas roupas de seda.

Agora pairava no ar um clima de expectativa; o alvoroço que estivera ausente na manhã velada pelo nevoeiro. Os cavalos empinavam, se agitavam, eram atletas inquietos, ávidos por correr.

Alguns se acalmavam quando os jóqueis subiam em seus dorsos, outros continuavam a escoicear e a empinar. Eram conduzidos à pista em fila única, alguns acompanhados pelos cavalariços, outros sozinhos.

Agora as arquibancadas fervilhavam, visitantes misturando-se aos frequentadores, todos esperançosos de que aquele seria seu dia. O desfile de apresentação, rito fundamental das corridas, começou com os cavalos entrando na pista. Ao toque da corneta, eles a circundaram para fazer o alinhamento, em ordem de largada. Os apostadores observavam, estudavam os prognósticos, os cavalos, os jóqueis, na esperança de escolher o vencedor.

Se um cavalo estivesse suando, ele poderia estar nervoso. Vantagem ou desvantagem? Cada apostador tinha sua opinião. Pernas dianteiras enfaixadas. Poderia ser um problema. Ah, e aquele protestando contra o bridão? Poderia estar mal-humorado hoje. Ou com muita pressa.

Aquele *parece* um campeão.

Na linha de chegada, pouco menos de cinco minutos depois de ter começado, o desfile se desfez, como se fosse um punhado de confete colorido jogado no ar.

Kelsey não se importou. Havia muito mais para ver. Estranho, a pista não era totalmente plana. Era larga, marcada por sulcos e buracos, um círculo de 1,6 quilômetro, repleto de velocidade e sonhos.

Ela podia sentir o cheiro desses sonhos enquanto se detinha junto à cerca da pista. O cheiro dos jóqueis. A variedade de cheiros das arquibancadas. Alguns suaves e florais, outros rançosos, ressecados pela poeira. E ali ela compreendeu como era poderosa a droga que se chamava "querer vencer".

– Acho que vou aproveitar aquela dica para o primeiro páreo – disse Kelsey.

Naomi riu. Estivera esperando isso.

– Você poderia levá-la lá em cima, Gabe? Não se deve encarar o primeiro guichê de apostas sozinha.

– Tenho certeza de que posso fazer isso sozinha – afirmou Kelsey quando Gabe segurou sua mão.

– Todo mundo acha que pode. – Ele subiu com Kelsey até os guichês de aposta, diante dos quais já se formavam filas. – Permita-me uma rápida aula sobre como apostar em cavalos. Você já decidiu quanto quer apostar?

– Em torno de 100 dólares – respondeu ela, franzindo a testa, aborrecida.

– Dobre a aposta. Sempre que pensar em apostar certa quantia, dobre-a na hora de fazer a aposta. Depois, considere perdido o dinheiro apostado. Você já deve ter o programa de corridas.

– Sim, tenho. – Ela não o entendera, mas tinha um.

– Normalmente, você precisa de umas quatro horas para estudá-lo, de preferência num lugar tranquilo, para rever as corridas de que o animal já participou, para eliminar alguns cavalos e eleger outros. É aconselhável restringir as opções a dois ou três animais. Sem binóculo, não é?

– Não pensei que...

– Não se preocupe. Pode usar o meu – propôs ele, conduzindo-a até uma fila e passando amigavelmente um braço sobre seu ombro. Embora tivesse vontade de rir, Gabe se controlou. Ela o escutava como um aluno aplicado escutaria seu velho mestre. – Esqueça as apostas do tipo duplas exatas e exatas simples. Você parece querer apostar somente para ganhar.

– Claro que sim.

– Ótimo. Aposta agressiva. É a própria recompensa. Apostar para se exibir é algo para os fracos – ponderou ele, tendo a satisfação de ver o homem na fila ao lado retrair-se num ligeiro sobressalto e encolher os ombros. – Você conferiu o quadro de apostas?

– Não – respondeu Kelsey, se sentindo idiota.

– Seu cavalo está cotado em 4 por 1. Isso é bom. Apostar nos favoritos é para os covardes. Foi uma pena você ter me dito que não gostava de apostar, senão eu não a teria deixado comer ou beber antes de entrarmos nesta fila.

– O quê?

– Nunca beba ou coma antes de escolher um campeão, Kelsey.

Ela fechou os olhos.

– Você está brincando.

– Não. É sério. – E então ele gargalhou. – É tudo tolice. Aposte porque é divertido. Feche os olhos e escolha um número. Cavalos são atletas, não máquinas. Não se pode prever seu desempenho.

– Obrigada. – Estando contente agora, ela se pôs à frente do guichê. – Dez dólares em Necromancer – solicitou ela, olhando de relance para Gabe. – Para ganhar.

Ainda com um dos braços no ombro dela, Gabe mobilizou o outro para pegar a carteira.

– Cinquenta no número 3. Para ganhar.

Kelsey franziu a testa, segurando seu bilhete.

– Quem é o número 3?

– Não sei – respondeu ele, enfiando o bilhete no bolso.

– Você aposta em um número, apenas em um número?

– É um palpite. Quer fazer uma aposta paralela comigo quanto ao cavalo que chegará na frente? Você com a sua dica e eu com meu palpite?

– Outros dez dólares – arriscou ela.

– E você disse que não era muito de apostar.

Chegaram de volta à cerca no exato instante em que os cavalos se alinhavam nos portões de largada. Tão tolo quanto pudesse parecer, seu coração batia aceleradamente, e suas mãos estavam suadas. Ao ouvir o toque de largada, apurou o olhar, fascinada com a mistura de cores.

Aquilo não era um simples exercício sob a névoa, mas uma multidão de corpos musculosos disputando posições, os jóqueis eram saliências nos dorsos dos cavalos. Em poucos segundos, atingiram a velocidade máxima, os mais rápidos embaralhando-se na pista. O barulho era espantoso, tropel à frente, urros atrás. E alcançaram a curva.

– O número 3 já ganhou – disse Gabe no ouvido de Kelsey.

– A corrida mal começou – respondeu ela, afastando-se.

Kelsey podia ouvir os jóqueis bradando ameaças ou encorajamentos enquanto seus chicotes estalavam. Mais adiante, na reta, estava a linha de chegada, e Kelsey já havia esquecido completamente da aposta. Suas emoções concentravam-se na corrida, no espetáculo dos atletas, no drama da velocidade. Ela notou então um cavalo vindo de trás, esforçando-se, ganhando terreno por entre os concorrentes. Mal se dando conta da própria atitude, começou a torcer por ele, emocionada com o esforço e a coragem do animal.

Ele alcançou o líder do páreo por fora e cruzou a linha de chegada com meio corpo de vantagem.

– Ah, vocês viram?! – exclamou ela, jogando a cabeça para trás e rindo. – Ele foi maravilhoso.

Gabe não havia visto o final, mas vira Kelsey. A máscara de formalidade se derretera na excitação, revelando a paixão e a energia de uma mulher que ela ocultava. Ele queria aquela mulher mais do que jamais quisera um cavalo vencedor.

Com os lábios franzidos, Naomi avaliou o olhar de Gabe. Era algo que teria de pensar depois.

– Seu cavalo chegou em quinto – informou ela a Kelsey.

– Não importa. – Kelsey respirou fundo. Ainda podia sentir o cheiro da magia. – Valeu pelo espetáculo. Você viu como ele veio lá de trás? Surgindo do nada...

– O número 3 – observou Gabe e esperou até que os olhos dela fitassem os dele. – Meu palpite deu certo.

– Aquele era o número 3? – Ela se surpreendeu, virando-se para o círculo em torno do cavalo vencedor, dividida entre a irritação de ter perdido para Gabe e o prazer de contemplar o campeão. – Hoje deve ser seu dia de sorte.

– Pode ser que esteja certa.

– Bem. – Ela ergueu o olhar para ele e sorriu. – Qual o seu palpite para o próximo páreo?

A CERTA HORA ao longo da tarde, Kelsey devorou um cachorro-quente acompanhado de um refresco. Algum tempo antes de lanchar, sentira nas entranhas um surpreendente orgulho pessoal ao ver Virginia's Pride vencer facilmente os oponentes. "A superioridade dele sobre os demais é tão óbvia", pensou ela, "até mesmo para meus olhos indisciplinados, que não têm como compará-lo aos outros cavalos do hipódromo."

Outra emoção, menos identificável, tomou-a quando o cavalo de Gabe cruzou a linha de chegada em primeiro lugar.

Quando a noite caiu, as arquibancadas estavam literalmente cobertas de bilhetes perdedores, pontas de cigarro e esperanças desfeitas.

– Será que consigo convencê-las a jantar comigo?

– Ah... – Naomi abotoava a jaqueta, distraída, enquanto procurava Moses. – Ainda vou ficar aqui por pelo menos uma hora. Por que você não vai com Kelsey?

Instintivamente, Kelsey aproximou-se da mãe.

– Não me importo de esperá-la.

– Não, vá. Divirta-se. Eu a verei em casa daqui a umas duas horas.

– Eu realmente... – Mas Naomi já se afastava, apressada. – Agradeço o convite, Gabe, mas...

– Você é muito educada para recusar – arriscou ele, tomando o braço de Kelsey.

– Não, não sou.

– Então você está com muita fome. Um simples cachorro-quente não pode suprir toda essa energia que você tem. E posso ajudá-la a contar o dinheiro que você ganhou com as apostas.

– Não acredito que isso vá exigir um grande esforço matemático. – De qualquer jeito, ela realmente estava com fome. Deixou, portanto, que ele a conduzisse pelo estacionamento até um Jaguar verde.

– Belo carro.

– E muito veloz.

Ele tinha razão. Kelsey recostou-se e desfrutou o passeio pela noite enluarada. Ela sempre gostara de dirigir em alta velocidade, capota arriada, rádio ligado. Wade a reprimira inúmeras vezes, seu coração descompassado pelo excesso de velocidade. "Sensato", considerou ela. "Responsável."

Mas ele nunca compreendeu que, de vez em quando, ela precisava transgredir, fazer alguma coisa, qualquer coisa proibida. Ele aconselhava moderação, e ela concordava, exceto quando não podia. Um impulsivo surto de compras, uma multa por excesso de velocidade, um desejo súbito de voar para as Bahamas. A intensidade de sua inconstância tinha sido a causa de muitas discussões familiares.

Bobagem, sempre havia achado. Incorretamente, reconhecia agora. O que conseguira com aquela impulsiva visita surpresa a Atlanta?

Liberdade, lembrou. E encerrou definitivamente aquele capítulo.

Quando voltou a prestar atenção na paisagem, percebeu que estavam quase chegando a Bluemont.

– Achei que íamos jantar.

– E vamos. Gosta de frutos do mar?

– Sim. Há algum restaurante especializado por aqui?

– Um ou dois. Mas vamos jantar lá em casa. Eu telefonei antes. O que acha de peixe grelhado?

– Parece ótimo. – Ela se endireitou no assento, em resposta ao alarme que lhe soou na mente. – Como você sabia que eu aceitaria vir jantar com você?

– Tive um palpite. – Ele reduziu a velocidade, cruzou a estrada e passou pelos portões de ferro. – Pode dar uma olhada na casa antes de jantarmos.

O jardineiro de Gabe estivera ocupado. Os canteiros haviam sido tratados para receber as novas flores da primavera. Alguns narcisos já haviam florescido, seus botões de um amarelo-vivo balançavam graciosamente.

Engraçado, ela jamais teria imaginado que Gabe pudesse ser do tipo que gostasse de narcisos.

A porta da frente da casa era ladeada por vidraças com desenhos geométricos. Sob a luz do interior, elas cintilavam como diamantes. Kelsey se lembrou então de que as roupas de seda do jóquei de Gabe também pareciam diamantes, um inquietante cintilar vermelho e branco.

– Você escolheu essas cores inspirado nas sedas?

– Uma série de cinco cartas do mesmo naipe num jogo de pôquer. Ouros, do oito ao rei. – Ele abriu a porta. – Uma mão de cartas. Tirei um dez e um valete. Você ouvirá dizer por aí que foi assim que vim parar aqui. Ganhando uma rodada de pôquer.

– E foi?

– Mais ou menos.

Ela entrou, deparando-se com um átrio ladrilhado, espaçoso, iluminado por claraboias. O corrimão de bronze que resguardava o segundo andar estendia-se pela escada suavemente espiralada. Enormes vasos de terracota pendiam aqui e ali, com viçosas folhagens.

– Que bela entrada.

– Não gosto de lugares apertados. Vou lhe servir uma bebida.

– Está bem. – Ela o seguiu por um amplo arco que dava acesso à sala de estar, separada da próxima sala por outro arco. Portas de vidro convidavam a noite a entrar, recebida por alguns abajures acesos.

A lenha crepitava na lareira de seixos. Diante dela, havia uma mesa elegante e requintada. Para duas pessoas, notou. Toalha branca, velas. Champanhe gelado num balde de gelo sobre um carrinho ao lado.

– Você também teve um palpite de que Naomi não viria?

– Ela geralmente faz uma reunião com Moses depois de um dia de trabalho no hipódromo. – Ele abriu o champanhe com um rápido e comemorativo estouro. – Gostaria de dar uma olhada por aí ou prefere jantar logo?

– Já que estou aqui, gostaria de dar uma olhada na casa. – Ela pegou a taça, notando que ao lado do outro prato não havia uma. – Você não vai comemorar?

– Claro que vou. Mas não bebo. Por que não começamos pelo segundo andar e depois descemos?

Ele seguiu à frente, conduzindo-a pela escada espiralada. Ela contou quatro quartos antes de subirem alguns degraus que davam acesso à suíte principal. Era, na verdade, um ambiente em dois níveis de pé-direito mediano, o quarto três degraus acima de uma área que funcionava como sala de estar. Uma lareira de pedra aquecia os pés de uma cama gigantesca sob uma claraboia que permitiria, numa noite de insônia, a contemplação da lua.

Assim como o restante da casa, a suíte principal misturava o clássico e o moderno. Uma mesa estilo Chippendale sustentava uma escultura de arte abstrata em bronze e cobre. Um tapete persa fulgurava em cores brilhantes sob os pés de uma irregular mesa de centro de teca polida.

Jarras de fina porcelana de Meissen ao lado de obras de arte moderna. A arte e a pintura atraíam Kelsey. Mesmo estando do outro lado do quarto, ela pôde notar alguns trabalhos do mesmo artista que vira na casa de sua mãe.

"Muita paixão", pensou, enquanto observava as frenéticas pinceladas, a agressiva justaposição de cores primárias.

– Não me parece uma obra muito repousante para um quarto.

– Achei que ficava bem aqui.

– N. C. – murmurou ela. – Foi Naomi quem o pintou?

– Sim. Você não sabia que ela pintava?

– Não. Ninguém nunca me contou. Ela tem muito talento. Conheço muitos negociantes de arte que suplicariam por um trabalho como este.

– Ela não lhe agradeceria por isso. Sua arte é muito pessoal.

– Toda arte é pessoal. – Kelsey se afastou do quadro. – Naomi sempre pintou?

– Não. Você deveria perguntar a ela um dia desses. Ela lhe dirá tudo que quiser saber.

– Antes preciso decidir o que quero saber. – Bebericando o champanhe, Kelsey andou pelo quarto. – Não posso imaginar como era o imponente Cape Cod, mas duvido que pudesse rivalizar com esta casa. – Ela se virou, mais à vontade. – A vizinhança se escandalizou ao ver que ele estava sendo demolido?

– Escandalizei todo mundo num raio de 30 quilômetros.

– E se deliciou com cada centímetro do efeito dessa façanha?

– Pode apostar que sim. De que adianta ter fama se você não faz por onde?

– E qual é sua fama?

– De ser insinuante, querida, muito insinuante. Qualquer pessoa lhe dirá que ficar sozinha comigo no meu quarto é o primeiro passo para a perdição.

– Há uma longa distância entre o primeiro passo e a queda final.

– Nem tanto quanto você pensa.

Ela deu de ombros e tomou o restante da bebida.

– Fale-me sobre o jogo de cartas.

– Durante o jantar – disse ele, estendendo-lhe a mão. – Adoro criar um clima e estou muito mais próximo da queda final do que a maioria.

Intrigada, ela pousou a mão sobre a dele.

– Isso não me parece muito insinuante, Slater.

– Estou apenas começando.

Ao descerem, ele serviu mais champanhe para ela. Algum criado invisível já tinha posto sobre a mesa dois pratos com base de prata, acendido as velas e ligado o som. Eles se sentaram ouvindo Gershwin.

– E o jogo de cartas?

– Ah, sim. O que você sabe sobre pôquer?

– Só conheço qual carta bate esta ou aquela – respondeu ela, saboreando um pedaço do peixe refinadamente grelhado e fechando os olhos. – Hum... Sem sombra de dúvida isso supera a comida do hipódromo.

– Direi ao cozinheiro que você gostou da comida dele. Voltando ao assunto, há cerca de cinco anos participei de uma grata rodada de pôquer, uma verdadeira maratona. Grandes somas de dinheiro, jogadores agressivos.

– Por aqui?

– Exatamente aqui. No imponente Cape Cod.

Kelsey piscou os olhos.

– O jogo não é proibido?

– Chame um policial. Quer ouvir a história ou não?

– Sim. Você se envolveu numa grande e ilegal rodada de pôquer. E então?

– Cunningham estava passando por uma fase de má sorte. Não apenas durante aquele jogo, mas há alguns meses. Os cavalos dele estavam perdendo. Ele não via a cor do dinheiro há mais de um ano. Tinha uma pilha de dívidas para pagar. Então imaginou, como acontece com todas as pessoas falidas, que lhe bastava um único dia de sorte.

– Daí o jogo.

– Exatamente. Eu tinha coparticipação na propriedade de um cavalo, e o animal estava muito bem. Portanto, eu estava – sorriu maliciosamente – rico. E queria ter uma fazenda como esta, sempre quis. Entrei na jogada achando que se não perdesse minha aposta poderia ter dinheiro suficiente para investir em outro cavalo.

– Parece sensato, embora de uma maneira muito particular. – "Imprudente, isso sim", pensou ela. "Admiravelmente imprudente." – É óbvio que você ganhou mais do que um cavalo.

– Não havia como perder. Foi um daqueles raros momentos em que tudo parece cair prodigamente na palma da mão. Ele tinha uma sequência simples, eu tinha uma sequência real. Ele tinha um *straight*, eu um *flush*. Seus problemas realmente começaram quando não conseguiu mais parar. Já tinha perdido sessenta, sessenta e cinco.

– Centenas de dólares?

Fascinado, Gabe pegou a mão de Kelsey e a beijou.

– Sessenta e cinco mil dólares, querida. Que ele não tinha. Pelo menos não em espécie. Então ele decidiu aumentar a aposta e não quis aceitar um não como resposta.

– E, naturalmente, você fez tudo que pôde para fazê-lo desistir dessa loucura.

– Eu disse que ele estava cometendo um grande erro. Ele disse que não. – Gabe sacudiu os ombros. – Quem era eu para discutir? Apenas quatro de nós ainda permaneciam à mesa, então. Já estávamos jogando há cerca de 15 horas. Aquela seria a última rodada. Cinco mil cada um, sem limites de aumento.

– Vinte mil na mesa antes de começar?

– E acima de 150 mil quando o jogo se limitou a mim e a Cunningham.

Ela reteve o garfo a meio caminho da boca.

– Cento e cinquenta mil dólares numa única rodada?

– Ele achou que tinha o jogo na mão e continuou aumentando. No final, acrescentei mais 50 mil, acreditando que isso o iria dissuadir de continuar, mas ele aceitou a aposta.

Ela ergueu a taça e bebericou lentamente, umedecendo sua garganta ressecada. Sentia-se como se estivesse ali, as mãos suadas e a boca seca, diante de uma pequena fortuna cujo destino dependia de uma mão de cartas.

– Isso é um quarto de um milhão de dólares!

Ele riu.

– Você aprende rápido. Senti pena dele, mas não vou dizer que não senti prazer no instante em que abri meu *straight flush* sobre os três reis dele. Cunningham não tinha dinheiro – disse Gabe, colocando mais champanhe na taça de Kelsey. – Melhor, o dinheiro que ele tinha mal cobria a quantia que ele havia perdido. Por conta disso, fizemos um acordo. Eu diria que ele apostou a fazenda e perdeu.

– Você simplesmente o expulsou daqui?

Gabe inclinou a cabeça, estudando a fisionomia de Kelsey.

– O que você teria feito?

– Não sei – disse ela depois de pensar. – Mas acho que não teria coragem de expulsá-lo da própria casa.

– Mesmo depois de ele ter apostado sem ter dinheiro?

– Mesmo assim.

– Você tem um coração mole. Nós tínhamos feito um acordo – repetiu ele – que satisfez a nós dois. E, por eu ter arriscado só o que eu tinha, consegui aquilo que desejei durante toda minha vida.

– É uma bela história. Você deve ter conhecido o azarado Cunningham no hipódromo.

– Não. Eu trabalhava para ele.

– Aqui? – perguntou ela, pousando o garfo sobre o prato. – Você trabalhava aqui?

– Eu levava os cavalos para andar e se refrescar, recolhia o estrume, limpava as selas. Fui empregado de Cunningham por três anos. Ele tinha um ótimo negócio. Logicamente, nunca deu a mínima para os cavalos. Só representavam dinheiro para ele. E se importava menos ainda com as pessoas que cuidavam dos animais. Nossos aposentos pareciam pequenas celas, apertados, sujos. Ele não acreditava que valesse a pena investir dinheiro no que, em sua opinião, eram melhorias desnecessárias.

– Acho que você não se aborreceu nem um pouco de ter tomado a casa dele.

– Não perdi noites de sono por causa disso. Quando saí daqui, trabalhei durante algum tempo em Three Willows. Aquela sim é uma fazenda. Chadwick sabia trabalhar. Como sua mãe, agora. Ao deixar Three Willows, com 17 anos, achei que voltaria um dia com o bolso cheio de dinheiro e compraria uma fazenda por aqui.

– E comprou.

– De certo modo.

– O que você fez enquanto esteve longe daqui?

– Isso é outra história.

– Tudo bem. – Reconfortada pela comida e pela bebida, Kelsey apoiou o queixo na mão. – Aposto como você odiava Cape Cod.

– Cada maldito centímetro dele.

Rindo, ela se recostou novamente e pegou a taça.

– Acho que estou começando a gostar de você. Só espero que não tenha inventado tudo isso.

– Não preciso mentir. Sobremesa?

– Não consigo. – Com um pequeno gemido, ela se levantou da mesa e começou a andar pela sala. – Quando vi esta casa pela primeira vez, eu a achei arrogante e provinciana. Creio que estava certa. – Ela fechou os olhos por um momento. – Meu ponto sem volta.

– O quê?

– Nada. – Ela balançou a cabeça e se aproximou das janelas. – Deve ser bom olhar através da janela e ver que tanta coisa lhe pertence.

– O que você vê através da sua?

– Um restaurante, um pequeno shopping com uma fantástica butique e uma maravilhosa padaria. O apartamento fica praticamente ao lado de uma estação do metrô, e eu queria ter conforto.

Ele colocou as mãos nos ombros dela, girando-a de forma que ficassem frente a frente.

– Mas não tem.

– Não. – Surpreendeu-se com o rápido estremecer que experimentou quando ele deslizou a mão por seu pescoço.

– E o que vai fazer agora?

– Ainda não decidi.

Ele lhe tomou o rosto nas mãos, deixando os dedos perpassarem por seus cabelos.

– Eu já.

Sua boca procurou a dela, de leve, testando, não mais do que um sutil roçar que lhes permitiria retroceder. Mas ela não recuou, não com o hálito de Gabe vibrando em seus lábios, e a entorpecente e inesperada ânsia de tocar e ser tocada.

Ela não recuou; ao contrário, avançou, seus braços envolvendo o pescoço dele, sua boca colando-se avidamente à dele.

Tanto para sentir. Ela havia esquecido que havia tanto para sentir. Ou, talvez, nunca tivesse sabido. Não havia nada de civilizado ou recatado naquele abraço. Era envolvente e selvagem, uma explosão de sensações que zombava da luz suave das velas e da música tranquila.

Ela desnudou a mente de Gabe. Só lhe restara a pura sensação do cheiro de Kelsey, seu gosto que lembrava uma droga exótica, seu corpo contra o dele, os sons de sua respiração acelerada à medida que ela o abraçava cada vez mais forte. Seu desejo por ela, aguçado como uma faca, despia suas camadas de boas maneiras, boa conduta e ética, que ele cuidadosamente cultivara, revelando o velado homem impulsivo.

Ele precisava tocá-la. As mãos dele moviam-se nervosas por todo o corpo dela, na ânsia desesperada de possuí-la. Kelsey contorcia-se ao contato, ávida por mais. Queria implorar que ele se apressasse, que não a deixasse pensar, que não a deixasse raciocinar.

Erguendo uma das mãos, ele acariciou o rosto de Kelsey e colocou os cabelos atrás da orelha dela. Instantaneamente, a recordação de Gabe fazendo o mesmo gesto com os cabelos de Naomi há apenas algumas horas invadiu a mente dela.

O horror e a vergonha eram como dois golpes violentos desferidos em seu peito. Ela se afastou, ofegante.

– Não – disse Kelsey, tropeçando ao tentar recuar quando ele fez menção de abraçá-la novamente. – Não me toque. – Ela ainda sentia o gosto dele, ainda o queria. – Como você pôde fazer isso? Como eu pude fazer isso?

– Eu quero você. – Ele teve de combater todos os impulsos de seu corpo que o impeliam para o que quase havia sido seu. – E você me quer.

Porque era verdade, desesperadamente verdade. Ela não tinha escolha a não ser atacar.

– Não sou uma égua para me submeter à cópula. E não vim aqui esta noite para que você pudesse descobrir se a filha puxou algo da mãe.

Para tentar controlar suas mãos, Gabe enfiou-as nos bolsos.

– Seja mais clara.

– Não estou me justificando, mas, pelo menos, eu tenho a decência de interromper esse desatino antes que ele vá longe demais. Você não tem decência alguma – acusou ela, jogando os cabelos para trás. Raiva misturada à corrosiva culpa afiava-lhe a língua. – Isso é apenas mais um jogo para você, Slater? Atrair a filha, oferecer champanhe e um jantar, e depois levá-la para a cama e ver se ela é tão boa quanto a mãe? Você fez as apostas, calculou os riscos?

Ele levou algum tempo para responder e, quando o fez, seu rosto e suas palavras não revelaram o mínimo ressentimento.

– Você acha que estou dormindo com Naomi?

– Eu sei que está.

– Isso me lisonjeia.

– Você... que espécie de homem você é?

– Você não faz ideia, Kelsey. Nenhuma mesmo. Duvido muito que tenha conseguido me compreender vivendo nesse seu pequenino, confortável e delicado mundo. – Ele se aproximou dela, segurando-lhe a nuca com uma das mãos. Era uma forma mesquinha, insignificante, de compensá-la por aqueles rápidos e bons momentos. Mas ele estava se sentindo um homem mesquinho naquele instante, insignificante.

Embora mantivesse as costas enrijecidas, o corpo dela começou a tremer.

– Tire as mãos de mim.

– Gosto de pôr as mãos em você – disse ele docemente. – Você está com medo, excitada, mas com medo, e perguntando a si mesma o que faria se eu tentasse arrastá-la lá para cima. Diabo, por que eu me daria todo esse trabalho se poderia fazer isso aqui mesmo? – A voz dele saía baixa e suave, e havia um brilho em seu olhar, uma perigosa chama. – O que você faria, Kelsey, se eu a possuísse aqui mesmo, agora?

O medo apertava a garganta de Kelsey, alterando sua voz.

– Eu disse para tirar as mãos de mim!

Ele podia ver o pavor no rosto dela. Era nítido como um grito, mesmo depois que ele a soltou e recuou. E o pavor não diminuiu, como também não diminuiu a sensação de frustração que fervilhava dentro dele.

– Peço desculpas por isso. Mas apenas por isso – disse Gabe, estudando a fisionomia dela por alguns instantes. O rubor que ele havia afugentado deliberadamente de suas faces voltava a tingir sua pele. – Está me julgando precipitadamente, Kelsey. E como você já se decidiu, não vamos perder tempo discutindo realidade ou fantasia. Vou levá-la para casa.

7

Naomi estava amarrando a faixa do roupão quando ouviu a porta fechar-se violentamente. Surpresa com o som inesperado, hesitou em descer até o hall. "Tenho o direito de questionar minha filha sobre o que acontecera?", perguntou a si mesma.

Naomi não tinha precedentes. Se tivesse acompanhado os anos da adolescência de Kelsey, se tivessem passado noites conversando, trocando confidências e preocupações sobre os triunfos e as tragédias desse período da vida, ela saberia o que fazer.

Mas ela não tinha por onde se guiar, a não ser pelo próprio instinto. O ruído dos passos apressados de Kelsey na escada acelerou sua decisão.

Naomi abriu a porta do quarto, certa de que poderia conduzir a situação de um modo bastante casual. Nada de interrogatórios, apenas um corriqueiro "como foi sua noite". Um vago olhar para a filha, entretanto, desmontou suas intenções.

– O que aconteceu? – Antes que qualquer uma delas pudesse pensar, Naomi avançou, acariciando o braço de Kelsey. – Você está bem?

Ainda tremendo de raiva, Kelsey pôs-se imediatamente na ofensiva.

– Como você pôde se envolver com ele, muito menos... Deus, só faltou você me pedir para passar a noite com ele.

– Gabe? – perguntou Naomi, seus dedos pressionando involuntariamente os braços da filha. Ela confiava em Gabe, sem questionar. Mas um receio feminino a dominou. – O que ele fez?

– Ele me beijou. – Kelsey retraiu-se, seu rosto incendiando diante do ridículo resumo do que realmente acontecera entre eles.

– Beijou você – repetiu Naomi enquanto ondas de alívio a divertiam. – Só isso?

– Você não se importa? – Frustrada, Kelsey desvencilhou-se da mãe. – Estou lhe dizendo que ele me beijou. Nós nos agarramos ardentemente. E teríamos continuado se eu não tivesse me lembrado.

"Você não está entendendo nada, Naomi", disse ela a si mesma. Se não podiam se entender como mãe e filha, talvez pudessem tentar como duas mulheres.

– Vamos entrar e nos sentar.

– Não quero me sentar – disse Kelsey, mas seguiu Naomi até o quarto.

– Eu quero. – Tentando reordenar as ideias, Naomi acomodou-se no banco de sua penteadeira. – Kelsey, imagino que talvez você não tenha se acostumado plenamente com o divórcio, mas você está divorciada e livre para cultivar outras relações.

Kelsey parou de andar de um lado para outro e fitou a mãe, boquiaberta.

– Eu sou livre? Mas isso não tem nada a ver comigo, e sim com você!

– Comigo?

– O que há com você? – perguntou Kelsey, já misturando algum insulto à sua irritação, indignada com a possibilidade de a mulher que tinha seu sangue ser tão superficial. – Não tem amor-próprio?

– Já me disseram que eu tenho até demais – respondeu Naomi, lentamente. – Mas não vejo qual é a relação de uma coisa com a outra.

– Estou dizendo que seu amante queria dormir comigo, e você não entende qual é a relação?

A boca de Naomi pareceu recobrar forças antes de voltar a articular palavras.

– Meu amante?

– Só Deus sabe por que você permite que ele ponha as mãos em você – censurou-a Kelsey. – Você o conhece há anos e deve saber muito bem quem ele é. Ah, ele é atraente e encantador, por fora. Mas não tem escrúpulos, honra, lealdade.

Os olhos de Naomi piscaram, seu queixo caiu.

– De quem você está falando?

– Slater. – Eminentemente nervosa, foi tudo o que Kelsey pôde dizer para evitar berrar. – Gabriel Slater. Quantos amantes você tem?

– Apenas um. – Naomi entrelaçou as mãos e inspirou profundamente. – E você acha que é Gabe. – Depois de pensar um pouco, ela sorriu. Em seguida, para espanto de Kelsey, começou a rir. – Desculpe. Desculpe. Tenho certeza de que isso não é nada engraçado para você. – Naomi pressionou uma das mãos no estômago, sem saber o que fazer. – Mas isso é realmente maravilhoso. Fico muito lisonjeada.

– Ele disse a mesma coisa – rosnou Kelsey por entre os dentes.

– Disse? – Naomi enxugou uma lágrima com a ponta dos dedos, pasma. – Você está tentando me dizer que perguntou a Gabe se ele dormia comigo? Por Deus, Kelsey, ele tem 30 e poucos anos. Eu tenho quase 50.

– Que diferença isso faz?

Ela não se conteve. Um sorriso brilhou em seus lábios como um raio de sol.

– Agora eu realmente estou lisonjeada. Você acredita mesmo que um homem deslumbrante e de sangue quente como Gabe poderia se interessar afetivamente por mim? – Kelsey estudou a mãe tão desapaixonadamente quanto a emoção que a dominava permitiu, observando suas feições clássicas, o corpo esguio e elegante no roupão branco.

– Não estou me referindo a afeto – disse Kelsey secamente.

– Ah. – Naomi concordou com a cabeça, tentando se recompor. – Bem, então, você acha que Gabe e eu estamos... temos... um caso... dormimos juntos? – Ela franziu os lábios. – Estou me sentindo cada vez mais jovem.

– Antes que você se dê ao trabalho de negar, quero lhe dizer duas coisas. – De cabeça erguida, Kelsey encarou a mãe. – Primeiro, não me interessa saber com quem você dorme. Isso não é da minha conta. Você pode ter vinte amantes, e eu não tenho nada a ver com isso. Segundo, eu a ouvi ontem à noite. Aqui, com ele.

– Oh! – Naomi perdeu o fôlego. – Isso é constrangedor.

– Constrangedor? – repetiu Kelsey, o adjetivo explodindo em sua boca. – Isso é *constrangedor*?

Naomi ergueu uma das mãos, percebendo que teria de ser bem clara e objetiva.

– Vamos analisar suas afirmações, em ordem. Em primeiro lugar, apesar do que você possa pensar ou do que lhe tenham dito sobre mim, nunca fui uma mulher promíscua. Pode não acreditar, mas seu pai foi o primeiro homem da minha vida. E não houve ninguém mais até dois anos depois de eu sair da prisão. Essa pessoa tem sido o meu único amante desde então. – Ela se levantou, ficando frente a frente com a filha.

– Se isso é verdade, é ainda pior. Como você não se importa que ele a traia desse jeito?

– Nenhum homem me trairia mais de uma vez – respondeu Naomi, num tom de voz que fez não apenas com que Kelsey acreditasse, mas entendesse. – Não era Gabe que estava comigo no quarto ontem à noite, Kelsey. Era Moses.

Kelsey não conseguir dizer nada. Era impossível ignorar a verdade estampada à sua frente. Silenciosamente, ela se sentou no banco que sua mãe havia ocupado pouco antes.

– Moses, seu treinador.

– Sim, Moses, meu treinador. Meu amigo e meu amante.

– Mas Gabe... ele está sempre tocando você.

– Correndo o risco do clichê, nós somos mesmo bons amigos. Gabe é, com exceção de Moses, meu amigo mais íntimo. Lamento que você tenha interpretado as coisas erroneamente.

– Meu Deus! – Constrangida, Kelsey cerrou os olhos, humilhada por todas as coisas que dissera a Gabe. – Oh, meu Deus, por isso ele ficou tão aborrecido. As coisas que eu disse! – Enfrentando o risco de ser rejeitada, Naomi afagou os cabelos de Kelsey.

– Imagino que você não se tenha dado ao trabalho de perguntar a ele.

– Não – respondeu Kelsey, enquanto as palavras que havia dito a Gabe voltavam à sua mente como projéteis. – Não. Eu tinha tanta certeza e fiquei tão envergonhada por ele ter conseguido me envolver, ainda que por um instante... Eu nunca...

com Wade foi sempre... não importa – disse ela rapidamente. – O fato é que eu me precipitei e disse algumas grosserias a ele.

– Você estava numa situação difícil. Vou telefonar para ele e explicar tudo.

– Não, eu irei lá amanhã e me desculparei pessoalmente.

– É horrível, não é? Desculpar-se?

– Quase tão ruim quanto estar errada. – Era sempre difícil para ela engolir o próprio orgulho. – Desculpe.

– Não há necessidade de pedir desculpas para mim. Você acabou de entrar num mundo povoado de desconhecidos, Kelsey. Confiou na própria intuição. O que quer que você tenha feito esta noite, fez porque tem um sólido código moral, um primoroso senso do que é certo ou errado.

– Você está me desculpando.

– Sou sua mãe – disse Naomi tranquilamente. – Talvez nós duas nos acostumemos com isso com o passar do tempo. Vá dormir um pouco. E, se não quiser enfrentar sozinha o leão na toca amanhã, eu irei com você.

MAS ELA FOI sozinha. Era uma questão de honra. A princípio pensou em ir de carro, mas não queria chegar muito rápido. Apesar de ter ficado a maior parte da noite sem conseguir dormir, queria abordá-lo com as palavras e o tom de voz corretos.

Ela decidiu pedir um cavalo emprestado, para, cavalgando de uma fazenda à outra, dissipar a tensão e relaxar a mente.

Encontrou Moses passando unguento no pescoço de um cavalo ruão castrado. Mas, tolamente, não conseguiu dirigir-lhe a palavra, hesitante. Como falar com ele, agora que sabia que Moses era amante de Naomi?

Por alguns instantes, ficou parada, observando-o. As mãos dele eram serenas, bronzeadas e de palmas largas. Num dos pulsos havia uma pulseira de cobre martelado. Seu cabelo grisalho tinha quase a mesma quantidade de fios brancos e negros. Seu rosto era bem definido, embora talvez ninguém o considerasse belo, com seu nariz proeminente e a pele marcada pelo tempo. Seu corpo era robusto e musculoso, embora não detivesse a sedutora flexibilidade do de Gabe.

– Foi difícil descobrir, não foi? – perguntou Moses, com a voz levemente divertida. Não precisou virar-se para Kelsey para deduzir o que se refletia em seus olhos. – Uma mulher bonita como ela. Rica. Requintada. E um tampinha mestiço como eu. – Ele pôs o unguento de lado e estendeu o braço para pegar uma tigela de mingau ralo. – Não posso censurá-la por ter se surpreendido. Eu também me surpreendo o tempo todo.

– Desculpe...

– Naomi achou que seria melhor me avisar de que havia falado sobre nós dois.

Sobressaltando-se, Kelsey levou uma das mãos ao rosto. Como aquela situação poderia ficar ainda mais constrangedora?

– Sr. Whitetree.

– Moses. Chame-me apenas de Moses, levando em conta a situação. Vamos lá, rapaz – murmurando, ele estimulava o cavalo a tomar o mingau. – Experimente um pouco. Só alguns golinhos. Apaixonei-me por ela logo que comecei a trabalhar aqui como cavalariço. Ela devia ter uns 18 anos, e eu nunca vira uma mulher igual em toda a minha vida. Não esperava que ela me olhasse duas vezes. Por que olharia?

Kelsey o observava cuidar do cavalo, percebendo sua delicadeza, sua força, sua energia.

– Acho que posso entender por quê – disse ela, fazendo um gesto para mostrar que compreendera o curto relato, e aproximou-se dele na baia até ficarem ombro a ombro. – O que há de errado com ele?

– King Cole está com laringite.

– Laringite? Cavalos têm laringite? Como você sabe?

– Vê aqui? – Moses pegou a mão de Kelsey e a levou até um ponto do pescoço do animal. – Sente que está inchado?

– Sim, coitado – disse Kelsey, acalentando o animal com suavidade enquanto acariciava seu pelo. – É grave?

– Pode ser, às vezes. Quando é grave, a traqueia fica obstruída, e o cavalo pode se sufocar.

– Você quer dizer que ele pode morrer? – Alarmada, ela pressionou o rosto na lateral do focinho do cavalo. – Mas é apenas uma garganta inflamada.

– Em você seria. Nele é diferente. Mas está melhorando, não está, amigo? Ele não pode engolir comida, só mingau, chá...

"Chá para cavalo", pensou Kelsey.

– O veterinário não deveria dar uma olhada nele?

– Não, a menos que piore. Nós o mantemos aquecido, fazemos inalações de eucalipto, passamos cânfora na língua dele três, quatro vezes ao dia. Não está tossindo mais, e isso é um bom sinal.

– Até onde você assume o papel de veterinário?

– Só chamamos Matt quando não podemos resolver o problema.

– Achei que o treinador apenas treinasse os animais.

– O treinador faz de tudo um pouco. Às vezes parece que o cavalo é a parte menos importante do trabalho. Passe um dia comigo quando puder e verá.

– Eu gostaria disso.

Havia sido apenas uma observação casual, nada que ele esperasse que ela viesse a aceitar. Pensativo, ele a fitou.

– Começo antes do amanhecer.

– Eu sei. E provavelmente não vai me querer rondando atrás de você. Mas imaginei se não haveria algo que eu pudesse fazer enquanto estou aqui. Tirar o estrume das cocheiras, limpar as selas. Não espero poder cuidar dos cavalos, mas detesto ficar sem fazer nada.

"Filha de Naomi", pensou Moses.

– Bem, vejamos, então. Há sempre algo a fazer por aqui. Quando quer começar?

– Hoje à tarde, talvez amanhã. Preciso resolver um problema agora de manhã. – Seu entusiasmo diminuiu ao lembrar-se disso. – Preferiria limpar estrume a fazer isso, mas não pode ser adiado.

– Venha, então, assim que puder.

– Eu agradeço. Teria algum cavalo disponível que eu pudesse usar agora? Eu sei montar.

– Você é filha de Naomi, o que significa que sabe montar e que não precisa de permissão para pegar um cavalo.

– Prefiro pedir.

– Vamos selar Justice, então – decidiu ele. – Combina com você.

O CAVALO RUÃO CASTRADO gostava de correr. Fora aposentado há três anos, mas parecia não ter aceitado sua nova condição de cavalo de sela. Era frequentemente usado para levar competidores até a pista para participar do desfile de apresentação e, embora preferisse correr, desempenhava suas obrigações com dignidade.

Nunca fora um campeão, como Moses contou a Kelsey. Mas também nunca fora um animal medíocre e havia gerado dinheiro regularmente para sua proprietária durante toda a carreira.

Kelsey não se importou com o fato de ele ter perdido todas as corridas, não quando ele a levou voando por sobre as colinas, o corpo ágil como um motor bem lubrificado sob o seu.

Ele respondia de imediato à mais sutil compressão dos joelhos dela, mudando prontamente a andadura de um trote sacolejante para um fluido galope, tão feliz quanto ela por ter o frescor da manhã e os campos ondulados diante de si.

Kelsey deu-se conta de que cavalgar era um prazer que ela se havia negado por muito tempo, e não se negaria mais, pouco importando quanto seus músculos doessem depois. Mesmo quando fosse embora de Three Willows, encontraria uma maneira de se permitir esse prazer.

Talvez saísse do apartamento onde morava e se mudasse da cidade. Não havia razão para não comprar seu próprio sítio e um cavalo. Naturalmente teria de providenciar um estábulo, mas isso não era difícil. Se aprendesse o suficiente com Moses, poderia trabalhar num haras.

Kelsey absorvia o frescor da incipiente primavera: o perfume da grama e da vegetação em pequenas brotações. Por que sempre achara que tinha de ficar num escritório ou numa galeria hora após hora quando podia viver ao ar livre, fazendo algo pelo simples prazer de fazer?

Jogou os cabelos para trás e riu enquanto cortavam as águas de um estreito riacho e se lançavam encosta acima.

Ao chegar ao topo, diminuindo o ritmo, observou as construções adiante.

Longshot. Inclinando-se para a frente, Kelsey afagou o pescoço de Justice e contemplou a paisagem. O passeio lhe havia feito muito bem, mas não resolvera o principal problema. Ainda não tinha a mínima ideia de como abordar Gabe.

– Então, o jeito é improvisar – murmurou, puxando as rédeas, sinalizando para Justice um majestoso trote.

Gabe viu-a se aproximar, mas se manteve perto da cerca, observando um potro ser treinado. Ele não estava mais calmo do que na noite anterior. Tampouco, desejava-a menos, percebeu enquanto ela se aproximava, esguia, elegante e dourada no dorso do majestoso puro-sangue.

Puxou o charuto e soltou a fumaça relaxadamente. E esperou.

Ao apear e enquanto caminhava com o cavalo em direção a Gabe, Kelsey percebeu que já estivera em situações piores. Mas situações passadas nunca são tão terríveis quanto as atuais.

– Você monta bem – comentou ele. – É preciso ter mão firme para controlar um cavalo como esse.

– Costumo ter mão firme. Se tiver alguns minutos, gostaria de conversar com você.

– Pode falar.

"Por que ele facilitaria as coisas?", perguntou a si mesma, engolindo mais um pouco do seu orgulho.

– Em particular, por favor.

– Tudo bem. – Ele pegou as rédeas e acenou para um cavalariço. – Cuide dele, Kip.

– Sim, senhor.

Gabe caminhou em direção à casa, e Kelsey acelerou o passo para acompanhá-lo.

– Você tem um belo negócio aqui. Tudo parece muito com Three Willows.

– Quer conversar sobre trabalho?

– Não. – Ela deixou sua frustrada tentativa murchar e morrer. – Sei que está ocupado. Tentarei não tomar muito do seu tempo. – Depois, calou-se, até ele abrir uma porta de vidro nos fundos da casa, que parecia levar aos trópicos.

Plantas floresciam com exuberância, cascateando de potes e cestos à luz do sol que atravessava o telhado de vidro. Uma piscina oval cintilava ao centro, convidativamente azul.

– Muito bonito – disse Kelsey, seguindo os contornos de um vistoso hibisco vermelho. – Acho que não viemos até aqui ontem à noite.

– Não seria apropriado continuar a excursão pela casa. – Gabe se sentou numa espreguiçadeira listrada e esticou as pernas. – Estaremos seguramente a sós aqui.

Ela observou a fumaça do charuto subir em direção aos ventiladores de teto.

– Vim para me desculpar. – Nada, absolutamente nada, poderia ser mais insípido.

Ele apenas arqueou uma sobrancelha.

– Por...

– Meu comportamento de ontem à noite.

Considerando as palavras, ele botou o dedo indicador no charuto, lentamente, até que a cinza caísse num cinzeiro de prata.

– Você se comportou de várias maneiras ontem à noite. Poderia ser mais específica? – Sem conseguir se controlar, Kelsey explodiu.

– Você é odioso, Slater. Frio, arrogante e odioso.

– Essa é uma boa forma de se desculpar, Kelsey.

– Eu me desculpei. Vim até aqui quase sem ar, sufocando, mas pedi desculpas. E você não tem nem mesmo a decência de aceitar.

– Como você mesma disse ontem à noite, não tenho decência. – Ele cruzou as pernas na altura dos tornozelos. – Presumo, pelo que posso deduzir dessa sua reviravolta, que tenha conversado com Naomi e ela tenha feito você enxergar as coisas.

A única defesa de Kelsey foi empinar o queixo.

– Você poderia ter negado as acusações.

– Você teria acreditado em mim?

– Não. – Enfurecida novamente, ela lhe deu as costas. – Mas você poderia ter negado. Deveria procurar entender como me senti ao acreditar no que acreditei, e de repente me dar conta de que estava...

– O quê?

– Me atirando em cima de você. – Ela parecia cuspir as palavras quando tornou a se virar. – Não posso negar. Eu me atirei em seus braços. Não pensei, não consegui pensar. Não me orgulho disso, mas também não posso fingir que a atração não foi mútua. Também tenho minhas necessidades, meus anseios, e, droga, não sou fria!

Gabe não teve certeza do que o surpreendeu mais: se a veemência com que proferiu as últimas palavras ou as lágrimas brilhando nos olhos dela.

– Eu sou a última pessoa que você precisaria convencer disso. Por que, diabo, você precisa se convencer disso?

Consternada, ela se esforçou para não chorar.

– Não importa. O que importa é que eu cometi um grande erro. Eu lhe disse coisas que você não merecia ouvir e das quais me arrependo. – Ela passou ambas as mãos nos cabelos e, em seguida, as afastou. – Meu Deus, Gabe, achei que você havia estado no quarto dela na noite anterior. Eu tinha ouvido...

– Moses – completou ele.

Kelsey fechou os olhos, suspirando.

– Os tolos são sempre os últimos a saber das coisas. Achei que era você. E a ideia de que pretendia se relacionar com ela e comigo... de que eu iria deixar... – Ela hesitou novamente. – Desculpe.

Ela estava encantadora, o sol dourando-lhe os cabelos, o arrependimento sombreando fascinantemente seus olhos. Ele suspirou.

– Sabe, eu queria mesmo continuar ressentido com você. Achei que seria fácil e, Deus sabe, mais seguro. – Ele se levantou da cadeira. – Você parece cansada, Kelsey.

– Tive uma noite horrível.

– Eu também. – Ele estendeu o braço para tocar o rosto dela, mas ela recuou.

– Não, por favor. Sinto-me uma idiota dizendo isso. Mais do que uma idiota por saber disso, mas estou num estado muito vulnerável neste momento. E parece que você consegue me transtornar.

– Fico muito lisonjeado por você dizer isso, querida. Certamente me ajudará a dormir à noite.

"Não me toque, Gabe, pois posso começar a abraçá-lo loucamente outra vez", ansiou ela.

Kelsey não conseguiu reprimir o sorriso.

– Mais ou menos isso. Por que não começamos tudo outra vez? – propôs ela, oferecendo-lhe a mão. – Amigos?

Ele olhou para a mão e, depois, para os olhos.

– Acho que não. – Sem desviar o olhar, ele se aproximou dela.

– Escute... – Ela sentiu uma onda de calor invadir seus pés. – Não quero me envolver com alguém. Estou passando por um momento difícil. – Cautelosa, ela deu um passo para trás.

– É uma pena. Estou muito feliz com este momento.

– Já lhe disse. – Ela deu outro passo para trás, no vazio. Kelsey notou o sorriso nos olhos de Gabe segundos antes de cair na piscina. A temperatura da água estava agradável, mas isso não amenizou o susto. Ela emergiu, tirando os cabelos dos olhos. – Seu miserável.

– Eu não a empurrei. Pensei, mas não fiz – disse, oferecendo-lhe a mão para puxá-la.

Os olhos dela brilharam. Ela segurou firmemente a mão dele e puxou. Talvez tivesse sido mais fácil derrubar o tronco de uma sequoia.

– Não blefe, Kelsey – disse Gabe simplesmente, largando sua mão e deixando-a afundar de novo. Dessa vez, ela aceitou a brincadeira com sabedoria e escalou a borda da piscina, sentando-se.

– Bela piscina.

Gosto dela – disse Gabe, sentando-se a seu lado com as pernas dobradas. – Volte um dia desses, para nadar de verdade.

– Farei isso.

– Ela é melhor no inverno, com você aqui, confortavelmente, e a neve caindo lá fora.

– Aposto que sim – concordou ela, torcendo os cabelos despreocupadamente e, de repente, borrifando o rosto de Gabe. – Peguei você.

Ele apenas segurou a mão dela, pressionando a palma molhada nos lábios enquanto observava seus olhos anuviarem-se.

– Peguei você – ecoou ele.

Ela se levantou, seu coração martelando impetuosamente no peito.

– Preciso voltar a Three Willows.

– Você está molhada.

– Está bem quente. – Ela mal resistiu, ao impulso de recuar outra vez quando ele descruzou as pernas e se levantou. – Um perfeito dia primaveril.

Ele se perguntava se ela tinha ideia de como ficava atraente nervosa daquele jeito.

– Eu a levarei de carro.

– Não, obrigada. Prefiro cavalgar. Quase havia me esquecido de quanto gosto. Quero aproveitar enquanto estiver aqui, e... – interrompendo-se, Kelsey comprimiu seu trêmulo estômago. – Oh, Deus, preciso ficar longe de você, Gabe.

– Sem chance – disse ele, enganchando um dedo no cós da calça jeans e a puxando para mais perto. – Quero você, Kelsey. Mais cedo ou mais tarde, vou ter você.

Ela inspirou e expirou fortemente.

– Talvez.

Gabe riu.

– Faça sua aposta – disse, soltando-a. – Vou pegar uma jaqueta para você.

Ela saiu rapidamente. Dez minutos depois, voltava a galope para Three Willows. Gabe esperou até que ela desaparecesse de sua vista antes de se virar.

– Bela potranca.

A voz lhe pareceu uma faca cravando um dos lados de seu corpo. Um golpe insidioso, indefensável. Mas ele não se assustava facilmente. O rosto de Gabe era uma máscara de indiferença quando olhou para o pai.

"Poucas mudanças", reparou. Rich Slater ainda tinha distinção. Talvez tendendo para um vendedor de panaceias, mas, ainda assim, com distinção. Era um homem corpulento, de ombros largos e braços compridos. Seu elegante terno de gabardine estava apenas um pouco apertado em torno do tórax. Os sapatos brilhavam como espelhos, e os cabelos, negros e lustrosos, escondiam-se sob o chapéu de feltro cinza.

Ele sempre fora atraente, e havia usado a aparência – os sedutores olhos azuis, o sorriso fácil – para fascinar os desavisados. Já se haviam passado quase seis anos desde que Gabe o vira pela última vez, mas ele sabia que sinais procurar.

As rugas marcavam seu rosto de tal forma que nenhum cosmético ou reza poderiam suavizá-las. Os vasos capilares irregulares, o brilho excessivo nos olhos. Rich Slater estava exatamente como seis anos antes e, afinal, como na maior parte de sua vida. Bêbado.

– Que porra você quer?

– Ei, isso lá é jeito de receber seu velho? – Rich riu calorosamente e, como se Gabe lhe houvesse estendido um tapete vermelho, enlaçou o filho pelos ombros. Gabe percebeu, em seu hálito refrescado com pastilhas de hortelã, o inequívoco cheiro de uísque, uma mistura que sempre embrulhava seu estômago.

– Perguntei o que você queria.

– Só vim ver como você estava, filho. – Ele deu um tapinha nas costas de Gabe antes de se afastar. Seu corpo não hesitava nem cambaleava. Rich Slater conseguia controlar os efeitos da bebida, como ele mesmo gostava de dizer.

Até a segunda garrafa. E sempre havia a segunda garrafa.

– Dessa vez, você acertou, Gabe. Tirou a sorte grande. Chega de jogar dados pelas ruas, hein, filho?

Gabe pegou Rich pelo braço e o levou para um canto.

– Quanto?

Embora seus olhos tivessem faiscado, Rich simulou ter se ressentido com a pergunta.

– Ei, Gabe, um pai não pode visitar o sangue do seu sangue e carne de sua carne sem que você pense que seu velho tenha vindo atrás de esmola? Eu estou muito bem, e vou lhe dizer como. Ganhei uma boa parada lá no Oeste. Estive apostando em cavalos, assim como você. – Ele riu novamente, o tempo todo avaliando e calculando a riqueza à sua volta. – Mas não gostaria de me estabelecer. Você me conhece, meu rapaz, não gosto de esquentar lugar.

Ele pegou um cigarro e o acendeu com um isqueiro folheado a ouro que tinha seu nome gravado.

– Quem era a loura sensual? Sempre de olho nas mulheres, hein, filho? – disse o pai, dando uma piscadela. – E elas sempre estiveram de olho em você. Igualzinho ao seu velho.

O sangue fervia nas veias de Gabe só de pensar no que o pai tinha vindo fazer ali.

– Quanto você quer desta vez?

– Desta vez, eu já lhe disse, nenhum centavo. – "Nenhum centavo", pensou Rich, olhando na direção do cercado onde o potrinho ainda estava sendo treinado. Um homem poderia impressionar com uns dois cavalos daqueles. Causar uma grande impressão. Não, ele não queria alguns centavos. Queria muito mais.

– Belo cavalo aquele. Eu me lembro de como você costumava prestar mais atenção nos cavalos do hipódromo do que no jogo.

"E quando isso acontecia", rememorou Gabe, "sentia o dorso da grande mão do pai."

– Não tenho tempo para conversar sobre meus cavalos com você. Tenho trabalho a fazer.

– Quando um homem acerta o alvo como você acertou aqui, não precisa trabalhar. – "Ou suar", pensou Rich amargamente. "Nem trabalhar tanto por uns trocados." – Mas eu não vou tomar seu tempo. Não, de forma alguma. O caso é o seguinte: estou pensando em ficar na área por um tempo, visitar alguns velhos amigos. – Ele sorriu enquanto soltava a fumaça. – Uma vez que vou permanecer na vizinhança, eu não me importaria de ficar alguns dias nessa sua casa elegante. Fazer uma agradável visita a você.

– Não quero você na minha casa. Não quero você na minha propriedade.

O sorriso fácil de Rich extinguiu-se.

– Está sendo muito bom comigo agora, não é? É assim? Você se enfeita todo e depois não quer se lembrar de onde veio. Você é um gato de beco, Gabe – disse o pai, tocando o peito do filho com o dedo em riste. – E sempre será. Mesmo que more numa bela casa e transe com mulheres refinadas. Você é um gato vira-lata. Se esquece de quem botou um teto sobre sua cabeça e encheu sua barriga de comida.

– Não me esqueci de ter dormido na rua e de ter passado fome, porque você se embriagava e perdia cada centavo que mamãe se esfolava para ganhar. – Gabe não queria lembrar. Ele detestava essas recordações que o perseguiam como se fossem sua própria sombra. – Não me esqueço de ter saído escondido de um quarto fedorento no meio da noite porque não tínhamos o dinheiro do aluguel. Não me esqueci de muita coisa. Mamãe morreu na enfermaria de uma instituição de caridade, tossindo sangue. Não me esqueci disso.

– Fiz o melhor que pude por sua mãe.

– O seu melhor era o pior. Agora, quanto me custará fazê-lo desaparecer daqui?

– Preciso arranjar um lugar onde eu possa ficar. – O nervosismo começava a dominá-lo, dando à sua voz um tom lamurioso. Incapaz de se controlar, ele levou a mão ao bolso traseiro da calça para pegar um frasco de bebida. – Apenas por alguns dias.

– Aqui, não. Nada que lhe diga respeito vai tocar este lugar.

– Deus Todo-Poderoso! – Ele tomou um grande gole da bebida, depois outro. – Vou abrir o jogo para você. Estou com problemas. Um pequeno mal-entendido sobre um jogo em Chicago. Eu estava trabalhando tranquilamente com um sujeito e, de repente, ele se deu mal.

– Surpreenderam-no trapaceando, e agora alguém está querendo arrancar suas pernas.

– Você é um filho da mãe insensível. – O frasco já era da segunda garrafa. Rich estava consumindo rapidamente a bebida. – Você me deve muito. Não se esqueça disso. Preciso me esconder apenas por algumas semanas, até as coisas esfriarem.

– Mas não aqui.

– Você tem coragem de me expulsar daqui e deixar que eles me matem?

– Ah, tenho. – Gabe observou o pai com um sorriso irônico. – Mas vou lhe dar uma chance. Cinco mil devem ajudá-lo a sair de circulação e mantê-lo enfurnado seja lá onde for.

Rich percorreu a fazenda com o olhar, examinou as edificações bem-cuidadas, os cavalos de pelos lustrosos. Sua embriaguez nunca o impedia de calcular os prováveis lucros que poderia extrair de determinadas situações.

– Não é o suficiente.

– Terá de ser. Fique longe da minha casa e dos meus cavalos. Vou fazer o cheque.

Rich esvaziou o frasco quando Gabe se retirou. "Não é o suficiente", pensou ele enquanto a bebida parecia contribuir para envenenar seu sangue. O garoto havia tirado a sorte grande e tudo o que ele queria era uma fatia do bolo.

E a obteria, prometeu Rich a si mesmo. Dera uma chance ao filho.

Mas agora o jogo prosseguiria de outra forma.

8

Era tolice ficar nervoso. Philip, no entanto, continuava a olhar para o relógio entre um e outro gole de vinho branco. Kelsey não estava atrasada. Ele é que estava adiantado.

Era mais tolice ainda pensar que ela pudesse ter mudado de alguma forma durante as duas semanas que havia passado fora; que ela pudesse vê-lo com outros olhos agora. Ou achá-lo fútil – do mesmo modo que ele se achara quando viu a mulher que amava ser levada para a prisão.

Não havia nada que ele pudesse ter feito. E não importava quantas vezes ele dissesse isso a si mesmo, as palavras sempre lhe pareciam vazias. A culpa o corroía há anos, disfarçada apenas pelos cuidados e o amor dedicados à filha.

Duas décadas depois, ele ainda podia ver o rosto de Naomi exatamente como o viu pela última vez.

Era uma viagem de carro de seis horas de Washington até Alderson, West Virginia. Seis horas para sair do civilizado mundo universitário e entrar na cinzenta e amarga realidade de uma penitenciária federal. Ambas as instituições tinham disciplinas rígidas, eram preservadas para objetivos específicos. Mas uma era movida por esperança e energia, a outra, por desespero e ódio.

Não importava o quanto ele havia se preparado, fora um choque ver Naomi, a vívida e arrogantemente dinâmica Naomi, atrás da grade de segurança. Os meses entre sua detenção e o julgamento haviam deixado uma marca.

O corpo de Naomi perdera as sutis curvas femininas, e ela parecia angulosa e ossuda no amorfo uniforme da penitenciária. Tudo era cinza: suas roupas, seus olhos, seu rosto. Fora necessária toda a sua força de vontade para encarar seu olhar fixo, silencioso.

– Naomi. – Philip sentia-se tolo de terno e gravata, o colarinho engomado. – Fiquei surpreso ao saber que queria me ver.

– Eu precisava. Você aprende depressa aqui dentro que muito raramente quer consideração. – Ela já estava na prisão há três semanas, depois do julgamento, e, em benefício de sua própria sanidade, parara de riscar os dias no calendário mental. – Agradeço por você ter vindo, Philip. Sei que deve estar sofrendo certas reações e perturbações por eu estar aqui. Espero que isso não afete sua posição na universidade.

– Não – disse ele, terminantemente. – Presumo que os seus advogados vão apelar.

– Não tenho esperança. – Ela entrelaçou as mãos, encadeando os dedos com firmeza para impedir que se movessem. A esperança era outro fardo que dispensara friamente pelo bem de sua sanidade. – Eu pedi que você viesse, Philip, por causa de Kelsey.

Ele não disse nada. Não conseguiu dizer. Um de seus receios mais angustiantes era o de que ela lhe pedisse para tomar providências para que Kelsey a visitasse, para que ele tivesse de levar sua menina àquele lugar.

Ela tinha esse direito, e no fundo ele sabia disso. Mas também sabia que iria lutar até o último suspiro para manter Kelsey longe daquele horror.

– Como ela está?

– Bem. Ficou na casa da minha mãe para que eu pudesse... fazer essa viagem.

– Tenho certeza de que Milicent terá todo o prazer em ficar com ela. – O sarcasmo era evidente em sua voz; assim como a dor em seu coração. Determinada a concluir o que havia começado, ignorou o que se passava. – Imagino que você ainda não tenha lhe dito onde estou.

– Não. Parece que... não. Ela pensa que você está visitando alguém muito longe por algum tempo.

– Bem... – O esboço de um sorriso aflorou em seus lábios. – Estou bem longe, não estou?

– Naomi, ela é apenas uma criança. – Embora achasse injusto, ele ia apelar para o amor de Naomi por Kelsey. – Ainda não encontrei a melhor forma de contar a verdade para ela. Espero, com o tempo, poder...

– Não o estou recriminando – atalhou Naomi. Ela se inclinou para a frente. Suas olheiras zombavam dele. – Não o estou recriminando – repetiu. – Por nada. O que aconteceu conosco, Philip? Não sei quando as coisas começaram a desandar. Eu tentei. Acho que se eu conseguisse identificar algo, um momento, um fato seria bem mais fácil aceitar tudo o que aconteceu depois. Mas não consigo. – Ela fechou os olhos, esperando até que pudesse falar sem que a voz tremesse. – Não consigo entender o que deu errado, mas é fácil identificar o que deu certo. Kelsey. Especialmente Kelsey. Penso nela o tempo todo.

O assombroso peso da compaixão enterneceu-o.

– Ela pergunta por você.

Naomi desviou o olhar, vagueando-o pela insipidez da sala de visitas. Podia-se ouvir o choro de uma pessoa. Mas lágrimas faziam parte daquele lugar tanto quanto o próprio ar. Ela observou as paredes, os guardas, as fechaduras. Especialmente as fechaduras.

– Não quero que ela saiba que estou aqui.

Não era o que ele esperara dela. Surpreso, hesitou entre a gratidão e a objeção.

– Naomi.

– Pensei muito bem sobre isso, Philip. Tenho muito tempo para pensar agora. Não quero que ela saiba que eles me tiraram tudo e me puseram numa jaula. – Ela respirou fundo, para reanimar-se. – Não será necessário muito tempo para que o escândalo seja esquecido. Fiquei longe de seu círculo social por quase um ano. As pessoas têm memória curta. Quando chegar a época de ela ir para a escola, duvido que haja mais do que um simples rumor, se houver, sobre o que aconteceu na Virgínia.

– Talvez, mas é difícil lidar com isso agora. Não posso simplesmente dizer para nossa filha que você desapareceu, Naomi, e esperar que ela aceite isso. Ela ama você.

– Diga a Kelsey que estou morta.

– Meu Deus, Naomi, não posso fazer isso!

– Pode. – Subitamente, Naomi cerrou a mão nas grades de segurança. – Para o bem dela, você pode. Escute-me. Você quer que ela tenha a imagem da mãe num lugar como esse? Presa por homicídio?

– Claro que não. Não se pode esperar que ela entenda isso, muito menos que consiga lidar com essa situação na idade dela. Mas...

– Mas... – ecoou Naomi. Seus olhos estavam novamente vivos, apaixonados, brilhantes. – Em alguns anos, ela poderá compreender e terá de conviver com isso. Se posso fazer algo por ela, Philip, é poupá-la disso tudo. Pense nisso – insistiu ela. – Pense. Ela provavelmente terá cerca de 18 anos quando eu sair daqui. Terá passado todo esse tempo me imaginando na prisão. Ela se sentirá obrigada a vir me visitar? Eu não a quero aqui. – Então as lágrimas brotaram, rompendo seu autocontrole. – Eu não poderia suportar nem mesmo a ideia de sua presença neste lugar, me vendo desse jeito. O que isso poderia lhe causar? Quanto isso a prejudicaria? Não vou correr o risco. Deixe-me protegê-la disso, Philip. Por Deus, deixe-me fazer essa última coisa por ela.

Ele estendeu a mão de forma que os dedos de ambos se tocassem através da malha metálica.

– Não consigo suportar ver você aí.

– Algum de nós dois poderia suportar vê-la sentar-se aí onde você está?

Não, ele não poderia.

– Mas dizer a ela que você está morta... Não podemos prever o que isso causaria. Ou como conviveríamos com a mentira.

– Não é exatamente uma mentira. – Ela retirou a mão da grade e tentou conter as lágrimas. – Uma parte de mim está morta. A outra quer sobreviver, quer desesperadamente sobreviver. E não conseguiria se Kelsey soubesse que estou aqui. Ela sofrerá, Philip. Ela ficará triste, mas você estará lá para consolá-la. Em poucos anos, ela mal se lembrará de mim e, depois, não se lembrará de mais nada.

– Você poderá mesmo conviver com isso?

– Terei de conviver. Não entrarei em contato nem vou interferir na vida dela. Não pedirei que você venha me visitar novamente e, se vier, não falarei com você. Estarei morta para ela e para você. – Ela cruzou os braços. A visita estava terminando. – Sei o quanto você a ama e o tipo de homem que é. Você lhe proporcionará uma vida boa, feliz. Não estrague tudo, fazendo-a conviver com isso. Por favor, me prometa.

– E quando você sair?

– Trataremos disso quando acontecer. De dez a 15 anos, Philip. É um longo tempo.

– Sim. – Philip sentiu um nó na garganta ao pensar nisso. Como toda essa situação afetaria sua filha? – Está bem, Naomi. Para o bem de Kelsey.

– Obrigada. – Ela se levantou, reprimindo a náusea. – Adeus, Philip.

– Naomi...

Mas ela seguiu em direção ao guarda. Passou pela porta de segurança, que se fechou com um tinido atrás dela, sem nem ao menos olhar para trás.

– PAPAI? – KELSEY pousou a mão no ombro de Philip e o sacudiu suavemente. – Em que século você está?

Ele se levantou, alvoroçado.

– Kelsey. Não a vi entrar.

– Acho que você não teria visto uma frota de caminhões entrar. – Ela o beijou, afastou-se e, em seguida, riu e o beijou novamente. – É bom vê-lo de novo.

– Deixe-me olhar para você. – "Ela parecia mais feliz?", perguntou-se. Mais calma? A ideia provocou-lhe um súbito e mesquinho cabo de guerra na consciência.

– Não posso ter mudado muito em duas semanas.

– Só me diga se está se sentindo tão bem quanto parece.

– Estou ótima. – Ela se sentou numa cadeira e esperou que ele se acomodasse à sua frente para voltar a falar. – Suponho que tenha sido o clima do campo, a comida diferente e o trabalho braçal.

– Trabalho? Você está trabalhando na fazenda?

– Apenas nos afazeres mais subalternos – respondeu ela, sorrindo para a garçonete. – Uma taça de champanhe.

– Para mim, mais nada. Obrigado. – Philip tornou a olhar para a filha. – Você está comemorando algo?

– Virginia's Pride ganhou uma corrida em Santa Anita hoje. – Kelsey ainda exultava com a vitória. – Eu limpo o estrume de sua baia quando ele fica em Three Willows e, por isso, sinto alguma responsabilidade nessa vitória. Em maio, Virginia's Pride vai ganhar o Grande Prêmio. – Ela piscou para o pai. – Com certeza.

Philip bebericou o vinho, esperando que a bebida desobstruísse sua garganta.

– Não pensei que você fosse ficar tão envolvida com... os cavalos.

– Eles são maravilhosos. – Pegou a taça que a garçonete acabara de colocar diante dela e a ergueu num brinde. – A Virginia's Pride, o macho mais gracioso que eu já vi. Sobre quatro pernas, naturalmente. – Deixou as borbulhas do champanhe explodirem em sua língua. – Diga-me, como estão todos? Pensei que Candace estaria aqui com você.

– Suponho que ela tenha entendido que eu precisava ficar a sós com você por algumas horas. Ela mandou lembranças, naturalmente. E Channing também. Ele arranjou uma nova namorada.

– Imagino que sim. O que houve com a mestranda em filosofia?

– Ele alega que ela falava demais. Conheceu a nova namorada numa festa. Ela desenha joias e usa um suéter preto. E é vegetariana.

– Esse namoro deverá durar uns dois ou três dias. Channing não consegue ficar mais do que isso sem um hambúrguer.

– Candace está contando com isso. Ela achou Victoria, esse é o nome dela, inconstante.

– Bem. – Kelsey abriu o cardápio e o analisou. – Ela vai achar inconstante qualquer uma que se aproxime do filho que, para ela, ainda é um bebezinho.

– A coisa mais difícil para os pais é soltar os filhos. Por isso a maioria não solta. – Ele pousou uma das mãos sobre a da filha. – Senti sua falta.

– Na verdade, eu não me afastei. Gostaria que você não se preocupasse tanto.

– Um velho hábito. Kelsey. – Ele apertou a mão da filha. – Pedi que viesse jantar comigo por duas razões. Não tenho certeza se achará uma delas desagradável ou não, mas pensei que iria preferir saber por mim.

Ela ficou tensa.

– Você disse que todos estavam bem.

– E estão. É sobre Wade, Kelsey. Ele anunciou seu noivado. – Philip sentiu a mão da filha relaxar. – De acordo com o pouco que sei, vai ser um casamento simples. Daqui a um mês ou dois.

– Ah, sim. – "Estranho que ainda pudesse sentir tantas emoções conflitantes", pensou. – Bem, foi rápido – observou ela, suspirando e irritada com a mordacidade de seu próprio tom de voz. – Tolice minha me ressentir por conta disso, ainda que por um momento.

– Humano, eu diria. O divórcio raramente encerra uma situação, por mais tempo que se esteja divorciado.

– É apenas um papel. Sei disso. Nosso casamento terminou em Atlanta, há mais de dois anos. – Ela pegou a taça e observou o champanhe borbulhando. – Estava pensando em ser educada e enviar-lhe meus cumprimentos. Não mesmo! – decidiu ela, sorvendo um grande gole da bebida. – Espero que ela transforme a vida dele num verdadeiro inferno. Agora, acho que vou experimentar esse famoso peixe-vermelho. Tenho a impressão de que deve ser delicioso.

– Você vai ficar bem?

– Vou ficar ótima. Estou ótima. – Ela fechou o cardápio. Depois que fizeram o pedido, Kelsey sorriu para o pai. – Você temeu que eu pudesse ter um acesso de raiva?

– Pensei que talvez você fosse precisar de um ombro para chorar.

– Posso chorar no seu ombro sempre, papai, mas não choro mais pelo que já está feito. O fato de estar trabalhando, trabalhando de verdade, talvez tenha mudado meu modo de encarar a vida.

– Você trabalha há anos, Kelsey. Desde que terminou o ensino médio.

– Eu brinco de trabalhar há anos. Nenhum dos meus empregos me estimulava.

– E esse sim? Limpar estrume das baias a deixa estimulada?

O tom de sua voz a advertiu. Kelsey escolheu cuidadosamente as palavras.

– Acho que me sinto parte de um sistema. Não se trata apenas de uma corrida ou de um cavalo. Há continuidade e todos têm participação. O trabalho às vezes é entediante, outras vezes, bastante ativo, ou ainda, repetitivo. Mas a cada manhã é novo. Não sei explicar.

E ele nunca entenderia. Tudo o que ele sabia naquele momento era que ela estava muito parecida com Naomi.

– Imagino que deva ser muito excitante para você. Diferente.

– Sim, é. E também relaxante. E muito exigente. – "O melhor a fazer é realizá-lo", pensou ela, e retomou rapidamente a conversa. – Estou pensando em sair do meu apartamento.

– Sair do apartamento? E fazer o quê? Mudar-se definitivamente para Three Willows?

– Não necessariamente. – Por que isso o magoava? Por que ela ficou magoada ao saber que Wade estava prestes a se casar outra vez? – Ainda não decidi, mas estive pensando em me mudar para o interior. Gosto de ver as árvores pela janela, papai. Ver campos em vez do prédio vizinho. Além disso, estou gostando muito do que estou fazendo agora e gostaria de continuar, para ver se tenho jeito para a coisa.

– Naomi a está influenciando. Kelsey, você não pode deixar que um impulso a faça trocar um estilo de vida por outro. Você não tem como compreender o mundo com o qual está brincando agora em tão pouco tempo.

– Não, não posso mesmo afirmar que o compreendo plenamente. Mas quero entendê-lo. – Ela se recostou enquanto a salada era servida. – E quero entender Naomi. Você não deve esperar que eu me afaste dela antes de conseguir entendê-la.

– Não estou pedindo para se afastar dela, e sim que não mergulhe nesse universo sem considerar todas as consequências. Nesse mundo não existe só o romantismo de um cavalo ao alvorecer ou o galope final na reta de chegada. Há também grosseria, crueldade, desonestidade. E violência.

– E também há tanto de mim quanto o cheiro de livros numa biblioteca universitária.

– Ei, você é Kelsey, não é? A encantadora filha de Naomi. – Bill Cunningham aproximou-se deles, vindo do bar com um copo na mão. Seu diamante em forma de ferradura cintilando na outra. – Não há como se enganar com relação a esse rosto.

Perfeita coincidência, pensou ela, e forçou um sorriso.

– Olá, Bill. Papai, este é Bill Cunningham, um conhecido de Naomi. Bill, meu pai. Philip Byden.

– Ora, veja só. Há quantos anos. – Bill estendeu-lhe a mão. – Não posso acreditar que não o vejo desde que você me arrebatou Naomi. Professor, não é?

– Sim. – Philip assentiu com a cabeça, dispensando-lhe a frieza que reservava aos alunos negligentes. – Sou professor na Universidade de Georgetown.

– Então está no auge. – Bill sorriu, pousando a mão no ombro de Kelsey e pressionando-o amigavelmente. – Você tem uma verdadeira beldade aqui, Phil. É realmente um grande prazer vê-la no hipódromo. Soube que um dos melhores potros de sua mãe deixou os concorrentes comendo poeira em Santa Anita hoje.

– Sim, ficamos muito contentes.

– As coisas vão ser diferentes em Kentucky. Não a deixe persuadi-lo a gastar seu salário no potro de Three Willows, Phil. Comprei um campeão. Dê um beijo na sua mãe por mim, doçura. Preciso voltar para o bar. Tenho um pequeno encontro.

Quando ele se afastou, Kelsey pegou o garfo e começou a comer, aparentando interesse.

– Esse é o tipo de pessoa com quem você pretende se relacionar?

– Papai, você está parecendo a vovó. "Nível, Kelsey. Nunca rebaixe o nível de suas relações." – Philip não sorriu. – Papai, ele é um idiota. Muito parecido com os fanfarrões pomposos e idiotas com que me deparei na universidade, na agência de publicidade, nas galerias. Não há como evitá-los.

– Lembro-me dele – disse Philip gravemente. – Corriam boatos de que ele subornava os jóqueis para que perdessem ou para que forçassem deliberadamente algum cavalo de encontro à cerca.

Kelsey franziu a testa e pôs a salada de lado.

– Então acrescente corrupto a pomposo e fanfarrão. Mas é um idiota mesmo assim, e não é alguém com quem eu pretenda ter amizade.

– Ele anda no mesmo círculo de sua mãe.

– Paralelamente, talvez. Há muita coisa que não sei sobre ela ou em que ainda não confio. Mas sei que Three Willows é mais do que uma simples fazenda para ela. Os cavalos são mais do que um mero patrimônio de seus negócios. Three Willows é a vida dela.

– Sempre foi.

– Sinto muito. – Kelsey estendeu as mãos para afagar as dele. – Sinto muito por ela tê-lo feito sofrer. Sinto muito que o que estou fazendo o leve a reviver as amarguras que ela lhe causou. Peço-lhe que confie em mim para que eu possa conhecê-la melhor. Peço-lhe que me deixe fazer a minha própria escolha. Preciso ter um objetivo na vida, papai. E acho que o encontrei.

Era isso que ele temia, e que talvez não a reconhecesse quando ela alcançasse esse objetivo.

– Só me prometa que dará tempo ao tempo, Kelsey. Não se envolva prematuramente com nada nem com ninguém.

– Tudo bem – concordou ela. Em seguida, hesitou. – Você não perguntou por ela.

– Eu ia perguntar – admitiu Philip. – Queria suas impressões.

– Ela ainda parece muito jovem, tem uma energia incrível. Eu a vi acordar de madrugada e prosseguir com as atividades até depois do anoitecer.

– Naomi adorava a vida social.

– Estou me referindo ao trabalho – corrigiu-lhe Kelsey. – Ela nunca sai de casa. Pelo menos não saiu enquanto estive lá. Para dizer a verdade, com tanto trabalho, não sei como alguém teria energia para saídas sociais. Geralmente, ela dorme antes das 22 horas. – "Não há necessidade", pensou ela, "de mencionar que Naomi nem sempre ia dormir sozinha." – É muito controlada, muito comedida.

– Naomi? Controlada? Comedida?

– Sim. – Kelsey fez uma pausa, esperando que as entradas fossem servidas. – Talvez ela nem sempre tenha sido, mas é exatamente assim que eu a descreveria.

– Como se sente em relação a ela?

– Não sei. Estou grata por ela não forçar nada.

– É surpreendente: paciência nunca fez parte do perfil de Naomi.

– Suponho que as pessoas mudem. Talvez eu não a entenda, mas a admiro. Ela sabe o que quer e faz por onde para obtê-lo.

– E o que ela quer?

– Não tenho certeza – murmurou Kelsey. – Mas *ela* tem.

Da penumbra do bar, Cunningham observava Kelsey e seu pai conversarem enquanto comiam. Uma bela foto, pensou. Apenas dignidade e classe. Girou o gelo de seu uísque.

– Muito atraente – disse Rich Slater, sentado ao lado dele. – Há algo familiar nela. – Ele riu, tomando alguns goles de seu copo. Aquilo não seria suficiente para turvar seu pensamento.

– Acho que há algo familiar em todas as mulheres jovens e belas depois que o homem passa de uma certa idade.

– A filha de Naomi Chadwick. A cara da mãe.

– Naomi Chadwick. – Os olhos de Rich brilharam, com prazer e amargas recordações. Afinal de contas, ele estava ali para recordar. E lucrar com isso. – Uma potranca da qual um homem não se esquece. E, agora, vizinha do meu filho. Mundo pequeno. – Saboreou outro gole de uísque. Mercadoria de primeira, já que era Cunningham quem estava pagando. – Sabe, acho que a vi na casa do meu filho há algumas semanas. Se eu o conheço bem, ele parecia interessado nela.

– Ele é próximo da mãe dela. Creio que agora é próximo da filha também. – Gabe Slater não teria tido a chance de ser próximo de nenhuma das duas, pensou Cunningham. Se não fosse por uma rodada de cartas, as coisas teriam sido diferentes. As coisas seriam diferentes.

– Se ele souber jogar – prosseguiu Cunningham, remoendo suas mágoas –, poderá eliminar a linha que divide as duas fazendas.

Rich olhou Kelsey com mais interesse. Então seu filho estava de olho naquela cadela. Ele poderia se aproveitar da situação.

– Isso me parece interessante. Essa fusão poderia fazer das fazendas o melhor negócio do estado, eu diria.

– Talvez – respondeu Cunningham, sinalizando com o indicador o pedido de outra rodada de bebidas. – Não é bem isso o que me interessa agora. Quero, antes de tudo, conseguir abalar um pouco a relação deles. – Levou a mão à tigela de amendoim e jogou dois ou três na boca. Indiferente. Mantenha-se indiferente, disse para si mesmo. Rich não deveria saber o quanto ele estava investindo. – Bem, quanto àquele negócio de que estávamos falando, deve ser concluído a longo prazo.

Interesseiro, Rich olhou o anel no dedo de Cunningham.

– E essa vantagem extra poderia valer um bônus?

– Sim.

– Bem, então veremos o que poderá ser feito. – Olhando para Kelsey novamente, continuou: – Veremos o que poderá ser feito. Vou precisar de dinheiro para as despesas de viagem, Billy.

Levando a mão ao bolso interno da jaqueta, Cunningham pegou um envelope e o entregou a Rich, que o recolheu com mãos ávidas por debaixo do balcão. Por hábito, Bill olhou de relance ao redor por sobre os ombros.

– Confira depois.

– Não há necessidade. Não há mesmo. Nós nos damos bem, Billy. Confio em você. – Assim que guardou seguramente o envelope, ele ergueu o copo. – É um prazer fazermos negócio outra vez. Aos velhos tempos.

No DIA SEGUINTE, por volta do meio-dia, Kelsey estava concentrada em sua aula de adestramento, manuseando a guia cuidadosamente. A égua de 5 anos era dócil, e sabia muito mais sobre o processo de adestramento do que a jovem.

Não era o animal que estava sendo treinado, mas Kelsey.

– Faça-a trotar, mude sua direção – ensinava Moses. "A garota tem potencial", concluiu ele. E queria aprender, por isso iria conseguir. – Ela fará tudo que você quiser. Se pegar um potro verá que ele não coopera tanto.

– Então me deixe tentar com um – propôs ela, e estalou o chicote. – Posso dominá-lo.

– Continue sonhando. – Mas talvez em algumas semanas ele lhe confiaria um. Se ela ainda estivesse por lá. Ela tinha bom controle, ele notou. Boa voz, reflexos rápidos.

– Há quanto tempo ela está fazendo isso? – perguntou Naomi.

– Há meia hora aproximadamente.

Naomi apoiou a bota na trave inferior da cerca.

– Nem Kelsey nem a égua parecem cansadas.

– As duas são resistentes.

– Eu lhe agradeço por dedicar um pouco de seu tempo a Kelsey.

– Não é incômodo algum, à exceção de que tenho medo de que ela esteja de olho no meu emprego.

Ela riu, mas logo notou que ele não estava brincando.

– Acha mesmo que ela está tão interessada assim em adestramento?

– Cada hora que eu passo com ela, me sinto como uma esponja sendo sugada. A garota não para de fazer perguntas. Caí na besteira de lhe emprestar um dos meus livros sobre criação de cavalos há alguns dias. Ao me devolver, ela fez um interrogatório completo, arrancando informações que vão de fatores sanguíneos a alelos dominantes e codominantes.

– E você passou no teste.

– Raspando. Eu costumava ver você fazendo isso. – Rindo, ele segurou o lóbulo da orelha. – Ah, fantasias. Um homem sem fantasias é um homem sem alma. E, quanto a você, eu tinha uma baita alma.

– Ainda tem. Eu lhe provarei isso mais tarde. Lá vem o Matt.

– Não sabia que você tinha chamado o veterinário.

– Não chamei. – Naomi passou a língua pelos dentes. – Ele disse que estaria na região e que havia pensado em dar uma olhada na égua com a canela machucada.

Moses tornou a olhar para Kelsey. "Ah, fantasias", pensou ele.

– Sim. Certo.

Rindo, Naomi recebeu o veterinário.

– Então, Matt, qual é o veredicto?

– Ela está melhorando. Não será necessário mais nada além do que já está sendo feito.

– Foi gentil de sua parte ter se dado ao trabalho de passar aqui – comentou Moses.

– Eu estava em Longshot. Um dos potros de Slater está ferido.

– É algo? – perguntou Naomi.

– Poderia ter sido. Uma perfuração pequena, que poderia facilmente ter passado despercebida. Estava bastante infeccionada. – Ele admirava Kelsey enquanto falava. – Tive de lancetar. Uma pena. Jamison disse que o cavalo estava escalado para Hialeah amanhã.

– Three Aces? – Solidária, Naomi colocou a mão no braço de Matt. – Gabe iria com ele. Aquele cavalo estava correndo como nunca.

– Os dois vão ficar em casa por enquanto.

– Vou telefonar para ele mais tarde para tentar animá-lo.

– Talvez ele esteja precisando mesmo. – Matt tornou a prestar atenção em Kelsey. – Todos parecem saudáveis por aqui. – Quando Kelsey o cumprimentou com um rápido aceno, ele sorriu. – Ela passa a impressão de fazer isso há muito tempo.

Quando Moses se apiedou dele e acenou para que Kelsey parasse, ela caminhou com a égua até a cerca.

– Ela é tão dócil – disse Kelsey, roçando o rosto no focinho do animal. – Gostaria que você me desse um rebelde para que eu me sentisse um pouco capaz.

– Toda jornada começa com um passo. Veremos quantos mais você dará até tropeçar.

– Ele está sempre encorajando minha autoconfiança. – Ela inclinou o boné de algodão para trás. – Ei, Matt, é uma visita profissional ou social?

– As duas coisas. Tive que ir a Longshot.

– Problemas? – Tão casualmente quanto pôde, Kelsey tirou a égua do cercado.

– Um ferimento. – Ele repetiu o que havia acontecido.

– Mas Three Aces parecia maravilhosamente bem na última vez que o vi correr. Quando isso aconteceu?

– Pela aparência, há uns três ou quatro dias.

– Ele correu em Charles Town há três dias. Ganhou com um corpo de diferença. – Kelsey franziu a testa e acariciou a égua. – Uma perfuração?

– Quase do tamanho de um prego de 5 centímetros, logo acima do machinho.

– Como isso pôde acontecer?

– Pode ter acontecido durante o transporte, alguma farpa bastante afiada. É possível. É improvável que tenha sido deliberado.

– Você quer dizer que alguém poderia ter ferido o potro para que ele não pudesse correr ou algo pior...

– É improvável – repetiu Matt. – Não foi tão sério assim.

– Como você tratou o ferimento?

Atenta, ela o escutou contar sobre o processo de lancetar, os antissépticos que usara e a diferença entre perfuração e rompimento dos tecidos.

– Entende o que eu quis dizer? – murmurou Moses para Naomi. – Seu próximo passo vai ser pegar livros de veterinária. – Ele estreitou os olhos quando se virou na direção das cocheiras. – Está esperando alguém?

– Não. – Naomi franziu os lábios e estudou o rapaz que se aproximava. Esguio, de ombros estreitos, belo rosto. Calça jeans e camisa de algodão. "Simples", disse ela consigo mesma. Mas as botas o traíam. Elas deveriam ter custado cerca de trezentos dólares.

– Alguém conhece o vaqueiro?

– Como? – Curiosa, Kelsey virou-se e, em seguida, soltou um grito de alegria. – Channing! – Correu em sua direção, partindo o coração de Matt ao lançar os braços em torno do pescoço do rapaz. – O que você está fazendo aqui?

– Achei que seria interessante conhecer o lugar antes de seguir para Lauderdale. Férias de primavera.

– Você não esqueceu isso ainda?

– Esquecer garotas de biquíni? Acho que não. Ei, olhe só para você. Parece que saiu de um anúncio exaltando a vida no campo. – Channing passou o braço em torno dos ombros dela e olhou de relance para o trio parado próximo à cerca. – Não me diga que aquela é sua mãe.

– Aquela é Naomi. Venha. Vou apresentá-lo a ela. – Kelsey manteve o braço em torno da cintura dele. – Channing, esta é Naomi Chadwick, este é Moses Whitetree, e este, Matt Gunner. Channing Osborne, meu meio-irmão.

– Bem-vindo a Three Willows. – Naomi estendeu a mão, divertida e encantada quando Channing a levou aos lábios. – Kelsey me falou sobre você.

– Apenas coisas boas, espero. Você tem uma bela fazenda.

– Obrigada. Mais tarde nós a mostraremos a você. Espero que possa ficar algum tempo.

– Estou só de passagem. – Incapaz de resistir ao impulso, ele estendeu o braço por sobre a cerca e acariciou o focinho da égua. – Vou seguir até a Flórida para passar uma ou duas semanas de férias lá.

– Vai paquerar as colegas da escola – interveio Kelsey. – Channing está prestando vestibular para medicina e chama isso de aulas de anatomia.

Ele riu e estendeu o braço para coçar as orelhas da égua.

– Ora, a juventude passa num piscar de olhos. Estou fazendo algo errado?

– De forma alguma – assegurou-lhe Naomi. – Você chegou bem a tempo de almoçar. Matt, você almoça conosco, não é?

– Eu gostaria, mas preciso ir à fazenda Bartlett. Um dos potros da propriedade está com cólicas.

– Ei, você é veterinário? – Channing ficou interessado. – Sempre achei que seria demais tratar de cavalos. Eles não reclamam tanto quanto as pessoas, certo? – acrescentou ele, sob o surpreso olhar de Kelsey.

– Isso mesmo. Mas as pessoas geralmente não mordem nem escoiceiam. O almoço fica para a próxima, Naomi, obrigado. Kelsey, foi bom vê-la novamente. Prazer em conhecê-lo.

– Eu o acompanho. Kelsey, traga Channing para almoçar quando estiverem prontos.

– Se eu bem lhe conheço, você já está pronto. Gostaria de conhecer a fazenda depois de comermos?

– Seria ótimo.

– Não sabia que você estava interessado em veterinária.

Ele deu de ombros, constrangido.

– Só superficialmente. Cisma de criança.

Eles começaram a andar devagar.

– Lembro-me da vez em que você tentou salvar aqueles passarinhos que se chocaram na sua vidraça. E aquele vira-lata manco e pulguento que você trouxe para casa uma vez?

– Sim. – Ele riu, mas o humor não lhe alcançou os olhos. – Mamãe acabou com a festa. Mandou levá-lo para o canil. Ele deve ter andado os últimos quilômetros em três pernas.

– Tinha me esquecido disso. – Ela apoiou a cabeça no ombro dele. – Ela teve medo de que ele voltasse. Devia ter uns 100 anos.

– Não era um cão de raça – disse Channing, dando de ombros. Não era grande coisa. Alérgica como ela é, não poderia ter convivido com animais pela casa. Além do mais, como eu disse há pouco, isso foi apenas coisa de criança.

Kelsey se perguntou por que nunca tinha ouvido antes esse tom de resignação na voz dele. Talvez ela nunca tivesse prestado atenção.

– Você quer ser médico, Channing?

– Tradição de família – respondeu ele serenamente. – Nunca pensei em ser outra coisa. Exceto astronauta, quando tinha 6 anos. Os homens da família Osborne são cirurgiões, e ponto final.

– Candace nunca o obrigaria a fazer algo se soubesse que você não tem vontade.

Rindo, Channing parou e olhou para ela.

– Kels, você tinha 18 anos quando eles se casaram e praticamente já estava com um pé fora de casa. Mamãe manipula as coisas. Ela faz isso com sutileza e muito bem. Mas eu e o mestre simplesmente cumprimos as determinações dela.

– Você está chateado com ela. O que houve?

– Droga, ela suspendeu minha mesada porque eu me recusei a fazer um curso preparatório nas férias de verão. Sabe, eu queria trabalhar. Sentir o gosto do mundo real. Tinha até conseguido um emprego na construção civil. Eu queria colocar um capacete e mandar beijos para as secretárias que passassem por mim na hora do almoço, sabe? Queria apenas ficar alguns meses longe dos livros.

– Isso me parece sensato. Talvez se eu falasse com ela por você...?

– Não, no momento ela não está muito contente com você também. Isto aqui – disse ele, gesticulando para abranger a fazenda com um movimento do braço. – Ela acha que este lugar é a razão de o professor estar vivendo uma grande tensão. E Milicent, a magnífica, instiga ainda mais a neurose dele.

Kelsey suspirou profundamente.

– Então estamos no mesmo barco. Mas me diga, você está mesmo disposto a ir até Lauderdale para correr atrás de meninas de biquínis?

– Se você está sugerindo que eu volte para casa, faça as pazes...

– Não. Eu ia sugerir que você passasse as férias aqui. Não acho que Naomi se oponha à sua permanência comigo.

– Brincando de irmã boazinha?

– Sim. Há algo errado nisso?

– Não. – Ele se inclinou e lhe beijou a testa. – Obrigado, Kels.

9

O nome do cavalariço era Mick. Nascera e fora criado na Virgínia. Gostava de se gabar de que havia esquecido mais sobre cavalos do que o que qualquer outra pessoa pudesse ter aprendido sobre eles. Talvez fosse verdade. Certamente, durante seus excêntricos cinquenta anos como tratador, ele havia participado de todas as etapas do negócio. Nos primeiros anos, passou de auxiliar de estábulo a exercitador de cavalos. Frequentemente vangloriava-se de ter montado os cavalos de Cunningham durante o auge dos negócios do patrão.

Antes de completar 20 anos, era suficientemente pequeno e leve para ser jóquei. Embora nunca tivesse passado de aprendiz a funcionário oficial, havia vestido as sedas e não deixava que as pessoas esquecessem isso.

Por um período curto e imemorável, trabalhara como treinador numa pequena fazenda na Flórida. Chegara mesmo a ter um garanhão castrado durante um ano ou pelo menos 15 por cento dele. Talvez o cavalo nunca tivesse desenvolvido todo o potencial que tinha, demonstrando ser um Morning Glory rápido nos treinos e lento nas corridas. Mas Mick havia sido proprietário, e era isso o que importava.

Ele havia voltado para a fazenda de Cunningham quando soube que a propriedade mudara de mãos. O emprego de cavalariço o satisfez, sobretudo porque Gabriel Slater lhe dava a impressão de ser um vencedor. E sempre foi, nas recordações de Mick.

Agradava-lhe o fato de os jovens quase sempre aceitarem suas sugestões. Pelas costas, podiam chamá-lo de Pavão, por causa de seu inseparável e vistoso boné azul e de seu andar empertigado. Mas, dizia ele, faziam isso com afeição.

Seu rosto estreito e enrugado era conhecido em todos os hipódromos, de Santa Anita a Pimlico. E era exatamente isso o que Mick queria.

– A pista está lenta hoje – comentou Boggs, enrolando meticulosamente um cigarro de palha.

Mick assentiu com a cabeça. A chuva torrencial da manhã caía agora sob a forma de uma garoa incessante, e isso era bom. Double or Nothing,* um dos cavalos de Slater, brilhava na pista lamacenta.

Os treinos haviam terminado, e, agora, só restava aguardar o momento da corrida. Mick sentou-se num galpão observando a água da chuva gotejar dos beirais e pensando nos 10 dólares que queimavam em seu bolso. Pretendia apostá-los no nariz de Double e vê-los multiplicados.

Puxou um maço de Marlboro amarfanhado e juntou-se a Boggs.

O ambiente no hipódromo estava tranquilo. Os jóqueis deviam estar recolhidos a seus alojamentos ou fazendo sauna para perder um quilo ou outro antes do momento da largada. Os treinadores estariam debruçados sobre seus livros, os proprietários dos cavalos, protegidos no conforto do ambiente seco e aquecido do café. Havia pouca atividade junto às baias, mas logo o local voltaria a se agitar.

– É engraçado ver a filha da Sra. Naomi por aqui. – Mick puxou conversa. – Ela cavalgou até Longshot há algumas semanas e voltou para Three Willows encharcada até os ossos.

Boggs acenou positivamente com a cabeça e soltou uma baforada.

– Ouvi falar sobre isso.

– Estava num daqueles ruanos castrados de Three Willows. Ela o dominava bem.

– Monta como a mãe. Uma verdadeira obra de arte.

E permaneceram sentados ali, os dois velhos solteirões fumando em silêncio.

**Double or nothing* é uma aposta frequente no jogo de pôquer. Em português, o dobro ou nada. (*N. do T.*)

Mais de cinco minutos se passaram antes que Mick voltasse a falar.

– Outra pessoa esteve lá naquele dia.

– É? – Boggs não lhe perguntou quem. Não era a forma pela qual eles se comunicavam.

– Faz muito tempo que eu não o via por lá, mas pude reconhecê-lo. – Ele jogou a diminuta guimba de cigarro numa poça d'água e a observou apagar-se. – Tinha esquecido sua ligação com o homem até ver os dois juntos novamente. Aí me veio à memória. Lembro do tempo em que o Sr. Slater era empregado do Sr. Cunningham.

– Sei. Uns quinze anos atrás. Depois ele foi trabalhar em Three Willows. Ficou lá por algum tempo.

– Um ou dois anos. Trabalhador, não falava muito. Ainda é assim, a não ser que precise realmente falar alguma coisa. Sempre foi um solitário. Nunca pensei que eu fosse trabalhar para ele.

– Ele se fez sozinho.

– Ah, isso fez mesmo. Muitos pensavam que ele jamais poderia obter sucesso na vida, sempre rondando e jogando cartas. Um simples rato de hipódromo, diziam. Mas eu pensava de outra forma.

– Sempre gostei dele também. – Boggs coçou um ferimento no antebraço provocado pela mordida de um potro. – Tinha alguma coisa especial nele. E ainda tem.

– É. Eu estava em Three Willows no dia em que Lipsky tentou esfaqueá-lo. Nem naquele dia falou mais do que o necessário.

Boggs cuspiu no solo molhado, mais para simbolizar o que pensava de Lipsky do que por necessidade.

– Um homem não pode ficar bêbado e querer controlar um garanhão.

– É verdade. – Mick calou-se novamente, e pensou em acender outro cigarro. – O Sr. Slater detesta bêbados. Eu tinha esquecido como o pai dele costumava virar a garrafa, até que o vi o necessário perto da cocheira naquele dia.

– Rich Slater? – perguntou Boggs, interessado. – Ele foi a Longshot?

– É o que estou lhe dizendo. No dia em que a filha da Sra. Naomi saiu de lá encharcada. Estava todo lustroso, como se fosse um vendedor de Bíblias. – Para realçar a satisfação de repassar as informações, Mick decidiu se permitir outro cigarro. – Eles conversaram por alguns instantes. Não pude ouvir o que o Sr. Slater disse nem ver sua expressão. Ele tem olhos de jogador. – Mick soltou uma baforada depois de tragar profundamente, certo do interesse do amigo. – Contudo, pude ouvir o velho, rindo e falando que estava endinheirado e que tinha passado lá para saber como o filho estava.

– Passou lá para sugar dinheiro, provavelmente.

– Pode ser. Não gostei do jeito que ele olhava a fazenda, como se estivesse fazendo cálculos num computador. Polly tinha um potro na guia. Inside Straight, esse é o nome que o Sr. Slater deu a ele. Essa Polly tem mesmo boas mãos, e como tem.

– É verdade – concordou Boggs, sem comentar o relato de Mick. Com um aceno, cumprimentou um dos cavalariços do hipódromo que passava. – Um bom treinador. Acho que Moses está preparando a Srta. Kelsey para ser treinadora em Three Willows. O velho Chip voltou a falar em se aposentar.

– Ele sempre fala. Conversa fiada. Como eu estava dizendo – Mick retomou o assunto –, num certo momento, o Sr. Slater entrou em casa, e o velho Rich ficou andando pela fazenda, tomando uns tragos de sua garrafa de bolso. Era de prata, muito brilhante. Encurralou Jamison, tentando arrancar informações, suponho. Pouco depois, o Sr. Slater retornou, deu um cheque ao velho e o botou para correr. Sutilmente, mas não deixou de ser um chute no traseiro.

– Nunca fui com a cara de Rich Slater.

– Nem eu. Diz o ditado que a maçã não cai muito longe da macieira. Mas acho que no caso desses dois há uma grande distância entre eles. O Sr. Slater tem classe, e escuta quando alguém lhe diz alguma coisa. Um dia desses me perguntou o que eu achava da perfuração na perna dianteira de Three Aces.

– É um bom cavalo.

– E como é. Eu disse ao Sr. Slater que de forma alguma parece um acidente. Ele ficou me olhando e me agradeceu, muito educado. – Mick se levantou, seus ossos estalando. – Vou dar uma olhada em Double.

– Acho que vou tomar um café.

Separaram-se e Mick adentrou a penumbra das cocheiras. A chuva tamborilava no telhado, amortecendo o ruído produzido pelo movimento dos cavalos nas baias. Um cavalariço colocava uma manta sobre uma potra. Mick se deteve, observando suas linhas.

Muito larga. Aquela potranca provavelmente iria patinhar. Não haveria esse problema com Double. O garanhão negro tinha os quartos dianteiros bem proporcionais e um corpo robusto e relativamente curto, além de um valoroso espírito de competição.

Acima de tudo, Double tinha coragem.

Depois Mick seguiu para a baia de Double. Ele gostava de conversar com o animal antes das corridas e avaliá-lo para decidir se seria um bom dia para apostar nele.

– Olá, garoto, providenciamos uma chuvinha especialmente para você. – Mick abriu o portão da baia e franziu a testa, surpreso. – O que diabo está fazendo aqui, Lipsky? Você não deveria se aproximar dos cavalos do Sr. Slater.

Lipsky manteve-se agachado e fitou Mick enquanto corria a mão pela perna de Double.

– Estou apenas dando uma olhada. Pensei em apostar alguns trocados nele.

– Vá em frente e faça isso, mas dê o fora daqui.

– Estou indo. Estou indo. – Lipsky inclinou o corpo, mas os olhos de Mick estavam atentos.

– Que diabo você pretende fazer com isso? – Com um movimento preciso, Mick segurou o braço de Lipsky. A faca saltou-lhe à vista, afiada e cintilante, na penumbra da cocheira. – Seu canalha. Você ia cortar a perna dele, não ia?

– Eu não ia machucá-lo. – Assustado, Lipsky desviou o olhar para o portão da baia: não tinha muito tempo. – Era só uma providência para que ele não corresse hoje. – "Ou nunca mais", pensou, uma vez que cortasse um dos tendões do animal. – Slater está tendo o que merece.

– Pois você já encontrou o que merecia. E ninguém se mete com meus cavalos. Deve ter sido você, seu miserável, que feriu Three Aces também.

– Não sei do que está falando. Olhe, foi apenas uma ideia infeliz, mas não houve nada. Você mesmo pode ver que nem cheguei a encostar nele.

– Vou dar uma olhada, pode ter certeza. Agora vamos ver o que o Sr. Slater vai querer fazer com relação a isso.

Lipsky deu um tranco para trás, furioso pelo fato de o cavalariço velho e magricela ter mão de ferro.

– Você não vai me entregar.

– Até parece que não vou. Vou entregá-lo, porque você tentou machucar esse cavalo. E cuspirei no seu túmulo se o Sr. Slater resolver acabar com você.

– Eu não toquei nesse maldito cavalo. – Desesperado, Lipsky atacou o velho cavalariço enquanto o cavalo dançava, nervoso, num canto da baia.

A faca zuniu no ar, e, tendo sido desviada pelo antebraço de Mick, sua ponta atingiu superficialmente o flanco do cavalo.

Abalado pela dor, Double empinou. Mick praguejou e inspirou profundamente para poder gritar. Mas já não havia mais ar, pois a faca penetrou em suas entranhas pouco acima da cintura.

– Meu Deus! – Tão abismado quanto seu oponente, Lipsky puxou a faca e viu o sangue se espalhar. – Meu Deus! Mick, eu não queria ferir você!

– Maldito – sussurrou Mick antes de cair para a frente, no exato instante em que o potro, excitado pelo cheiro de sangue, empinou. Uma de suas patas atingiu o velho cavalariço na base do crânio. Depois de uma pontada de dor lancinante, ele não sentiu mais nada, nem mesmo quando as patas do animal o esmagaram.

O pânico quase fez Lipsky fugir depressa da baia, mas ele se deteve, agachando-se covardemente num canto. "Não foi minha culpa", disse a si mesmo. Droga! Ele não era um assassino. Jamais teria enfiado uma faca no velho Mick, sobretudo estando sóbrio. Se pelo menos Mick o tivesse escutado, aquilo não teria acontecido. Limpou o punho na boca suarenta e recuou em direção ao portão. Antes de sair furtivamente da baia, enfiou a faca na bota. Com as costas arqueadas, correu em direção à chuva.

Ele precisava de uma bebida.

– Isso aqui é demais! – disse Channing de pé na arquibancada, comendo um cachorro-quente. – Não poderia imaginar que haveria tanta coisa para ver por aqui. É como assistir aos ensaios de um espetáculo da moda na Broadway.

Encantada com ele, Naomi sorria. Se ela pudesse escolher um irmão para a filha, certamente seria Channing Osborne.

– Sinto muito pelo tempo.

– Ei, isso apenas aumenta a emoção. Cavalos parecendo relâmpagos na chuva, cores esvoaçantes, lama espirrando. – Ele riu e terminou sua Coca-Cola e seu cachorro-quente. – Mal posso esperar.

– Bem, não vai demorar muito – assegurou-lhe Kelsey. – Aliás, deve estar quase na hora de eles prepararem os cavalos para o desfile de apresentação. Gostaria de assistir?

– Claro. Você foi muito amável me deixando ficar, Naomi.

– Me alegra você ter preferido a nossa companhia ao sol, à areia e aos biquínis.

– Aqui é melhor. – Num gesto que Naomi julgou muito sedutor, ele lhe ofereceu o braço. – Quando eu voltar para casa na próxima semana, poderei me gabar diante dos colegas bronzeados e com ressaca de ter me dado bem com duas mulheres encantadoras.

– E quanto à sua namorada vegetariana? – perguntou Kelsey.

– Quem? Victoria? – Ele sorriu desinteressadamente. – Ela me dispensou quando percebeu que eu era um carnívoro irrecuperável.

– Visão meio limitada a dela – opinou Naomi.

– Foi o que pensei. Mas sou um bom partido, não acha, Kels? – Ele se virou para a meia-irmã e percebeu que algo a distraía. "Vejam só", pensou ele, estudando Gabe. Channing não via olhar semelhante em Kelsey há muito, muito tempo. – Alguém que você conhece?

– Hum? Ah – balbuciou Kelsey distraída, levantando a mão para ajeitar a pala do boné. – Apenas um vizinho.

Gabe interrompeu a conversa com Jamison e virou-se para observá-los enquanto se aproximavam. Nossa, ela estava encharcada! Desviou o olhar de Kelsey para o homem que envolvia os ombros dela com o braço.

Jovem demais para ser rival, considerou Gabe. Duvidava de que o garoto tivesse idade suficiente para poder comprar cerveja. Mas havia um senso de propriedade no braço e nos olhos que lhe pareceu uma mistura de curiosidade e advertência.

"O meio-irmão", concluiu, se encaminhando para recebê-los.

– Você ainda não se enxugou? – perguntou a Kelsey, e observou um lampejo de irritação em seu rosto.

– Já é outro dia, Slater. Este é Channing Osborne. Gabriel Slater.

– Que bom que você pôde vir visitar sua irmã.

– Também acho.

Gabe achou graça no fato de Channing ter apertado sua mão com mais força do que a necessária.

– Como está a égua, Naomi? Estive pensando em passar lá para dar uma olhada.

– Ela está prenhe, com certeza. E saudável. Matt passou lá na fazenda ontem e me contou o que aconteceu com Three Aces. Ele está melhor? – Os pensamentos de Gabe escureceram, mas seu olhar permaneceu límpido.

– Sim. Estará de volta no auge da forma dentro de algumas semanas.

– Você inscreveu Double or Nothing para correr hoje, não foi?

Gabe olhou para Kelsey e, sentindo vontade de tocá-la e irritá-la, deslizou o nó de um dos dedos por seu rosto.

– Está acompanhando o desenrolar da competição, querida?

– Pode-se dizer que sim. Seu potro está correndo cabeça a cabeça com o nosso.

– Quer fazer outra aposta comigo? Você ainda me deve dez dólares.

– Está bem. E para manter o espírito da coisa, eu diria... o dobro ou nada.

– Feito. Quer dar uma olhada no vencedor?

– Já estive olhando Virginia's Pride, obrigada.

Ele sorriu e segurou-a mão dela.

– Venha.

Quando ele a afastou, Channing franziu a testa.

– Isso está acontecendo há muito tempo?

– Estou começando a achar que sim. – Observando-os se afastar, Naomi esfregou o nariz molhado. – Isso o preocupa?

– O processo do divórcio foi muito difícil para ela. Não quero que alguém se aproveite da situação. O que você sabe sobre ele?

– Muita coisa, na verdade. – Naomi suspirou. – Falarei sobre ele mais tarde. Agora acho melhor irmos atrás deles para você parar de se preocupar.

– Boa ideia. – Ele a olhou enquanto entravam nas baias. – Você é legal, Naomi.

Satisfeita, ela lhe deu a mão.

– Você também, Channing.

– Você sabe que quero atropelá-lo nas pistas, Slater, mas sinto muito por Three Aces. Suponho que não há nada que eu possa fazer, mas...

– Apaixonou-se por eles não foi?

Kelsey ajeitou o boné para olhá-lo melhor.

– Por quem?

– Pelos cavalos.

Ela deu de ombros e continuou a caminhar em direção às baias.

– E daí?

– Parece lhe fazer bem. Você ficou mais descontraída. – Ele a retardou deliberadamente, querendo aproveitar mais um momento antes de chegarem às baias. – Quando você voltará?

Ela não fingiu que não havia entendido, mas decidiu esquivar-se.

– Tenho estado muito ocupada. Moses nos dá muitas coisas para fazer.

– Você prefere que eu a procure?

– Não. – Insegura, ela lançou um olhar por sobre os ombros. Naomi e Channing estavam apenas alguns passos atrás. – Não – repetiu ela. – E este não é o momento para falarmos sobre isso.

– Acha que seu irmão avançaria no meu pescoço se eu a agarrasse e a beijasse aqui mesmo?

– Claro que não. – Sua dignidade começava a traí-la. – Mas eu talvez sim.

– Você está me provocando, Kelsey. – Levou a mão dela aos lábios dele. – Hoje à noite – murmurou ele. – Quero vê-la hoje à noite.

– Channing veio me ver, Gabe.

– Hoje à noite – repetiu ele. – Você vem até mim ou eu vou até você. A escolha é sua. – Ele parou diante da baia ainda segurando a mão de Kelsey. – Olá, rapaz. Pronto para... – Gabe emudeceu ao ver o filete de sangue vermelho e ainda fresco no pelo negro do animal. – Maldição!

Abriu o portão bruscamente e mal precisou dar o primeiro passo para ver o corpo deformado no chão.

– Não entre. – Sem olhar para trás, ele estendeu o braço para impedir que Kelsey avançasse.

– O que aconteceu com ele? O pobrezinho está sangrando. – Com os olhos cravados no potro, Kelsey forçou a passagem. Quando Gabe foi obrigado a agarrar o cabresto para impedir o cavalo de empinar, ela viu o corpo numa poça de sangue.

Oh, Deus. Meu Deus, Gabe!

– Segure-o! – ordenou ele, prendendo os dedos trêmulos de Kelsey no cabresto.

– O que aconteceu? – Alarmada com a palidez do rosto de Kelsey, Naomi avançou abruptamente. – Vou chamar uma ambulância – murmurou, pressionando uma das mãos sobre a de Kelsey. – Você consegue segurá-lo?

Kelsey pestanejou, assentiu com a cabeça e em seguida pigarreou.

– Sim, sim, eu estou bem. – Mas estava tão chocada que se mantinha de costas para o que jazia num dos cantos da baia.

– Minha nossa. – Channing engoliu em seco e parou entre Kelsey e Gabe, que estava agachado diante do corpo. – Sou um simples vestibulando de medicina – disse ele serenamente, agachando-se –, mas talvez...

Bastou-lhe apenas uma olhada para perceber que, mesmo que fosse um cirurgião tão habilidoso e experiente quanto seu pai havia sido, de nada adiantaria.

Havia sangue por toda parte, poças em coagulação sobre a palha, no afundamento da base do crânio, no conhecido boné azul vívido, agora encoberto pela palha.

– Este cavalo deve ter enlouquecido – disse Channing gravemente. – Kelsey, saia daqui. Afaste-se dele.

– Não, eu posso segurá-lo. – Esforçando-se para manter a respiração estável, Kelsey acariciou o pescoço do potro. – Ele está tremendo. Está apavorado.

– Dane-se ele. Acabou de matar um homem!

– Não foi o animal que o matou – afirmou Gabe num tom de voz baixo e firme. Ele tinha virado gentilmente o corpo de Mick, e sua camisa arregaçada permitia-lhe ver a violenta estocada no abdome –, e sim uma pessoa...

ALGUM TEMPO DEPOIS, Kelsey tiritava sob a garoa, tentando fingir que tomava o café que Channing insistira em lhe trazer.

– Você deveria sair daqui – disse ele novamente. – Deixe-me levá-la para casa ou, pelo menos, para a sede do hipódromo.

– Não, eu estou bem. Preciso ficar aqui e esperar. Pobre homem. – Ela desviou o olhar para as baias. Já não pareciam excitantes ou fascinantes naquele momento, mas simplesmente lamacentas, tristes. As pessoas haviam se reunido em grupos pequenos e compactos, mantendo os olhos fixos no galpão, aguardando. – Faz muito tempo que Gabe está lá dentro com a polícia.

– Ele sabe se cuidar. – Channing olhou para Naomi, sentada numa mureta. – Talvez fosse melhor você ficar com sua mãe. Ela parece muito assustada.

Kelsey fitou a entrada das baias. Queria estar lá dentro, ouvir o que estava sendo dito, saber o que estava sendo feito.

– Gabe e eu encontramos o corpo – murmurou ela. – Sinto-me na obrigação de ajudar.

– Então vá ajudar Naomi.

Kelsey inspirou profundamente.

– Sim. Você tem razão. – Mas foi difícil caminhar até Naomi e encarar a vaguidão de seu olhar. – Tome – disse ela, oferecendo à mãe o café intocado. – Um pouco de conhaque seria melhor, mas não há como arranjar tenho isso agora.

– Obrigada. – Naomi pegou o copo, obrigando-se a beber alguns goles. Aquilo não tinha nada a ver com ela, dizia a si mesma. A polícia não viria até ela. Não a levaria dessa vez. – Pobre Mick.

– Você o conhecia bem?

– Ele estava na região há um bom tempo. – Ela tomou outro gole de café, que não proporcionava o mesmo cálido conforto do conhaque, mas ajudava. – Ele e Boggs jogavam cartas uma vez por semana e fofocavam como duas velhinhas. Acho que Mick conhecia tão bem meus cavalos quanto conhecia os de Gabe. Era um empregado fiel. – Naomi suspirou antes de prosseguir. – E era inofensivo. Não consigo imaginar quem possa ter feito isso com ele.

– A polícia descobrirá. – Depois de certa hesitação, ela pousou a mão no ombro de Naomi. – Quer que eu a leve para casa?

– Não – respondeu Naomi, erguendo a mão e afagando a de Kelsey. As duas se deram conta de que aquela era a primeira vez que se tocavam sem reservas. – Sinto muito, Kelsey. É uma experiência horrível para você.

– Para todos nós.

– Eu deveria tê-la poupado disso. – Ergueu o olhar, e seus olhos encontraram os da filha. – Não fico muito segura nestas circunstâncias.

– Então eu terei de ficar. – Kelsey virou a mão, entrelaçando seus dedos nos da mãe, rígidos e gelados. – Você irá para casa – disse ela firmemente. – Os policiais podem querer falar comigo. Por isso Channing a levará.

– Não quero deixá-la aqui sozinha.

– Não ficarei sozinha. Gabe está aqui, e Moses e Boggs também. Ela se virou para o velho cavalariço, sozinho, chorando sob a chuva. – Não tem sentido você ficar aqui se está tão transtornada. Vá para casa, tome um banho quente e deite um pouco. Irei para lá assim que me liberarem. – Falando mais suavemente, inclinou-se sobre o ombro de Naomi. – Não quero que Channing fique aqui. Ele se sentiria importante se a levasse para casa.

– Talvez seja uma boa ideia. – Odiando-se por sua fraqueza, Naomi levantou-se. – Está bem, eu irei. De qualquer forma, minha presença no local do crime só serve para aumentar as especulações. Mas, por favor, não fique aqui por mais tempo que o necessário.

– Não ficarei. Não se preocupe.

Sozinha, Kelsey se acomodou onde sua mãe estivera sentada e se preparou para esperar. Mas não precisou aguardar muito.

Um policial uniformizado saiu do galpão, observou os grupos de pessoas e fixou o olhar em Kelsey.

– Srta. Byden? Kelsey Byden?

– Sim.

– O tenente gostaria de lhe fazer algumas perguntas. Lá dentro.

– Sim. – Ela ignorou os olhares curiosos e se levantou.

Lá de dentro, a rotina da investigação estava em andamento: fotos oficiais da cena do crime, isolamento da área dos fundos da baia.

Os olhos de Gabe faiscaram quando viram Kelsey.

– Eu lhe disse que não havia necessidade de ela estar aqui.

– Vocês dois encontraram o corpo, Sr. Slater. – O tenente Rossi passou por cima da fita de isolamento e cumprimentou Kelsey com um aceno de cabeça. Era um veterano com mais de vinte anos de serviço. Tinha belas feições marcantes e olhos penetrantes de policial. Seus cabelos negros e densos, matizados de um grisalho respeitável, eram apenas uma de suas muitas vaidades. Seu corpo era um templo, abastecido de vitaminas, sucos saudáveis, rigorosas dietas com baixo teor de gordura, e mantido pela prática de exercícios físicos regulares.

Podia passar a maior parte de seu tempo sentado à mesa com o telefone ao ouvido, mas isso não significava que tivesse de se deixar decair. Amava seu trabalho e cumpria as normas. E detestava assassinatos.

– Agradeço-lhe por ter esperado, Srta. Byden.

– Quero colaborar.

– Ótimo. Pode começar dizendo exatamente o que aconteceu esta manhã. A senhorita estava aqui desde o amanhecer.

– Sim. – Ela lhe contou tudo, desde o momento em que os cavalos foram retirados dos reboques até quando realizaram os exercícios. – Nós ainda ficamos na pista por alguns instantes. Era a primeira visita do meu meio-irmão ao hipódromo, e achamos que talvez ele gostasse de observar os cavalos sendo preparados para o momento da largada.

– E isso foi aproximadamente a que horas?

– Por volta do meio-dia. Tudo fica muito tranquilo entre 10 horas e meio-dia. Então viemos para cá e encontramos Gabe perto do galpão conversando com seu treinador.

Por sobre os ombros de Rossi, Kelsey viu com absoluto desconforto o lustroso saco plástico ser carregado numa maca.

Praguejando à meia-voz, Gabe passou por debaixo da fita de isolamento e bloqueou a visão de Kelsey.

– Isto não precisaria ser feito agora. E, com certeza, não aqui.

– Não, está tudo bem. – Corajosa, Kelsey disfarçou sua náusea. – Prefiro acabar logo com isso.

– Aprecio sua compreensão. Então você, deparou com o Sr. Slater do lado de fora das baias.

– Sim. Conversamos durante alguns minutos. Zombamos um do outro, pois nossos cavalos iriam disputar o mesmo páreo. Depois, entrei aqui com Gabe para dar uma olhada em seu potro. Minha mãe e meu meio-irmão vieram logo atrás.

– Sua mãe?

– Sim. Na verdade, era o cavalo dela que estava inscrito para competir com o de Gabe. Ela é a proprietária da fazenda Three Willows. Naomi Chadwick.

– Chadwick. – O nome acionou algo longínquo. Rossi o anotou. Então vocês quatro entraram aqui.

– Sim, mas eles estavam alguns passos atrás de nós. Só entraram na baia de Double depois... depois da gente. Acho que Gabe e eu vimos o ferimento no flanco esquerdo do animal ao mesmo tempo. Ele entrou e se deteve. Tentou impedir minha passagem, mas eu estava preocupada com o potro e forcei a entrada. Vi o sangue e o corpo no canto. Segurei o cavalo, porque ele estava querendo empinar, e então Channing e Naomi entraram. Ela foi logo chamar uma ambulância, e Channing se aproximou, pensando, presumo, que talvez pudesse ajudar de alguma forma. Acho que todos nós pensamos por um segundo que tinha sido o potro. Então Gabe virou o corpo, e aí vimos... – Ela nunca iria esquecer o que tinha visto. – Vimos que não havia sido ele. Gabe pediu que Channing chamasse a polícia.

– E não havia ninguém por perto quando a senhorita e o Sr. Slater entraram?

– Não. Não vi ninguém. Havia alguns cavalariços, naturalmente. Mas ainda era um pouco cedo para a preparação.

– Conhecia a vítima, Srta. Byden?

– Não. Estou em Three Willows há apenas algumas semanas.

– Não mora lá?

– Não. Moro em Maryland. Estou apenas passando um mês lá.

– Vou precisar de seu endereço fixo para incluí-lo no registro de ocorrência. – Ele anotou o endereço de Kelsey num pequeno bloco e o guardou novamente no bolso. – Agradeço sua colaboração, Srta. Byden. Gostaria agora de fazer algumas perguntas a sua mãe e seu meio-irmão.

– Pedi que Channing a levasse para casa. Ela estava muito transtornada. – Num movimento instintivo, Kelsey mudou a postura, afastando os pés um do outro e endireitando os ombros. – Em todo caso, ambos estiveram comigo a manhã inteira. Nenhum dos dois poderia ter visto algo que eu não vi.

– Ficaria surpresa se soubesse o que uma pessoa consegue ver, e a outra não. Obrigado. – Ele a liberou, voltando-se para Gabe. – Fui informado de que um homem chamado Boggs teria sido a última pessoa a ver a vítima viva. Ele também trabalha para o senhor?

– Trabalha para Three Willows.

– Ele está lá fora – informou Kelsey a Rossi. – Eu lhe direi para entrar. – Kelsey saiu apressada, ansiosa para se ver livre das perguntas arrastadas e daquele olhar perscrutador. Boggs estava de pé no mesmo lugar em que ela o vira pouco antes, simplesmente parado na chuva.

– O tenente Rossi quer falar com você. – Ela segurou as mãos dele nas suas, tentando aquecê-las. – Sinto muito, Boggs.

– Nós estávamos conversando. Sentados ali, conversando. Tínhamos combinado de jogar hoje à noite. – As lágrimas escorriam por seu rosto, misturadas à chuva. – Quem poderia ter feito isso com ele, Srta. Kelsey? Quem acabou com o velho Mick dessa forma?

– Não sei, Boggs. Venha, eu o acompanho. – Kelsey envolveu seus ombros e o conduziu até o galpão.

– Ele não tinha família, Srta. Kelsey. Só uma irmã, que ele não via há mais de vinte anos. Tenho que cuidar das coisas para ele, garantir um sepultamento digno.

– Eu cuidarei disso, Boggs. – Gabe saiu do galpão, interceptando-os antes que entrassem. – Diga-me o que você quer para ele, e nós tomaremos as providências.

Boggs assentiu com a cabeça.

– Ele o considerava muito, Sr. Slater.

– Eu também, Boggs. Venha falar comigo assim que puder. Providenciaremos o que for necessário.

– Ele apreciaria muito a sua atitude. – Cabisbaixo, Boggs entrou na baia.

– O tenente disse que você está liberada. – Gabe segurou o braço de Kelsey. – Vou levá-la para casa.

– Quero esperar Boggs. Ele não deveria ficar sozinho agora.

– Moses o acompanhará. Quero você longe daqui, Kelsey, longe de tudo isso.

– Não há como. Estou tão envolvida nisso quanto você.

– Está enganada. – Ele quase a arrastava pelo chão lamacento. – A baia é minha. O potro é meu. E, droga, Mick era meu funcionário.

– Calma. – Ela estacou bruscamente o passo e o segurou pela jaqueta. Talvez ele tivesse demonstrado apenas uma ponta de emoção lá dentro da baia, mas ainda estava tenso, prestes a explodir a qualquer momento. "Seu olhar agora não era o de um jogador", pensou ela. Estava inflamado e ameaçador.

– Você vai sair daqui agora. E vai ficar fora disso.

Ela poderia ter discutido. Certamente poderia ter reclamado do modo firme com que ele apertava seu braço. Mas esperou até que chegassem ao carro dele.

Então, simplesmente se virou e passou os braços em torno de Gabe.

– Não faça isso com você – murmurou.

Ele se enrijeceu, preparando-se para se desvencilhar do abraço e empurrá-la para dentro do carro.

– O quê?

– Não se culpe, Gabe.

– Então a quem devo culpar? – Seu corpo relaxou e aconchegou-se ao dela. Pressionou o rosto no conforto dos cabelos frios e molhados de Kelsey. – Meu Deus, Kelsey, quem mais eu poderia culpar? Ele estava tentando proteger meu cavalo.

– Você não tem como saber o que houve.

– Mas sinto isso. – Ele a afastou. Seu olhar parecia mais calmo agora, mas o que quer que estivesse se passando atrás do profundo e frio azul daqueles olhos estremeceu Kelsey. – Descobrirei quem fez isso com ele. Custe o que custar.

– A polícia vai...

– Que façam o trabalho deles. Eu farei o meu.

10

A morte não poderia interferir na rotina de um haras. Nem a morte de um cavalo, nem a de um homem. O amanhecer continuava a anunciar os exercícios. Havia corridas a serem disputadas, pernas para serem enfaixadas, cavalos a serem pesados e selados. A conversa nas baias e nos padoques ao amanhecer podia girar exclusivamente em torno do assassinato do velho Mick, mas o ritmo dos trabalhos não diminuíra. Não poderia diminuir.

Havia uma égua com eczema, outra que, com 1 ano, ainda recusava o cavaleiro, e um potro que disputaria uma corrida da qual participariam apenas cavalos que nunca tivessem obtido vitória nas pistas. Luto e boatos tinham de conviver com o trabalho.

– Talvez queira cuidar de Pride, agora que ele terminou o relaxamento, Srta. Kelsey. – Embora com olheiras evidentes e bastante abatido, Boggs não esmorecia no cumprimento de suas obrigações. Passou as rédeas para Kelsey. – Ele parece mais feliz nas suas mãos.

– Está bem, Boggs. – A mão de Kelsey cobriu a mão enrugada do cavalariço. – Há algo que eu possa fazer por você? – Os olhos de Boggs vaguearam para além dela, parecendo focalizar algo muito particular.

– Não há nada a fazer, Srta. Kelsey. Apenas não parece justo. Não parece justo.

Kelsey não conseguiu dar as costas para ele e ir cuidar do que tinha a fazer.

– Você se importaria de vir comigo? Ainda me sinto um pouco nervosa em cuidar do vencedor do próximo Derby.

Ambos sabiam que era apenas um pretexto, mas Boggs acenou afirmativamente com a cabeça e seguiu ao lado dela. Estava chovendo novamente, a mesma garoa fina e incessante que estragara a tarde do dia anterior. Embora já fossem quase 22 horas, o nevoeiro teimava em permanecer. Nas baias, os aprendizes trabalhavam ativamente na limpeza, impregnando o ar com o cheiro de estrume, palha e lama.

Ao passarem pela baia de Queenie, Kelsey parou e passou as rédeas de Pride para Boggs novamente.

– Só um minuto. – Tirou uma cenoura do bolso traseiro e a ofereceu à égua enquanto lhe afagava as orelhas macias. – Pegue aqui, garota. Não achou que eu fosse esquecer, achou? – A égua mordiscou a cenoura e, depois, gentilmente, o ombro de Kelsey, curvando o pescoço em resposta às carícias. Embora consciente de que Boggs a observava, Kelsey completou o que já havia se tornado rotina com um beijo no focinho de Queenie. – Sei que tenho exagerado com as éguas da fazenda. Solidariedade feminina. – Depois de um último afago, ela voltou-se para Boggs e Pride. – Mas também já surpreendi mais de um cavalariço paparicando garanhões.

– Seu avô adorava essa égua. – Boggs levou Pride para a baia devidamente tratada por Kelsey, que, para a comodidade do animal durante o dia, já removera a palha suja da noite, substituindo-a por outra limpa. – Ele trazia cubos de açúcar para ela todas as tardes. Nós fingíamos que não víamos.

– Como ele era, Boggs?

– Era um homem bom, justo. Mas tinha o pavio um pouco curto, e às vezes estrondeava como um raio. – Enquanto ele falava, seus olhos investigavam a baia, notando que Kelsey havia providenciado água fresca e feno seco para o cavalo. Normalmente, esse era o serviço dele, mas estava compartilhando isso com ela, e também o próprio animal. – Não tolerava preguiça, de forma alguma. Mas se fizesse seu trabalho, você era bem pago e recebia no dia certo. Uma vez ele ficou acordado a noite inteira com um cavalo doente e também despediu um funcionário diante dos colegas por causa do serviço malfeito.

Kelsey se agachou, correndo as mãos pelas pernas de Pride para verificar se havia inchaços ou ferimentos. Boggs já havia lavado as ataduras e as tinha pendurado, prendendo-as com os pregadores que trazia pinçados nas pernas da calça.

– Devia ser difícil trabalhar para ele. – Satisfeita, ela pegou um pouco de palha para secar a leve umidade da chuva no pelo do animal.

– Não se você fizesse o que tinha sido contratado para fazer – explicou Boggs, observando-a pegar a escova do estojo de limpeza de Pride. – Vejo que já pegou o jeito, Srta. Kelsey.

– Sinto como se tivesse feito isso a minha vida inteira. – O cavalo se mexia e recuava, e Kelsey murmurava palavras de carinho e o acariciava. Como a maioria dos aristocratas, ele era altamente sensível. – Ele está um tanto inquieto hoje.

– Está louco para correr. Sua mente já está nos portões de largada.

Kelsey continuou a limpar a lama do dorso do animal, da barriga e dos machinhos.

– Soube que ele correu bem ontem. – Ela pôs a escova de lado e pegou o esgaravatador de cascos. – Parece insensibilidade pensar em corridas e no desempenho dos cavalos depois do que aconteceu ontem.

– Não poderia ser diferente.

– Vocês eram amigos há muito tempo?

– Há quase quarenta anos. – Boggs pegou uma lata de tabaco e serviu-se de um bocado. – Ele já estava há algum tempo na fazenda vizinha quando eu cheguei aqui.

– Nunca perdi ninguém muito próximo. – Kelsey pensou em Naomi, mas era impossível lembrar-se de qualquer pesar que tivesse sentido aos 3 anos. – Não quero dizer que posso imaginar o que você esteja sentindo, mas sei que, se quiser, Naomi lhe concederia alguns dias de folga.

– Não gostaria de ficar em nenhum outro lugar que não aqui. Aquele policial tem alguma coisa especial. Ele vai descobrir quem fez aquilo com Mick.

Kelsey umedeceu uma esponja e limpou os olhos do cavalo, do canto interno para fora. Ela adorava o jeito como o animal a olhava enquanto cuidava dele, o reconhecimento e a confiança que começavam a estabelecer entre si.

– Tenente Rossi. Não gostei dele. Não sei por quê.

– Bem, ele parece ter sangue-frio. Mas isso significa que vai pensar, pensar e continuar pensando, passo a passo, até descobrir.

Kelsey abandonou a esponja e pegou a escova de pelo. Lembrou-se do brilho nos olhos de Gabe. "A necessidade de vingança parecia se espelhar em seus olhos", pensou. Ela entendia esse sentimento muito bem.

– Acha que isso é suficiente, Boggs?

– Terá de ser.

– Ei, achei você! – Channing encostou-se no portão da baia, e por alguns instantes observou as mãos firmes de Kelsey, os músculos que se desenvolviam em seus ombros. – Até parece que você sabe o que está fazendo.

– Eu sei o que estou fazendo. – O que, aliás, sempre lhe proporcionava enorme prazer. – Senti sua falta no café da manhã.

– Dormi demais. – O sorriso dele tinha mais charme do que vergonha. – Meu corpo não está programado para comer às 5 da manhã. Matt está aqui. Vou acompanhá-lo nas visitas a algumas fazendas.

– Divirta-se.

Ele hesitou.

– Você está bem, não está?

– Claro que estou bem.

– Estarei de volta dentro de algumas horas. Ah, e Moses me pediu que, se eu a encontrasse, lhe dissesse que ele a quer de volta trabalhando na guia.

– Feitor de escravos – murmurou ela. – Sim, assim que eu terminar aqui.

KELSEY NÃO TINHA TEMPO para pensar. Um cavalariço experiente levava aproximadamente uma hora para fazer uma boa limpeza num cavalo, e ela, cerca de 15 minutos a mais. Depois disso, cuidava do almoço do animal, medindo, pesando e misturando aveia, farelo e nozes. Acrescentava à mistura uma colherada de sal, o suplemento vitamínico de Pride e eletrólitos. Para agradar aquele paladar exigente, adicionava uma porção de melaço a fim de adocicar a mistura.

Mais tarde, trazia-lhe uma maçã. Não que pretendesse mimá-lo, dizia a si mesma. Moses lhe explicara que os cavalos necessitavam de gulodices em sua dieta. Pride preferia maçãs a cenouras. Gostava especialmente de maçãs ácidas, do tipo *Granny Smith*.

– Bem, o senhor está servido – murmurou ela ao lhe trazer a refeição do meio-dia. – E coma tudo, ouviu?

Ele mascava a mistura, e olhava para ela.

– Apostamos muito em você, querido. E acho que gostará de entrar no círculo do vencedor com uma manta de rosas vermelhas. – Ele bufou, o que Kelsey considerou o equivalente a dar de ombros. Ela riu, fazendo-lhe um último afago. – Você não me engana, rapaz. Deseja isso tanto quanto nós.

Revolvendo os ombros, ela saiu do estábulo para encarar o resto do seu dia de trabalho.

Duvidava que Moses tivesse algum tipo de sadismo em mente por fazê-la trabalhar exaustivamente pela manhã, mas, de qualquer forma, o resultado era o mesmo. Por volta das 15 horas, seus músculos ainda em desenvolvimento já estavam intensamente doloridos, seu corpo, quase inteiramente coberto de lama, e seu organismo emitindo sinais urgentes de necessidade de abastecimento.

Depois de limpar as botas com cuidado, entrou em casa pela cozinha, dirigindo-se diretamente à geladeira. Com um discreto grito de satisfação, atacou uma travessa de frango frito.

Kelsey tinha a boca empanturrada de coxa de frango quando Gertie apareceu na cozinha.

– Srta. Kelsey! – Escandalizada com a visão de sua garotinha encostada no balcão com a calça suja e comendo daquele jeito, Gertie precipitou-se em direção ao armário para pegar um prato. – Isso não são modos de comer.

– Está ótimo assim – respondeu Kelsey de boca cheia. – Está uma delícia. O melhor frango que já comi em toda minha vida – acrescentou, engolindo. – Já estou no segundo pedaço.

– Sente-se à mesa. Vou lhe servir um almoço decente.

– Não. Não é mesmo necessário. – "Às vezes a educação é perfeitamente dispensável", pensou Kelsey, mordendo outro pedaço de frango. – Estou suja demais para me sentar onde quer que seja e faminta demais para me limpar antes de comer. Gertie, fiz três cursos de culinária, um deles no Cordon Bleu, mas nunca consegui preparar um frango como esse.

Enrubescendo de prazer, Gertie balançou uma das mãos.

– Claro que consegue. Essa receita era da minha mãe. Eu lhe ensinarei um dia desses.

– Você deixa o Colonel no chinelo. – Kelsey riu ao se dar conta de que Gertie não entendera nada. – Um restaurante em Kentucky, Gertie. Eu poderia compor um soneto em homenagem a essa coxa de frango!

– Ora, você está zombando de mim. – Vermelha como um pimentão, Gertie pegou um copo de leite para Kelsey. – Exatamente como seu irmão. Parece que ele nunca comeu comida caseira em toda a vida.

– Ele esteve aqui seduzindo você para lhe arrancar gulodices, não esteve?

– Gosto de ver garotos saudáveis e cheios de apetite.

– Ah, isso ele tem. – "E eu também", pensou Kelsey, avaliando a possibilidade de comer mais um pedaço do frango. – Naomi está em casa?

– Precisou sair.

– Hum... – Então, pensou Kelsey, as duas estavam sozinhas ali. Talvez devesse aproveitar a oportunidade e fazer algumas perguntas a ela. – Sabe, Gertie, estive pensando naquela noite. Alec Bradley...

Gertie retraiu-se.

– São águas passadas.

– Você não estava em casa – insistiu Kelsey sutilmente.

– Não. – Gertie pegou um pano de prato e começou a polir o imaculado fogão. – E eu me condenei durante muito tempo por isso. Lá estávamos nós, minha mãe e eu, no cinema e comendo pizza enquanto a Sra. Naomi estava completamente sozinha com aquele homem.

– Você não gostava dele.

– Aff! – bufou a criada desdenhosamente e bateu o pano de prato no fogão. – Astucioso e seboso. Tão seboso que você não conseguiria segurá-lo se tentasse pôr as mãos nele. A Sra. Naomi não tinha nada a ver com aquele homem.

– Por que será que ela... andava com ele?

– Tinha lá as razões dela, suponho. A Sra. Naomi era uma mulher um pouco teimosa. E acho que a teimosia dela tinha a ver com seu pai. Além disso, estava deprimida por ter perdido um cavalo nas pistas. Ele quebrou a perna, e teve de ser sacrificado. Isso foi muito difícil para ela. E aconteceu mais ou menos na mesma época em que estava saindo com aquele homem.

O desprezo na voz de Gertie era evidente. Ela se recusava, sempre havia se recusado, a se referir a Alec Bradley pelo nome.

– Ele era bonito. Mas beleza não põe mesa, é o que eu sempre digo. Vou lhe contar qual foi o crime, Srta. Kelsey. O crime foi terem posto aquela doce menina na prisão por ter feito o que tinha de fazer.

– Ela estava tentando se defender.

– Se ela disse que estava, então estava – disse Gertie terminantemente. – A Sra. Naomi não mentiria. Se eu tivesse ficado em casa naquele dia, ou o pai dela, aquilo não teria acontecido. Aquele homem nunca teria colocado as mãos nela. E ela não teria precisado usar a arma.

Gertie suspirou e levou o pano de prato para a pia, enxaguando-o meticulosamente.

– Eu ficava nervosa, sabendo que ela tinha uma arma na gaveta. Mas achei muito bom que ela tivesse uma naquela noite. Um homem não tem o direito de forçar uma mulher a nada. Não tem mesmo.

– Não – concordou Kelsey. – Não tem mesmo.

– Ela ainda guarda uma arma lá.

– O quê? – Apreensiva, Kelsey pôs a coxa de frango pela metade no prato. – Naomi ainda tem o revólver lá em cima?

– Não o mesmo, eu acho. Mas tem um parecido, que era do pai dela. A lei diz que ela não pode mais ter armas, mas tem uma mesmo assim. Diz que a faz se lembrar do que aconteceu. Mas me diga, por que ela precisa se lembrar disso? Ela diz que há coisas de que jamais queremos esquecer.

– É, acho que ela está certa – disse Kelsey lentamente. Mas não tinha certeza se poderia dormir bem sabendo disso.

– Talvez eu não devesse dizer isso, mas vou dizer assim mesmo. – Gertie fungou e, em seguida, pegou uma folha de papel toalha para assoar o nariz. – Você é o sol e a lua para ela, Srta. Kelsey. E o fato de ter vindo para cá tem compensado muito as amarguras que ela sofreu. Não há como reaver o que foi perdido nem como desfazer o que está feito, mas velhas feridas ainda podem ser curadas. E é isso o que você está fazendo.

"Será?", perguntou-se Kelsey. Ela ainda estava bem longe de ter certeza sobre seus motivos e sentimentos.

– Ela tem sorte de ter você, Gertie – murmurou Kelsey. – Sorte de ter alguém que pensa nela em primeiro e em último lugar. – Desejando secar as lágrimas dos olhos de Gertie, ela completou, brincalhona: – E tem muita sorte também de ter alguém que sabe cozinhar como você.

– Ah, deixe disso. – Gertie balançou a mão e depois enxugou as lágrimas. – Faço apenas o básico. E você ainda não acabou de comer aquele último pedaço de frango. Precisa de mais carne em seus ossos.

A campainha da porta da frente soou enquanto Kelsey meneava a cabeça.

– Deixe, Gertie, eu atendo. Senão vou acabar comendo isso com travessa e tudo.

Kelsey levou o copo de leite com ela, bebericando enquanto se dirigia à porta. Passou em frente a um espelho e revirou os olhos. Estava com as bochechas sujas. O boné que usara enquanto trabalhava na baia não impedira o irremediável emaranhado de seus cabelos. Enquanto tentava limpar um pouco da lama com a manga da camisa suja de esterco, torcia para que o visitante tivesse algo a ver com cavalos.

Longe disso.

– Vovó! – A vergonha misturou-se ao choque, quando Milicent se escandalizou com a aparência da neta. – Que surpresa!

– O que, em nome de Deus, você esteve fazendo?

– Trabalhando. – Kelsey notou o lustroso Lincoln parado em frente à casa, o motorista sentado estoicamente ao volante. – Passeando?

– Vim conversar com você. – Com a cabeça erguida, Milicent cruzou a porta com a mesma dignidade inquebrantável que, imaginou Kelsey, os aristocratas franceses exibiam ao se aproximar da guilhotina. – Achei que era importante demais para ser discutido por telefone. Acredite, não entro nesta casa com tranquilidade nem com qualquer tipo de prazer.

– Acredito em você. Entre, por favor, e sente-se. – Ao menos Naomi estava fora de casa, em algum compromisso. Kelsey poderia agradecer ao destino por isso. – Gostaria de tomar alguma coisa? Café, chá?

– Não quero nada desta casa. – Milicent sentou-se, seu engomado vestido de linho mal se vincando com o movimento. Ela se recusou a satisfazer sua curiosidade observando o ambiente. Em vez disso, fixou o olhar na neta. – É assim que você anda agora? Está tão suja quanto um peão.

– Acabei de entrar. Como você deve ter visto, está chovendo.

– Não fale comigo nesse tom. Desperdiçar seu talento e sua educação é injustificável, Kelsey. Pior do que isso, você está jogando a família inteira num abismo enquanto brinca de representar esta história.

– Vovó, nós já falamos sobre isso. – Kelsey abandonou o copo de leite e foi até a lareira atiçar o fogo. Fosse pela chuva, ou pela visita, o ambiente pareceu-lhe frio de repente. – Estou plenamente consciente dos seus sentimentos e das suas opiniões. Não posso acreditar que você tenha percorrido todo esse caminho somente para me lembrar de tudo isso.

– Você e eu costumávamos ter consideração pelos desejos uma da outra, Kelsey.

– Não. – Pensativa, ela recolocou o atiçador no lugar e virou-se para a avó. – Acho que nunca tivemos.

– Mas, agora, acredito que sua opinião não será diferente da minha com relação ao que tenho a dizer. Seu nome está nos jornais de hoje. Seu nome, associado a um assassinato no hipódromo.

"Como as notícias se espalham", pensou Kelsey. Ela já estava de pé e trabalhando nas baias antes da primeira entrega de jornais.

– Não previ essa possibilidade, ou teria telefonado para papai, tentando tranquilizá-lo. Eu estava lá, vovó. O homem que foi assassinado era um cavalariço que trabalhava na fazenda vizinha. Minha participação nas investigações é meramente acidental.

– O fato de você ter estado lá é a questão, Kelsey. No hipódromo, com o tipo de gente que ele atrai.

Kelsey inclinou a cabeça.

– Elas me atraem.

– Agora está sendo pueril. – Milicent comprimiu os lábios. – Espero mais de você. Espero que pense na sua família.

– O que aquele pobre homem que foi assassinado ontem tem a ver com a família?

– Seu nome está associado ao de Naomi. E o nome dela, que é associado a um assassinato, traz à tona velhos escândalos. Eu não deveria precisar explicar isso a uma mulher inteligente como você, Kelsey. Quer que seu pai sofra por isso?

– Claro que não! E por que ele sofreria? Por que ele deveria sofrer? Vovó, um pobre velho foi brutalmente assassinado. Por mera coincidência, fui eu que encontrei o corpo. É claro que tive de prestar depoimento à polícia, mas as coisas terminam aí. Eu nem mesmo o conhecia. E, quanto ao papai, ele está totalmente fora disso.

– Manchas nunca podem ser removidas por completo. Esse mundo, Kelsey, não é o nosso. Nós a avisamos sobre o que esperar, sobre o tipo de gente com que você iria se misturar. Agora, o pior aconteceu. E já que seu pai tem o coração muito mole para tomar alguma atitude, eu assumo a responsabilidade. E insisto que você arrume suas coisas e venha para casa comigo hoje.

– Como as coisas mudam pouco. – Naomi estava de pé junto à porta, pálida como mármore. Seu terninho azul-claro acentuava ainda mais a delicadeza de seu corpo. Mas a delicadeza pode ser ilusória. Quando ela avançou, estava tão elegante e cheia de si quanto uma de suas potrancas campeãs. – Creio que ouvi você dizer algo bem parecido com isso a Philip uma vez.

O rosto de Milicent ficou imóvel, ríspido.

– Vim aqui para falar com minha neta. Não tenho a mínima vontade de falar com você.

– Você está na minha casa, Milicent. – Naomi pôs a bolsa de lado, e, sem muita cerimônia, escolheu uma cadeira. – Certamente tem toda a liberdade para dizer o que quiser a Kelsey, mas não vai me assustar mais. Esses dias ficaram para trás.

– Vejo que a prisão lhe ensinou muito pouco.

– Ah, você não pode nem imaginar o que ela me ensinou. – Dessa vez o sangue corria frio em suas veias, sem qualquer sentimento. Isso lhe agradava. Nunca pôde ter certeza de como reagiria quando encontrasse Milicent novamente.

– Você é a mesma pessoa de sempre. Calculista, astuta, inescrupulosa. Agora quer usar a filha de Philip para satisfazer seus caprichos.

– Kelsey é dona do próprio nariz. Você não a conhece bem se acha que ela pode ser usada.

– Não, não posso. – Kelsey interpôs-se entre as duas, não para bloquear o rancor, mas para dizer o que pensava. – E não falem de mim como se eu não estivesse aqui. Não vou ser um joguete nas mãos de ninguém. Vim para cá porque eu quis e ficarei até quando achar que devo. Você não pode me mandar arrumar as malas, vovó, como se eu fosse uma criança, ou uma criada.

O rosto de Milicent parecia estar pegando fogo.

– Tenho o direito de insistir para que você faça o que é melhor para a família.

– Você tem o direito de pedir que eu considere o que é melhor. E eu considerarei.

– Você conseguiu impelir sua vontade. – Milicent se levantou, seus olhos fulminando Naomi. – Usou de sentimentalismo e simpatia para atraí-la. Você falou sobre os homens e sobre as bebedeiras, Naomi? Sobre o total descaso em relação ao seu casamento, pelo seu marido e pela sua filha? Disse a ela que fez tudo para arruinar um homem, para destruir meu filho, mas que apenas conseguiu destruir você mesma?

– Basta. – Kelsey recuou, quase sem perceber que sua atitude bloqueava inteiramente a visão de Naomi. – Não importam as perguntas que eu tenha em mente, não importam as respostas que me sejam dadas. Isso não é da sua conta, vovó. Eu farei meu julgamento.

Milicent tentava manter a respiração uniforme. Seu coração batia em um ritmo perigosamente intenso. Ela também faria seu próprio julgamento.

– Se você ficar aqui, serei obrigada a tomar providências. Não terei escolha senão alterar meu testamento e usar os recursos de que disponho para anular a pensão deixada por seu avô.

Os olhos de Kelsey se arregalaram e brilharam. Não de choque, mas de pena.

– Ah, vovó, acha que dinheiro é tão importante assim? Você pensa tão pouco assim de mim?

– Pense nas consequências, Kelsey. – Ela pegou a bolsa, certa de que a ameaça submeteria a neta prontamente à sua vontade.

– Ei, Kels, você não imagina o que... – Channing estacou comicamente a dois passos de Milicent. – Vovó!

Enfurecida, Milicent virou-se para Naomi.

– Então você o enfeitiçou também? A filha de Philip e, agora, o filho que ele considera como se fosse seu!

– Vovó, estou apenas...

– Cale-se! – ordenou Milicent a Channing. – Você pagou uma vez, Naomi. E juro por Deus que pagará de novo.

Depois que Milicent desabalou porta afora, Channing balançou os ombros.

– Puxa, que cena desagradável.

– E, ao mesmo tempo, uma das mais pitorescas. – Esgotada, Kelsey esfregou as mãos no rosto. – Channing, você telefonou para Candace e disse a ela que estava aqui, não é?

– Sim, telefonei para ela. – Ele enfiou as mãos nos bolsos e voltou a retirá-las. – Disse que estava bem e devidamente acomodado. Não mencionei onde. Pensei que assim evitaria problemas. – Ele suspirou ao ver que Kelsey continuava a olhá-lo fixamente. – Acho que é melhor contar a ela antes que as coisas se compliquem.

Kelsey balançou a cabeça enquanto meio-irmão subia as escadas.

– Channing parece ingenuamente propenso a omitir partes fundamentais das informações. – Ela se virou para a mãe. – Quer uma bebida? – Naomi conseguiu esboçar um sorriso e recostar os ombros numa almofada.

– Por que não? Dois dedos de uísque devem ser suficientes para anular qualquer veneno.

– Vamos tentar. – Kelsey serviu a bebida. – Sinto muito.

– Eu também, Kelsey. Talvez o dinheiro não seja importante para você, mas é sua herança. Não quero ser responsável por você eventualmente perdê-la.

Distraída, Kelsey corria a ponta do dedo por um dos cavalos de cristal de Naomi, seguindo suas curvas de vidro, da cernelha à cauda.

– Não tenho a mínima ideia se ela realmente pode impedir que eu receba a pensão. Mas, se puder... Bem, não posso dizer exatamente que vim esbanjando o que tenho recebido até agora. – Erguendo os ombros, ela entregou um copo a Naomi. – Na verdade, não gostaria de perdê-la, mas não vou admitir que ela me controle com essas ameaças. Saúde! – Kelsey encostou seu copo suavemente no de Naomi.

– Saúde? – Naomi riu, balançando a cabeça. Fechando os olhos, obrigou-se a relaxar. – Oh, Deus, que dia.

Ela passara as últimas duas horas com seus advogados, ajustando detalhes para conciliar sua vontade com a do pai no que dizia respeito ao testamento do patrimônio constituído por Three Willows. "Agora", pensou ela, "se Milicent cumprir as ameaças de deserdar Kelsey, terei de fazer novos ajustes." Abriu os olhos novamente e tomou o primeiro gole da bebida.

– Fiquei absolutamente orgulhosa de você, pelo jeito como se defendeu.

– Foi o que senti por você também. Quando a vi parada na porta, pensei: "Meu Deus, ela parece um raio. Fria, dura, mortal."

– Milicent sempre me fez ficar assim. Não que tudo que ela disse seja completamente equivocado. Cometi erros, Kelsey, erros muito graves.

Kelsey rodava o copo com a mão.

– Você amava o papai quando se casou com ele?

– Sim, claro que sim. – Por breves instantes, a ternura aflorou nos olhos de Naomi. – Ele era tão tímido, tão inteligente. E sensual.

Rindo, Kelsey engasgou-se.

– Papai? Sensual?

– Sim. Com aqueles casacos de tweed. Aquele brilho sonhador e poético nos olhos. A voz calma, suave, recitando Byron. Sua gentileza incansável. Eu o adorava.

– E quando deixou de gostar dele?

– Não foi uma questão de deixar – respondeu Naomi, pondo de lado o uísque parcialmente consumido. – Eu não era tão paciente nem tão gentil. E nossos sonhos eram diferentes. Quando as coisas começaram a se complicar, não fui suficientemente inteligente para ser condescendente. Para ceder. Foi um dos meus erros. Achei que poderia mantê-lo ligado a mim provando que eu não precisava dele. Então, me distanciei, fugindo de seu pai. E perdi o páreo. Perdi Philip, perdi você, perdi minha liberdade. Paguei um preço muito alto pelo meu orgulho.

Ela franziu a testa quando a campainha soou novamente.

– Parece que o dia ainda não terminou.

– Eu atendo. – Pela segunda vez naquela tarde, uma visita indesejável. – Tenente Rossi.

– Srta. Byden, desculpe incomodá-la. Tenho algumas perguntas complementares para fazer à senhorita e à sua mãe.

– Entre. Algum progresso, tenente? – perguntou Kelsey enquanto o conduzia à sala.

– Estamos investigando.

Os olhos experientes do tenente assimilaram o relaxante conforto do recinto, os dois copos de uísque e o meio copo de leite. Naomi levantou-se quando ele entrou. Como homem, ele apreciou o encanto de Naomi. Como policial, admirou seu autocontrole.

– Tenente Rossi. – Embora sua pele estivesse gelada, Naomi ofereceu a mão. – Não gostaria de se sentar? Aceitaria um café?

– Agradeço muito, Sra. Chadwick, mas já tomei minha cota diária. Desejo apenas fazer mais algumas perguntas a vocês.

– Claro. – Eles sempre tinham mais algumas perguntas. Ela se sentou novamente, mantendo a coluna ereta.

– Como posso ajudá-lo?

– A senhora conhecia a vítima razoavelmente bem.

– Sim, eu conhecia Mick. – "Dê respostas curtas", Naomi sugeriu a si mesma. "Não diga nada além do necessário."

– Ele estava trabalhando em Longshot há cerca de cinco anos.

– Creio que sim.

– Ele trabalhou também para o proprietário anterior, Cunningham?

– Ele ia e voltava.

– Foi demitido há uns sete anos.

– Se me recordo bem, Bill Cunningham dispensou Mick porque achava que ele estava velho demais. Naquela ocasião, meu treinador ofereceu a Mick um emprego aqui, mas ele decidiu sair da região.

– A informação que eu tenho é que ele trabalhou num hipódromo na Flórida durante esses dois anos.

– Acredito que sim.

– A senhora saberia dizer se ele tinha inimigos?

– Mick? – Ela baixou a guarda por um instante. A pergunta era tão absurda... – Todos adoravam o velho Mick. Ele era uma instituição, uma espécie de monumento ao que há de melhor no universo das corridas. Trabalhador, íntegro, generoso. Não havia quem não gostasse dele.

– Mas alguém o matou. – Rossi fez uma pausa, fascinado pela maneira com que Naomi respondia às perguntas. – O cavalo estava ferido. Mick Gordon tinha a incumbência de cuidar daquele animal como cavalariço. Consta em meu relatório que o animal tinha um corte longo e superficial no flanco esquerdo, com aproximadamente 30 centímetros de comprimento. – Ele pegou o bloco de anotações, como se para confirmar os dados. – De acordo com os informes preliminares, o ferimento foi causado pela mesma arma usada contra a vítima.

– Obviamente alguém estava tentando ferir o potro, e Mick tentou impedi-lo – interveio Kelsey. – Moses me disse que esse animal é muito calmo. Ele nunca teria escoiceado Mick se não tivesse sido ferido ou se não estivesse assustado.

– Talvez. – Rossi precisava aguardar o resultado da autópsia para saber se a morte de Mick fora provocada pelos ferimentos causados pela faca ou pelo cavalo. Fosse assassinato ou tentativa de assassinato, ele pretendia solucionar o caso. – O potro do Sr. Slater ia competir com o seu naquele dia, não é, Sra. Chadwick?

– Sim, se não o tivessem ferido.

– E seu cavalo venceu a corrida, não é verdade?

Ela manteve o olhar firme e nivelado com o dele.

– Com um pescoço de vantagem como costumamos dizer. E pagou cinco por três.

– O Sr. Slater e a senhora têm uma história de competição entre esses dois cavalos, principalmente no ano passado. O potro do Sr. Slater tirou o seu do trono várias vezes.

– Double or Nothing é um potro admirável. Um campeão. O meu, Virginia's Pride, também. Eles são incrivelmente equiparáveis.

– Não entendo muito de corridas de cavalo. – Ele sorriu placidamente. – Mas, do ponto de vista de um amador, teria sido vantajoso para a senhora – ele moveu a palma da mão para a frente e para trás – alterar as probabilidades.

– Isso é uma acusação descabida, tenente. – Automaticamente, Kelsey pousou uma das mãos no ombro da mãe, solidária. – Absolutamente descabida.

– Não é uma acusação, Srta. Byden. É uma observação. Muitas vezes os cavalos são deliberadamente feridos, drogados ou até mortos para aumentar as chances de vitória de outro. Não são, Sra. Chadwick?

– A conduta inescrupulosa e criminosa está presente em todos os campos da atividade humana – ponderou Naomi, esforçando-se para não tremer. Olhos de policial percebem os mínimos indícios de medo. – Nós, do universo das corridas, preferimos dizer que isso acontece muito mais frequentemente nas pistas de exibição do que nas de turfe.

– Three Willows não precisa recorrer a essas táticas – disse Kelsey, furiosa. – E eu já havia lhe dito que minha mãe estava comigo durante aquela manhã. Dezenas de pessoas nos viram juntas.

– Sim, viram – concordou Rossi. – Como veterana do universo das corridas, Sra. Chadwick, concorda que um proprietário ou um treinador interessado em aumentar suas chances de vitória contrataria alguém para fazer o serviço em vez de arriscar prejudicar um animal com as próprias mãos?

– Concordo.

– Você não é obrigada a responder perguntas como essas. – A indignação de Kelsey queimava sua garganta.

– Tenho certeza de que sua mãe tem pleno conhecimento de seus direitos – disse Rossi calmamente. – E dos procedimentos relacionados a uma investigação de assassinato.

– Conheço muito bem as duas coisas, tenente. E também sei que esses direitos nem sempre protegem o inocente. – Os lábios de Naomi curvaram-se gravemente. – Com certeza, não o meio inocente. Permita-me lembrá-lo de que meu cavalo não era o único animal que ia competir com o dele naquela corrida e de que Three Willows, em seus cinquenta anos de existência, jamais foi intimada por qualquer infração. Tenho certeza de que o senhor sabe disso. Do mesmo modo que sei que um ex-condenado sempre carrega uma nuvem de suspeitas. Há mais alguma informação que eu possa lhe prestar?

– Por enquanto não. – "Uma tremenda mulher", pensou ele, e guardou o bloco. Precisava dedicar algum tempo extra a um exame mais minucioso daquela ficha. – Agradeço o tempo que me foi concedido. Uma coisa, Srta. Byden, você disse que encontrou o Sr. Slater do lado de fora das baias ontem, antes de vocês dois entrarem para dar uma olhada no cavalo.

– Sim, ele estava conversando com seu treinador.

– Obrigado. Posso me dirigir até a porta sozinho.

– Isso é revoltante! – indignou-se Kelsey quando a porta se fechou. – Como você pôde simplesmente se sentar aí e aceitar tudo? Ele só faltou acusá-la de ter pago alguém para cometer o assassinato.

– Eu já esperava por isso. E ele não será o único a pensar nessa possibilidade. Afinal de contas, fui culpada uma vez.

– Droga, não fique tão calma!

– Não estou calma. O fingimento foi tudo o que me restou. – Cansada, Naomi se levantou. Precisava de um quarto tranquilo, de um analgésico e da fuga covarde proporcionada pelo sono. Contudo, se deteve e arriscou envolver o rosto de Kelsey com as mãos. – Você nem sequer pensa nessa possibilidade, não é? De que eu poderia ter participação nisso?

– Claro que não – respondeu Kelsey, sem hesitar.

– Então estou enganada – murmurou Naomi. – Parece que sei mais do que apenas fingir. Pegue um cavalo e dê um passeio, Kelsey. Tente esquecer a raiva que está sentindo.

Ela foi dar o passeio, mas a raiva persistiu. Dirigiu-se para Longshot com duplo propósito. Depois de passar as rédeas de Justice para um cavalariço solícito, caminhou da cocheira até a casa.

Transtornada demais para bater à porta da frente, Kelsey entrou pela casa da piscina, saindo da primavera para o verão tropical. Subindo alguns degraus, alcançou a temperatura acolhedora de uma sala ampla e despretensiosamente mobiliada.

Deu-se conta, então, sem qualquer indício da direção a tomar, de que estava transgredindo. Polidez e instinto se debateram até que ela virasse à esquerda e passasse por um corredor. "Assim", pensou Kelsey, "poderia me encaminhar para a porta da frente, sair e bater." A não ser, evidentemente, que encontrasse Gabe nesse meio-tempo.

Não foi a voz dele que ela ouviu, pelo menos não imediatamente. Era a de Boggs, fragmentada, que chegava até ela por uma porta aberta.

– Ele não gostaria de um funeral pomposo, Sr. Slater. Nada de flores e música de órgão. Uma vez conversamos, e ele me disse que queria ser cremado e que suas cinzas fossem espalhadas pela pista de treinamento aqui da fazenda. Assim, de alguma forma, ele faria parte do lugar. Acho meio esquisito, mas...

– Se é isso que ele queria, é isso que faremos.

Está bem. Tenho algumas economias. Não sei quanto custa esse tipo de coisa, mas...

– Deixe-me fazer isso por ele, Boggs – atalhou Gabe. – Não sei se eu estaria sentado aqui hoje se não fosse por Mick. Eu ficaria muito agradecido se você me deixasse cuidar disso.

– Sei que não é pelo dinheiro, Sr. Slater. Talvez eu não devesse dizer, mas ele tinha muito orgulho do senhor. Disse que sabia que o senhor ia ser alguém na vida desde a primeira vez que o viu cuidando de um cavalo no hipódromo. Vou sentir muita falta dele, com certeza.

– Eu também.

– Bem, é melhor eu voltar para Three Willows. – Ele enrubesceu ao cruzar a porta e deparar com Kelsey. – Senhorita – murmurou, levando os dedos à pala do boné, e desapareceu.

Envergonhada por ter escutado uma conversa particular de forma tão flagrante, Kelsey permaneceu junto à porta, tentando se desculpar.

Gabe estava sentado a uma escrivaninha bonita e antiga, a janela em arco às suas costas deixando entrar a pálida luz do sol. Onde não havia vidraças para receber a claridade, havia livros. A biblioteca, em dois níveis, era esplêndida e inconfundivelmente masculina. Seu proprietário mantinha a cabeça entre as mãos.

O constrangimento de Kelsey desfez-se em compaixão, e ela entrou, murmurando o nome dele e o envolvendo nos braços, antes que ele levantasse a cabeça.

– Não sabia que você gostava tanto dele. Sinto muito, Gabe. Sinto muito mesmo.

Há muito tempo o luto não se aproximava dele. Pelo menos desde a morte de sua mãe. E agora o surpreendia com sua intensidade.

– Ele foi bom para mim. Eu devia ter uns 14 anos na primeira vez que ele pegou no meu pé. Não sei por que se interessou por mim, mas convenceu Jamie a me contratar e se mantinha informado sobre meu aprendizado. Que droga, Kelsey, ele tinha 70 anos. Deveria ter tido uma morte natural.

– Eu sei. – Ela se afastou. – Gabe, Rossi esteve há pouco lá em casa.

– Ele não para. – Gabe passou os dedos pelo cabelo desgrenhado. – Ele saiu daqui há menos de uma hora.

– Acho que ele desconfia que Naomi esteja envolvida. – Gabe manteve-se em silêncio, e Kelsey umedeceu os lábios. – Preciso saber se você também pensa isso.

Recomposto, ele a observou.

– Não, não penso. Nem você, pelo que posso ver. Rossi tem outras hipóteses, como a de que eu teria arquitetado tudo isso. – Ele fez uma pausa. – O seguro de Double or Nothing é altíssimo.

– Seria mais fácil dar um tiro no próprio pé – afirmou Kelsey, suspirando. – Mas essa foi a outra razão por que vim aqui. Quando me interrogou, tive a impressão de que ele estava pensando nisso. E achei melhor vir avisá-lo.

– Eu lhe agradeço. – Ele mexeu os ombros para aliviar a tensão. Kelsey, de pé diante dele, em roupas de trabalho enlameadas e com o olhar repleto de compaixão, fez o resto.

– Você parece muito bem, querida.

– Sim, lama é muito elegante.

– Em você. – Ele tomou-lhe a mão e brincou com os dedos dela. – Por que não se senta no meu colo um pouquinho?

Divertida, Kelsey inclinou a cabeça.

– Isso é o começo ou o fim da piada, Slater? – Como resposta, ele a puxou, aninhando-a no colo quando ela se desequilibrou.

– É... – Inspirou profundamente, encostando o nariz no cabelo dela. Recendia a chuva, a primavera. – Eu estava precisando exatamente disso. Fique quieta, Kelsey. Se mexendo sem parar, você só piora a situação. Acredite.

– Não sei ficar sentada no colo de ninguém.

– Então aprenda. – Testando-a, ele mordiscou sua orelha, satisfeito com o arrepio que a percorreu. – Você só veio aqui para me falar sobre o tenente Rossi?

– Sim.

Dessa vez ele suspirou fortemente.

– Tudo bem. Mas terei de descobrir um jeito de fazer você ficar um pouco mais por aqui. Estou começando a sofrer.

– Acho que você é mais forte do que isso. – Kelsey apoiava a cabeça na curva do ombro de Gabe, e tudo lhe parecia absolutamente confortável, absolutamente tentador. – Não estou jogando nenhum jogo.

– É uma pena. Eu sempre venço.

11

– Tem certeza de que não quer uma venda? – brincou Kelsey, passando um braço pela cintura de Channing. – Um último cigarro?

Ele abaixou seus óculos escuros Oakley de armação vermelha.

– Você é demais, Kels.

– Talvez não. Sinto-me como se estivesse enviando você para o pelotão de fuzilamento sozinho.

– Sei lidar com a mamãe. – Ele soltou o capacete da traseira de sua Harley. – E com o mestre não há problema.

– E a vovó?

Fazendo careta, ele colocou o capacete.

– Ora, tenho conseguido me desviar daquelas balas durante anos. Enquanto minha mente brilhante me mantiver entre os 15 por cento melhores da minha turma, elas não me alcançarão.

– O confiável intervalo de segurança. – Kelsey também usara essa estratégia. – E quanto ao verão?

– Mamãe simplesmente vai ter de aceitar que as necessidades de minha vida não se resumem aos livros.

– Meu irmão. – Sorrindo, ela golpeou levemente um dos lados do capacete de Channing com a ponta dos dedos. – Capacete de peão!

– Aliás, Naomi me ofereceu um emprego aqui durante as férias de verão.

– Aqui?

– Channing Osborne, aprendiz de cavalariço. Gosto disso. Gosto dela. – Num movimento ágil, ele montou a motocicleta. – Sabe, eu passei por aqui para me certificar de que você estava bem. Eu imaginava que sua mãe tinha feições duras, levava uma vida difícil, com um copo de bebida em uma das mãos e uma pistola na outra.

– Ideia cultivada por Milicent, a magnífica – disse Kelsey secamente.

– Com alguma colaboração da mamãe. Elas são tão fortemente contra sua permanência aqui quanto foram *a favor* do seu casamento com Wade.

Channing olhou para a casa, que formava uma paisagem encantadora com os salgueiros verdes e os botões de jacinto e narciso explodindo em tons de amarelo, azul e rosa.

– Ela não é nada daquilo que falam dela, não é?

– Parece que não – murmurou Kelsey. – Fico feliz por você ter vindo, Channing. Fico feliz por você ter conhecido ela.

– Ei, essas foram as férias de primavera mais interessantes que já tive. – Ele se inclinou para lhe dar um beijo de despedida. – Eu voltarei. Vejo você novamente daqui a alguns meses.

– Eu... – Ela quis dizer que não garantia ainda estar ali quando ele voltasse, mas Channing ligou o motor e, com uma saudação final, partiu.

Absorta em seus pensamentos, Kelsey voltou para casa. "Teria decidido ficar?", perguntou a si mesma. O mês que Naomi lhe pedira estava quase terminando. Entretanto, nenhuma das duas mencionara planos para a partida de Kelsey.

E o que a estaria esperando em Maryland, naquele minúsculo apartamento de Bethesda? A procura de um emprego, refeições solitárias e o ocasional almoço com alguma amiga solidária com a questão do divórcio e que casualmente mencionaria um primo muito próximo, que, por acaso, era solteiro.

A ideia era mais do que deprimente.

Ali, tinha trabalho e um mundo que já amava, um estilo de vida que combinava com sua natureza, pessoas que a aceitavam pelo que ela podia fazer.

E havia Gabe.

Ela não tinha muita certeza do que estava acontecendo entre eles, mas seria muito mais difícil e, certamente, inoportuno tentar descobrir o que era se ela se afastasse dali.

Seria desonesto afirmar que ele não a fascinava. O estado de espírito dele, impossível de captar num momento, mais claro que um letreiro em outro. Ela gostava de seu senso de humor, seu encanto espontâneo e sua arrogância igualmente espontânea.

Ele mexia com ela de várias formas. Seu modo de demonstrar luto pelo velho Mick, demorando-se solenemente na pista de treinamento, sob a suave luz do amanhecer, enquanto

Boggs percorria devagar sua extensão, espalhando as cinzas do corpo do velho cavalariço. Ele lhe dera a mão, lembrou-se Kelsey, confiante de que ela entenderia o ritual.

Esse tipo de fidelidade e amor não podia ser aprendido.

Apesar disso, ele podia ser suficientemente desumano e insensível, quando se tratava de apostar e ganhar uma pequena fortuna. Isso a intrigava, tanto quanto a temeridade de demolir a casa de um homem e construir a sua no mesmo local.

E havia a questão da intensa atração instintiva que ela não sentira por nenhum homem antes. Nem mesmo por Wade.

– Kelsey? – Naomi se deteve ao pé da escada. "Minha filha parece tão séria", pensou. – Já está sentindo falta de Channing?

– Não, eu estava pensando em... – interrompeu-se, assoprando dos olhos uma mecha do cabelo despenteado pelo vento. – Em nada, na verdade. – Reordenando os pensamentos, ela observou Naomi. Esguia, forte, autossuficiente. – Generoso de sua parte ter lhe oferecido um emprego durante as férias de verão.

– Nem tanto assim. Ele tem costas fortes, mãos dispostas, e gosto de tê-lo por perto. A casa tem estado vazia há muito tempo.

– Acho que ele quer ser veterinário.

– Foi o que ele me disse.

– Ele lhe contou! – Rindo, Kelsey balançou a cabeça. – Nunca mencionou isso para mim. Nem uma única vez. Sempre pensei que pretendia ser cirurgião, como o pai dele.

– Às vezes, é mais fácil revelar nossos anseios secretos para alguém que não é muito íntimo. Ele a ama. E a admira. Talvez ele tema desapontá-la.

– Impossível. – Ela suspirou, impaciente. – Candace há anos fala que ele manterá a tradição dos Osbornes. Sempre pensei que era isso que ele queria também. Por que os pais tentam moldar os filhos?

– Honra de família. Uma terrível obrigação.

Kelsey abriu a boca e a fechou novamente. Honra de família. Teria sido por isso que ela se casara com Wade? Quantas vezes lhe haviam dito que ele era perfeito para ela, até que ela acabasse acreditando nisso? Boa família, futuro promissor, excelente posição social. Era obrigação dela, afinal de contas, se casar bem e apropriadamente.

Deus, ela o amara de verdade?

– E quando você não consegue cumprir essa obrigação – disse lentamente –, é um dos piores fracassos. Não desejo isso para Channing.

– Ele fará o que for melhor para ele. Como você fez.

– Finalmente.

– Você só poderá falar finalmente quando tiver a minha idade, Kelsey... – Naomi não sabia como abordá-la. Decidiu que casualmente seria a melhor forma. – Estou indo para Hialeah. Quero ver Virginia's Pride correr. E quero ficar perto dele o tempo todo depois do que aconteceu em Charles Town.

– Ah! – Então ela não teria a última semana. – Parece sensato. Quando você vai?

– Amanhã de manhã. Achei que você gostaria de ir comigo.

– Para a Flórida?

– Bem, não são férias de primavera, mas sem dúvida será um belo espetáculo.

Tão cautelosa quanto a mãe, Kelsey balançou a cabeça afirmativamente.

– Eu gostaria de estar lá.

– Ótimo. Que tal tirarmos o resto do dia de folga?

Kelsey ergueu as sobrancelhas. Ela não vira Naomi tirar mais de uma hora de folga durante mais de três semanas.

– Para...

– Para o que mais? – A risada de Naomi foi rápida, contagiante, descontraída. – Para fazer compras! Qual a graça de viajar se você não pode gastar uns trocados com roupas antes de partir?

Um sorriso lampejou nos lábios de Kelsey.

– Vou pegar minha bolsa.

NUM SUJO QUARTO de hotel à beira da Rota 15, Lipsky bebia grandes goles de gim quente. A máquina de gelo do hotel, situada no corredor a alguns metros de sua porta, estava com defeito. Não que ele se importasse. Quente ou gelado, ele bebia.

– Estou lhe dizendo. Cedo ou tarde, eles virão atrás de mim.

– Talvez esteja certo, mas você está com uma péssima aparência. – Rich endireitou-lhe a gravata. – A aparência é tudo, amigo.

– Eu só ia dar um jeito no cavalo. – Com a mão livre, Lipsky pegou o cigarro aceso de um cinzeiro de vidro rachado e abarrotado de guimbas. – Só para ele não poder correr, só isso.

– Mas esse não era o seu serviço – lembrou Rich com um sorriso afável. – Olhos e ouvidos atentos, lembra? Apenas olhos e ouvidos atentos até que eu lhe desse novas instruções.

– Você não reclamou quando eu marquei o outro potro dele. – Os olhos avermelhados de Lipsky brilharam de ressentimento. – Até me deu mais 100 dólares.

– Você foi caprichoso, Fred. Creio que eu lhe disse para não correr riscos. Mas – ele abriu amplamente os braços – agora já aconteceu. E o potro favorito de Gabe não vai usar uma sela por uma semana ou mais.

Os cavalos feridos e até mesmo o assassinato convinham perfeitamente ao plano principal. Esses acontecimentos geram muitos boatos e excitam a imprensa. Sentindo-se generoso, Rich enfiou a mão no bolso e pegou seu prendedor de cédulas, uma enorme e simbólica moeda de prata comprada em Houston. Não havia nada de que ele gostasse mais do que vê-lo abarrotado de dinheiro.

Normalmente, ele só o abastecia com notas de um dólar, colocando uma de cinquenta ou, com um pouco de sorte, uma de cem dólares sobre as demais. Agora, estava mesmo nadando na grana. O prendedor estava cheio de cédulas de cem. Ele separou uma e a colocou sobre a mesa.

Lipsky olhou-a num misto de voracidade e culpa.

– Eu não queria fazer aquilo com o Pavão. Ninguém poderia me pagar para ferir o velho Mick.

– Um lamentável acidente. – Solidário, Rich bateu no ombro do comparsa.

Lipsky tomou outro gole de gim.

– Nunca matei ninguém. Cortei alguns, é verdade, que mereceram. Mas nunca matei ninguém. – Ele ainda podia visualizar o rosto de Mick, o choque, a dor, o jeito como os olhos reviraram pouco antes de o cavalo empinar e esmagá-lo. E ainda se lembrava do sangue, borbulhando e escorrendo, e o boné de Mick tingindo-se de vermelho...

Ele arrebatou a garrafa e encheu o copo novamente.

– Ele não devia ter se intrometido.

– Excelente raciocínio. – Rich serviu um copo para si. Detestava ver um homem bebendo sozinho, ainda que fosse um sujeito repulsivo como Lipsky. Contudo, manteve seus cigarros e o isqueiro gravado com seu monograma no bolso. – Agora precisamos pensar no que fazer em seguida.

– Os policiais virão atrás de mim. Muitas pessoas me viram no hipódromo naquele dia, nas baias.

– Você estava trabalhando – lembrou Rich. – É perfeitamente plausível. Você é um sujeito conhecido no hipódromo, Fred. Se não fosse, os seguranças teriam impedido sua entrada nas baias.

– Sim, e mais cedo ou mais tarde alguém se lembrará de que entrei lá. E então se darão conta de que eu não retornei. – Ele apagou o cigarro, derramando cinza e guimbas sobre a mesa. – E em seguida se lembrarão de que tenho uma faca.

– Sua capacidade de dedução é admirável. Meu conselho é que você fuja. Perca-se lá pela Flórida, pela Califórnia ou pelo Kentucky. Talvez no México. Eles têm hipódromos ao sul da fronteira.

– Não vou morar em outro país. Sou americano.

– Quanto patriotismo. – Rich fez um brinde com o copo de gim. – Você é um sujeito habilidoso, Fred. Se não fosse, eu não o teria contratado. Mas, diante das circunstâncias, acho que devemos cortar relações.

– Isso vai custar mais do que cem dólares.

O sorriso de Rich não vacilou um instante sequer, mas seus olhos endureceram.

– Ei, Fred, você não está tentando armar para cima de mim, está?

Lipsky tinha as costas cobertas pelo suor do desespero; podia sentir seu próprio cheiro.

– Não vou levar a culpa de tudo isso sozinho. Se vou fugir, preciso de dinheiro. Que merda, Rich, eu estava trabalhando para você. Você está envolvido nisso.

– É assim que vê as coisas?

– Eu vejo que preciso de 10 mil dólares para sumir e manter a boca fechada sobre você, se eu não conseguir me esconder suficientemente bem. Não é pedir demais, Rich.

Rich suspirou. Receara que isso viesse a acontecer.

– Entendo sua situação, Fred. Entendo realmente. Escute, deixe-me fazer uma ligação para ver o que é possível. – Reforçou o sorriso com outro tapinha no ombro de Lipsky. – Me deixe sozinho, está bem?

– Sim, tudo bem. Preciso mesmo dar uma mijada. – E foi cambaleando até o banheiro.

Rich não fez nenhuma ligação. Em vez disso, tirou um pequeno frasco do bolso interno de seu casaco. Era realmente uma pena, mas não podia correr riscos. Mesmo que pagasse a Lipsky, era provável que ele cantaria como um passarinho se os policiais o prendessem. "E, então, eles me prenderiam também", concluiu enquanto despejava o líquido no copo de Lipsky.

– Venha, Fred. Está tudo resolvido. – Ele sorria quando Lipsky voltou para o quarto. – Terei seu dinheiro amanhã.

A bebida e uma sensação de alívio fizeram Lipsky despencar na cadeira.

– Sem merda, Rich?

– Ei, somos amigos há muito tempo, não somos? Temos de cuidar um do outro. – Ele ergueu o copo. – Aos velhos amigos.

– É isso aí. – Com os olhos marejados de gratidão, Lipsky levou o copo à boca. – Eu sabia que podia contar com você.

– Sim. – O sorriso de Rich endureceu enquanto observava Lipsky literalmente beber até morrer. – Você pode contar comigo, Fred.

Palmeiras e toldos listrados, muito sol e muita bougainvíllea. Homens de ternos brancos e mulheres de vestidos decotados. O ambiente realçava ainda mais o encanto das pistas, mas Hialeah Park era mesmo um hipódromo.

Nas baias de Gulfstream, os cavalos arqueavam os pescoços, empinavam e resfolegavam como atletas preparando-se para a competição. A maioria das cenas e dos sons era a mesma de Charles Town. Vendedores ambulantes ainda apregoavam as manchetes do *Daily Racing Form*, funcionários do hipódromo cumpriam suas tarefas. Mas o próprio clima, glorioso, provocava certa aura diferente daquela encontrada na fria primavera da West Virginia.

Kelsey divertia-se ao observar uma mulher equilibrando-se em sapatos de salto alto enquanto conduzia uma potranca pelo redondel de relaxamento.

Os brincos de diamantes falsos, que lhe pendiam até os ombros, brilhavam intensamente.

– Ninguém pode chamar um cavalo de idiota olhando para aquilo.

Kelsey ergueu o olhar na direção de Gabe.

– O que você quer dizer com isso?

– O que você vê quando olha para o rosto dela?

– Da potranca ou da mulher?

– Da potranca.

Condescendente, Kelsey tornou a olhar para a potranca, que parecia arrastar-se e seguir cabisbaixa atrás da mulher, que ria, tola e afetadamente.

– Constrangimento.

– Isso mesmo. Aquela é a mais nova aquisição de Cunningham.

– A potranca ou a mulher?

– Ambas.

Kelsey soltou uma gargalhada e percebeu como estava contente por ter vindo. Talvez fosse pelo verão ou pelo simples prazer de ter descoberto que fazia parte de um grupo bastante unido. Mas estava feliz.

– Soube que você viria, mas não o vi nos treinos matinais.

– Cheguei há apenas uma hora – disse ele. – O que você está achando de Miami?

– Bem, alguns cavalariços estavam reclamando esta manhã que não tinham conseguido dormir por causa do tiroteio do lado de fora de suas acomodações. Ontem dei um passeio pela praia e me ocorreu que devo ser mesmo adulta, pois não tive a mínima vontade de andar de patins. Fora isso – ela inspirou profundamente –, estou adorando a cidade. E o hipódromo também é muito bonito.

– E é isso que importa. As pessoas envolvidas com o turfe não ligam muito para o mundo lá fora.

– Eu não diria isso.

– Você não pertence ao nosso mundo. – Ele a olhou. – Pelo menos por enquanto.

Kelsey franziu a testa, sem saber se fora elogiada ou insultada. Em vez de tentar descobrir, decidiu observar os perdedores retornando do primeiro páreo. Os vencedores, ela sabia, eram levados a uma baia especial onde amostras de urina e saliva eram coletadas para testes antidoping.

Mas era nos perdedores que ela pensava agora, com o coração aflito por vê-los saírem lentamente da pista, flancos suados, focinhos sujos. Se uma potranca podia se sentir constrangida por ser conduzida em público por uma "Barbie" emperiquitada, ela se perguntava se não sofreriam as mágoas da derrota.

– Triste, não acha? – murmurou ela. – É como observar soldados batendo em retirada da frente de batalha. Todo o colorido do espetáculo desaparece em apenas alguns minutos.

– São minutos muito longos. Uma pena você não ter assistido ao Grande Prêmio da Flórida. Este sim é um verdadeiro espetáculo. Acrobatas, corrida de camelos...

– Camelos? Sério?

– Nunca aposte num deles.

Caminharam e passaram pelos galpões de selas e arreios. Já estava quase na hora do segundo páreo, e Pride ia correr no terceiro. Ela queria ver Reno antes de Moses ajudá-lo a subir no animal. Desenvolvera uma superstição pessoal: desejar boa sorte no último momento, antes de o jóquei sair do padoque com o cavalo.

– Não vai passar pelo guichê de apostas? – perguntou Gabe.

– Não. Mas já tenho o nome dos vencedores. Pride no terceiro páreo e Three Aces no quinto. – Ela parou para comprar uma Pepsi tépida de um velho ambulante negro. – Agora tenho meu próprio sistema de apostas.

Gabe aceitou a lata de refrigerante, tomou um gole e lhe devolveu.

– E como é esse sistema?

– Sentimental. Só aposto meu coração.

– É um sistema muito arriscado.

Ela deu de ombros.

– Não há graça em apostar sem correr riscos.

– Sem dúvida. Venha cá. – Eles estavam quase chegando à baia de Pride e havia bastante movimento em volta.

– Pare com isso, Slater. – Mas ele já segurara seu rabo de cavalo que atravessava o furo da parte de trás do boné.

– Só vou beijá-la. O risco é de ambas as partes.

Kelsey teve a impressão de ouvir alguns cavalariços assobiarem e rirem antes de sua mente se desligar por completo. Ela se perguntara se aquele primeiro e único beijo fora apenas um feliz acaso. Ou, talvez, uma coincidência. Uma viagem única.

Aparentemente não.

Havia algo de especial na boca de Slater. Entreabriu a sua, mergulhando no sabor, na textura, no calor da boca dele, que se movia, experiente e tormentosamente lenta, como se tivesse todo o tempo do mundo. Com um suspiro de satisfação, ela afundou as mãos no cabelo dele e ali as manteve até que o barulho no hipódromo fosse apenas uma vaga bruma.

"Quero." Foi tudo em que ele pôde pensar. Passara muito tempo de sua vida querendo – comida decente, uma cama limpa, a paz pura e simples de viver sem receios. Quando cresceu, esses desejos amadureceram; passou a querer mulheres e poder, e o dinheiro que lhe assegurasse a conquista de ambos.

Mas nunca tinha desejado nada e, certamente, ninguém, como agora. Uma mulher. Uma noite. Apostaria tudo que tivesse para tentar conseguir isso.

– Quanto tempo ainda? – murmurou, roçando os lábios nos dela.

– Não sei. – Ela se esforçou para acalmar sua respiração. – Não conheço você.

– Claro que conhece.

– Eu nem sabia que você existia há dois meses. – Ela se afastou, surpresa por suas pernas não desabarem. – Não estou... – Ela endireitou o boné com a mão trêmula, enquanto atrás deles ecoavam aplausos. – Precisamos conversar sobre isso mais tarde. Sem plateia.

– Bem. – Ele deslizou a ponta de um dedo pelo queixo dela. – De qualquer forma, acho que consegui alguma coisa. Deve estar correndo o boato de que você é insaciável.

– De que eu sou... – Kelsey trincou os dentes. – Foi para isso que você me beijou? Para fazer algum tipo de autoafirmação machista?

– Não. Fiz isso por mim, querida. Mas o resultado foi melhor do que eu esperava. Vejo você por aí.

Ela chutou a lata de refrigerante que havia deixado cair quando ele a beijou.

– Idiota – murmurou. Tentando resgatar sua dignidade, ela se virou e quase derrubou Naomi.

– Estranho – começou a falar enquanto Kelsey tentava encontrar as palavras – assistir a isso. Se você me perdoa a analogia, frequentemente tenho a mesma sensação quando vejo um de meus cavalos sendo levado para a pista. É como observar o filho entrando no ônibus escolar ou recitando o texto numa peça da escola. Você percebe subitamente que ele não pertence mais apenas a você e que há muitas coisas que não sabe sobre ele.

– Ele só fez isso para me chatear.

Ainda com o coração batendo acelerado, Naomi sorriu.

– Ah, acho que não. – Arriscou passar uma das mãos no rosto de Kelsey. – Confusa?

– Sim.

Mas não estava pronta para falar sobre aquilo.

– Você gostaria que eu conversasse com Gabe? Ele não vai gostar, mas é suficientemente meu amigo para tolerar uma intromissão.

– Não. Eu mesma cuidarei disso. – Observou à sua volta. Ainda havia alguns rostos sorridentes voltados em sua direção.

– Não há outro páreo agora? Vocês não são pagos para ficar aí de boca aberta – fuzilou.

Quando Kelsey disparou para as baias, Naomi também sorriu.

Na pista, Pride correu como um sonho, irrompendo pelo portão com orgulho no olhar e com Reno conduzindo-o. Na primeira curva, ele já lutava pelas primeiras posições, mas em seguida estava tudo acabado. Na reta oposta, abrira três corpos de distância entre ele e o cavalo mais próximo.

– Parece ser o cavalo de um homem rico. – Kelsey ouviu comentarem atrás dela.

"Sim", pensou ela, "parecia." Mas o dinheiro não tinha nada a ver com isso.

Gabe veio juntar-se a ela no quinto páreo, calmo e descontraído, como se momentos antes eles apenas tivessem comido um sanduíche juntos, em vez de terem se beijado ardentemente em público.

– Reno fez uma bela corrida.

– Ele e Pride formam uma boa equipe – disse ela, olhando-o bruscamente. – A melhor equipe do circuito.

– Veremos – murmurou ele. – Fique de olho em Big Sheba, a égua de Cunningham. Diga-me o que você é capaz de observar.

Franzindo a testa, Kelsey viu os cavalos sendo posicionados nos portões. A enorme égua estava indócil e, nervosa, escoiceou um cavalariço violentamente, fazendo-o estatelar-se no chão.

– Ela está excitada. Isso não é incomum. – Desviou o olhar para Three Aces, que dava muito trabalho aos manejadores. – Seu potro também está agitado.

– Apenas observe.

A sirene soou. Os cavalos dispararam. A potranca de Cunningham assumiu a liderança, suas longas pernas estendendo-se, levantando poeira da pista. Kelsey estreitou os olhos atrás do binóculo. Big Sheba suava intensamente ao alcançar a primeira curva.

– Ela é veloz. Por que ele está exigindo tanto dela? – Kelsey sobressaltava-se quando o jóquei usava o chicote, brusca e frequentemente.

– Ele está fazendo o que lhe mandaram fazer.

Na metade do percurso, ela começou a esmorecer, apenas um pouco, mas o suficiente para se prejudicar. Kelsey sentiu os olhos se encherem de lágrimas. Big Sheba era corajosa, mas não tinha fôlego. E eles a estavam ferindo.

Na reta oposta, ela ficou meio corpo atrás do potro de Gabe, e depois um corpo inteiro. Apenas seu próprio valor a manteve em segundo lugar, por apenas um focinho de diferença, quando eles cruzaram a linha de chegada.

– Isso é imperdoável. – Furiosa, ela se voltou para Gabe. – É preciso haver regras.

– Nós temos muitas, mas nenhuma diz que você não pode forçar o cavalo além do limite dele. Dizem que ela está com problemas pulmonares. E o idiota ainda manda o jóquei exigir tudo dela. Ele quer tanto ganhar um Grande Prêmio, que vai acabar matando o animal forçando as coisas desse jeito.

– Achei que ele era apenas um tolo.

– Ele é um tolo, sem dúvida. Mas um tolo ambicioso. Quer o primeiro lugar.

– Não é o que todos nós queremos?

– Sim. A diferença está na distância que percorremos para conquistá-lo. – Ele se afastou, dirigindo-se para o círculo do vencedor. Kelsey deu as costas para a pista que, de repente, havia perdido muito do seu encanto.

12

Jack Moser tinha um negócio decente. Talvez parte de sua clientela alugasse um quarto por uma ou duas horas, mas isso não era da sua conta. Jack achava que o que se passava atrás das portas trancadas acontecia tanto no Hotel Ritz como no seu estabelecimento.

A diferença era que no Ritz pagava-se um pouco mais.

Ali não havia insetos, e ele não tolerava alvoroços depois de meia-noite; fazia despesas adicionais para que seus hóspedes tivessem tevê a cabo.

Um quarto de solteiro a 29 dólares por pessoa não era um mau negócio.

Jovens até 18 anos não pagavam.

Ele proporcionava aos seus hóspedes a comodidade dos sabonetes Ivory em barras do tamanho de uma lasca de madeira, ao lado de toalhas do tamanho de um capacho de banheiro. Para a conveniência dos hóspedes, tinha um acordo com um fornecedor local para que este entregasse refeições das 6 às 22 horas.

Talvez, às vezes, enfiasse o dinheiro de alguns hóspedes debaixo do balcão sem exigir a apresentação da carteira de identidade, mas ninguém tinha nada a ver com isso.

Os lençóis eram lavados, os banheiros desinfetados, e havia uma boa fechadura em cada porta.

Ele gostava mais do verão, quando famílias de férias seguindo para o sul ou para o norte iluminavam seu letreiro cintilante. A maioria só tinha o trabalho de sair de suas velhas peruas e jogar-se na cama, e ele não precisava se preocupar com latas de cerveja espalhadas nem com lençóis rasgados.

Fazia 12 anos que ele observava as pessoas irem e virem, e por isso achava que sabia alguma coisa sobre elas. Reconhecia quando um casal alugava um quarto para trair uma esposa, ou quando uma mulher estava se escondendo de um sujeito que tanto podia olhar para ela com interesse como deixar seu olho roxo. Conseguia identificar os perdedores, os nômades, os fugitivos.

E percebeu que o hóspede do quarto 22 era um fugitivo.

"Não tenho nada a ver com isso", disse Jack para si mesmo enquanto tirava a chave-mestra do quadro de chaves. O sujeito tinha pagado adiantado por três pernoites e em dinheiro. E daí que o indivíduo exalasse cheiro de medo por todos os poros ou que às vezes lançasse um olhar por sobre os ombros como se receasse que alguém fosse lhe enfiar uma faca pelas costas? Pagara 87 dólares, mais taxas, e não parecia ter usado o banheiro desde então.

O problema é que o tempo de hospedagem do quarto 22 havia se esgotado, e, de acordo com Dottie, a zeladora sem bunda, a porta dele estava trancada, com a placa NÃO PERTURBE pendurada do lado de fora. Do mesmo jeito que estivera durante os três dias.

"Bem, ele vai precisar ser perturbado", pensou Jack enquanto caminhava pelo estacionamento, seguindo em direção à fileira de portas cinza e janelas de vidro fumê. Ou o quarto 22 pagava a hospedagem de mais um dia, ou botava o pé na estrada.

Jack Moser não concedia hospedagem de cortesia.

Primeiro, ele bateu, vigorosa e autoritariamente. Ninguém além de Jack conhecia o prazer íntimo de despejar um caloteiro.

– Gerência – disse ele rispidamente, e viu a zeladora colocar a cabeça do lado de fora da porta do quarto 27, diante do qual havia deixado seu material de limpeza.

– Deve estar bêbado como um gambá! – exclamou ela.

Jack suspirou e endireitou os ombros caídos.

– Faça seu trabalho, Dottie. Eu cuido disso. – Bateu novamente, sem ver a careta que ela fez para ele. – Gerência – repetiu ele e, em seguida, enfiou a chave na fechadura.

O cheiro o atingiu, nauseando-o. Seu primeiro pensamento foi que o quarto 22 havia pedido alguma coisa ao fornecedor de refeições que lhe fizera mal, muito mal. O segundo foi que seria necessária uma garrafa de desinfetante para acabar com o fedor que reinava no quarto.

Logo em seguida, não teve pensamento algum, viu o que parecia ser uma pessoa sentada à mesa minúscula, olhos esbugalhados, corpo inchado. Quem quer que tivesse alugado o quarto 22 havia se transformado, em três dias, numa coisa tão horrível quanto tudo o que Jack havia visto em filmes de terror.

Cambaleou para trás, chocado com a cena e o cheiro. Um grito de pavor assomou sua garganta, e ele vomitou nos sapatos, o que, entretanto, não o impediu de correr. Continuou correndo mesmo depois que Dottie entrou apressadamente no quarto 22 para ver o que tinha acontecido e começou a gritar.

O CORPO JÁ TINHA SIDO ensacado quando Rossi chegou ao motel. O tenente estava ali tanto por sua persistência quanto por laivos de sorte. Ele não aguçava as orelhas para todos os casos de morte suspeitas ou ainda sem assistência que chegavam à Delegacia de Homicídios. Mas o nome de Fred Lipsky chamou sua atenção. Constava em sua lista, e ele ainda não tinha conseguido investigar.

Agora, ao que tudo indicava, poderia.

A médica-legista, Dra. Agnes Lorenzo, recolhia suas coisas para deixar o local. Uma mulher pequena, atlética, de cabelos grisalhos e olhos de filhote de cachorro. Rossi cumprimentou-a com um aceno de cabeça.

– Lorenzo.

– Rossi. Pensei que este caso fosse de Newman.

– Tem ligação com um dos meus. O que temos aqui? – Ele prendeu o distintivo no bolso e passou por entre os agentes uniformizados à porta do quarto.

O corpo já estava pronto para seguir para o necrotério. O ar ainda cheirava mal, mas esse era um cheiro que já não o afetava tanto. Ele vasculhou o quarto com o olhar, notando a cama por fazer, uma sacola de roupas jogada em um canto, e o pó para identificação de impressões digitais deixado pela equipe técnica. Uma garrafa de gim quase vazia, um copo e um cinzeiro cheio de guimbas de cigarros Lucky Strike.

– Não me pergunte qual foi a causa da morte, Rossi – disse a Dra. Lorenzo. – O que posso lhe informar por enquanto é que ocorreu de 48 a sessenta horas atrás. Nenhum ferimento, nenhum indício de luta.

– Causa da morte?

Ela sabia que ele ia perguntar e sorriu, conformada.

– O coração dele parou, Rossi. Isso acontece, sabia? – Ele ignorou o sarcasmo e imaginou a cena. Um homem bebendo sozinho. Irritado? Culpado? Amedrontado? Por que um homem alugaria um quarto barato para beber se já tinha um quarto barato a 50 quilômetros dali? E se Lipsky estivesse fugindo, teria algo a esconder.

Já que Rossi não se melindrara com seu sarcasmo, a Dra. Lorenzo resolveu lhe dar uma ajuda.

– Ele tinha cerca de 300 dólares na carteira e um cartão de crédito vencido. Havia um exemplar do *Daily Racing Form* em sua sacola, de quatro dias atrás, e uma faca na bota.

Rossi aguçou instantaneamente os sentidos, como um cão de caça.

– Que tipo de faca?

– Quinze centímetros de comprimento, lâmina fina, cabo liso.

O coração de policial de Rossi disparou. Os técnicos da perícia estavam com a faca e, se houvesse algum vestígio de sangue nela, humano ou animal, eles o encontrariam.

– Quem achou o corpo?

– O gerente. O nome dele é Moser. Ainda deve estar no escritório, com a cabeça entre os joelhos.

– Não há ninguém tão durona quanto você, Lorenzo.

– É o que você diz. – Ela saiu do quarto novamente, lamentando a poluição do ar da primavera pelo tráfego intenso na Rota 15. Deixara um corpo na prancha de autópsia, e, agora, tinha mais um para aumentar a trabalheira. "Todo dia", pensou ela, "era como um piquenique."

– Vou precisar de uma cópia do resultado da autópsia.

– Daqui a dois dias.

– Vinte e quatro horas, Lorenzo. Seja camarada.

– Não somos camaradas com ninguém, Rossi. – Ela se virou e entrou no carro.

– Ei. – Ele segurou a porta, impedindo-a de fechá-la. Conhecia Agnes Lorenzo há três anos e sabia que ela não tinha muitos botões que pudessem ser acionados, mas ele encontraria alguns para fazê-la funcionar a seu modo. – Lembra-se daquele cadáver que você examinou na semana passada? Gordon. Mick Gordon. Um homem idoso que foi esfaqueado...

Ela pegou um cigarro, um vício tão antigo que já não lhe provocava mais culpa.

– Aquele que sofreu afundamento de uma parte do crânio e que teve a maioria dos órgãos internos esmagados? Sim, lembro.

– Acho que foi esse cadáver aí quem o matou.

Lorenzo soltou a fumaça. Ela não examinara a faca detidamente. Não precisara fazer isso. Mas lembrava-se do ferimento. Tinha dezenas de ferimentos arquivados na memória, que jamais seriam esquecidos.

Ela assentiu com a cabeça.

– A arma pode revelar muita coisa. Está bem, Rossi, farei algumas horas extras para ajudá-lo, mas não posso prometer que todos os testes fiquem prontos em tão pouco tempo.

– Obrigado. – Ele fechou a porta do carro, esqueceu-se da legista e concentrou-se no escritório e em Jack Moser.

Gabe soube do que aconteceu com Lipsky dez minutos depois de chegar da Flórida. A imprensa havia descoberto uma mina de ouro em Dottie, a zeladora.

A notícia de que Lipsky havia morrido no quarto de um motel espalhou-se das baias à pista de treinamento, dos cavalariços aos aprendizes. A faxineira de Gabe, que cuidava da casa duas vezes por semana, trouxe-lhe a notícia e o jornal, antes que ele houvesse feito mais do que jogar as malas sobre a cama.

Uma chama de intensa fúria o incendiou. Ele a alimentava quando Rossi o encontrou.

– Satisfação em vê-lo novamente, Sr. Slater.

– Tenente. – Gabe ofereceu-lhe o jornal que levara para o andar de baixo e, em seguida, sentou-se na sala de estar, generosamente invadida pelo sol. – Meu palpite é que está aqui para falar sobre isso.

– Seu palpite está certo. – Rossi pôs o jornal de lado e acomodou-se. – Fred Lipsky trabalhou para você até algumas semanas atrás.

– Até que eu o demitisse, do que, tenho certeza, tem conhecimento. Ele estava sempre bêbado.

– E reagiu contra a demissão.

– Isso mesmo. Puxou uma faca, eu o derrubei e achei, equivocadamente, que a questão estava encerrada. – Com as feições austeramente controladas, Gabe inclinou-se um pouco para a frente. – Se tivesse tido a mínima suspeita de que ele iria usar aquela faca num dos meus homens ou num dos meus cavalos, ele nem teria ido embora.

– Você não deve fazer esse tipo de afirmação para um policial, Sr. Slater. Isso ainda não vazou para a imprensa, mas a faca que estava com Lipsky no momento de sua morte é a mesma que matou Mick Gordon. Por enquanto, não se pode associar Lipsky definitivamente à cena e ao momento do crime, mas temos uma arma e um motivo: vingança.

– Caso encerrado? – perguntou Gabe.

– Gosto de vê-los bem esclarecidos antes de encerrá-los. Este não está totalmente esclarecido. Até que ponto você conhecia Lipsky?

– Não muito. Ele veio com a fazenda.

A resposta provocou um sorriso em Rossi.

– Uma forma interessante de colocar as coisas.

– Quando assumi a direção, mantive todos os que quiseram ficar. Eles não tinham culpa por Cunningham não saber jogar.

Intrigado, Rossi tamborilou o lápis no bloco.

– Então, sua história é verdadeira. Antes, me pareceu inventada. Não há nada com relação ao negócio que envolveu a transferência da fazenda que esteja fora da lei?

– Nada – afirmou Gabe.

– Precisarei conversar com seu treinador novamente, e com os outros empregados. Estou interessado em saber se alguém que o conhecia bem saberia informar se ele tinha tendência suicida.

– Você quer me fazer crer que Lipsky se matou? – O ódio começou a dominá-lo novamente, fervendo suas entranhas. – Por quê? Por sentimento de culpa? Remorso? Pura besteira, tenente. Era tão provável que ele enfiasse o cano de uma arma na boca ou que colocasse uma corda no pescoço quanto conseguisse dançar na Broadway.

– Disse que não o conhecia bem, Sr. Slater.

– Não o conheço, mas conheço o tipo. – Ele fora criado por alguém parecido com Lipsky. – Eles culpam todos, mas nunca a si mesmos. E nunca tomam essa atitude extrema porque estão sempre imaginando um jeito de realizar um trambique qualquer. Eles bebem, trapaceiam e jogam sempre. Mas não se matam.

– Uma teoria interessante. – E que Rossi também achava bastante plausível. – Lipsky não enfiou uma arma na boca nem se pendurou num pedaço de barbante. Ele bebeu um coquetel mortal de gim com, pelo que me informaram, algo chamado acepromazina. Já ouviu falar?

A voz de Gabe estava cuidadosamente neutra.

– É usado para imobilizar cavalos. É um tranquilizante.

– Sim, foi o que me disseram. Engraçado, achei que quando um cavalo quebrava uma perna, vocês apontavam uma arma para a cabeça dele.

– O barulho incomoda os frequentadores – ironizou Gabe. – E nem toda fratura é fatal. Há muita coisa que pode ser feita para evitar que o cavalo seja sacrificado. Frequentemente, ele pode correr novamente ou procriar. Quando não há mais nada a ser feito, o veterinário aplica uma injeção letal. Segundo afirmam os especialistas, o animal não sente dor alguma. Sempre me perguntei como se pode ter certeza de uma coisa dessas.

– E não terá como saber por intermédio de Lipsky. Tem essa substância em algum lugar aqui na fazenda?

– Como eu disse, a injeção é aplicada pelo veterinário. Ninguém sacrifica um cavalo por capricho, tenente.

– É, você tem razão. Seria o desperdício de um enorme investimento.

– Sim. – A voz de Gabe mantinha-se fria. – Já viu algum cavalo sendo sacrificado?

– Não.

– O animal tropeça na pista e cai. O jóquei é arremessado violentamente do seu dorso. Tenta se controlar e remediar a situação. O silêncio é geral. Surgem cavalariços de todos os lados. Não é possível que seja o cavalo deles. Deve ser o de outro. E, então, chama-se o veterinário. E quando não há o que fazer, quando não há o que remediar, o veterinário o sacrifica, atrás de um biombo, reservadamente.

– Já perdeu algum cavalo assim?

– Uma vez, há cerca de um ano, durante os exercícios da manhã, um momento mais perigoso do que a própria corrida. O cavaleiro está relaxado. Todos estão. – Ele ainda podia se lembrar da impotência, da revolta inútil. – Era uma potranca muito bonita. The Queen of Diamonds foi o nome que lhe dei. O cavalariço que cuidava dela chorou como uma criança quando tudo terminou. Era Mick. – Gabe resistiu ao impulso de socar a palma da mão. – Por isso, se está me dizendo que alguém acabou com Lipsky da forma como se sacrifica um cavalo, o que tenho a dizer é que ele foi enviado para o inferno em melhor estilo do que merecia.

– Guarda ressentimentos em relação a ele, Sr. Slater?

– Sim, tenente. Guardo. – Os olhos de Gabe estavam firmes. – Se pretende me perguntar se matei Lipsky, posso lhe adiantar que não. Não tenho certeza se poderia dizer o mesmo se eu soubesse o que me contou hoje e o encontrasse primeiro.

– Sabe de uma coisa, Sr. Slater? Gosto do senhor.

– É só isso?

– Sim. – Rossi ofereceu-lhe um de seus raros sorrisos, uma expressão que nunca se adequava muito bem a seu rosto. – Algumas pessoas fazem mil rodeios diante das perguntas que faço. Muitas gaguejam, outras suam. Mas o senhor não – disse o policial, segurando uma linha de uma das pernas da calça. – Você odiava o filho da mãe e talvez o tivesse matado se encontrasse uma oportunidade. E não tem medo de dizer isso. A verdade é que não só gosto como acredito no senhor. – Ele se levantou. – Mas pode ser que esteja blefando, e por isso vou apurar se fez uma visita àquele motel. Não vai ser difícil descobrir, já que circulo muito por aí. – Ele fez uma pausa e estudou Gabe longa e cuidadosamente. – Mas não acho que tenha feito isso. Lipsky deve ter procurado lhe causar alguns prejuízos e depois se escondeu por um tempo. Você se importa se eu for conversar com seus homens agora?

– Não, não me importo. – Gabe não se moveu. Rossi conhecia o caminho. Fechou os olhos e se concentrou em relaxar cada vértebra de seu corpo.

Concedeu a Rossi uma hora, depois disso desceu para as baias. A atmosfera parecia impregnada de uma mistura de excitação e do medo que paira em torno da morte. Os empregados interromperam a conversa e se mostraram ocupados quando Gabe apareceu.

Encontrou Jamison conversando gravemente com Matt a respeito do potro ferido.

– A inflamação está curada – dizia Matt. – A cicatrização está boa. Continue trocando o curativo uma vez por dia, usando o mesmo antisséptico.

– Ele vai ficar marcado.

Matt balançou a cabeça afirmativamente, olhando o corte num dos flancos do cavalo, que aos poucos cicatrizava.

– Com certeza.

– É uma pena. – Jamison pegou a seringa para banhar a ferida. – Um cavalo tão bonito como este.

– Isso vai aumentar seu prestígio – comentou Gabe, aproximando-se para segurar o cabresto. Ele passou o nó dos dedos pelo focinho de Double, como um homem acaricia uma mulher. O potro respondeu cabeceando-lhe gentilmente a mão, brincalhão como um cachorrinho.

– Marcas de guerra – murmurou ele. – Não afetará seu rendimento nem a ambição. Em quanto tempo poderemos colocar um cavaleiro em cima dele?

– Não tenha pressa. – Matt deslocou-se bruscamente para o lado, pois o cavalo, virando a cabeça, tentou alcançar seu ombro, não mais como um cachorrinho, e sim com 500 quilos de temperamento. Seus dentes erraram o alvo por cerca de 2 centímetros. – Ele está sempre me testando. Gostaria de tirar um pedaço de mim, não é, amigo? – Deu um tapinha amistoso no pescoço do animal ao ter certeza de que Gabe segurava firmemente o cabresto. – Ele correrá em Kentucky, Gabe. Se eu fosse um apostador, colocaria algum dinheiro nele.

Satisfeito com o diagnóstico de Matt, Gabe virou-se para seu treinador.

– Jamie?

– Estou preparando um novo programa de treinamentos para ele. Talvez funcione, talvez não.

– Terá de funcionar. Rossi conversou com você? – Jamison endureceu o olhar, terminando de fazer o curativo.

– Sim. Ele veio aqui, fez perguntas. Deixou todo mundo alvoroçado. Peterson acha que foi um serviço da máfia. Kip acha que foi uma mulher. Lynette não mostrou muita disposição para cooperar, o que o deixou muito irritado. Todos aqui têm discutido sobre quem deve ser o assassino, os garotos tomando partido.

– Ninguém acha que foi suicídio?

Jamison olhou bruscamente para Gabe e saiu da baia.

– Ninguém que o conhecia.

– Ele pode ter pegado um pouco de acepromazina – disse Matt a Jamison. – Deveria saber o que isso é capaz de fazer. E certamente sabia que as autoridades acabariam por pegá-lo.

– Um homem como Lipsky poderia ter se escondido numa centena de hipódromos. – Jamison olhou para o potro. Estava fazendo o curativo, como penitência por sua participação. – Eu deveria tê-lo despedido há meses. Então, tudo poderia ter sido diferente. E Mick poderia estar vivo.

– Parte disso foi feito – disse Gabe. – Mas não acabou. Quem quer que tenha dado aquela última dose a Lipsky tem alguma participação nos crimes que ele cometeu.

– Vou lhe contar o que eu disse a Rossi. – Matt coçou o queixo enquanto ele e Gabe saíam do barracão. – Tem de ser alguém que conhece cavalos e que tem acesso a produtos veterinários. – Ele sorriu languidamente. – O que não descarta muitas probabilidades.

– O que inclui todos nós. – Gabe observou o queixo de Matt cair um pouco. – E centenas de outras pessoas. Obrigado por ter passado aqui.

Matt engoliu em seco.

– Não custa nada. Voltarei para dar uma olhada no potro daqui a alguns dias. Acho que... vou passar por Three Willows.

Olhando para Matt, Gabe pegou um charuto e o acendeu despreocupadamente.

– Algum problema por lá?

– Não, não. Eu apenas... Bem...

Gabe sorriu instantaneamente, livre de quase toda a tensão.

– Ela é uma delícia de se olhar, não é?

Matt enrubesceu. Maldita pele branca.

– Não é nada má. Channing me disse que talvez ela fique lá por mais algum tempo. – Ele fizera o melhor que podia para tentar arrancar informações de Channing, mas, quando se tratava de sua meia-irmã, o jovem era tão discreto quanto impenetrável.

– É, acho que ela vai ficar lá algum tempo. – Gabe ia garantir isso. – E você pode olhar o quanto quiser. – Ele passou um braço em torno dos ombros de Matt enquanto o levava até a caminhonete. – Um santo não poderia condená-lo por isso. Mas veja lá onde você põe as mãos, doutor.

Enquanto Matt, constrangido, tentava encontrar uma resposta, Gabe abriu a porta da caminhonete.

– Minha – disse Gabe simplesmente.

– Você... – Matt calou-se, vermelho como um pimentão. – Eu não poderia imaginar. Kelsey nunca... Eu nunca.

– Se eu achasse que você tinha como imaginar, eu seria obrigado a machucá-lo. – O sorriso de Gabe era amistoso, até mesmo simpático, mas o aviso era claro. – Mande lembranças minhas a Kelsey quando a vir.

– Claro. – Apressado, Matt entrou na caminhonete. – Mas, bem, talvez eu não demore. Tenho uma pilha de relatórios para examinar.

– Então vou deixá-lo cuidar disso. – Gabe deu um passo atrás, sorrindo, enquanto observava a caminhonete se afastar.

– Você o deixou branco como neve – disse Jamison, pegando uma bala de cereja, sua favorita.

– Apenas poupando-lhe problemas lá embaixo na estrada.

– Talvez. – Observando as últimas nuvens de poeira levantadas pela caminhonete de Matt, Jamison saboreou a bala. – Ela sabe que você a marcou?

Gabe soltou a fumaça do charuto, lembrando-se com ternura da reação ao beijo deliberadamente público que dera em Kelsey.

– Ela é uma mulher inteligente.

– Mulheres inteligentes são as que dão mais trabalho ao homem.

– Não tenho tido problemas há muito tempo. – E não sabia quão intensamente queria ter alguns. – Bem que eu poderia pegar o carro e ir tentar arranjar uns dois ou três. – "Isso me faria bem", pensou ele, e virou-se para o treinador.

Nas baias, ele mantivera os olhos voltados quase o tempo todo para o potro e para Matt. Mas agora Gabe pôde perceber suas linhas de cansaço, as olheiras.

– Você parece cansado, Jamie.

Ele estava dormindo mal e tendo muita dificuldade de engolir um bom prato de comida desde a morte de Mick.

– Muitas coisas na cabeça.

– Uma que você pode tirar daí é qualquer responsabilidade pelo que aconteceu com Mick. – Jamison simplesmente desviou o olhar, e Gabe jogou o charuto no chão e o apagou com o pé. A expressão nos olhos de Jamison serviu apenas para despertar-lhe o sentimento de culpa. – Está bem, você agiu mal em tê-lo mantido no emprego, e eu em tê-lo demitido na frente de todos. Se quer considerar isso o botão de comando que determinou a morte de Mick, tudo bem. Mas não foi seu dedo que o apertou.

– Vejo Mick toda vez que fecho os olhos. – A voz de Jamison estava baixa, tensa. – Imagino o jeito que ele deve ter ficado quando Lipsky e o potro acabaram com ele. Isso nunca deveria ter acontecido, Gabe. – Ele suspirou. Não havia resposta para aquilo. E Jamison sabia disso. – O Derby* vai ser daqui a três semanas e meia.

Aquele potro precisa estar pronto, e meu trabalho é garantir isso. Mas eu olho para ele e me lembro de como Mick se sentia orgulhoso em cuidá-lo.

Sem dizer nada, Gabe olhou em direção às colinas. Suas colinas. O Derby era mais do que uma corrida. Até mesmo mais do que um objetivo. Era o Santo Graal que ele estivera procurando durante toda a vida.

Agora, depois de uma vida inteira de lutas, e de cinco anos de esforços concentrados, parecia estar quase em suas mãos. Talvez estivesse vazio quando finalmente colocasse as mãos nele, mas precisava se certificar.

– O potro tem de correr, Jamie. Se você não consegue trabalhar com ele, terei de passá-lo para Duke. – Duke Boyd, o treinador-assistente, era competente. Tanto Gabe quanto

*Embora a palavra *derby* também sirva para designar várias corridas de cavalos importantes, ou "Grandes Prêmios" para animais com até 3 anos, em algumas passagens do livro ela não foi traduzida e está grafada com inicial maiúscula para indicar que a autora se refere, nesses casos, ao importante e famoso "Grande Prêmio" que acontece anualmente em Churchill Downs, Louisville, no estado do Kentucky. (*N. do T.*)

Jamison sabiam disso. Mas não tinha o talento especial com o qual Jamison havia nascido. – De um jeito ou de outro, ele terá de estar pronto para Churchill Downs.

– Cumprirei meu dever – disse Jamison, esfregando os olhos cansados.

– Preciso que você coloque o coração nisso.

Jamison baixou as mãos.

– Você o terá, ora. E minha alma também.

Ele se virou e, com passos firmes, retornou às baias.

KELSEY SABIA QUE não deveria se apaixonar pelo cavalo. Mas o intelecto não tem nada a ver com isso. Estava tão fascinada pelo recém-nascido de pernas bambas quanto pelos potros mais velhos – e havia sido escoiceada em resposta ao seu afeto.

Talvez por ela ter aceitado isso resignadamente, levantando-se e limpando-se com calma, Moses intensificou seu treinamento.

Gostava do jeito dela, da forma como se relacionava com os cavalos e, o que era mais importante, do modo como eles reagiam aos cuidados dela.

E, logicamente, teve grande satisfação ao vê-la tão ávida e nervosa quando a levou à cocheira dos animais ainda não domados. Conversou com o cavalariço da área e, com ele, separou uma potranca especial; uma pequena e audaciosa égua baia, pesando elegantes 340 quilos.

A luz da aurora, dourada e quase líquida, despejava-se sobre o pelo do animal, inflamando-o. Com os olhos ofuscados, Kelsey permanecia do lado de dentro da baia, certa de que nunca tinha visto nada tão bonito em sua vida.

– Ela tem fibra – disse Moses, trabalhando com um manejador para acalmá-la enquanto era encilhada. – E valor. Foi por isso que Naomi a batizou de Honor. Naomi's Honor.

Como que atendendo ao chamado de seu nome, a potranca cabeceou Moses vigorosamente, fazendo-o sentir as vibrações até os ombros. Dando um firme puxão nas rédeas encurtadas, ele continuou a falar.

– Você será o primeiro peso que ela terá sobre o dorso. Agora, não fique pensando que ela é dócil e que está pronta para satisfazer seus desejos. Está acostumada a ter liberdade. Não sabemos o que esperar. Ela é muito mais forte do que você. – Ele tornou a olhar para Kelsey, como se analisasse sua esguia estrutura sob a roupa e o chapéu acolchoados. – Portanto, precisa ser esperta. – Ele correu a mão pelo corpo da potranca, acariciando-a do pescoço à cauda. – E gentil.

Essa fora a razão de ter escolhido Kelsey. Ninguém conseguia sucesso com potros indomados sem lançar mão da gentileza.

Na cocheira, o silêncio era quase total. Moses falava tão suavemente, que eles pareciam estar numa igreja. Ele estalou os dedos para a potranca e depois para Kelsey, sinalizando que se aproximasse e fizesse o primeiro contato.

O coração de Kelsey batia tão forte e acelerado, ecoando em sua garganta que ela tinha certeza de que poderia assustar o animal. Mas suas mãos eram delicadas, seus movimentos, suaves. Seu tom de voz era pouco mais forte que um murmúrio, observando Honor erguer as orelhas ao som de sua voz.

– Você é tão bonita. Tão bonita. Mal posso esperar para montá-la. Nós vamos ser amigas, você e eu.

A potranca resfolegou, poupando-se do julgamento. Suas orelhas penderam para trás quando Moses enfiou-lhe o freio pela cabeça.

– Calma – murmurou Kelsey. – Ninguém vai lhe machucar. Em pouco tempo você será rainha por aqui. Aposto que isso tudo lhe parece estranho, não é verdade? – Enquanto Moses apertava a sela, ela continuava a afagar a potranca. – Mas se tivesse de usar meia-calça, veria que é mais desconfortável do que esta selinha.

A luz e o calor do sol transformavam-se sutilmente.

– Vou ajudá-la a montar – falou Moses. – Lembra-se do que eu disse para fazer?

– Sim. – Kelsey precisou pigarrear com força antes de voltar a falar. – Não devo me sentar na sela imediatamente. Primeiro a barriga.

– Isso mesmo. Lembre-se de que é um prenúncio. Você está dizendo a ela que é para isso que ela está aqui. Devagar agora. E lembre-se da localização da porta se precisar sair rapidamente.

Essa possibilidade fez com que Kelsey respirasse mais fundo antes de colocar seu joelho e também seu bem-estar nas mãos de Moses.

A potranca esquivou-se, surpresa e aborrecida quando Kelsey se lançou sobre a sela. Ela sentiu a inquietação do animal sob as pernas e recusou-se a pensar que estava escarrapachada sobre várias centenas de quilos de irritação equina. Obedecendo às instruções de Moses e a seu instinto, contornara o animal para montar nele, transferindo seu peso para a sela e os estribos.

Honor dançou, escoiceando com uma das pernas traseiras e tentando acertar Moses em cheio. Instintivamente, Ela inclinou-se para a frente, falando com ela firme e docemente em uma das orelhas.

– Pare com isso. Você não quer que todos pensem que é um animal vulgar, quer? – Não foi mágica. As palavras e o tom de voz não acalmaram a égua imediatamente. Mas, depois de algumas manobras um pouco mais arrogantes, o animal se aquietou.

– Ela gosta de mim – afirmou Kelsey.

– Ela está pensando em como arremessá-la daí.

– Não. – Kelsey sorriu para Moses. – Ela gosta de mim.

– Veremos. – Sinalizando, ele fez com que Kelsey se sentasse até que estivesse satisfeito. – Muito bem. Mãos à obra agora.

Aquilo, conforme Moses havia lhe explicado, era o jardim de infância. Kelsey simplesmente deveria sentar-se na sela enquanto um manejador conduziria Honor pela pista de adestramento de potros, cujos altos muros impediam que ambas se distraíssem do trabalho em andamento.

Assim que a potranca se acostumasse com o peso da amazona, o manejador a soltaria. E Kelsey assumiria o controle das rédeas.

Elas aprenderiam juntas.

– Como ela se saiu? – Naomi perguntou a Moses ao juntar-se a ele.

– Como era de se esperar. Ela é uma verdadeira Chadwick. – Moses colocou uma das mãos sobre as dela, apertando-as afetuosamente, numa de suas raras demonstrações públicas de afeto. – Achei que você desceria para observar.

– Estava nervosa demais para isso. – Ela admirou Kelsey controlando a potranca com um leve repuxo das rédeas. – Está aqui há um mês, Moses. E não falou em partir. – Naomi enganchou os polegares nos bolsos dianteiros da calça. – Com tudo o que aconteceu durante as duas últimas semanas, fico na expectativa de vê-la arrumar as malas e ir embora.

– Você não tem sido uma boa observadora, Naomi. – Ele sorriu quando Kelsey esqueceu o treinamento e se inclinou para pressionar o rosto contra a crina da potranca. – Ela não vai a lugar algum.

Ao sinal de Moses, Kelsey aprumou-se e trouxe a égua serenamente até eles.

– Ela é magnífica, não acham?

– Sim. – O orgulho que brotou no íntimo de Naomi era quase atemorizante. Erguendo uma das mãos para acariciar a potranca, deixou a ponta dos dedos roçar pelos de Kelsey. – É maravilhoso ver vocês duas juntas.

– Eu realmente me sinto maravilhosa. – Quando viu Moses dar a Honor uma cenoura como recompensa, Kelsey estendeu a mão. – Eu também não mereço uma?

– Acho que sim.

Ela aceitou a cenoura e mordeu um pedaço.

– Agora que o medo passou, posso aproveitar essa maravilha. – Ela deu uns tapinhas no pescoço de Honor e voltou-se para Moses com simplicidade.

– Posso trabalhar com ela amanhã, Moses?

– E depois de amanhã – respondeu ele. – Ela está sob sua responsabilidade agora.

– Verdade? – Kelsey teve vontade de pular de alegria e beijá-lo, mas se limitou a sorrir generosa e agradecidamente. – Não o decepcionarei.

– Se isso acontecer, cortarei seu salário.

Então ela sorriu novamente.

– Não estou sendo paga.

– Você está na folha de pagamento há duas semanas. – Moses teve a satisfação de ver a surpresa de Kelsey. – Receberá seu primeiro cheque sexta-feira.

– Mas não é preciso. Estou apenas...

– Se faz o trabalho, recebe salário – disse com firmeza. Afinal de contas, ele era o responsável pelo pagamento dos funcionários. – Naturalmente, está começando por baixo. Mais ou menos do mesmo modo como você começou, não foi, Naomi?

– Bem lá embaixo – enfatizou ela com uma careta. – Meu pai insistia para que eu fizesse por merecer cada centavo do meu salário, apesar de insignificante. A ideia dele era que, quando tudo isso viesse a ser meu, eu soubesse dar o devido valor. Ele estava certo.

Kelsey considerou suas palavras. Talvez aquilo fosse melhor do que um acordo de negócios.

– De quanto é a insignificância?

– Trabalhando bem, talvez você consiga receber uns 200 por semana – disse Moses.

Ela ergueu uma sobrancelha.

– E quando terei um aumento?

Naomi sorriu e aproximou-se dela e da potranca.

– Ela deve ter gostado de você. – Gentilmente, deslizou a ponta dos dedos pelo pescoço do animal. – Ela gosta de você.

Kelsey sorriu para Moses, um sorriso presunçoso.

– Foi o que eu disse.

– Perdi 23 aniversários. – Aquelas palavras atraíram novamente a atenção de Kelsey. E, agora, seu olhar parecia desconfiado. – Vinte e três natais. É muito tempo para compensar. – Apoiou-se na cerca e ergueu o olhar para encarar a filha. – Eu gostaria de começar, se você permitir. Aceitaria ficar com ela?

– Ficar com ela? – Kelsey fitou a mãe, pasma. – Honor? Você quer dá-la a mim?

– Gostaria que você a aceitasse. Sem compromisso. Quero dizer, sei que seria um absurdo ter um cavalo num apartamento. – Naomi esforçou-se para manter a voz leve. – Ela pode ficar aqui por quanto tempo você desejar. Moses poderia treiná-la, se você quiser. Mas ela pode ser sua. Se aceitá-la, é claro.

Tomada de emoção, Kelsey desmontou lentamente. A palma da mão que segurava as rédeas suava bastante, e ela sentia o tépido hálito da potranca em seu pescoço.

– Eu adoraria ficar com ela. Obrigada.

– De nada. Preciso ir. Tenho um almoço de negócios.

Kelsey deu um passo à frente, e parou, colocando as rédeas subitamente nas mãos de Moses. Precisou correr para alcançar a mãe, que seguia a passos largos. Hesitante, Kelsey pousou uma das mãos no ombro de Naomi e, muito mais espontânea e naturalmente do que poderia ter imaginado, beijou-a.

– Obrigada – repetiu ela. E não foi capaz de acrescentar mais nada, sufocada pela emoção do beijo de Naomi, de seu abraço apertado.

"E de onde", pensou Kelsey quando percebeu a urgência e a necessidade da mãe, "tinha vindo tanta paixão? Como podia ter estado lá o tempo todo e nunca ter se manifestado?"

– Desculpe – murmurou Naomi, e deu um passo atrás rapidamente. – Providenciarei logo os documentos de propriedade da potranca. Estou atrasada – conseguiu articular e afastou-se, apressada.

Emoções conflitantes a bombardeavam. Kelsey deteve-se no mesmo lugar, sem saber o que fazer, desejando inutilmente entender a mulher que lhe dera à luz.

– Não sei o que fazer.

– Você está fazendo exatamente o que deve. – Moses devolveu-lhe o controle das rédeas. – Agora vá cuidar do seu cavalo.

13

Os dias passavam rapidamente. Kelsey tinha seu próprio cavalo, um intrigante romance com um homem fascinante e frustrante, e uma nova curiosidade sobre sua mãe, que ela começava a amar.

Não esperava amar Naomi. Especular sobre ela, certamente. Talvez até mesmo vir a respeitá-la. Mas era impossível viver tão próximo de uma mulher como ela sem experimentar um emaranhado de sentimentos.

Kelsey agora não tinha muito tempo para refletir sobre isso. À medida que se aproximava o dia da Bluegrass Stakes*,

*Nome de uma corrida de cavalos realizada anualmente no estado do Kentucky. A expressão é uma alusão ao apelido desse estado, "The Bluegrass State", atribuído pelo fato de a gramínea chamada Kentucky Bluegrass, *Poa Pratensis*, ser originária de lá. Stakes é um tipo de corrida de cavalos cuja premiação é constituída pela contribuição em dinheiro dos proprietários dos animais que dela participam. (*N. do T.*)

portão de acesso ao importantíssimo Derby, tanto em Three Willows como em Longshot desenvolviam-se atividades em ritmo de formigueiro.

Embora ainda não se sentisse pronta para admitir isso abertamente, já visualizava Honor coberta pela manta de rosas vermelhas dali a dois Grandes Prêmios. E, naquele dia, estava dando um passo muito importante em direção a esse objetivo.

Um portão de largada fora instalado do lado de fora do redondel de treinamento de Three Willows. Embora já não houvesse sinais do inverno rigoroso, o ar ainda estava frio. Kelsey ajeitou nervosamente a jaqueta, esperando não transmitir a tensão que sentia para Honor.

Um puro-sangue foi feito para correr, lembrou a si mesma. Aquilo era apenas uma lição. Nenhum teor de sangue campeão poderia fazer um cavalo cruzar a linha de chegada se ele não aprendesse como se portar num compartimento de aço fechado antes de disparar portão afora.

– Ouvi dizer que você tem um competidor aqui. – Gabe aproximou-se e esfregou a mão no focinho da potranca. Honor inclinou as orelhas para trás e olhou para Gabe. Depois, aprovando seu toque e cheiro, endireitou-as novamente e aproximou-se dele.

– Sim, tenho certeza. – Kelsey segurou com intimidade o cabresto de Honor. – Não o tenho visto por aqui já faz alguns dias.

– Sentiu minha falta?

– Nem tanto. – Kelsey estava grata por não ter caído outra vez nas garras do velho e humilhante hábito de se pôr ansiosamente ao lado do telefone. Pelo menos por enquanto. – Todos temos estado muito ocupados nestes últimos dias.

– Double voltou a treinar normalmente.

Desistindo de qualquer fingimento, Kelsey segurou a mão dele.

– Ah, isso é maravilhoso! Fico tão contente...

– Tente se lembrar de que disse isso depois que ele vencer o Derby. – Gabe beliscou levemente os dedos de Kelsey.

– Meu dinheiro está em Pride. – Assim como seu coração. – Embora eu seja capaz de apostar algo na colocação de Double.

– Ele está indo a Keeneland para participar de uma corrida. Jamie quer que ele passe por um bom teste antes da Bluegrass Stakes.

– Você também vai? – perguntou ela, despreocupadamente.

– Vou a qualquer lugar que o potro vá, incluindo o círculo do vencedor em Churchill Downs. – Ele acariciou o cabelo de Kelsey de forma semelhante à que fizera com a égua. – Gostaria de ir comigo?

Ela se virou para examinar as cinchas da sela de Honor.

– Estou pensando em me juntar a Naomi no círculo do vencedor.

Ele segurou com força o cabelo dela entre os dedos.

– Para Keeneland, querida. Apenas alguns dias, mais ou menos a sós. – Ele se aproximou. Ela agora trazia em si o cheiro dos cavalos, misturado com sua própria fragrância de frutas e primavera. – Imagino quantas vezes eu seria capaz de fazer amor com você numa viagem tranquila.

Os músculos das coxas de Kelsey pareceram transformar-se em cera quente.

– Você tem um recorde?

– Poderia vir a ter. – Com os olhos fixos nela, ele se curvou e reteve entre seus dentes o lábio inferior de Kelsey. – Você tem... – ele mordiscou e observou as pupilas dela se dilatarem – ... a boca mais incrível que eu já vi.

– Deixe-a em paz. – Tentando fingir que estava aborrecido, Moses bateu com vigor no braço de Gabe. – Você vai confraternizar com a concorrência, Kelsey, ou vai fazer seu trabalho?

Ela pegou o chapéu e ergueu o queixo.

– Posso fazer as duas coisas. – Depois virou-se para a égua, e Moses a ajudou a montar.

– Atrevida – murmurou ele.

– Confiante – corrigiu ela. E sem dizer mais nada, conduziu Honor para a baia de aço.

Os portões de largada estavam abertos, para incutir na mente da égua a ideia de que ela deveria passar pelo túnel estreito. Honor baixou a cabeça uma vez e tentou desviar. Testando, Kelsey sabia, o equilíbrio de forças.

– Ah, não, você não vai desviar – murmurou Kelsey. – Eu ainda estou no comando. Você não quer nos envergonhar na frente de todos, quer? – Uma leve compressão com os joelhos, mãos firmes nas rédeas, e Kelsey conseguiu fazê-la prosseguir, induzindo-a a parar logo que entrou no cubículo.

– Não é tão ruim assim, é? – murmurou ela. – E você não precisa ficar muito tempo aqui dentro, de qualquer forma. O que importa é o que acontece depois que você parte. – Lentamente saíram pelo outro lado, contornaram a estrutura e repetiram a manobra.

– Ela tem mãos boas – comentou Moses.

– No dorso de um cavalo, ela fica ainda mais parecida com Naomi. – Gabe enfiou as mãos nos bolsos. Deveria haver uma forma mais interessante de passar a manhã do que observando Kelsey adestrar a lustrosa potranca. Mas ele não conseguia imaginar uma. – Como vão as coisas entre elas?

– Bem. Estão se entendendo aos poucos, mas cada vez melhor. Não foi uma largada sensacional, mas eu diria que contornaram a primeira curva quando Naomi lhe deu a potranca.

– Ela deposita grandes esperanças naquele cavalo.

– Mas deposita esperanças ainda maiores na filha. – Ganhando tempo, Moses virou-se para Gabe. – Sei que ela tem pai, mas ele não está aqui. Então, vou assumir a responsabilidade de lhe dizer para tomar cuidado com o que faz. Kelsey não é do tipo disponível, e você aborreceria muito Naomi se magoasse sua filha.

Gabe endureceu a expressão. Quando falou, não deixou a voz revelar seu ressentimento nem sua contrariedade, mas apenas alguma curiosidade.

– E você supõe que vou magoá-la.

Moses tirou um charuto do bolso de Gabe e o enfiou no próprio bolso.

– Não ponha essa besteira inescrutável em minha conta. Meu povo já empunhava o troféu dos mistérios insondáveis quando o seu ainda se abrigava em cavernas e comia carne crua. E não estou supondo nada. Vocês dois ficam bem juntos. – Ele desviou o olhar para ver como Kelsey estava se saindo. – Pense bem no que pretende fazer. Quando se brinca com fogo, sempre se pode queimar alguém.

Os lábios de Gabe arquearam-se num sorriso irreverente.

– E com que povo você aprendeu isso?

– Só não a force a cruzar a linha de chegada muito rapidamente. Ela tem sentimentos. – Irritado consigo mesmo, Moses a atravessou extensão do gramado para orientar o trabalho de Kelsey.

"Sim, ela tem sentimentos", concordou Gabe em pensamento, observando-a escutar atentamente os conselhos do treinador. E sangue nobre.

Muitos que o conheciam diriam que ele não tinha qualquer tipo de sentimento. E ninguém se enganaria quanto a seu sangue. Mas isso não o atrapalhara antes, e ele não pretendia deixar que o atrapalhasse agora.

Havia muitas mulheres que se mostrariam dispostas a ignorar as falhas de sua educação. Muitas as tinham ignorado. "E mais", pensou ele, "que haviam se lixado para um pai bêbado e violento, uma curta temporada numa cela e a remanescente tendência de apostar contra a probabilidade."

Mas ele não queria muitas mulheres, deu-se conta enquanto observava Kelsey guiar a égua para dentro de um dos cubículos dos portões de largada e parar. Queria aquela mulher.

Ele aguardou, colocando os óculos escuros, já que o sol ficava cada vez mais forte. A manhã estava terminando, e ele precisava voltar aos cuidados do seu próprio negócio, mas recorreu às suas reservas de paciência, mantendo-se por ali até que Kelsey apeasse.

– Ela se saiu muito bem – disse Kelsey, beijando o focinho da potranca antes de lhe oferecer uma cenoura. – Não teve nem um pouco de medo.

– Quero vê-la hoje à noite.

– O quê? – Ela virou o rosto para ele, sua bochecha ainda roçando a lustrosa pelugem de Honor.

– Gostaria de sair com você hoje à noite. Um jantar, um cinema, um passeio. Você escolhe. Um encontro – acrescentou ele ao ver que ela o analisava, o olhar cada vez mais especulativo. – Reconheço que negligenciei esse ritual com você.

– Um encontro? – Ela acalentou a ideia na sua cabeça. – Você me busca, vamos a algum lugar e fazemos algo combinado, e depois você me trazer para casa e me levar até a porta?

– É mais ou menos isso o que eu tinha em mente.

– Bem, seria diferente. – Ela inclinou a cabeça, considerando. – Tenho que estar de pé às 5 da manhã. Portanto, só poderia sair à tardinha, para não voltar muito tarde. Não seria nada mau irmos ao cinema. Digamos... Assistir à sessão das sete horas. E talvez uma pizza depois.

Agora era a vez dele pensar sobre isso. Não era o tipo de programa que havia esperado que ela fosse escolher. Talvez já estivesse na hora de eles aprenderem algo a respeito um do outro.

– Sessão das sete e pizza. Eu a pegarei por volta das seis. – Segurando-lhe o queixo, ele a beijou distraidamente.

– Ei, Slater – chamou ela quando ele já se afastava. – Posso escolher o filme?

Ele continuou andando, mas lançou-lhe um olhar por sobre os ombros.

– Sem legendas!

– No primeiro encontro? – brincou ela, rindo para ele. – Que tipo de mulher você acha que eu sou?

– Minha – devolveu ele, e ela parou de rir.

NÃO HAVIA NADA de romântico numa pizzaria cheia de adolescentes, mas era exatamente o que Kelsey havia planejado: um encontro com um clima casual, para evitar uma situação em que as coisas pudessem se tornar íntimas demais, e para tentar descobrir o que irritava Gabriel Slater.

– Isso aqui é perfeito. – Ela se sentou à mesa coberta por toalhas de papel com estampas de coisas da Itália, nas cores vermelho e verde. – Eu quase havia me esquecido de que há vida além das corridas de cavalo.

– Isso acontece com todos nós. – Divertindo-se com o fato de estar jantando com uma mulher num lugar que exibia quadros de pizzas e calzones apetitosos e decorativos, ele esticou as pernas. – Você se apegou àquele mundo rapidamente, e de forma bastante intensa.

– Um dos meus talentos. Ou defeitos, dependendo do seu ponto de vista. Para que fazer algo se você não o faz com entusiasmo e dedicação? – Ela relaxou e apoiou os pés no banco dele. – Dessa forma, você tanto pode alcançar a glória como se arrebentar e se incendiar.

– É isso o que você está buscando, Kelsey? A glória?

Ela sorriu.

– Sempre confundi glória com satisfação. – Ela olhou para a garçonete e depois para Gabe. – Pode pedir. Gostaria de comer qualquer coisa.

– Eu não. Traga uma pequena...

– *Grande* – corrigiu-o Kelsey.

– Grande – disse ele balançando afirmativamente a cabeça. – Pepperoni e cogumelos, e duas Pepsis.

– Bastante conservador – observou Kelsey quando a garçonete se afastou.

– Gosto de saber o que estou comendo. – "Talvez fosse o resultado", supôs Gabe, "de catar restos de comida em latas de lixo." – Por falar nisso, não foi você quem comeu dois baldes de pipoca há menos de uma hora?

Ainda sorrindo, ela brincou com a singela corrente de ouro em torno do pescoço.

– Pipoca de cinema não conta. Faz parte, como a trilha sonora.

– O filme tinha trilha sonora? Nem notei.

– Não sou muito requintada – disse ela, dando de ombros. – Gosto de filmes de ação. Uma vez escrevi um roteiro... um trabalho do curso que estava fazendo. Os bons lutando contra os maus e muitas perseguições de carro e tiroteios.

– O que você fez com ele?

Descontraída, Kelsey marcava com o pé o ritmo de uma canção dos Guns N' Roses que tocava no *jukebox*.

– Tirei A e depois o engavetei. Achei que não seria interessante tentar negociá-lo, porque mesmo que alguém o comprasse, certamente sofreria alterações e não seria mais o meu texto. – A garçonete trouxe o refrigerante em grandes copos de plástico vermelho. – Além disso, eu não queria ser escritora.

– E o que você queria ser?

– Muitas coisas. – Ela ergueu os ombros, e em seguida inclinou-se para a frente, pegando o seu copo. – Tudo dependia do meu humor. E dos cursos que eu estava fazendo. – Kelsey sorriu com certa ironia. – Sou muita boa em fazer cursos. Se você quiser saber algo sobre o que quer que seja, de computação à decoração de interiores, sou a garota certa.

– Faz sentido. Você foi criada por um professor universitário. – Ele ergueu o copo. – O conhecimento é sagrado.

– É, acho que em parte foi por isso. Mas, sobretudo, acreditava que, se tentasse muitas coisas, mais cedo ou mais tarde acabaria acertando.

– E acertou?

– Sim. – Ela suspirou. – Minha família diria, com certeza, que eu já disse isso antes. Mas, desta vez, tudo é diferente. Eu já disse isso antes também – murmurou ela. – Mas realmente é. Nada que eu fiz antes me pareceu tão interessante quanto isso, tão natural. Tão real. Deus sabe que nunca trabalhei tanto em toda a minha vida.

Para se certificar, ela olhou para as próprias mãos. Estavam ficando fortes, pensou ela. Kelsey gostava da ideia de estar ficando forte com elas.

– E você? Acertou?

Ele manteve os olhos fixos nos dela. Por alguns segundos, Kelsey pensou ver segredos neles, e anseios que nada tinham a ver com cheiro de alho e queijo derretido.

– Acho que sim.

– Sempre olha para uma mulher de forma que ela pense que você pode começar a mordê-la por inteiro a qualquer momento? – Os lábios de Gabe moveram-se lenta e calmamente, mas seus olhos não se alteraram.

– Ninguém nunca me perguntou – respondeu ele, pousando a mão no tornozelo que ela apoiava no assento ao lado dele, e começou a acariciá-lo. – Mas agora que você mencionou o assunto, essa poderia ser uma forma bem interessante de encerrarmos a noite.

A garçonete colocou a pizza sobre a mesa, juntamente com um par de pratos de plástico branco.

– Bom apetite – disse ela automaticamente, e retirou-se, apressada para atender o próximo pedido.

– Adoro esse ambiente. – Cautelosa, Kelsey pôs os pés no chão e ajeitou-se. – Mas fugi do assunto. Eu estava perguntando sobre a fazenda. Você achou nela o que estava procurando?

Ele cortou algumas fatias com a faca de plástico e, em seguida, colocou uma no prato dela e outra no seu.

– Ela combina comigo.

– Por quê?

– Sabe, querida, acho que você cometeu um erro ao parar de escrever. Seria uma boa jornalista...

– Você não consegue respostas sem fazer perguntas. – Kelsey deu sua primeira mordida, saboreando o pimentão vermelho e o queijo, e suspirou, aprovando. – Pelo menos de algumas pessoas. Não gosta de perguntas, Slater?

Ele ignorou a última e respondeu à anterior.

– Ela combina comigo porque é minha.

– Simples assim?

– Não, é complicado. Você não gostaria de estragar a noite ouvindo a história da minha vida, Kelsey. Pode tirar seu apetite.

– Tenho estômago forte. – Ela lambeu o molho de seu polegar. – Você conhece a minha, Gabe. Pelo menos alguns altos e baixos. Para mim, não há como dar um passo à frente num relacionamento se eu não tiver alguma compreensão da pessoa com quem estou me relacionando. – Ela continuou comendo, e Gabe franziu a testa. – Isso não é uma espécie de ultimato ou garantia. É apenas a realidade. Sinto-me atraída por você e gosto de estar com você. Mas não o conheço.

"Se conhecesse", ele sabia, "haveria boa probabilidade de seus sentimentos diminuírem bastante." Um grande risco. Bem, ele já havia arriscado antes. Quando a aposta valeu a pena.

– Primeiro, deixe-me dizer algo a seu respeito: a filha única de um devotado pai, a moça bem relacionada, protegida e mimada.

O último adjetivo a magoou um pouco, mas ela não negaria.

– Tudo bem. É verdade que tive tudo o que quis. Emocionalmente, materialmente. Suponho que em grande medida para disfarçar a falta de uma mãe. Mas eu não percebi essa falta.

– Uma grande casa no subúrbio – prosseguiu ele. – Boas escolas. Acampamentos no verão, três refeições diárias e aulas de balé.

Se ele tentava irritá-la, estava conseguindo. Aparentemente calma, ela pegou outra fatia de pizza.

– Você se esqueceu das aulas de piano, natação e hipismo.

– Isso faz parte de um todo. Passeios, a faculdade dos seus sonhos e um grande casamento em alto estilo para coroar tudo.

– Não se esqueça do longo e tedioso processo de divórcio. Aonde você quer chegar, Slater?

– Você não faz a mínima ideia de onde eu vim, Kelsey. Eu lhe direi e, ainda assim, você não entenderá.

Mas diria, decidiu ele. E pagaria para ver.

– Com um pouco de sorte, eu ia dormir sem muita fome. Talvez tivesse algum dinheiro para comprar comida, ou conseguido roubar ou mendigar alguns trocados. Crianças são bons pedintes, bons ladrões – disse ele, fixando seu olhar no dela. – Os adultos se compadecem delas ou as ignoram.

– Muitas pessoas estão em situações em que se veem obrigadas a pedir dinheiro – disse ela, cuidadosamente. – Isso não é motivo para se envergonhar.

– Você diz isso porque nunca precisou pedir. Ou roubar. – Ele girou o gelo de seu copo e colocou-o na mesa. – Durante a noite eu ficava escutando ou tentando não ouvir a briga que acontecia no quarto ao lado. Ou minha mãe chorando. Ou a vizinha ganhando a vida na cama com um cliente qualquer. Quando eu tinha sorte, conseguia acordar na mesma cama em que adormecera. Quando não tinha, minha mãe me acordava no meio da noite, e nós saíamos furtivamente antes de sermos despejados porque meu pai perdera mais uma vez o dinheiro do aluguel em jogatinas.

Kelsey imaginava o quadro que ele estava descrevendo, escuro e de molduras sombrias.

– Onde você foi criado?

– Acho que em lugar nenhum. Talvez em Chicago, no Reno, ou em Miami. No inverno, permanecíamos no Sul, pois o clima é melhor, e os hipódromos funcionam durante mais tempo. Pode ter sido em qualquer lugar. Todos os locais parecem iguais se você não tem dinheiro e está fugindo. Logicamente, meu pai dizia que estávamos apenas nos mudando. Que ele ia ganhar uma bolada. Minha mãe lavava banheiros para que não morrêssemos de fome, e ele tomava quase todo o salário dela. O filho da mãe gastava apostando em corridas de cavalo, em jogos de cartas ou como lhe convinha. Desde que ele tivesse o dinheiro na mão para bancar a parada, pouco lhe importava o tipo de aposta que aparecesse.

Gabe falava sem paixão. A amargura era apenas um brilho revelador, porém quase imperceptível em seus olhos.

– Ele gostava de trapacear. Na maioria das vezes, se saía bem, mas, quando alguém descobria, minha mãe conseguia, com muito sacrifício, arranjar o dinheiro necessário para evitar que lhe quebrassem os ossos. Ela o amava. – E essa foi a mais amarga de todas as pílulas que ele teve de engolir. – Muitas mulheres amavam Rich Slater.

Ele voltou a comer, como se para provar a si mesmo que nada disso importava mais.

– Ele gostava de magoá-las. Algumas continuavam a procurá-lo para levar mais um murro na cara. Exibiam os olhos roxos e os lábios feridos como troféus. Minha mãe era uma delas. Se eu tentasse impedi-lo, ele simplesmente surrava nós dois. Ela nunca me agradeceu por isso, mas costumava dizer apenas que eu não entendia muito bem o que se passava entre eles. Ela estava certa - acrescentou Gabe. - Nunca entendi mesmo.

- Devia haver um lugar para onde vocês pudessem ter ido. Um albergue. O Serviço Social. A polícia.

Ele apenas a observou; a impecável compleição, a educação que parecia se infiltrar até os ossos.

- Algumas pessoas são simplesmente varridas para a indigência, Kelsey. É assim que o sistema funciona.

- Não, não necessariamente. Deve haver uma solução.

- É pedir ajuda. Ter esperança de encontrá-la e coragem de pedir. Minha mãe nunca fez isso; mantinha-se cabisbaixa. Não esperava nem pedia nada.

Foi a vez de Kelsey encará-lo, seus olhos obscurecidos por desespero e compaixão.

- Mas você era apenas uma criança. Alguém deveria ter... feito algo.

- Eu não teria agradecido por isso. Cresci sendo ensinado que deveria cuspir quando visse um policial, a considerar os assistentes sociais burocratas intrometidos cujo trabalho era um grande obstáculo para eu poder fazer o que quisesse. Por isso eu os evitava. Às vezes eu ia à escola, às vezes não. Deus sabe quão pouco meu pai se importava com isso, e minha mãe não tinha energia para me controlar. Em razão disso, eu fazia o que queria. O velho gostava que eu o acompanhasse, como chamariz ou para me forçar a inventar um jogo desonesto qualquer. E eu sempre conseguia embolsar algum dinheiro, pois ele ficava bêbado demais para ter noção de alguma coisa.

- Você deveria ter pensado em fugir, em se afastar dele.

- Claro que pensei nisso. Mas achei que, se eu ficasse, poderia impedi-lo de matar minha mãe a pancadas. E eu consegui, seja lá qual o benefício isso tenha nos proporcionado. Minha mãe morreu de pneumonia numa instituição de caridade. Durante seis meses juntei o dinheiro que ganhava em jogatinas ou em pequenos serviços no hipódromo. Depois, fugi. Tinha 13 anos.

"E era alto para a idade", lembrou-se ele. "Já era adulto."

– Mas o velho me achou algumas vezes. O problema era que eu gostava dos cavalos e, por isso, acabava dando as caras no hipódromo. Ele também. E me batia e fazia ameaças para conseguir me extorquir dinheiro. Geralmente, eu conseguia comprá-lo.

– Comprá-lo?

– Se eu estivesse numa fase de sorte, tinha algum dinheiro. Umas poucas centenas de dólares eram suficientes para fazê-lo me deixar em paz e mandá-lo direto para qualquer mesa de jogo ou para o bar mais próximo. – "Logicamente", pensou Gabe, "o preço da paz e da liberdade tinha subido incessantemente desde então." – Toda vez que eu me livrava dele, começava tudo de novo, com uma única coisa em mente: um dia eu teria meu próprio negócio. E ele não colocaria mais as mãos em mim. Ninguém colocaria. Você não está comendo.

– Sinto muito. – Ela estendeu a mão e segurou a dele com firmeza. – Lamento sinceramente.

Não era pena que ele queria despertar em Kelsey. Percebia agora que desejara horrorizá-la, queria que ela o encarasse e se retraísse com aversão. E, então, ele teria uma boa razão para afastar-se dela e interromper definitivamente aquela corrida temerária em busca de um futuro incerto.

– Passei algum tempo na prisão por causa de um jogo de pôquer, pois não fui muito inteligente para reconhecer a armadilha. – Ele fez uma pausa aguardando algum comentário, mas ela continuou calada. – Eu era um peixe pequeno, mas fui recolhido com os grandes. Quando saí, estava mais experiente. Durante algum tempo, apliquei alguns pequenos golpes, mas eu preferia jogar a armar trambiques. Trabalhar nas baias ajudava a ganhar apostas. E eu gostava dos cavalos. Continuei dentro da lei porque não gostava da prisão. E não bebia, pois sempre que começava, sentia o cheiro do meu pai embriagado. E tive sorte. – Terminando, ele se recostou e acendeu um charuto. – Entende melhor agora?

Será que ele acreditaria que ela não percebia o ódio, a ferida mal cicatrizada? Quem passasse pela mesa deles poderia pensar que conversavam sobre a comida enquanto aproveitavam a boa companhia. Mas, se atentasse em seus olhos, não poderia deixar de notar o ódio frio e cortante. Decidida, Kelsey pôs uma das mãos sobre a dele.

– Talvez eu não entenda completamente o que isso significa para você, mas posso imaginar que deve ter sido um pesadelo viver com um alcoólatra que...

– Ele não é alcoólatra – interrompeu Gabe, com a voz fria. – Existe uma diferença entre o alcoólatra e o bêbado, Kelsey. Nenhum programa de desintoxicação vai alterar o fato de que ele é um bêbado, do tipo que gosta de bater em mulheres e em qualquer um que seja mais fraco do que ele. E não era um pesadelo. Era a minha vida.

Ela retirou a mão de cima da dele.

– Acho que você prefere que eu não entenda nada.

Ele girou o charuto e contemplou a ponta. Não se dera conta de que a pura e silenciosa solidariedade pudesse aflorar tantas lembranças e os sentimentos decorrentes delas.

– Tem razão. Eu preferiria que você olhasse para mim e aceitasse o que sou. Ou me abandonasse.

– Nós dois somos produtos de nossa criação, Gabe. Você da sua, eu da minha. Não vou me envolver com alguém pela aparência. Outra vez, não. E, se me quiser, terá de aceitar o fato de que eu me importo com você.

Ele sacudiu a cinza do charuto.

– Isso, definitivamente, me parece um ultimato.

– E é. – Ela afastou o prato para o lado e pegou sua jaqueta. – O caminho da volta é longo. Acho melhor irmos embora.

Ela iria pensar bastante no menino que trapaceou e aplicou golpes para sobreviver durante a infância. Na criança que ia dormir ouvindo a exploração de mulheres e o desatino de bêbados em vez de canções de ninar.

Quanto do garoto ainda havia no homem, ela não sabia. Havia mais, porém, do que o próprio Gabe supunha. Mais, ela tinha certeza, do que qualquer pessoa teria permissão para ver.

Ele simplesmente havia se reprogramado. Os modos polidos e educados, a mansão no topo de uma colina, sua criação de campeões. Quantos da elite do universo dos cavalos conheceriam seu passado de indigente, de garoto marginalizado? Se isso fosse de domínio público, seria considerado uma excentricidade pitoresca?

Por mais que Gabe desejasse o contrário, ela estava começando a entendê-lo. E, tivesse ele percebido ou não, ela se importava com ele.

Era quase 1h da manhã quando Bill Cunningham se levantou para atender à insistente campainha, cobrindo a barriga desnuda com um robe chinês de seda vermelha. Uma olhadela pela janela o fez sentir-se aliviado com o fato de que Marla, sua nova namorada, tivesse sono pesado. Ele gostava de pensar que era seu desempenho sexual que a fazia roncar, imperturbável, na grande cama com colchão d'água. O mais provável, contudo, era que isso se devesse aos sedativos que ela consumia como se fossem balas.

Mas, quaisquer que fossem as razões, sentia-se aliviado por estar sozinho para receber seu último e indesejável visitante.

– Eu lhe disse para não vir aqui – sussurrou Cunningham, alisando o que lhe restava do cabelo. Assim que o Derby terminasse, ele iria fazer um implante.

– Ei, Billy, meu rapaz, não se preocupe. Ninguém me viu. – Rich estava um pouco além da embriaguez: não cambaleava nem enrolava a língua, mas o brilho de seus olhos o denunciava. – E se alguém viu, droga, não existe lei que proíba um homem de visitar um velho parceiro de pôquer, existe? – Ele sorriu, passeando o olhar pelo opulento vestíbulo. O velho Bill se refizera muito bem na vida, percebeu Rich, e concluiu que poderia extorquir mais alguns trocados do comparsa. – Que tal um drinque?

– Você está louco? – sussurrou Cunningham, apesar do fato de ter apenas a companhia de Marla, dopada pelos sedativos. – Sabia que os policiais estiveram aqui? *Aqui* – repetiu ele, como se sua casa excessivamente enfeitada fosse tão sagrada quanto uma igreja. – Fazendo perguntas, porque um cavalariço linguarudo contou que eu havia deixado Lipsky limpar a merda das cocheiras por alguns dias.

– Eu lhe disse que isso era um erro. Mas dos pequenos. – Ele ergueu a mão e aproximou o indicador do polegar, sinalizando uma dose. – Onde é o bar, Bill? Estou tão seco quanto o maldito Saara.

– Não quero você bebendo na minha casa.

Rich ampliou o sorriso, mas seu olhar endureceu.

– Ei, Bill, não deve falar assim com seu sócio. Especialmente quando ele tem uma nova proposta para lhe fazer.

Cunningham umedeceu os lábios.

– Já fizemos nosso acordo.

– É exatamente a respeito disso que quero conversar enquanto bebemos como velhos amigos.

– Está bem. Está bem. Mas seja breve. – Bill lançou um olhar para o topo das escadas quando passou por elas, levando o comparsa até a rebaixada sala de estar, decorada em tons de dourado e azul-royal. – E não faça barulho. Tenho uma mulher lá em cima.

– Seu cachorro – disse Rich, dando-lhe uma amistosa cotovelada nas costelas. – Ela não teria uma amiguinha? Estou na seca há algum tempo...

– Não. E fique longe dela. Não quero que saiba que você existe, ou o que existe entre nós. Ela é gostosa, mas não é inteligente.

– Esse é o melhor tipo de mulher que existe. – Com um suspiro elogioso, Rich deixou-se cair comodamente numa cadeira de espaldar alto, forrada com veludo dourado. – Você sabe mesmo viver, amigo. É o que eu sempre digo: meu amigo Billy sabe aproveitar a vida.

– Evite sair dizendo isso para todo mundo lá fora. – Cunningham serviu duas doses de uísque escocês. Parecia desperdício oferecê-lo a Rich, mas precisava impressionar. Sempre. – Você deveria ter dado um jeito em Lipsky.

– Eu dei. – Satisfeito consigo mesmo, Rich girou o uísque no copo, cheirou-o e tomou um gole. – Chique, não acha, acabar com ele do mesmo jeito como se sacrifica um cavalo?

A mão de Cunningham tremeu quando ele levantou o copo.

– Não quero ouvir nada sobre isso. Estou me referindo ao que aconteceu nas baias. Deus, Rich, ninguém deveria ter sido morto. O velho Mick era adorado no hipódromo.

– Foi um imprevisto – disse Rich, levantando-se para encher o copo outra vez. – E Lipsky certamente pagou por isso. Mas, uma vez que ele aumentou minhas despesas, Bill... Isso vai lhe custar mais 10 mil.

– Você pirou? – Cunningham levantou-se de um salto, derramando um pouco de uísque. – Você fez isso por conta própria, Rich.

– Para proteger seu investimento. Os policiais precisariam de apenas cinco minutos para fazer Lipsky apontar o dedo para mim. E, se o dedo dele apontasse para mim – disse ele afavelmente –, apontaria para você também. Portanto, mais 10 mil, Billy. É um preço justo.

Cunningham suspirou. O dinheiro que viera parar nas suas mãos por causa de Big Sheba havia sido um milagre. Mas o milagre tinha um preço.

– Pode pedir até 10 milhões. Estou endividado até o pescoço.

Rich já esperava por isso e estava disposto a negociar.

– Posso esperar até depois de maio, sem problema. O que são algumas semanas para dois amigos? Bem... – Ele cruzou as pernas. – Sabe, Bill, tive uma ideia. Uma pequena alteração em nosso plano que beneficiará a nós dois. Você quer levar a grana de Churchill Downs, e eu também. Mas tenho outro servicinho e preciso acertar as contas com meu filho.

– Desde que o trabalho seja feito, não me interessam seus problemas familiares. – Mas a ideia de se vingar de Gabe começou a dominá-lo, confortando-o mais do que o uísque. – Esse negócio com Lipsky quase estragou tudo.

– Não há mais com o que se preocupar. – Ele girou o copo, indolentemente. – Sei como acobertar tudo, como eu disse, com uma pequena alteração em nosso plano.

– Que tipo de alteração?

– Bem... – Rich suspirou e bebericou. – Vou lhe dizer. E acho que você vai gostar da ironia que reveste o plano, meu rapaz. Sem dúvida você vai gostar, Billy.

Mais tarde, ao voltar para a cama, Cunningham tremia. Ele não era um sanguinário, assegurou a si mesmo. Não era sua culpa se duas pessoas haviam sido mortas. Acidente de percurso, como bem havia dito Rich.

Talvez fosse louco por ter se envolvido com Rich Slater, mas estava desesperado. E as coisas haviam caído tão perfeita e coincidentemente na palma de sua mão, que ele considerou isso um auspicioso sinal dos céus. A alteração no plano proposta por Rich fazia um odioso sentido.

"Que escolha tenho?", Cunningham perguntou a si mesmo. Se ele fracassasse em Churchill Downs, não haveria mais Marlas ou uma grande casa no campo, ou mais visitas ao padoque.

"Big Sheba era meu trunfo", pensou ele. Aplicara seu dinheiro, cada centavo que tinha, e tudo o que havia conseguido pegar emprestado, naquela potranca. E ela não tinha fôlego. Ele fechou pesadamente os olhos, e se xingou por ter apostado a própria pele naquela égua.

Ele precisava do Derby, apenas do Derby, para se reerguer. Uma vez que conseguisse isso, ela iria para a procriação. Ele viveria bem com o dinheiro da venda de seus filhotes.

"Isso já tinha sido feito", pensou ele, enquanto repassava o plano de Rich na mente. E ele saíra do buraco com pouco mais que um simples arranhão. "Uma corrida, apenas uma boa corrida", pensou ele.

Querendo se aquecer, se enroscou no corpo de Marla até que o ronco da companheira o fizesse adormecer.

14

Era a viagem mais longa de que Kelsey se recordava, do interior da Virgínia ao subúrbio de Maryland. Um longo tempo para pensar. Ela não tinha dúvidas de que uma grande dose de resistência a aguardava. E bastante forte, a menos que as coisas tivessem mudado de algum modo nas últimas semanas. Candace certamente teria avisado Milicent de que Kelsey estava a caminho.

"Melhor enfrentá-los todos juntos", decidiu Kelsey. "Para chocá-los, desapontá-los, ultrajá-los. Um quadro perfeito", ela avaliou, com um sorriso irônico. Candace ficaria chocada; seu pai, desapontado, e sua avó, ultrajada.

E ela, desejou Kelsey, feliz.

Quando entrou com o carro, seu pai estava cuidando de um canteiro de flores. Ele usava um suéter velho, remendado nos cotovelos, e vestia calça cáqui, de algodão sarjado, suja nos joelhos em função da atividade em volta das azáleas, cujos botões já apontavam.

Uma onda de amor envolveu-a antes de ela deixar o carro correndo e cruzar o gramado caprichosamente cuidado para abraçá-lo. Permaneceram ajoelhados, um de frente para o outro, admirando os arbustos florescentes.

– Amo esta casa – murmurou ela, pousando a cabeça no ombro dele. – Só recentemente percebi quanta sorte eu tenho por ter sido criada aqui. – Ela se lembrou de Gabe, enquanto acariciava os botões rosados. – Quanta sorte a minha por ter você, por ter flores no jardim. – Ela sorriu. – Por ter tido aulas de balé.

– Depois de seis meses de aula, você passou a detestar balé – lembrou o pai.

– Mas tive a sorte de poder tê-las.

Ele a observou, acariciou seu cabelo, que caía sobre os ombros.

– Está tudo bem, Kelsey?

– Sim.

– Estamos preocupados com você. Este último crime...

– Eu sei – ela o interrompeu. – Foi horrível o que aconteceu com aqueles dois homens. Gostaria de poder dizer que isso não me afetou, mas é claro que afetou. Apesar disso, estou bem.

– Prefiro constatar pessoalmente. Não é a mesma coisa por telefone. – Ele guardou as ferramentas de jardinagem numa cesta de arame. – Bem, você está em casa agora. Isso é o que importa. Vamos entrar pelos fundos. Candace vai arrancar meu couro se eu sujar o chão.

Kelsey passou um braço pela cintura do pai enquanto caminhavam.

– Vi o carro da vovó.

– Sim, Candace telefonou para ela quando você avisou que estava vindo. Estão lá dentro, fazendo planos para o baile de caridade da primavera no clube. – O pai sorriu, cúmplice. – Creio que encontrar um acompanhante adequado para você é o primeiro item da lista.

Kelsey sobressaltou-se, lembrando-se do evento.

– O baile da primavera. Vai ser em maio, não vai?

– Sim, no primeiro sábado.

Esse era o dia em que a primavera chegava ao Kentucky, pensou ela. O mesmo dia todos os anos. O dia do Derby. Kelsey supunha que faltar ao baile seria outro pecado de sua parte.

Papai. – Ela esperou que ele guardasse as ferramentas no pequeno depósito, uma edificação tão bem conservada e organizada quanto o resto da casa. – Não vou estar na cidade nessa semana.

– Não vai estar na cidade? – surpreendeu-se ele, entrando na cozinha para lavar as mãos. – Kelsey, você não perde um baile da primavera desde que tinha 16 anos.

– Eu sei. Sinto muito, mas tenho outros planos. – Ele não disse nada, apenas secou as mãos numa toalha. O desapontamento já tinha começado, pensou ela. – Tenho outros planos – repetiu ela. – Acho melhor dizer tudo de uma vez.

– Tudo bem, então. – Tentando não se mostrar preocupado, ele a acompanhou até a sala de estar.

Candace e Milicent já estavam lá, confabulando em meio a minúsculos sanduíches de pão de fôrma sem casca e chá servido em porcelana de Dresden. Jasmim, concluiu Kelsey depois de aspirar discretamente o ar do ambiente. Ocorreu-lhe que, se ela estivesse nas baias àquela hora do dia, provavelmente estaria devorando um sanduíche de pão francês com uma caneca de café bem forte.

Seus gostos, entre outras coisas, haviam mudado depressa.

– Kelsey. – Com um riso de grande satisfação, Candace levantou-se para beijar o rosto da enteada. Kelsey sentiu a fragrância do perfume L'Air du Temps, misturada ao aroma do chá e ao cheiro do inconfundível Chanel de sua avó.

"Cheiros de sala de estar", pensou Kelsey. Ela havia se acostumado demais aos cheiros das cocheiras. Abraçou Candace com mais entusiasmo, como se pedindo desculpas.

– Você está maravilhosa. Penteado novo? – perguntou Kelsey.

Instintivamente, Candace apalpou seus cachos negros.

– Não acha um pouco juvenil para mim? Princeton consegue me convencer a fazer qualquer penteado.

– Está ótimo – assegurou Kelsey, dando-se conta, de repente, de que não frequentava Princeton ou qualquer outro cabeleireiro há semanas. – Oi, vovó. – O cumprimento, como o beijo no rosto, foi frio e distante. – Você está ótima também.

– Já você recuperou alguns quilos. – Milicent bebericou o chá, avaliando a fisionomia da neta por sobre a armação dos óculos. – Isso é bom, mas tome cuidado para não exagerar. Ossos pequenos não suportam muito peso.

– É quase tudo músculo. – Para irritá-las, Kelsey flexionou os bíceps. – Resultado da remoção de muito estrume e de erguer muitos fardos de feno. – Sorrindo, ela se voltou para a hesitação de Candace. – Adoraria tomar uma xícara de chá. E não se preocupe, eu me lavei depois dos treinamentos matinais.

– Claro, claro. Sente-se, querida. Philip, você não trouxe o jardim nas botas, trouxe?

– Nem um cisco. – Ele aceitou o chá e o minúsculo sanduíche sem comentários. Quando Channing retornasse à noite, Philip teria alguém para acompanhá-lo num ataque à geladeira. – As azáleas floresceram cedo este ano. Acho que nunca estiveram tão belas.

– Você diz isso toda primavera. – Candace acariciou-lhe a mão. – Sabem que esta é a única casa neste quarteirão sem um jardineiro? E, mesmo assim, não há um só jardim que possa competir com o nosso. Philip faz mágica com as plantas.

– Um excelente passatempo – concordou Milicent. – Sempre preferi cuidar pessoalmente de minhas rosas.

Ela se virou para Kelsey. “Pelo menos”, pensou ela, “tinha sido suficientemente sensata para se vestir com propriedade.” Havia imaginado que, com certeza, a neta iria manifestar sua incômoda teimosia vindo para casa com botas enlameadas. Mas a jaqueta e a calça em tons de damasco eram bonitas e de bom gosto.

– Por falar nisso – prosseguiu –, Candace e eu estávamos trocando ideias sobre os arranjos de flores para o baile da primavera. Fazemos parte do comitê organizador. Você tem jeito para essas coisas, Kelsey. Estávamos pensando em lhe delegar a incumbência de orientar o florista.

– Agradeço sua confiança, mas serei obrigada a recusar. Sinto dizer que não estarei aqui.

– Para o baile? – Candace sorriu novamente e serviu-se um pouco mais de chá. – Claro que estará, querida. Todos contam com sua presença. Sei que talvez você se sinta um pouco sem jeito, tendo finalizado o processo de divórcio há pouco tempo, e com Wade comparecendo com a noiva, mas não deve permitir que isso a incomode. Aliás, eu e Milicent estávamos justamente tentando encontrar uma solução para esse problema.

Kelsey pensou em se explicar, mas logo mudou de ideia.

– Ah, estavam?

– Sim, claro. – Toda entusiasmada, Candace adicionou um cubo de açúcar a seu chá. – Certamente foi muito gentil da parte de Channing acompanhá-la no ano passado, mas não queremos de forma alguma que isso se torne uma tradição. De qualquer modo, as pessoas farão menos comentários se você tiver um acompanhante mais convencional. – Anfitriã perfeita, ela serviu uma bandeja de sanduíches de pepino. – Aliás, o filho de June e Roger Miller mudou-se novamente para cá. Você deve lembrar-se de Parker, Kelsey. Ele esteve estudando cirurgia bucal em Nova York nos últimos anos, e acabou de conseguir um emprego numa prestigiosa clínica em Washington. – Com um sorriso matreiro, acrescentou: – Ele nunca se casou.

– Sim, eu me lembro dele. – Excelente família e posição social. As melhores escolas, a profissão adequada, tudo certo. Não era culpa dele, supôs Kelsey, que ela o considerasse um clone de Wade Monroe.

– Já falei com os Miller. – Satisfeita com a manobra, Milicent bebericou o chá delicadamente perfumado. – Parker será seu acompanhante. Está tudo combinado.

"Típico", pensou Kelsey, combatendo uma onda de raiva. "Era tudo muito típico."

– Tenho certeza de que o Sr. e a Sra. Miller estão radiantes por ter Parker novamente por perto. Vocês, por favor, transmitam-lhes meus melhores cumprimentos. Mas não estarei aqui. Estou indo para Kentucky nesta semana e não estarei de volta até depois do primeiro fim de semana de maio.

– Kentucky? – Milicent colocou a xícara no pires. – O que você vai fazer em Kentucky?

– O Derby. Mesmo no seu círculo social, vovó, é um grande acontecimento. Tenho certeza de que a vitória do potro de Three Willows será um feito muito comentado no baile. – Ela olhou para o pai, esperando que ele a entendesse. – E eu estarei no hipódromo para presenciar isso.

– Mas é inadmissível – retrucou Milicent bruscamente. – Os Byden são sócios-fundadores daquele clube, o que remonta à época de seu bisavô. Nós sempre comparecemos aos bailes.

– As coisas mudam. – Kelsey esforçava-se para combater a rispidez e manter um tom de voz razoável. – Eu tenho um emprego, uma responsabilidade e uma necessidade. Não estou disposta a negligenciar nenhum deles por causa de um baile no clube. E, Candace, agradeço sua preocupação comigo, mas não quero um acompanhante arranjado. Já estou envolvida com outra pessoa.

– Oh. – Candace pestanejou e esforçou-se para parecer contente. – Bem, claro, querida. Isso é ótimo. Você deve trazê-lo.

– Acho que não. – Por delicadeza, ela apertou a mão de Candace. – Ele não faz o gênero que gosta de bailes e de clubes.

– Um cavalariço, suponho – disse Milicent com rancor.

– Não. – Incapaz de conter-se, Kelsey não deixou por menos. – Ele é um jogador.

– Você é igual à sua mãe. – Com a coluna rija como um bambu, Milicent levantou-se. – Eu lhe avisei – disse ela a Philip. – Você não quis me ouvir sobre Naomi, e não quis me ouvir sobre sua filha. Agora, todos nós pagamos caro por isso.

– Milicent. – Pondo-se subitamente de pé, Candace deixou a sala, apressada, atrás da sogra.

Kelsey pôs o chá de lado, condoendo-se antes mesmo de articular as próximas palavras. Não pelos sentimentos de Milicent, mas pelos de seu pai.

– Não tive muito tato – começou ela.

– A franqueza sempre foi mais forte em você do que o tato.

A voz dele, arrasada, fez Kelsey sentir-se ainda mais culpada.

– Você está desapontado. Gostaria que houvesse uma forma de eu poder fazer o que preciso sem desapontá-lo.

– Esta é uma situação que não pode agradar a todos. – Ele se levantou, ficando de costas para ela enquanto se dirigia à janela. Seus olhos viram as azáleas, seus recentes botões, ainda guardando o perfume que não poderia ficar preso por muito tempo: irromperia pelas pétalas e saltaria, desafiante, para a vida.

– Você se identificou com ela – disse ele brandamente. – Não posso dizer que não esperava por isso. Há tanto dela em você, muito mais do que a aparência. Uma parte de mim, uma parte da qual me envergonho, deseja dizer que você está cometendo um erro. Que você não pertence àquele mundo. Essa parte de mim não quer enxergar o quanto você se sente feliz por pertencer àquele lugar.

– Eu me sinto como se tivesse encontrado meu caminho. Como se não precisasse mais correr até a próxima esquina para ver se há algo mais interessante ou mais importante. Foi isso o que fiz durante toda a minha vida. Nós dois sabemos disso.

– Você estava procurando, Kelsey. Não há por que se envergonhar.

– Não me envergonho, mas estou cansada disso. Lido bem com os cavalos, com o trabalho, com as pessoas. Não posso voltar para o meu apartamento, para empregos sedentários, para fins de semana no clube. Sinto-me como se eu...

– Estivesse se libertando? – Ele deu as costas para as flores, pelas palavras que, agora, o magoavam. – Rompendo grilhões?

– Sim. Eu não sabia quão insatisfeita eu estava... especialmente comigo mesma.

– É possível. – Candace voltara à sala, queixo erguido, olhos zangados. – Mas não há motivo para ser rude. Seu pai, eu e sua avó só estamos tentando ajudá-la a superar uma fase difícil.

– Mas – disse Kelsey lentamente – o problema é que as coisas não estão sendo tão difíceis para mim quanto vocês pensam.

– Então pense nos outros. Nos sentimentos de Philip, em como tudo isso ecoará para as pessoas que conhecemos.

– Candace – disse Philip –, isso não é necessário.

– Não?

– Talvez você esteja certa, Candace. Estou realmente preocupada com o que papai possa estar sentindo. Sinto muito, mas não tenho a preocupação que você tem em relação aos outros. Não desejo causar nenhum constrangimento – prosseguiu ela –, muito menos gerar desentendimentos entre vocês dois.

– Contudo, você encorajou Channing a me desafiar e a permanecer naquele lugar.

"Terreno pantanoso", pensou Kelsey, e xingou o meio-irmão por tê-la metido naquela situação.

– Sim, eu o encorajei a ficar.

– Agora ele só pensa em voltar. Quer trabalhar lá pelo verão. – Ruborizada pela emoção, Candace apertou as mãos no espaldar da cadeira. – Ela pode tê-la seduzido, Kelsey, mas não vou deixar que corrompa Channing.

– Meu Deus. – Desnorteada, Kelsey passou as mãos pelo cabelo. – De onde tirou essa ideia? Você nem a conhece, mas lhe atribui o papel da sereia dos filmes de segunda categoria, que seduz rapazinhos e destrói tudo que toca. Ela não abriu as portas casa para Channing a fim de corrompê-lo ou para contrariar vocês, fez isso por mim. E lhe ofereceu um emprego porque ele se mostrou entusiasmado com a fazenda.

– Bem, eu não vou admitir isso. – Candace detestava parecer geniosa e ressentia-se que a teimosia de Kelsey provocasse isso. – Não vou permitir que meu filho frequente hipódromos e se envolva com jogadores e uma assassina.

Kelsey baixou as mãos.

– Isso é problema seu e de Channing.

– Sim, é. E é bem verdade que não tenho o direito de lhe dizer o que fazer. – Os lábios de Candace tremeram. Fizera o melhor por Kelsey, o melhor para ser sua amiga; uma força orientadora em vez de madrasta caricata. E, agora, aparentemente, percebia que fracassara. – Mesmo que eu lhe dissesse, você continuaria a agir como bem entendesse. Como sempre fez.

Philip deu alguns passos adiante, tão perplexo quanto magoado com aquela cena.

– Candace, nós estamos perdendo a noção real das coisas. É apenas um baile.

– Sinto muito, Philip. – Seu zangado constrangimento quanto à atitude de Kelsey com Milicent a descontrolara. Milicent, afinal, era mais do que sua sogra; era amiga e aliada. – Sinto que devo externar minha opinião. É muito mais do que um baile. É uma questão de lealdade e de comportamento correto. Essa situação não pode continuar. Você já magoou bastante seu pai ao preferir a companhia de Naomi.

– É isso o que você acha que estou fazendo? – perguntou Kelsey, virando-se subitamente para o pai. – É isso o que você acha? Não é capaz de imaginar que eu possa me importar com vocês dois? Aprender a aceitar e a perdoar?

– Você não tem que perdoar Philip – interveio Candace severamente. – Tudo o que ele fez foi certo.

– Fiz o que achei que fosse melhor – murmurou ele. – Isso é difícil para mim, Kelsey. Não posso negar. Mas tudo o que ainda quero é o melhor para você.

– E estou tentando descobrir o que é isso. Ou, se não o melhor, pelo menos o que é certo. E não quero magoá-lo nesse processo.

– Tenho certeza que não – disse Candace, exausta. Ela nunca havia entendido realmente a enteada. Por que deveria mudar agora? – O problema aqui, Kelsey, é o mesmo de sempre. Quando você quer alcançar uma meta, não percebe as consequências que resultam dos seus esforços para isso. E, quando a alcança, nem sempre a deseja mais.

A severa observação lhe doeu mais do que qualquer agressão dita num acesso de raiva.

– O que me faz uma pessoa fria e leviana. – Sua voz tremeu, independentemente de seu esforço para controlá-la. – Isso já me foi dito tantas vezes, que não tenho mais argumentos.

– Não é verdade. – Philip a pegou pelos ombros. – E certamente não foi o que Candace quis dizer. Você é determinada, Kelsey, e, por isso, é teimosa às vezes. O que tanto pode ser uma virtude quanto um defeito.

Candace recuou mentalmente, afrouxando seu rigor. Sabia, por experiência, que suas preferências nunca prevaleciam sobre a força da união.

– Estamos preocupados com você, Kelsey. Se eu a critiquei muito duramente, foi por isso. E também porque essa situação está ficando difícil para todos nós. Toda essa publicidade recente trouxe à tona velhas lembranças. As pessoas estão começando a fazer comentários, e isso coloca seu pai numa posição delicada.

– Dois homens foram mortos. – Um pouco refeita, Kelsey deu um passo atrás. – Eu não poderia ter evitado isso nem posso impedir as pessoas de fofocarem.

– Dois homens foram mortos – repetiu Philip. – Você acha possível não nos preocuparmos?

– Não. A única coisa que posso dizer é que isso não teve nada a ver comigo nem com Three Willows. A violência existe em todos os lugares. O mundo das corridas não é um antro de vícios e devassidão. Não há tempo ou forças para nada disso quando se acorda de madrugada todos os dias. É só trabalho. Trabalho pesado. Uma parte dele é cansativa. Outra, excitante. Mas, para mim, o todo é compensador. Não há festas todas as noites, com champanhe e mafiosos. Droga! Na maioria das vezes, já estamos no terceiro sono antes das 10 horas da noite, mas já vi potros nascerem e homens adultos cantarolarem para cavalos doentes dormirem a altas horas da madrugada. Não chega a ser um filme da Disney, mas também não é um festival de orgias.

Philip nada disse. Sabia que havia perdido. Era como se Naomi estivesse ali, defendendo um mundo que ele nunca conseguira entender e ao qual nunca poderia pertencer.

– Tenho certeza de que há méritos. – Candace tentou mostrar-se calma. – Eu mesma já assisti ao Derby de Kentucky pela televisão, e não há dúvida de que os cavalos são magníficos, e o evento, excitante. Ora, os Hanahan investiram num cavalo há alguns anos. Lembra-se, Philip? Não estamos condenando inteiramente a... profissão – era como ela supunha se chamar –, estamos preocupados com suas relações. Você mesma disse que estava envolvida com um jogador.

Kelsey soltou um suspiro de cansaço.

– Eu disse aquilo para alfinetar a vovó. Deveria ter dito que eu estou interessada por um homem que é proprietário de uma fazenda vizinha. Sinto muito estar causando tanta contrariedade. Preciso, aliás, me desculpar antecipadamente, pois sei que ainda vou causar mais. Não vou renovar o contrato de locação do apartamento. Vou ficar em Three Willows, pelo menos por enquanto. Talvez eu procure uma casa depois do meio do ano, mas vou continuar trabalhando na fazenda.

Candace pôs uma das mãos no braço de Philip, um gesto de apoio e união.

– Não importam as consequências?

– Farei tudo que puder para minimizá-las. Sei que vocês não vão querer me visitar lá. Por isso, virei aqui o máximo que puder. Ficarei longe da cidade por algum tempo, mas telefonarei. – Ela pegou a bolsa e enroscou a alça na mão. – Não quero perder vocês, nenhum dos dois.

– Nem pode. Esta será sempre a sua casa. – Philip aconchegou a filha de encontro ao peito. Candace não disse nada.

A VIAGEM DE VOLTA pareceu-lhe mais longa. Um intervalo de reflexões que Kelsey atravessou em meio a lágrimas e raiva. A maior parte da raiva já passara quando ela chegou a Three Willows, deixando, entretanto, muito espaço para a mágoa.

Kelsey recuou quando alcançou a porta. Não queria entrar e encontrar Naomi. Certamente não seria de bom-tom analisar com a mãe o que fora dito sobre ela e o mundo em que vivia. "Com certeza seria melhor", decidiu Kelsey, "refletir um pouco mais sobre o que acontecera." Sentou-se diante dos narcisos murchos e dos florescentes cornisos, até que passasse a tempestade interior.

Mas perdeu a oportunidade de ficar sozinha quando Gabe apareceu no pátio.

– Andei procurando você.

– Pensei que já tinha viajado.

Ele se sentou no estreito banco de pedra ao lado dela, dividindo a vista da incipiente primavera.

– Vou hoje à noite. – Ele quisera vê-la novamente. Razão suficiente para alterar seus planos. Tomando o queixo dela nas mãos, ele fixou os olhos de Kelsey. Ela estivera chorando. Isso e o fato de perceber que aquilo o deixava nervoso foram grandes surpresas para Gabe.

– Algo errado?

Ela balançou a cabeça e mudou de posição para evitar encará-lo.

– Você não costuma dedicar um tempo à reflexão?

– Não se eu puder evitar.

– É difícil fazer isso quando os defeitos estão à sua frente, como um espelho. Você olha para eles e se vê.

Ele passou o braço em torno dos ombros dela e falou num tom de voz suave:

– Quem foi cruel com você, meu bem? Diga-me que eu acabo com quem quer que tenha sido.

Com um meio sorriso, ela se aconchegou nele e depois se afastou.

– Não sou uma boa pessoa, Gabe. E acho que raramente penso em ser. Eu costumava me surpreender quando alguém me dizia que eu era mimada, teimosa ou egoísta. E pensava que não era verdade. Só estou fazendo o que acho correto.

Impaciente, ela se levantou, deixando-o sozinho no banco, enquanto dava alguns passos ao longo do caminho de lajotas que chegava até os canteiros floridos.

– Quando Wade disse que eu era fria e que só me preocupava comigo mesma, que era rigorosa e inflexível, e todas aquelas coisas, pensei que ele só estava justificando sua traição. Eu não era muito quente na cama, e ele procurou e encontrou alguém que era. Eu não era muito simpática, atenciosa e não demonstrava interesse pela carreira dele, mas alguém demonstrou. Eu me recusei a superar o fato de tê-lo surpreendido na cama com outra mulher. Se fui rigorosa demais para compreender suas necessidades físicas, bem, problema meu. Mas nunca hesitei em botar tudo a perder. Até que a morte nos separe? O casamento acabou, e ponto final. Bem, eu mesmo sou mesmo rigorosa.

Ela se virou bruscamente, pronta para desafiá-lo a discordar.

– Na vida, há o certo e o errado. Verdades e mentiras. Leis e crimes. É preciso usar o cinto de segurança.

Cauteloso, ele assentiu.

– Certo... Usar o cinto de segurança.

– Admito que negligenciava o uso do meu antes de virar lei. Você está preocupada, com pressa e só vai até o próximo quarteirão. Por que se incomodar? Mas, a partir do instante em que a lei é aprovada, Kelsey passa a usar o cinto. Sempre, sem questionar.

– E você se acha uma pessoa rigorosa por isso.

– Antes que a lei fosse aprovada me parecia simplesmente estúpido usá-lo. A lei não altera o bom senso. Mas eu podia ignorar o bom senso, a lei não. Tudo bem, o limite de velocidade – admitiu ela. – Mas todas as vezes que o desrespeitei, eu tinha uma justificativa. Se fui a Atlanta para tentar salvar meu casamento, se sabia que algo estava errado com ele e estava disposta a me esforçar para consertar as coisas, por que não perdoei o que encontrei lá? Porque ele havia feito uma promessa e a quebrou. Isso foi suficiente para mim.

Gabe esfregou a mão no queixo.

– Quer que eu lhe diga que você errou por ter se livrado daquele filho da mãe, Kelsey? Não posso. Por dois motivos. Primeiro, concordo com sua atitude. Segundo, eu quero você. Posso lhe dizer que se isso tivesse acontecido entre nós dois, e que se eu tivesse entrado naquela suíte e a tivesse surpreendido abraçada com outro homem, ele estaria morto agora, e você, provavelmente, magoada. Isso ajuda?

Ela fechou os olhos, esfregando ambas as mãos no rosto.

– Como vim parar numa situação como esta?

– Acho que você deve ter tido uma manhã difícil. Onde esteve?

– Fui visitar meu pai. – Ela teve vontade de chorar de novo, ridiculamente, e virou-se até que pudesse conter as lágrimas. – Queria dizer a ele, cara a cara, que eu estava saindo do meu apartamento e que ia ficar morando aqui. Pelo menos por enquanto.

– E então ele dificultou as coisas para você.

– Não, na verdade não. Ele não. Ele é o homem mais gentil do mundo. E eu o estou magoando. – Ela deu livre curso às lágrimas. Danem-se elas. – E eu não queria que isso acontecesse. Não quero fazê-lo infeliz, mas ao mesmo tempo sinto que não posso ceder, não o suficiente para agradar a todos.

Ele não disse nada, simplesmente se levantou e a puxou para si. Nunca tentava enxugar lágrimas com palavras, acreditando que a melhor coisa a fazer era deixá-las fluírem livremente para que pudessem lavar a alma.

– Isso é uma tolice. – Fungando, ela enfiou a mão no bolso à procura de um lenço para enxugar as lágrimas e em seguida aceitou o que Gabe lhe oferecia. – Tudo começou por causa de uma porcaria de um baile, do Derby e de um dentista.

– Por que não nos sentamos outra vez para você decodificar tudo isso?

– É a maldita tradição – disse ela, sentando-se no banco novamente. – É a obrigação de viver à altura das expectativas da família. Não posso afirmar que minha infância teve momentos de perigo e insegurança, mas sempre havia o sobrenome Byden a zelar, especialmente no que dizia respeito à minha avó.

Ela colocou o lenço na palma na mão e a fechou, desejando poder acabar com toda a raiva e todos os ressentimentos e arremessá-los para longe.

– Ela ainda está zangada comigo por eu ter me divorciado de Wade, manchando a honra da família. Nem é preciso dizer que ela está furiosa por eu estar aqui. – Tentando controlar seu humor, Kelsey forçou um sorriso. – Eu fui, na melhor tradição gótica, excluída de seu testamento.

– Bem... – Tomando-lhe a mão, Gabe brincou com seus dedos. – Você poderia vir morar comigo. Ser minha amante. Quem sabe isso não a faria se arrepender de tê-la deserdado?

– Deus, eu teria meu nome riscado da Bíblia da família por isso.

Quando Gabe percebeu que ela não estivera brincando, soltou sua mão.

– Isso não seria possível, não é verdade? Então, e quanto ao baile, ao Derby e ao dentista?

– Parece o nome de uma peça teatral de péssima qualidade. – Tentando relaxar, ela suspendeu os cabelos de cima do pescoço e dos ombros, deixando-os caírem novamente.

– Quando fui ver papai, tive a "sorte" de encontrar vovó e Candace, minha madrasta, comendo sanduíches de pepino e fazendo planos para os arranjos de flores do baile da primavera no Country Club. Ao qual todos esperavam com certeza que eu comparecesse. Elas chegaram até a arranjar um acompanhante para mim, já que eu tenho recusado sair com quem quer que seja desde que me separei de Wade. Elas haviam...

– Espere. – Ele ergueu uma das mãos. – Em meu próprio benefício, gostaria que você falasse mais sobre essa última parte. Sobre não sair com ninguém.

– Não tenho saído com ninguém há dois anos. Por um lado, porque eu me sentia mal em fazer isso antes de ter concluído todo o processo de divórcio, e, por outro, porque a maioria das oportunidades que tive não me animou muito. E também porque sexo nunca foi algo determinante na minha vida.

Ele pegou a mão dela novamente e a beijou.

– Podemos dar um jeito nisso.

– Estou tentando explicar. – Kelsey puxou a mão, mas ele a segurava firmemente, e ela desistiu da tentativa. – O dentista, um cirurgião-dentista, é filho de amigos do meu pai, e acabou de voltar para a casa dos pais. Ele satisfaz todos os padrões dos Byden. Você, a propósito, não.

– Essa é a melhor coisa que você já me disse. Vamos lá para casa comemorar.

– Você está fazendo eu me sentir melhor. Não pensei que fosse melhorar tão cedo. – Sorrindo, ela aninhou a cabeça no ombro dele. – De qualquer forma, fui obrigada a dizer a eles que, além de não estar interessada no Dr. Aceitável, eu não poderia ir de forma alguma ao baile da primavera, que será no primeiro sábado de maio.

– O Derby. Agora tudo se encaixa.

– Sim, o Derby. Isso provocou uma discussão, uma discussão razoavelmente civilizada no início, mas vovó estava me irritando. Para provocá-la – ela o fitou dissimuladamente –, eu disse que tinha me envolvido com um jogador.

– Você é má. – Ele reteve o rosto dela nas mãos e a beijou antes que ela pudesse decidir se desviava ou não. – Gostei disso.

– Eles não. Vovó saiu da sala como um raio, papai parecia arrasado, e Candace bufou de raiva. Nós já havíamos brigado antes, mas, dessa vez, ela deu um golpe baixo, acertando um alvo muito delicado. Quanto mais tempo eu fico aqui, mais eu aflijo a família. E, uma vez que eu sou teimosa demais para ceder, não vou tentar fazer um acordo.

– Às vezes não há como fazer um acordo.

– As pessoas que são boas conseguem.

"Uma questão delicada", pensou ele, observando os tenros gerânios nos vasos do pátio. Uma questão familiar, e ele tinha muito pouca experiência com família.

– Alguma vez já lhe ocorreu que sua família também não está tentando um acordo? – Ele a observou virar o rosto devagar. – Tudo ou nada. Não é basicamente assim que eles colocam as coisas?

– Eu... não havia pensado nisso dessa forma.

– Não, porque você é tão fria, tão rigorosa e tão inflexível, que aceitou a culpa por tudo automaticamente. Eles podem culpá-la por essa situação, ameaçar deserdá-la, dizer que você é egoísta, mas a culpa é realmente toda sua?

Que ela se lembrasse, ninguém jamais havia ficado do seu lado e contra sua família. Wade com certeza não. Sempre fora ela quem fizera as cenas, quem se exaltara. Estranho que nunca houvesse passado por sua cabeça que eles, em todas as questões, sempre haviam sido tão inflexíveis quanto ela.

– Estou fazendo o que eu quero, sem considerar...

– Sem considerar o quê? – perguntou Gabe. Talvez ele nunca tivesse tido uma família para lhe dar conforto, mas também não tivera quem o amarrasse com culpas e obrigações. –

Sem considerar o fato de que as pessoas precisam se adaptar a novas situações? Se você fosse àquele baile com o dentista "arranjado", faria alguma diferença?

– Não – respondeu ela depois de algum tempo. – Eu só adiaria a próxima crise.

– Você está aqui para chateá-los?

– Claro que não. – Sentindo-se ofendida, ela jogou a cabeça para trás. – Claro que não – repetiu, dessa vez mais calma. – Você deve achar isso uma grande tolice. Todo esse transtorno por causa de propriedade e tradição.

– Apenas acho que você já se martirizou demais para descobrir quem é e o que quer. Sente-se melhor?

– Muito. – Ela exalou um suspiro forte, como um desabafo. – Fico contente por você ainda estar aqui, Slater.

– Eu queria vê-la novamente antes de partir. – Os dedos dele deslizaram sobre sua nuca, provocando-lhe arrepios. – Você está acabando com os meus planos, Kelsey.

Ela manteve os olhos fixos nas mãos, entrelaçadas no seu colo.

– Estou começando a pensar em você antes mesmo de abrir os olhos de manhã. Há três ocasiões em que o homem é mais vulnerável. Quando ele está bêbado, quando ele se perde no sexo e nos instantes que antecedem o despertar. Eu não bebo e não tenho tido interesse em fazer sexo com outra mulher desde que a vi. Você me pegou exatamente quando todas as defesas estavam desarmadas.

Alguns homens haviam lhe recitado poesia, mas nenhum deles conseguira mexer tão profundamente com ela. Emocional, romântica e sexualmente. Ela o olhou quando ele voltou a falar, atraída pela voz suave e sedutora. Ela estava fascinada; e sem defesas.

– Tenho medo de você. – Não sabia que estava com medo dele; e muito menos que iria dizer isso naquele momento.

– Muito bem, isso nos torna iguais.

Ele emoldurou o rosto dela com as mãos, depois alisou seu cabelo lentamente para trás, prolongando aquele momento para que os dois pudessem se lembrar bem dele. Pássaros e flores da primavera, a luminosidade do entardecer. Além do encontro de bocas, o pulsar acelerado do coração e o longo e lento sussurro do prazer mútuo.

– Fico assustado com o que acontece dentro de mim quando faço isso. – Ele descansou a testa na de Kelsey, enquanto uma emoção nova, embora quase familiar, o percorria. – E o fato de sentir vontade de repetir assim que acabo de fazer me assusta ainda mais.

– A mim também. Talvez seja bom você ficar fora por alguns dias. Há muita coisa para pensar.

– Eu já pensei, Kelsey.

Ela quase sufocou, depois balançou a cabeça afirmativamente.

– Eu também. – Com pesar, ela se afastou. – Boa sorte em Keeneland e obrigada pelo ombro. Eu precisava dele. E acho que precisava de você.

15

Naomi não questionou a decisão de Kelsey de seguir com a equipe para Kentucky. Queria mesmo que ela estivesse lá. Queria muito, mas não se permitira acreditar nisso antecipadamente como certo. Naomi não se permitia nada com antecipação.

O único desentendimento entre elas ocorreu quando Kelsey insistiu em pagar as próprias despesas. Naomi esqueceu a contrariedade durante a arrumação das malas, o voo, e enquanto davam entrada no hotel. Mas, quando pediu que Kelsey fosse até sua suíte, o que havia dentro dela transbordou.

– Isto é um absurdo. – Agitada, Naomi caminhava de um lado para outro, ignorando a refeição e a garrafa de vinho que pedira para tentar manter a conversa em tom amigável. – Você está aqui a serviço de Three Willows, ajudará Boggs a cuidar de Pride. É uma simples despesa de trabalho.

– Estou aqui – corrigiu-a Kelsey – porque quero estar aqui, porque eu não perderia a Bluegrass Stakes ou o Derby por nada neste mundo. E, no que se refere a Pride, sou apenas bagagem excedente. Moses e sua equipe não precisam de mim.

– Eu preciso – devolveu Naomi bruscamente antes que conseguisse se conter. – Sabe o que significa para mim, ter você aqui? Ter a oportunidade de você querer estar aqui? Saber que depois de todo esse tempo e de tantas perdas você estará ao meu lado não apenas no momento da largada, mas durante toda a maravilhosa loucura que acontece naqueles dois minutos finais? Prefiro tê-la aqui comigo de agora até o primeiro sábado de maio a vencer uma dúzia de Derbies. E você nem ao menos me deixa pagar as despesas de sua hospedagem.

Um pouco mais do que surpresa, Kelsey observava sua mãe andar, impaciente, de um lado para outro do quarto. Nunca tinha visto Naomi tão nervosa, tão transbordante de excitação. Finalmente, ali estava a mulher que sorrira para a foto de casamento, que flertara temerariamente com os homens. Que matara uma pessoa.

– Simplesmente achei que não era correto. – Kelsey tentou explicar, desistindo quando Naomi se virou de repente para ela.

– Por que não é correto? Porque não fui uma mãe como as outras? Porque eu estava numa cela na prisão quando deveria estar ensinando você a amarrar o cadarço dos sapatos?

– Não foi o que eu...

– Não espero que você perdoe isso. – Naomi a interrompeu outra vez. – Não espero que você esqueça essas coisas. Não estou pedindo que me ame nem mesmo que pense em mim como sua mãe. Mas acredito que você esteja começando a considerar Three Willows sua casa.

"Como", perguntou-se Kelsey, "consegui ocasionar essa tempestade simplesmente por usar meu cartão de crédito?"

– Eu considero – disse ela cuidadosamente, pronta para enfrentar a próxima bateria de explosões. – O que não significa que eu queira me aproveitar disso e de você.

Não houve explosão. Naomi sentou-se, decidida a reprimir a raiva.

– Se você não quiser aceitar a viagem como um presente meu, eu gostaria que aceitasse como se fosse de Three Willows. Seu envolvimento com a fazenda pode muito bem ter lhe custado uma parte de sua herança. Isso me preocupa.

– Então, seria um pagamento por sua culpa? Tudo bem. – Kelsey ergueu as mãos quando os olhos de Naomi fumegaram. – Isso é uma tolice. Não imaginei que você ficaria tão contrariada. Pague as despesas, se é tão importante assim para você. – Ela jogou o cabelo para trás. – Sabe, sempre me perguntei de onde vinha meu temperamento. Papai é plácido como um lago. E você é tão calma, tão controlada, tão segura. Valeu a pena ter perdido essa discussão para descobrir que meu temperamento é apenas uma herança.

– Fico contente por tê-la ajudado a solucionar um dos pequenos mistérios da vida. – Depois de um acentuado dar de ombros, Naomi pegou um morango da bandeja de frutas que havia pedido. – Perdendo ou vencendo, uma discussão sempre me dá fome. Não quer comer?

– Sim. – Kelsey pegou uma fatia de maçã. – Preciso lhe dizer algo. – Seu tom de voz fez Naomi parar de servir o vinho.

– Eu a considero minha mãe. E não estaria mais aqui se não considerasse.

Naomi inclinou-se para a frente e beijou o rosto de Kelsey. Depois, controlando a mão trêmula, encheu as taças.

– Às mulheres de Three Willows. – Ela tocou a taça de Kelsey com a sua. – Esperei muito tempo para fazer este brinde.

Os DIAS QUE ANTECEDIAM a Bluegrass Stakes passaram sem ser percebidos. Kelsey conheceu mais pessoas do que poderia se lembrar. Levantou-se todos os dias ao despontar do sol para assistir aos treinos, preocupada, comparando Pride a todo potro ou potranca que varava a neblina da pista. Ela ficava horas nas baias, analisando jóqueis, avaliando treinadores, importunando Boggs a fim de obter migalhas de informações ou especulações.

Sempre que podia, aproximava-se de Reno, pedindo-lhe opiniões, solicitando estratégias. Preocupava-se com ele, com o potro, com a pista.

– Ei, quem vai montar esse potro? Eu ou você? – perguntou ele.

Ela se melindrou um pouco, afastando-se dele, enquanto tratavam de Pride.

– Você. Mas...

– Mas você estará com as mãos nas rédeas.

O melindre se transformou num pequeno sorriso.

– Talvez. – Ela acariciou o focinho do cavalo, aproveitando seu calor e maciez. – Acho que fui contagiada.

– Irremediavelmente. – Reno enfiou os polegares nos bolsos de sua blusa de seda azul-marinho. Tinha uma mulher o esperando e outras tantas em mente.

– Faz parte do jogo, não é? O nervosismo, a ambição. – Ela pegou a maçã que guardara no bolso e a ofereceu a Pride. – A paixão.

– É, acontece – concordou Reno. Seria inútil dizer que mais cedo ou mais tarde outras coisas interfeririam na inocência. O dinheiro, as falcatruas, as rixas. "Ela descobriria sozinha", ele pensou, dando-lhe um amigável tapinha nas costas. – Cuide do bem-estar do nosso garoto, amiga. E não o deixe se esquecer daquele potro de Kentucky. Mantenha-o alerta.

Depois de uma piscadela, Reno saiu das baias.

– Não precisa se preocupar com aquele cavalo fogo de palha – sussurrou Kelsey para Pride. – Ele não se compara a você.

Pride mascava a maçã, em óbvia e total concordância.

Midnight Hour, um potro originário do Kentucky, era o favorito. Ele fora o azarão vencedor do Grande Prêmio da Flórida, deixando Pride e Double meio corpo para trás ao cruzar a linha de chegada. O pequeno e assustado ruão ganhava destaque na imprensa nacional.

Kelsey tinha de admitir que ele era uma beleza. Traços clássicos, temperamento imprevisível, fogo nos olhos. O potro usava antolhos nas pistas, para impedi-lo de assustar-se com as sombras e coisas que não existiam. Mas ele corria. Ela comprovara pessoalmente.

A potranca de Bill Cunningham também tinha qualidades. Não era necessário admirar o homem para admirar seu cavalo. Sheba tinha valor e coragem e irrompia pelo portão como um furacão. Mas ouvi-la ofegar depois de um treinamento árduo gelava o sangue de Kelsey.

Havia outros que tinham provado ter fibra e coragem. Entre eles, Double, de Gabe. Mas Kelsey apostava mesmo em Pride. Ela dizia a si mesmo que não se tratava apenas de lealdade ou afeição, mas de treinamento do olhar que ela estava começando a desenvolver sob a orientação de Moses. O potro destacava-se em meio a um milhão. Da mesma forma que sua Honor, ela tinha certeza.

No dia da corrida, ela se manteve ao lado da mãe, ansiosa para fazer jus à sua confiança.

– Ele me pareceu muito bem esta manhã.

Kelsey suspirou diversas vezes, longa e profundamente. Desejava apreciar o desfile de apresentação, a pompa do vento, a expectativa. Mas não conseguia parar de falar.

– Moses achou melhor fazer Reno segurar Pride lá atrás um pouco, pois quer que o potro fique ansioso. A pista está seca e rápida, do jeito que ele gosta. Ouvi alguns cronometristas conversando. A emoção está aumentando com relação a Midnight Hour, mas o bom senso está dividido entre Pride e Double. – Kelsey esfregou a mão na boca. – Além disso, Sudden Force pode ser uma surpresa; é o baio de Arkansas. Ele me pareceu em forma esta manhã. E não podemos subestimar a potranca de Cunningham. Ela tem muita fibra.

Divertida e impressionada, Naomi passeou uma das mãos encorajadoramente pelo braço de Kelsey.

– Apenas respire fundo. Tudo terá terminado em poucos minutos.

– Só tenho tempo para desejar boa sorte às minhas damas favoritas. – Gabe meteu-se entre as duas, e beijou ambas. – Parece que estamos pagando 7 por 5 – comentou ele, estudando o quadro de apostas. – Que tal o vencedor pagar o jantar?

– E o perdedor arranjar o champanhe? – Naomi lançou-lhe um breve sorriso. – Sempre preferi que os homens pagassem minha bebida.

– Boa ideia – murmurou Kelsey. Em seguida, em vez de respirar fundo, ela prendeu a respiração. Os cavalos estavam sendo levados para os portões.

Debaixo da cobertura das arquibancadas, Rich observava o filho. O garoto sempre tivera bom gosto no que se referia às mulheres. E uma sorte do diabo com elas. "Assim como seu velho pai", pensou Rich, dando um tapinha no traseiro da loura embriagada que conquistara na noite anterior.

– Fique de olho no número 3 – disse ele. – Tenho interesse naquele cavalo. Um interesse muito grande.

A sirene soou. Os cavalos irromperam portões afora, e a companheira de Rich deu um gritinho e começou a torcer pelo número 3.

Os olhos semicerrados de Rich ocultavam-se atrás de lentes espelhadas, observando o favorito seguir na liderança, com o potro de Arkansas perseguindo-o enquanto avançava rente à cerca. Os demais compunham pouco mais que um borrão de cores, patas trotando poderosamente ao tocar o chão. Rich em momento algum perdeu o número 3 de vista. A potranca de Cunningham corria, valorosa, e já havia assumido a liderança pela diferença de um pescoço na primeira curva. Mas Virginia's Pride explodiu por fora, devorando a distância que os separava, arrancando e lançando pedaços da pista.

Rich balançou a cabeça lenta e positivamente, um sorriso começando a curvar seus lábios. Double ganhou a cerca e aproximou-se como um raio dos dianteiros na reta oposta. Até mesmo o trovão dos cascos perdia-se sob os gritos da torcida. Por um instante, num daqueles maravilhosos e fotográficos momentos, três cavalos ficaram lado a lado, as passadas quase em uníssono, seus dorsos coloridos pelas sedas esvoaçantes.

Pride assumiu a ponta. Focinho, pescoço, meio-corpo. Eles cruzaram a linha de chegada numa fração de segundo. Virginia's Pride, Double or Nothing, Big Sheba. Vitória, colocação, espetáculo.

Rich jogou a cabeça para trás e riu.

– Tirei a sorte grande, doçura.

Ela amuou, revolvendo a cerveja.

– O número 3 não venceu.

Rich riu novamente, segurando o bilhete dos mil dólares que apostara em Pride.

– Você está enganada, querida. Os pressentimentos do velho Rich sempre se materializam.

– Oh, Deus. – Kelsey ainda estava com as mãos sobre a boca. Pouco antes do fim da corrida, ela quase cedera ao impulso de colocá-las sobre os olhos. – Ele conseguiu. Ele venceu! – Rindo de alegria, ela atirou os braços em torno de Naomi. – Parabéns! Isso foi apenas a amostra de como ele se sairá no Derby. Tenho certeza.

– Eu também. – Naomi abraçou-a com força, ignorando a súbita intromissão das câmeras e repórteres. – Venha comigo até o círculo do vencedor. Quero você lá comigo.

– Não poderia me impedir de ir lá. – Kelsey virou-se para Gabe. Para alguém cujo cavalo havia acabado de perder uma corrida por apenas meio-corpo, ele parecia bastante satisfeito. – Seu potro fez uma bela corrida.

– Fez. Mas o seu foi melhor. – Ele puxou a trança que descia pelas costas de Kelsey. – Desta vez. Vejo vocês no jantar.

A vitória não autorizava ninguém a se descuidar do prosseguimento dos trabalhos. Eles permaneceriam em Kentucky até depois do Derby, transferindo-se de Keeneland para Churchill Downs.

O amanhecer ainda era sinônimo de treinamento, de cronometristas, de café, e de treinadores observando por trás da cerca.

Agora trabalhavam para o Derby. Os treinamentos não eram mais um acontecimento reservado. Antes mesmo que os cavalariços se levantassem, os repórteres já estavam montando seus equipamentos. As emissoras de tevê, os jornais, as revistas, todos queriam entrevistas exclusivas, fotografias perfeitas.

Kelsey sabia quais seriam as suas.

A serenidade do amanhecer, o mais mágico período do dia para os cavalos e para os homens que lidam com eles, com o nevoeiro se dissipando e as torres de comunicação gêmeas estendendo-se, visíveis e imponentes, acima dele. A indistinção de cores, os sons abafados. Tinas de água quente acrescentando vapor ao nevoeiro. Pássaros trinavam seus cantos matinais.

A primavera tinha chegado a Louisville, mas nessa hora ainda fazia um frio revigorante e excitante. Os flancos e espáduas dos cavalos galopando contribuíam para aumentar o vapor no ambiente. Animados e impulsionados, eles surgiam do nevoeiro como por encanto, Pégasos transformando as patas em asas.

Mas eram atletas. Era fácil esquecer-se de que essas criaturas de meia tonelada, equilibradas em pernas finas como bengalas, haviam nascido para correr.

Dos milhares de puros-sangues nascidos todos os anos, apenas poucos, uns poucos especiais, cortariam as cortinas de névoa daquela pista, naquela semana. Apenas um deles desfilaria no sábado com a manta estampada com rosas vermelhas em seu dorso lustroso.

Cavalariços carregavam as tinas e as ataduras, movendo-se com intimidade entre os cavalos enquanto o sol brilhava suavemente, afastando a aurora, transformando o orvalho em diamantes. Um gato miava, as solas das botas dos cavalariços rangiam, e, pouco depois, ecoou o ruído de cascos na pista de areia. Misteriosamente incorpóreos a princípio, mas logo se materializando e saltando à vista ao mesmo tempo em que a névoa cinzenta se abria como água, os potros pareciam nadar, vencendo impetuosamente sua resistência.

Essa era a memória que Kelsey guardaria daquelas cenas suaves e confortantes em meio às cores e à pompa.

– O que você está fazendo?

Kelsey não disse nada a princípio, simplesmente tomou a mão de Gabe. Ela sabia que ele não poderia deixar de surgir no cenário e fazer parte da recordação.

– Tirando uma foto. Não quero que tudo isso se perca nas comemorações, com a imprensa e toda essa pressão.

– Você levantou cedo para quem não dormiu antes das 2 da manhã.

– E quem consegue dormir em meio a tudo isso?

Como resposta, Gabe indicou com a cabeça um cavalariço encostado numa das paredes das baias, cochilando. Ela riu e respirou profundamente, sentindo o cheiro de cavalos, de unguento, de couro, de estrume.

– Tudo é tão novo para mim! Vi seu jóquei trabalhando com Double esta manhã. Eles pareciam bem.

– Eu a vi observando, debruçada sobre a grade da reta oposta. Você estava maravilhosa.

– Não sei como tem energia para flertar, com tudo isso acontecendo ao seu redor. Isto aqui parece o Mardi Gras*, uma Convenção dos Kiwanis** e o Super Bowl*** juntos. – Ela começou a caminhar. – Desfiles, competições de balão, jantares de criadores, jantares de treinadores. E aquela corrida de barcos a vapor ontem. Nunca tinha visto nada igual.

– Ganhei 5 mil.

Ela assobiou.

– Uma bolada. Quem foi suficientemente tolo para apostar com você? – Ele sorriu.

– Moses.

Kelsey puxou a pala do boné para baixo.

– Bem, com os 10 por cento que ele ganhou no sábado, pode se dar a esse luxo.

---

*Nos Estados Unidos, a terça-feira gorda mais famosa é a de Nova Orleans, cidade do estado da Louisiana. (*N. do T.*)

**Kiwani: um clube de serviços existente nos Estados Unidos, equivalente ao Lions Club, ao Rotary Club etc. (*N. do T.*)

***Partida de futebol americano disputada anualmente para definir o campeão da Liga Nacional de Futebol Americano (NFL). (*N. do T.*)

– Você está ficando atrevida, querida.

– Sempre fui atrevida. Você vai ao museu assistir ao sorteio, não vai?

– Não o perderia por nada. – Ele não perdia o sorteio do posicionamento de largada há cinco anos. Sua presença ou sua ausência certamente não teria influência alguma sobre a definição da posição de largada de seu potro, mas era seu cavalo. – Antes servem café da manhã no velho padoque. Faminta?

Resmungando, ela apertou a barriga.

– Pastei mais do que uma vaca desde que cheguei a Louisville. Obrigada, mas acho que vou recusar. Se você... – Kelsey desistiu de prosseguir ao notar que ele desviara a atenção para outra coisa. "Não", percebeu ela, "era mais do que isso." Gabe focalizara e congelara o olhar em alguém próximo às baias. – Algo errado?

– Não. – Por um momento ele pensou ter visto seu pai. Aquele andar gingante e presunçoso, o terno em tom pastel, tão despropositado com a calça jeans e a camisa de algodão. Talvez estivesse enganado. Rich Slater não desfilaria em Churchill Downs àquela hora da manhã. – Não – disse ele novamente, e tentou livrar-se do temor instantâneo que o acometera. – Se você não quer comer, venha me observar comer, então.

Ele não pensou mais nisso. Antes de a manhã terminar, Gabe ainda estava ocupado, discutindo com Jamison e seu jóquei a terceira posição de largada atribuída a seu potro.

– PEGAMOS A CERCA. – Kelsey conversava com Boggs nas baias, comendo uma das maçãs que trazia nos bolsos, enquanto o velho cavalariço pendurava ataduras num varal. – É um sinal de Deus.

Boggs pegou um dos pregadores presos numa das pernas de sua calça e pendurou cuidadosamente uma atadura azul-marinho.

– Acho que Deus assiste ao Derby e, assim como as pessoas, provavelmente também tem seu favorito. – Ele correu os dedos por uma sela caprichosamente tratada, os ferros limpos e polidos por suas próprias mãos. – Bem que eu poderia apostar as notas dos presidentes falecidos que tenho no bolso neste potro.

– Pensei que você não apostava.

– E realmente não faço isso. – Com o mesmo cuidado, ele pendurou uma manta no varal. – Pelo menos desde abril de 1973.

Ele observou Kelsey para ver se ela se dera conta de que aquele fora o ano em que sua mãe matara Alec Bradley. Ao constatar que não havia nos olhos dela nada além do simples interesse, ele prosseguiu.

– Foi em Keeneland. Three Willows tinha um potro com boas chances de vencer aquele Derby. Um ótimo potro. Eu amava aquele cavalo mais do que já amei qualquer mulher. O nome dele era Sun Spot. Quase enlouqueci porque tinha apostado todo meu salário nele. Ele saiu do portão como uma bala, como se já pudesse ver a linha de chegada. Na primeira curva, o potro que avançava ao lado tropeçou, e o atingiu violentamente. Spot caiu. Percebi na hora que ele não correria mais. Fraturou vários pontos de uma das pernas dianteiras. Não havia nada a fazer senão sacrificá-lo. Sua mãe colocou a ponta da arma atrás da orelha dele. Era o potro dela, e ela chorou, mas fez o que precisava fazer. – Ele suspirou profundamente. – Por isso nunca mais apostei desde então. Talvez minha aposta dê azar.

Ela passou um braço pelo ombro de Boggs e os dois examinaram juntos as ferramentas do seu ofício, as ataduras secando, os antolhos, as mantas e o acolchoamento de algodão.

– Não vai acontecer nada com Pride.

Ele assentiu e pegou a maçã que Kelsey lhe ofereceu.

– É um erro amar um cavalo, Srta. Kelsey. – Ele poliu a maçã na camisa e a devolveu. – Ele acaba partindo seu coração.

Ela sorriu, jogou a maçã para cima e a pegou novamente.

– É para mim, Boggs, ou para Pride?

– Ele gosta muito de maçãs.

– Então é melhor eu levar logo para ele.

Quando Kelsey fez menção de ir embora, Boggs mudou de posição e coçou o pescoço.

– Sabe, hoje vi alguém que eu não via há um bom tempo. Alguém que conheci na primavera de 1973.

– Quem?

Procurando ganhar tempo, Boggs pegou a maçã de Kelsey e a partiu habilmente ao meio.

– O pai do Sr. Slater.

– O pai de Gabe? Você o viu aqui?

– Acho que sim. Mas meus olhos já não são os mesmos. Estranho que ele tenha vindo aqui. Lembro que ele estava por perto no dia em que Spot caiu. Armou uma baita confusão também, como se a Sra. Naomi tivesse planejado perder a corrida e o cavalo naquele dia. Não preciso dizer que ele estava bêbado. Mas Rich Slater é persuasivo. Fizeram exames para saber se o cavalo estava drogado.

Kelsey estava de pé na baia, o sol nas costas, seu rosto assombreado.

– E o que encontraram?

– Não encontraram nada naquele potro. Os Chadwicks correram limpos. Mas descobriram que o potro que derrubou Spot não. Anfetamina.

– E quem era o dono do potro?

– Cunningham. – Ele cuspiu no chão. – Estranho, não acha? A princípio o acusaram, mas depois descobriram que foi o jóquei quem tinha feito aquilo. Benny Morales, um excelente jóquei. Deixou um bilhete confirmando que o animal tinha sido drogado antes de se enforcar na fazenda de Cunningham.

– Deus, isso é horrível.

– Há muita coisa que não cheira bem no mundo dos cavalos, Srta. Kelsey. Rich Slater achou que os Chadwicks haviam subornado Benny para drogar o cavalo. Assim, mesmo que ele vencesse, seria desclassificado quando por fim descobrissem em que condições o cavalo havia corrido. Pura besteira, claro. Mas um homem como ele precisa botar a culpa em alguém pelo que lhe acontece de errado. A maioria das pessoas perdeu suas apostas naquele dia. Provavelmente não foi ele que eu vi, mas achei que, se fosse, seria melhor lhe informar para que se fique longe dele.

– Com certeza – respondeu ela.

RICH SLATER NÃO TINHA a mínima intenção de cruzar com alguém de Three Willows. Estava ali como espectador. E embora tivesse sido muito mais esperto de sua parte ter se mantido bem longe de Louisville naquele sábado, escolheu um assento justamente na primeira fileira das arquibancadas.

Estava com sorte. Um maço de cédulas no bolso, uma mulher disponível na cama e tantas festas barulhentas para ir que ele mal podia contá-las nos dedos. Finalmente havia tirado a sorte grande. E a melhor parte de tudo isso, a parte mais doce, era que algumas pessoas iriam cair quando ele subisse.

Era brilhante, ele tinha de admitir. Só precisava tomar cuidado para não beber demais e compartilhar essa opinião com alguém. Não só pagaria uma dívida antiga e daria uma lição no filho ingrato, como também ganharia uma pequena fortuna.

E, na verdade, não precisaria fazer praticamente nada. Ele simplesmente colocaria o instrumento certo nas mãos certas.

Aquela Chadwick vagabunda iria pagar caro. Nu, ele caminhou silenciosamente até o bar para atacar as garrafas de bebida quase vazias. Sua companheira estava desmaiada na cama, seu corpo firme esparramado nos lençóis emaranhados. "O velho Rich demonstrara sua virilidade", pensou, brindando com sua imagem refletida no espelho.

Ele ainda tinha muito gás.

Com o copo na mão, Rich fez poses diante do espelho. Sua vaidade o impediu de enxergar as pelancas na cintura. O que ele viu naquele espelho foi o corpo de um homem de 30 anos, esguio e robusto. O corpo que ele havia legado ao filho, que o tinha mandado para longe com um cheque de 5 mil dólares.

– Não deixar seu velho passar uma noite debaixo do seu teto? Serei dono desse maldito teto depois que fizer o que pretendo.

Tomou o uísque num único gole e observou a garganta ondular enquanto o líquido descia. O garoto achava que era melhor do que os outros. Sempre achou. Da noite para o dia tornara-se importante e poderoso. Da noite para o dia as coisas também não seriam as mesmas.

Ele realmente tinha de agradecer às circunstâncias, passadas e presentes, por lhe terem proporcionado uma oportunidade. Cunningham era como que uma dádiva dos céus, que caíra em suas mãos. Certamente era um tolo, mas os tolos são os mais fáceis de serem explorados.

E ele ainda exploraria Cunningham por muitos anos. Nada como uma boa e duradoura chantagem, com a qual obteria uma renda confortável e vitalícia. Mas a compensação de todo seu esforço, ah, a compensação mesmo viria pouco antes das 18 horas do sábado. Um servicinho, ele tinha certeza de que todos concordariam, muito bem-feito.

Abrindo outra garrafa, serviu mais uma dose. Perguntou-se se Naomi Chadwick se lembraria dele. Se ele se aproximasse de repente e agarrasse aquele belo traseiro, será que ela se lembraria dele? Estava louco para fazer isso, para cruzar o caminho dela, apertar suas nádegas e dar uma piscadela.

Ele não gostava da ideia de que uma mulher, qualquer que fosse, pudesse se esquecer de Rich Slater.

Ele se lembrava dela. E como. Lembrava-se muito bem daquela cadela elegante e mimada, exibindo-se com vestidos decotados e calça jeans justíssima. Passeando pelo hipódromo como uma potranca no cio, abrindo as pernas para qualquer homem que conseguisse ter uma ereção.

Ele a desejara. Muito. Tinha desejado levantar sua saia rodada e afogar-se na sua pele macia. Mostrar a ela o que um verdadeiro homem era capaz de fazer. Mas, quando se ofereceu, ela o olhou como se ele fosse algo que houvesse manchado suas botas numa das visitas ao padoque. E rira dele. Rira até que ele tivesse vontade de socar aquele belo rosto.

Talvez ele realmente tivesse feito isso, pensou Rich, golpeando com o punho a palma da outra mão. Talvez... se aquele judeu mestiço não tivesse aparecido.

"Algum problema, Sra. Naomi?"

"Não, Moses, nenhum. Apenas um rato de hipódromo. Como está nosso potro?"

E ela se retirara, movendo os quadris, agitando a saia, para acariciar seu potro campeão. E Rich não tivera escolha senão voltar para casa, para os sujos e sombrios aposentos que alugara, e socar o rosto pálido e familiar de sua esposa, em vez do belo rosto de Naomi.

Ela se julgara boa demais para ele. E lhe custara o orgulho naquele dia. Mas ele lhe custaria muito mais. Não fora sua intenção, naturalmente. Ninguém poderia ter previsto que Benny Morales perderia o controle de seu cavalo drogado e se chocaria com o dela tão violentamente.

Mas, apesar disso, pensava agora, tudo dera certo. Mais do que certo, porque ele fora esperto, cauteloso, e se aproveitara das circunstâncias contra ela. Vingara-se de Naomi. Mas não o suficiente.

Os dez anos que ela passara na prisão eram apenas parte do débito. O restante seria quitado no sábado.

KELSEY NÃO COMPARECEU ao café da manhã oferecido no dia do Derby na mansão do governador. Além de não estar conseguindo comer, não podia suportar a ideia de ficar muito longe do hipódromo.

A primeira largada seria precisamente às 11h30. Assim como os cavalariços, os jóqueis e os treinadores, Kelsey já circulava pelo hipódromo por volta das 6 horas. A ideia de voltar para o hotel ao meio-dia para um cochilo era inconcebível. Em vez disso, permaneceu, juntamente com Boggs e duas ou três pessoas da sua equipe de trabalho, mordiscando um frango frito que comprara.

– Ainda está aí? – Moses sentou-se no chão ao lado dela e remexeu o embrulho do frango, na esperança de encontrar uma coxa.

– E onde mais eu deveria estar? – Kelsey comia mais por nervosismo do que por fome, e empurrava o frango com um refrigerante.

– Você poderia ficar no camarote. O espetáculo vale a pena. As áreas próximas à cerca já estão lotadas, e não vai levar muito tempo até que as arquibancadas também fiquem.

– Estou nervosa demais. Além disso, não quero microfones e câmeras na minha cara.

– Você também não vai conseguir evitá-los ficando aqui. Sua mãe é uma pessoa de prestígio. Você poderia se esconder na Sala VIP.

– Ora – Kelsey lambeu os dedos –, aquilo é para homens de negócios. Não é um lugar de onde se possa assistir a uma corrida à vontade. Como Naomi está?

– Excitadíssima. Olhando-a não dá para perceber, mas está muito tensa também. Em parte por você estar aqui. Ela quer que você erga aquele troféu com ela.

– Podemos fazer isso, não acha?

– Não vou provocar os deuses e dizer que sim. – Ele olhou de relance para o céu. – Tempo bom. Claro, sem chuva. A pista está rápida...

– Eu estive lá hoje cedo observando a preparação. Como é bonita! Pensei em assistir às corridas preliminares, mas a ideia me deixou ainda mais ansiosa. – Uma vez que seu estômago ainda reclamava, Kelsey pegou outro pedaço de frango. – Viu Gabe?

– Está no camarote com Naomi. Voltará para as recomendações finais a Jamie e ficará por lá enquanto o potro estiver sendo selado.

– As coisas estiveram tão agitadas por aqui ontem, que quase não o vi. – E nem uma vez desacompanhado. – Não sei se devo mencionar isso, pois imagino como ele deve se sentir a respeito, mas Boggs acha que viu o pai de Gabe.

– Quando? – perguntou Moses tão subitamente que ela se sobressaltou.

– Bem... Quinta-feira, no fim da manhã. Ele disse que não tinha certeza. Moses? – Ela se levantou, pois ele já seguia em direção às baias.

– Esse homem é sinônimo de problema – disse ele com veemência. – De remédio nocivo.

– Remédio nocivo? – Ela quis rir, mas não conseguiu fazer com que os lábios obedecessem sua vontade. – O que é isso, Moses?

– Algumas pessoas carregam problemas com elas e gostam de transferi-los para os outros. Rich Slater é assim. – Ele andou apressadamente até a baia de Pride, e, tranquilizado, obrigou-se a relaxar. Os cavalos são animais muito sensíveis. E ele queria Pride impaciente, ansioso, mas não assustado. – Se ele estiver no hipódromo, não o quero perto das baias.

– Os guardas não deixarão ninguém passar sem autorização. E Boggs não tinha tanta certeza se era ele. Além disso, que tipo de problema Rich Slater poderia causar?

– Nenhum. – Moses acariciou o nariz do potro, e murmurou-lhe algumas palavras suavemente. – Acho que estou tenso também. Slater faz parte do passado. Um passado ruim, mas é só passado.

– Boggs me falou sobre a corrida em Lexington, quando Sun Spot se acidentou.

– Foi duro. Isso foi muito duro para ela. Slater mexeu em casa de marimbondo naquela ocasião, mas eles acabaram picando a pessoa errada. Benny Morales era um bom jóquei e estava voltando às pistas naquele ano. Ficara impedido de correr durante um bom tempo, com algumas costelas quebradas. Cunningham deixou que ele montasse seu cavalo. Nunca tive certeza se Benny drogou aquele potro por precisar muito do dinheiro ou apenas para derrotar o dos Chadwicks.

Não importava mais a razão, pensou Moses. O pior tinha acontecido.

– Ele montava para Three Willows, mas, num dos treinos matinais, foi violentamente derrubado pelo cavalo. Levou um ano e meio para conseguir pôr-se de pé novamente. O Sr. Chadwick ofereceu-lhe um emprego. Treinador-assistente. Mas Benny queria montar, para recuperar a autoconfiança. Por isso, Cunningham o deixou montar seu potro.

– E ele estava em condições?

– Não sei dizer com certeza. Tomou muitos analgésicos. Esforçou-se quase até a morte para recuperar seu peso. Mas não havia muitos interessados. Por isso, Cunningham o contratou por alguns trocados. Mas, no final das contas, isso acabou custando mais do que a carteira vazia. Bem – ele acariciou Pride novamente –, isso é passado. Temos uma nova corrida aqui. *A corrida*. Já está quase na hora de levar nosso garoto para o padoque.

UM CAVALO FARIA a caminhada das baias até o padoque no primeiro sábado de maio apenas uma vez. Pouco menos de três anos antes, ele teria cabriolado alegremente ao lado de sua mãe nos pastos verdejantes. Os primeiros passos a caminho de um sonho. Logo depois, teria desfilado sua graça pela vastidão dos prados e apostado corrida com seus companheiros ou com a própria sombra. Treinando e crescendo enquanto seus músculos e ossos se desenvolviam, aprendendo o poder e a poesia dos movimentos exclusivos da raça. Reagiria ao bridão e ao peso de um homem em seu dorso pela primeira vez em algum amanhecer.

Teria sido conduzido um dia a um portão de aço e estimulado a aceitar o confinamento. Teria sido treinado na guia, no redondel de adestramento. Teria aprendido a reconhecer o cheiro do seu cavalariço e a sentir o calor nas pernas e o chicote no dorso.

E faria aquilo para o que havia nascido. Correria.

Mas faria aquele percurso, naquela corrida, apenas uma vez. Não haveria uma segunda chance.

Às 5h06 eles estavam no padoque, enquanto Pride era selado em sua baia. As marcas eram checadas, assim como as cores e os sinais dos 17 participantes. Uma corrida igual a qualquer outra, mas, ao mesmo tempo, diferente de qualquer uma delas.

Houve apenas um caso de arranhão durante os dias que antecederam o evento. E ninguém comentara sobre o potro da Califórnia, que havia sofrido um pequeno acidente nos treinos da manhã, ferindo uma pata.

Um azar.

Nas instalações que abrigavam os jóqueis, procedia-se à pesagem. Cinquenta e sete quilos; nem acima, nem abaixo disso, incluindo a sela. Reno subiu na balança e olhou o mostrador, sorrindo. As horas gastas na sauna tinham valido a pena. Momentos depois, com suas vestes de seda brilhantes, os jóqueis desciam do segundo andar, onde ficavam seus aposentos, e encaminhavam-se para o padoque.

Os momentos de espera estavam quase terminando.

Nas arquibancadas, as pessoas se inquietavam, excitadas, alegres. A celebração prosseguia em algumas partes do hipódromo, algumas delas acaloradas por garrafas de bebida contrabandeadas dentro de pães sem miolo ou em bolsas de bebê.

O painel de apostas piscava, e os guichês estavam repletos.

Eram 5h15. Os cavalos estavam selados, e os potrilhos que os antecediam até a pista, cobertos de flores, as caudas trançadas. Apesar do céu salpicado de nuvens, o ar estava pesado. A tensão era grande.

– Não se preocupe quanto à liderança – disse Moses a Reno. – Deixe o potro de Kentucky estabelecer o ritmo da corrida até a primeira curva. Pride corre bem no bolo.

– Ele avançará como uma agulha – concordou Reno. Embora sua voz fosse serena e despreocupada, ele suava sob a seda.

– E converse com ele. Converse com ele. Ele correrá mais do que sabe se você lhe pedir.

Reno balançou a cabeça afirmativamente, esforçando-se para manter o sorriso seguro. Havia muito trabalho naqueles dois minutos de corrida...

– Senhores jóqueis, queiram montar seus cavalos.

Ao ouvir a chamada do fiscal do padoque, Moses deu um tapinha no ombro de Reno e o ajudou a montar. Eles tornariam a passar pelo túnel e seguiriam para a pista.

– Pronta? – Naomi segurou firmemente a mão de Kelsey.

– Sim. – Ela respirou fundo uma vez, e depois outra. – Sim.

– Eu também. – Depois de dar uns poucos passos adiante, Naomi balançou a cabeça. – Espere um minuto. – Em seu bem talhado *tailleur* vermelho e com um elegante colar de pérolas, ela deu uma rápida corrida pelo padoque. Estava rindo quando alcançou Moses e passou os braços em torno dele, beijando-o.

– Naomi. – Enrubescendo num misto de orgulho e constrangimento, como um estudante que tivesse sido surpreendido dando amassos com a líder da torcida organizada, ele se desvencilhou dela. – O que há com você? Tem...

– ... gente olhando – completou ela e o beijou novamente. – Para o inferno com sua reputação, Moses. – Ela ainda estava rindo ao retornar correndo para junto de Kelsey. – Bem, isso põe fim à questão.

Divertida e inusitadamente comovida, Kelsey acompanhou as rápidas passadas da mãe.

– É?

– Uma questão pendente há mais tempo do que eu me daria ao trabalho de calcular. Ele não queria que tornássemos público nosso relacionamento, porque achava que seria impróprio para uma mulher na minha posição. – Ela jogou o cabelo para trás. Deus, ela se sentia rejuvenescida e livre, e incrivelmente feliz. – Puro orgulho masculino, naturalmente, que eles parecem trazer em seus calções.

Kelsey riu.

– Por que não se casa com ele?

– Porque ele nunca me pediu em casamento. E tenho muito orgulho feminino para pedir isso a ele. Por falar em homens... – Gabe caminhava na direção delas. – Eu gostaria de lhe dizer, antes que ele possa me ouvir, que esse que vem aí é um dos mais encantadores exemplares da espécie que eu já vi.

– Tem algo de especial no olhar dele – murmurou Kelsey. – E na boca. E nos maxilares. – Os lábios de Kelsey curvaram-se manhosamente. – E, claro, tem um traseiro incrível.

– Sim, eu já havia percebido. – Naomi riu. – Ter idade suficiente para ser mãe dele não atrapalha a minha visão.

– Senhoras. – Gabe inclinou a cabeça. Quando duas mulheres mostravam esse brilho no olhar, alguma coisa especial estava acontecendo. – Posso saber qual é a piada? – Mãe e filha entreolharam-se e balançaram a cabeça ao mesmo tempo.

– Não. – As duas passaram um braço em cada um dos braços de Gabe, e os três seguiram para o camarote cantarolando “My Old Kentucky Home”.

BEM NA PARTE DE TRÁS das arquibancadas, cercado por senhoras usando vistosos chapéus e blusas de seda, Rich Slater agitava seu terceiro copo de uísque misturado com hortelã-pimenta. Os lugares que Bill Cunningham havia reservado para ele não lhe proporcionavam uma excelente visão da pista, mas ele comprara um binóculo e observava Gabe acompanhar as duas mulheres até seu pomposo camarote.

"Os três formavam uma bela imagem", pensou ele. Naomi em seu vistoso terninho vermelho, a filha em seu vistoso terninho azul, ambas com seus cabelos louros e faiscantes. Eram como suportes de livros sensuais, apoiando um homem alto e bronzeado.

Ele se perguntou se o garoto já tinha levado as duas para a cama. Um sanduíche de louras com quatro pernas e braços leitosos. Podia apostar que elas transavam como coelhas.

– Olhe lá, amor, eles não são umas gracinhas, com aquelas flores enfeitando a pelugem?

Cherri, que havia conseguido ficar mais uma semana com ele graças ao seu insaciável apetite sexual e uma enorme tolerância pelas bebedeiras de Rich, puxou-lhe o braço. Procurando zelar por seus interesses, Rich tornou a situar a atenção no jogo que tinha nas mãos.

– Claro que são, doçura.

Os cavalos participantes circundavam a pista, os potrilhos seguindo à frente de cada um deles. Seus corpos juvenis e enfeitados de flores carregavam cavaleiros uniformizados. O potro do Arkansas dançou na pista e tentou morder seu batedor, cujo cavaleiro ajudou o jóquei a acalmá-lo. Os demais prosseguiram, avançando a meio galope em torno da pista sob os silvos e aplausos do público.

– É incrível – disse Kelsey. – Tudo isso. Incrível. – Ela balançou a cabeça quando Gabe lhe ofereceu um drinque. – Não consigo nem respirar direito, muito menos beber. Oh, meu Deus, eles estão sendo posicionados nos portões. – Todos estavam em seus lugares: cavalos, jóqueis, assistentes, fiscais. Dois juízes mantinham-se do lado de fora da cabine da direção do evento, observando com binóculos a execução dos procedimentos finais e aguardando o momento da largada. Um terceiro permanecia dentro da cabine, de olhos nos dois monitores de televisão. Outros se postavam próximo aos portões de largada e à linha de chegada.

Da cabine de comunicação, ouviu-se:

– É chegado o momento da largada.

Antes, anunciava-se a autorização da largada com um chicote. Agora o sinal era dado pelo simples apertar de um botão, seguido da palavra que todos esperavam ansiosamente ouvir.

– Partiram!

Um mergulho portão afora, o poderoso bramido do público, e os primeiros metros da pista eram devorados pelo impetuoso avanço de patas. Kelsey teve a impressão de que seu coração saltara para a garganta e ali permanecera.

Muitas cores, muitos sons perdiam-se no ofuscamento de olhos fascinados, nos batimentos cardíacos acelerados. A aglomeração de cavalos passou pelas arquibancadas e pela curva da sede do hipódromo. O primeiro quarto do percurso foi feito em pouco mais de 22 segundos, com o potro de Kentucky, o favorito, na liderança.

Com o binóculo quase colado aos olhos, Kelsey tentava localizar Pride. Seu pelo lustroso e as cores do jóquei saltaram-lhe familiarmente à vista quando ele arrancou em meio aos demais, quase junto com o potro de Gabe. Big Sheba, a combativa égua de Cunningham, também deixou os outros para trás e meteu-se entre os dois.

– Ele está ultrapassando! Ultrapassando! – Ela gritava, embora não percebesse. Sua voz perdia-se no vozerio geral. Os dedos de Naomi estavam em seu braço, apertados.

Pride superou Midnight Hour por meio focinho na metade do percurso, exatos 45 segundos, com Reno curvado sobre seu dorso.

Kelsey observava o voo, o movimento de braços vestidos de seda golpeando o dorso dos animais com o chicote, a incrível força de longas e esguias pernas em movimento.

Midnight Hour passou para a quarta colocação, cavalo e jóquei lutando para alcançar a cerca.

No terceiro quarto do percurso, Pride superou os demais, pescoço, meio-corpo, mas o potro de Longshot empenhou-se um pouco mais e recuperou o espaço perdido. Uma corrida entre dois cavalos, diriam alguns, com a valorosa potranca de Cunningham a dois corpos atrás quando completaram a distância de 1,6 quilômetro.

O potro do Arkansas irrompeu do meio da aglomeração, tentando ganhar terreno num esforço impressionante e levando o público ao delírio.

E, então, aquele último arranco para alcançar a linha de chegada. Tudo ou nada.

As coisas aconteceram muito depressa, a poucas dezenas de metros da linha de chegada. Pride aparentemente tropeçou, suas pernas vigorosas dobrando-se como se fossem frágeis palitos de fósforo. Reno, surpreendido pelo infortúnio, foi violentamente arremessado para a frente e rolou na pista como uma pedra. Enquanto cavalos e jóqueis esforçavam-se para seguir adiante e desviar do obstáculo vivo em meio à nuvem de poeira, o potro ainda fez uma patética tentativa de se levantar, mas suas pernas arruinadas dobraram, e ele permaneceu no chão.

Double or Nothing cruzou a linha de chegada em dois minutos, três segundos e 45 centésimos. Logo depois de os últimos cavalos também cruzarem, cavalariços surgiram de todas as partes e invadiram a pista para tentar ajudar o campeão acidentado.

16

Não houve júbilo de vitória para Gabe no círculo do vencedor. Um troféu de ouro, a manta estampada com rosas da cor do sangue. Câmeras ansiosas, operadores procurando captar a melhor imagem do vencedor do Derby, o potro campeão da Virgínia com suas sedas vermelhas e brancas sujas de poeira e molhadas de suor. O jóquei inclinou-se por sobre o lustroso pescoço de Double, para receber suas flores, o rosto entristecido em vez de triunfante enquanto acariciava o potro.

– Sr. Slater. – Foi tudo o que ele pôde dizer quando Gabe apertou sua mão. – Oh, Deus, Sr. Slater. – Gabe apenas balançou a cabeça afirmativamente.

– Você fez uma bela corrida, Joey. Bateu o recorde do Derby.

Os olhos de Joey, marcados com dois círculos de sujeira em torno da área de proteção dos óculos de jóquei, não evidenciaram nenhuma satisfação.

– Reno? Pride?

– Não sei bem ainda. Relaxe um pouco, Joey. Você e o potro venceram a corrida. – Os braços de Gabe envolveram o pescoço de Double, ignorando a mistura de suor e poeira. – Cuidaremos do resto mais tarde. – Ele se virou para Jamison, tentando escapar às lentes das câmeras e às perguntas dirigidas a ele. – Você estava mais perto, Jamie. Sabe dizer o que aconteceu?

Com o rosto quase translúcido pelo choque, os olhos vitrificados, Jamison olhava fixamente para o ramalhete de rosas apoiado no braço.

– Ele tropeçou, Gabe. Aquele potro simplesmente tropeçou. – Ele ergueu o olhar em seguida, uma chama de desespero assomando-lhe em meio ao choque. – Double o teria ultrapassado. Ele o teria ultrapassado próximo à linha de chegada. Eu sei disso. Pressenti isso.

– Isso agora não importa, não é mesmo? – Gabe pousou uma das mãos em seu ombro, solidário. O gosto da vitória pode ser amargo, mas ele não podia recusá-lo.

Os GUARDAS MANTIVERAM os repórteres e os admiradores a distância. Kelsey podia ouvir suas vozes por detrás do biombo e ver suas sombras. Eram aplausos, perguntas e respostas. Um mundo bem diferente daquele atrás das finas e brancas paredes do biombo, que separava vida e morte. Ali, o único som que se ouvia era o choro discreto de Naomi.

– Moses. – Ele tentava consolar Naomi, acariciando-lhe o cabelo, abraçando-se a ela e à sua tristeza. – Oh, Moses, por quê?

– Eu não deveria ter apostado. – De pé, Boggs, com lágrimas escorrendo pelo rosto, agarrava a sela de Pride junto ao peito arquejante. – Não deveria.

Suavemente, Kelsey correu a mão sobre o pescoço de Pride. "Tão macio", pensou ela. Mas sem vida. A pelugem suja, um testemunho de seu esforço. "Ele deveria ser lavado", pensou tristemente. "Lavado, escovado e recompensado com maçãs, que ele tanto apreciava."

Ela prolongou o último afago e depois se obrigou a se levantar. Kelsey pegou os antolhos sujos de poeira e os colocou sobre a sela.

– Leve as coisas dele de volta para as baias, Boggs.

– Não é justo, Srta. Kelsey.

– Não, não é. – E o coração dela doía com a terrível injustiça do ocorrido. – Mas cuide das coisas dele, como sempre. Temos que tirar minha mãe daqui.

– Alguém precisa ficar... alguém deve acompanhá-lo.

– Eu vou ficar.

Com os olhos marejados pelas lágrimas, ele a olhou e depois assentiu com a cabeça.

– Tudo bem. – Como um escudeiro carregando a espada e o escudo de seu guerreiro, ele se virou e deixou c local.

Ultrapassando seu autocontrole, Kelsey se agachou.

– Moses, ela precisa de você. Você a levará de volta ao hotel?

– Há muita coisa para fazer aqui, Kelsey.

– Eu cuidarei do que for possível. O restante terá de esperar. – Ela pôs uma das mãos nas costas de Naomi e a moveu gentilmente para cima e para baixo, tentando diminuir seu tremor. – Mamãe. – Apenas Moses notou que era a primeira vez que Kelsey usava essa palavra. – Vá com Moses agora.

Arrasada pelo sentimento de culpa e de tristeza, Naomi se levantou logo que Moses tentou colocá-la de pé. Tornou a olhar para o potro.

"Virginia's Pride", pensou ela. Seu orgulho.

– Ele tinha apenas 3 anos – murmurou ela. – Acho que não vou conseguir ter mais nenhum outro.

– Não fale assim. – Embora tivesse seus próprios demônios para vencer, Kelsey segurou a mão de Naomi. – Há muitas pessoas lá fora. Você precisa passar por elas.

– Sim. – Ela fechou os olhos. – Preciso passar por elas.

Kelsey a conduziu para fora do biombo, sobressaltada ao se deparar com o barulho e a pressão dos corpos dos curiosos que se comprimiam atrás do cordão de isolamento. Ela sabia que iria se lembrar disso por toda a vida – a emoção da corrida, o choque no momento da queda. O incentivo e os gritos da torcida, que silenciara súbita e sinistramente. A forma como os cavalariços correram em direção ao local fatídico, e toda a confusão para retirar o cavalo e o jóquei da pista.

Quantas vezes ela fecharia os olhos e ainda veria as pernas de Pride dobrarem-se em um ângulo tão estranho?

Ou ouviria o choro manso e abafado de sua mãe?

– Kelsey. – Gabe viera correndo do círculo do vencedor até as baias, ainda sustentando um fio de esperança, que se partiu no momento em que olhou para o rosto dela. – Maldição. – Ele a puxou de encontro a si e a abraçou. – Tiveram de sacrificá-lo?

Ela se concedeu um momento de silêncio, apenas um momento, enquanto mantinha o rosto aninhado em seu tórax.

– Não. Ele já tinha morrido. Boggs foi o primeiro a se aproximar dele, mas tudo já havia terminado.

– Sinto muito. Deus, sinto muito. E Reno?

Ela inspirou fortemente, tentando restabelecer as forças.

– Eles o levaram para o hospital. Os enfermeiros acham que o caso não é grave, mas estamos aguardando mais notícias. – Ela se ajeitou e enxugou as lágrimas com a mão. – Preciso cuidar do restante das coisas.

– Não sozinha.

Kelsey balançou a cabeça. Se ela se apoiasse nele novamente, desmontaria.

– Preciso fazer isso. Por minha mãe. Pelo potro. Vejo você no hotel mais tarde.

– Não vou deixá-la aqui sozinha.

– Boggs estará comigo, e o restante da equipe também.

O calor desapareceu de seu olhar. Ele deu um passo atrás, aumentando a distância entre eles, e balançou a cabeça brusca e afirmativamente.

– Está bem. Vou sair do seu caminho. Se precisar de algo, Jamie estará por perto.

– Obrigada.

Foi um pesadelo. Por volta da meia-noite, quando Kelsey retornou ao hotel, suas emoções pareciam uma ferida aberta. Soube que os fiscais da corrida já haviam falado com Moses e sua mãe. Disseram que ela não tinha apenas perdido um potro campeão. O acontecimento não fora só uma questão de destino ou de azar de Boggs.

Tratava-se de assassinato.

Alguém injetara uma dose letal de anfetamina em Pride. Uma droga que lhe sobrecarregara a função cardíaca e que, enquanto ele galopava valorosamente, causou o esgotamento de toda a adrenalina e espalhou-se rápida e vorazmente por todo o seu sistema nervoso, até que, a poucos metros da linha de chegada, seu coração parasse de bater.

Agora, Three Willows e todos os envolvidos com o campeonato teriam de enfrentar perguntas, especulações e uma investigação. Será que haviam drogado o cavalo e errado no cálculo da dose, confiantes de que, de alguma forma, talvez ela não fosse encontrada na saliva de Pride?

Ou alguma outra pessoa, um concorrente, teria dado um jeito no cavalo e em suas chances de vitória? Ou alguém que quisesse tanto vencer o Derby assassinaria o cavalo e colocaria em risco a vida do homem que estivesse em seu dorso?

Hesitante, Kelsey deteve-se diante da porta da suíte de sua mãe. O que mais poderia ser dito lá dentro? Naomi tinha Moses para confortá-la, para tranquilizá-la.

Ela se virou para a porta de seu quarto, mas não conseguiu entrar. Apesar do terrível cansaço, uma impiedosa energia continuava a estimular sua mente e a conduziu corredor adiante. Bateu à porta de Gabe.

Ele não estava dormindo nem a esperava, certamente não depois que ele soube o que acontecera a Pride. Mas ela estava lá, os olhos embaçados, o rosto tão suavemente pálido, que parecia poder ser atravessado. Gabe só se afastou e a deixou entrar.

– Você soube?

– Sim, soube. Sente-se, Kelsey, antes que você desmaie.

– Não posso. Acho que, se eu me sentar, nunca mais me moverei. Alguém o matou, Gabe. É o que tudo indica. Alguém queria tanto que Pride ficasse fora da corrida, que o assassinou.

Ele cruzou a saleta até o bar e abriu uma garrafa de água mineral.

– Meu potro venceu.

– Sim, sinto muito por não ter lhe dado os parabéns, mas... – Ela fitou seus olhos e interrompeu os movimentos. – Você acha que eu vim aqui para acusá-lo? Ou mesmo perguntar se você teve algo a ver com isso?

Embora o sangue de Gabe fervilhasse em suas veias, as mãos permaneceram firmes, despejando a água gasosa sobre os cubos de gelo.

– É uma atitude razoável.

– Que se dane isso. E que se dane você também, se faz uma ideia tão mesquinha de mim.

– Eu faço uma ideia mesquinha de você? – Sua risada foi breve e estridente. – O que eu penso ou acho sobre você, Kelsey, não vem bem ao caso. O fato é que seu cavalo está morto e que o meu me fez botar as mãos numa bolada próxima a 1 milhão de dólares em pouco mais de dois minutos. Isso é um bom motivo para cometer assassinato, e você não será a única a pensar dessa forma.

– Então. – Ela rejeitou com a mão o copo que ele lhe ofereceu, derramando água no tapete. – Fatos e lógica, então. Você se esqueceu de uma coisa, Slater. Caráter.

– Tudo bem. Esqueci. – Afastando o copo dela, ele bebericou calmamente. – Bom, o meu é bem manchado.

– Permita-me dizer algo a seu respeito, Gabriel Slater, seu durão, espertalhão. Você se derrete todo por causa daqueles cavalos. E gosta tanto deles, sente tanto fascínio por eles, que parece uma adolescente sonhando com *O Corcel Negro*. – Ela jogou a cabeça para trás, divertida por ver os controlados olhos de Gabe se arregalarem de espanto.

– O que exatamente quer dizer com isso?

– Você os ama. Você os ama profundamente. Acha que ninguém ficou sabendo que tentou comprar a potranca de

Cunningham porque se preocupa com os maus-tratos que ela sofre?

Seu escudo ruiu novamente, mas, antes mesmo de isso acontecer, ela já o podia compreender e prosseguiu com sua investida.

– Acha que seus empregados não conversam com os nossos sobre o quanto você gosta de brincar com os filhotes, como se fossem todos bebês, ou sobre o fato de você ficar acordado até altas horas da noite quando um dos seus cavalos adoece? Você é um pai coruja, Slater.

– Tenho um investimento.

– Tem um caso de amor. E outra coisa – prosseguiu ela, cutucando-lhe o tórax com o dedo em riste. – Não gosto que me diga o que imagina que estou pensando, pois somente *eu* conheço meus pensamentos. Você queria vencer aquela corrida tanto quanto eu; e "arranjar" uma corrida não é o mesmo que vencê-la. Por ter lutado contra tantas adversidades, você deveria saber muito bem disso. Portanto, se vai ficar aí sentindo pena de si mesmo em vez de sentir pena de mim, prefiro deixá-lo fazer isso sozinho.

– Espere. – Ele agarrou o braço de Kelsey antes que ela disparasse suíte afora. – Você aperta o gatilho com muita facilidade, querida. – Deixando o copo de lado, ele esfregou a mão sobre o peito. – E tem ótima pontaria. Você me atingiu. Podemos nos sentar agora?

– Sente-se você. Prefiro concluir isso de pé.

Não inteiramente certo do que estava sentindo, dividido entre estar constrangido ou achar graça por causa da precisão das observações de Kelsey, ele se deixou sentar no braço do sofá.

– Sinto muito, Kelsey. Sei que isso não muda muito as coisas, mas eu realmente sinto muito.

– Estou tentando não pensar no quanto estou me sentindo mal agora. Prefiro me preocupar com Naomi.

– Ela superará este momento difícil.

– Acho que todos nós superaremos. – Ela se demorou junto à mesa, pegou um dos copos e molhou a garganta ressecada. – Foi horrível quando eles me falaram sobre a droga. Foi como se eu o estivesse perdendo pela segunda vez. Estão inspecionando as maletas dos veterinários. Examinando cada agulha. Mas, mesmo que eles encontrem algo, que diferença fará? Pride está morto.

– Se o comitê organizador encontrar a agulha que o matou, será mais fácil descobrir quem a usou.

Ela negou com a cabeça.

– Não, não acho que a encontrarão. Não consigo acreditar que alguém tenha tido a imprudência de abandoná-la no hipódromo ou que tenha deixado impressões digitais ou qualquer outro indício. – Inquieta, ela enfiou as mãos nos bolsos e, logo em seguida, as retirou.

– Quando eu descobrir quem fez isso, e vou descobrir, vou querer que essa pessoa sofra. – Ela pegou o copo novamente, olhou para a água e observou as minúsculas borbulhas subindo. – Destruíram o coração do potro. Literalmente. – A comoção a dominou, mas ela sufocou o choro. – Reno deslocou o ombro, quebrou uma clavícula, mas não passou disso. Graças a Deus.

– Joey me contou. Você o terá de volta no dorso de um cavalo em poucas semanas, Kelsey.

– Talvez para participar da Preakness.* – Força, ordenou a si mesma. Pense no amanhã. – Você conhece o nosso potro, High Water. Ele poderia se sair bem.

*Nome de uma importante corrida para cavalos de até 3 anos realizada anualmente no estado de Maryland. O cavalo que vencer no mesmo ano a Preakness, o Derby de Kentucky e o Belmont Stakes ganha o título da Tríplice Coroa (Triple Crown). (*N. do T.*)

– É isso aí, garota – murmurou ele.

Ela sorriu.

– Precisaremos trabalhar muito, logicamente. Eu vi levarem Pride embora hoje, e isso me doeu muito. Nunca tinha perdido ninguém de quem gostasse tanto. Nem imaginei que a primeira vez seria com um cavalo. Eu gostava tanto dele!

– Eu sei.

– Sim, sabe. – Ela andou até Gabe e pousou a mão no rosto dele. – Perdoe-me se fui fria quando você me pediu que eu o deixasse me fazer companhia. Eu teria desmontado se tivesse permitido e sabia que poderia enfrentar aqueles momentos sozinha.

– Achei que você não me queria por perto porque isso a faria lembrar que eu tinha vencido o Derby.

– Fico contente por você ter vencido. Foi minha única alegria do dia. Se tivesse sido possível, eu teria ido ver você entrar no círculo do vencedor. E teria adorado ver a entrega do troféu. – Lembrando-se de algo, ela deu uma breve risada e enfiou a mão no bolso. – Deus, eu esqueci. Vê? – Ela mostrou a ele dois bilhetes de aposta. Um em Pride, outro em Double. – Apostei nos dois.

Ele fitou os bilhetes, sentindo-se tão sensibilizado pelo que eles representavam quanto se tivesse recebido uma declaração de amor.

– A mesma quantia apostada nos dois cavalos.

– Acho que os dois tinham a mesma importância para mim.

Gabe ergueu o olhar. O rubor com que o estado emocional havia colorido seu rosto poucos minutos antes desaparecera, devolvendo-lhe a alvura da mais pura porcelana. A mão em sua cabeça era suave, longa e fina. Kelsey ainda usava a roupa de seda azul que vestira para a corrida.

Ele ergueu uma das mãos e percorreu os dedos sobre os fios de cabelo que haviam escapado da trança. Eles tinham as cores do trigo ao sol da tarde.

O toque e o silêncio repentino fizeram o coração de Kelsey disparar. Estava cansada, lembrou-se. Esgotada. Passara horas enfrentando e evitando repórteres, respondendo a perguntas, rechaçando especulações do que certamente seria apenas a primeira de uma série de agressivas abordagens do caso pela imprensa sensacionalista. Portanto, como ainda lhe restava energia para se sentir tão excitada?

– Já é tarde. Preciso ir. – Ela não se desvencilhou bruscamente de seu afago, mas alcançara a porta quando ele se levantou. – Preciso saber como Naomi está.

– Moses está com ela.

– Mesmo assim.

Ele sorriu, lentamente, seus olhos fixos nos dela, calorosos.

– Mesmo assim – repetiu ele.

– Foi um longo dia.

– O mais longo de todos. Do tipo que esgota as emoções. Sabia que é muito excitante poder ver estampado em seu rosto tudo o que você está sentindo? – Ele se aproximou dela, mas não a tocou. – Nervosismo, aflição, incerteza... Desejo.

Como poderiam não estar em seu rosto se aquelas sensações a consumiam?

– Não sou muito boa nessas coisas, Gabe. Você já deveria saber disso.

– Não é boa em quê?

– Em... – Ela esbarrou numa cadeira enquanto recuava, xingou e desviou dela. – Nessa coisa de sedução, entrega, satisfação. E em escolher o momento.

– É um saco – completou ele, a seu modo. – Escolher o momento certo é um saco. – Ele poderia dar um passo atrás e deixá-la. Sofreria, mas poderia fazer isso. – Você vai ter que me dizer que não me quer. Agora. Sim ou não, Kelsey. Aqui e agora.

– Estou tentando, mas preciso pensar. – Ela se sobressaltou quando ele ergueu as mãos e as espalmou na parede, cercando a cabeça dela

– Você acha que é arriscado, mas ainda não se deu nem mesmo ao trabalho de avaliar os riscos. – A velha temeridade o dominava, conduzindo-o. Era perder ou ganhar. Ele toparia a corrida. – A bolada é alta, e é sempre mais seguro deixar passar. É o que você deseja? Segurança?

Sem se dar conta de que estava se movendo, Kelsey balançou a cabeça lenta e mecanicamente, de um lado para outro. Por não conseguir desviar os olhos dos dele, viu neles o brevíssimo lampejo de triunfo.

– Que se danem os riscos. – Ele a puxou para junto dele. – Vamos jogar.

Kelsey abandonou a lógica e a cautela. Não as queria naquele momento. Tudo o que queria era exatamente o que ele lhe dava: a boca faminta, a urgência das mãos. Quaisquer que fossem os riscos, ela entrara no jogo.

Involuntariamente, Kelsey prendeu a respiração quando ele a pressionou contra a parede e puxou sua jaqueta dos ombros. Ela não imaginara que houvesse tanto desejo nele. Tampouco nela mesma. Mas seus dedos procuravam a camisa de Gabe, rasgando o tecido, arrancando os botões em busca da fundamental sensação da pele.

Ele estava sob as mãos dela, que percorriam a rigidez de seus músculos e a textura da pele. Movida por um surto de grande volúpia, colou sua boca na dele, desejando mais.

Ela não queria palavras suaves nem mãos delicadas. Algo parecia prestes a explodir dentro dela, e esperava que isso acontecesse logo, com força e potência. "Possua-me." Esse era o único pensamento que dominava a mente e o sangue de Kelsey. Ela ouviu o próprio riso, rouco, ofegante e estranho, ao sentir a boca de Gabe traçar uma trilha de fogo em seu pescoço, descendo por ele e prosseguindo pelo ombro desnudo, desprotegido pela blusa arriada.

E foi esse riso que anulou nele o frágil verniz de civilização. Com quase um rosnado, segurou as mãos de Kelsey e as levantou acima de sua cabeça. Ela tremia, mas seus olhos estavam turvos pela paixão e pelo desafio.

Com os pulsos presos pelas mãos dele, ela o deixou rasgar sua blusa, fazendo os minúsculos botões dourados voarem. Seu corpo estremecia como a corda grosseiramente tocada de um instrumento musical, mas seu olhar não vacilou uma vez sequer.

Havia seda sob a seda, uma fina e pequena peça que lhe cobria parcamente os seios e desaparecia em direção à saia. Ele olhou para o rosto de Kelsey enquanto deslizava uma das mãos por sua perna, alcançando a extremidade superior de sua meia-calça, uma bainha de renda ligada à seda. Ele observou os olhos dela se revirarem quando ele ardeu no fogo que ateara, mergulhando temerariamente.

Ela gritou, chocada, invadida, curvando-se ao toque da mão tateante, como se fosse um mustangue reagindo à primeira impostura do peso de um homem em seu dorso. Ondas de sensações a dominavam, asfixiando-a e atordoando-a com o calor, fazendo-a contrair o abdômen, ofegante, em êxtase. Ela balançava a cabeça enquanto seu corpo explodia de prazer.

Seu gozo foi como um gêiser, borbulhando das profundezas, rompendo cada vez mais próximo da superfície. Irreprimível. Quando ela achou que estava esgotada, quando as cores diante de seus olhos como se houvesse um caleidoscópio ali começaram a se apagar, ele começou tudo de novo.

As mãos dele, rudes e decididas, tentavam tirar sua saia, enquanto a boca percorria avidamente a seda que lhe descobria os seios e, descendo, provocou em Kelsey um novo pulsar. O sabor da pele dela era exótico, temperado com suor, mas leve como a água. De vez em quando, ele podia ouvir seus gemidos de prazer, que pareciam fechar sua garganta, enquanto seu coração disparava sob as mãos de Gabe, sob sua boca.

As unhas dela percorriam, selvagens, as costas dele, seu corpo contorcendo-se e tremendo sob as mãos de Gabe.

As mãos dos dois enredaram-se numa corrida frenética para ajudá-lo a se livrar da calça.

No instante em que se viram livres, ele mergulhou na intimidade de Kelsey, de modo profundo, intenso, seus dedos incontroláveis cravejando pequenas marcas em sua cintura macia.

Duplos gemidos vibraram no ar quando ele a conheceu, quando abriu e sustentou as pernas dela nos braços para penetrá-la melhor. Ele procurou a boca de Kelsey novamente, e as duas bocas engoliram os próprios gemidos enquanto seus corpos os conduziam à ardorosa e tórrida chegada.

KELSEY DESCANSAVA A cabeça no ombro de Gabe. Seus membros, pouco antes tão ativos e cheios de energia, estavam moles, como papel molhado. Se ele não a estivesse pressionando na solidez da parede, ela teria escorregado até o chão, como se seu corpo não tivesse um osso sequer para se sustentar.

– Quem venceu? – Ela conseguiu articular.

Com o fôlego que ainda lhe restava, ele riu.

– Empatamos. Minha nossa, você é incrível.

Ela ainda não tinha energias para questionar. A única coisa que lhe ocorreu quando sua mente começou a recuperar a lucidez foi que acabara de fazer amor de pé, frenética e violentamente, e que o que restava das roupas deles estaria provavelmente espalhado e em farrapos a seus pés.

– Isso nunca me aconteceu antes. Nada parecido com isso...

– Ótimo. – Percebendo que eles poderiam passar a noite inteira encostados à parede, como bêbados, ele a pegou no colo.

– Não, quero dizer... – Notando, vagamente, que ainda calçava um dos pés de seu par de sapatos altos, ela sacudiu a perna com displicência para se livrar dele. – Quero dizer, nunca... Quando eu era casada, nós apenas... Quero dizer. Ah, não importa.

– Não pare. – Ele a levou até a cama. – Adoro comparações. Quando elas me favorecem.

– É a única que eu tenho. Além de Wade... não houve mais ninguém.

Gabe interrompeu o movimento de levá-la para a cama e semicerrou os olhos.

– Não houve ninguém antes dele?

"Esse era meu problema na cama", pensou Kelsey, tristemente. "Falo demais."

– E então?

– Então... – Gabe estreitou-a nos braços e a beijou novamente. Talvez fosse uma antiquada e machista fantasia imaginar-se o único. Mas ele decidiu esquecer Wade e aproveitar. Deixou-a cair na cama de uma altura suficiente para fazê-la quicar duas vezes antes de se acomodar.

– Seu ex não foi apenas um filho da mãe, foi um idiota também.

– Obrigada, também acho. – Quando ele continuou a observá-la, Kelsey tentou segurar instintivamente a alça da blusa, descobrindo que ela arrebentara. – Acho que você vai ter de me emprestar um roupão ou qualquer outra coisa para eu poder voltar ao meu quarto.

Ele estava sorrindo quando subiu na cama e a cobriu.

– Falo sério, Gabe. Não posso passar pelo corredor usando essa blusa. – Ela sentiu o emaranhado de farrapos de seda embaixo deles. – Ou o que restou dela.

– Fica ótima em você. – Ele deslizou a mão pelo corpo dela até aninhar um dos seios na palma. – Mas acho que agora vou ter que tirá-la completamente de você.

– Agora? – Seu coração disparou quando ele lhe acariciou preguiçosamente o mamilo com o polegar. – Talvez eu não consiga. Talvez você não consiga.

Ele ergueu uma das sobrancelhas enquanto aproximava sua boca sorridente da de Kelsey.

– Quer apostar?

Ela teria perdido. Muitas vezes. Quando a aurora começou a atravessar as janelas, ela estava esparramada sobre ele, seu corpo ainda trêmulo do último orgasmo, sua mente muito aérea para adormecer.

– Preciso ir. Preciso voltar ao hipódromo.

– Você precisa dormir e comer quando acordar. Depois disso, nós iremos ao hipódromo.

– Temos como conseguir café? – Kelsey começava a arrastar as palavras, enquanto uma sensação de intensa fadiga a dominava completamente.

– Claro. Basta pedir. – Ele lhe afagou o cabelo, as costas, não para excitá-la dessa vez, mas para adormecê-la. – Desligue a tomada por algum tempo, querida.

– Que horas são?

Ele consultou o relógio e mentiu sem hesitar.

– Quase quatro – informou, embora já passasse das seis horas.

– Está bem. Só duas horas. – Kelsey sentiu-se como tragada por um túnel, absolutamente leve. – Um rápido cochilo.

Ele a acomodou com gentileza, tirando o cabelo do seu rosto, estendendo o amarrotado lençol sobre ela. Seu rosto ainda estava pálido, e as olheiras lembravam manchas no mármore. Ele a observou dormir alguns minutos e, diante disso, apaixonou-se.

Pouco à vontade com essa sensação, ele se afastou dela e pulou da cama. Lembrou-se de que uma boa relação sexual, independentemente do afeto envolvido, estava longe de ser amor.

Ele a desejara. E, finalmente, tinha conseguido. Isso não significava que precisasse saber o que aconteceria depois. Ela precisava de um amante tanto quanto de um amigo. Uma vez que ele pretendia ser tanto um como outro, era melhor começar sendo amigo dela.

Gabe tomou um banho e, quando voltou para se vestir, observou que ela não se mexera. Sem considerar suas suscetibilidades, pegou a bolsa de Kelsey, onde encontrou sua carteira, um pacote de lenços de papel do tamanho da palma da mão, uma agenda com capa de couro e, para seu divertimento, um esgaravatador de cascos. A chave do quarto estava guardada num bolsinho com zíper, junto com um batom, um pequeno vidro de perfume, que ele se permitiu cheirar, e uma cédula de vinte dólares. Itens, supôs, que mulheres como Kelsey gostavam de ter sempre à mão.

Guardou a chave em seu bolso e deixou Kelsey dormindo.

Sua primeira parada foi na suíte de Naomi. Moses abriu a porta à primeira batida. Parecia tenso e cansado, mas estendeu a mão a Gabe com um sorriso sincero.

– Não tive a oportunidade de lhe dar os parabéns. Seu cavalo fez uma bela corrida.

– Ele teve concorrentes à altura. Mas não era assim que eu queria vencer o Derby.

– Acredito que não. – Moses o deixou entrar na suíte, dando-lhes um tapinha nas costas. – É um momento difícil, Gabe. Para todos nós. Agora, que sabemos algo a respeito, é mais difícil ainda.

– Não houve mais notícias, presumo.

– A investigação está em andamento. E Three Willows fará uma por conta própria. – Seu olhar endureceu, como ônix, em seu rosto enrugado. – Tudo o que sei é que alguém queria que aquele cavalo morresse. Maldito desperdício.

– O que eu puder fazer... qualquer coisa que alguém em Longshot puder fazer... basta apenas uma palavra sua para que seja feito. Tanto quanto você, quero muito saber quem fez aquilo e por quê. – Gabe deslocou o olhar para a porta do quarto quando ela se abriu.

Naomi chegou à saleta. Se ela fosse um pugilista, ele teria todos os motivos para dizer que estava em ótima forma. Nenhum indício da aparente fragilidade que dominava sua fisionomia no dia anterior estava à mostra agora.

Usava um terninho roxo-escuro, o mais próprio a seu luto que ela pudera encontrar, exibindo um olhar de resoluta superação.

Como bem havia dito Gabe, ela superaria aquilo tudo.

– Que bom que está aqui. – Ela caminhou até ele e lhe abraçou o pescoço, descansando a bochecha na dele. – Sei que é difícil para você também. – Ela recuou um pouco, mas manteve as mãos apoiadas nos ombros dele. – Muito do que vão falar por aí certamente o envolverá. Precisamos unir forças.

– Pode contar comigo.

– Odeio o que aconteceu. Odeio por mim, por você e pelo turfe. Mas nós vamos superar e resolver essa situação. Acabei de marcar uma entrevista coletiva. Gostaria que você estivesse presente.

– Onde e quando?

Ela sorriu e lhe acariciou o rosto.

– Ao meio-dia, no hipódromo. Acho importante que façamos isso lá. Levaremos Pride para casa logo após a autópsia. – Ela fez uma pausa e respirou fundo. – Nós dois devemos nos preparar para o intenso assédio da imprensa nas próximas semanas, e, com a Preakness tão próxima, para ainda mais especulações. – Ela piscou, encorajadora. – E trate de vencer essa também, Gabe.

– É o que pretendo fazer.

Satisfeita, ela assentiu com a cabeça.

– Vou dar mais uma ou duas horas a Kelsey antes de telefonar para seu quarto. Ela enfrentou muitas coisas ontem.

Detestaria pedir algo mais sem antes deixá-la se refazer um pouco de tudo o que aconteceu.

– Talvez ela precise mesmo desse tempo. – Ele se sentiu ridículo quando um calafrio lhe percorreu o corpo, e enfiou as mãos nos bolsos, acariciando com os dedos a chave do quarto de Kelsey. – Ela passou a noite comigo. Está dormindo agora. Vou pegar algumas roupas no quarto dela e depois providencio o café da manhã.

Fez-se um longo silêncio. Cinco segundos. Dez. Naomi o quebrou com um suspiro.

– Fico contente que você tenha estado com ela. Fico contente que tenha sido você.

– Talvez não fique mais, depois que eu lhe disser que continuará sendo eu.

Ela arqueou uma das sobrancelhas.

– Você está falando em casamento, Gabe? – Pela primeira vez depois de muitas horas, ela riu. – Ah, o rosto sempre empalidece. Coisa de homem mesmo. – Ela lhe golpeou o braço gentilmente com a mão enquanto ele continuava a fitá-la. – Seria melhor você sair daqui, querido, antes que eu comece a lhe fazer perguntas constrangedoras. Se conseguir trazer Kelsey aqui até por volta das 11 horas, poderemos ir todos juntos para o hipódromo. Ah, e pegue o terninho azul-marinho e a blusa coral para ela.

Naomi conduziu-o até a porta, fechou-a e recostou-se nela.

– Ah, Moses, que terríveis 24 horas têm sido estas. E agora, ainda que por apenas alguns minutos, eu me sinto tão bem. Você acha que Kelsey sabe que ele está apaixonado por ela?

TUDO QUE KELSEY sabia era que estava furiosa com Gabe. Ele não apenas a tinha deixado dormir demais, mas também havia saído levando consigo a chave de seu quarto. Ela estava presa, sem uma única muda de roupa decente, no quarto dele.

Ela saiu de um banho gelado, que quase não havia lhe esfriado a cabeça, e vestiu o roupão do hotel pendurado atrás da porta. Com os cabelos enrolados numa toalha, andava de um lado para outro.

Pensou em telefonar para a suíte de Naomi, mas envergonhou-se com a ideia de dizer que estava praticamente nua e abandonada no quarto de Gabe.

Quando ouviu a porta da suíte se abrir, marchou pesadamente até a saleta, cuspindo fogo.

– Gostaria de saber que diabo você acha que está...

Ela e o garçom se entreolharam fixamente e com o mesmo teor de constrangimento.

– Sinto muito, senhorita. O cavalheiro disse que eu deveria entrar e pôr o café sem bater ou fazer barulho, porque provavelmente a senhorita estaria dormindo.

– Sim... bem, não há problema. Eu já estava acordada. – Ela entrelaçou as mãos, procurando se recompor. – E onde está o cavalheiro?

– Não saberia informar, senhorita. Ele apenas me deu instruções. Preferiria que eu voltasse mais tarde?

– Não. – Ela não ia deixar aquele café sair da suíte. – Não, assim está ótimo. Desculpe se eu o assustei.

Enquanto ele dispunha as coisas, ela se perguntou se deveria pegar as peças de roupa espalhadas pelo tapete ou simplesmente fingir que não as tinha visto. Tendo optado pela segunda atitude, apenas recebeu a nota das mãos do garçom e a assinou com traços vigorosos, acrescentando uma gorjeta que, tinha certeza, iria fazer Gabe chorar.

– Obrigado, senhorita. Tenha um bom apetite.

Ela estava servindo a primeira xícara de café quando Gabe chegou.

– Então você está acordada.

– Seu cachorro. – Ela tomou um generoso gole de café, queimando a língua inadvertidamente. – Onde está minha chave?

– Bem aqui. – Ele a retirou do bolso e colocou o terninho sobre o espaldar de uma cadeira. – Acho que peguei tudo. Você é uma hóspede organizada. Cosméticos, escova de dentes. Aliás, suas roupas íntimas são lindas. Ah, e achei que esta coisinha combinava com o terninho. – Ele ergueu o ursinho de pelúcia e riu. – Vai usá-lo?

Ela o pegou das mãos dele.

– Você andou fuçando as minhas coisas.

– Fui pegar as suas coisas. Sua mãe sugeriu o terninho.

– Minha... – Kelsey cerrou os dentes e implorou a Deus que lhe desse paciência. – Você esteve com ela?

– Sim. Aliás, ela está bem. Mais do que pronta para o que der e vier. Marcou uma entrevista coletiva no hipódromo ao meio-dia. Que tal o café? – Ele se serviu. – Devemos estar na suíte às 11 horas para irmos juntos. Ela sugeriu o terninho, mas não os acessórios que você provavelmente gostaria de usar com ele. Portanto, escolhi o que achei que lhe agradaria mais.

– Ela lhe pediu para pegar esse terninho para mim? – Kelsey inspirou e em seguida soltou o ar lentamente. – O que significa que você disse a ela que eu estava aqui...

Ele se sentou e levantou a tampa de prata de uma travessa, encontrando presunto e ovos.

– Eu disse a ela que você passou a noite comigo. – Ele ergueu o olhar rapidamente. – Há algum problema?

– Não, mas... não. – Desistindo de prosseguir, ela colocou a mão na testa. – Minha cabeça parece estar girando.

– Sente-se e coma. Você se sentirá melhor. – Quando ela se sentou, ele estendeu o braço e fechou a mão sobre a dela firmemente. – Estamos nisso juntos. Entende?

Ela fitou as mãos unidas. Ele não havia se referido à entrevista coletiva, não apenas, e ambos sabiam disso. "Outro risco", pensou ela, mas ergueu o olhar até o dele.

– Sim, entendo.

17

— Você não disse que iria matar o cavalo. – Cunningham enxugou o rosto suado. Ele tinha a impressão de que estivera suando o tempo todo nos últimos dias. Diante das câmeras, com um grande e desajeitado sorriso no rosto. Nas festas de comemoração em que as pessoas o cumprimentavam com tapinhas nas costas e lhe ofereciam drinques. Na cama, olhando fixamente para o teto, rememorando repetidas vezes os instantes finais do Derby.

Ele havia desejado a vitória e agora se conformava gratamente com o segundo lugar, muito embora o preço dessa conquista houvesse subido a alturas muito maiores do que ele teria imaginado poder pagar.

– Não disse – repetiu ele, enquanto o suor lhe ensopava a camisa e se acumulava asquerosamente na base de sua coluna. – Você disse que ia desclassificá-lo, para que Big Sheba tivesse chance de chegar entre os três primeiros.

– Você deixou os detalhes por minha conta – lembrou Rich. Ele estava tomando o melhor uísque de Kentucky e desfrutando a vista de Washington de uma luxuosa suíte de hotel. Podia se dar ao luxo de muitas coisas agora. – E você teve o que queria. Sua potranca chegou entre os três primeiros no Derby. Agora ninguém mais vai chamá-lo de fracassado, vai? Ninguém mais vai rir de você pelas costas.

– Nós combinamos apenas que você providenciaria que o cavalo deles fosse desclassificado.

– E eu providenciei – disse Rich, sorrindo. – Que fase a nossa. Os Chadwicks perdem, todas as suspeitas recaem sobre eles e sobre meu petulante filho. E você, meu rapaz, sai disso tudo cheirando a rosas. – Ele pegou uma amêndoa francesa de uma tigela. – Agora, sejamos francos, Billy. Bem que você gostaria de dar uma bofetada na cara de Gabe, não é verdade? Afinal de contas, ele lhe custou a perda da fazenda de sua família e uma boa dose de sua dignidade há cinco anos.

– É verdade. Eu não recusaria o gostinho de baixar a crista dele. Mas...

– Nós dois sabemos que aquela sua potranca não tinha a mínima chance de vencer a corrida – continuou Rich. – Com Longshot e Three Willows como concorrentes, ela teria chegado em terceiro se fosse surrada da largada até a linha de chegada. O mais provável seria quarto ou quinto, o que não teria sido muito bom, teria?

"Não com o buraco em que me metera", pensou Cunningham.

– Não, mas...

– Não. – Rich comia outra amêndoa, o rosto tão sério quanto o de um vendedor de carros usados. – Você precisava de uma vantagem, e eu a forneci. Agora, a verdade é que eu não esperava nem mesmo que ela chegasse entre os três primeiros, mas a garota correu com o coração. Ela vai gerar muitos campeões – disse ele com uma piscadela. – É isso o que importa, certo? Agora você só precisa cruzá-la e se encher de dinheiro assim que ela levantar o rabo para um garanhão bonitão.

Era verdade. Ele não tinha dúvidas quanto a isso, mas as glândulas de Cunningham ainda estavam trabalhando muito além do normal.

– Se isso vier a público, Rich, eu estarei arruinado.

– Como isso se tornará público? Eu vou contar a alguém? – Ele sorriu novamente. – Você não esteve se gabando para aquela coisinha na cama, esteve? Alguns homens não conseguem ficar de boca fechada depois de molhar o biscoito.

– Não. – Cunningham passou a mão pela boca. – Eu não disse nada a ela. – Nada em que ela pudesse prestar atenção. Marla estava mais interessada em gastar seu dinheiro do que em saber como ele o ganhava. – Mas as pessoas estão fazendo perguntas. E a imprensa está me importunando.

– É natural que estejam – disse Rich, encorajador. – Tudo o que você precisa fazer é balançar a cabeça, parecer triste e de quebra ganhar publicidade gratuita. Poderia muito bem florear suas declarações, dizendo o quanto conhece Naomi Chadwick e Gabriel Slater, e que não poderia imaginar que algum deles fosse capaz de cometer uma indignidade tão grande como aquela. E não se esqueça de envolver o nome de Gabe. Eu ficaria muito grato.

Cunningham lambeu os lábios e inclinou-se um pouco para a frente.

– Como você fez isso, Rich?

– O que foi, Billy, meu rapaz? Isso é um segredo meu. Quanto menos você souber, melhor. Certo? Você é apenas um sujeito sortudo que comprou uma égua num leilão e conseguiu fazê-la se sair bem no Derby.

A Preakness será daqui a duas semanas.

Rich sorriu, arqueando as sobrancelhas.

– Isso é ambição, amigo. E é um perigo. Você sabe que é arriscado fazer aquela égua correr novamente.

– Ela aguentaria. – Ele esqueceu o sentimento de culpa, e seus temores. Esqueceu a morte dos dois homens e a triste cena do potro caindo a poucos metros da linha de chegada. – Preciso apenas que ela chegue entre os três primeiros.

– Nada disso. – Rindo, Rich balançou o indicador. – Mesmo que consiga colocá-la lá e que ela não decepcione, essa etapa da Tríplice Coroa tem de ser corrida limpa. Senão, podem começar a prestar atenção em você, Billy. E, quem sabe, se eles prestarem atenção em você, podem começar a prestar atenção em mim também. Se isso acontecer... Bem... – Ele girou o copo com gelo. – Nós deixaremos de ser amigos.

– Há muito dinheiro em jogo.

– Você quer mais dinheiro? Aposte no potro de Longshot. Conheço meu garoto. Ele colocará todo o seu empenho para conquistar a vitória. Para se vingar. – O sorriso de Rich era amargo. Ele despejou mais uísque sobre o gelo que derretia. – Sempre foi muito teimoso com esse negócio de vencer honestamente. Eu lhe ensinei todos os truques que conheço, cada maldito truque, mas ele acha que é melhor do que eu, entende? Acha que é bom demais para trapacear no jogo. – Rich semicerrou os olhos, endurecendo o olhar enquanto bebia. – Veremos quem ficará por cima agora. Veremos.

Era inútil discutir quando Rich começava a beber sem parar.

– O que eu faço então?

– Não a deixe correr em Pimlico, Billy. Diga que ela se machucou num dos treinos e que você não quer forçá-la. Procure aparentar desapontamento e integridade. Depois, solte-a no pasto até que chegue a hora de lhe arranjar um bom namorado.

– Você está certo. – Doeu, mas Cunningham pôs a ambição de lado. – É melhor não arriscar. Vou arranjar um bom garanhão para ela e tentar emprenhar a danada na próxima primavera. – Ele esboçou um breve sorriso. – Eu poderia até fazer negócio com seu garoto, Rich, acasalando-a daqui a alguns anos com o campeão do Derby.

– Agora, sim, você está pensando direito. – Ele se inclinou para a frente e deu um tapinha no joelho de Cunningham. – Estive fazendo os cálculos de uma pequena gratificação, Billy.

– Gratificação? – Atinando instantaneamente com as intenções de Rich, Cunningham endireitou-se, recuando o tronco e recostando-o no espaldar da cadeira. – Nós fizemos um acordo, e eu cumpri a minha parte.

– É verdade. Não posso afirmar que não. Mas, olhe aqui, Billy, você levou uma bolada naquela corrida, embolsando o prêmio pelo segundo lugar e o dinheiro dos guichês de aposta ao mesmo tempo. Imagino que tenha colocado as mãos em 300, talvez 400 mil. – Ele ampliou o sorriso, enquanto Cunningham começou a suar novamente. – E com os acasalamentos, com os filhotes que ela vai gerar em, digamos, dez anos, você ficará muito bem financeiramente. Você não poderia fazer isso se não tivesse contado com a minha ajuda, poderia?

– Eu lhe paguei.

– Sem dúvida, mas tive despesas. Tive que pagar Lipsky.

– A ideia foi sua. Não tive nada a ver com isso.

– Sou como um subcontratante, Billy. – Rich procurou argumentar pacientemente. – Tudo o que faço retorna para você. Não devia se esquecer disso. Senão, vejamos. Lipsky eliminou o velho cavalariço, e eu eliminei Lipsky. Não desejo entrar em detalhes sobre a inclusão de outras pessoas na minha folha de pagamento, mas apenas frisar que são despesas necessárias, e que eu preciso repassá-las a você. Temos a morte de dois homens e de um cavalo nas costas, e eu sou o elo entre tudo isso e você. – Ele sorriu radiantemente, contando as mortes consumadas nas pontas dos dedos. – Portanto, me manter sempre feliz deveria ser algo muito importante para você. Cerca de 100 mil, digamos, para eu começar a me sentir feliz.

– Cem mil?! Isso é loucura, Rich! Pura loucura. Todas as despesas desse nosso esquema correram por minha conta, e ainda tive de pagar muitas outras coisas. Você sabe quanto custa manter um puro-sangue? Mesmo que seja apenas um único maldito cavalo? Sem falar no custo de participação das corridas.

– Não posso acreditar que você quer que eu viva de esmolas, Billy. Não posso mesmo. – O sorriso de Rich era tão amigável quanto o das caveiras. Ele manteve a mão firme no joelho de Cunningham. Do mesmo modo que pretendia fazer com a carteira dele ainda por um bom tempo. – Cem mil é uma verdadeira pechincha pelos serviços que lhe prestei. Acredite. Eu lhe darei mais uma semana para você pensar em como adulterar seus livros de contabilidade. Esteja com o dinheiro aqui um dia antes da Preakness. – Ele se recostou, satisfeito consigo mesmo. – Estou louco para apostar uns trocados no potro do meu garoto. Você sabe, laços de família.

Ele ria ao colocar mais uísque no copo.

Os laços de família de Kelsey tinham lhe dado uma terrível dor de cabeça. Ela já havia antecipado que a viagem às proximidades do rio Potomac seria difícil, mas tinha sido muito mais do que isso. Seu pai estava furioso, mais do que Kelsey jamais tinha visto. Fazia pouca diferença o fato de o alvo de sua raiva não ser ela. Pois, conforme Candace havia salientado, ela era a causa do problema.

Milicent havia cumprido a ameaça. Não fora possível anular os benefícios legados à neta pelo testamento deixado pelo marido, mas ela tinha alterado as cláusulas do testamento do patrimônio que lhe pertencia, deserdando Kelsey. Em termos vitorianos e melodramáticos, Milicent não tinha mais uma neta.

Parada no carro estacionado na entrada de Three Willows, com o motor ligado, Kelsey descansava a cabeça latejante no volante. Foram cenas horríveis. A fria fúria de Milicent anunciando que a deserdara, o choque de seu pai seguido de indignação. E Candace, ensaiada, lançando flechas de acusações no coração de Kelsey.

Sob um abafado gemido de dor, ela endireitou-se e desligou o motor. Não imaginara que a visita à família fosse causar tanto sofrimento. Ela e Milicent se desentendiam há tanto tempo, que lhe parecera mais razoável pensar em alívio.

Mas não estava aliviada. Estava ainda mais magoada.

Exausta, saiu do carro, esperançosa de que pelo menos um analgésico desse um jeito em sua dor de cabeça.

Ouviu a música, a explosiva e vigorosa percussão dos Stones. Mick e os rapazes gritavam sua "Sympathy for the Devil". Kelsey resolveu entrar pela porta do pátio. Havia uma tela salpicada de tinta sobre as pedras. Um aparelho de som apoiado numa mesa com tampo de vidro transbordava rock and roll. Diante de um cavalete, os cabelos presos num curto e volumoso rabo de cavalo, usando uma enorme camisa masculina que lhe chegava até os joelhos, Naomi brandia um pincel com a ponta vermelha.

"Ela poderia estar empunhando uma espada", pensou Kelsey. Duelando com a tela que já explodira em cores e formas. Seu rosto tinha, de perfil, a dureza da pedra, e os olhos estavam turvos.

A batalha parecia muito íntima, e Kelsey começou a se afastar. Mas Naomi virou a cabeça bruscamente, e seus olhos, enraivecidos, viram a filha.

– Desculpe – disse Kelsey, sua voz quase apagada pela música. Naomi estendeu o braço e abaixou o volume. – Não queria atrapalhá-la.

– Tudo bem. – As feições apaixonadas desapareceram rapidamente, como se, ao deixar de olhar para a tela, ela ficasse calma novamente. – Estava apenas tendo um acesso de raiva interno. – Ela abandonou o pincel e pegou um pano para limpar as mãos. – Já faz algum tempo que não pinto.

– É uma maravilha. – Kelsey aproximou-se e admirou os traços de cores fortes, pinceladas ainda frescas e brilhantes. – Tão primal.

– Exatamente. Você está chateada.

– Droga. – Kelsey enfiou as mãos nos bolsos. – Estou começando a pensar que tenho um painel na testa que anuncia meus sentimentos.

– Você tem um rosto expressivo. – "Assim como o meu", lembrou Naomi. "No passado." – Pelo que vejo, a visita à família não foi muito boa.

– Meti os pés pelas mãos. Causei uma desavença entre meu pai e minha avó. E das grandes. E outra menor, acho, mas não menos preocupante, entre ele e Candace.

– Por estar aqui.

– Por ser quem eu sou. – Ela pegou o abandonado copo de chá gelado de Naomi e tomou um gole. – Milicent não me excluiu apenas do seu testamento, mas também da mente e do coração. Para ela, eu não existo mais.

– Oh, Kelsey. – Naomi pousou uma das mãos no braço da filha. – Tenho certeza de que não foi exatamente isso que ela quis dizer.

O vidro tiniu quando Kelsey pôs o copo na mesinha.

– Tem mesmo? – O afeto e a preocupação de Naomi transformaram-se em fúria.

– Na verdade, é claro que foi isso mesmo que ela disse. É bem do feitio dela. Desculpe-me por ter provocado tudo isso.

– Eu sou a culpada. Isso só diz respeito a mim. Já está na hora de as pessoas começarem a entender que posso pensar, e agir e sentir por conta própria. Se eu não quisesse estar aqui, não estaria. Não estou aqui para aborrecê-los ou para apaziguar você. Estou aqui por mim.

Naomi respirou fundo.

– Você está certa. Absolutamente certa.

– Se eu quisesse estar em outro lugar, estaria. Não será por meio de ameaças, suborno ou acusações que conseguirão me fazer desistir do que é importante para mim. Minha família é importante para mim. Three Willows é importante para mim. E você também.

– Bem. – Naomi esticou o braço para pegar o copo, a mão não muito firme. – Obrigada.

Kelsey conseguiu resistir, com muito esforço, à tentação de chutar um vaso de gerânios.

– Não seria bem o caso de me agradecer. Você é minha mãe. Eu me importo com você. Admiro o que foi capaz de fazer com a sua vida. Talvez não me agradem muito todos esses anos de ausência, mas gosto de quem você é. E com certeza não vou voltar correndo para casa e fingir que você não existe só porque Milicent prefere que seja assim.

Para evitar se deixar cair sobre a cadeira, Naomi firmou a mão na mesa.

– Você não pode imaginar e nem sequer ter uma vaga ideia do que é ouvir uma filha adulta dizer à mãe que gosta dela como ela é. Amo tanto você, Kelsey.

Kelsey abandonou a raiva.

– Eu sei.

– Eu não tinha como saber que tipo de pessoa você era quando a vi novamente. Todo o meu amor estava reservado para a garotinha que eu havia perdido. Mas você veio e me deu uma chance. Estou tão fascinada pela pessoa que você é. Tão orgulhosa de você. Se partisse amanhã e não voltasse nunca mais, ainda assim você teria me dado mais do que eu jamais pude imaginar receber novamente.

– Não vou a lugar algum. – Deixando-se levar pelo coração, Kelsey deu alguns passos e abriu os braços. – Estou exatamente onde quero estar.

Com os olhos bem fechados, Naomi desfrutou intensamente a sensação da presença da filha, seu perfume.

– Farei o possível para consertar as coisas para você, tentarei encontrar uma forma de amolecer o coração de Milicent.

– Não. Isso não é assunto seu. – Mais calma, ela se afastou. – Você pode enlouquecer com os meus problemas. Eu também enlouqueço. – Empolgada pela oscilação do próprio humor, ela se virou e começou a andar de um lado para outro. – E, aliás, estou intensamente magoada. Não consigo acreditar no quanto fui ferida. Por ela ter achado que poderia me comprar com seu dinheiro. Por ter usado o dinheiro e também os meus sentimentos, contra mim. Por ter tentado me controlar com eles.

– Controlar é a razão de viver de Milicent. Sempre foi.

– Ela não conseguiu anular o benefício deixado por vovô. Aposto que ela morreu de raiva por não ter conseguido, por não ter poder para isso. Papai ficou muito aborrecido. Gritou com ela. Ele nunca levantou a voz para a mãe.

– Já levantou, sim. – Havia uma satisfação secreta no sorriso de Naomi. – Há muito tempo. Fico contente por ele ter apoiado você.

– Gostaria de ter ficado também. Foi horrível vê-los discutirem daquela forma. Ver a distância que toda essa situação provocou entre ele e Candace. E saber, estando certa ou errada, que sou responsável por isso. Vovó é tão inflexível, tão incapaz de avaliar a posição dos outros. – "E o mesmo não havia sido dito sobre mim?", lembrou Kelsey, estremecendo.

– Ela só tem duas alternativas – disse Naomi. – Ou se rende, ou vai morrer sozinha.

– Prefiro acreditar que eles farão as pazes novamente – murmurou Kelsey. – Tenho de acreditar. Quanto a mim e vovó, não creio que possamos nos reconciliar. Não depois de hoje. Ela usou o que aconteceu com Pride contra mim. Disse exatamente essas palavras: que você pagou a um de seus comparsas para drogar o cavalo. Afinal de contas, você já tinha matado um homem... – Estarrecida, Kelsey não conseguiu prosseguir.

– Por que eu não teria a ideia de matar um cavalo? – completou Naomi. – Por quê?

– Sinto muito. – Aborrecida consigo mesma, Kelsey passou os dedos nas têmporas latejantes. – Ah, como estou tensa.

– O que ela pensa não faz muita diferença. Tenho certeza de que outras pessoas também pensam assim. Uma das razões de eu estar aqui fora exorcizando meus sentimentos – Naomi gesticulou em direção à tela – são os rumores de que eu possivelmente tenha planejado a morte de Pride para receber o dinheiro do seguro.

Kelsey deixou as mãos caírem e cerrou os punhos.

– Isso é odioso! Ninguém que a conheça poderia pensar uma coisa dessas.

– Infelizmente, isso não é incomum. Há muita maldade no mundo, Kelsey. Mas os rumores passarão. – Ela pegou o pincel novamente, e contemplou a tela. – Bastaria fazer contas para eliminar essas maliciosas suposições. Embora tivesse um excelente seguro, Pride valia muito mais vivo do que morto, tanto correndo quanto na reprodução. Mas há o passado...

Mais calma, ela voltou a pintar.

– Essa era minha terapia na prisão, mais até, era meu modo de sobrevivência; o único meio de canalizar as emoções. Você não quer voltar sua atenção para dentro de si mesma. Cheia de ódio, de mágoa, de medo. Principalmente medo.

– Não quer me contar sobre isso? – pediu Kelsey cautelosamente. – Sobre a vida na prisão?

Naomi continuou a pintar em silêncio durante alguns instantes. Já se questionara sobre quando Kelsey perguntaria isso. Quando, não se. A necessidade de obter respostas era tão característica de sua filha quanto a cor de seus olhos.

Então ela iria pintar outro quadro – com palavras no lugar dos pincéis.

– Eles tiram tudo de você – disse ela tranquilamente, lembrando-se de que aquilo fazia parte do passado. – Não apenas as roupas, embora essa seja uma das primeiras humilhações. Eles lhe tiram tudo: as roupas, a liberdade, os direitos, a esperança. Você fica apenas com o que eles dão: a entediante rotina. Estipulam a hora que você deve acordar, comer e dormir. O que você sente ou deseja não importa.

Kelsey aproximou-se e parou ao lado dela. Pássaros comemoravam a primavera. No ar misturavam-se os cheiros de flores e tinta.

– Você só come o que lhe dão – prosseguiu Naomi –, mas, depois de algum tempo, se acostuma. Esquece o que é sair e comer num restaurante ou simplesmente acordar à noite e ir até a cozinha. – Ela suspirou involuntariamente. – E é melhor esquecer mesmo. Se guardar muitas lembranças do mundo externo, você enlouquece, porque sabe que nada lhe pertence mais. Pode ver as montanhas, as flores, as árvores, as mudanças das estações, mas tudo lá fora, nada tem a ver com você, que já não pode mais ser o que era. E mesmo que sofra terrivelmente por falta de companhia, você não consegue se aproximar muito de ninguém, pois as pessoas vêm e vão.

Ela trocou de pincéis e começou a pintar vigorosamente, com a energia que lhe percorria a alma.

– Algumas mulheres tinham calendários, mas eu não. Eu não queria pensar nos dias se transformando em semanas, que formariam meses para então compor anos. Eu não conseguiria. Algumas tinham retratos da família, dos filhos, e gostavam de conversar sobre eles. Ou sobre o que fariam quando saíssem dali. Eu não podia fazer isso. Eu não seria capaz. Era mais fácil me ater à rotina.

– Mas você estava sozinha – murmurou Kelsey. – Deve ter se sentido muito solitária.

– Essa é a maior punição. A solidão e a incompatível falta de privacidade. Não são as grades. Você até acredita que vão ser as grades, confinando-a. Mas não são.

Ela respirou fundo, obrigando-se a continuar.

– Se você tem algum tempo livre, lê ou assiste à televisão. Revistas de moda eram uma boa distração, mas eu parei de lê-las depois dos primeiros anos. Era muito difícil verificar mudanças, mesmo com relação a coisas tão frívolas quanto o comprimento das saias.

– Alguém a visitava?

– Meu pai. Moses. Nada que eu dissesse os impediria de me visitar. Deus sabe como eu queria vê-los, não importando o quanto eu sofresse depois que eles fossem embora. Vi meu pai envelhecer. Acho que foi a pior parte: ver a passagem do tempo no rosto dele. Esse era o meu calendário. O rosto de papai.

"O último ano foi o pior. Eu estava alcançando a possibilidade de liberdade condicional e tudo indicava que conseguiria. Sabendo que a liberdade estava ao meu alcance e, ao mesmo tempo, me dando conta de estar saindo de um mundo em que vivera por tanto tempo. O que fazer depois de ser solta? E quando? Os dias se arrastavam, com muito mais tempo para pensar, para cultivar esperanças novamente, para destilar aqueles últimos meses. Então chega o dia em que você veste roupas comuns. Papai levou um vestido novo para mim. Cinza, listrado, bastante formal. Minhas mãos tremiam tanto que eu não conseguia abotoá-lo. A luz do sol machucou meus olhos quando pus os pés do lado de fora. Não que tivessem me mantido num buraco. Era uma prisão decente, sob a responsabilidade de pessoas decentes, pelo menos em sua maioria. Mas o sol parecia diferente naquele dia. Mais forte, mais radiante. Eu não conseguia ver nada sob aquela luminosidade. E, ao mesmo tempo, pude ver muita coisa."

Ela trocou os pincéis outra vez, o olhar fixo em seu trabalho.

– Você realmente deseja ouvir o restante da história?

– Continue – murmurou Kelsey. – Termine.

– Vi papai. Vi o quanto estava frágil e velho. O Cadillac novo, ofuscantemente branco, em que ele me levou para casa. Sei que falou comigo, e eu com ele, mas não consigo me lembrar de nada. Só me dava conta da rapidez de tudo e do quanto as estradas estavam cheias. E senti medo, medo de que me levassem de volta e de que não me levassem. Paramos num restaurante. Guardanapos de linho, vinho e flores sobre a mesa. Ele precisou pedir para mim, como se eu fosse uma criança. Não conseguia me lembrar do que eu gostava. E comecei a chorar. Ele também chorou. E ficamos à mesa chorando juntos, deixando nossas lágrimas pingarem sobre o linho da toalha porque eu não conseguia me lembrar de como sentar num restaurante e fazer um pedido.

"Dormi durante a maior parte do restante da viagem, exausta com a liberdade. Acordei quando estávamos passando pelos portões da fazenda. Vi que as árvores, mudas que eu mesma tinha plantado, eram então árvores adultas que certamente haviam florescido ano após ano, sem que eu pudesse ver. Um novo quadro na sala de estar, um vaso de flores que não estava lá antes. Cada pequena mudança me apavorava.

"Não desci até as baias, pelo menos durante muitos dias; só fui quando Moses veio aqui e praticamente me obrigou a ir lá. O primeiro animal que vi foi um cavalo que eu tinha ajudado a nascer, e ele estava com 1,63 metro de altura e era um reprodutor. Novos equipamentos, novos funcionários. Tudo novo. Fiquei em casa durante uma semana depois disso. Dormia com a luz acesa e a porta aberta. No começo, não conseguia suportar a ideia de portas fechadas. Mas, depois de algum tempo, isso passou. Precisei aprender a dirigir novamente. Senti muito medo, mas consegui. A primeira vez que saí sozinha de carro, fui até sua escola. Fiquei observando o bebê do qual a vida tinha me separado, e que era então uma mocinha, aprendendo a flertar com os meninos. Esforcei-me para aceitar que você tinha aprendido a viver sem mim. E tentei começar tudo de novo."

Naomi abandonou o pincel e deu um passo atrás.

– Pronto.

KELSEY NÃO ESTAVA muito certa disso. Talvez Naomi tivesse terminado de pintar o quadro, mas não havia esgotado as emoções que o permeavam. Tampouco, pelo menos no que se referia a Kelsey, aquele era o fim da história. A questão não era apenas limpar o nome da mãe. Um homem tinha sido morto, e uma mulher havia pagado por isso. Ela queria ver as peças do quebra-cabeça se encaixarem perfeitamente.

Kelsey ficou surpresa ao encontrar o nome de Charles Rooney na lista telefônica. O detetive particular, cuja investigação fora decisiva no julgamento de sua mãe, ainda tinha um escritório na Virgínia. Em Alexandria, agora. O discreto anúncio nas Páginas Amarelas informava: Serviço de Investigação para questões criminais, familiares e custodiais. Licenciado, garantido e sigiloso. A primeira consulta era gratuita.

"Talvez", pensou ela, "pudesse tirar proveito disso."

– Srta. Kelsey. – Ela fechou rapidamente a lista telefônica quando Gertie, alvoroçada, entrou na cozinha.

– Você me assustou.

– Desculpe. Aquele policial está aqui novamente. – Gertie exibia na fisionomia um misto de lealdade e um cansaço solidário. – Disse que tinha mais algumas perguntas a fazer.

– Eu mesma falarei com ele. Naomi está lá embaixo nas baias. Não há necessidade de importuná-la

– Quer que eu faça café?

Kelsey hesitou por um instante.

– Não, Gertie. Vamos recebê-lo e despachá-lo logo.

– Sim, quanto mais rápido, melhor – resmungou Gertie.

Rossi levantou-se quando Kelsey entrou na sala de estar. Não pôde deixar de admirar a forma como ela usava a calça jeans, embora tivesse ficado igualmente impressionado com a matéria da entrevista coletiva, em que mãe e filha haviam se apresentado tão bem, louras e esguias em seus terninhos de seda.

– Srta. Byden, agradeço-lhe pelo tempo que me concede.

– Não tenho muito tempo para conceder, tenente, mas estou disposta a estendê-lo ao máximo se tiver alguma novidade para nós.

– Gostaria de ter. – Ele não tinha nada a não ser frustrações. Nenhuma impressão digital no quarto do motel em que Lipsky havia se hospedado, nenhuma testemunha, nenhuma pista. – Gostaria de manifestar minhas condolências pela perda no Derby. Não sou lá nenhum amante de cavalos, mas até mesmo os policiais assistem àquela corrida. Foi uma coisa terrível.

– Sim, foi. Minha mãe está arrasada.

– Ela me pareceu muito forte na entrevista coletiva.

Balançando fria e positivamente a cabeça, Kelsey sentou-se e gesticulou para que Rossi a acompanhasse.

– Esperava que ela desmontasse em público?

– Na verdade, não. Mas achei muito interessante o fato de Slater ter participado da entrevista.

– Somos vizinhos, tenente. E amigos. Gabe também é criador. E o fato de o cavalo dele ter vencido a corrida, em condições tão trágicas, tem sido difícil para todos. Nós lhe pedimos que estivesse presente para tornar público nosso apoio a ele, e Gabe aceitou para fazer a mesma coisa por nós.

– Perdoe-me, Srta. Byden, mas, pelo que fiquei sabendo pela imprensa, você e o Sr. Slater são mais do que amigos.

O sangue dos Byden ferveu nas veias de Kelsey, acrescentando-lhe ares de frieza e arrogância à inclinação da cabeça.

– Isso é uma afirmação oficial, tenente?

– Apenas uma observação. É natural. Vocês dois são pessoas atraentes e têm interesses afins. – Ela não mordeu a isca, o que, aliás, ele não esperava que ela fosse fazer. – Estive pensando que talvez pudesse contar com sua ajuda para me informar dos detalhes do que aconteceu em Churchill Downs.

– Pensei que não se interessasse por cavalos, tenente.

– Assassinatos me interessam, mesmo que sejam de cavalos. – Ele fez uma pausa. – Principalmente quando têm ligação com um caso de homicídio que quero solucionar.

– Acha que o que aconteceu com Pride tem ligação com o assassinato do velho Mick? Como? Lipsky está morto.

– Exatamente. Segundo me informaram, não é fácil o acesso a um cavalo participante do Derby.

– Não, não é. O sistema de segurança é rigoroso. Temos guardas. – Kelsey franziu a testa. – Mas Lipsky queria prejudicar o potro de Gabe, não o nosso. Parece-me, aliás, que a morte de Lipsky foi considerada suicídio. Acha que foi assassinato?

– Está havendo uma polêmica com relação a isso – foi tudo o que ele se permitiu dizer. – Ainda preciso encontrar a resposta de algumas questões com relação a esse caso. Se puder me informar quem teve acesso oficial àquele potro antes da corrida...

– Eu, naturalmente. Minha mãe, Moses, Boggs, Reno. – Kelsey respirou fundo. – O fiscal que checa a identificação das pessoas, os manejadores no portão de largada. O batedor que o conduziu até a pista montando um potrilho. O nome dele é Carl Tripper. Os outros membros da equipe. – Ela contabilizara os nomes nas pontas dos dedos.

– Os guardas?

– Bem, suponho que sim.

– E extraoficialmente? Você teria alguém em mente?

Ela balançou a cabeça, mas vasculhou a memória.

– A pessoa teria que ser muito habilidosa para conseguir passar pela segurança sem ser notada no dia do Derby, tenente. Talvez pela televisão tudo pareça muito acessível a todos, mas os cavalos são bem vigiados.

– A droga. É difícil saber quando ela foi injetada no cavalo.

– Essa é a questão. – Kelsey respirou fundo. Era ainda mais difícil para ela falar sobre o assunto. – Pride tinha vestígios de digitalina e epinefrina no sangue. Foi isso que o matou, superestimulando a função cardíaca. Ele estava impaciente, mas sempre ficava assim antes de uma corrida. Moses o mantinha assim.

– E por que fazem isso?

– Alguns cavalos correm melhor quando são excitados. Outros precisam ser tranquilizados e receber agrados. Pride corria melhor quando estimulado.

– Como se sabe disso?

– Aprende-se convivendo com o animal. Eles sabem quando vão correr. No dia da corrida não recebem a mesma quantidade de alimentos que lhes é fornecida normalmente. Sentem a diferença do ambiente, dos cuidados e preparativos por que passam, da movimentação em torno deles. Além disso, dependendo do animal, ficam ansiosos quando o jóquei não solta totalmente as rédeas, impedindo-os de correr a toda velocidade, nos treinos do dia da corrida.

– Nenhuma substância química?

Kelsey endureceu.

– Nada de drogas, tenente. Não medicamos nossos cavalos com nada que não seja aprovado pelas autoridades competentes e que não seja necessário à saúde deles. O que deram a Pride aumentou seu número de batimentos cardíacos e a produção de adrenalina. A corrida, seu esforço durante o percurso de pouco mais de 1,5 quilômetro, fez com que seu coração batesse muito mais vezes do que o normal, e isso o matou.

Fora exatamente isso que o resultado da autópsia tinha revelado a Rossi.

– O jóquei não deveria ter percebido que havia algo errado com o cavalo? – Kelsey cerrou os maxilares. Não iria permitir que acusassem Reno. Não depois de ele ter passado por tudo aquilo. Ela tinha visto o quanto ele sofrera. E sabia que continuava a sofrendo.

– Pride corria porque foi para isso que nasceu. Foi treinado para isso desde que deu os primeiros passos. Ele não tropeçou. E não recusou o comando de Reno. Basta assistir à gravação para ver que ele estava dando tudo de si para vencer a corrida. E acabou morrendo por ter tentado. Reno teve sorte de não ter morrido também.

Rossi examinou seu bloco de anotações. Assistira à gravação da corrida várias vezes. Em câmera lenta, fixando as imagens. Por fim, ele balançou positivamente a cabeça.

– Tenho de concordar com isso. Se tivesse caído no meio da pista em vez de no lado interno da cerca, não vejo como iria escapar de ser esmagado. E do jeito que ele caiu, imaginei que pelo menos tivesse o pescoço quebrado.

– Eu também. De qualquer forma, ele precisará, no mínimo, de um mês para conseguir pôr-se de pé novamente.

– Acho que isso me basta por enquanto. Mas precisarei conversar com algumas pessoas cujos nomes você me passou e conhecer o ponto de vista de cada uma.

– Aprecio seu interesse, tenente. E gostaria que não interrogasse minha mãe. A menos que seja indispensável.

– O cavalo pertencia a ela, Srta. Byden.

– Acho que entendeu o que eu disse. – Ela se levantou, determinada a persuadi-lo. – Conhece seus antecedentes e sabe o quanto é difícil para ela se submeter a um interrogatório policial.

– Só algumas perguntas...

– Muitas dariam no mesmo para ela. E, queira acreditar ou não, ela está de luto. A mim pode perguntar qualquer coisa. Peço-lhe que faça qualquer pergunta que quiser a mim, assim como pode recorrer ao comitê organizador da corrida.

– Não posso prometer nada, mas não há necessidade de incomodá-la por enquanto.

– Obrigada. – Ela se dirigiu à porta. – Tenente, não trabalhou no caso da minha mãe, trabalhou?

– Não. Eu ainda estava na Academia de Polícia, na época. Verde como uma folha de alface.

– Gostaria de saber quem se encarregou do caso.

– Deve ter sido o capitão Tipton. Jim Tipton, que já está aposentado. Servi sob sua chefatura quando ele era tenente, e depois de ter sido promovido a capitão. Um bom policial.

– Tenho certeza que sim. Obrigada, tenente.

– Obrigado, Srta. Byden. – Rossi voltou para o carro, mordiscando a semente de uma ideia. Kelsey Byden tinha alguma coisa em mente, pensou ele. Não ia fazer mal investigar o passado por conta própria.

18

— Por que será que tenho a impressão de que o único lugar em que posso tê-la na cama é no quarto de um hotel?

– Hum. – Kelsey revirou seu buquê de flores; na verdade, a parte central de um arranjo de flores que Gabe roubara da mesa da festa de abertura da Preakness. – Suponho que as coisas andem agitadas e que você tenha estado muito ocupado, dando entrevistas.

– Vou dar mais algumas amanhã.

– É disso que eu gosto. De homens otimistas. – Eles cruzaram o saguão do hotel em direção aos elevadores. – Double está acomodado na baia de número 40. Você é supersticioso, Slater?

– Certamente sou. – Ele entrou no elevador e a puxou para dentro. Kelsey já podia sentir o ardor da boca de Gabe na sua antes mesmo que a porta tivesse se fechado.

– O botão – conseguiu articular ela, esmagando as flores enquanto tentava enfiar as mãos por debaixo da camisa dele. – Você se esqueceu de apertar o botão.

Ele tateou o painel, xingou, mas conseguiu pressionar o botão do andar certo.

– Achei que não fosse conseguir mais ficar a sós com você. Duas semanas é um tempo longo demais, Kelsey.

– Eu sei. – Ela riu ofegante quando ele roçou os dentes no pescoço dela. – Naomi estava precisando de mim. E não tive tempo nem mesmo de pensar, com o andamento das investigações e os preparativos do cavalo para a corrida de amanhã. Mas, mesmo assim, quis muito estar com você.

As portas se abriram, e ela saiu inadvertidamente. Seu vestido de gala estava muito mais do que indecorosamente abaixo de um dos ombros. Ela o ajeitou, aturdida por ter perdido a noção da boa compostura no elevador e aliviada por não haver ninguém no corredor.

– Você não sabe se fica contente ou constrangida consigo mesma.

Kelsey ajeitou o cabelo.

– Pare de ler meus pensamentos – ordenou enquanto as portas se fechavam novamente.

– Seu quarto ou o meu?

"Tudo muito simples agora", pensou ela. Ambos estiveram aguardando a noite inteira uma chance de recomeçar o que haviam interrompido no Kentucky.

– O meu – decidiu ela. – Desta vez será você quem acordará de manhã sem ter uma peça de roupa decente para vestir.

– Isso quer dizer que pretende rasgar a que estou vestindo?

Ela passou a chave magnética na fechadura eletrônica da porta da suíte enquanto tentava imaginar uma resposta adequada. Assim que as luzinhas do painel mudaram de vermelho para verde, o telefone começou a tocar.

– Aguarde a resposta – disse e correu para atender à ligação.

– Alô? – Jogou as flores amassadas na mesinha, tirou os brincos e trocou o fone de ouvido. Seus dedos paralisaram quando ela estava prestes a tirar o segundo brinco de safira. – Wade? Como soube que eu estava aqui? – Muito cuidadosa e deliberadamente tirou o outro brinco, colocando-o ao lado do primeiro. – Entendo. Não sabia que você mantinha contato com Candace... Claro. Um luxo, não acha?... Sim, estou sendo sarcástica.

Ergueu o olhar para Gabe, depois tornou a baixá-lo. Sem dizer uma palavra, ele foi até o bar, abriu uma garrafa de vinho chardonnay e serviu uma taça.

– Wade, não consigo acreditar que você tenha ligado para mim às – ela consultou o relógio – onze e quinze da noite para uma conversa fiada, e eu realmente não tenho a mínima intenção de discutir nada a respeito da minha mãe com você. Portanto, se isso é tudo...

Angustiada, ela aceitou a taça que Gabe lhe ofereceu. Claro que aquilo não era tudo. Com Wade nunca seria tudo.

– Você quer a minha bênção?... Não, não vou ser amável, e estou sendo tão educada quanto você merece. – Ela pensou em engolir o próprio veneno, mas resolveu expeli-lo, farta da voz enfadonha ao seu ouvido. – A noiva sortuda sabe que você costuma transar com suas colegas de trabalho durante as viagens de negócio?... Sim, sou muito boa em guardar rancor, seu idiota, tolo, egocêntrico. Como se atreve a me telefonar na véspera de seu casamento para tentar tirar um peso da consciência?!... Isso mesmo, Wade, estou sendo inflexível e implacável como sempre, mas parei de desejar que você morra de uma forma lenta, dolorosa e cruel. Agora só desejo que você morra atropelado por um caminhão ao atravessar a rua. Se quer o perdão dos seus pecados, procure um padre. – Ela interrompeu a ligação batendo o fone no aparelho com tanta força que fez a campainha soar, ainda que breve e debilmente.

– Bem – murmurou Gabe, quebrando o silêncio do ambiente –, é assim que se fala, garota. – Ofereceu um brinde pela atitude, tocando com a lata de Coca-Cola a taça dela. – Ele costuma telefonar para você?

– A cada dois meses. – Ela chutou o pé da mesa, depois tirou os sapatos para relaxar os dedos doloridos e cruzou a saleta com eles na mão. – Para conversar. Se é que se pode acreditar nisso. Não pudemos continuar casados, mas por que não podemos ser amigos? Vou lhe dizer por quê. Porque ninguém me trai. Ninguém.

– Vou tentar não esquecer isso. – Gabe ficou observando-a, perguntando-se se deveria deixá-la se acalmar ou se deveria pegá-la no colo, levá-la para a cama e ajudá-la a gastar um pouco daquela energia.

– Ele vai se casar amanhã. E achou que eu deveria saber disso através dele. Por isso telefonou para Candace. Eles são sócios do mesmo clube. – Bebericou o vinho, percebendo-se sem paladar. – Ela lhe disse onde eu estava, como se ele tivesse o inviolável direito de saber onde eu estou, como se eu me importasse que ele vai se casar.

– E você se importa? – Gabe estendeu o braço para evitar que a taça que ela tinha posto abruptamente na beirada do balcão do bar caísse no tapete.

– Não. – Ela precisava arremessar algo, qualquer coisa, e contentou-se com o guia de viagem. – Mas eu me importo que ele tenha o descaramento de me telefonar inesperadamente para me fazer sentir, mesmo que por um instante, culpada por ele estar com outra mulher. Eu me importo quando ele faz isso, porque penso no passado e me lembro de como as pessoas esperavam que tudo fosse perfeito entre nós. Um belo e jovem casal, gente de boa família, um casamento pomposo e badalado, uma romântica lua de mel de duas semanas no Caribe, uma pequena e charmosa casa num condomínio em Georgetown. Os amigos certos, os clubes certos, as festas certas. Detesto pensar no passado e me dar conta de que eu nunca amei aquele homem.

Kelsey fez uma pausa e apertou as têmporas.

– Meu Deus, eu nem mesmo o amava. Como pude me casar com ele, Gabe? Como pude fazer isso, sem sentir por ele uma mínima fração do que sinto por você?

Os olhos de Gabe brilharam intensamente, mas ele os reduziu a um par de fendas luminosas.

– Cuidado, Kelsey. Não cometo infidelidades, mas isso não significa que jogo limpo. Se continuar falando demais, vou exigir que seja coerente, sem me importar nem um pouco com o fato de você estar transtornada.

– Não sei o que estou dizendo. – Descontrolada, trêmula, ela baixou as mãos. – Só sei que quando acabei de falar com ele ainda há pouco, percebi que eu tinha me casado com ele porque todos diziam que era a pessoa certa para mim. E porque me pareceu que o próximo passo que eu deveria dar em minha vida era em direção ao altar. E eu quis que ele fosse bem-sucedido. Tentei fazê-lo ser bem-sucedido. Mas como isso seria possível? Ele nunca me fez sentir tão bem quanto você, uma única vez sequer. – Kelsey reduziu o tom de voz a um sussurro. – Ninguém jamais me fez sentir como você me faz.

Ele pôs a Coca-Cola no balcão, percebendo subitamente que seus dedos tinham feito marcas na lata.

– Todos lhe dirão por aí que sou a pessoa errada para você.

– Não me importo.

– Detesto clubes campestres. Não a levarei a bailes de primavera.

– Não vou pedir que você me leve.

– E poderia me deixar levar por um impulso qualquer amanhã e apostar tudo o que tenho na roleta.

Kelsey deixou as mãos penderem relaxadamente em cada lado do corpo. E quase pôde antevê-lo fazendo isso.

– Acho que a roleta já está girando há algum tempo, Slater. O problema é que talvez você não seja jogador o suficiente para apostar alto.

– Você não sabe o que sente por mim. – Empolgado pelas próprias emoções, ele a ergueu num abraço apaixonado. – Está pensando nisso. Deus, quase posso ver os neurônios trabalhando nessa sua cabeça. Mas você não sabe o que sente por mim.

– Eu quero você. – O coração dela parecia alojado na garganta, batendo intensamente. – Nunca quis ninguém do jeito que quero você.

– Vou fazer você revelar um pouco mais dos seus segredos para mim. E, uma vez que eu tiver o controle da situação e prendê-la, Kelsey, você não conseguirá se livrar de mim. Se fosse esperta, examinaria com muito cuidado aquilo em que está se envolvendo comigo e fugiria.

Ela começou a balançar a cabeça, mas ele segurou subitamente seu rosto.

– Tarde demais.

– Para você também – murmurou ela, e mudou de posição apenas o suficiente para beijar seu pescoço. – Não vou fugir, Gabe. Vou perseguir.

Agora ela sabia o que esperar, o que ansiar. Paixão, pressa, êxtase, queria a dor, pois sabia que ele podia suavizá-la, e depois incitá-la até que pulsasse como uma ferida. E se deleitava ao saber que ele sentia coisas idênticas: o desejo ardente, os gemidos; o pânico e as sensações que ambos se proporcionavam desde o primeiro toque das mãos.

Caindo e rolando na cama, ofegantes, lutaram contra fechos e botões até que suas roupas pudessem ser atiradas no tapete, como folhas de outono caídas. A procura da carne, de seu cheiro e paladar; de sua maciez e força, os prelúdios do mais básico de todos os desejos.

Ele deslizava as mãos pelos contornos do corpo dela, dos seios de pele sedosa, da cintura fina, das costelas e dos quadris. Apesar da escuridão, ele podia vê-la com a ponta dos dedos, cada centímetro, cada curva, cada músculo. Como um cego procurando conhecer forma e textura, ele explorava o corpo que já conhecia.

Ela era tudo que ele sempre quis, a mulher por que sempre lutou para ter. Sua razão de apostar e de querer ganhar. E ela agora tremia debaixo dele, pronta, ávida. Estonteantemente sua.

Seu corpo arqueava-se sob o dele, ágil, vigoroso. Quando trocaram de posição, ela o galopou. Em um movimento fluido, o aprisionou entre paredes quentes, jogando o corpo para trás a fim de trazê-lo à tona. Suas mãos agarraram-se às dele, os dedos de ambos entrelaçando-se firmemente enquanto mergulhavam juntos na esperada loucura.

O último pensamento de Gabe foi que com certeza era tarde demais.

Tarde demais para os dois.

O DIA AMANHECEU NUBLADO. Densas nuvens cobriam o céu, apagando cores, matizando-as de um tenebroso cinza-chumbo. A chuva caía intermitente em pingos de gelo que golpeavam e esfriavam a pele. Homens e máquinas cuidavam da pista, revolviam-lhe a superfície, e a aplainavam novamente, sulcando toda a extensão. Pimlico tinha um bom sistema de drenagem, e seus funcionários o tratavam tão bem e tão caprichosamente quanto um homem cuidaria de um cavalo muito amado.

A chuva não afastou o público nem a imprensa. No momento da largada do primeiro páreo, as arquibancadas estavam cheias. Guarda-chuvas coloridos pareciam flutuar como balões num mar cinzento. Na sede do hipódromo, as pessoas permaneciam confortavelmente secas, comendo siri e bebendo cerveja enquanto assistiam à movimentação externa por meio de monitores.

A mudança do tempo fez Kelsey optar por calça jeans e botas em vez do vestido de linho que pretendera usar. E isso lhe serviu de pretexto para demorar-se nas cocheiras, enfeitando a loura crina de Justice com flores, aprontando-o para a majestosa tarefa de conduzir High Water até a pista.

Em sua opinião, não havia nada como um dia chuvoso para parar e pensar.

Seis meses atrás, ela não sabia que Naomi existia. E, antes disso, nunca dera mais do que uma olhada rápida no mundo do qual fazia parte agora. Tinha estado à deriva, obcecada pela ideia do fracasso de seu casamento e do que começava a considerar sua fracassada vida sexual. O emprego que tinha antes de rever a mãe a distraía, quase a satisfazia, mas, mesmo assim, ela estivera pensando em arranjar outro.

Havia sempre outro emprego, outro curso para fazer, outra viagem para planejar. Dizia-se que todas as suas atitudes relacionadas à busca de novidades lhe estimulavam a mente. Mas, na verdade, fazia isso para preencher o vazio interior – que ela não queria enxergar, que não podia compreender.

Questionava, cuidadosamente, se estava fazendo a mesma coisa agora, usando Naomi, a fazenda, e até mesmo Gabe para agitar sua vida. Iria, como sua família anunciava, desencantar-se com aquele mundo, cansar-se da rotina e procurar outros rumos mais uma vez?

Ou podia confiar nos sentimentos que brotavam em seu íntimo? No crescente apego à mãe, na transformação simples e silenciosa da raiva e da suspeita em afeição e respeito? Por que simplesmente não aceitar o fato de que encontrara, de que conquistara um lugar na fazenda?

E Gabe? Não seria possível apenas relaxar e desfrutar o que estava acontecendo entre eles? Nenhuma dúvida a importunara na noite anterior, ao rolarem na cama, ou quando, ao amanhecer, ela se virara preguiçosa para Gabe e fizeram amor lenta e languidamente.

Talvez fosse seu inflexível senso de valores, sua aguda percepção do que era certo e do que era errado. Como poderia permitir que Naomi contasse com ela quando não tinha certeza de quanto tempo permaneceria na fazenda? Como podia ter um amante e usufruir da satisfação de gloriosas relações sexuais quando nem um nem outro haviam dito mais do que uma simples palavra sobre o amor?

Talvez ela fosse rigorosa demais. Se não conseguia desfrutar os momentos de prazer sem questionar os motivos, o que isso revelava a respeito de sua personalidade? Estaria chateada, ainda que apenas um pouco, porque seu ex-marido ia se casar pela segunda vez, jurando fidelidade eterna, enquanto ela enfeitava a crina de um potro com tranças e flores?

Já era hora de esquecer aquilo definitivamente, advertiu-se. Era hora de pensar no futuro. Já não estava mais à deriva. Tinha um propósito – e perguntas que precisavam de respostas. Lidaria com elas de forma lógica, começando pelas que a fariam recuar vinte anos. A primeira coisa que faria na manhã de segunda-feira, prometeu-se, seria a ligação para Charles Rooney.

A chuva tinha parado novamente quando eles foram para o padoque. Os raios de um tímido sol conseguiam passar por entre nesgas de nuvens, incidindo sobre os gotejantes beirais. A água corria melodiosamente por entre calhas e sarjetas, transformando a terra em lama.

Kelsey olhou fixamente para Boggs. Ele parecia mais velho e debilitado do que há duas semanas. Kelsey sabia que ele tinha sido incumbido de cuidar de High Water, tanto por sua capacidade como para curar suas próprias feridas.

– A chuva é vantajosa para nós – disse ela, tentando dissipar as sombras dos olhos dele. – High Water gosta de pista molhada. – Double também, ela pensou imediatamente.

– Ele é um bom potro. – Distraído, Boggs deu-lhe uns tapinhas no pescoço. – Calmo e gentil. Pode ser que surpreenda a todos hoje.

– Há pouco ele estava pagando 5 por 1.

Boggs deu de ombros. Nunca ligara muito para apostas.

– Ele não participou de muitas corridas este ano. Portanto, ninguém tem como saber exatamente o que ele será capaz de fazer. Além disso, terminou bem a maioria das corridas de que participou. E correrá o máximo que puder se lhe pedirem.

Mas não era nenhum Pride. Boggs não precisaria dizer isso. Kelsey sabia.

– Então eu lhe pedirei. – Kelsey aproximou-se do potro e segurou sua cabeça de forma que pudesse olhar diretamente em seus olhos, que lhe pareceram inteligentes e, conforme Boggs havia dito, gentis. – Você correrá, não é, mocinho? Correrá com todo o seu esforço e rapidez quanto puder. E isso nos bastará.

– Você não vai pedir que ele vença? – Naomi pousou uma das mãos no ombro de Kelsey, um gesto que ainda enternecia a ambas.

– Não. Às vezes, a vitória não é tão importante quanto o esforço com que se tenta obtê-la. – Ela viu Reno de pé em um canto, o braço numa tipoia, o rosto pálido e angustiado. – Estarei com vocês no camarote daqui a alguns minutos.

Kelsey caminhou até o jóquei e segurou sua mão livre.

– Tinha certeza de que o veria logo de pé.

– Eu não poderia ficar longe daqui por muito tempo. – Até quisera, mas a última coisa que poderia desejar era ficar fora do espetáculo, apenas assistindo. – Pensei em ficar em casa e assistir à corrida pela tevê. Mas acabei entrando no carro e vim parar aqui.

– Logo você estará montando novamente, Reno.

Um ligeiro espasmo deformou suas feições. Ele tentou escapar do olhar de Kelsey, não pensar nos cavalos, na pista.

– Não sei se voltarei a ter ânimo para isso. Aquele potro merecia sorte melhor.

– Você também – disse ela gentilmente.

– Passei a maior parte de minha vida sonhando em vencer o Derby. Você pode montar dezenas de cavalos, cruzar centenas de linhas de chegada, mas o Derby é a corrida. E, agora, a minha chance se foi.

– Haverá sempre um Derby no ano seguinte – lembrou ela. – Sempre haverá.

– Não sei se quero outra chance. – Suas feições endureceram-se quando ele viu por sobre os ombros dela quem se aproximava. – Boa sorte – disse ele, retirando-se.

Rossi percebeu o rápido distanciamento do jóquei e anotou aquilo em seu bloco. Apesar de Kelsey não manifestar boas-vindas, ele se aproximou dela.

– Que dia horrível!

– Parecia estar melhorando, há alguns instantes.

Ele sorriu, registrando a alfinetada.

– Tentei conseguir algumas dicas circulando por aí.

– É pouco provável que consiga alguma, tenente. – Ela começou a caminhar, resignando-se com o fato de ele a acompanhar. – Você aparenta ser exatamente o que é. Um policial.

– Ossos do ofício. Não posso afirmar que sei muita coisa sobre cavalos, Srta. Byden, mas aquele seu potro não me parece muito grande.

– Não, não é. Tem apenas 1,40 metro de altura, mas não acho que esteja aqui para falar sobre cavalos.

– Você está enganada. Neste caso os cavalos são a questão mais importante. – Ele lhe ofereceu o saco de amendoim, pegando um enquanto ela recusava. – Estive fazendo algumas pesquisas. Fiquei sabendo que há várias formas de se matar um cavalo, algumas inclusive horripilantes.

– Sei disso. – "E sei muita coisa agora", pensou ela. Matt a informara sobre todas as formas conhecidas de fazer isso quando ela o pressionara.

Ele lhe falou sobre eletrocussão, que consistia em colocar o cavalo num local com água represada, imergindo nela a ponta descascada de um fio elétrico ligado a uma bateria de alta voltagem. Um tipo de assassinato requintado e cruel, e às vezes livre de qualquer suspeita. A menos que o veterinário notasse as marcas nas narinas do animal. "Pior do que isso", pensou ela, "era sufocá-lo com bolas de pingue-pongue nas narinas." É impossível um cavalo expeli-las, o que o faz morrer de uma forma lenta e horrível.

– Tenho a impressão – prosseguiu Rossi –, de que quem injetou a droga em seu potro que participou do Derby não queria apenas que ele morresse, mas que morresse sob os olhos de milhões de pessoas. Arriscado. E acredito que, quando uma pessoa se arrisca, sobretudo desnecessariamente, é porque está ansiosa por um objetivo maior. Quem desejaria humilhar sua mãe em público, Srta. Byden?

– Não faço ideia. – Ela parou. Essa afirmação eliminava a suspeita de Naomi, tornando-a vítima. – Acredita nessa possibilidade?

– É um longo caminho a percorrer. Contra ela há o seguro do potro, um ótimo seguro. Mas Three Willows não tem problemas financeiros atualmente, e, a longo prazo, aquele potro poderia gerar muito mais. Sua mãe parece ser uma empresária sensata. Por outro lado, temos Slater.

– Ele não teve nada a ver com isso.

– Essa é uma reação emocional. – Exatamente, aliás, a que ele esperava dela. – Volte àquele momento. É preciso pensar sempre em quem pode se beneficiar com o crime, Srta. Byden. Qualquer tipo de crime. E o problema é que isso coloca uma sombra sobre a reputação dele e sobre o vencedor do Derby. Por isso, eu me pergunto se valeria a pena. De qualquer forma, ele tinha chances de vencer. Valeria a pena ele "ajeitar" as coisas de forma tão óbvia? Ele não me parece ser uma pessoa óbvia.

– Um argumento emocional, tenente?

– Apenas um ponto de vista, Srta. Byden. Ele não foi a única pessoa que se beneficiou. Temos ainda o treinador e o jóquei. Ambos levaram um pedaço do bolo. E todos aqueles que apostaram no potro dele.

Ela deu uma breve risada, passeando os olhos pela multidão.

– Isso certamente reduz o número de suspeitos.

– Mais do que você pensa. – Ele também olhou de relance para a multidão, satisfeito consigo mesmo. – Se o que aconteceu com seu cavalo tem ligação com meus dois casos de homicídio, isso reduz ainda mais o número de suspeitos. Em quem Lipsky confiava bastante ou de quem ele tinha tanto medo que pudesse permitir se aproximar dele e matá-lo? Alguém com quem ele trabalhava, alguém para quem trabalhava? Havia muito mais do que dois cavalos naquela corrida, Srta. Byden, e muito mais em jogo do que uma manta florida.

Ela parou e se virou para observá-lo.

– Por que está me dizendo tudo isso?

– Você é nova no jogo. Pode ver muito mais coisas do que as pessoas pensam. – Ele fez uma pausa para quebrar a casca de um amendoim. – E está envolvida. Seu relacionamento com sua mãe não agrada a todos.

Então ele estivera investigando sua vida pessoal também. Ela devia ter imaginado que isso ocorreria.

– Isso é um problema familiar, tenente, e não tem nada a ver com o assassinato.

– Eu poderia lhe mostrar dados estatísticos que comprovam que problemas familiares são uma das causas de assassinato mais frequentes. Só lhe peço para ficar de olhos abertos.

– Eles estão abertos, tenente. – Ela não se moveu, na tentativa de evitar que ele fosse visto por quem estivesse nos camarotes. Não seria justo transtornar Naomi momentos antes da corrida. – Agora, se me dá licença, vou me juntar à minha mãe.

– Boa sorte! – exclamou ele, pegando outro amendoim. Tinha a impressão de que Kelsey Byden seria um osso mais duro de roer do que havia imaginado.

Kelsey entrou no camarote no mesmo instante em que os cavalos estavam sendo posicionados nos portões de largada.

– Pensei que não fosse chegar aqui a tempo.

– Esbarrei com um conhecido – murmurou Kelsey, e desviou o olhar da mãe para Gabe. "Era bem do feitio dele", pensou ela, "estar aqui." Fazer companhia a elas quando aquele momento era inteiramente dele. Pegou sua mão, apertando-a. – Aposta paralela, Slater?

– Você ainda me deve dinheiro da primeira aposta que fizemos.

– O dobro ou nada, então. É bastante apropriado. – Ela estudou a pista com o binóculo. – Seu cavalo com dois corpos de vantagem. A pista está um pântano, mas eu diria que ele completará o percurso em um minuto e 58 segundos cravados. O nosso potro chegará em terceiro, em dois minutos e 12.

Ele ergueu uma sobrancelha.

– E essa é uma aposta que eu jamais recusaria, pois tenho certeza de que não há como perdê-la.

A arma que sinaliza a largada foi disparada. Assim que largaram, Double e seu jóquei assumiram a liderança. "Era como se", pensou Kelsey, "ambos soubessem que tinham algo para provar." Aquele era um cavalo campeão, destacando-se sem necessidade de ser estimulado com o chicote no dorso. Próximo à primeira curva, ele estava a meio-corpo na liderança, com o potro do Arkansas e o ruão do Kentucky lutando pelo segundo lugar.

Kelsey deixou-se embevecer novamente pela grandiosidade do momento. Com o binóculo posicionado, ela instigava mentalmente os cavalos a avançarem, sem ver, ao contrário do que imaginara que poderia acontecer, a imagem de Pride correndo. Ela via apenas os atletas sujos de lama, cavalos e cavaleiros, avançando velozmente em torno da pista oval.

A chuva voltara a cair, embaçando sua visão e lhe deixando ensopada.

Um corpo inteiro agora, e se distanciando dos demais, suas bandagens vermelhas sujas de lama, seu cavaleiro parecendo um boneco nos estribos. Ela se ouviu rindo com o glorioso espetáculo.

De repente, como uma flecha arremessada de um arco, High Water disparou por fora. Kelsey perdeu o fôlego com o movimento tão súbito. Ele ganhava terreno, metia-se entre os outros concorrentes, lançava pedaços de grama pelos ares. "Lutando", pensou ela, fascinada, "pela conquista da honra."

Ao alcançar a reta final, Double ampliou ainda mais sua liderança. O público o encorajava com gritos e exclamações que sufocavam todo o resto. Depois, as atenções se voltaram também para High Water, todos delirando ao vê-lo disparar tão sensacionalmente, num bravo esforço para conquistar o terceiro lugar. E continuou a aproximar-se dos cavalos da dianteira durante aqueles últimos instantes em que o coração parece que vai parar.

– Meu Deus, olhe para ele! Meu Deus, mamãe, veja o que ele está fazendo!

– Estou vendo. – A chuva misturava-se às lágrimas que escorriam pelo rosto de Naomi. Ela abraçou fortemente a cintura de Kelsey quando os cavalos cruzaram a linha de chegada: 5-7-2. Double recebeu as flores, enquanto High Water chegou à frente de Arkansas com uma vantagem mínima.

– Ele conseguiu! – Kelsey deixou o binóculo cair. – Nosso garotinho conseguiu! – Abraçou forte Naomi, comemorando a vitória. – Ninguém acreditou que seria possível. Nenhum de nós acreditou. – Depois, atirou-se nos braços de Gabe. – Parabéns! Qual foi o tempo dele? Qual foi?

Gabe segurava o cronômetro com a mão esquerda, divertindo-se quando Kelsey o arrebatou. Um minuto, 57 e 15.

Ela riu novamente, a chuva pingando do cabelo e molhando seu rosto.

– Gabriel Slater, você acabou de ganhar a segunda joia da Tríplice Coroa. O que vai fazer agora? Tenho certeza de que não vai para a Disneylândia.

– Eu vou para Belmont. – Ele a ergueu bem alto, girou-a e a beijou. – *Nós* vamos para Belmont.

Na sede do hipódromo, Rich Slater ofereceu um brinde à imagem do filho e de Kelsey no monitor, e depois bebeu o uísque envelhecido. "Um belo casal", pensou ele. Formavam um belíssimo casal, assim como ele poderia ter formado com Naomi se ela não tivesse torcido o nariz desdenhoso para ele.

Mas havia outras coisas para serem admiradas. Ele também tinha suas razões para comemorar.

Apostara 10 dos 100 mil que extorquira de Cunningham em Double e estava muito satisfeito com os lucros.

Por enquanto.

– Espero que você não se importe. – Kelsey abriu a garrafa de champanhe com o alegre e característico estouro. Já havia tomado várias taças na suíte de sua mãe, mas a noite estava apenas começando. – Vou beber essa garrafa inteira. E certamente ficarei muito bêbada.

Gabe sentou-se, cruzando as pernas na altura dos tornozelos. Ele estivera fantasiando um banho demorado, quente e bastante vaporoso para dois. Mas podia esperar. Talvez fosse interessante verificar de quantas inibições Kelsey se despiria depois de uma garrafa de Dom Pérignon.

– Só porque não bebo não vou me privar do prazer de vê-la satisfazer a própria vontade.

– E vou mesmo. – Ela encheu a taça, e ficou observando as bolhas subindo. – Sabe, na verdade, nunca fiquei bêbada. Cheguei perto disso, mas sempre parava de beber no momento certo. – Ela tomou um generoso gole, e gesticulou com a mão. – Educação. Não beba a ponto de cambalear ou coisa parecida no clube. As pessoas farão comentários. Também não faça isso nas festas. Outras pessoas também ficarão comentando. – Ela gesticulou, agora com a garrafa. – Os Bydens não podem ser alvo de mexericos.

– E do que eles podem ser alvo?

– De respeito, de admiração, e, acima de tudo, eles têm de ser discretos. – Ela piscou um dos olhos e colocou mais champanhe na taça. – Que se dane tudo isso. Que as pessoas falem. Nós vencemos. Isso não é incrível?

– Sim, é. – Ele sorriu. Ela estava descalça agora, e seu cabelo tinha secado, num emaranhado de fios dourados.

– Todos estavam tão deprimidos antes. Tentavam não ficar, mas era muito difícil. Vi Reno no padoque, e vê-lo daquele jeito partiu meu coração. – Ela tomou outro gole, suspirou e se deu conta de que gostava da forma como o champanhe a fazia sentir que tudo estava girando. Com a taça na mão, ela executou duas piruetas para intensificar ainda mais essa sensação.

– Faça isso outra vez. – Ele gostou de ver os cabelos dela esvoaçando e pousando, esvoaçando e pousando.

Rindo e oscilando, ela satisfez a vontade de Gabe.

– Vê? Aquelas aulas acabaram servindo para alguma coisa. Ensinaram também a ter disciplina, física e mental. Sou capaz de quebrar tijolos no meu corpo.

– Tenho certeza de que posso descobrir coisas mais interessantes para fazer nele.

Ela riu novamente, sabendo que ele podia. E que iria.

– Mas, retomando a corrida, essa vitória fez Reno se sentir melhor. Naomi e Moses ficaram muito felizes. Boggs também. Pobre Boggs, culpando-se por ter apostado em Pride. Isso não teve nada a ver com o acidente. As pessoas estão sempre procurando um jeito de estabelecer relação entre as coisas. Como Rossi.

– Rossi?

– Hum. – Ela encheu a taça outra vez e começou a desabotoar a blusa. A cada gole, sentia mais calor. – Ele estava no hipódromo. Conversei com ele. Ou ele conversou comigo. Parece estar em todos os lugares, observando, concebendo hipóteses. Por que alguém iria querer ferir Naomi, ou induzir as pessoas a pensar mal dela?

Gabe focalizou seu olhar. A blusa dela estava parcialmente aberta, mostrando a curva suave dos seios, mas seu interesse agora era prestar bastante atenção nas palavras de Kelsey.

– É o que ele pensa?

– Quem sabe? – Ela deu de ombros despreocupadamente. – Não acho que ele diga o que pensa de verdade. Se é que você entende o que quero dizer – acrescentou ela depois de alguns instantes. – Ele só diz as coisas para incutir certas ideias na mente da outra pessoa e confundi-la. Pelo menos não parece considerar Naomi uma assassina de cavalos. – Ela sorriu encantadoramente. – Ele ainda está de olho em você, Slater.

– Nunca duvidei disso.

– Mas apenas um dos olhos. – Ela fechou um dos olhos, demonstrando. – Ele não o acha imprudente.

– Um grande elogio, vindo de quem veio. – Ele decidiu que finalmente poderia voltar a prestar atenção na nudez de Kelsey. – Ainda faltam alguns botões, querida.

– Vou chegar lá. Nunca fiz striptease para um homem.

– Deixe-me ser o primeiro.

Ela riu e, com os olhos semicerrados, abriu o fecho da calça jeans.

– Fiquei irritada por tê-lo visto lá. Rossi, quero dizer. A presença dele no hipódromo me fez lembrar o Derby e tudo o que aconteceu. Das vezes que fiquei observando os cavalos voltarem dos treinos matinais nos dias de nevoeiro. Dos cheiros, dos sons, do nervosismo. De Boggs pendurando as ataduras de Pride e falando sobre sua última aposta. De como ele me contou que pensara ter visto seu pai.

– O quê? – O sangue que o striptease improvisado de Kelsey vinha esquentando gelou nas veias. – O que você disse sobre o meu pai?

– Boggs achou que o tinha visto em Churchill Downs. Um prenúncio de má sorte na opinião dele. Mas eu particularmente não acho que ele tenha estado lá. Se tivesse, teria procurado você.

– Kelsey. – Gabe se levantou, tirou a taça da mão dela e a pôs de lado. – O que Boggs disse sobre meu pai?

– Nada além disso. – Ela respirou longamente. Sua cabeça parecia girar, uma adorável sensação, mas o olhar de Gabe era tão alarmante que ela a controlou. – Ele apenas achou que o tinha visto perto das baias.

Ele agora segurava seus braços.

– Quando?

– Em algum momento da manhã. Mas ele não tinha certeza. Disse que o viu apenas de relance, e que os olhos dele não eram mais tão bons. – Ela balançou a cabeça, tentando se livrar, em vão, da tontura. – Que diferença isso faz?

– Nenhuma – disse Gabe, relaxando a pressão no braço dela. Ou toda. Toda a diferença do mundo. – Foi apenas curiosidade.

– O passado tem garras, Gabe. – Ela ergueu uma das mãos e a pousou no rosto dele. – Não devemos permitir que elas nos alcancem. Nós temos o agora.

– Sim, temos. – Aquilo podia esperar, disse Gabe a si mesmo. Talvez a presença do pai no hipódromo não estivesse relacionada a nada grave, mas, em todo caso, ele iria examinar esse fato mais detidamente quando chegassem em casa. – Vejamos. – Ele segurou o queixo de Kelsey, observando seu rosto avermelhado pelo efeito da bebida e os olhos pestanejantes. – Querida, você vai acordar com uma tremenda dor de cabeça amanhã de manhã.

– Tudo bem, então. – Ela passou os braços no pescoço de Gabe e, num salto, trançou as pernas na cintura dele. – Seria melhor aproveitarmos o fato de eu ter bebido, certo?

– É o mínimo que posso fazer. Vamos para o chuveiro. – Ele abaixou a cabeça e mordiscou-lhe o ombro desnudo. – Vou mostrar para você o que tenho em mente.

19

Ela pensou em contar a Gabe. Certamente não seria uma questão de dependência dizer suas intenções a um homem com o qual estivesse tão intimamente envolvida. Tampouco teria sido fraqueza pedir que ele a acompanhasse, que lhe desse algum apoio moral quando ela encarasse o passado.

Mas ela não contou. Porque, razão à parte, parecia dependência, fraqueza. E o problema a ser enfrentado era exclusivamente dela.

Além disso, Gabe não vinha tendo um minuto sequer que pudesse considerar somente seu. Afinal de contas, não era todo ano que havia um sério concorrente ao título da Tríplice Coroa com duas das três vitórias exigidas. Suas mãos ocupavam-se com a imprensa, sua mente, com as tensões e possibilidades, e seus dias, com a supervisão dos preparativos e treinamentos que precisavam ser realizados durante as três semanas que antecediam o Belmont Stakes.

Ela não queria desviá-lo do objetivo a ser alcançado. Um objetivo que, ela começava a perceber, significava muito mais para ele do que dinheiro e prestígio. Para Gabe, ganhar a Tríplice Coroa seria a confirmação de que conseguira algo em sua vida; de que não se apossara apenas de algo, mas que transformara aquilo numa coisa extraordinária.

Reforçando sua atitude de não lhe dizer o que pretendia fazer, havia o fato de não querer de volta o conselho que dera a Gabe. Não é sensato permitir que o passado nos aprisione.

Mas ela não conseguia esquecer o passado, não totalmente. Quanto mais conhecia Naomi, mais Kelsey a admirava e menos podia acreditar que sua mãe havia assassinado um homem tão friamente. Ou mesmo tão apaixonadamente.

Não havia dúvida quanto ao fato de que ela apertara o gatilho. De que extinguira uma vida. Além de Naomi admitir, fora o que o júri decretara e havia uma testemunha.

Kelsey decidiu que não poderia esquecer o passado sem antes conversar com Charles Rooney.

Apreciou o passeio. Apesar do intenso tráfego da rodovia, era impossível não apreciar as encostas verdejantes e a explosão das flores da primavera.

Dirigiu com a capota arriada e Chopin no mais alto volume. Seria melhor, decidira, manter a mente livre das ideias relacionadas ao que ela estava prestes a fazer. Não havia mentido propriamente ao dar o nome "Kelsey Monroe" à secretária de Rooney quando marcou o encontro. Simples precaução, uma forma de se assegurar de que o detetive não a associaria imediatamente a Naomi.

"Um pequeno desvio nos códigos de certo e errado", pensou Kelsey. Sempre desprezara e ironizara as pessoas que consideram aceitáveis as mentiras inocentes. Ou convenientes. E ali estava ela, usando a mesma corda escorregadia para alcançar seus próprios objetivos.

"É melhor avaliar isso mais tarde", pensou.

Tampouco fora sincera ao apresentar à mãe as razões para tirar a tarde de folga. Problemas pendentes e compromissos a cumprir tinham sido meras evasivas. Sabia que

Naomi achava que ela iria visitar a família. E ela tinha deixado a mãe pensar isso.

Qualquer que fosse o resultado daquela tarde, Kelsey duvidava de que fosse informá-lo à mãe. Pela primeira vez desde a perda de Pride, Naomi parecia relaxada novamente, embora ninguém tivesse esperanças de que High Water fosse conseguir apresentar, na extenuante pista de 2,5 quilômetros do Belmont Stakes, o mesmo desempenho que teve no Preakness.

O esforço havia sido feito, a vitória conquistada. Agora eles iriam colher as recompensas.

E ela podia dedicar algumas horas a remexer o lodo do passado.

Tinha estudado no mapa a rota a ser seguida até a cidade, bem como o traçado de seu centro. Embora não conhecesse bem Alexandria, encontrou facilmente o edifício onde ficava o escritório do detetive, e estacionou o carro numa vaga da garagem subterrânea.

O nervosismo a afetava intensamente, irritando-a, fazendo suas mãos suarem e causando sensações de frio na barriga. Ganhou tempo, acionando vagarosamente o freio de mão, trancando o carro, guardando as chaves no pequeno compartimento com zíper de sua bolsa.

"O que poderia ser pior?", perguntou a si mesma. O que poderia ser pior do que saber que sua mãe havia assassinado um homem? O que quer que Charles Rooney lhe dissesse, não poderia chocá-la mais do que isso. Ela só queria que tudo se encaixasse perfeitamente em sua mente. Depois, e de uma vez por todas, seria capaz de aceitar a mulher em que sua mãe se transformara e poderia parar de pensar na mulher que ela fora.

O elevador levou-a até o quinto andar, deslocando-se do ressonante ambiente de concreto da garagem para corredores atapetados e silenciosos. Portas de vidro e vidraças com nomes comerciais abrigando pessoas que ali trabalhavam, cercadas pela parafernália institucional, com computador e telefones.

Isso fez Kelsey estremecer. Qual seria a sensação de ficar "à mostra" durante todo o expediente a qualquer um que passasse pelo corredor? Qual seria a sensação de ficar preso atrás daqueles vidros quando a primavera explodia lá fora? Invadida pelas próprias lembranças, Kelsey balançou a cabeça. Não havia muito tempo, pois ela também tinha estado presa entre quatro paredes e tão exposta quanto as peças dos museus que visitava com os grupos.

Quão radicalmente uns poucos meses de convivência com outros ares e outro ambiente haviam mudado seu ponto de vista e seus anseios.

As instalações da Rooney Serviços de Investigação ocupavam toda a parte sul de um dos ângulos do edifício. Não era, como havia imaginado, um negócio pequeno, tampouco apresentava aquela atmosfera vagamente desagradável das agências de detetives criadas pela televisão e pelo cinema.

"Nenhuma teia de aranha nos arquivos", concluiu ela quando passou pelas portas de vidro e entrou nas dependências com música ambiente e impregnadas com o cheiro das gardênias que ladeavam um sofá em tom pastel.

Nas paredes, várias gravuras das flutuantes ninfeias de Monet. A um canto da sala, uma imitação de uma mesa de centro em estilo Queen Anne coberta de lustrosas cópias da revista *Southern Homes*. No meio da sala havia uma mesa circular de ébano com um terminal de computador operado por uma mulher tão polida quanto a própria mobília. Ela ergueu o olhar, desviando-o do monitor, e abriu um sorriso profissional, ainda que surpreendentemente cordial, para Kelsey.

– Posso ajudá-la?

– Tenho hora marcada com o Sr. Rooney.

– Srta. Monroe? Está alguns minutos adiantada. Por gentileza, sente-se e aguarde um momento. Vou ver se o Sr. Rooney já pode atendê-la.

Kelsey sentou-se perto das gardênias, pegou uma revista, e passou os dez minutos seguintes fingindo se distrair com a reportagem sobre uma mansão com arquitetura dos anos 1930 situada nos subúrbios de Raleigh, enquanto o nervosismo e sua consciência a espetavam.

Não deveria ter vindo. Certamente não deveria ter dado um nome que já não usava. Não deveria meter o nariz nos assuntos de Naomi. Deveria se levantar e comunicar à recepcionista deslumbrante e eficiente que cometera um engano.

Certamente não seria a primeira pessoa a sair em pânico do escritório de um detetive. E, mesmo que fosse, que importância isso teria?

Bem que poderia voltar para as baias e trabalhar com Honor em vez de continuar sentada ali, sentindo o cheiro de gardênias e observando a fotografia da sala de estar excessivamente decorada da casa de alguém.

Mas não se levantou, pelo menos até que a recepcionista a chamasse e a conduzisse à sala do detetive.

Havia várias portas em cada um dos lados do corredor. "Nenhuma de vidro", Kelsey notou. O que quer que acontecesse dentro daquelas salas era privado. A discrição era essencial naquele ramo.

Então, por que esperava que Charles Rooney lhe dissesse algo a respeito do caso de sua mãe, mesmo depois de 23 anos? Porque tinha esse direito, disse a si mesma e endireitou os ombros. Porque era a filha de Naomi Chadwick.

– Sr. Rooney, a Srta. Monroe. – A recepcionista retirou-se depois de ter aberto metade da porta dupla de carvalho e introduzido Kelsey na sala.

Era uma sala simples, mobiliada mais como um gabinete de leitura do que como propriamente um escritório, com grandes peixes como troféus de pesca decorando as paredes e réplicas miniaturizadas de navios descansando em prateleiras. O homem que se levantou por trás da mesa poderia ser o tio favorito de qualquer pessoa. Ligeiramente barrigudo e calvo, rosto arredondado, ombros estreitos. Sua gravata estava um pouco fora do lugar, como se ele tivesse acabado de afrouxar o incômodo aperto.

Falava com voz suave e amistosa, deliberadamente cultivada para deixar o cliente à vontade.

– Desculpe-me por tê-la feito esperar, Srta. Monroe. Aceitaria um café? – ofereceu o detetive, gesticulando em direção a uma cafeteira colocada sobre uma mesa atrás dele. – Tenho-a sempre aqui, para manter as ideias claras.

– Não, obrigada. Mas não se abstenha por minha causa. – Kelsey se sentou, aproveitando o tempo que ele levou enchendo a caneca de café para estudar a pessoa e o ambiente.

"Um homem simples", pensou ela, "num lugar simples. Como pode ter uma influência tão devastadora na vida de tantas pessoas?"

– Então, Srta. Monroe, disse que precisava de ajuda com relação a um caso de custódia. – Ele se sentou, mexendo o café. Em um canto da mesa, um bloco novo aguardava as anotações. – É divorciada?

– Sim.

– E a criança? Quem, no momento, tem a custódia?

Kelsey inspirou fundo. Agora que estava lá dentro, era hora de falar a verdade.

– Eu sou a criança, Sr. Rooney. – Com as mãos apertando a bolsa, ela manteve os olhos fixos nele. – Monroe era meu sobrenome de casada. Não o uso mais. Ao me divorciar, retomei meu sobrenome de solteira, Byden. Eu sou Kelsey Byden.

Ela percebeu o momento em que algo pareceu estalar na mente dele. A mão de Rooney hesitou, e o ritmo da colher foi interrompido. Suas pupilas se dilataram e, por um instante, seus olhos pareceram negros em vez de verdes.

– Entendo. Você esperava que eu fosse me lembrar desse nome e do caso. Claro que lembro. Você se parece muito com sua mãe. Eu a deveria ter reconhecido.

– Não pensei nisso. Viu-a muitas vezes. Você a mantinha sob vigilância.

O ligeiro rancor no tom de voz de Kelsey não lhe passou despercebido.

– Isso faz parte do meu trabalho.

– Esse trabalho particularmente teve um rumo bem diferente. Meu pai o contratou, Sr. Rooney?

– Srta. Byden... Kelsey... é difícil para mim não pensar em você como Kelsey – disse ele, avaliando tanto o ritmo dos próprios batimentos cardíacos quanto o dela. – Processos de custódia nunca são agradáveis. Você era, felizmente, jovem demais para ser envolvida nas questões mais difíceis. Fui contratado, como tenho certeza de que você sabe, para documentar o... estilo de vida de sua mãe, com o objetivo de reforçar o pedido de custódia total feito por seu pai.

– E o que descobriu sobre o estilo de vida dela?

– Isso não é algo que me sinta livre para falar.

– Boa parte das questões relativas a esse caso é de domínio público, Sr. Rooney. Não acredito que o senhor seja legalmente obrigado a manter sigilo depois de todo esse tempo. – Esperando influenciá-lo, ela se inclinou, deixando a voz repassar a emoção que estava sentindo. – Eu preciso saber. Já não sou uma criança que tem que ser protegida das questões difíceis. Deve entender que acredito ter direito de saber exatamente o que aconteceu.

"Como", perguntou-se ele, "tinha olhado para aquele rosto e não a vira?" Encarado aqueles olhos sem perceber que aquela era a filha de Naomi?

– Eu compreendo, mas há muito pouca coisa que eu possa lhe dizer.

– Você a seguiu. Tirou fotos dela, fez anotações, relatórios. Você a conheceu bem, Sr. Rooney. E conheceu Alec Bradley também.

– Eu os conheci? – Ele inclinou a cabeça. – Nunca troquei uma palavra sequer com Naomi Chadwick ou com Alec Bradley.

Ela não iria se deixar dissuadir por um simples detalhe.

– Viu-os juntos em festas, no hipódromo, no clube. Viu-os juntos naquela noite, quando ele foi até a casa dela. Invadiu, tecnicamente falando, a propriedade de Naomi quando tirou as fotos que a condenaram.

Ele não esquecera. Não esquecera nada daquilo tudo.

– Estive no limite, concordo. E talvez tenha invadido por zelo profissional. – Ele sorriu quando as lembranças o tomaram. – Com a tecnologia atual, eu poderia alcançar meu objetivo sem invasão. – Fez uma pausa para levar a caneca à boca e tomar um gole do café. – Mas o limite seria ultrapassado assim mesmo, Kelsey. Isso acontece todo dia.

– Você formou uma opinião a respeito dela. Imagino que procurar ser sempre objetivo deve fazer parte do seu trabalho, mas seria impossível não formar uma opinião sobre alguém cuja vida você esteja vigiando.

Ele voltou a mexer o café, embora o açúcar da colher que colocara já estivesse dissolvido há muito tempo.

– Tudo aconteceu há mais de vinte anos.

– Lembra-se dela, Sr. Rooney? Não poderia ter se esquecido dela ou do que aconteceu.

– Ela era uma mulher bonita – disse ele lentamente. – Uma mulher vibrante que meteu os pés pelas mãos.

– Com Alec Bradley.

Aborrecido consigo mesmo, Rooney pôs a colher de lado, manchando seu mata-borrão.

– Sim, com ele. De acordo com os registros de domínio público que você há pouco mencionou, Naomi Chadwick foi presa por ter assassinado Alec Bradley, e depois condenada.

– E sua foto registrando o momento do disparo da arma ajudou a condená-la.

– É verdade. – Ele se lembrou vivamente do momento em que subiu na árvore, a câmera batendo peito o coração acelerado. – Poderia dizer que eu estive no lugar certo na hora certa.

– Ela disse que agiu em legítima defesa. Alegou que Alec Bradley a ameaçou, que ele pretendia estuprá-la.

– Sei disso. Mas as evidências não sustentaram suas alegações.

– Mas você estava lá! Deve ter percebido se ela estava com medo, se ele parecia ameaçador.

Ele entrelaçou os dedos sobre a borda da mesa, como um homem prestes a proferir uma prece bem ensaiada.

– Eu a vi deixá-lo entrar na casa. Eles tomaram um drinque juntos. E discutiram. Eu não posso agora, do mesmo modo que não pude no julgamento, afirmar sobre o que conversaram. Eles foram para o segundo andar.

– Ela subiu – corrigiu Kelsey. – Ele a seguiu.

– Sim, foi o que me pareceu. Eu me arrisquei e usei a árvore para tentar observá-los, pois imaginei que iriam para o quarto dela.

– Por ele ter estado lá antes? – perguntou Kelsey.

– Não. Que eu tenha visto, não. Mas essa era apenas a terceira noite que eu entrava na propriedade, e a primeira em que não havia mais ninguém em casa.

Ele manteve as mãos unidas, o olhar calmo e nivelado com o dela.

– Vários minutos se passaram. Eu quase desci da árvore. Mas, de repente, eles entraram no quarto. Ela entrou primeiro. Pareceu-me que ainda estavam discutindo.

Ele se lembrou do olhar de Naomi, do modo como ele havia ocupado o visor de sua câmera: com beleza, ódio e desprezo. E, sim, ele se lembrou bem, com medo também.

– Ela ficou de costas para mim por alguns instantes. – Ele pigarreou. – Depois, se virou. Vi que ela tinha uma arma na mão. Pude ver os dois, enquadrados pela moldura da janela. Ele levantou as mãos e começou a recuar. E ela disparou a arma.

Um calafrio percorreu Kelsey como uma lâmina de aço afiada.

– E depois?

– Depois, Kelsey, eu congelei. Não me orgulho disso, mas eu era jovem. Nunca tinha presenciado um... Eu congelei – repetiu ele. – Eu a observei ir até onde o homem tinha caído e se inclinar sobre o corpo dele. E a vi ir até o telefone. Em seguida, saí de lá e me sentei no carro, até que ouvi o barulho de sirenes.

– Você não chamou a polícia?

– Não, não imediatamente. Foi uma tolice minha. Isso poderia ter me custado a licença. Mas procurei a polícia, levei o filme, prestei depoimento. – Ele separou as mãos, conscientizando-se subitamente de que os dedos doíam. – Fiz meu trabalho.

– E tudo que viu foi uma mulher bonita e vibrante que meteu os pés pelas mãos e atirou num homem.

– Gostaria de poder lhe dizer outra coisa. Sua mãe cumpriu pena. Está tudo acabado.

– Para mim não. – Kelsey se levantou. – E se eu o contratasse, Sr. Rooney? Hoje. Agora. Quero que volte 23 anos no tempo, que dê outra olhada no caso. Quero saber tudo o que for possível sobre Alec Bradley.

Um calafrio percorreu Rooney.

– Esqueça isso, Kelsey. Nada poderá ser solucionado e certamente nada poderá ser mudado abrindo-se velhas feridas. Acha que sua mãe lhe será grata por fazê-la reviver tudo aquilo?

– Talvez não. Mas eu pretendo rever tudo, fato por fato, até entender perfeitamente o que aconteceu. Pode me ajudar?

Ele observou sua fisionomia, mas teve a impressão de ver outra mulher naquele corpo, uma mulher pálida e controlada, numa sala de tribunal lotada. "Controlada", lembrou-se ele, "com exceção dos olhos." Olhos tomados por um desespero imenso.

– Não, não vou. Vou lhe pedir que pense melhor no que pretende fazer, nas consequências.

– Já pensei nelas várias vezes, Sr. Rooney. E sempre chego à mesma conclusão. Minha mãe disse a verdade. Vou provar isso, com ou sem a sua ajuda. Obrigada pelo tempo que me concedeu.

Ele permaneceu sentado no mesmo lugar até muito tempo depois de Kelsey fechar a porta do escritório; até muito tempo depois de se esforçar para fazer as mãos pararem de tremer. Quando conseguiu se controlar, pegou o telefone e fez uma ligação.

A PRÓXIMA PARADA de Kelsey foi na universidade. A longa espera no apertado escritório do pai acalmou-a consideravelmente. Era sempre um lenitivo ver-se cercada de livros. E do cheiro, dos sons do mundo acadêmico. Talvez por isso sempre voltasse para lá, supôs. Naquele mundo, o conhecimento era a meta a ser alcançada e todas as perguntas tinham resposta.

Philip chegou, as pontas dos dedos sujas de giz.

– Kelsey. Que forma maravilhosa de alegrar meu dia. Eu teria vindo antes se a duração do meu seminário não tivesse sido prorrogada.

– Não me importei de esperar. Pensei que talvez você tivesse alguns minutos livres.

– Tenho uma hora inteira pela frente. – Que ele planejara usar para preparar sua última palestra do dia. Mas isso podia esperar. – Se você tiver o fim da tarde livre, eu a levarei para jantar assim que terminar.

– Não, hoje não, obrigada. Ainda tenho outro lugar para ir. Papai, preciso conversar com você.

– Não quero que se preocupe com sua avó. Eu cuidarei disso.

– Não, não estou preocupada com vovó. Isso não é importante.

– Claro que é. – Ele segurou os ombros de Kelsey e passeou as mãos por seus braços. – Não vou tolerar nenhum tipo de rompimento na família nem a atitude dela de usar sua herança contra você. – Furioso novamente, ele se virou e começou a andar de um lado para outro no pequeno escritório, como costumava fazer enquanto analisava uma tese qualquer. – Sua avó é uma mulher admirável, Kelsey. E formidável também. O problema é que ela só tem olhos para a família e uma tendência para confundir seus próprios princípios com amor.

– Você não precisa me explicar quem ela é e nem justificá-la para mim. Eu sei que, do jeito dela, ela me ama. Mas o fato é que nem sempre foi muito fácil conviver com sua maneira de ser. – "Nunca foi fácil", corrigiu-se Kelsey. – Sei também que ela não está acostumada a ser contrariada. Mas, desta vez, ou ela aceita o que eu estou fazendo da minha vida, ou não aceita. Não vou deixar que isso me influencie.

Ele não disse nada por alguns instantes, segurando um peso de papéis de vidro.

– Não quero que vocês fiquem brigadas.

– Nem eu.

– Se você e eu fôssemos vê-la juntos...

– Não.

Suspirando, ele tirou os óculos, polindo as lentes mais por hábito do que por necessidade.

– Kelsey, ela é uma pessoa idosa. Faz parte da sua família.

"Oh", pensou ela, "o velho apelo dos entes queridos."

– Sinto muito por não poder prometer nada. Sei que você foi arrastado para o meio dessa coisa toda, e sinto muito por isso também. Mas ela não vai conseguir o que deseja, papai. E, se formos honestos, admitiremos que eu nunca fui o que ela gostaria que eu fosse.

– Kelsey...

– Sou filha de Naomi, e ela sempre se ressentiu disso. Espero apenas que, com o tempo, ela aceite isso, como aceita o fato de o senhor ser meu pai.

Com cuidado, ele dobrou os óculos e os pôs sobre a mesa desordenada, ao lado de uma cópia de *Rei Lear.*

– Ela ama você, Kelsey. É contra as circunstâncias que ela luta.

– Eu sou as circunstâncias – disse ela calmamente. – Eu sou o motivo, a razão, a criança que duas pessoas quiseram até muito tempo depois de elas não se quererem mais. Não há como ignorar isso.

– É ridículo você se culpar.

– Não se trata de culpa. Essa não seria a palavra correta. Mas, de toda forma, sinto uma parcela de responsabilidade – respondeu ela quando ele balançou a cabeça. – Com relação a você e a ela. E é por isso que estou aqui. Preciso que me conte o que aconteceu.

Sentindo-se subitamente cansado, ele se sentou e esfregou os dedos nas têmporas.

– Já falei sobre isso com você, Kelsey.

– Falou resumidamente, em linhas gerais. Você se apaixonou por uma pessoa. Apesar da desaprovação de sua família, se casou com ela. Tiveram uma filha. Em algum momento do relacionamento as coisas começaram a dar errado entre vocês.

Ela se pôs ao lado dele, detestando magoá-lo, precisando da verdade.

– Não estou pedindo que explique tudo. Mas você conhecia a mulher com quem se casou, era apaixonado por ela. Se sentiu disposição para lutar judicialmente contra ela, ir aos tribunais pela custódia da criança, contratar advogados e detetives, deve ter havido uma razão. Uma boa razão. Quero saber que razão foi essa.

– Eu queria você – disse ele simplesmente. – Eu queria que você ficasse comigo. Talvez fosse um desejo egoísta, sem muita lógica. Você era a melhor parte de nós dois. Achei que não seria certo deixá-la ser criada no ambiente em que sua mãe vivia. Achei que não seria o melhor para você.

"Será que errei?", perguntou a si mesmo. "Será que errei?" Quantas vezes ele tinha feito essa mesma pergunta a si mesmo, apesar de sua atitude ter se mostrado correta por tudo o que acontecera?

– Sua avó e eu discutimos a questão durante muito tempo – continuou Philip. – Ela se opôs veementemente à possibilidade de Naomi ter a sua custódia. Por fim, eu acabei concordando com ela. Não foi uma decisão fácil, mas foi a única que eu acreditava ser certa. Parte dela se apoiava num sentimento egoísta, não posso negar isso.

Ele ergueu o olhar em sua direção, viu a mulher e lembrou-se da criança.

– Eu não queria desistir de você, perder você e me tornar um pai de fim de semana, que poderia ser eventualmente substituído pelo próximo homem na vida de Naomi. E a forma como ela viveu durante os meses seguintes à separação me pareceu deliberadamente destinada a me desafiar. Os advogados de Naomi devem tê-la aconselhado a se comportar com discrição, porém ela fez precisamente o contrário. Ela cortejou a imprensa, aguçou seu senso bisbilhoteiro. Eu detestava a ideia de contratar um detetive, mas a documentação era necessária. Deixei essa questão a cargo dos advogados.

– Você não contratou Rooney diretamente?

– Não, eu... Como você sabe o nome dele?

– Acabei de vir do escritório dele.

– Kelsey. – Ele estendeu o braço e agarrou sua mão. – Qual o propósito disso? O que você espera conseguir?

– Respostas. E, muito especificamente, uma determinada resposta. – Ela fechou os dedos com firmeza sobre os do pai. – A pergunta eu vou lhe fazer agora. Você acredita que Naomi assassinou Alec Bradley?

– Não há dúvida quanto a isso.

– Que ela o aniquilou – disse Kelsey gravemente. – Mas assassinar? Você acha que ela o assassinou? A mulher que você conheceu, que você amou, foi capaz de assassinar alguém? – Ele hesitou, sentindo o aperto dos dedos da filha segurando os seus.

– Não sei – disse ele finalmente. – Mas gostaria de saber, do fundo do coração.

O ÚLTIMO ENCONTRO do dia de Kelsey foi com os advogados de sua mãe.

Obteve muito pouca coisa deles, esbarrando duramente na inexpugnável muralha do interesse e do prestígio nas relações advogado-cliente. Saiu dos suntuosos escritórios insatisfeita e determinada.

"Há sempre uma saída", lembrou-se. "Todo problema tem uma solução. Basta conhecer os fatores, a fórmula, e ter paciência para solucioná-lo. Uma pena, que sempre me saísse bem melhor em filosofia e artes do que em matemática e ciências."

Se havia algum desencorajamento, devia-se ao fato de estar cansada. Cansada demais, ela tinha que admitir, para encarar Naomi e contar as histórias inventadas de como passara a tarde.

Então, preferiu ir para Longshot.

Se Gabe não estivesse em casa, seguiria para Three Willows e inventaria alguma desculpa – uma dor de cabeça, talvez – e se recolheria em seu quarto.

"Outra 'mentira inofensiva', Kelsey?" perguntou a si mesma, implacável. Se continuasse a fazer isso durante muito tempo, além de se tornar boa nisso, passaria a aceitar a prática como algo normal.

Caminhou em direção à casa, mas, em vez de bater, sentou-se nos degraus da varanda, observando o entardecer.

"Ainda haveria a claridade do sol durante uma ou duas horas", calculou Kelsey. Ela se perguntou se o pássaro que costumava cantar junto à janela de seu quarto teria um companheiro naquela área. Os cantos soavam juntos ao cair da tarde – um doce e cristalino trinado de anseio romântico.

As flores cresciam ali, exalando cor e perfume no ar. Delicadas prímulas, graciosos amores-perfeitos. E um caramanchão que logo estaria coberto pelas flores perfumadas das ervilhas-de-cheiro. Lilases carregados de flores e fragrância, suas pétalas cobrindo o gramado de um matiz profundamente arroxeado.

Um lugar tão tranquilo, tão adorável, para um homem com tanta energia e paixão.

Kelsey ouviu a porta se abrir atrás dela e depois os passos dele. Num movimento tão natural quanto o das flores nas laterais da varanda, ela se apoiou em seu ombro quando ele se sentou ao lado dela e a abraçou.

– Vi seu carro.

– Quem plantou as flores?

– Eu. É a minha terra.

– Meu pai sabe cuidar de jardins. Quando eu estava casada, tinha um pequeno pátio nos fundos da casa de Georgetown. Por causa disso, naturalmente, fiz um curso de horticultura e projetos paisagísticos. Quando acabei de reformá-lo, estava um verdadeiro espetáculo, mas, mesmo assim, não consegui criar algo tão adorável e original quanto o de papai. Há coisas que não dá para fazer com base nos livros.

– Eu planto o que me atrai.

– Se eu planejasse um jardim agora, seria exatamente com base nessa ideia.

– Estive pensando em fazer um jardim com pedras lá. – Ele apontou em direção à encosta de uma colina. – Por que não fazemos isso juntos? – Ela sorriu, aninhando o rosto no pescoço dele, onde a pele estava quente e acolhedora.

– Eu iria direto para a livraria. Não conseguiria me conter.

– Bem, poderíamos discutir lógica e fantasia, e depois poríamos mãos à obra. – Ele ergueu gentilmente o queixo dela com a ponta do indicador. – O que a está importunando, Kelsey?

"Poderia contar a ele", avaliou. Claro que poderia. Não havia nada que ela não pudesse contar.

– Comecei a fazer algo hoje, e sei que não vou parar. Todos me disseram que eu deveria esquecer isso, mas não posso. E não vou. – Ela inspirou profundamente e se afastou dele. – Você acredita que minha mãe assassinou Alec Bradley?

– Não.

Ela pestanejou e balançou a cabeça.

– Simplesmente não? Sem hesitar, sem questionar?

– Você perguntou, eu respondi. – Ele se inclinou, pegou uma frésia e deu a ela. – O que você sente não seria mais importante?

Ela voltou a balançar a cabeça e depois a apoiou nas mãos.

– Você pode dizer não, simplesmente não, porque nem mesmo a conhecia.

– Não é bem assim.

– Não? – Ela levantou a cabeça novamente. – O que quer dizer com isso?

– Ouvia falar sobre ela. Eu a via de vez em quando. – Ele inclinou a cabeça e ficou brincando com as pontas dos cabelos de Kelsey. – Fui rato de hipódromo durante muito tempo, Kelsey. Lembro-me de tê-la visto em Charles Town, Laurel, aqui e ali.

– Você era apenas um garoto.

– Não do jeito que você imagina. Mas é verdade, eu não a conhecia. Não tinha como formar uma opinião a seu respeito. Mas eu a conheço agora.

– E...

"Ela precisava de detalhes", pensou Gabe. Sempre iria precisar. E ele não tinha certeza de que podia fornecê-los.

– Passei minha vida aprendendo a decifrar as pessoas. Semblantes, entonações, gestos. Jogadores, sensitivos, policiais, psiquiatras. Todos nós temos algo em comum ou não duraríamos tanto. Naomi apertou o gatilho, mas não cometeu assassinato.

De olhos fechados, ela se encostou nele novamente. A flor que ele lhe dera exalava um delicado perfume.

– Eu acredito nisso, Gabe. Parte de mim teme que eu acredite simplesmente porque não quero aceitar que minha mãe possa ter cometido o crime pelo qual foi condenada. Mas isso não enfraquece minha opinião. Fui ao escritório do detetive hoje. O que testemunhou contra ela.

Gabe manteve a serenidade na voz. Kelsey perguntou-se como podia tantas vezes sentir falta da frieza que a caracterizava.

– Não pensou em me pedir para ir com você?

– Pensei. Mas preferi ir sozinha – respondeu ela, dando de ombros. – E não consegui muita coisa. Ele não me disse nada que eu já não soubesse. E não quis, quando tentei contratá-lo, me ajudar a descobrir mais coisas sobre Alec Bradley.

– E o que você quer descobrir?

– Qualquer coisa. Tudo que for possível. Minha mãe é apenas uma parte disso. – Ela se afastou dele. – Que tipo de homem era? De onde veio? O que queria? Minha mãe disse que ele se tornou agressivo, que tentou estuprá-la. O que provocou isso?

– Você perguntou a ela?

– Não quero fazer isso, a menos que seja necessário. Ela poderia bloquear. Acredito que provavelmente me diria o que sabe, mas talvez isso anulasse o progresso que fizemos. Não quero arriscar.

– Ela não era a única pessoa que o conhecia.

Kelsey já tivera essa ideia e a rejeitara.

– Não posso começar a fazer perguntas pelo hipódromo, tentar arrancar informações de criadores e cavalariços. O que quer que eu conseguisse descobrir não valeria os boatos que isso geraria.

– Você tem alternativa?

– Tenho o nome do policial que investigou o caso de minha mãe. Ele está aposentado agora. Mora em Reston.

Você esteve fazendo seu dever de casa.

Sempre fui boa aluna. Vou procurá-lo.

Gabe segurou uma das mãos de Kelsey e a fez se levantar.

– Nós vamos procurá-lo.

Ela sorriu.

– Tudo bem.

20

— Quanto tempo, Roscoe. – Tipton e Rossi apertaram as mãos ruidosa e efusivamente. – Como você não conseguiu assumir meu posto ainda?

– Estou tentando, capitão.

– Bem, sente-se, para tentarmos assumir esta caixa de cerveja, então. – Tipton acomodou-se tranquilamente na cadeira de balanço da varanda, ao lado de uma caixa térmica que conservava gelada meia dúzia de Budweisers. – Como vai a esposa?

Rossi aceitou a lata que Tipton lhe ofereceu e a abriu.

– Qual delas?

– Ah, sim, esqueci. Você fracassou duas vezes. – Com uma risada, Tipton bateu sua lata na de Rossi e deu um generoso gole. – O divórcio faz quase parte do casamento, não acha? Eu tive sorte.

– Como está a Sra. Tipton?

– Atrevida como sempre. – Mostras de simples e sincera afeição embelezaram sua voz rouca. – Duas semanas depois de eu me aposentar, ela arranjou um emprego. – Divertido, Tipton balançou a cabeça. – Diz que precisa de um trabalho ativo, agora que os filhos estão crescidos. Que droga, ambos sabemos que essa é a forma de ela evitar me matar com um objeto cortante. Assim, fiz um barraco improvisado lá nos fundos, onde guardo os objetos do meu passatempo, e ela está vendendo sapatos em uma loja. – Ele sorriu e tomou outro gole da bebida. – Eu tive sorte, Roscoe. Não é qualquer mulher que consegue viver com um policial, na ativa ou aposentado.

– Nem me fale. – Duas esposas e dois divórcios em 12 anos tinham ensinado essa lição a Rossi. – Você parece bem, capitão.

Era verdade. Tipton ganhara alguns quilos em seus três anos longe da força policial, mas isso lhe havia feito bem. Os poucos quilos a mais disfarçavam as rugas que o trabalho havia lhe traçado no rosto. Ele parecia relaxado e tranquilo em sua camisa de trabalho e sua calça jeans. Um boné cobria o que lhe restava do cabelo crespo, uma mistura de fios brancos e ruivos.

– Muitas pessoas não se acostumam com a aposentadoria – comentou Tipton. – Sentem-se velhas. Eu estou adorando. Tenho minha própria oficina... Fiz esta cadeira, sabia?

– Verdade? – Rossi manteve a língua na parte interna de uma das bochechas enquanto examinava a cadeira bamba.

O fato de Tipton tê-la pintado de um vistoso e ofuscante azul não mascarava o jeito como ela tombava para a esquerda. – Deve ser muito gratificante.

– Ah, sim, é. E tenho três netos agora. E tempo para me distrair com eles. Minha esposa e eu estamos planejando fazer um cruzeiro no outono. Subindo o St. Lawrence.

– Parece que você está com tudo, capitão – disse Rossi.

– Com certeza. – E, se tivesse mais, Tipton certamente sairia gritando noite afora. – Uma longa e tranquila aposentadoria é a recompensa que um homem merece pelo trabalho bem-feito.

– E não há o que discutir quanto ao trabalho bem-feito. – Rossi bebericou a cerveja. Ele preferia cerveja importada, mas sabia que era melhor se calar. – Acho que não tem prestado muita atenção no que está acontecendo atualmente. Mas talvez tenha lido algo a respeito de um caso em que estou trabalhando.

– Ah, dou uma olhada nas manchetes de vez em quando. – Ele as lia atentamente, ávido por qualquer vislumbre de assassinato ou violência.

– O cavalariço que foi assassinado em Charles Town, em março.

– Esfaqueado. E de quebra foi esmagado. Você o solucionou – lembrou-se Tipton. – Foi outro cavalariço quem o matou, não foi? Lipsky. Depois, cometeu suicídio.

– Este último caso ainda não está encerrado. – Rossi recostou-se e observou três passarinhos voando ao redor de um ninho que certamente havia sido feito em casa. Um gato com listras alaranjadas estava sentado ali embaixo, vigiando pacientemente. "Na varanda", pensou Rossi, "dois homens comuns, passando tempo, jogando conversa fora." – Nenhum bilhete, nenhuma propensão ao suicídio. E ninguém se mata daquela forma. Aí é que está o problema.

Ele contou os fatos a Tipton, tão detalhadamente quanto possível; da demissão de Lipsky até sua morte.

– Temos aí o cenário de um homem de pavio curto e violento, e que sabia lidar com cavalos. Não foi alguém que fez amizades ou que progrediu na profissão. E sim uma pessoa que teve alguns problemas com a lei. Agressão. Estupro.

– O cenário de um homem que estava fugindo, e não o de um homem que se serviu de um coquetel de gim e veneno para cavalos. – Tipton pensou nisso por um instante. – Mas ele podia pôr as mãos facilmente nisso.

– Sim, podia. Assim como qualquer outra pessoa. Ele queria atingir o cavalo de Slater. Mas pode ter sido uma questão pessoal. Estava furioso por ter sido despedido e por isso planejou se vingar. O velho cavalariço o surpreende, ele se apavora. E então, tem as mãos manchadas pela morte de um homem. Por que ele não fugiu, capitão? Por que ele se hospedou num motel a pouco menos de uma hora de Charles Town?

– Porque ele estava esperando alguém. Alguém para lhe dizer o que fazer em seguida.

– E essa pessoa lhe serviu um drinque fatal. Não havia impressões digitais na garrafa de gim. Parecia ter sido limpa.

Esse detalhe fez Tipton sorrir. "Pequenos erros", pensou ele. Sempre gostara de pequenos erros. Observou seu velho gato esperando que um dos estorninhos cometesse um e entendeu perfeitamente o próprio raciocínio.

– E você tem um caso de homicídio ainda sem solução. Deu uma boa olhada nesse Slater?

– Ah, sim, dei. Um homem interessante. Muita grana. Cumpriu pena.

– Por...

– Jogo ilegal. Se tivesse sido preso alguns meses antes, teria ido parar no juizado de menores em vez de na prisão. – Distraído, Rossi tamborilou os dedos no braço da cadeira. – Manteve-se limpo desde então, pelo menos de acordo com os nossos arquivos. Foi praticamente criado nas ruas. A mãe morreu quando ele ainda era criança. O pai conseguiu livrar-se de muitas encrencas. Foi preso algumas vezes. Fraude, falsificação, emissão de cheques sem fundos. Mas, principalmente, por aplicar golpes. Surrou uma garota de programa em Taos há alguns anos. Mas não houve nada que pudesse ser provado. Slater conseguiu se afastar do submundo por volta dos 14 anos, depois de cair numa armadilha da polícia e cumprir pena. Daí por diante, ele manteve o nariz longe de problemas. Não posso dizer que ele não acabou com Lipsky, mas acho que ele teria feito isso de forma mais direta.

– Quem mais você tem?

– Ninguém que me faça suspeitar de algo. Assistiu ao Derby pela tevê, capitão?

– Roscoe, para mim só existe um esporte: o beisebol. – Ele inclinou o boné. – Mas ouvi algo a respeito de um cavalo ter quebrado a perna.

– O animal foi drogado, capitão. Uma superdose. E foi o cavalo de Slater que venceu a corrida.

– Bem. – Tipton refletiu durante o último gole de cerveja. – E você já sabe qual o melhor caminho a tomar, Roscoe?

– Não, ainda não tenho certeza, mas arrisquei enveredar por um que me fez recuar 23 anos no tempo. Naomi Chadwick, capitão. O que você poderia me dizer a respeito dela?

– Engraçado. – Tipton colocou a lata vazia sob a sola do sapato e a esmagou. – Essa é a segunda vez que ouço esse nome hoje. A filha dela me telefonou esta manhã. – Ele consultou o relógio. – Ela já deve estar chegando.

– Kelsey Byden está vindo para cá?

– Quer conversar comigo sobre a mãe. – Tipton recostou-se na cadeira, apreciando seu rangido. – Isso realmente me fará reviver o passado.

– Você deveria ter ficado na fazenda – murmurou Kelsey. – Não resta nem uma semana para o Belmont.

– Jamie pode cuidar das coisas sem mim. – Gabe sorriu enquanto fazia uma curva. – Na verdade, ele prefere assim.

– Não acho justo afastá-lo de seu trabalho agora. Eu poderia fazer isso sozinha.

– Kelsey. – Paciente, Gabe levantou a mão dela e a beijou. – Fique caladinha.

– Não posso. Estou nervosa demais. Esse é o homem que prendeu minha mãe, que a interrogou, que a colocou na prisão. Agora eu vou pedir a ele que me ajude a provar que cometeu um engano. E eu menti para Naomi. Novamente. Disse que iríamos dar um passeio.

– E estamos passeando.

– Você sabe que não – respondeu ela bruscamente. – Eu a estou enganando, e a Moses. A todos. E para quê? Para satisfazer minha necessidade idiota de me assegurar de que não descendo de uma estirpe de assassinos?

– A questão é mesmo essa?

– Não. – Ela esfregou uma das mãos nos olhos. – Não sei. Talvez em parte, sim. Descendência é uma coisa assustadora. – Assim que disse isso, Kelsey sobressaltou-se, arrependida. – Não quero dizer que a descendência seja o único fator na formação do caráter. O ambiente... – Kelsey desistiu de prosseguir.

– Eu perco nos dois fatores – murmurou ele. – E me pergunto quando foi que você chegou a essa conclusão.

– Não procurei chegar a conclusão alguma com relação a isso. Nem estou procurando agora. – Ela respirou fortemente e xingou a si mesma. – Não sei bem o que estou fazendo. Mas isso não tem nada a ver com você nem com o que sinto por você.

– Kelsey, vamos analisar bem as coisas. – Ter esperado que isso nunca acontecesse teria sido uma jogada arriscada. Arriscada e tola. Mas se ele tivesse que perder, que perdesse com uma aposta alta. – Você tem dúvidas sobre si própria por causa do passado de sua família. Não – disse ele, quando ela tentou interrompê-lo. – Vamos pôr as cartas na mesa. E você tem dúvidas a meu respeito por causa do passado da minha.

Gabe dirigia velozmente agora, inclinando-se sobre o volante ao contornar as curvas da estrada vicinal, deixando a velocidade consumir um pouco de sua tensão.

– Isso não é verdade, Gabe. Eu não poderia ter dormido com você se eu tivesse dúvidas.

– Poderia, sim. É fácil esquecer dúvidas e lógica nos momentos de excitação. E nós somos bons na cama. Somos mais do que bons na cama. Mas, cedo ou tarde, a lógica prevalece novamente. Tenho sangue ruim, Kelsey, e não há como drená-lo.

Gabe manteve o olhar voltado para a estrada, embora soubesse que Kelsey o observava, estudando-o e refletindo.

– As origens permanecem. Você pode maquiá-las, encobri-las com roupas elegantes, mas elas continuam debaixo de tudo isso. Eu vi e fiz coisas que abalariam irremediavelmente a estrutura desse seu código moral. Não traio minhas companheiras e não bebo, mas isso é tudo o que eu posso dizer que não fiz e não faço. A verdade é que eu queria o que Cunningham possuía e descobri um jeito de conseguir. Eu queria ter você na cama e teria feito o que fosse necessário para conseguir isso também.

– Entendo. – Agora ela tinha os olhos fixos na estrada. A velocidade não a amedrontava, mas ele, sim. – Então, é apenas sexo?

Ele não respondeu imediatamente. Ambos agora observavam a estrada serpear à frente deles.

– Não. Mas, por Deus, como eu gostaria que fosse.

Sob forte emoção, ela suspirou e fechou os olhos.

– Encoste – murmurou ela. Ao perceber que ele a ignorava, Kelsey se endireitou no assento. – Encoste, Slater – repetiu com firmeza –, pare esse maldito carro.

Os pneus guincharam quando ele pisou bruscamente no freio e virou abruptamente o volante na direção do acostamento, onde o cascalho voou pelos ares.

– Se acha que vou deixá-la descer aqui, é uma grande idiota. Vou levá-la até Reston ou, então, de volta para casa.

– Não tenho a mínima intenção de descer aqui.

– Ótimo, ótimo. Seria melhor você entender que não pretendo deixar você ir. Nem aqui, nem em lugar nenhum. Eu lhe dei uma chance para fugir.

Ela nunca o tinha visto tão descontrolado.

– Não, você não deu.

Gabe a segurou pelas lapelas e a puxou vigorosamente para junto de si.

– Você teve a sua chance. Dane-se o seu certo e errado, Kelsey, e a sua educação, seu Country Club e tudo o mais que estiver em meu caminho. Você não vai conseguir se livrar de mim sem lutar.

Os ânimos de Kelsey começaram a esquentar.

– Ótimo. Já que você acha certo assumir uma postura primitiva e insultuosa, talvez este não seja o momento apropriado para eu lhe dizer que estou apaixonada por você.

Ele deixou as mãos caírem. Por um instante, teve a impressão de que todos os músculos do seu corpo haviam ficado dormentes. Os olhos dela fixavam os dele com irritação, evidenciando também uma incipiente disposição para reagir, para lutar. Mas ele estava nocauteado.

– Você não se conhece.

Ela o agrediu. Ambos se surpreenderam quando o punho dela atingiu um ponto do tórax de Gabe logo abaixo do coração.

– Não vou tolerar isso. – Ela afastou as mãos. – Não vou tolerar essa atitude. Sinto nojo mortal das pessoas queridas que pensam que eu não conheço minha própria mente e meu próprio coração. Eu os conheço muito bem. E, embora neste momento, isso me irrite, estou apaixonada por você. Agora ligue este maldito carro e vamos terminar logo o que pretendemos fazer.

Talvez ele não pudesse dirigir nem mesmo um velocípede.

– Me dê um minuto.

Ela bufou e cruzou as pernas e os braços.

– Tudo bem. Não se apresse. Isso me dará a oportunidade de imaginar muitas formas de fazê-lo sofrer.

– Venha cá.

Ela afastou as mãos dele e cruzou fortemente os braços quando Gabe tentou abraçá-la.

– Tire as mãos de mim.

– Está bem. Só pensei que estaria abraçando você quando dissesse que te amo.

Não muito apaziguada, mas um pouco persuadida, ela virou ligeiramente a cabeça na direção dele.

– Você sabe disso há muito tempo?

– Muito não. Achei que iria passar. Como um resfriado. – Ele levantou as mãos na defensiva quando ela se virou bruscamente para ele. – Vai me agredir outra vez?

– Bem que eu deveria. – Droga, ela ia rir, não importando o quanto os olhos dele a provocassem. – Um resfriado?

– Sim. O problema é que há coisas sobre os vírus do resfriado das quais eu tinha me esquecido. Você não consegue se livrar deles totalmente. Um ou outro sempre permanece no seu organismo e volta a atacar quando suas defesas estão enfraquecidas. – Ele pegou uma das mãos dela, segurou-a firme e levou-a aos lábios. – Estou tentando me acostumar com esse.

– E como está se saindo?

– Melhor agora. – Ele abaixou a testa, aproximando-a da de Kelsey. – Meu Deus, que momento. Deveríamos estar em casa, sozinhos.

– Não se aflija. – Ela inclinou a cabeça para que seus lábios tocassem os dele. – Compensaremos tudo quando estivermos lá. – Ele intensificou o beijo, e ela retribuiu completamente. – Como tudo pode ser tão confuso e ao mesmo tempo tão certo?

– Coisas do destino. – Ele se afastou e fitou os olhos dela. – Vamos fazer tudo para que continue assim.

– Por enquanto é o suficiente. – Com extrema gentileza, ela pousou a mão no rosto dele. – Mais do que suficiente.

A PRIMEIRA COISA que Tipton percebeu quando os dois saltaram do elegante carro importado estacionado em seu pátio foi que eram namorados. O homem não fez mais do que apoiar uma das mãos no ombro da mulher. E ela, não mais do que lançar uma olhar para ele e sorrir. Mas Tipton atinou imediatamente.

A segunda coisa que percebeu foi que a mulher era quase uma cópia de Naomi; da Naomi que ele tinha posto atrás das grades.

Ah, mas havia diferenças sutis, e seus olhos experientes perceberam isso também. A boca da filha era mais delicada, e um pouco maior. Os malares eram ligeiramente menos salientes, o andar mais fluido. O andar de Naomi era vigoroso, suas pernas como uma tesoura nervosamente agitada. Um par de pernas que atraía os olhos de qualquer homem, ainda que ele estivesse a centenas de metros de distância dela.

Mas o que o agradou mesmo foi o fato de Kelsey Byden ter lhe telefonado antes. Teria sido um choque vê-la aproximando-se da casa, como se fosse o fantasma da mulher que ele nunca esquecera.

– Capitão Tipton. – O sorriso de Kelsey apagou-se quando ela dirigiu o olhar para o acompanhante do ex-policial. – Tenente Rossi. Não esperava vê-lo aqui.

– Mundo pequeno, não é? – Irritá-la o divertia. Ele pegou outra cerveja. Afinal de contas, não estava trabalhando. – Ora, por que eu mesmo não faço as apresentações? Kelsey Byden e Gabriel Slater, meu ex-comandante, capitão James Tipton.

– Roscoe sempre gostou de formalidades. – Tipton sorriu quando Kelsey ergueu uma sobrancelha ao ouvi-lo mencionar o apelido. – Sentem-se. Aceitam uma cerveja?

– O Sr. Slater não bebe – interveio Rossi.

– Ah, bem. Acho que minha mulher preparou chá gelado. Por que não vai lá dentro, Rossi, e serve alguns copos às visitas?

– Seria ótimo. – Contente por colocar Rossi na posição de servi-los, Kelsey acomodou-se no degrau superior. – Agradeço-lhe o tempo que nos concedeu para esta conversa, capitão.

– Sem problema. Tenho todo o tempo do mundo. Como vai sua mãe?

– Muito bem. Lembra-se dela?

– É pouco provável que eu me esqueça dela. – Tipton decidiu mudar de tática, preferindo sondar o terreno. – Roscoe me disse que está de parabéns, Sr. Slater. Tem um cavalo concorrendo à Tríplice Coroa. Não que eu entenda muito de turfe. Meu esporte é o beisebol.

Gabe sabia alguma coisa sobre tática também.

– Minha aposta vai para os Birds este ano. Ouvi dizer que eles têm uma sólida equipe de arremessadores e um grupo de jogadores de base tão coeso, que nem um mosquito passa por ele.

– É verdade. – Entusiasmado, Tipton deu um tapa no joelho. – E como! Você os viu esmagarem os Jays ontem à noite? Malditos canadenses.

– Cheguei a ver o último turno. – Gabe sorriu e pegou um charuto. Ofereceu um a Tipton e o acendeu para ele. – Aquele último triplo passou 50 dólares do bolso do meu treinador-assistente diretamente para o meu.

Tipton soltou uma baforada.

– Na verdade não sou um apostador.

Gabe acendeu o isqueiro na ponta de seu próprio charuto e observou Tipton por sobre a chama.

– Eu sou. – Soltando a fumaça, balançou a cabeça afirmativamente quando Rossi voltou com dois copos altos. – Obrigado.

– Roscoe gosta de futebol. Nunca consegui convencê-lo a gostar do esporte dos homens.

– Estou começando a me interessar pelo esporte dos reis. – Rossi retomou o próprio assento. – Estarei de olho no Belmont Stakes, Sr. Slater.

– Muitos de nós estarão.

– Bem, a moça não veio aqui para conversar sobre esportes. – Tipton dirigiu um amistoso sorriso a Kelsey. – Está aqui por causa de um assassinato.

– O que poderia me dizer sobre Alec Bradley, capitão?

Tipton franziu os lábios. Ela o surpreendera. Imaginara que iria centrar a conversa exclusivamente nas coisas que diziam respeito à mãe. Intrigado, ele tentou reordenar as ideias e retroceder no tempo.

– Alec Bradley, 32 anos, originário da Flórida. Casou-se com uma mulher 15 anos mais velha e que se livrou dele com um generoso acordo na conclusão do divórcio. Aparentemente, já tinha gasto quase tudo na época em que conheceu sua mãe.

– O que ele fazia?

– Galanteava mulheres. – Tipton deu de ombros. – Vivia à custa de amigos. Apostava em cavalos quando podia. Tinha seu próprio smoking. – Tipton fez uma pausa para bebericar a cerveja. – E morreu com ele.

– Vejo que não gostava dele – observou Kelsey.

Para se distrair e ajudar a encadear palavras e pensamentos, Tipton formou três círculos com a fumaça da tragada.

– Estava morto quando o vi pela primeira vez, mas não gostava. Com base no que a investigação me fez saber sobre ele, eu não diria que fosse o tipo de pessoa que eu convidaria para jantar em minha casa. Ele fez do galanteio a mulheres casadas, mulheres casadas e ricas, claro, uma profissão. Elas o recompensavam com dinheiro, presentes, e apresentações a outras mulheres casadas e insatisfeitas. Se elas não o pagassem a contento, ele as chantageava. No meu tempo, chamávamos esse tipo de sujeito de gigolô. Não sei que nome dão hoje em dia.

– Canalha – disse Gabe espirituosamente e ganhou um aprovador aceno de cabeça do capitão.

"Slater tinha bom gosto", concluiu ele. "Com relação a mulheres e charutos."

– É uma boa descrição. Mas o homem tinha seus atrativos. Modos delicados, educação das melhores escolas, e uma ascendência familiar que remontava a um pomposo conde inglês. E tinha aquele jeito especial com as mulheres, mulheres casadas que não poderiam enfrentar escândalos.

– Minha mãe estava separada, capitão.

– E participando de um processo de custódia. Ela não podia se dar ao luxo de deixar que o namoro com Bradley se tornasse público se ela quisesse ganhá-lo.

– Mas ela se encontrava com ele em público.

– Socialmente – concordou Tipton. – Ela não parecia se importar com o fato de as pessoas julgarem que eles eram amantes. Ninguém podia provar isso. – Ele bateu a cinza do charuto numa lata vazia de cerveja. – Houve rumores de que Bradley cheirava um pozinho branco e caro. Ninguém conseguiu provar isso também. Até que ele morresse.

– Drogas. – Kelsey empalideceu, mas prosseguiu. – Minha mãe não disse nada sobre drogas. E não vi nada a respeito disso nas reportagens dos jornais.

– Nenhuma droga em Three Willows. – Tipton suspirou. Os olhos dela, tão parecidos com os da mãe, o faziam voltar no tempo. – O lugar estava limpo. Sua mãe estava limpa. Bradley tinha uma mistura de álcool e cocaína no organismo quando morreu.

– Se isso for verdade, ele pode ter agido de forma irracional, violenta, exatamente como minha mãe disse.

– Não havia sinais de luta. A faixa da camisola de sua mãe estava rasgada. – Ele tocou uma das mãos no tórax. – Ela tinha alguns machucados. Mas nada que ela mesma não pudesse ter feito.

– Se ela mesma tivesse feito isso, por que não teria derrubado algumas mesas, quebrado alguns abajures?

"Garota esperta", pensou ele.

– Eu fiz essa mesma pergunta a mim e a ela.

– E o que ela respondeu?

– Na primeira vez estávamos sentados no andar térreo da casa. Ainda estavam tirando fotos do quarto. Ela havia vestido um roupão largo sobre a camisola. – "Como se estivesse com frio", lembrou-se Tipton. "Como se estivesse tremendo sob aquele material acolchoado." – Quando fiz a pergunta, ela respondeu brusca e rispidamente: "Talvez eu não tenha pensado nisso."

Ele sorriu e balançou a cabeça.

– Ela estava chateada comigo. Era esse o tipo de resposta que dava, até que os advogados dela a fizeram se calar. A segunda vez em que lhe fiz essa mesma pergunta foi na sala de interrogatório. Ela estava fumando, um cigarro atrás do outro; praticamente comendo-os por inteiro. E respondeu que gostaria de ter pensado nisso. Gostaria de ter pensado nisso, porque, assim, alguém acreditaria nela.

Tipton deixou a cerveja de lado e suspirou profundamente.

– Sabe, Srta. Byden, o fato é que, como eu tinha acabado de dizer a Roscoe quando vocês chegaram, eu acreditei nela.

Kelsey descruzou as pernas, que estavam intensamente dormentes, e levantou-se.

– Acreditou nela? Acreditou que ela estava dizendo a verdade, mas mandou-a para a prisão.

– Acreditei nela – repetiu Tipton, semicerrando os olhos. Olhos de policial. – Mas as evidências lhe eram desfavoráveis. Perdi muitas noites de sono tentando encontrar algo que pesasse a seu favor. Mas tudo que eu tinha era determinação. Fiz meu trabalho, Srta. Byden. Eu a prendi. Eu a fichei. E apresentei as provas no julgamento. Era o que eu tinha de fazer.

– É assim que convive com isso? – Kelsey colocara as mãos na cintura. – Sabia que ela estava dizendo a verdade.

– Acreditei – corrigiu Tipton. – Mas isso está muito longe de saber a verdade.

– Sabe, Roscoe, isso me fez reviver o passado. – Tipton observou o Jaguar sair de ré e depois se acomodou novamente em sua rangente cadeira de balanço. – Com que frequência vemos olhos realmente cinza? Não verdes nem azuis, mas pura fumaça. Não se esquece de olhos assim.

– Naomi Chadwick o impressionou, capitão. O que não significa que ela estivesse dizendo a verdade.

– Ah, ela realmente me impressionou. Eu tinha um casamento feliz, Roscoe, e nunca pulei a cerca. Mas eu pensava em Naomi Chadwick. Será que acreditei nela por ter sensibilizado minha libido? – Ele suspirou e deu de ombros, esmagando a segunda lata de cerveja. – Não sei. Nunca tive certeza. O promotor público estava pressionando para que eu efetuasse sua prisão. Ele queria aquele julgamento. E as provas existiam. Diante disso, tive de fazer meu trabalho.

Rossi admirava sua segunda lata de cerveja.

– O que achou de Charles Rooney?

– O detetive particular? Um exibicionista. Sua lista de clientes tinha muitos nomes elegantes. A maioria relacionada a processos de divórcio. Eu o pressionei para saber se ele falaria algo diferente do que havia dito antes, mas ele se manteve fiel à sua história. Tinha o filme e os relatórios, e os advogados dos Byden o apoiaram.

– Ele testemunhou um assassinato e não informou à polícia.

– Nós o pressionamos por isso, e ele alegou que estava muito abalado. Preparava-se para tirar fotos de um casal fazendo sexo, e registrou um assassinato. Alegou até que ainda estava sentado no carro quando a polícia chegou. E fotografou tudo com precisão.

– E depois esperou três dias para entregar o filme à polícia.

Tipton arqueou as sobrancelhas.

– Aonde você quer chegar, Roscoe?

– Aonde é necessário chegar. – Ele pôs a lata de cerveja parcialmente consumida entre os pés e inclinou-se para a frente, apoiando as mãos nos joelhos. – Há 23 anos, houve um cavalo morto durante uma corrida, drogas, um suicídio e um assassinato. Agora temos um assassinato, uma morte suspeita com ares de suicídio, um cavalo morto durante uma corrida e drogas. O pêndulo oscila mesmo dessa forma, capitão? Ou alguém está lhe dando um empurrãozinho?

– Você é um bom policial, Roscoe. – Tipton estremeceu, como um cavalo veterano ao ouvir o badalar do sino. – E quantos você acha que estão dando esse empurrãozinho?

– Isso é o que precisamos descobrir. Não estaria disposto a se afastar de sua oficina durante algum tempo e me ajudar a fazer isso? – Tipton esboçou lentamente um sorriso, adaptado com perfeição ao seu rosto arredondado.

– Acho que posso incluir isso em meus planos.

– Era o que eu esperava ouvir. Lembra-se do jóquei que se enforcou? Benedict Morales. Benny. Talvez você pudesse descobrir mais alguma coisa a respeito do que o levou a cometer suicídio.

Kelsey endireitou-se no banco quando Gabe passou com o carro pelos portões de Longshot.

– Gabe, eu deveria ir para casa. Não serei boa companhia hoje.

– Não, não será. – Ele parou o veículo e desligou o motor. – Mas é melhor você explodir aqui do que em Three Willows, onde terá de dar explicações a Naomi.

– Estou com tanta raiva. – Ela saiu do carro e bateu a porta. – Ele acreditou nela, mas a mandou para a prisão.

– Os policiais não mandam ninguém para a prisão, querida. São os jurados que fazem isso. Acredite em mim, eu estive lá.

– A questão é que ela passou dez anos atrás das grades, não é?

– A questão – disse ele, pegando-a pelo braço e conduzindo-a para a casa – é que isso faz parte do passado e você não pode mudar nada. Quanto está disposta a arriscar para voltar no tempo e provar que houve um erro?

Chocada, ela se virou para Gabe.

– Arriscar? O que há com você? O risco não interessa... não importa! O que aconteceu com ela foi errado. E tem de ser corrigido.

– Preto no branco?

Kelsey sentiu um súbito revirar em seu estômago.

– E se for?

– Que seja então – disse ele simplesmente. – Mas não negligencie os matizes de cinza, Kelsey. Nem tudo que descobrir, se prosseguir com isso, irá se encaixar perfeitamente num lado ou em outro.

Ela recuou, e a distância entre eles era muito maior do que a do espaço físico.

– Você quer que eu pare.

– Quero que você esteja preparada.

– Para...

Com extrema calma, ele desfez a distância que os separava e a segurou pelos ombros.

– Nem todas as pessoas com quem você se preocupa são perfeitas. E nem todas as pessoas que são importantes para você irão lhe agradecer por ter removido duas décadas de poeira sobre fatos do passado.

Irritada, ela deu de ombros, numa frustrada tentativa de se desvencilhar das mãos dele.

– Sei que Naomi não era... não é... uma santa. Não espero perfeição, Slater. Esse não é o meu propósito. Mas quero a verdade.

– Ótimo. Tanto quanto possa lidar com ela. E não tente se livrar de mim – disse ele, e sorriu quando ela estremeceu sob suas mãos. – A primeira verdade que terá de engolir é o fato de que só poderá jogar com as cartas que recebeu. Você e eu teremos que disputar essa rodada.

– Não estou tentando me livrar de você. Apenas preciso pensar no que fazer em seguida.

– Posso ajudá-la com isso. – Ele a estreitou nos braços, suas hábeis mãos deslizando por suas costas. – Você agora vai relaxar, nadar um pouco.

– Não trouxe roupa de banho.

– Era exatamente com isso que eu estava contando, querida. – Ele a beijou, de um jeito que sempre parecia fazê-la flutuar. – Depois, vou persuadi-la a usar daquelas habilidades culinárias de que se gabou uma vez.

Relaxar pareceu uma excelente ideia a Kelsey. Com um suave murmúrio de prazer, ela virou a cabeça para facilitar o acesso dele ao seu pescoço.

– Quer mesmo que eu cozinhe para você?

– Quero. Depois, vou levá-la para o andar de cima e seduzi-la.

– E o que está fazendo agora?

– Isto é apenas um preâmbulo. E amanhã, quando você estiver relaxada e de cabeça fria, voltaremos a pensar nesse problema.

– Parece-me sensato.

Mordiscando-lhe o pescoço, ele alcançou a boca de Kelsey. "Não era exatamente justo", pensou ele, "guardar algumas ideias para si mesmo." Mas ele queria desfazer a tensão no rosto dela. E comemorar o fato de que haviam se encontrado. Pelo menos naquela noite, queria que os dois concentrassem suas energias apenas nisso.

– Sejamos sensatos. – Ele deu um passo atrás e deslizou as mãos pelos braços de Kelsey até que se entrelaçassem às mãos dela. – Eu amo você.

Seu coração pulsou vigorosamente no peito.

– Não tenho argumentos para isso.

21

Sob a rósea luz da aurora, Moses observava as éguas levarem seus filhotes para beber água. Ele conhecia a lei do mais forte tão bem quanto elas. Big Bess, com seu arrogante abano do rabo, era a primeira, sempre. Atrás dela, ia Carmen, a teimosa égua ruiva, seguida por Trueheart, e assim por diante, hierarquia abaixo, até chegar a vez da tímida e recatada Sunny.

Os filhotes seguiam ao lado das mães, confiantes e brincalhões. "Inconscientes", pensou Moses, "de que dentro de poucas semanas serão desmamados e separados delas, o próximo passo para o cumprimento de seus destinos."

Alguns seriam treinados para correr, outros, vendidos em leilões de potros. Algum deles poderia se demonstrar promissor e ser conduzido para as pistas de hipismo ou para espetáculos de cavalos adestrados. Moses particularmente não gostava desse tipo de espetáculo, que lhe parecia tão insípido quanto desfiles de carros alegóricos. Por fim, alguns seriam castrados, e outros utilizados como reprodutores.

Mas um deles, talvez um entre todos eles, exibiria a marca de um verdadeiro campeão. "Sempre haveria outro Derby", disse a si mesmo. "E haveria sempre outra chance de vencê-lo."

Talvez fosse aquele, o pequeno baio com a mancha branca na testa. Aquele com uma altiva inclinação de cabeça. Naomi o batizara de Tomorrow's Arrogance por conta disso. Ele tinha o porte, as feições, a ascendência, e o tempo iria dizer se tinha também a fibra de campeão.

Mas o coração de Moses estava aflito dentro do peito. Apostara muito no Derby. E sabia que não deveria ter feito isso. Ambas as metades de sua herança racial o haviam advertido para ele não testar os deuses. Contudo, ele os desafiara, pondo todas as suas esperanças, todo o seu coração, numa corrida de dois minutos.

E o preço disso tinha sido assombroso.

– São lindos, não acha? – murmurou Kelsey atrás dele. – É difícil acreditar que dentro de um ano eles estarão prontos para receber a sela.

Moses enfiou as mãos nos bolsos dianteiros da calça e manteve o olhar voltado para os potrilhos.

– Então você resolveu aparecer.

– Sinto muito. Estou um pouco atrasada.

– Um pouco atrasada hoje. A metade do dia de ontem e a metade do dia anterior.

– Precisei resolver algumas coisas.

– Coisas. – Ele se virou para Kelsey, sabendo que iria despejar nela suas frustrações, certo de que merecia. – Apenas uma coisa tem prioridade para quem trabalha aqui, e são os cavalos.

Com passos largos e pisando firme, ele se pôs a caminhar em direção às baias, e Kelsey, culpada, o acompanhou.

– Sinto muito, Moses, mas era inadiável...

Com os saltos do sapato praticamente cravando no chão, ela conseguiu se deter quando ele parou abruptamente à sua frente e se virou.

– Olhe só, mocinha, isto não é um pátio de recreio. Você agora não tem direito a pedir tempo para amarrar seus sapatinhos. Aqui você tem que fazer força, o dia inteiro, todos os dias. Senão outra pessoa terá que trabalhar em dobro. E não é assim que eu administro as coisas por aqui. O que andou fazendo ontem quando deveria estar com seu cavalo, quando deveria estar recebendo ordens de seu tratador de potros?

– Eu fui... – ela se interrompeu, quase mordendo a língua. – Fui tratar de um assunto pessoal.

– De agora em diante, passe a cuidar do cabelo e das unhas somente fora do expediente e durante as suas folgas. Não vou permitir que você desperdice meu tempo. Temos baias para serem limpas.

– Mas eu... eu preciso trabalhar com Honor.

– Ela já está na guia. Você pode cuidar de seu relaxamento quando acabar o treino. Agora trate de pegar uma pá.

Ele se retirou, desaparecendo escritório adentro. Cavalariços e outros funcionários, que haviam parado de trabalhar para observar o que estava acontecendo, voltaram imediatamente a ocupar-se com seus afazeres. Todos gostavam de presenciar uma reprimenda em público, mas ninguém gostava de ser pego observando uma.

– Bem, você foi aceita. – Naomi aproximou-se de Kelsey e correu a mão consoladoramente para cima e para baixo nas costas da filha. – Ele não teria falado com você desse jeito se não a considerasse um membro da equipe.

– Ele poderia ter falado comigo em particular – murmurou Kelsey. – E, droga, eu não estive cuidando do cabelo. Veja isso. – Exasperada, ela exibiu os dedos das mãos, as unhas curtas, sem esmalte. – Parece que eu passei na manicure recentemente? Não estou aqui para brincar. Só porque precisei de algumas horas livres... – Ela se interrompeu e xingou. – Era importante para mim.

– Às vezes, nós esquecemos que há outras coisas que acontecem no mundo lá fora que e não aqui. Você não tem necessidade de fazer esse tipo de trabalho. O fato é que a maioria dos criadores não se envolve tanto assim com as tarefas do dia a dia. Se preferir...

– Você acha que eu não posso me sair bem aqui, não é? – disse Kelsey, as bochechas enrubescidas. – Acha que eu não vou conseguir ir até o fim.

– Não estou dizendo isso, Kelsey.

– Não está? Por que as coisas deveriam ser diferentes dessa vez? Sempre mudei de emprego, de um interesse para outro. Por que alguém deveria achar que posso me fixar no que quer que seja, que isso aqui significa muito mais do que redigir matérias publicitárias ou explicar quadros impressionistas a grupos de turistas? Se desisti de tantas coisas, por que não poderia desistir disso aqui também? – Ela jogou o cabelo para trás. – Porque isso é diferente. Porque tudo é diferente agora.

Ela se virou e foi para as baias.

Naomi apenas suspirou. Uma forma infalível de se esquecer dos próprios problemas, atinou ela, era deixar que as pessoas que você ama utilizassem seu ombro para se desafogar dos problemas. Avaliando temperamentos, ela concluiu que Kelsey precisava mesmo manusear um forcado durante algum tempo para esfriar a cabeça. E foi lidar com o temperamento de Moses.

Ele estava sentado à sua mesa, vociferando ao telefone com o empresário de Reno.

– Não vou deixá-lo montar em Belmont. Ele não está preparado, e Corelli conseguiu classificar High Water entre os três primeiros no Preakness. Ele conhece o potro e merece a chance. Sim, é minha última palavra.

Ele bateu o fone com violência no aparelho, calando a voz lamuriante em seu ouvido.

– Não posso deixar um jóquei ainda traumatizado e com o ombro não totalmente recuperado montar nosso cavalo.

– Concordo com você. – Disposta a acalmá-lo, ela se sentou na mesa dele. – E Reno também concorda. Ele sabe que ainda não está preparado.

Num gesto que ela imaginou servir de apaziguamento, pegou a mão dele e a pôs sobre a sua.

– Não foi um pouco duro com Kelsey lá fora?

Ele fechou o semblante e retirou a mão de sobre a dela.

– Está aqui como proprietária ou mãe?

– Estou aqui, Moses – disse ela simplesmente. – Sei que Kelsey tirou algum tempo de folga recentemente. E sei que algo a está incomodando. Do mesmo modo que sei – prosseguiu ela calmamente – que algo o está incomodando também.

– Vamos tratar apenas de uma questão, Naomi. – Ele se levantou. – Ela tem negligenciado o trabalho nestes últimos dias. Portanto, acho que seu entusiasmo esfriou.

Confusa, ela observou o rosto de Moses, que não transparecia apenas aborrecimento, mas também preocupação.

– Talvez ela ainda tivesse alguns problemas pendentes. Não podemos esquecer que teve de fazer muitas adaptações ao novo estilo de vida num curto espaço de tempo. Achei que você estava satisfeito e até mesmo impressionado com o trabalho dela até agora.

– Até agora – concordou ele. – Sim, tenho estado satisfeito e impressionado, exceto nos últimos dias. Talvez você tenha esquecido que essa é uma das coisas que faço aqui. Se quiser que eu a trate de forma diferente...

– Eu não disse isso. – A voz de Naomi agora transmitia sua irritação. – Eu o conheço, Moses. Você não repreende alguém daquele jeito em público por simples infrações. Portanto, quem de fato está decidido a tratá-la de forma diferente?

Ele se virou. Os dois se encararam, a mesa entre eles.

– Na minha opinião, essa moça deve ter tido tudo na vida. É mimada, inconsequente, e está acostumada a ir e vir como bem entende.

– Exatamente como eu era.

Ele admitiu isso com um aceno de cabeça.

– Mas nem tanto. Você terminou o que havia começado, Naomi.

– Talvez essa tenha sido a primeira vez que ela encontrou algo que valha a pena terminar.

– Ou talvez ela esteja entediada e dentro de alguns dias arrume as malas para partir. Acha que eu não sei como você se sentirá se ela for embora?

Experimentando uma súbita sensação de frio, Naomi abraçou os próprios braços.

Você mesmo me disse que ela não iria fazer isso.

– Talvez eu estivesse enganado. Talvez eu estivesse apenas muito feliz por ver você sorrir novamente. Tudo parecia estar indo tão bem. Mas, de repente... – Aborrecido, ele se deixou cair outra vez na cadeira e esfregou as mãos no rosto. – Que droga. Ela cruzou meu caminho na hora errada.

– Qual é o problema, Moses? – Ela estendeu a mão para ele. Dessa vez ele a segurou.

– Os deuses brincam, Naomi. Especialmente quando você esquece que eles podem deixar sua glória e arrebatar aquilo que você mais deseja. E eu já tive o coração partido uma vez. – Ele ergueu o olhar para ela novamente e sorriu. – Foi você quem fez isso pela primeira vez. Mas já faz algum tempo. E eu havia me esquecido de como dói.

– Pride – murmurou ela. – Deixe apenas que eu viva o luto.

Desconsolado, ele olhou para o entrelaçamento das mãos dos dois.

– Cometi um erro, Naomi. Fiquei tão entusiasmado com as chances de vitória que acabei me descuidando, ainda que por um minuto. E o preço disso foi alto.

– Pode se lastimar, Moses, mas não se sentir culpado.

– Aquele cavalo era meu, Naomi. – Ele se virou subitamente para ela. – O seu nome pode ter saído nos jornais, mas o cavalo era meu. E o perdi. Não vigiei o lugar certo no momento certo. Não atinei com o que deveria ter atinado. Ainda hoje, penso naquele dia. Penso, penso, penso e não chego à conclusão alguma. Tudo aconteceu bem debaixo do meu nariz. Bem debaixo do meu maldito nariz – repetiu ele, esmurrando a mesa.

Havia, ela sabia, apenas uma forma de lidar com Moses quando ele se encontrava naquele estado de espírito.

– Está bem, Whitetree, a culpa foi sua. Você estava encarregado do bom andamento dos trabalhos. Eu lhe pago para treinar meus cavalos, para conhecê-los, para entendê-los e para orientá-los do nascimento à morte. Eu também lhe pago para supervisionar os empregados, para contratar e demitir, e para decidir qual equipe deve trabalhar com este ou aquele cavalo, nesta ou naquela corrida. E, pelo que parece, estive pagando a você para prever o futuro também. – Ela inclinou a cabeça. – E, já que é esse o caso, não sei se o demito ou se lhe dou um aumento.

– Não estou brincando, Naomi.

– Nem eu. – Ela se levantou e contornou a mesa para massagear os ombros de Moses. – Quero saber o que aconteceu. Quero saber quem fez isso, e, seja quem for, que pague pelo que fez. O que eu não quero nem posso suportar é que você, uma pessoa que eu amo e de quem dependo, fique desanimado. Temos menos de um ano até o próximo primeiro sábado de maio.

– Sim. – Ele suspirou longamente. – Acho que tenho que me desculpar com a sua filha.

– Deixe para lá. Ela consegue engolir um sapo ou outro.

Ele sorriu novamente.

– E bem que ela queria me fazer engolir alguns. Deus, ela tem os seus olhos. Sabe, Naomi, eu não me arrependo muito das coisas que não fiz. Posso até contar nos dedos de uma das mãos as mais importantes. Nunca fiz uma peregrinação a Israel, nunca segui os passos de nenhum dos meus ancestrais, nem de um lado, nem de outro. E nunca tive um filho com você.

Ela imobilizou as mãos, e ele estendeu as dele e as segurou com firmeza.

– Sinto muito.

– Não. – Ela baixou a cabeça, apoiando o rosto na cabeça dele. – Não sinta. Por que tão raramente temos uma segunda chance na vida, Moses?

RICH ACHAVA A MESMA coisa. Segundas chances eram, em sua opinião, tão raras quanto dentes em galinhas. Só homens de muita sorte conseguiriam uma. E Rich Slater era um deles.

Ele apostou 2 mil numa trifeta em Laurel e voltou tranquilamente para o bar. Em geral, a trifeta era uma aposta feita apenas por pessoas experientes e viciadas em corridas de cavalo, mas ele estava cheio da grana.

“Estou gostando dos cavalinhos”, pensou ele. Que se danem as cartas, as contagens de pontos. Os cavalos eram agora sua menina dos olhos.

Ele pediu mais uma dose de uísque, agora sua nova e predileta bebida, e pegou um charuto de 5 dólares.

A chama do isqueiro que ardeu sob o charuto fez suas sobrancelhas se arquearem. Rich o tragou e virou-se, sorrindo afavelmente para o filho.

– Vejam só, exatamente como nos velhos tempos. Sirva meu garoto também – pediu ele ao garçom.

Gabe simplesmente ergueu um dedo.

– Café.

– Merda – disse Rich, pronunciando a palavra em longas sílabas. – Não me dê uma de maricas, garoto. Eu estou pagando.

– Café – repetiu Gabe, observando o pai. Ele já conhecia os sinais: bochechas vermelhas, olhos brilhantes, sorriso largo. E Rich Slater não estava apenas quase bêbado, tinha também dinheiro no bolso.

– Pensei que tivesse vindo de Chicago porque estava com problemas.

– Já resolvi tudo. Não se preocupe comigo, Gabe. Todos sabem que o velho Rich Slater é conhecido pelos seus bons antecedentes.

– Ah, é? – Gabe levantou uma sobrancelha. – Achei que o problema tinha alguma coisa a ver com trapaça.

"Foi isso que disse a ele?", perguntou-se Rich, vasculhando a memória um tanto entorpecida. Bem, não importava.

– Foi apenas uma divergência de opiniões, nada mais que isso. Agora está tudo acertado. E esta aqui, sim, é a minha corrida. – Ele gesticulou em direção ao monitor. – O número 3 – murmurou. – É isso aí, o número 3.

Gabe olhou de relance para o monitor quando os portões se abriram.

– Ouvi dizer que você está apostando em cavalos novamente.

– Vamos lá, garoto, pegue a cerca. Onde você ouviu isso?

– Por aí. Alguém o viu em Churchill Downs no dia do Derby.

Rich continuou a assistir à corrida, torcendo e incitando seu cavalo a avançar com súbitas e ligeiras viradas de tronco. Contudo, sua mente trabalhava, analisando cuidadosamente uma passagem segura pelo campo minado que Gabe estava preparando para ele.

– Ele conseguiu. Ele conseguiu tomar a cerca! Agora, vamos lá, rapaz, para a linha de chegada. Ahá! Filho da mãe, eu sei escolher o cavalo certo. – Contente com o fato de o primeiro cavalo do seu bilhete de apostas ter chegado em primeiro lugar, ele pediu outro drinque. – Eu tenho tato, Gabe. Aliás, sempre tive.

– E que tipo de tato você teve em Kentucky no mês passado?

– Kentucky? – O sorriso largo e amistoso abriu-se mais ainda. – Há seis anos ou mais eu não vou a Kentucky. Mas, devo admitir, bem que eu gostaria de ter ido.

– Eu o vi, na manhã do dia da corrida.

Rich vacilou, quase que imperceptivelmente, mas manteve o olhar fixo no do filho.

– Acho que não, filho. Tenho ótimas acomodações no subúrbio de Baltimore. Toda a diversão de que preciso está a uma hora de carro delas. Pimlico, Laurel, Charles Town. Talvez você esteja querendo dizer que me viu em Pimlico, no Preakness. Eu estive lá. Com certeza. – Ele piscou para Gabe. – Apostei algum dinheiro no seu potro também. E você não me decepcionou. Talvez, com a sorte que eu estou, faça uma viagem para assistir ao Belmont Stakes. Você acha que pode ganhar a Tríplice Coroa, não é, Gabe? E pode mesmo. Faça isso, e nós comemoraremos de verdade.

– Houve um acidente no Derby.

– Sei disso. Fiquei chocado, sentado em minha sala, vendo-o pela tevê. É muito triste ver um cavalo cair daquele jeito. – Falsamente comovido, ele balançou a cabeça. – Muito triste. Mas você não sofreu muito com essa perda, não foi?

– Alguém fez alguma coisa para que aquele cavalo caísse.

Com os lábios segurando o charuto, Rich balançou positivamente a cabeça.

– Ouvi falar sobre isso também. Servicinho sujo. Mas Deus sabe que isso acontece. – Estendeu a mão para pegar amendoins e jogou dois na boca. Gabe notou que ele estava usando um anel no dedo mindinho, uma moeda de 1 dólar cravejada de pequenos diamantes.

– Ah, mas esse tipo de coisa já não acontece com tanta frequência quanto antigamente – prosseguiu Rich. – Agora é mais difícil injetar drogas num cavalo e conseguir se safar. – Ele soltou uma baforada, feliz por envolver Gabe com a fumaça. – Aliás, nos tempos em que seu avô e eu apostávamos em cavalos havia muitos truques para fazer isso. Não faziam muitos testes antidoping, nem tinham tantas malditas regras para jóqueis e cavalos. Mas isso foi há quarenta anos ou mais. – Ele suspirou saudosamente. – Uma pena que você não tenha conhecido seu avô, Gabe.

– É. Também foi uma pena que ele tenha levado um tiro nos miolos por causa de uma... divergência de opiniões.

– É verdade – disse Rich, sem sarcasmo. Ele havia amado o pai. – É o que eu lhe digo sempre, filho, às vezes a trapaça é apenas parte do jogo. Tudo é uma questão de habilidade e de agir no momento certo.

– E, às vezes, é uma questão de assassinato. De um homem, de um cavalo. O assassinato de um e de outro não faz muita diferença para certas pessoas.

– Houve cavalos dos quais eu gostei mais do que de alguns homens.

– Lembro-me daquela corrida em Lexington. Eu era apenas uma criança. – Gabe pegou o café deixado sobre o balcão, e continuou a olhar para o pai por sobre a borda da xícara enquanto o bebericava. – Mas me lembro de como você estava nervoso. Não fazia tanto calor assim. O Bluegrass Stakes é na primavera. Mas você estava suando bastante. Você me fez "trabalhar" nas arquibancadas, ou melhor, me fez pedir esmolas. Um cavalo tropeçou naquele dia também.

– Acontece. – Ele virou o rosto para o monitor. Apesar do frio gerado pelo ar-condicionado, o pescoço de Rich estava molhado de suor. – Vi isso acontecer muitas vezes quando era jovem.

– Aquele cavalo também pertencia a Chadwick.

– Que merda! Isso é o que eu chamo de azar. Ei, você ainda não percebeu que meu copo está vazio? – disse Rich, golpeando o balcão com tapas.

– E um jóquei se enforcou por causa disso. Pelo que me lembro, nós não ficamos muito tempo ali depois da corrida. Apenas alguns dias. Isso me pareceu estranho também, porque nosso aluguel estava em dia.

– Meus pés estão sempre coçando. Sempre.

– Eu me pergunto como você conseguiu arrumar tanta grana depois do acidente, ainda que ela não tenha durado muito. Aliás, ela nunca durava, mas o fato é que você tinha um belo e gordo maço de notas quando nós partimos.

– Devo ter apostado nos vencedores daquela corrida.

– Você está com grana agora também, não está? Terno novo, relógio de ouro, anel de diamantes. – Ele pegou a mão de Rich. – Manicure.

– Aonde você quer chegar, garoto?

Prevenindo-se do cheiro de bebida, Gabe inclinou-se para a frente. Seu tom de voz estava baixo e friamente controlado.

– É melhor rezar para que eu não descubra que você esteve em Kentucky naquele primeiro sábado de maio.

– Você não deveria me ameaçar, Gabe.

– Ah, sim, deveria.

Com medo e ódio circulando em suas veias, Rich pegou o drinque.

– Pare com isso. É o que você deveria fazer. Deixe as coisas como estão e preocupe-se com o cavalo que está preparando para a próxima corrida. Preocupe-se com ele e com aquela bela potranca loura com quem você está transando.

Como um raio, Gabe agarrou o nó da nova gravata de seda do pai. O garçom agiu prontamente.

– Não queremos problemas aqui dentro.

– Não há problema algum. – Com o rosto bem próximo ao do filho, Rich sorriu. – Mesmo. Apenas uma discussão em família. Uma bela escolha a sua, filho. Sangue nobre. Aliás, aposto que uma puro-sangue como ela deve ter tanta energia quanto você, e muita fibra também. Talvez esteja na hora de ela conhecer seu velho e querido pai.

A mão de Gabe doía por causa da força que ele usava para cerrar o punho, ávido, aliás, por mais força. Mas não havia como ignorar o fato de que aquele era o seu pai, ainda que isso lhe fosse repugnante.

– Fique longe dela – disse Gabe gravemente.

– Senão...

– Senão eu o mato.

– Nós dois sabemos que você não é disso. Mas façamos um acordo. Você não se intromete nos meus negócios, eu não me intrometo nos seus. – Rich ajeitou a gravata quando Gabe o soltou. – Do contrário, eu posso ter uma boa e longa conversa com a sua bela namorada. E aposto como eu teria muita coisa para dizer a ela.

– Fique longe do que me pertence. – Gabe pegou uma cédula e a pôs ao lado da quase intocada xícara de café. – Fique bem longe do que me pertence.

– Crianças. – Rich sorriu para o nervoso garçom quando Gabe se retirou. – Elas parecem nunca aprender a respeitar os pais. – Ele pegou o drinque e tentou ignorar o fato de que sua mão tremia. – Às vezes, é preciso ser duro com elas – resmungou. Com o drinque na mão, virou-se para o monitor e aguardou a vitória de seu cavalo.

ERA QUASE NOITE quando Kelsey saiu definitivamente das baias. Ela havia trabalhado durante exaustivas 12 horas, recolhendo estrume e palha, esfregando pisos, polindo ferros. Agora, todos os músculos de seu corpo doíam. Tudo o que ela queria era um abençoado banho quente e a cabeça livre de quaisquer pensamentos.

– Aceita uma cerveja? – Moses sentara-se num barril, duas garrafas geladas presas nos dedos, esperando-a.

– Não. – Ela balançou a cabeça, tão fria quanto as cervejas. – Obrigada.

– Kelsey. – Ele ergueu uma das garrafas. – Não consegui encontrar minha bandeira branca.

Depois de ainda relutar um pouco, ela cedeu e aceitou a cerveja. Teria preferido um balde de água fria, mas a bebida lavou um pouco o gosto de poeira e suor.

Moses fixou o olhar na mancha arroxeada no braço dela.

– O que foi isso? Pacer a mordeu?

– Isso mesmo. E daí?

– Você não vai conseguir ficar chateada comigo por muito tempo. Sou muito sedutor.

Kelsey tomou outro gole.

– Não, você não é.

– Com sua mãe funciona – resmungou ele. – Escute, acho que você cometeu um erro, e eu a conscientizei disso. E agora vou lhe dizer também que fez um bom trabalho. Não apenas hoje. Mas durante a maior parte do tempo que passou aqui.

– Durante a maior parte do tempo?

– Sim. Você aprende rápido e não comete o mesmo erro duas vezes, mas ainda precisa de alguém para supervisionar o que faz. Tem um temperamento problemático, mas estamos acostumados com isso por aqui, tanto da parte dos cavalos como da de sua mãe.

– Minha... – Ela abriu a boca. – Minha mãe.

– Ela consegue ser uma mula quando quer. Não que perca tanto as estribeiras agora como perdia quando era mais jovem. Acho isso lamentável às vezes. – Ele baixou os olhos para as botas. – Droga, acho lamentável tudo aquilo. Eles não a quebraram, mas a mudaram. Eles a endureceram, e ela aprendeu a se controlar. Eu agi daquele jeito com você hoje mais por causa dela do que por causa do trabalho.

– Não entendi.

– Se você for embora, ela morrerá. Sei que Naomi não gostaria que eu lhe dissesse isso, mas estou dizendo mesmo assim. Não há nada neste mundo que signifique mais para mim do que sua mãe. Não quero que ela sofra novamente.

– Eu não vou embora. Nem pretendo fazê-la sofrer. Talvez seja muito difícil para você acreditar em mim. Mas eu gostaria que acreditasse. Eu gostaria que conseguisse acreditar.

– Sabe, acho que uma pessoa que limpa e cuida de cavalos, e faz um bom trabalho, sem entregar os pontos, merece confiança. Vejo você amanhã de manhã.

– Claro. – Ela se retirou, e logo em seguida lançou-lhe um olhar por sobre os ombros. – A noite hoje vai ser linda.

– É. Vai.

– As mulheres gostam de passear ao luar.

– Ouvi dizer que sim.

– É provável que em poucas horas tenhamos uma bela lua cheia. – Contente, Kelsey continuou a caminhar em direção à casa. Ela tinha feito seu trabalho, e muito bem, avaliou ela. Agora iria deixar Gertie gratificá-la com o que houvesse de bom na cozinha e depois ia mergulhar todas as dores de seu corpo em um banho quente.

UMA HORA MAIS TARDE, ela estava repousando num mar de espuma perfumada. Seu mundo se organizara outra vez. Enquanto bocejava preguiçosamente, a porta se abriu.

– Gabe! – Alvoroçada, ela se levantou, quase derramando uma boa quantidade de espuma da banheira. – O que está fazendo aqui?

– Gertie me disse que eu a encontraria aqui em cima. – Ele enganchou os polegares nas presilhas da calça e admirou a cena. – Vim buscá-la e levá-la para casa comigo. Mas você não me parece adequadamente vestida.

– Sempre tomo banho nua. É um hábito.

– Que tal eu lavar suas costas e qualquer outro lugar que suas mãos não alcancem?

– Eu mesma posso fazer isso. – Ela tirou o cabelo dos olhos e tentou resistir ao impulso de esconder com os braços os seios cobertos de espuma. – Por que você não espera lá embaixo enquanto eu termino de me arrumar?

Ele pensou um pouco, e depois balançou a cabeça e começou a desabotoar a camisa.

– Não. Vou tomar banho também.

– Não, você não vai. Pelo amor de Deus, Gabe, nós estamos na casa da minha mãe.

– Ela não está em casa.

– Mas essa não é a questão. – Nervosa, ela afastou algumas mechas de cabelo da testa. – Não tire a camisa, Slater. Gertie está lá embaixo – sussurrou ela.

– E terá de ficar lá. Não há espaço nessa banheira para nós três. – Ele jogou a camisa para o lado e se sentou para tirar as botas.

– Não estou brincando. Isto não é certo.

– Preciso de você, Kelsey.

Por fim, Kelsey desistiu de protestar e suspirou. Ela podia perceber agora a tensão nos ombros de Gabe.

– Droga – murmurou. – Tranque a porta.

– Já tranquei.

Sua calça jeans juntou-se à dela no chão, e ele entrou na banheira, acomodando-se às suas costas, abraçando sua cintura e mergulhando o rosto em seu cabelo.

– Deus. – Gabe aspirou o perfume e experimentou a textura da pele de Kelsey, tentando repelir o veneno que o corrompia desde o confronto com o pai.

Ele precisava daquilo pelo menos por uma hora. Ela podia fazer aquilo por ele. Podia fazer qualquer coisa por ele.

– Gabe, me diga o que aconteceu.

– Shhh. – Ele deslizou as mãos até as curvas escorregadias dos seios dela, tocando levemente os mamilos. – Apenas me deixe tocá-la. Só preciso tocá-la.

Gabe a mergulhou em ternura. Ele nunca havia sido tão gentil antes, tão paciente, tão delicado. Como ela ainda estava recostada nele, fez apenas o que disse que precisava fazer. Ele só a tocou. Seus dedos deslizaram por uma das longas pernas, alcançando o joelho, a coxa, e a penetrando, fazendo-a experimentar a sensação de que seus ossos se derretiam dentro do corpo.

Exclamando de prazer, ela tentou virar-se para ele, mas foi impedida.

– Ainda não – disse Gabe, beijando-lhe os ombros e a nuca, de onde pendiam cachos molhados.

Ela se rendeu mais intensamente do que nunca, deixando as mãos dele explorarem seu corpo como bem entendessem. A água se agitava, a espuma se dissolvia. A cada orgasmo, seu corpo retesava-se, tremia, explodia, e ela acreditava que seria o último, mas, lenta, paciente e silenciosamente, ele lhe acendia um novo fogo.

Kelsey pairava numa nuvem mágica ignorando os gemidos que escapavam de sua boca. Derramando água por sobre a borda da banheira e molhando os azulejos, ele finalmente a mudou de posição, puxando-a das nuvens para as chamas da paixão.

22

Aquele cavalo não iria vencer. Rich serviu-se do uísque escocês de Cunningham. Afinal de contas, um homem não deveria limitar-se a um tipo de bebida, de mulher ou de jogo.

"O garoto nunca havia entendido isso", pensou, tomando de um gole a dose dupla e enchendo o copo outra vez. Nunca tinha sido capaz de ensinar nada àquele filho da mãe.

Bem, mas iria lhe ensinar algo agora. Algo bom e apropriado.

Para Gabe, naquele ano, não iria haver Tríplice Coroa alguma. Não, com certeza não. Ele iria trabalhar para isso. Tinha ido para lá fazer um serviço, e, se por acaso não desse certo, teria pelo menos o prazer da vingança pessoal.

Acomodou-se na confortável poltrona de Cunningham e apoiou seus novos mocassins Gucci num banquinho. E sorriu. Aquela era a vida que ele merecia, e como era. Uma vida de nobre. Uma ótima casa de campo, carros reluzentes na garagem, e uma mulher gulosa na cama.

Ele iria ter tudo isso. Assim que resolvesse um último probleminha e levasse todos os seus lucros para Las Vegas, onde era conhecido. Sim, o bom e velho Rich era muito conhecido naquela cidade. E agora só apostaria, ia se hospedar numa das coberturas do Caesars e desfilaria com uma bela loura a tiracolo.

Assim que varresse a grana dos cassinos, compraria uma casa para ele.

Talvez em Nevada. Uma daquelas elegantes casas com cactos e palmeiras e uma piscina nos fundos. Depois, quando lhe desse na telha ou quando sua carteira emagrecesse, retornaria para ganhar uma nova bolada.

Ficou sentado, sonhando com a roleta que girava na sintonia dele e com cartas que pousavam em suas mãos como anjos.

– Que diabo você está fazendo aqui? – Enrubescido e assustado, Cunningham detinha-se à soleira da porta. Em vez do tom de comando que ele desejara, sua voz saiu como se fosse uma sequência de guinchos articulados.

– Ei, Billy. Já chegou a um acordo com seus sócios? Ouvi dizer que vai embolsar quase um milhão com os acasalamentos daquela sua égua.

– Isso não é da sua conta. – O negócio já estava quase fechado, e nada, prometera ele a si mesmo, *nada* iria interferir. Ele tinha um empréstimo a pagar, e o prazo final estava se aproximando. – Você recebeu o dinheiro, Slater. Estamos quites.

Com os olhos franzidos, Rich contemplava seu último gole de uísque.

– Mas que falta de consideração, Billy.

– O que você está fazendo em minha casa?

– Um velho amigo não pode vir fazer uma visita? – perguntou Rich, sorrindo sinceramente. – Aquela sua belezinha foi muito mais hospitaleira ao me deixar entrar. Ela disse que estava saindo para fazer compras. Foi direto para aquela loja Neiman Marcus. Lugarzinho caro aquele.

– Marla é minha esposa – disse Cunningham com toda a dignidade que pôde invocar.

– Não me diga! – Depois de dar um tapinha no próprio joelho, Rich levantou-se para servir-se de mais um drinque. – Então resolveu se amarrar por causa de um par de seios de primeira linha? Bem, meus parabéns, Billy. Você é mais idiota do que qualquer um poderia imaginar.

"Se não sou um idiota agora", pensou Cunningham, "certamente fui ao voltar a fazer negócio com meu ex-comparsa." Mas agora, e dali em diante, tudo seria feito de forma legal. O acordo para o acasalamento da égua, cujos detalhes parciais ele tinha acabado de acertar, era tão ambicioso quanto Rich ouvira dizer. Portanto, já estava na hora, ou muito mais do que na hora, de ele romper velhas relações. Todas elas.

– Vou ter de lhe pedir para sair, Rich. Não nos devemos mais nada, e não é inteligente deixar que nos vejam juntos.

– Não há ninguém aqui, exceto você e eu. – Rich lançou-lhe uma piscadela e acomodou-se na poltrona novamente. Ah, ele sabia o que Cunningham estava pensando. Sem dúvida. Billy não precisava mais do velho Rich. – Ei, não se preocupe. Não estou aqui para arrancar mais dinheiro de você. Pode ficar tranquilo quanto a isso.

De fato, Cunningham ficou mais calmo. Mas só um pouco.

– O que você quer, então?

– Um favor. Só isso. Apenas que você faça um favor ao seu ex-sócio e velho amigo. Preciso dar um "jeito" num certo cavalo, Bill. – Ele ergueu o copo, deleitando-se em observar a luz do sol atravessar a janela e refletir na superfície de vidro.

– Não quero ter participação alguma nisso.

– O que você quer e o que você tem que fazer são coisas bem diferentes. – Do copo, ele deslocou o olhar para Cunningham. – Vou matar o potro do meu filho, Billy. E você vai me ajudar.

– Você está louco. – Chocado, Cunningham enxugou o suor que se acumulara acima de seu lábio superior. – Você está louco, Rich, e eu não quero ter nada a ver com a sua loucura.

– Vamos conversar sobre isso – disse Rich sorrindo.

As malas de Kelsey estavam arrumadas e alinhadas próximo às de Gabe, perto da porta do quarto. Partiriam para Nova York às 7 horas em ponto. "Dali a seis horas", pensou ela enquanto mantinha o olhar fixo na claraboia acima da cama.

Suspirou, mudou de posição e aconchegou-se ao corpo de Gabe. Todas as vezes que se deitava com ele e olhava para o lado e o via, ou quando estendia o braço e o tocava, ela se sentia admirada, fascinada por saber que ele estava ali, junto dela. Quente, sólido, real. Seu. Aquele belo corpo. Ela deslizou os dedos pelo tórax dele, para cima e para baixo. Um corpo comprido, forte, incansável. E um rosto que fazia seus dedos dos pés revirarem-se sempre que ele a olhava.

E aquilo era apenas a casca.

"É uma tremenda casca", pensou ela, contornando-lhe o queixo com a ponta do dedo. Mas o que ele tinha dentro de si era igualmente impressionante. A força, a gentileza, a coragem. Muitas vezes ele superara dificuldades, obstáculos de uma herança miserável e obscura, vencendo-os apenas com o próprio esforço. Naquele mesmo instante, dormindo em seu lugar de honra nas baias, estava o cavalo que tinha o mesmo tipo de força e coragem. Juntos, eles iriam entrar para a história do turfe.

– Não adianta – murmurou ela encostando os lábios no pescoço dele.

– Hum? – Num gesto automático, ele acariciou as costas de Kelsey. Estivera se deliciando durante algum tempo com as carícias de seus dedos.

– Não consigo dormir. Estou excitada demais.

– Bem, então. – Sempre propenso a conciliar, Gabe puxou-a e a fez se deitar em seu corpo. – Sirva-se à vontade.

Kelsey riu, e saiu de cima dele.

– Não foi isso o que eu quis dizer. – Ajoelhada, ela passeou o olhar demoradamente pelo longo contorno do corpo dele. – Não que essa não seja uma oferta tentadora. – Inclinando-se, ela lhe deu um beijo estalado. – E vou aceitá-la quando eu voltar.

Ele tentou segurá-la, mas ela já estava saindo da cama.

– Voltar de onde?

– Preciso caminhar. E quero dar uma olhada em Double.

Ela deslizou a calça jeans pelas pernas nuas até a cintura, fazendo com que a boca de Gabe se enchesse d'água.

– Querida, é uma hora da manhã.

– Sei disso – disse ela enfiando uma camiseta. – Daqui a pouco mais de oito horas estaremos em Belmont. Assim, quem consegue dormir? – Jogando o cabelo para trás, ela calçou as botas.

Ele conseguiria, mas achou que não deveria.

– Vou com você.

– Não é necessário. Não vou demorar.

Ele se sentou, e passou a mão no cabelo.

– Vou com você.

– Está bem. Trate de me alcançar então. – Ela saiu do quarto e desceu rapidamente as escadas.

Era uma noite de junho perfeita. Quente, brisa suave, céu estrelado.

Kelsey ouviu o pio de uma coruja e aspirou o perfume das rosas e dos jasmins. O luar conferia à fazenda uma aura de conto de fadas.

"Talvez o meu conto de fadas", pensou ela. "O meu felizes para sempre." Era verdade que fora conduzida até ali por uma tragédia, e que esta lhe abrira as portas do futuro. Mas os contos de fadas eram cheios de tragédia. Órfãos e príncipes encantados, traições e sacrifícios, más intenções e amores perdidos.

Mas o bem sempre triunfava. Talvez fosse por isso que a analogia lhe agradava. Se aquele fosse realmente o seu conto de fadas, iria ver o bem triunfar. Portanto, não desistiria de descobrir a verdade.

Faria outra visita ao capitão Tipton e a Charles Rooney. Conversaria com Gertie, com Moses e também com a própria mãe. Conversaria, aliás, com qualquer pessoa que tivesse tido o mínimo envolvimento nos fatos que culminaram na morte de Alec Bradley. Convenceria Naomi a permitir que seus advogados falassem sem restrições. Mas, por enquanto, durante toda a semana seguinte, suas preocupações estariam voltadas para o Belmont, pois sentia-se parte dele. Com um sorriso, Kelsey voltou o olhar para o céu. Ela tinha seu lugar na grandeza e na emoção, no encanto e na sedução do melhor momento das corridas.

Dentro de uma semana, garantiu a si mesma, veria Gabe e seu potro espetacular receberem a última joia da coroa.

Um dos gatos que se abrigava no celeiro cruzou subitamente seu caminho, como se o corpo longo e esguio fosse uma bala cinzenta de grandes proporções, o que fez seu coração subir até a garganta. Rindo de si mesma, ela esfregou o pescoço, como que estimulando os batimentos a voltarem ao normal.

A porta das baias abriu com um fino rangido. Os cheiros vieram primeiro, velhos amigos que a recebiam na escuridão: de cavalos, de couro, de unguento, de estrume. Em vez de acender as luzes e incomodar o sono dos que dormiam, ela foi tateando a conhecida parede até encontrar a lanterna. Um estreito feixe de luz à frente, o ecoar de seus próprios passos no piso de concreto.

Da segunda baia, um par de olhos, duas bolas de gude vermelhas e lustrosas, brilharam intensamente nas sombras. Kelsey prendeu a respiração, e o feixe de luz tremeu. "Conto de fadas, sem dúvida", pensou ela, e agradeceu o fato de Gabe não estar ali para ver como ela se assustava com um simples par de olhos de gato.

Sorriu ao ver a cama de lona posicionada em frente à baia de Double. Sistema de segurança à parte, um campeão como aquele merecia um guarda-costas particular. Bem, não iria incomodar o cavalariço, prometeu a si mesma.

Apenas um relance por sobre a cama e baia adentro, e ela deixaria os dois dormirem em paz.

Mas a cama, notou ela com surpresa, estava vazia. Alarmada, ela virou a lanterna para a baia. Double estava lá, acordado, e olhando para ela.

– Desculpe, amigo. Acho que estou assustada. Seu companheiro aqui saiu para umas tragadas ou suprir alguma necessidade? Você está bem agasalhado? – Ela riu e estendeu a mão para abrir a porta da baia.

Não estava trancada, mas sim quase um palmo aberta!

– Oh, Deus. – Um movimento vindo de trás a fez girar violentamente, segurando a lanterna, como se fosse um escudo. Seu ouvido zunia e latejava, enquanto a luz da lanterna dançava na escuridão à procura dos gatos que infestavam as baias.

Mas um gato, ainda que ágil e esperto, não poderia ter destrancado e aberto a porta da baia. Seu segundo pensamento foi a necessidade de proteger, de defender. Kelsey abriu a porta da baia abruptamente e correu para o lado do potro. Assim que ela se virou e iluminou um dos cantos da baia, seu ouvido começou a sangrar. Sentiu uma dor forte e latejante, e ainda ouviu o alto e alarmado relincho do potro. Depois disso, nada mais.

Enquanto o vulto fugia apressadamente dali, a respiração ruidosa de pânico, o potro dançava nas baias, suas perigosas patas quase atingindo o corpo inconsciente de Kelsey.

NA METADE DO CAMINHO entre a casa e as baias, Gabe trazia nas mãos duas canecas de chá. Tudo indicava que iriam ficar acordados durante a maior parte da noite, mas a infusão de ervas de que Kelsey tanto gostava era melhor do que café àquela hora. Principalmente se a ajudasse a relaxar um pouco para que ele conseguisse convencê-la a voltar para a cama e canalizar as energias para algo mais íntimo.

"De qualquer forma nós não vínhamos desperdiçando muito tempo com o sono", pensou ele. Pelo menos não desde a noite em que ele se juntou a Kelsey na banheira da casa de Naomi. Lançando mão de sua velha manha, ele a tinha convencido a ficar na casa dele durante alguns dias, usando a corrida como uma boa desculpa: ele precisava muito de apoio moral.

"E funcionara", lembrou-se ele, sorrindo ao bebericar o chá. E ele desejava que continuasse a funcionar, etapa por etapa, até que se transformasse em condição permanente. Mas imaginava que uma mulher recém-divorciada precisaria se acostumar aos poucos com a ideia de um segundo casamento.

Surpreendentemente, *ele* não tivera muita dificuldade de aceitar essa ideia quando ela surgiu, com bastante clareza, em sua mente. Ou, talvez, em seu coração. Nunca se dera ao trabalho de refletir sobre a tradicional instituição do casamento, família, esposa. Com sua educação, essa possibilidade era absurda e até mesmo destrutiva.

Mas não com Kelsey. Com ela, Gabe queria a promessa, o futuro, a oportunidade.

"Juntos, compartilharíamos tudo aquilo", pensou ele, passeando o olhar pelos barracões, pelas colinas, pelas cercas. Juntos, eles conseguiriam muitas outras coisas.

E, talvez, enquanto estivessem fazendo isso, pudessem se ajudar a enterrar o passado.

O relinchar do potro, agudo e frenético, quebrou o silêncio. As duas canecas espatifaram-se no chão, quando Gabe avançou impetuosamente. Com o nome de Kelsey nos lábios, ele abriu a porta corrediça das baias e foi logo acendendo as luzes, a lâmina impiedosa do pânico rasgando-lhe a espinha.

Ela estava caída, o rosto virado para o chão. O cavalo, recuado na baia, os olhos se revirando conforme ele se aproximava. A vida ficou suspensa, drenando todo o sangue de Gabe.

Movendo-se como um raio, ele tratou de socorrê-la, protegendo-a com seu corpo ao pegá-la nos braços. A fisgada em seu ombro passou despercebida. O rosto dela estava branco como o de um defunto; seu corpo, mole como trapos.

Ignorando as patadas do potro, ele a deitou na cama de lona. Suas mãos tremiam quando pressionou os dedos no pescoço de Kelsey para verificar a existência de pulsação.

– Por favor, querida. Por favor.

Ela estava lá, a rítmica pulsação da vida. Gabe manteve os dedos ali, temendo que, se os removesse, ela cessaria, e mergulhou o rosto no cabelo de Kelsey.

Experimentando paralelamente a sensação de alívio e de pavor; permaneceu na mesma posição, seus dedos no pescoço dela, o rosto imerso em seu cabelo, abraçando-a.

– Gabe. Meu Deus, Gabe.

A voz assustada de seu treinador pareceu despertá-lo de um pesadelo. Ele levantou a cabeça e observou, como se ainda sonhasse. Jamison entrara na baia para acalmar o potro.

– Calma, rapaz. Calma. – Jamison puxava a cabeça do animal para baixo, usando a voz e as mãos para tranquilizá-lo. – Calma. – Mas o olhar dele parecia tudo, menos tranquilo, quando o dirigiu a Gabe. – O que aconteceu aqui? Onde está Kip? Ele deveria estar dormindo em frente à baia.

– Não faço ideia de onde ele esteja. Mas trate de encontrá-lo. Encontre Kip e o maldito vigia. – Esforçando-se a se mover lenta e delicadamente, Gabe correu as mãos pelo corpo de Kelsey, à procura de possíveis fraturas. Localizou um inchaço na parte posterior da cabeça e manteve os dedos ali, com a delicadeza de um beijo, enquanto erguia bruscamente os olhos para Jamison. – Chame um médico, e a polícia. Agora.

– Ela está ferida? – Jamison continuou a acariciar o potro, que tremia. – É grave?

– Não sei. Faça o que eu lhe pedi!

Como que em resposta, Kelsey se mexeu e gemeu.

– Kelsey. – Ele lutou terrivelmente contra o impulso de agarrá-la e abraçá-la. – Kelsey, não se mexa.

– Gabe. – Mesmo vacilante, ela abriu os olhos, mas tudo parecia girar, fazendo-a sentir náuseas. – Deus. – Ela os fechou, esforçando-se para respirar normalmente.

– Não tente se mover.

– Não vou tentar. Acredite. – Ela concentrou seus esforços em exercícios improvisados de inspiração e expiração.

Quando, aparentemente, sua respiração melhorou, ela abriu os olhos e, dessa vez, conseguiu focalizar o rosto de Gabe. "Há dor em seus olhos", pensou ela. Em seguida, lembrou-se. – O potro. Alguém estava aqui com o potro.

– Não se preocupe. Ele está bem. – Gabe praguejou automaticamente quando ela franziu o rosto de dor. – Vou levá-la para casa agora. E vou cuidar de você.

– Alguém esteve aqui. O cavalariço estava ausente e a porta, aberta. Mas eu não pude ver quem era. Double está ferido?

– Não. – Gabe olhou para Jamison, que fechava a porta da baia. – Faça as ligações, Jamie. Quero o tenente Rossi aqui. E Gunner também. Veja se ele pode vir agora para examinar o potro.

– Ele parece estar bem – arriscou Jamison, mas também ansiava. Seus olhos estavam vermelhos e tensos. – Vou convencê-lo a vir, Gabe. Leve-a lá para cima. Veja o que pode fazer. Eu mesmo vigiarei o potro esta noite.

– Quero dois homens vigiando-o. – Gabe pegou Kelsey nos braços cuidadosamente, como se manuseasse uma peça de cristal. – Não menos de dois homens o tempo todo. Fui claro?

– Sim.

– E trate de achar Kip. Quero falar com ele.

– Tudo bem. – Com o coração aflito, Jamison observou Gabe carregar Kelsey nos braços e sair das baias. Em seguida, virou-se para o potro, esfregou os olhos cansados e foi fazer as ligações.

– Eu estou bem, acredite – disse Kelsey, mas manteve os olhos fechados enquanto era levada das baias até a casa. – Estou sentindo só uma dor de cabeça.

– Fique quieta – aconselhou Gabe, tentando manter a serenidade da voz. – Só descanse.

Seus maxilares se cerraram quando ele sentiu suas botas pisarem nos cacos das canecas. Se não tivesse demorado em casa para fazer o maldito chá, se estivesse com ela...

– Tem certeza de que Double está bem? Não tive como verificar...

– Pare de se preocupar com o maldito cavalo! – explodiu Gabe, liberando sua emoção. – Acha que estou preocupado com Double neste momento? Eu mesmo o teria matado se ele a tivesse ferido.

– Gabe...

– Cale-se! Droga! – O rosto de Gabe era uma máscara de intensa raiva ao abrir a porta. Kelsey sobressaltou-se, principalmente porque o tom de voz dele fez sua cabeça girar.

– Não precisa gritar. Você tem o direito de estar aborrecido, mas...

– Aborrecido? – Ele a deitou no sofá da sala. Do jeito que seus músculos estavam tremendo, ele não teve certeza de que conseguiria subir as escadas com ela nos braços. – É assim que você acha que eu estou me sentindo? Acha mesmo que estou aborrecido? Ou talvez um pouco transtornado por alguém ter atacado você e a ter deixado inconsciente? Sim, você está certa. É assim mesmo que estou me sentindo.

Ele cerrou o punho e, numa tentativa de aliviar um pouco sua comoção, esmurrou violentamente a parede.

Kelsey desistiu das palavras que estava prestes a dizer. Ela fitou a marca na parede e depois os esfolados nós dos dedos de Gabe.

– Acho que estou transtornado porque a encontrei inconsciente numa baia com um cavalo assustado que poderia tê-la matado a qualquer momento.

Kelsey não tinha pensado nisso, e a possibilidade gelou seu estômago.

Ela começou a tremer.

– Gabe. Não fique assim.

– Fiquei aborrecido por pensar, ainda que por um minuto, o minuto mais longo da minha vida, que você estava morta.

As lágrimas começaram a escorrer pelo rosto de Kelsey. Uma, duas, e depois um rio.

– Acho que "aborrecido" não seria bem o termo.

– Meu Deus. – Sentindo-se subitamente esgotado, ele esfregou as mãos no rosto. Mas não adiantou muito. Tentou então refazer-se no aconchego do corpo de Kelsey, e a trouxe para junto de si, abraçando-a como se fosse uma criança em seu colo. – Meu Deus, Kelsey, perdi o controle – disse ele, beijando-a com gentileza, e secando as lágrimas de suas bochechas com os lábios. – Desculpe. Vou pegar um pouco de gelo para você.

– Não, não vá. Não saia daqui agora.

– Está bem. Mas deixe-me ver se tem outro machucado.

– É só a cabeça que dói. Acho que ele estava atrás de mim. Foi estupidez minha ter corrido daquele jeito, mas eu não consegui pensar direito. Vi que não havia ninguém na cama de lona e, depois, que a porta da baia estava aberta. Tudo em que pude pensar foi no que poderia ter acontecido antes. E me lembrei do que aconteceu com Pride.

– Da próxima vez, pense somente no que poderia acontecer comigo. – Tocando o queixo dela com a ponta dos dedos, ele a fez levantar o rosto. – Eu não poderia mais viver sem você.

Ela segurou as mãos dele e beijou-lhe as esfoladuras nos nós dos dedos.

– Acho que nós dois precisamos de um pouco de gelo.

– Sim.

Mas eles permaneceram no mesmo lugar até que Rossi batesse à porta.

UMA HORA DEPOIS, Gabe saía das baias novamente, dessa vez com Rossi ao seu lado.

– Você tem uma falha em seu sistema de segurança, Sr. Slater.

– Tenho consciência disso. – "Uma falha enorme", pensou ele, "que permitiu que alguém tivesse tido acesso ao potro enquanto o vigia noturno fazia a ronda externa."

– É possível que tenha sido alguém de fora. Alguém que conheça a fazenda e seu esquema de trabalho. Você tem uma propriedade grande, e isto proporciona muitas formas de entrar e sair daqui.

Rossi examinava a escuridão e não invejava Gabe. Preferia mil vezes o aconchego de seu bem-cuidado apartamento, a claustrofobia e o conforto da cidade.

– Gosto de facilidades e de observar os fatos.

Gabe também fazia isso, vasculhando na memória cada empregado que tivesse herdado de Cunningham, todo homem e toda mulher que tivesse sido contratado ou despedido, nos cinco anos em que estava na fazenda.

– Você já tem a lista de todos os que trabalham para mim. Faça o que tiver que fazer com ela.

– É o que pretendo.

– Providenciei para que dois homens de cada vez vigiem o potro o tempo todo. Eu mesmo pretendia ser um deles, mas não acho bom ficar longe de Kelsey mais do que o estritamente necessário.

– Não o posso censurar por isso. – Rossi fez uma pausa. A noite, ou o que restava dela, estava bonita. Usufruía um pouco do saudável frescor da brisa. – Acho que ela vai superar isso muito bem. Eu diria até que o golpe que ela sofreu na cabeça a fará menos mal do que o sofrido pelo seu cavalariço.

– Talvez a cabeça dela seja mais dura. – Haviam encontrado Kip na baia adjacente à de Double, gemendo e recuperando a consciência. – Não tivemos problema em mandá-lo imediatamente para o hospital.

– E a Srta. Kelsey logo estará bem. – Curioso, Rossi empurrou um caco de porcelana com a ponta do sapato.

– Eu estava carregando duas canecas de chá quando ouvi o cavalo relinchar – explicou Gabe. – E deixei-as cair.

– Humm. Como eu disse, ela logo estará bem. Seu ombro direito está caído.

Num impulso instintivo, Gabe o endireitou.

– Não é nada sério. O potro me atingiu. – Se não tivesse sido nele seria em Kelsey. Seu rosto, sua cabeça. Só em pensar nessa possibilidade, ele sentiu um frio na barriga. – Investigou meu passado, não foi, Rossi?

– Coisa de rotina.

– Então, sabe alguma coisa sobre meu pai.

– O suficiente para saber que ele não ganharia o prêmio de "Pai do Ano".

– Ele está na cidade. Aliás, há várias semanas – falava Gabe, quase sem entonação, como se estivesse comentando as condições climáticas. – Eu poderia dizer que fui uma de suas primeiras vítimas. Consegui me livrar dele dando-lhe algum dinheiro. Mas nem a décima parte do que ele queria, o que costuma aborrecê-lo. E o fato é que ele sabe como andar pelo hipódromo, e como chegar às baias.

– Acha que seu pai poderia tentar prejudicá-lo dessa forma?

– Ele me odeia profundamente – disse Gabe. – Ele me prejudicaria da forma que lhe fosse possível, ainda mais se pudesse lucrar com isso. Acho que o vi em Churchill Downs durante a semana que antecedeu o dia do Derby. E um dos cavalariços de Three Willows também o viu. Eu o encontrei em Laurel há alguns dias. Ele negou. – Gabe enfiou a mão no bolso para pegar um charuto que não tinha. – Ele está mentindo.

Entendendo o gesto, Rossi pegou seu maço de cigarros e ofereceu-lhe um.

– Vou verificar isso.

– Faça isso, tenente. – Gabe continuou fitando Rossi por trás da chama do palito de fósforo. – E tenha em mente que são grandes as possibilidades de ele ter conhecido Lipsky. E que Rich Slater é um homem que gosta de trapacear. Para ele, ganhar um jogo dessa forma é mais divertido. E, pelo que pude observar, tem andado com muito dinheiro no bolso.

– Vou tentar descobrir como ele conseguiu ganhá-lo.

– Há muitos anos, quando eu era criança, um cavalo desta fazenda tinha como concorrente promissor um cavalo de Three Willows. – Gabe tragou e, quando exalou a fumaça, observou-a ser levada pela brisa. – O potro de Three Willows tropeçou e fraturou as pernas. Eles tiveram que sacrificá-lo. Meu pai arranjou muito dinheiro depois dessa corrida também.

– Isso deve ter sido em Lexington. Na primavera de 1973.

Gabe olhou para Rossi através de uma nuvem de fumaça.

– Isso mesmo. Exatamente.

– Engraçado que você não tenha mencionado isso antes.

– Ele não tinha ferido Kelsey antes.

– Com licença. – Matt Gunner aproximou-se deles. Seu cabelo ainda estava despenteado, por causa da noite de sono interrompida. – O potro está bem, Gabe.

– Ótimo. Agradeço-lhe por ter vindo.

– Sem problema. – Matt relanceou a casa. – E Kelsey, como está?

– Ela está descansando. O médico aconselhou uma visita ao hospital, mas ela acha que isso não é necessário.

– Gostaria de fazer uma visita a Kelsey quando for possível.

– Claro. – Gabe despediu-se dele e depois se virou para Rossi. – É melhor você o encontrar antes que eu o faça.

– Você não tem provas de que seu pai esteja envolvido nisso.

Gabe jogou o cigarro no chão e o apagou com a bota.

– Não preciso provar nada.

Kelsey ouviu Gabe subindo as escadas e, com extremo cuidado, se sentou. Os comprimidos que o médico receitara haviam reduzido as dores, mas ela não queria se arriscar muito.

– Como está Double? – perguntou logo que Gabe entrou no quarto.

– Matt disse que ele está bem. – E havia inutilizado e substituído pessoalmente a refeição noturna do potro.

Kelsey suspirou e relaxou.

– Graças a Deus. Fiquei aqui o tempo todo pensando em mil possibilidades.

– Você deveria estar descansando. – Ele se sentou na cama, evitando balançar muito o colchão. – Está com olheiras novamente – acrescentou ele, acariciando-as com as pontas dos dedos. – Por que será que eu sempre as acho tão sensuais?

– Machismo à procura de vulnerabilidade – disse ela, sorrindo. – Venha se deitar. Talvez consigamos dormir algumas horas antes de partir.

– Quero que fique aqui, Kelsey. Quero dizer, aqui não – corrigiu ele –, mas em Three Willows. Você não está suficientemente bem para viajar. É mais seguro e mais inteligente que fique com Gertie. Talvez Rossi possa arranjar uns dois homens para protegerem a casa.

– Gabe. – Ela segurou o rosto dele com as mãos, beijou-lhe os lábios e depois falou com ele docemente. – Por nada neste mundo.

– Escute-me.

– Eu poderia – concordou ela. – Eu poderia escutá-lo, e você poderia me escutar, e nós ficaríamos nesse jogo de pingue-pongue até amanhecer. Mas eu iria assim mesmo. Portanto, por que simplesmente não fingimos que já discutimos?

– Você está sendo egoísta. – Ele se levantou da cama e começou a tirar a roupa. – Não quer perder a corrida e por isso pouco se importa que eu não serei capaz de me concentrar nem me distrair.

Ela passou a língua pelo lábio superior lentamente.

– Essa foi boa. O sentimento de culpa sempre funciona comigo, mas não funcionará desta vez. Você vai ficar preocupado. Esteja eu lá ou não. E eu estarei lá com você, Gabe. Para o que der e vier.

– Maldita mula.

– Isso não vai funcionar também, embora xingar seja aceitável numa discussão. Eu poderia revidar, chamando-o de asno superprotetor, mas não farei isso porque sou uma dama. Portanto... – ela se interrompeu. – Oh, meu Deus, o que foi isso nas suas costas?

Ele virou a cabeça para trás, mas só conseguiu ver um pedaço do machucado que ficava cada vez mais roxo no ombro.

– Levei um coice.

– Quando? Você não estava assim antes... – De repente Kelsey se deu conta de quando e como exatamente aquilo tinha acontecido. – Agora eu vou mesmo chamá-lo de asno. Que heroísmo idiota é esse? O médico saiu daqui há pouco. Ele poderia ter cuidado disso.

– Não foi heroísmo idiota ou como você quiser chamar. Eu estava distraído – disse ele, movimentando o ombro cuidadosamente. As pontadas de dor não eram tão ruins, mas os latejos chegavam às camadas profundas da pele e pareciam ter dentes. – Um pouco de unguento será suficiente.

– Idiota.

Antes de começar a revidar, ele suspirou, vencido.

– Eu também amo você. – Depois de se deitar na cama, ele a puxou para junto de si.

– O que você está fazendo?

– Tentando dormir. Vou precisar acordar a cada duas horas para verificar como você está. Não temos muito mais do que isso mesmo.

– E o unguento?

– Mais tarde. A única coisa que quero agora é abraçar você.

Feliz com isso, Kelsey procurou relaxar e tirou o cabelo dos olhos.

– Gabe, irei com você.

– Eu sei. Mas agora durma.

23

Ninguém a deixou trabalhar durante os dois primeiros dias em Nova York. Kelsey foi praticamente barrada no hipódromo, sendo preterida por todos, desde Gabe até seu mais humilde empregado. Tudo indicava que a viagem em si seria sua única vitória.

Com muito tempo disponível e passando a maior parte dele sozinha, ela concluiu que tinha duas opções: poderia enlouquecer no silêncio da solidão ou encarar a viagem como umas férias curtas.

As férias lhe pareceram a escolha mais saudável.

Assim, resolveu fazer uso das comodidades do hotel, nadando todas as manhãs para manter em forma os músculos que desenvolvera durante os últimos meses. Também iniciou uma relação de amor e ódio com os equipamentos de ginástica da academia. E tentou bravamente afastar o tédio de várias formas.

Gabe ajudou-a quando ela decidiu dar uma festa no salão do hotel na véspera do Belmont. Kelsey sentiu-se útil cuidando de todos os detalhes, entrosando-se com o florista e com o fornecedor do bufê do hotel. Mas Gabe, depois de dar uma olhada na lista monumental, acovardou-se e deixou todas as providências ao encargo dela.

Nada poderia ter sido mais agradável para ela.

Gastou horas com o gerente do hotel, com o zelador e com o chef, discutindo o que poderia ou não ou ser feito. Já que Gabe não havia determinado limite no orçamento, ela decidiu que não havia nada que não pudesse ser feito e tratou de convencer a equipe.

– Eu teria sido mais inteligente se tivesse colocado um forcado em suas mãos e deixado você limpar as baias durante a semana inteira. – Gabe pegou uma xícara de café e observou Kelsey examinar o cardápio final da noite da festa. – Você teria descansado mais.

– Pare de me amolar. Foi você quem teve a ideia de fazer isso.

– Achei que era realmente uma boa ideia. – Ele se aproximou e se pôs atrás dela, afagando-lhe os ombros enquanto ela resmungava e consultava seus papéis. – Boa comida, boa música e bar liberado. Nunca podia ter imaginado que ia bancar uma produção de David O. Selznick* – disse ele, semicerrando os olhos. – *Quanto* champanhe isso vai me custar?

– Saia daqui – disse ela, movendo os ombros sob a ação relaxante das mãos dele. – De qualquer modo, você não vai beber mesmo. Você me deu carta branca, Slater, e eu a estou usando. Trate de estar com seu smoking por volta das oito horas.

– Agora você está mais para Bligh** do que para Selznick.

---

*David Oliver Selznick (1902-1965), cineasta americano famoso por suas produções cinematográficas de alta qualidade artística e de grande sucesso comercial realizadas durante as décadas de 1930 e 1940, como *E o Vento Levou* (*N. do T.*)

**Almirante William Bligh (1754-1817), vítima do célebre motim da tripulação do navio que comandava, o HMS *Bounty*. (*N. do E.*)

– E você está parecendo o fornecedor do serviço de bufê. Vá se distrair com os repórteres.

– Estou farto deles.

– Está é com ciúme por terem colocado Double na capa da *Sports Illustrated* em vez de você.

– Vou ganhar uma reportagem na *People* – comentou Slater, mordiscando-lhe a orelha. – Tenho um ótimo destaque bem aqui – murmurou. – E eu poderia bancar o temperamental e faltar à entrevista.

O frêmito delicioso que percorria o corpo de Kelsey a divertia e relaxava. Gabe aproveitou-se disso e desabotoou os dois primeiros botões da blusa dela, antes que pudesse desvencilhar-se dele.

– Pare com isso! Tenho um compromisso daqui a 15 minutos.

– Serei rápido.

– Estou falando sério. – Sem fôlego, ela escapuliu de suas mãos, levantando-se da cadeira. – Preciso ir ao cabeleireiro.

Ele sorriu, retendo nas mãos o elástico colorido que prendia os cabelos dela.

– Gosto dos seus cabelos exatamente como estão.

– Fique longe de mim, Slater. Vou estar ocupada o resto do dia, durante cada minuto, e não reservei tempo algum para brincar de pique com você.

– Dê um jeito.

– Talvez para você isso seja apenas uma festa. – Embora achasse ridículo, ela correu para trás da mesa, colocando-a entre eles. – Mas considerando bem as coisas, trabalhei como uma louca durante a semana inteira. Para mim, isso é um investimento emocional.

– Para mim também. – Ele apoiou as mãos espalmadas na mesa, e inclinou-se para a frente. – Venha cá.

– De jeito nenhum.

– Tenho algo para lhe dar.

– Ah, por favor. – Ela teria revirado os olhos, mas não ousava desviá-los de Gabe. – Você está mentindo.

Ele se empertigou e arqueou uma sobrancelha.

– Um presente. – Tirou do bolso uma caixinha forrada de veludo. – E, agora, você não está envergonhada de ter dito tudo isso?

– Um presente? – Apesar das demonstrações de instantânea satisfação, ela olhou desconfiada para o objeto. – Isso é um truque?

– Abra. Eu ia entregar depois da corrida, mas pensei que traria sorte lhe dar antes.

Seduzida, ela contornou a mesa para pegar a pequena caixa das mãos dele.

Depois, levantou o rosto e o beijou.

– Obrigada.

– Mas você nem a abriu ainda.

– Primeiro pela intenção.

Kelsey suspirou, encantada, ao erguer a tampa. O cavalo brilhava sobre o veludo negro. Um animal no voo de um galope, majestoso. O broche era feito de jade, tão delicado e com detalhes tão primorosos, que ela pensou que conseguiria sentir a contração dos músculos do animal ao roçar a ponta de um dedo na joia; o olho, um minúsculo diamante, refletia triunfo.

– É lindo. Perfeito. – Ela o olhou. – Como você.

– Era exatamente isso o que eu ia dizer. – Ele enlaçou a cintura dela com os braços e a aproximou de si. – Venha cá – falou ele pouco antes de beijá-la.

CLARO QUE ELA ESTAVA atrasada. Apressada, Kelsey entrou no salão pedindo desculpas. Depois, olhava ansiosamente para o relógio enquanto a manicure tentava fazer algo elegante naquelas unhas descuidadas.

– Que tal unhas pontudas, querida?

– Não, eu as quebraria logo. – O cabelo de Kelsey estava cheio de enormes rolos de plástico, seu rosto, coberto por uma camada de creme verde-claro, de cujo efeito ela se deixara convencer. Enquanto isso, os ponteiros do relógio avançavam impiedosamente. – Apenas lixe, limpe e passe um esmalte claro.

– Você não gostaria de algo um pouco mais na moda?

Kelsey olhou furtivamente as unhas compridas e fatais da manicure, decidindo que não queria nada tão vermelho e vulgar.

– Não, prefiro algo mais discreto.

Concordando com a cabeça, a manicure mergulhou a mão direita de Kelsey num pote de água morna.

– Como quiser, querida.

– Você é Kelsey, não é? – A mulher ao lado sorriu para ela. – Sou Janet Gardner. Fazenda Overlook, Kentucky.

– Ah, sim. Sra. Gardner. – Kelsey achou melhor não dizer que não se lembrava dela. Não do jeito que estava, com os cabelos ruivos cobertos por um brilhante creme azul e o rosto besuntado com uma coisa rosa-shocking que só Deus sabia o que era. – Que bom vê-la novamente.

– Uma operação plástica sem bisturi; foi o que me disseram – explicou enquanto ria e tocava a máscara quase seca com um dos dedos. – Vamos ver se faz efeito mesmo. E a sua?

– Alguma coisa para relaxar. Acho que estou muito ansiosa.

– Mas quem não fica ansioso quando o dia do Belmont se aproxima? Meu Hank e eu vamos dormir durante duas semanas ao voltarmos para casa. Foi o que nos prometemos.

Então Kelsey lembrou-se de Hank... o homem pegajoso com quem dançara na noite anterior. Rosto bronzeado, um bigode fino que parecia ter sido traçado com lápis preto e a voz tão doce quanto melaço. Tentara ensinar Kelsey a dançar tango.

– Mande lembranças minhas a seu marido. Ele é um ótimo dançarino.

– Ah, meu Hank é mesmo – afirmou Janet, rindo e dando mostras de envaidecimento. – Todas as mulheres querem dar um giro no salão com ele. Gosta de dizer às pessoas que me casei com ele por causa de seus pés de valsa.

Procurando colaborar com a manicure, Janet tirou do dedo um anel de esmeralda que bem poderia servir de peso de papel.

– Vi sua mãe hoje no hipódromo. É difícil acreditar que nós duas circulamos por aí desde... Bem, isso não seria nada discreto.

– Conhece Naomi há muito tempo?

– Desde que me casei com um criador. E sei que, ao contrário de mim, ela nasceu e foi criada numa fazenda. – Muito mais interessada em fofocar do que em ver a revista que ela estivera folheando com a mão livre, Janet a pôs de lado. Seus olhos brilharam de curiosidade. – Assim como você.

– Tardiamente, no meu caso.

– Talvez tenha voltado tardiamente, mas me lembro de você num hipódromo quando ainda usava fraldas.

– Verdade?

– Ah, sim, e como. Naomi tinha mais orgulho de você do que de qualquer troféu. Nós costumávamos chamá-la você de o "puro-sangue de Naomi". Mas você não se lembra disso.

"O puro-sangue de Naomi." Aquilo tanto a agradou como a entristeceu.

– Não, não me lembro.

– Conversei com seu pai uma ou duas vezes. Pobre homem, ele parecia sempre tão perdido. Era bibliotecário?

– Meu pai é diretor da Faculdade de Língua Inglesa da Universidade de Georgetown.

– Ah, sim. – Janet prosseguiu desatenta à frieza do tom de voz de Kelsey e mergulhou os dedos na água morna seguindo a orientação de sua manicure. – Eu sabia que tinha alguma coisa a ver com livros. Naomi era louca por ele. Todos nós achamos uma pena as coisas não terem dado certo entre eles. Mas, infelizmente, isso acontece com frequência, não é verdade?

– Pelo menos é o que dizem as estatísticas, não é?

– Hank e eu tivemos sorte. Fazemos 28 anos em setembro.

– Parabéns. – Já que não tinha saída, Kelsey tentou mudar de assunto. – Vocês têm filhos?

– Três. Dois homens e uma mulher. Nossa DeeDee já está casada e tem duas filhas. – Se estivesse com as mãos livres, Janet trataria de pegar imediatamente fotografias na carteira. – Meus meninos dizem que ainda estão procurando. É natural. Meu caçula não completou nem 20 anos ainda. Ele está estudando engenharia estrutural. Não que eu saiba algo sobre isso.

Ela continuou a falar sobre os filhos durante um longo tempo, até que Kelsey relaxou no ritmo do discurso.

– Mas há algo de especial nos laços que unem mãe e filha – disse Janet, retomando astutamente o assunto em torno da vida da mãe de Kelsey. – Você não acha? Quero dizer, depois de todos esses anos de separação, Naomi e você parecem tão bem juntas. Para ser franca, já se passou tanto tempo, que muitas pessoas esqueceram até mesmo que ela tinha uma filha, se é que sabiam disso.

Janet ergueu uma das mãos e examinou a primeira camada do esmalte cor de malva.

– Ótimo, querida, está ótimo. – Voltando a atenção para Kelsey novamente, ela retomou a conversa em tom confidencial. – Espero que você não se ofenda se eu lhe disser que a maioria de nós que conhecia Naomi e a situação pela qual ela passou torceu por ela. Quero dizer, a ideia de tirar uma filha de sua mãe nos pareceu muito cruel.

Consciente de que ambas as manicures tinham os ouvidos sintonizados na conversa, Kelsey procurou dar serenidade à voz simulada.

– Tenho certeza de que Naomi ficaria feliz em saber.

– Não que isso tenha ajudado. Lamento dizer que ela mesma foi seu pior inimigo durante aquela fase difícil da sua vida. Sempre achei que era o ódio que ela nutria por seu pai que a fez se comportar tão imprudentemente. E um escândalo social naquela época tinha mais... repercussão. Além disso, ela se envolveu com Alec Bradley. Naomi deveria saber que aquilo era uma canoa furada. Oh. – Lembrando-se do resultado desse envolvimento, Janet sobressaltou-se, pestanejando. – Oh, querida, desculpe. Isso deve ser um assunto muito delicado para você.

A ideia de considerar um assassinato e o confinamento de uma pessoa na prisão durante uma década um assunto delicado poderia ter feito Kelsey rir em outras circunstâncias. Mas interessava-lhe agora o fato de Janet ter mencionado o nome de Alec na conversa.

– Conheceu Alec Bradley?

– Ah, sim. A maioria do pessoal daquela época chegou a conhecê-lo. Como diria minha DeeDee, ele era bonito de doer. Alto, moreno e lindo, com um sorriso capaz de derreter o coração de qualquer mulher. E ele sabia disso. Acredite, ele sabia que era bonito e se aproveitava disso. Chegou até a se engraçar para mim de uma certa forma... mas Hank cortou-lhe as asas logo no início – disse ela, rindo jovialmente. – Admito que fiquei um tanto lisonjeada, mesmo conhecendo sua fama.

– E que fama era essa?

– Bem, querida – ávida para soltar a língua, ela se inclinou para Kelsey –, a família não gostava muito dele. Tinha sofrido alguns reveses financeiros, mas o sangue dele ainda era azul. E também houve aquele escândalo com a primeira esposa. – Ela se inclinou ainda mais, assumindo a posição típica do cochicho. – Sabe, ele gostava de mulheres mais velhas. Mais velhas e ricas. Todos sabiam que, antes de se divorciarem, a primeira esposa e ele fizeram um excelente acordo para beneficiá-lo e para que ela se livrasse de um escândalo ainda maior. Não que isso tenha adiantado alguma coisa, pois todos sabiam que já antes do divórcio ele estivera, digamos, prestando favores a mulheres insatisfeitas.

– Então ele era um mulherengo.

– Ah, um tremendo galinha. E o boato que corria era que ele cobrava pelos favores.

– Ele... as mulheres lhe pagavam para ter relações sexuais?

Um tanto constrangida, Janet soltou uma risadinha. Ela preferia lançar mão de eufemismos.

– Não sei se poderia dizer assim tão diretamente, mas todos sabiam que ele podia ser alugado como acompanhante. Nos hipódromos havia muitas mulheres solteiras ávidas por aventuras, mulheres separadas, divorciadas ou simplesmente mulheres que traíam seus maridos. Alec podia ser contratado para preencher vazios. Um belo braço para se enlaçar numa festa ou numa corrida. Ele era, como eu disse, muito bonito e charmoso. E costumava apostar alto. E perder alto.

Quando ela sorriu, flocos rosados soltaram-se da máscara, caindo sobre a capa preta e dourada que protegia a sua roupa, como se fossem caspa colorida.

– Mas ninguém achava que o relacionamento entre ele e sua mãe era algum tipo de negócio. Uma mulher como Naomi poderia ter tido o homem que quisesse. Ainda pode. Alec era louco por ela, embora continuasse a dar suas escapadas. Naomi não era mulher de tolerar esse tipo de coisa. Eles discutiram acaloradamente por isso, e ela pediu que ele fosse embora.

Dessa vez, o constrangimento de Janet foi indubitavelmente genuíno.

– Quero dizer...

– Você estava lá naquela noite? – Tentando impedi-la de usar evasivas ou ter um acesso de escrúpulos, Kelsey pressionou-a. – Na noite em que ele morreu?

– Sim, estava. – Janet umedeceu os lábios, surpresa e um pouco nervosa por ver-se pressionada a responder à pergunta de Kelsey de forma tão direta. – Hank e eu estávamos na Virgínia a negócios. Algumas pessoas do *métier* estavam na festa do Country Club. Lembro perfeitamente. – Ela ergueu as mãos e as manteve suspensas. – E, por falar em festas, mal posso esperar a de hoje. Aquele seu moço bonitão nos tem deixado ansiosos desde o momento em que teve essa ideia.

– Eles discutiram – disse Kelsey, ignorando o protesto de sua manicure quando retirou subitamente a mão de seus cuidados e pressionou o braço de Janet. – Naquela noite, eles discutiram?

– Sim, querida. – Arrependida por ter se deixado levar por fofocas, Janet procurou ser gentil. – Depois das... dificuldades, muitos de nós foram interrogados a respeito do que havia acontecido. Eles discutiram aos brados, e Naomi lhe disse, de forma direta, que o relacionamento deles estava acabado. Ambos tinham bebido um pouco além da conta. E a discussão se agravou. Naomi atirou uma taça de champanhe no rosto dele e se retirou. Foi a última vez que eu a vi durante muito tempo.

Com o olhar enternecido, apesar da maquiagem que mais parecia uma máscara de palhaço, Janet prosseguiu:

– Eu gostava de Naomi. E ainda gosto. Aquele homem não a merecia, querida. Ele simplesmente não merecia um minuto sequer dela. Acho que o único crime que ela cometeu foi só ter percebido isso depois que já era tarde demais.

Durante todo o resto da tarde, Kelsey tentou guardar no fundo da mente a conversa com Janet. Depois, consideraria todas as palavras separadamente. Fazia diferença, não fazia? O fato de que Alec Bradley alugava o próprio corpo para a satisfação sexual de mulheres ricas fazia, de certa forma, alguma diferença.

Mas, embora isso alterasse o quebra-cabeça que ela desejava tão ardentemente montar, havia muitas coisas que a impediam de concentrar-se naquele momento.

Qualquer que fosse seu estado de espírito, não queria de modo algum estragar uma ocasião tão importante para Gabe nem o contentamento de sua mãe.

Vestiu-se cedo e deixou um bilhete para Gabe no meio da cama, pedindo-lhe que a encontrasse no salão de festas precisamente às 20 horas.

Os últimos detalhes seriam seus, gostassem ou não o fornecedor, o florista e os funcionários do hotel. Tudo deveria estar perfeito. Quando ela se posicionou no centro do salão e observou ao redor, constatou que finalmente tudo havia ficado como ela esperava.

O vermelho e o branco, as cores de Longshot, predominavam: nas toalhas de mesa, nas velas, nas flores. Para homenagear as três joias da Tríplice Coroa, arranjos de rosas vermelhas, margaridas amarelas e cravos brancos enfeitavam as mesas em belas cestas. Garçons de uniformes pretos alinhavam-se para inspeção do *maître*, enquanto o pessoal do bufê dava o toque final em três enormes mesas.

A maior inspiração de Kelsey, sua *pièce de résistence*, e maior dor de cabeça tinha sido o jogo.

Enormes cédulas seriam vendidas para a realização de apostas, e todo o dinheiro arrecadado seria doado a instituições de caridade. Mas, para superar os obstáculos legais e concretizar essa ideia, ela precisou correr de um lado para outro durante vários dias, lutando com a burocracia. Por fim, depois de muito empenho, o "puro-sangue de Naomi" conseguiu vencer todos os oponentes.

E agora ela podia relaxar e admirar as roletas, os dados e as mesas de vinte e um, pois sabia que estava presenteando Gabe com a festa do ano. "Uma festa", pensou ela, "absolutamente de acordo com ele."

Enquanto a orquestra afinava os instrumentos, ela caminhou até a roleta e a fez girar uma ou duas vezes, apenas por distração e contentamento.

– Vermelho – arriscou ela, rindo da própria atitude. Virou-se e deparou com Gabe. – Chegou na hora certa.

– Você está linda. – Ele não se aproximou logo de Kelsey. Queria admirá-la. Estava de branco, um branco brilhante, ofuscante, das curvas do seio até os tornozelos; sobre o coração, a joia com o cavalo que ele lhe dera de presente; o cabelo parcialmente preso com presilhas cintilantes caía em cachos sobre os ombros nus. Brincos de diamantes e rubis pendiam das orelhas. Incrivelmente linda.

– As suas cores – disse ela, estendendo os braços para ele. – O que você acha?

– Acho que você me assusta. – Ainda segurando-lhe as mãos a distância, ele olhou de relance para o salão, admirado. – O que fez aqui?

– Além de levar todos os comerciantes e várias autoridades da cidade num raio de 50 quilômetros à loucura? Montei um cassino para você nesta noite de festa. Slater's.

– E o faturamento?

– Vai para um abrigo de mulheres e crianças vítimas de maus-tratos em Washington.

Comovido, os olhos dele perderam um pouco do brilho, e ele os voltou para as mãos entrelaçadas dos dois.

– Você me comove, Kelsey.

– Amo você, Gabe.

Animado, ele levou as mãos dela aos lábios.

– Que giro de roleta trouxe você para mim?

– O mais sortudo de sua vida. – Ela baixou os olhos e sorriu ao ver em qual sulco da roleta a bolinha metálica havia se alojado. – Vermelho – murmurou ela. – Você ganhou novamente. Sabe, Gabe, isto aqui não é apenas para homenageá-lo.

– Não?

– Não. – Ela se aproximou mais e enlaçou os braços no pescoço dele. – Quero ver você "trabalhando" esta noite. Tenho o pressentimento de que vou achar isso muito excitante.

E ACHOU MESMO. Horas mais tarde, quando o salão estava fervilhando de gente, as mesas do bufê, dizimadas, a pista de dança, cheia de casais, ela se apoiava no ombro de Gabe para observar sua técnica.

Acreditava ter entendido como se joga vinte e um, um jogo de cartas que envolve sorte e lógica, cujo objetivo é aproximar-se ao máximo de 21 pontos. Caso se ultrapasse o valor, perde-se. Mas ela não conseguiu entender de forma alguma como Gabe passava e conseguia ganhar com míseros 15 pontos numa rodada, e jogava, e ganhava, com 16 na outra.

– São apenas números, querida. Nada além de números.

Era exatamente o que ela pensava. Até que o viu jogar.

– Não há como você se lembrar de tantos números, de todas as combinações.

Ele apenas sorriu, bateu nas cartas que tinha nas mãos e acrescentou-lhes outra, valendo quatro pontos, o que totalizou vinte e um.

– Pegue – sugeriu, entregando-lhe uma pilha de fichas vermelhas e outra de fichas brancas. – Jogue um pouco.

– Tudo bem. Vou tentar. – Ela se sentou no lugar que ele ocupara e, erguendo o olhar, viu a mãe acomodar-se ao seu lado.

– Acabei de perder uns trocados nos dados. Vou jogar aqui durante uns dez minutos e depois vou tentar convencer Moses a dançar comigo – disse Naomi, colocando parte do cabelo para trás da orelha e cruzando as pernas. Depois de casar algumas fichas, ela percorreu o salão com o olhar. – Uma senhora festa.

– Sua filha é espantosa.

– Eu sei. – Naomi franziu a testa enquanto observava suas cartas. – Dê-me uma – solicitou ela e logo bufou. – Estou fora.

– Mas é por uma boa causa. A derrota deveria comover seu coração. – Mordendo o lábio inferior, Kelsey manteve os olhos fixos em seu cinco e seu oito. – É, acho que vou querer uma. Um oito! Outro oito! Ganhei! – Ela ainda estava rindo quando pegou as fichas, até que seu olhar se deparou com o de Naomi. – Bem, a vitória também aquece o coração. Dance com a mamãe, Gabe, que eu vou continuar por aqui para ver quanto do seu dinheiro consigo perder.

– Como eu poderia recusar a honra de dançar com a sua mãe? – Ele estendeu o braço e segurou a mão de Naomi. – Você está maravilhosa esta noite – disse quando deram os primeiros passos na pista de dança.

– Como pode saber? Você não olhou para ninguém além de Kelsey.

Ele nada disse durante algum tempo.

– Acho que não tenho uma resposta educada para isso.

Inclinando a cabeça para trás, ela o observou cuidadosamente.

– Eu ficaria desapontada se você tivesse. Gosto de ver o que ela sente por você estampado no rosto. E gosto de saber que o que você sente por ela o faz errar o passo. Embora de uma forma singular, vocês dois se deram muito bem. Vocês se harmonizam.

– Mas você está preocupada.

– Não com o que há entre vocês dois. Mas com todas as outras coisas. Ela dirigiu seu olhar para a mesa de vinte e um, onde Kelsey ria, casando mais fichas. – Sei que ela procurou esquecer o que lhe aconteceu naquela noite. Mas eu estou apavorada.

Gabe tentou simular serenidade no olhar.

– Aquilo nunca poderia ter acontecido. Eu deveria ter estado com ela o tempo todo.

– Sim, nunca poderia ter acontecido – concordou Naomi, o olhar ainda voltado para a filha, e não para Gabe. – Acho que ela deveria ficar em Three Willows ou, melhor ainda, voltar para a casa do pai e permanecer lá até que o que aconteceu esteja esclarecido e resolvido.

Ele também pensara nisso, mas ouvir essa ideia não a tornava mais fácil.

– Mesmo que ela concorde, não temos como saber quanto tempo será necessário para resolver tudo.

– Tudo?

"Outro passo em falso", pensou ele, maldizendo-se. Até onde Naomi sabia, só havia problema com os cavalos.

– Quero dizer, descobrir quem conseguiu romper meu esquema de segurança e o que pretendia. Por outro lado, tudo poderá terminar amanhã, depois da corrida.

– Vou torcer por isso. Eu não poderia suportar nada de errado que acontecesse com ela. Odeio pensar na ideia de que tenha sido atingida, ainda que minimamente, pelos respingos dessa lama sórdida, esse jogo sujo que Milicent sempre afirmou fazer parte do nosso mundo. – Ela pendeu a cabeça para trás, fitando-o com seus olhos brilhantes. – Mas não faz. As coisas não são bem assim. E nós jogamos limpo. Mas, quando acontece uma sujeira qualquer, é a única coisa da qual as pessoas se lembram.

– Você está preocupada com a opinião de Milicent Byden?

– É claro que não. – O velho desafio voltou a aflorar. – Mas não lhe darei mais motivos para ter razão quanto ao que quer que seja. E eu estaria condenada se permitisse que ela manchasse minha reputação outra vez. Portanto, quero esclarecer o que aconteceu. Por Kelsey, por você. E por mim.

O QUARTO ESTAVA FRIO e escuro quando Kelsey acordou. Mudou preguiçosamente de posição enquanto algumas lembranças do que havia acontecido na noite anterior lhe vinham à memória. Cores e luzes, vozes e música. O vertiginoso giro da roleta, o excitante arremesso dos dados. Ela tinha perdido metade do que Gabe ganhara nas cartas. Ele tinha ganhado em dobro nos dados.

Mas, acima de tudo, lembrou-se de quão elegante ele estava, enigmático e perigoso no smoking preto, com aqueles olhos azuis de dar água na boca observando o giro da roleta, a queda das cartas. E o jeito como aqueles olhos fitavam os seus, levando-a a perder o fôlego. Lembrou-se também do momento em que, depois de ficarem a sós, depois que a noite, o barulho e as pessoas haviam ficado para trás, ele a levou para a cama; de como suas mãos habilidosas tinham brincado com o corpo dela, arrancando-lhe gemidos, estimulando desejos cada vez mais obscuros. Haviam feito amor como Kelsey jamais imaginara se permitir, muito menos desejar.

Agora, ao acordar, ela sentia o corpo mole, frágil, doído e acarinhado. Com os olhos fechados, deslizou a mão pelo lençol, querendo-o. Tonta, apoiou-se nos cotovelos, descobrindo-se sozinha na cama.

"Ele não vai escapar tão facilmente assim", pensou ela. Oscilando ainda entre o sonho e o despertar, ela saiu da cama e cambaleou até a saleta da suíte, amarrando a faixa do roupão.

Sob a intensa claridade que invadia o recinto por entre as cortinas abertas, Kelsey franziu os olhos, protegendo-os com uma das mãos e segurando a maçaneta da porta com a outra.

– Deus. Que horas são?

– Dez e alguma coisa. – Pegando o bule de café de sobre a bandeja do serviço de quarto, Naomi encheu uma xícara. – Você acordou em boa hora, Kelsey. O café da manhã acabou de chegar.

– Café da manhã? Dez horas? – estranhou ela, olhando a mãe com os olhos apertados e por entre os dedos abertos, que protegiam seus olhos sonolentos da claridade. – E Gabe?

– Ah, está no hipódromo desde que o dia raiou.

– Mas... – Completamente desperta, então, ela retirou a mão da frente dos olhos. – Aquele idiota! Ele prometeu que eu iria com ele esta manhã.

– Hum. – Naomi serviu uma xícara à filha. – Segundo ele, você parecia um trapo humano, e pediu a Gabe para deixá-la continuar dormindo quando ele sugeriu que era hora de acordar.

– Não fiz nada disso! – Ela bebericou o café. – Ou fiz? Ele lhe disse isso para justificar o fato de ter ido sozinho.

– Ou talvez ele quisesse que você descansasse um pouco mais.

– Ele é meu namorado, e não meu zelador – disse Kelsey, mas logo em seguida enrubesceu. Embora o relacionamento entre as duas fosse incomum, Naomi ainda era sua mãe. Ela pigarreou e sentou-se. – O que está fazendo aqui? Achei que estaria no hipódromo.

– Para nós, a corrida de hoje não é importante: simples 2,5 quilômetros – disse Naomi, dando de ombros e passando geleia de amoras silvestres em meia torrada. – Gostaríamos apenas que High Water fizesse uma boa corrida. Parece que estamos com sorte, porque o potro de Arkansas está com problemas.

– Com problemas? Desde quando? E como isso aconteceu?

– Ele mancou no treino de ontem. Sofreu uma lesão numa das pernas dianteiras. Acho que me esqueci de lhe dizer.

Depois de um muxoxo, Kelsey mordiscou uma fatia de bacon.

– Sinto como se eu estivesse do lado de fora da festa, com o rosto colado na vidraça enquanto todos comem bolo.

– Sinto muito, querida. Vai ter de tolerar o fato de que todos estamos preocupados com você. Quando penso no que poderia ter acontecido... – Interrompeu-se, suspirando e passando geleia em outra torrada. – Está bem, está bem, não vou mais falar sobre isso. Conheço esse seu olhar de não-se-meta-nas-minhas-coisas. Já o vi muitas vezes no espelho.

– Não é bem isso – disse Kelsey sorrindo. – Só não quero que você se preocupe.

– É coisa de mãe, mesmo que tenha estado ausente da vida da filha durante tanto tempo. Agora, trate de comer. Fui incumbida de verificar sua alimentação.

– Gabe novamente.

– Suponho que você saiba que ele a ama.

– Sim, sei.

– Mas sabe também que ele está perdidamente apaixonado?

Dessa vez, o sorriso iluminou o rosto de Kelsey

– Você acha mesmo?

Naomi apenas riu.

– Não importa. Você conhece a resposta. É emocionante, não acha, e ao mesmo tempo terrível, ter um homem preso e enfeitiçado desse jeito?

– Sim. E duas vezes mais emocionante e terrível quando você também está presa e enfeitiçada por ele. Sei que talvez seja cedo para eu me envolver tão intensamente com alguém depois do divórcio, mas...

– Kelsey, não estou em condições de opinar, mas, mesmo assim, vou me permitir apontar que você e seu ex-marido estavam separados há dois anos.

– Apesar disso – disse Kelsey, balançando a cabeça –, tenho me autocondenado, porque não acho correto o que tenho feito, embora sinta que é correto. – Hesitante por não ter certeza se aquele seria o momento propício, Kelsey brincou com a bandeja antes de perguntar. – Quando se separou de papai, você ainda o amava? Me perdoe – disse ela, erguendo o olhar. – Alguém me disse algo ontem que me levou a considerar isso. Se preferir não responder, vou compreender.

– Eu lhe disse uma vez que tentaria responder a qualquer coisa que você me perguntasse. – Mas aquela questão era muito difícil. Reabria velhas e quase esquecidas feridas no coração. – Sim, ainda o amava. Eu o amei por muito, muito tempo depois de isso ter se tornado uma tolice. Por ter continuado a amá-lo, senti muita raiva dele e de mim mesma, e decidi provar, em vão, que não me importava mais com ele.

– Foi por isso que...

– Atirei-me em festas? Gostava de espalhar boatos sobre relacionamentos com outros homens? Flertava com pequenos escândalos? Sim, pelo menos em parte. Não estava pronta para admitir que havia fracassado. Queria que Philip sofresse, que ficasse muitas noites sem dormir, pensando que eu aproveitava minha liberdade. E, porque de fato consegui fazer isso, ele se afastou mais e mais de mim, de tal forma que o que eu mais queria acabou se tornando impossível de ser obtido.

– Você o queria de volta.

– Desesperadamente. Eu era vaidosa o suficiente para acreditar que poderia tê-lo do meu jeito, e somente assim.

– E quanto a Alec Bradley? – Ela percebeu Naomi sobressaltar-se, mas obrigou-se a completar a pergunta. – Você o usou para fazer papai sofrer?

Naomi abandonou o café e pegou um pouco de água.

– Ele me serviu para dar um tapa de luva. Era um homem de ascendência tão nobre e excelente quanto a de Philip, mas de uma fraqueza e insipidez de caráter abomináveis.

Kelsey sentiu o estômago revoltando-se. Mas precisava saber e, para isso, tinha de perguntar.

– Você o contratou?

O desconforto nos olhos de Naomi esvaiu-se.

– Se eu o contratei? – repetiu ela, sem entender a pergunta.

– Fiquei sabendo que ele oferecia suas habilidades no mercado – disse ela, tomando um generoso gole de café. – Por assim dizer.

A última reação que Kelsey poderia esperar era o riso. Mas foi o que aconteceu, forte e divertido por sobre a mesa.

– Deus, que ideia. Que ideia! A última coisa que eu poderia querer de Alec Bradley seriam serviços sexuais. A última coisa... – acrescentou ela gravemente, abandonando o riso.

– Desculpe. Foi uma pergunta tola. Não quis dizer exatamente o que você pensou. Só queria saber se o contratou para acompanhá-la em eventos sociais.

– Não, eu não o contratei. Embora tenha lhe emprestado dinheiro uma ou duas vezes. Ele estava sempre enfrentando alguma dificuldade – disse ela secamente. – Sempre com problemas financeiros. Talvez seja vaidade de minha parte, para colorir a memória, mas, se me recordo bem, ele não largava do meu pé. Não que eu o evitasse – acrescentou ela, pegando uma framboesa da bandeja. – Eu queria atenção, precisava disso, e ele era muito charmoso. Mesmo conhecendo-o de outra maneira, ele conseguia fazer você crer que era a única mulher na sala. Eu estava consciente de sua reputação e do fato de que ele podia ser comprado. Suponho que isso aumentava a atração que eu sentia por ele. O fato de me acompanhar, de tentar me agradar, esperando me conquistar, já que perdera o controle sobre si mesmo, fazia maravilhas ao meu ego. – Boa parte daquilo, lembrou-se, era, na verdade, pura vaidade. – Por fim, ele se recusou a aceitar ou não foi capaz de lidar com o fato de que eu não queria ser conquistada. E foi isso que o matou.

– Mas o estupro não tem nada a ver com sexo.

– Não. – Chegara a pensar que sim ou quis pensar que sim, porque sexo era mais fácil. – Ele queria me magoar, me humilhar. Eu realmente nunca entendi por que parecia tão desesperado naquela noite. Não havia paixão nos olhos dele. Não havia luxúria. Acho que eu poderia ter lidado com isso, ter controlado. Foi o desespero nos olhos dele que me fez pegar a arma.

Naomi ergueu os ombros e desafogou seus pulmões com um longo e quase inaudível suspiro.

– Tinha esquecido tudo isso.

– Desculpe-me por tê-la feito lembrar. – Decidindo pensar mais tarde em tudo o que a mãe havia lhe dito, Kelsey cobriu uma das mãos de Naomi com as suas. – Vamos esquecer isso agora. Hoje é um dia para pensarmos no futuro, e não no passado. Que tal dar uma olhada nas roupas que comprei para assistir à corrida? Aliás, se não me trocar logo, chegaremos atrasadas para o primeiro páreo.

24

Reno trajava um terno cinza-azulado e usava uma gravata castanho-avermelhada. Suas confortáveis botas italianas reluziam como espelhos. A mulher que lhe dava o braço, esguia como um bambu e um palmo mais alta do que ele, mantinha o rosto caprichosamente maquiado voltado para as câmeras.

Um homem baixo tentando provar sua masculinidade ao se envolver sempre com mulheres mais altas e vistosas. Ele sabia que isso era um patético lugar-comum, mas não se importava com o que iriam pensar. Precisava agora de algo para provar a sua masculinidade, seu valor; seus *cojones*.

A tipoia que lhe sustentava o braço era da mesma seda de sua gravata. As únicas sedas, ele sabia, que iria usar naquele dia.

Ele sorria e posava para as câmeras, tão ávido por atenção quanto a mulher que sorria e posava a seu lado. Mas, velado sob toda a bravata, as respostas curtas e irreverentes relacionadas à sua próxima corrida, à sua próxima temporada, havia um furacão de tensões e angústia.

Observando os jóqueis caminharem para o padoque, sabia o que cada um deles estava pensando e sentindo. A concentração e os pequenos artifícios mentais para manter a adrenalina alta.

Apenas um deles venceria, mas os demais testariam o próprio valor participando da corrida. Alguns continuariam tentando. Numa próxima corrida. Num próximo ano. Outros desistiriam... engordando, perdendo interesse ou literalmente caindo do cavalo. Outros talvez decidissem buscar o sucesso pelo interior do país, preferindo obter vitórias na segunda classe a sofrer derrotas na primeira categoria. Os grandes continuariam no circuito, enriquecendo, traçando o próprio destino, evitando e superando fraturas de ossos, quedas espetaculares e suas sequelas.

Os medíocres peregrinariam de hipódromo em hipódromo, seguindo treinadores, importunando empresários ou simplesmente desaparecendo, para depois ressurgir como cavalariços, meros ajudantes ou treinadores-assistentes em uma minúscula fazenda em um sertão qualquer.

Mas nada disso era visível agora. Naquele momento, eram guerreiros, soldados, estrelas, os olhos tensos e semicerrados atrás dos óculos de proteção, os corpos esguios, tesos e ágeis cobertos por sedas, os pés diminutos acomodados em botas macias e elegantes, os capacetes colocados sobre os bonés de algodão. Traziam no braço o número da posição de largada.

Alguns deles teriam acordado, ao raiar do dia, para exercitar pessoalmente suas montarias. Outros teriam dormido até altas horas da manhã, seu relacionamento com os cavalos era meramente profissional, e não baseado em afeição. O medo da balança teria mantido a maioria deles longe de qualquer tipo de comida, e os teria seduzido a submeter-se a mais uma sessão de transpiração na sauna.

Já haviam passado pela pesagem e estavam prontos. Reno os observava com inveja e desespero corrosivos.

Deveria ser um dos que escutavam agora, com ares de grande atenção e acatamento, as últimas instruções do treinador; os elogios, a admiração e as manifestações de otimismo do criador.

Era ele quem deveria voar pela pista com o chicote entre os dentes. Seu maior receio era nunca mais poder voltar a fazer isso.

Curvou-se para a frente e plantou no rosto um sorriso fácil e presunçoso.

Sra. Naomi.

– Reno. – Ela estendeu a mão automaticamente, segurando-lhe o braço livre. – Você parece ótimo.

– Estaria melhor se estivesse vestindo as cores de sua fazenda.

– Logo, logo você vestirá – disse Naomi, voltando o olhar para a mulher que ele havia deixado distraindo os repórteres. – Bela moça. Ela me parece familiar.

– Deve tê-la visto em alguns comerciais. De xampus e pastas de dente. Ela está tentando entrar para o cinema. – Ergueu os ombros para a namorada e voltou a atenção para o potro. – Ele fará uma bela corrida, Sra. Naomi.

– Sim, eu sei que fará.

– Justamente a pessoa que eu queria ver – disse Kelsey, aproximando-se dos dois. – Estive pensando na possibilidade de você ter algum tempo nas próximas semanas para dar uma outra olhada na minha potranca, Reno. Honor precisa de um jóquei que saiba como tirar o máximo dela.

Reno sentiu o estômago revolver-se fortemente.

– Claro, claro. Farei isso. O que mais tenho é tempo. Agora, vou falar com Joey.

– Será que eu disse alguma coisa errada? – murmurou Kelsey ao vê-lo retirar-se com pressa.

– Não sei – respondeu Naomi, distraída e com o olhar voltado para Moses. – Acho que ele deve estar tão tenso quanto todos nós.

– Você tem razão. Vou desejar boa sorte a Gabe. Encontro-a no camarote.

– AJUDE-ME A ENTRAR para a história do turfe, Joey – disse Gabe a seu jóquei, apertando-lhe a mão.

– Farei isso, Sr. Slater – respondeu o jóquei, flexionando os dedos e estalando-os.

– Trate de segurar um pouco as rédeas, exatamente como eu lhe disse – acrescentou Jamison. – Não quero vê-lo forcejar muito antes do início da reta final. Não viemos aqui para bater um recorde. Viemos para vencer.

– Eu e Double poderíamos dar a vocês as duas coisas. – Ele sorriu e cumprimentou Reno, que se juntou a eles. – Sente-se na primeira fileira, amigo. E deixe aquele champanhe caro de que você tanto gosta esperando um pouco.

– Farei isso, Joey. – Reno manteve o sorriso no lugar enquanto acenava com a cabeça para Gabe. – Boa sorte, Sr. Slater. Este seu cavalo é único. – Sua mão suava dentro do bolso. – Eu gostaria de ter uma chance de montá-lo um dia desses.

– Conversaremos sobre isso quando você estiver totalmente recuperado.

– Um jóquei fica mal-acostumado montando o tipo de cavalo que eu montei nos últimos dois anos. – Seus olhos fitaram os de Jamison. – É isso mesmo o que acontece, não é, Jamie? Ficamos mal-acostumados.

– Pode-se dizer que sim, Reno – respondeu Jamison, ainda segurando Double pela cabeça.

– Ganhei o Belmont para vocês há dois anos, lembram-se? Todos disseram que minha vitória foi uma "zebra", que o potro era um azarão, e o jóquei, um aprendiz. Mas a verdade é que aqueles foram o meu dia e o meu cavalo. E aquela, a minha corrida. – Dentro do bolso, sua mão suada abria e fechava, abria e fechava. – Mas, infelizmente, as pessoas esquecem todas as corridas, todas as vitórias. Só se lembram do Derby. É o Derby que o coloca no topo.

A mão dele tremia quando a tirou do bolso e a pousou, espalmada, no pescoço do potro.

– Bem, mas você ganhou o Derby e muito mais. – Ele forçou um sorriso. – Ganhando ou perdendo, ninguém esquecerá este Belmont. Mas trate de vencê-lo. E vença valorosamente.

– Cavaleiros em suas montarias!

Ao ouvir isso, Reno afastou-se. Seu rosto estava pálido e brilhando de suor. Virando-se rapidamente, ele se retirou. Kelsey segurou-lhe o braço quando passou por ela.

– Reno?

– Sinto muito – foi tudo o que ele disse antes de livrar-se dela e sair depressa do padoque.

– Jóqueis. – Jamison ajudou Joey a montar. – Temperamentais.

– Ele me parece doente – murmurou Kelsey. Mas não havia tempo para preocupações, e muito menos para pensar. Depois da corrida, prometeu-se, iria tentar encontrá-lo e ver se podia ajudar. Mas aquele era um momento muito especial para Gabe. E ela não iria deixar que nada o estragasse.

– Embora você tenha me abandonado esta manhã, vim lhe desejar boa sorte.

– Eu precisaria ter nas mãos um pé de cabra para arrancá-la da cama àquela hora.

Ele realmente quis a manhã só para si, para tentar identificar qualquer sinal da presença do pai no hipódromo. Não encontrara. Mais relaxado agora, Gabe inclinou a cabeça para observá-la. Os cabelos dela estavam presos e cobertos por um chapéu de palha branco, a aba larga caindo charmosamente sobre um dos olhos. Kelsey usava um vestido vermelho e justo, sob uma jaqueta branca. O broche cavalgava em seu peito.

– Agora que estou vendo o bem que mais algumas horas de sono lhe fizeram, fico feliz por não ter tido um pé de cabra por perto ao acordar.

– Uma bela maneira de escapar, Slater.

– Também acho – disse ele, dando-lhe o braço. – Você está usando as minhas cores.

– São as únicas cores que valem a pena ser usadas hoje. – Ela levou a mão ao peito enquanto caminhavam para o camarote dele. – Por que não está nervoso?

– O nervosismo não altera o rumo das coisas.

– Diga isso ao meu estômago – murmurou ela, enfiando a mão na bolsa para pegar o binóculo. – Estou começando a achar que desejo essa conquista mais intensamente do que você.

– Não, está enganada.

Ele manteve uma das mãos sobre as dela enquanto os cavalos eram levados para os portões. Os guichês de apostas foram fechados, e o dinheiro apostado devidamente recolhido. No céu sem nuvens pairava o mágico azul do verão. A pista oval, 2,5 quilômetros de grama escrupulosamente tratada, estava rápida. A multidão assistia a tudo de pé, conversando em meio a alguns gritos e vivas.

Era fácil esquecer a enormidade do espetáculo. Para quem assistia pela televisão, tudo poderia parecer pequeno e íntimo, em vez do mundo grandioso que de fato era.

Aquele havia se tornado, pela ambição, pela sorte e pelo inalterável esforço íntimo, o mundo de Gabe. Agora, o maior prêmio por todo o trabalho realizado, por todos os desapontamentos sofridos; o maior de todos os triunfos já obtidos e de todas as esperanças cultivadas dependia de uma única corrida. De um único cavalo.

Observando Double ser colocado, Gabe lembrou-se da noite em que o potro nascera, de como a égua ofegava, de como o vento soprava, silvando nas paredes da cocheira. Da neve e da chuva caindo sem parar, da eterna espera enquanto a égua se esforçava para parir. E, depois, do momento em que as pernas extremamente frágeis do potro começaram a se agitar, irrompendo do corpo da mãe com um jorro de sangue, expondo-se pela primeira vez ao mundo. Lembrou-se também do gemido da égua; um lamento entre o sobrenatural e o quase humano, anunciando a última pontada das dores do parto.

Aquele pequeno e úmido ser continuou deitado na palha suja, tomando o primeiro alento, que levaria Double or Nothing, nascido de Bold Courage, aos portões de largada do Belmont Park, em Long Island.

E agora, três anos mais tarde, Gabe também se lembrou do frêmito de emoção que lhe percorreu o corpo, com a velocidade de uma flecha, quando ele fixou o olhar nos olhos do potro.

– Amo esse cavalo.

Ele não percebeu que havia dito isso em voz alta, até que os dedos de Kelsey apertaram os seus.

– Eu sei que você o ama.

Os portões se abriram com um forte rangido metálico. Quase no mesmo instante em que isso aconteceu, a assistência soltou um abafado grito de espanto, pois Double guinou para a direita ao sair do portão de largada, quase derrubando o jóquei. Independentemente do que o havia assustado, o movimento desastroso o fez ficar atrás de uma muralha de cavalos, com o jóquei tentando recuperar o equilíbrio. Todas as cuidadosas instruções de Jamison sobre a estratégia da corrida tornaram-se inúteis numa fração de segundo. O único objetivo de Joey agora era fazer com que Double or Nothing voltasse a participar do Belmont.

Tinha de tomar uma decisão rapidamente, fosse para levar o cavalo a forcejar pela pista adiante ou para fazê-lo percorrê-la como pudesse. Mas a decisão foi feita tanto pelo cavalo quanto pelo cavaleiro. E os dois avançaram com movimentos largos e impetuosos, numa atitude que, dependendo do resultado da corrida, seria considerada tola ou valorosa. Como se soubesse o que tinha de ser feito, o cavalo decidiu dar tudo de si.

Disparou pela pista, devorando a distância que o separava dos demais concorrentes com espantosa velocidade. Quando cruzaram a linha de chegada pela primeira vez, ele estava um corpo atrás do líder; e aproximando-se.

Confortavelmente acomodado em seu camarote, Gabe mantinha o binóculo diante dos olhos, concentrando o foco num único cavalo. A corrida em si ficou quase relegada ao esquecimento, ofuscada pela luz da admiração. Havia, naquele esforço a que o potro se dedicava, mais do que beleza. Havia coragem. Perdendo ou ganhando, ele nunca esqueceria aquela corrida.

Os primeiros 800 metros do percurso foram cobertos em exatos 48 segundos, com Double e o líder afastando-se cada vez mais da aglomeração de cavalos. A multidão urrava. Mas Gabe ouvia apenas a voz de Kelsey, murmurando calmamente palavras de encorajamento. Era como se, em pé e de mãos dadas no camarote, apenas os dois assistissem ao empenho de um único cavalo.

Na última curva, Double lançou seu desafio, passando a lutar definitivamente para conquistar o primeiro lugar assim que o líder e ele contornaram e alcançaram o início da reta final. Era aí, nessa exigente e derradeira extensão do percurso, nesses metros finais de infartar corações, que o Belmont punha à prova o valor do animal. O potro de Kentucky tentou recuperar o terreno perdido, arremessando-se em direção aos líderes como uma flecha.

Mas era tarde demais. O que havia nascido com o potro de Longshot naquela noite ventosa de fim de inverno, e o que Gabe tinha visto em seus olhos durante os primeiros gloriosos momentos de sua vida, o fez avançar mais rapidamente do que o chicote que lhe fustigava o dorso conseguia fazer.

Com coragem, e honra, ele cruzou a linha de chegada com dois corpos de vantagem na liderança. Para vencer o Belmont Stakes e a Tríplice Coroa.

Durante algum tempo, a única coisa que Gabe conseguiu fazer foi manter os olhos fixos na pista. As emoções lhe afloraram tão rápida e intensamente, que, apesar de ter tentado, ele não conseguiu deixar que apenas o júbilo pela vitória se manifestasse. Aquele era o seu cavalo, movendo-se tranquilamente a meio galope agora, com o jóquei quase em pé nos ferros. Aquele era o seu sonho, coberto de suor, poeira e glória. O que quer que acontecesse dali por diante, ninguém iria poder tirar dele ou de seu espetacular potro o sabor daquele momento.

– Um tremendo cavalo – murmurou Gabe com a voz um tanto embargada. Fascinado, ele olhou para Kelsey e viu suas bochechas molhadas de lágrimas. – Um tremendo cavalo.

– Sim. – Ainda com as lágrimas rolando pelo rosto, um riso escapou-lhe da garganta. Ela levantou os braços e os atirou em torno do pescoço dele.

– Parabéns, Slater. Você conseguiu.

– Meu Deus. – Nenhuma reserva de autocontrole poderia reprimir o sorriso largo que inundou seu rosto. – Meu Deus, nós conseguimos! – Ele a suspendeu e a girou no ar, ignorando as câmeras. Ela ainda estava rindo quando a boca de Gabe cobriu a sua.

Em sua sala a algumas centenas de quilômetros de distância dali, Rich olhava fixamente para a tela sua televisão. Não tinha ido a Nova York. Dado o que esperava que acontecesse, era mais inteligente e mais seguro permanecer exatamente onde estava.

Ao ver as imagens do potro vitorioso darem lugar às de seu proprietário, ele balançou positivamente a cabeça.

– Divirta-se enquanto puder, garoto – murmurou ele, fazendo um brinde a si mesmo com uma dose de uísque escocês envelhecido. E, ao ver o beijo da vitória, ao ouvir o locutor informando que Gabriel Slater e Kelsey Byden eram rivais muito cordiais, seus lábios franziram num sorriso irônico.

Rich recostou-se e aguardou o caos. O potro seria submetido ao exame antidoping, como acontecia depois de toda corrida. "E, então", pensou ele, "Gabe não sorriria tanto assim." Desse jeito seria melhor, concluiu. Seria muito melhor ter a satisfação de vê-lo devolver o prêmio já entregue.

Tudo ocorria melhor do que havia esperado. Graças à bela garotinha de Naomi. Se ela não tivesse ido até as baias naquela noite e não houvesse interrompido o que estava planejado para o potro, ele nunca teria corrido.

Mas ele havia corrido e vencido. Agora, dali a alguns instantes, os organizadores do evento anunciariam, para surpresa geral, que os exames antidoping de Double or Nothing acusaram a presença de uma droga ilegal em seu sangue.

Gabe não iria apenas perder o que supostamente havia ganhado, mas também enfrentaria o escândalo, o escárnio e a vergonha.

Preparando-se para sua própria vitória, Rich tratou de tomar o restante do drinque. Enquanto fazia isso e ao ouvir o anúncio do resultado oficial da corrida, sua mão tremeu com um movimento brusco e sobressaltado, derramando um pouco da bebida.

Nove. Cinco. Dois. O potro de Gabe teve a vitória confirmada.

Seu cérebro abalado não chegou a registrar os comentários sobre a premiação e a entrega simbólica do cheque. Boquiaberto, ele olhava para a televisão enquanto a tela mostrava o cavalo e o cavaleiro vitoriosos, cada um com sua manta de cravos brancos. Viu Gabe, o braço enlaçando possessivamente os ombros de Kelsey enquanto dava parabéns ao jóquei e curvava-se para, tão sentimental quanto um caubói de filme de faroeste, beijar o suado cavalo.

O copo que Rich tinha na mão atingiu a tela do aparelho violentamente, e ambos se espatifaram, impregnando o ar com o cheiro da bebida. Perdendo a cabeça, ele saltou abruptamente da cadeira, chutou e esmurrou o aparelho até que suas mãos sangrassem. Em seguida, o varreu da mesinha, atirando-o no chão. Seu único desejo era destruí-lo, destruir o televisor que lhe mostrava aquelas imagens repulsivas.

Quando finalmente parou, ofegante e esgotado, o ar cheirava a fumaça, a uísque e a suor. Seus dedos estavam sangrando, sua respiração descompassada fazendo vibrar rouca e sinistramente as cordas vocais. Recuando do que lhe havia restado do aparelho, ele chutou uma cadeira quebrada e pegou a garrafa de uísque. A maior parte havia sido derramada no tapete, mas ainda restava o suficiente para remover o nó na garganta e para desanuviar sua mente. Ele tomou a bebida diretamente no gargalo.

"Cabeças vão rolar", prometeu a si mesmo. E já que não podia confiar em ninguém para a execução de uma simples tarefa, ele mesmo iria cuidar das coisas.

NA SEMANA SEGUINTE à da conquista da Tríplice Coroa por Double, mal havia tempo para pensar. Os trabalhos em Three Willows tinham de prosseguir, apesar da celebridade de seu vizinho. A temporada não terminava com o Belmont, e os indispensáveis cuidados diários com os cavalos e seus treinamentos não autorizavam ninguém a se acomodar nos louros da vitória.

Kelsey tinha suas próprias ambições, e a formação de seu próprio campeão não era a menor delas. Ganhara a oportunidade quando recebeu Honor de presente e estava determinada a aproveitá-la ao máximo.

Não que houvesse se esquecido de seu objetivo de montar o quebra-cabeça do passado. Charles Rooney havia se recusado a atender e a retornar suas ligações, mas ela tinha a intenção de vencê-lo pelo cansaço. Ele voltaria a conversar com ela outra vez. Pretendia também fazer outra visita ao capitão Tipton. E, se fosse necessário, procuraria o pai e pediria que ele revivesse e narrasse para ela todos os meses daquela fase de sua vida, dia após dia, até que sua mente formasse um quadro claro e perfeito com os fatos relevantes do passado.

O que começava a tomar forma agora era o cenário de uma mulher que amara seu marido. Uma mulher que certamente tinha cometido erros, por orgulho e vaidade, e que também havia realizado a imprudência de tentar forçá-lo a tomar uma decisão.

Mas o que Kelsey ainda precisava, agindo com calma, como vinha fazendo até então, era descobrir por que uma mulher jovem, teimosa e até mesmo inconsequente havia se tornado uma assassina.

– Ei, irmã.

– Channing. – Kelsey se virou, com a esponja na mão, para beijá-lo. – Até agora não tive cinco minutos livres para dizer como estou contente por você estar aqui.

– Apesar das dores nas costas, estou aqui há apenas umas duas horas. – Sua camiseta estava molhada de suor. – Moses me pôs para trabalhar tão rapidamente, que a impressão que tenho é a de que nunca fui embora.

– Não achei que você fosse voltar. – Com suaves movimentos da esponja, Kelsey limpava o focinho da potranca. – Estamos em meados de junho.

– Não foi por falta de vontade que não vim logo.

– Candace ainda se opõe a que você visite a fazenda?

– Podemos afirmar seguramente que ela não está muito feliz comigo. Tivemos uma discussão terrível.

– Sinto muito.

– Não, foi bom. Coloquei muita coisa engasgada para fora. Só eu, logicamente. Ela queria que eu desse continuidade à tradição da família. Durante toda a minha vida, isso foi um ponto pacífico. Eu seria um cirurgião brilhante, assim como meu pai ou como o pai dele, e assim por diante. Era o que ela esperava de mim. E eu a deixei na mão.

– E não é isso o que você quer?

– Vou fazer veterinária – disse ele, mantendo os olhos fixos nos de Kelsey, como se esperasse algum tipo de protesto ou, pior, uma imediata e impiedosa risada. Mas, em vez de rir, Kelsey deu alguns passos à frente e o beijou.

– Ótimo.

– Você acha?

– Se quiser, posso expor minuciosamente como é impossível e frustrante tentar viver de acordo com as expectativas das outras pessoas. Principalmente com as da família. Tenho vivido essa experiência nestes últimos meses. Mas acho que você já sabe disso. Ela mudará de ideia, Channing. Ela o ama, e no fundo, no fundo, quer que você seja feliz.

– Talvez – murmurou ele, pisoteando a camada de palha. – Detesto discutir com ela. E detesto saber que eu teria cedido se o mestre não tivesse me apoiado.

– Papai? Verdade?

– Foi como se a Sétima Cavalaria viesse ao meu socorro, mas sem armas e cornetas – disse ele, sorrindo. – Só argumentou, daquele jeito pausado e paciente. Eu nunca o tinha visto ficar contra ela assim. Acho que foi o choque que ela experimentou com o fato de ele ter me apoiado que a fez transigir um pouco.

– Papai ama você também. – Mordiscando o lábio inferior, Kelsey voltou a trabalhar. – Eles estão tendo problemas, Channing?

– As coisas estão um pouco tensas entre eles. Mas comigo aqui, terão tempo e privacidade para tentar reverter a situação. Aliás, ela culpa mais você do que o mestre.

Kelsey fez uma careta.

– Acho que devo tentar remediar as coisas entre nós.

– Mamãe não é de guardar rancor. Não por muito tempo. Seu conceito de ordem foi abalado, só isso. E ela vai levar algum tempo para se acostumar.

– Com licença. – Reno deteve-se à porta da baia.

– Oi, Reno. – Kelsey mudou de posição, mas suas mãos continuaram ocupadas com a limpeza da potranca. – Acho que você se lembra de Channing, meu irmão.

– Claro. Como vai?

– Bem. E o ombro?

Reno o balançou instintivamente.

– Está melhorando. Estarei pronto para voltar daqui a algumas semanas. Recebi uns convites para participar do circuito europeu nesta temporada.

– Ouvi Moses mencionar isso – disse Kelsey. – Embarcaremos High Water em poucas semanas. Espero que você possa montá-lo.

– É possível. Essa é Honor, não é? Naomi's Honor.

– Claro que é. O que acha dela?

– Vou deixar vocês dois conversando sobre cavalos – disse Channing. – Se Moses me pega perdendo tempo, ele corta meu salário. Prazer em vê-lo novamente, Reno.

– Obrigado. A gente se esbarra por aí. – Ele entrou na baia e se agachou. As pernas de um puro-sangue são sempre a primeira coisa a ser examinada. Sem dizer nada, se movimentou em torno do animal, correndo as mãos pelo tórax, pelos flancos e pela cernelha antes de examinar os olhos e os dentes.

– Uma bela égua – disse Reno finalmente. – Excelente forma, tórax robusto. Você já a levou até os portões?

– Ah, sim. Ela não tem nenhuma dificuldade com relação a isso, embora se assuste algumas vezes. Mas, desde que começamos a usar antolhos nela, não houve mais esse tipo de problema. – A potranca roçou suavemente o focinho no braço de Kelsey que, entendendo o gesto, pegou uma cenoura do bolso. – É meiga, mas dentro dela arde um fogo intenso. Moses acha que deveríamos testá-la em algumas corridas no próximo ano. Você estaria interessado?

– É uma bela égua – repetiu Reno, estremecendo de emoção e desespero. – Por que quer que eu a monte?

– Eu o vi correr. E gosto que você não monta um cavalo só para as corridas. Comparece aos treinos e visita as baias, cria um companheirismo. – Ela hesitou, acariciando a égua. – Sei que você amava Pride, Reno. O que você sentia por ele e achava dele era evidente. É esse tipo de jóquei que quero para Honor.

Ele desviou o olhar, sufocando o impulso de se encolher sobre a palha e chorar. As palavras dela eram como pequenas facas muito pontiagudas cravando-se nele.

– Eu realmente amava aquele cavalo. – Ele não conseguiu controlar a voz e desistiu de tentar. – Ele faria qualquer coisa por mim. E arrebentou seu coração por minha causa.

– Reno, você não pode se culpar pelo que aconteceu.

– Eu jamais o teria ferido. Mas como poderíamos prever que aquela corrida o mataria? – disse ele, fitando o rosto de Kelsey com um olhar vago. – Como poderíamos prever isso?

– Não poderíamos, Reno – respondeu ela gentilmente. – Mas, mais cedo ou mais tarde, descobriremos quem fez isso.

Reno inspirou, apreensivo.

– Mais cedo ou mais tarde – repetiu, dando um passo atrás. – Uma bela égua.

– Você a montará?

Reno lançou-lhe um olhar tão desesperado que Kelsey aproximou-se dele. Mas quando ela estendeu o braço, ele deixou escapar um som baixo e quase animalesco da garganta, e se retirou.

25

— Partiu meu coração, Gabe.

Kelsey segurava a taça de vinho com ambas as mãos, sentada sobre as pernas dobradas no longo sofá de Gabe. Era uma noite agradável, portas e janelas abertas acolhiam a brisa perfumada pelas flores. Mas o rosto de Reno não se apagava de sua memória, o semblante de completa desesperança na penumbra da baia de Honor.

– Ele precisa voltar a montar.

Gabe estava deitado no mesmo sofá, soltando a fumaça do charuto na direção do teto, os pés no colo de Kelsey. Não é verdade que não se compadecia da situação de Reno, mas o fato era que Gabe estava, pura e simplesmente, exausto. Como poderia adivinhar que uma longa e vertiginosa série de entrevistas, homenagens, telefonemas e pedidos de toda natureza seria mais cansativa do que, por exemplo, cavar um fosso durante uma semana?

Naquele momento, ele preferia ter uma pá nas mãos e as costas suadas em vez de esgotar o que lhe restava das forças mentais examinando cifras, contratos e prestações de contas apresentados por advogados, contadores e corretores.

Naquela mesma tarde, ele teve de recusar uma oferta para a compra dos direitos sobre a história da sua vida e da de Double, para a produção de uma minissérie televisiva.

– Não sei – continuou Kelsey enquanto Gabe divagava mentalmente. – Eu também achava que ele só precisava participar de uma corrida. Até que... – Ela descansou a cabeça numa almofada. Gabe havia colocado Mozart para agradá-la. Ela sabia que ele preferia o rock tradicional ou o lamento do blues à clássica junção de piano e orquestra. – Não foi apenas um gesto altruísta eu ter pedido que ele montasse Honor. Quero o melhor para mim, mas também achei que isso o ajudaria. Só que acho que piorei as coisas.

– Como pode ter certeza disso?

– Você não viu a cara dele. Quando penso no que aconteceu, compreendo o que a perda de Pride me causou, quanto me magoou. E, embora eu amasse aquele potro, não poderia ser tão ligada a ele quanto Reno. Ele está se culpando, Gabe, porque era quem montava o potro quando caíram – disse ela, brincando com o vinho. – Estive pensando em perguntar a Naomi se ela seria capaz de persuadi-lo a se submeter a algum tipo de terapia. Você acha que... – Ela se interrompeu, olhando para Gabe, cujos olhos estavam fechados. – Eu o estou impedindo de dormir?

– Desculpe – murmurou ele, abrindo um dos olhos. – Eu não estava prestando atenção.

– Não, sou eu que devo pedir desculpas. – Ela mudou de posição e começou a massagear os pés dele. – Você está exausto. Percebi isso quando passei por aquela porta. Eu deveria estar perguntando como foram suas reuniões de hoje em vez de ficar inventando teorias psicológicas.

– Se continuar a massagear meus pés, pode inventar o que quiser.

Ela riu e pôs a taça de lado para poder massagear melhor.

– E então, como foram as reuniões? Já podemos comemorar o novo recorde do contrato para o acasalamento de Double?

– Não. – "Está sendo fascinante", pensou ele, "e compensador descobrir quantas zonas erógenas há na sola do pé." – Não vou acasalar Double.

– Não? – Ela interrompeu a massagem. – Mas, Gabe, as últimas cifras que você mencionou eram astronômicas.

– Não quero compartilhá-lo com ninguém. – Ele abriu os olhos novamente e fitou os dela. – Ouvi todos os conselhos, recebi várias ofertas, vi muitas cifras, mas decidi que vou fazer o que eu quero. Quando algo é meu, é só meu.

– Essa é uma decisão emocional e muito pouco prática.

– Aonde exatamente você quer chegar?

Ela balançou a cabeça.

– Bem, lá se vai a minha chance de conseguir algumas ações do ganhador da Tríplice Coroa.

– Há outra forma de possuir uma parcela desse patrimônio. – Ele usou toda a sua força de vontade para manter os músculos relaxados e o tom de voz firme. – Você pode ter metade dele.

– Metade? – Suas sobrancelhas arquearam-se enquanto seus dedos massageavam o peito do pé de Gabe. – Acho que isso está muito além dos meus recursos.

– Muitas pessoas diriam que você está certa. Realmente, não pode pagar o preço que ele vale. Nem mesmo metade dele.

Isso a fez esboçar um muxoxo.

– Acho que só eu sei o que posso e o que não posso pagar. Mas tudo bem. Qual é a forma?

– Há apenas uma – respondeu ele, seu olhar brilhando intensamente enquanto ele a fitava. – Só precisa se casar comigo.

RENO FOI PRIMEIRAMENTE até as baias. As baias que haviam pertencido a Cunningham. E não foi barrado por ninguém. Os guardas, os cavalariços, todos o conheciam. Tinha um encontro com Jamison, alegou, e todos acreditaram nele.

Sentia necessidade de ver cavalos novamente, de tocá-los, de sentir o cheiro deles; na verdade, também pensara em procurar Jamison para desabafar.

Mas que diferença isso faria agora? Nada poderia ser mudado. Nada poderia ser remediado.

Nas últimas semanas passara a maior parte do tempo lançando dardos de culpa em todas as direções, até que, afinal, entendeu que todos eles voltavam e o atingiam. Porque fora ele quem usara a fatídica seringa. Fora ele quem injetara o veneno no corpo daquele belo e corajoso animal.

Não importava como a seringa tinha vindo parar em suas mãos. Agora podia entender e aceitar isso. Assassinara um ser que ele amava e, fazendo isso, destruíra-se.

Tal pai, tal filho. Reno encostou-se no flanco de uma égua e chorou. Estava no sangue. Na criação que recebera. As desculpas que sempre usara eram distorções da verdade. Acreditava de fato estar vingando o pai que ele nunca conheceu? Aquela era a arma usada contra ele, tão seguramente quanto ele usara a agulha no cavalo.

Fraco. Ele era fraco como o pai havia sido. E estúpido, maldito como ele.

Assim, restava-lhe uma única coisa a fazer. Teria o mesmo fim que o pai. E assim completaria o ciclo iniciado por um homem que só conhecera por fotografias e recortes de jornais. Um homem cujo espírito ele honrara mais do que sua própria dignidade.

Como num sonho, Reno saiu das baias, deixando o cheiro dos cavalos para trás, e dirigiu-se para o galpão de arreios, que também havia sido de Cunningham.

DURANTE QUASE DEZ segundos, Kelsey ficou sem voz. Aquela era, achou ela, uma proposta típica de um homem como Gabe: desafiadora, arriscada, e feita calmamente. Devagar, ela tirou os pés dele do seu colo e pegou a taça de vinho.

– Se eu me casar com você, terei direito à metade do título de propriedade de Double.

– Isso mesmo. – Ele tivera quase certeza ou pelo menos estivera esperando que ela fosse ter outro tipo de reação. – E à metade de Longshot, e de tudo o que houver nela.

Ela bebericou o vinho, observando-o.

– E à metade de você, Slater?

Isso o irritou, tanto quanto a divertida paciência na voz de Kelsey. Ele tirou as pernas do sofá e pôs-se de pé.

– Não sou Wade, Kelsey. Se nos casarmos, entraremos na posse recíproca e integral de nós dois. Nosso casamento não será uma brincadeira nem uma rodada de pôquer sem apostas.

– Entendo. Se eu aceitar a aposta, não tenho como voltar atrás.

– É exatamente isso. E já que fiz a aposta, vou mostrar-lhe as cartas que tenho nas mãos. Eu quero você. Essa é a carta mais alta que eu tenho. E acho que vai ser muito difícil você conseguir batê-la. Talvez pense que seja um jogo de cartas marcadas. Mas não é. Você foi lesada uma vez e não quer que isso aconteça novamente. Este é um jogo diferente, com jogadores diferentes, e, da minha parte, os lances são muito mais altos.

Kelsey manteve os olhos na taça de vinho. Ele havia dito que ela não podia blefar, lembrou-se com certo orgulho. Contudo, sabia muito bem que não deveria deixá-lo observar seu rosto até que estivesse pronta para aceitar.

– Você acha que não quero casar outra vez, que estou me esquivando de um compromisso sério só porque eu perdi uma vez? Isso é absolutamente insultante. Tanto quanto essa proposta desajeitada que você acabou de fazer.

– Você quer flores e luz de velas, e um anel no meu bolso? – Na verdade, ele tinha a intenção de dar tudo isso a ela. Mas o fato de ter se precipitado só o irritou ainda mais. – Não vou dar a você as mesmas coisas que Wade.

Ela ergueu o rosto, mantendo no olhar uma irritação dissimulada, para disfarçar sua emoção.

– Diga-me, Slater, quem está tolhido pelo passado? – perguntou ela, batendo a taça na mesa e levantando-se. – Por que você simplesmente não me leva a... a Las Vegas? Lá seria um ambiente perfeito, não seria? Poderíamos dizer nossos "sim" sobre uma mesa de jogo.

Ele balançou a cabeça gravemente.

– Ótimo. Se é isso o que você quer...

– O que eu quero é uma pergunta simples e direta, à qual eu possa dar uma resposta simples e direta. Portanto, ou você me pede em casamento, ou vai para o inferno.

Com os olhos semicerrados, ele a observou sem conseguir entender imediatamente sua expressão. Como poderia entender, deu-se conta, quando, pela primeira vez em sua vida, outra pessoa tinha todas as cartas na mão?

– Você quer se casar comigo?

– Sim – disse ela. – Claro que sim.

Ainda avaliando sua atitude, ele exalou um pouco do ar que estivera retendo ansiosa e inconscientemente nos pulmões.

– É tão simples assim?

– Sim, é – confirmou ela. – E, então, quem vai recolher as fichas?

Os lábios dele curvaram-se lentamente.

– Na verdade, acho que o que devemos fazer é dividir a bolada. – Ele deu um passo à frente e, com as mãos espalmadas, correu os dedos pelo cabelo dela, segurando-a com firmeza em seguida. – Amo você, Kelsey.

– Deve amar muito ou não seria tão desajeitado.

– Desajeitado? Que se dane isso. – Ele a beijou ardentemente. – Você é minha, não é?

– Sim. – Rindo, ela enlaçou o pescoço de Gabe com os braços. – Sim, sou.

Feliz, ele a pegou no colo.

– E quanto àquela viagem a Las Vegas?

– Não.

– Você não está considerando bem as possíveis vantagens, Kelsey. – Com apenas um objetivo em mente agora, ele se dirigiu com ela nos braços para as escadas. – Lá, tudo é rápido, conveniente, pitoresco. Poderíamos passar a primeira noite de nossa lua de mel numa grande cama em forma de coração sob um teto totalmente espelhado.

– Embora isso seja muito tentador, vou "passar". Por que não...

Ao ouvir alguém batendo ruidosamente à porta dos fundos da casa, Gabe colocou-a no chão.

– Fique aqui – ordenou, empurrando-a preocupadamente em direção às escadas. Antes de conseguir percorrer metade da distância que o separava do chamado urgente, um de seus cavalariços entrou, alvoroçado, pálido e com os olhos esbugalhados.

– Sr. Slater. Meu Deus, Sr. Slater, venha comigo. É Reno. Oh, meu Deus, acho que ele está morto.

Não havia dúvida quanto a isso. Embora alguém houvesse tido a coragem e a compaixão de tirar Reno do lugar em que fora encontrado, suspenso a cerca de 1 metro do chão pela corda que enlaçava seu pescoço, e com a outra extremidade amarrada numa das vigas do telhado do galpão, não havia dúvidas de que ele estava morto.

Kelsey não conseguia desviar o olhar daquele cenário fúnebre: o corpo flácido vestido com sedas de jóquei, o horrível ângulo em que pendia sua cabeça, as lívidas marcas que a corda lhe deixara no pescoço.

– Chame a polícia – ordenou Gabe, virando Kelsey na direção contrária rudemente. – Saia daqui. Vá para casa.

– Não, vou ficar. Estou bem e vou ficar com você.

Ele não tinha tempo para discutir.

– Espere lá fora, droga! – explodiu, vendo que, teimosa, ela permanecia a seu lado. – Espere lá fora!

Kelsey apenas sacudiu a cabeça, e, quando finalmente conseguiu parar de olhar para o corpo de Reno, fitou Jamison, cujos olhos pareciam vitrificados, por choque ou assolação, ela não tinha certeza, mas caminhou até ele e o conduziu com gentileza até uma cadeira.

– Sente-se, Jamie.

– Fui eu que o encontrei. Um funcionário me disse que ele estava na fazenda e que havia perguntado por mim. Não sei por que eu vim aqui, não sei por quê. Só sei que vim. E o encontrei. Exatamente como aconteceu na primeira vez. Eu o encontrei.

– Primeira vez?

– Benny. Como Benny. Oh, Deus – disse ele, ocultando o rosto entre as mãos. – Oh, Deus, quando isso vai parar?

– Há um bilhete, Sr. Slater. – Um jovem funcionário aproximou-se de Gabe e sussurrou, como se a morte tivesse ouvidos. – Há um bilhete ali no banco. Não peguei porque sempre ouvi dizer que não se deve tocar em nada.

– Isso mesmo. Agora vá esperar a polícia lá fora, está bem?

– Claro, Sr. Slater. – Ele hesitou, mas, por fim, disse, nervoso: – Nós cortamos a corda. Talvez não devêssemos ter feito isso, mas não poderíamos deixá-lo ali daquele jeito. Tínhamos que descer o corpo dele.

– Vocês fizeram a coisa certa – disse Gabe, pousando uma das mãos no ombro do rapaz. – Espere lá fora agora. – Temendo antecipadamente o que poderia encontrar, Gabe caminhou até o banco, até a única folha de papel, até o bilhete manuscrito.

Desculpem-me. Sei que esta é uma atitude covarde, mas é a única que conheço. Nunca montarei um cavalo novamente. Matei o melhor que já montei em toda a minha vida. Deus é testemunha de que eu não sabia que a dose era letal. Pensei que ela o desclassificaria, apenas isso. E que assim eu acertaria algumas contas. Nunca acreditei que meu pai fosse culpado. Pelo menos até hoje. O que ele fez, eu também fiz. O que ele fez, eu farei também. Sangue ruim. Não temos como nos livrar do sangue que herdamos.

Gabe afastou-se do bilhete e olhou para seu treinador.

– Você sabia, Jamie?

As lágrimas pingaram nas mãos de Jamison quando ele balançou positivamente a cabeça.

– Sabia. Eu sabia que Reno era filho de Benny Morales. Deus tenha piedade deles!

As peças se encaixavam perfeitamente quando trazidas à luz. Benny Morales, arruinado, desesperado, enforcara-se, deixando uma jovem e grávida viúva. Ela tinha fugido da Virgínia e havia se estabelecido no Kansas, protegendo a ela e ao filho do escândalo.

Quando Reno tinha 5 anos, ela se casou novamente. O menino recebeu o sobrenome do padrasto, mas nunca deixou de pensar em seu verdadeiro pai, de quem herdara a baixa estatura, as mãos hábeis e o amor por cavalos. Assim, seguiu os passos do pai, trabalhando e promovendo-se de ajudante a treinador e, depois, a aprendiz de jóquei.

Obcecado pela memória do pai, mudou-se para a Virgínia e só confiou seu segredo ao melhor amigo de seu falecido pai, Jamison, que o guardara muito bem.

– ELE TINHA VÁRIOS álbuns com recortes de reportagens sobre o pai e fotografias dele. – Dois dias depois do suicídio, Rossi compartilhava alguns detalhes do caso com Gabe. – Quase uma biblioteca. Vários deles continham reportagens sobre as acusações feitas contra o pai, sobre a investigação e o suicídio. Sua mãe e seu padrasto chegam hoje do Kansas para trasladar o corpo. Posso lhe dizer, com base na conversa que tive com ela, que confirmará sem hesitar que o filho tinha uma obsessão mórbida pelo pai. Reno o julgava um herói e um bode expiatório, e estava determinado a esclarecer o velho e suposto equívoco.

– Drogando o potro de Naomi – disse Gabe serenamente. – Desclassificando-o do Derby.

– Morales estava montando para os Chadwick quando sofreu a queda que o manteve longe das pistas por mais de um ano. – Rossi não precisava consultar suas anotações, mas, por hábito, folheava o bloco. – Então, quando o cavalo Sun Spot teve de ser sacrificado em Keeneland, Matthew Chadwick foi quem mais levantou acusações contra Benny Morales. Ele tinha, afinal de contas, perdido um valoroso investimento por causa da tramoia.

– Sangue ruim. – Gabe cerrou os dentes. – Precisamos saber ainda como Reno conseguiu a droga. Talvez ele tenha usado a seringa no cavalo algum tempo depois da pesagem e antes que o animal fosse posicionado nos portões. Mais provavelmente no momento em que atravessaram o túnel. Mas como ele a arranjou e com quem?

– Talvez não fosse tão difícil para um homem na posição dele, Sr. Slater. Reno frequentava os hipódromos desde a adolescência. Provavelmente conhecia as pessoas certas. E as erradas também.

– Se ele mesmo tivesse conseguido a droga, não teria errado a dose. E não pretendia matar o cavalo, tenente. Isso para mim está claro.

– Ele cometeu um erro.

– Ou foi enganado. Já conseguiu investigar meu pai?

– Essa é uma questão verdadeiramente familiar, não é? Não. – Ele mesmo respondeu ao ver que Gabe preferiu se calar. – Ele se mudou e não sabemos o novo endereço. O único motivo que me faz seguir esse caminho é a confiança que deposito em sua intuição. Se aparecer no hipódromo ou em qualquer outro lugar, nós o deteremos para interrogatório.

– Ele aparecerá. É vaidoso demais para saber quando deve parar.

Ele não tinha acreditado na culpa do pai. Kelsey estava de pé junto à janela de seu quarto, recém-saída de um banho de fim de tarde, e tinha o olhar fixo na direção das colinas. Não acreditando na culpa do pai, Reno havia passado a maior parte da vida perseguindo esse fantasma. Queria vingar-se, mas acabou descobrindo algo sobre o homem que lhe dera vida e sobre si mesmo que não conseguiu suportar, cuja convivência lhe foi impossível.

Era sempre arriscado escancarar as portas do passado. Vinha encorajando Gabe a livrar-se do jugo de sua herança e a ser quem ele realmente era, ainda que ela mesma não conseguisse fazer isso.

Investigando o que havia atrás daquela porta, não estaria pondo em risco tudo o que havia construído com Naomi nos últimos meses? E quando finalmente conseguisse abri-la, quando descobrisse o que jazia oculto e empoeirado atrás dela, seria capaz de conviver com aquela realidade?

"Esqueça isso", ordenou-se em pensamento. Por que forçar a fechadura de uma porta que todos queriam que ficasse trancada? Tinha uma vida inteira pela frente. Uma vida com

Gabe. Recomeços em todos os sentidos. Tudo o que precisava fazer era desistir das sombras do passado e aceitar a realidade.

– Srta. Kelsey?

Kelsey respondeu sem se mexer.

– Sim, Gertie?

– Uma ligação do escritório do Sr. Lingstrom. Ele desejava falar com sua mãe, mas, já que ela não está, disse que pode ser com a senhorita mesmo.

– Tudo bem, Gertie. Vou atender lá embaixo.

Ela atendeu a ligação no escritório de sua mãe, na linha executiva, e o escutou atentamente, fazendo comentários apropriados. Ao desligar, Kelsey recolocou o fone no gancho lentamente e ainda estava sentada à mesa quando Naomi chegou.

– Que Deus me poupe desses almoços estúpidos que só servem para se perder tempo. Não sei o que me faz pensar que sou obrigada a ir. A única coisa boa que aconteceu hoje foi ter entrado numa butique depois que o almoço terminou. Encontrei um vestido incrível, absolutamente perfeito para um casamento no campo. Podem reservá-lo por 24 horas se nós...

Naomi calou-se, controlando o ímpeto de entrar e ir direto ao encontro da filha. Kelsey a olhava fixamente, suas mãos tensas apoiadas nos braços da cadeira.

– O que houve? – perguntou Naomi. – É sobre Reno? Descobriram mais alguma coisa?

– Não, não é sobre Reno. – Ela observou o rosto de Naomi ser invadido pelo alívio. – Seu advogado acabou de telefonar.

Um novo acesso de ansiedade fez Naomi erguer a mão e entreter-se com o broche em forma de estrela preso em sua lapela.

– Ele me pediu para lhe informar que a minuta dos documentos que você solicitou está pronta e aguardando sua aprovação. – Ela fez uma pausa. – A minuta dos documentos que transferirão metade de Three Willows para o meu nome.

– Hum, ótimo.

– Por que está fazendo isso?

– É algo que seu avô e eu discutimos antes de ele morrer. Sempre foi o meu desejo, Kelsey, e o dele também. Só estou legalizando.

– Sem me dizer nada.

– Eu não queria que essa transferência assumisse ares de obrigação – disse Naomi cuidadosamente. – Tanto da minha parte, quanto da sua. Não tenho sido capaz de dar muitas coisas a você. Mas isso eu posso. Papai deixou a meu critério o momento e a forma de fazer isso, mas, basicamente, é a herança dele para você. Achei que deveria ser desse jeito e nesse momento. Não se trata de uma corda para prendê-la aqui, Kelsey. Ou prendê-la a mim.

– Sabe muito bem que estou presa a este lugar e a você. Você apostou que isso aconteceria quando me convidou a vir para cá.

– Sim, apostei. Não poderia adivinhar que você viesse a sentir algo por mim; nem esperava. Mas tinha certeza de que se renderia a Three Willows.

– Three Willows e você são muito parecidos.

O lampejo de um sorriso iluminou os lábios de Naomi.

– Já me falaram isso várias vezes.

– É muito difícil amar e respeitar um sem amar e respeitar o outro. – Ela se levantou e estendeu os braços na mesa. – Eu não consegui. E não vejo por que deveria.

– Quase ninguém me daria a chance de provar isso – disse Naomi, segurando as mãos da filha firmemente.

"Quase ninguém", pensou Kelsey. Mas ela correria o risco, e tentaria mudar isso.

ERAM QUASE 17 HORAS quando Kelsey estacionou o carro em frente à casa de Tipton, atrás de sua empoeirada e velha caminhonete. O cachorro do vizinho começou a latir insuportavelmente, correndo de um lado para outro ao longo da cerca que separava os gramados, como se a advertisse de que seus domínios eram sacrossantos. Uma mulher debruçou-se à janela e, antes de se dirigir a Kelsey, gritou para que o cão parasse de latir.

– Procurando Jim?

– Sim. Ele está em casa?

– Na oficina. – Ela apontou para os fundos da casa e balançou a cabeça. – Não está ouvindo o barulho?

Claro que estava, sobretudo agora que o cachorro se aquietara, conformado com rosnados inaudíveis. Orientando-se pelo forte ruído da serra elétrica instalada no quintal, ela avançou por um dos lados da casa e se deparou com um pequeno barracão de madeira, daqueles que podem ser montados com os equipamentos encontrados em serrarias.

Kelsey bateu à porta do barracão desnivelado, que se abriu quase espontaneamente, chocando-se na parede interna.

Tipton estava diante de uma bancada, óculos de segurança e protetores de ouvido em seus devidos lugares, o boné Orioles que cobria sua cabeça emprestando-lhe ares de apanhador de um time de beisebol. A serragem saltava impetuosamente da lâmina enquanto ele cortava uma tábua de 5 por 10 centímetros. Kelsey achou que seria mais seguro, tanto para ele quanto para ela, se esperasse a máquina ser desligada.

– Agora acertei você, seu filho da mãe – murmurou Tipton quando um pedaço de madeira caiu no chão.

– Capitão Tipton.

Ele se virou bruscamente, parecendo um personagem de um filme de terror de segunda categoria, os olhos cobertos por embaçadas lentes de plástico, os protetores de ouvido salientes e cinzentos, e manchas vermelhas tingindo sua camiseta.

– Oh, Deus, está ferido!

– O quê? Onde? – Alarmado, Tipton examinou-se para ter certeza de que seus dedos continuavam no lugar, enquanto Kelsey precipitou-se em sua direção. – Ah, isto aqui? – Sorrindo, ele apalpou o peito. – É suco de cranberry. Minha mulher não gosta que eu trabalhe com roupas boas.

Kelsey encostou-se, trêmula, na bancada e praguejou.

– Assustei você, foi? – Ainda rindo, ele tirou os protetores de ouvido e suspendeu os óculos. – Quer se sentar?

– Não, estou bem.

– Estou fazendo algumas prateleiras. – Ele pegou uma tábua larga e a examinou, verificando se estava empenada. – Minha mulher e eu temos este acordo: eu faço prateleiras e ela enche de bugigangas. Assim, ficamos sempre contentes.

– Que ótimo! Poderia me conceder alguns minutos de seu tempo?

– Talvez eu consiga encaixá-la em minha concorrida agenda. Limonada? – Sem esperar resposta, ele pegou uma grande jarra de plástico e encheu dois copos de papel. – Soube que vocês tiveram mais problemas.

– Sim. Uma estranha coincidência, não acha? O fato de Reno ter se espelhado na vida e na morte do pai...

– O mundo está cheio de estranhas coincidências, Srta. Byden. – Aquela, entretanto, não o deixava muito contente. Ele havia terminado a investigação da vida de Benny Morales e só reunira todos os detalhes horas antes do suicídio de Reno. Mais 24 horas, e os acontecimentos poderiam ter tomado outro rumo. – Contudo, isso soluciona um dos seus problemas. Agora você sabe quem matou seu cavalo.

– Reno não teve a intenção. Tenho certeza disso. – Ela bebericou a limonada, azeda e sem coar. "A esposa dele", pensou, "deveria se limitar a fazer apenas sua própria limonada." – Alguém o usou, capitão. Há muito disso no mundo também. Pessoas usando outras.

– Não posso contestá-la quanto a isso.

– Minha mãe usou Alec Bradley para provocar ciúmes em meu pai, para tentar provar sua própria independência e até mesmo para provocar boatos. Eu me pergunto, no entanto, como Alec Bradley a teria usado.

"A jovem tem uma mente lúcida, brilhante", concluiu Tipton. Ele pegou uma lixa e começou a alisar uma prancha curva.

– Ela é uma mulher bonita.

– Não se trata de sexo, capitão. Estupro não é sexo.

Tipton bufou.

– Talvez não. Mas só temos a palavra dela sobre a tentativa de estupro.

– Eu acredito nela. E você também acreditou. Já se perguntou por que, se ela realmente disse a verdade, Alec Bradley escolheu exatamente aquela noite para atacá-la? Eles estavam sendo vistos juntos há várias semanas. Ela não é o tipo de mulher que continuaria a se encontrar com um homem que tivesse cometido abusos ou ameaçado cometer.

Tipton continuou a lixar a madeira. Ele estava fazendo uma cadeira de balanço para dar de presente de aniversário à neta em setembro.

– Se ela realmente disse a verdade, Srta. Byden. Se. Ele tinha bebido. Eles haviam discutido em público. Ela tinha dado o fora nele e jogado uma taça de champanhe no rosto dele... Essa combinação pode levar certos homens a trilhar caminhos errados – disse ele, assoprando suavemente o pó da madeira. – Mas, como falei, não há evidências que sustentem isso.

– A camisola da minha mãe estava rasgada. E ela tinha machucados. – Kelsey bufou impaciente quando ele deu de ombros. – Já sei, poderiam muito bem ter sido feitos por ela mesma. Mas se eu disser que isso não aconteceu, que não acredito nisso, como poderei provar? Com certeza investigou o passado dele. E, se houvesse outra mulher, outra pessoa de quem ele tivesse abusado ou que tivesse atacado, isso pesaria a favor de Naomi, não é verdade?

– Nunca consegui encontrar nenhuma. Muitos estupros não são denunciados. Principalmente do tipo de que estamos falando. Estupro de conhecido.

Ele não gostava dessa expressão. Estupro de conhecido tornava amistoso um lado brutal.

– E, há vinte anos, as pessoas se comportavam de forma diferente. Bradley tinha má fama, mas violência não fazia parte dela. Tinha dívidas pesadas – prosseguiu Tipton, como que para si mesmo – e quase na mesma época em que começou a sair com sua mãe, ele saldou uma parte delas. Cerca de 20 mil dólares. Mas precisava de pelo menos o dobro para ficar quite com os credores.

– Então ele precisava de dinheiro. Minha mãe tinha dinheiro.

– Ele nunca pediu a ela mais que poucos milhares de dólares. – Tipton pôs a madeira de lado. – Ela mesma declarou isso. Ele nunca lhe pediu uma quantia elevada. Essa é uma das coisas que estranhei. Porque era bem próprio dele viver à custa de mulheres.

– Talvez ele estivesse aguardando o momento propício. Ou... talvez contasse com outra fonte.

– Cheguei a pensar nisso. – Tipton tirou uma barra de chocolate do bolso traseiro da calça, partiu-a ao meio e ofereceu metade a Kelsey. – Mas nunca consegui esclarecer de fato. Sempre me perguntei onde ele teria conseguido aqueles 20 mil. Talvez no hipódromo. Mas, que eu saiba, ele tanto ganhava quanto perdia, e o que ganhava era insignificante. E gostava de contar vantagens – acrescentou Tipton com a boca cheia de chocolate. – Dizia que tinha participação em negócios. Conversa fiada, que eu saiba.

– Mas, se fosse verdade, se tivesse algo a ver com minha mãe... – Kelsey começou a andar de um lado para outro do barracão enquanto pensava. – Ela terminou o namoro com ele, disse-lhe que estava tudo acabado. Ele se desesperou e tentou intimidá-la. Se ela se livrasse dele, o negócio deixaria de existir. E ele precisava de dinheiro. Muitas pessoas sabiam que ele precisava de dinheiro. Mas quem o teria usado para se aproximar de minha mãe?

Quando a resposta lhe veio à mente, ela parou. A mão que segurava o copo fechou-se firmemente, transformando-o numa disforme e úmida bola de papel.

– Esse é o problema quando se levanta uma pedra. Em geral, não se gosta do que se encontra debaixo dela. Nunca consegui descobrir qualquer ligação entre Alec Bradley e seu pai. E bem que tentei. Investiguei as contas e os extratos bancários de seu pai, passei um verdadeiro pente-fino neles para ver se encontrava aquele pagamento de 20 mil dólares. Ele estava limpo. Nas contas telefônicas também. Nenhuma ligação para Alec Bradley ou dele recebida; nem na conta da casa no Potomac, nem na da universidade.

– Ele nunca faria uma coisa dessas. – Os lábios de Kelsey endureceram. – Meu pai nunca faria uma coisa dessas.

– Tudo indica que você esteja certa. Por outro lado, isso apenas ratifica a culpa de sua mãe.

– Há outra explicação para o que aconteceu – disse Kelsey, virando-se bruscamente para ele. – Eu sei que há.

– Você quer outra explicação – disse Tipton gentilmente. – Talvez a encontre. Mas pode ser que não goste dela. – Ele suspirou e estendeu o braço para pegar o copo esmagado da mão dela. – Eu só achei uma ligação entre Philip Byden e o que aconteceu naquela noite: Charles Rooney.

26

Era óbvio que havia algo errado. Kelsey o procurou depois do anoitecer, dizendo que só queria ficar com ele. Gabe quis acreditar que era só isso, que era verdade.

Mas seu olhar estava distante, seu sorriso, muito intenso, e os cantos da boca, tensos. Seu desejo, permanente deleite para ele, estava aflorado, mas, ainda que tivessem feito sexo com ardente desenvoltura, Kelsey não conseguiu mascarar seu desespero.

"Foi como se ela precisasse purgar alguma coisa", pensou Gabe, agora que a tinha deitada serenamente a seu lado. Era verdade que o corpo dele lhe retribuíra o estímulo e o próprio desejo, e que mais uma vez se haviam encontrado e completado. "Nenhum de nós, entretanto, ficou satisfeito", concluiu ele, enquanto o silêncio que reinava entre os dois se prolongava.

– Você está pronta agora?

Ela virou a cabeça, procurando um lugar mais fresco para apoiar o rosto no lençol aquecido pelo contato de seus corpos.

– Pronta?

– Para dizer o que a está incomodando.

– O que poderia ser? – Sua voz revelava enfado, cansaço. – Um homem que eu conheci e do qual gostava suicidou-se há alguns dias.

– O que está sentindo não tem nada a ver com Reno. Só com você.

Ela se deitou de barriga para cima e fitou a claraboia refletindo a escuridão. "Céu sem lua esta noite", pensou. Algumas nuvens a ocultavam, como se fosse fumaça. De fato, bastava pouco para esconder muita coisa.

– Ele amava o pai – disse ela. – Nem mesmo o conhecia, mas o amava. E acreditava nele. Tudo que Reno fazia era motivado pelo amor que sentia pelo pai, pela confiança que tinha nele. Amor e confiança cegos, incondicionais. – Kelsey suspirou. – E, quando percebeu que havia se equivocado, que havia se enganado com relação à honestidade do pai, não conseguiu suportar.

Inquieta, Kelsey mudou de posição, ouvindo o atrito de sua pele com os lençóis.

– Teria sido melhor para ele se tivesse dado as costas para o passado, não acha? Melhor para ele, melhor para todos, se tivesse esquecido o que aconteceu há tantos anos. O que se quer provar, Gabe? O que se quer solucionar insistindo em olhar para o passado?

– Ora, tudo depende da forma de olhar e do que seja descoberto. – Ele lhe acariciou o cabelo, deixando alguns fios caírem por entre seus dedos. – Isso tem a ver com você, não é, Kelsey? Com você e Naomi.

– Para ela, o que aconteceu são águas passadas. Por que não posso fazer o mesmo? Não posso voltar no tempo e devolver todos aqueles anos que ela perdeu, que eu e ela perdemos. Ela matou Alec Bradley, e eu deveria aceitar isso. Não deveria me preocupar tanto em saber por que isso aconteceu.

Kelsey mexeu-se novamente, sentando-se na cama, encolhendo os joelhos e abraçando-os, numa atitude de autopreservação que comoveu Gabe.

– Então, esqueça.

– Esquecer – repetiu ela. – Seria a atitude mais sensata a tomar. Afinal de contas, o que quer que ela tenha feito de mau, de errado, teve um preço. E ela o pagou. Eu não a conhecia naquele momento e não me lembro de tê-la conhecido antes; portanto, o que me faz pensar que posso mergulhar no passado e descobrir tudo? Ou que deveria fazer isso? Ela está feliz. Papai está feliz. Talvez nenhum dos dois me agradeça por devassar suas vidas. Não tenho direito de abrir velhas feridas apenas para satisfazer minha ridícula necessidade de conhecer a verdade, de fazer justiça.

Cerrando fortemente os olhos, ela pressionou a cabeça nos joelhos.

– Elas nem sempre são compatíveis, não acha? A verdade e a justiça?

– Deveriam ser. Uma das coisas mais admiráveis em você é que quer que elas sejam. – Ele acariciou os ombros dela, percebeu a tensão, e começou a massageá-los. – O que a fez ficar assim, Kelsey?

Depois de respirar longa e profundamente, Kelsey lhe contou a visita a Tipton. Ele evitou interrompê-la e tentou sufocar a raiva que sentia por ela não o ter chamado.

– E, agora, está preocupada com a possibilidade de seu pai estar envolvido de alguma forma.

– Ele não poderia estar – afirmou Kelsey, levantando a cabeça bruscamente. Na escuridão, seus olhos brilharam desafiadores e, ao mesmo tempo, entristecidos pela falta de entendimento. – Ele não faria isso, Gabe. Você não o conhece.

– Não, não o conheço. – Irritado consigo mesmo, Gabe afastou-se dela e estendeu o braço para pegar um charuto na mesa de cabeceira. – Esquecemos este pequeno gesto de civilidade.

Cansada, Kelsey passou a mão no cabelo. De certa forma, ela o tinha magoado.

– Aconteceu tudo tão rapidamente entre nós dois. E o relacionamento da minha família está meio complicado. Eu não estou evitando que você se aproxime dele.

– Esqueça isso. – Ele acendeu o isqueiro e chegou perto da chama. – Esqueça – repetiu ele mais brandamente. – Isso não vem ao caso agora. E não está me incomodando. O fato é que eu gostaria de ter ido com você à casa de Tipton. Eu deveria ter estado com você.

– Não pude resistir ao impulso. – Era verdade, pensou ela. Ou, mais precisamente, meia-verdade. – Não sei bem. Talvez eu quisesse mesmo ir sozinha. Talvez precisasse ir sozinha. Não quero ser protegida, Gabe. Fui superprotegida durante toda a minha vida, às vezes sem sequer saber disso. Não posso viver sempre assim.

– Há uma diferença entre ser protegida e ser apoiada. Preciso que conte comigo, Kelsey. Da mesma forma que preciso saber se posso contar com você.

Depois de alguns segundos, ela segurou a mão dele.

– Você tem sempre que ter razão?

– Não, mas prefiro assim – disse ele, levando os dedos dela aos lábios. – O que quer fazer?

– Quero esquecer. Deixar as coisas exatamente como estão. Mas não posso. Tenho de saber. E, quando descobrir, terei de conviver com a verdade. Seja qual for. – Ela espalmou a própria mão na de Gabe e entrelaçou seus dedos nos dele.

– Farei uma visita a Rooney amanhã à tarde. Você vem comigo?

"MAIS MENTIRAS", pensou Kelsey. Daquelas pequenas e inofensivas.

– Você vai adorar o vestido – disse Naomi, segurando o cartão cor de alfazema. – O nome da vendedora está atrás. Ilsa. Eles fazem os ajustes lá mesmo.

– Ótimo.

– Se achar que não fica bem em você, não se preocupe. Tenho certeza de que encontrará outro facilmente. É uma excelente butique. Ah, falei com o fornecedor do clube. Sei que você quer um casamento simples, mas precisamos providenciar algo para comer. Ele vai preparar alguns cardápios para você escolher. E... – Ela pegou outra lista. – Sei que Gabe tem um jardim maravilhoso e um jeito todo especial com flores, mas vocês vão precisar de algumas plantas ornamentais e alguns enfeites para decorar. Assim que decidir as cores que pretende usar, basta me pedir o que quer que seja e eu providenciarei.

– Ótimo. Obrigada.

– Bem... – Rindo de si mesma, Naomi guardou as listas de volta na gaveta da mesa. – Acho que caí na armadilha de mãe da noiva. Estou sendo chata.

Kelsey esboçou um sorriso e tentou fazê-lo refletir-se em seus olhos.

– Não, eu realmente fico muito agradecida. Mesmo um casamento simples em casa envolve muitos detalhes.

– Dos quais você poderia cuidar perfeitamente – completou Naomi. – Sei que teve um casamento pomposo e badalado, Kelsey, e que quer que agora seja diferente.

– Sim, quero. – Kelsey revirou o cartão da vendedora nas mãos e, depois, com a consciência pesada, guardou-o no bolso. – Candace cuidou de tudo. A única coisa que precisei fazer foi estar presente. – Refletindo sobre o que acabara de dizer, ela suspirou. – Parece ingratidão. Mas não é. Ela foi maravilhosa.

– Mas deste casamento você mesma gostaria de cuidar.

– Digamos que eu não me satisfaria apenas em participar da cerimônia e da festa. Mas não me importo que alguém me ajude a organizar as coisas.

– Nunca imaginei que teria esta oportunidade: planejar o casamento de minha filha. – Entusiasmada, ela reuniu todas as listas numa única pilha sob o peso de papel em bronze. – Pode puxar minhas orelhas se eu me exceder. E... – Exultante e descontraída, ela se sentou numa das pontas da mesa. – Quanto ao vestido, prometo que não direi uma palavra se você não gostar dele. Mas vai gostar. Agora, é melhor você ir antes que eu tente acompanhá-la no lugar de Gabe.

– Quando for comprar seu vestido, eu lhe farei companhia – disse Kelsey com um peso cada vez maior na consciência. – Que tal no fim de semana?

– Sim, seria ótimo. – Feliz, Naomi deu o braço a Kelsey e foi com ela até a porta. – Assim, terei oportunidade de cansá-la de tanto falar sobre álbuns e fotógrafos. Agora, vá e divirta-se.

Kelsey murmurou ainda uma ou duas palavras e saiu no momento em que Gabe parou o carro na frente da casa.

– Precisamos fazer uma parada antes de seguir para Alexandria – disse Kelsey, pegando o cartão depois de se acomodar no banco do carona.

Ele ergueu uma sobrancelha.

– Compras?

– Desencargo de consciência.

Mas não funcionou. Mesmo quando descobriu que Naomi estava inteiramente certa com relação ao vestido. Ou, talvez, justamente por isso.

Sob quaisquer outras circunstâncias, o vestido a teria arrebatado, com o rosa claro de suas sedas, a elegantíssima cauda, as formas simples realçadas por minúsculas pérolas. Um sonho de vestido, assegurou-lhe Ilsa, que parecia ter sido feito para ela. "E não temos também a mais encantadora grinalda para usar com ele?", comentou a vendedora. Algo lindo e delicado com um véu simplesmente irresistível, que se estendia até a ponta dos dedos.

Perfeito, nas palavras de Ilsa, para uma cerimônia íntima e ao ar livre.

E sapatos, claro. Clássicos escarpins de cetim que poderiam ser tingidos no tom do vestido. Que tipo de flores ela usaria no buquê? Não sabia? Rosas brancas seriam encantadoras, asseguraram-lhe. Branco sempre combina com a noiva. E, então, levaria o vestido, o véu e a grinalda com ela ou preferiria que fossem entregues em casa?

Kelsey levou-os, efetuando a compra como se estivesse num sonho. Tão estranho. E tão simples.

– Você não me deixou ver como ficou – comentou Gabe enquanto voltava com ela para o carro.

– Dá azar – disse Kelsey, ausente. Em seguida, deteve-se, pondo as mãos nas bochechas enrubescidas. – Deus, eu acabei de comprar meu vestido de casamento!

– Aparentemente, sim. – Ele a segurou pelos ombros e a fez ficar de frente para ele. – Mudou de ideia?

– Não. Claro que não. Tudo está acontecendo tão rapidamente. Acabei de comprar meu vestido de casamento e a grinalda, e os sapatos estão sendo tingidos. E eu não disse nada à minha família.

– Pode remediar isso hoje. Se quiser. – Ele colocou as caixas no porta-malas.

– Sim – disse ela, assentindo com a cabeça e estendendo a mão para abrir a porta. Gabe segurou-a e a retirou gentilmente de sobre a maçaneta.

– Então, use isto para nos dar sorte. – Pôs no dedo dela uma joia com um solitário diamante de corte quadrangular engastado no centro de uma cinta de ouro incrustada de pedrinhas de rubi. – Minhas cores. Nossas cores agora, oficialmente.

Os olhos de Kelsey encheram-se de lágrimas. Estavam de pé num estacionamento com o sol de verão castigando-lhes a pele, mas, para ela, estar ali naquele momento era o mesmo que estar a bordo de um navio de cruzeiro numa noite de luar.

– É lindo, Gabe. Não precisava disso.

– Precisava sim.

DO OUTRO LADO DO estacionamento, Rich encolhia-se em seu carro e observava a cena, o abraço. Tomou um gole de sua garrafa de bolso. "Que belo casal eles formam", pensou amargamente. Seu filho e a filha daquela vagabunda.

Era culpa de Gabe o fato de ele estar fugindo novamente, de ter que desarmar a barraca e botar o pé na estrada mais uma vez. Não haveria viagem triunfante a Las Vegas por enquanto. Os policiais estavam fazendo perguntas. Rich conseguiu arrancar essa informação de Cunningham quando o procurou para extorquir-lhe mais 2 mil.

"Deixe-os perguntar", pensou ele, virando a chave na ignição quando o motor do Jaguar roncou no estacionamento. Ele não estaria por perto para responder. Não, de modo algum. Rich Slater iria pegar a autoestrada para o México assim que fizesse um servicinho.

Saiu do estacionamento, sem perder o Jaguar de vista.

– Vamos ter que ser chatos – disse Kelsey a Gabe enquanto avançavam pelo tráfego de Alexandria. – Rooney se recusou a atender a todas as minhas ligações.

– Então, seremos chatos.

– Você acha que estou perdendo tempo.

– O que importa é o que você acha. Quer conversar com ele? Conversaremos com ele.

Inquieta, ela se mexia constantemente no banco, desejando ao mesmo tempo chegar logo e nunca chegar.

– Acho que o que eu quero é saber qual o envolvimento de meu pai na contratação de Rooney. Se papai conhecia Alec Bradley ou apenas tinha ouvido falar dele. Preciso esclarecer isso. Não vai mudar nada do que aconteceu naquela noite, mas, mesmo assim, preciso saber.

– Pode perguntar a seu pai.

– Terei de fazer isso, mais cedo ou mais tarde. Por enquanto, prefiro...

Kelsey endireitou-se abruptamente no assento e inclinou-se para a frente logo que Gabe entrou com o carro no estacionamento subterrâneo do edifício de Rooney.

– O que houve?

– Aquele carro. O que acabou de sair.

Gabe olhou de relance pelo retrovisor a tempo de ver o carro dobrar à esquerda e seguir o curso do tráfego.

– O Lincoln preto?

– Minha avó – disse Kelsey, esfregando os braços arrepiados. – Aquele era o carro da minha avó. O homem ao volante era o motorista dela. Eu o reconheci.

– Há muitos escritórios neste edifício, Kelsey.

– E a vida está cheia de estranhas coincidências. Não. – Ela balançou a cabeça e olhava fixamente à frente quando Gabe estacionou o carro numa vaga. – Não acredito nisso. Ela veio aqui para falar com Rooney. E vou descobrir por quê.

Quando eles seguiram para os elevadores, Gabe lhe ofereceu o braço. Kelsey tremia inteira, de irritação e nervosismo.

– Se entrar no escritório neste estado, só conseguirá assustá-lo.

– Ele que se dane.

Kelsey entrou no elevador e apertou o botão do andar do escritório de Rooney.

"Ela parece armada até os dentes", pensou Gabe, ao vê-la abordar a funcionária na elegante recepção do escritório do detetive.

– Kelsey Byden e Gabriel Slater. Queremos falar com o Sr. Rooney.

A jovem abriu um sorriso profissional da jovem.

– Têm hora marcada?

– Não.

– Lamento, Srta. Byden, Sr. Slater...

– Não lamente – interrompeu-a Kelsey, debruçando-se sobre a mesa de tal forma que apagou quase totalmente o sorriso profissional da recepcionista. – Só lhe diga que estamos aqui. E que não sairemos antes de falar com ele. Ah, e pode mencionar que vi a minha avó acabar de sair daqui. Milicent Byden.

Funcionou. Dez minutos depois, foram conduzidos à sala de Rooney, que não se levantou dessa vez, mas apenas os cumprimentou com um breve e breve aceno de cabeça.

– Chegaram num momento inadequado. Sinto muito dizer que só posso dispor de cinco minutos.

– Poderíamos ter combinado uma hora mais conveniente, Sr. Rooney, se tivesse atendido a pelo menos uma das minhas ligações.

– Srta. Byden. – Como se tentando aparentar paciência, Rooney entrelaçou os dedos e pôs as mãos sobre a mesa. Parecia alguém que implorava. – Tentei poupar aborrecimentos a nós dois, e perda de tempo. Não posso ajudá-la, senhorita.

– Por que estava lá naquela noite, Sr. Rooney? Sabe, essa é uma pergunta que não me sai da cabeça. Talvez seja porque isso aconteceu há muito tempo e eu veja a situação de um ponto de vista diferente do de quem estava próximo ao calor dos fatos. Mas por que aquela noite? Justamente aquela?

– Eu estava fazendo minha vigilância de rotina. Talvez fosse cabível perguntar-se por que sua mãe escolheu justamente aquela noite para matar Alec Bradley.

– Sei a resposta para essa pergunta – disse Kelsey com firmeza. – Mas eu me pergunto se você sabe. O quanto realmente viu?

– A resposta para isso está nos meus relatórios. – Para evidenciar que o tempo que lhes tinha concedido havia se esgotado, Rooney levantou-se. – Não posso ajudá-los.

– Até onde meu pai lhe disse para ir? Ele aprovou sua decisão de invadir a propriedade de minha mãe e espreitar o que acontecia lá dentro?

– Sou pago para usar meu próprio juízo.

– Deve ter conhecido muito bem minha mãe e Alec Bradley durante aquelas semanas em que os seguiu. Alguma vez seguiu apenas ele? Viu com quem se encontrava, com quem conversava ou quem poderia ter lhe dado dinheiro?

Ele mal conseguia engolir a própria saliva, mas depois percebeu que não era necessário. Ele não tinha saliva alguma.

– Fui contratado para investigar a vida de sua mãe.

– Mas ele fazia parte da investigação. Até que ponto meu pai conhecia Alec Bradley?

Rooney cerrou os maxilares.

– Que eu saiba, eles não se conheciam.

Apesar de estar apenas aparentemente calma, Kelsey ergueu uma sobrancelha.

– Ele não teve nenhum interesse em saber como era o homem com quem sua esposa aparentemente estava tendo um caso?

– Ex-esposa. Não. Naquele momento Philip Byden só estava interessado na filha.

– Mas quando você prestava contas a ele...

– Eu prestava contas aos advogados dele. Não sei dizer se ele lia ou não a cópia dos relatórios que lhe enviavam. Não queria se envolver. – Um ligeiro sorriso aflorou nos lábios de Rooney. – Achava indigna a ideia de contratar um detetive.

– Mas ele contratou você?

– Talvez tivesse acreditado que os fins justificavam os meios. Tenho hora marcada com outro cliente. Devem me dar licença.

– Por que minha avó veio aqui hoje?

– Isso é confidencial.

– Ela é sua cliente?

– Não posso ajudá-los – disse ele, lentamente. Em seguida, olhou para Gabe, mas logo desviou o olhar.

ROONEY CONTINUOU sentado à mesa, respirando fundo para tentar normalizar o ritmo. Logo depois, enfiou a mão no bolso e tirou um Tums da embalagem, mas o antiácido certamente não amenizaria a queimação em seu estômago.

Como aquilo podia reaparecer daquela forma? Depois de todos aqueles anos? Seguira rigorosamente o combinado. Ao pé da letra durante 23 anos. Como uma noite tão distante podia pular sobre ele como um tigre?

Sobressaltou-se quando a campainha de seu telefone soou e lançou impropérios na direção do aparelho. Não era deixando-se dominar pelo nervosismo, no entanto, que iria conseguir superar aquele momento difícil, pensou, atendendo à chamada.

– Sr. Rooney, alguém deseja falar com o senhor. Pediu-me que lhe dissesse que é o velho Rich.

– Não conheço nenhum...

Sua boca ressecou novamente, suas mãos umedeceram-se de suor. Desesperado, Rooney vagueou o olhar pela sala, tentando descobrir um meio de fugir. Não havia como, concluiu. Estava tão preso ali quanto o peixe empalhado pendurado na parede.

– Mande-o entrar e não me passe ligações, por gentileza.

– Sim, senhor.

Rich sorria efusivamente quando entrou na sala de Rooney.

– Há quanto tempo não nos vemos!

– O que você quer?

Rich sentou-se, apoiando os pés na mesa.

– Você engordou um pouco, Charlie. Mas está muito bem assim. Perdeu certo ar de espantalho. Por que não oferece um drinque a seu velho amigo?

– O que você quer? – repetiu Rooney.

– Bem, você poderia me dizer o que o meu garoto e aquela bela namorada dele queriam com você – disse Rich, pegando um cigarro. – Vamos começar por aí.

– Não me sinto melhor – disse Kelsey assim que eles entraram no carro. – Deveria ficar contente por saber que meu pai contratou aquele homem, mas manteve a distância para não sujar a dignidade? Ou deveria me sentir aliviada por saber que ele não tinha nada a ver com Rooney ou com Alec Bradley?

– Talvez devesse se perguntar por que Rooney estava tão nervoso.

– Nervoso? Ele me pareceu frio, distante e irritado, mas não nervoso.

– Ele entrelaçou os dedos para manter as mãos firmes – disse Gabe enquanto tirava o carro da vaga em marcha a ré. – O ar-condicionado me pareceu estar no máximo, mas, mesmo assim, ele suava. Seus maxilares estavam tão fortemente cerrados que fez um tique num dos cantos da boca. Ele blefou o tempo todo. – Gabe pagou ao funcionário do estacionamento e conduziu o carro para o trânsito. – E outros pequenos detalhes o traíram. Seus olhos. Seu olhar é o de um homem que está cheio de lixo, mas que continua revirando a lata.

Curiosa e fascinada, Kelsey o observou.

– Você aprendeu tudo isso no jogo?

– Isso é um dom. Alguma coisa o está incomodando.

– Só precisamos descobrir o quê – disse Kelsey, suspirando. – Preciso de uma cabine telefônica, Gabe. Acho que está na hora de reunir a família.

Milicent aceitou a taça de xerez que o filho lhe ofereceu e, magnânima, deu-lhe uns tapinhas na mão.

– Finalmente ela recuperou o juízo. Não fique tão preocupado, Philip. Estou inteiramente disposta a esquecer o que aconteceu nestes últimos meses. Afinal de contas, ela é uma Byden – afirmou, recostando-se, com um suspiro e bebericando. – O sangue não nega.

– Espero que ela traga Channing com ela. – Candace caminhou até a janela e agitou a cortina de renda, impaciente. – Não vejo razão para ele permanecer naquele lugar se Kelsey está vindo para casa.

– Channing está fazendo o que acha que é bom para ele – comentou Philip, pousando suavemente a mão no ombro da esposa. Uma parte dela quis tirá-la dali, mas a outra, mais sensível e generosa, não pôde suportar a ideia da troca de mais palavras ásperas entre eles.

– Eu quero que ele seja feliz, Philip. Você sabe que é o que quero.

– Claro que sim.

– Ele acabará mudando de ideia – assegurou Milicent. – Isso é apenas um arroubo juvenil. Rebeldia. Veterinário? Está bem. Por enquanto. Isso passa – acrescentou ela, descartando o sonho de Channing com um leve gesto elegante da mão. – Ora, imagine só, houve uma época, quando Philip ainda era garoto... Lembra-se, querido? Em que ele queria ser jogador de beisebol. Era tudo o que ele queria.

– Lembro – murmurou Philip. Ele tinha 16 anos na época, e estava entusiasmadíssimo com a ideia. Apesar do jeito de garoto estudioso, seus braços eram como foguetes. Naturalmente, esse sonho havia sido abortado em sua fase embrionária. Um Byden jamais jogaria como profissional. Um Byden era um profissional.

– Channing dará ouvidos à razão, assim como Philip. Seu erro, Candace, foi não impor autoridade.

– Channing é maior de idade – disse Candace secamente.

– Mãe é sempre mãe. – Milicent sorriu confortadoramente ao ouvir a campainha soar. – Ah, deve ser a filha pródiga. Deixe-a se desculpar primeiro, Philip. Ela se sentirá melhor por isso. Depois comemoraremos.

Kelsey não parecia disposta a pedir desculpas quando entrou na sala de estar, com Gabe a seu lado. Sorriu para o pai e foi até ele para beijá-lo. Esperando fazer as pazes, abraçou Candace e, depois, virou-se para a avó.

– Obrigada por me receberem – disse ela, e inclinou-se para beijar a empoada face de Milicent. – Vovó, papai, Candace, este é Gabriel Slater. Gabe, estes são Milicent, Candace e Philip Byden.

– Prazer em conhecê-lo – disse Philip, oferecendo-lhe a mão.

– Não quero ser rude – interveio Milicent, fitando Gabe friamente –, mas tenho a impressão de que temos questões familiares a serem discutidas.

– Sim, temos. Velhas e novas. Vou começar pelas novas. Gabe e eu vamos nos casar.

Houve um momento de profundo silêncio antes que Philip se recuperasse.

– Bem... que surpresa! Uma boa surpresa.

– Uma bomba – corrigiu Candace. – Bem própria de você, Kelsey. – Mas, diante da perspectiva de flores de laranjeira, suavizou-se. – Imagino que agora xerez não seja suficiente. Teremos de arranjar champanhe.

– Não vou tolerar isso – interrompeu Milicent, seu rosto pálido como o de um defunto, apesar do ruge. – Não vou tolerar esse insulto em minha própria casa.

– Mãe... – arriscou Philip.

– Minha casa – disse ela novamente, socando o braço da cadeira. – Isso é uma agressão? – perguntou a Kelsey. – Um insulto sutil? Como se atreve a trazer esta pessoa em minha casa, a deixá-la fazer parte desta família?

Mesmo conhecendo Milicent, Kelsey ficou chocada com sua reação.

– Não é uma agressão nem um insulto, muito menos uma ameaça. É um fato. Nós vamos nos casar em poucas semanas, na casa de Gabe, na Virgínia. Eu ficaria muito contente se todos vocês pudessem estar presentes.

– Claro que iremos. – Ávida para remediar a situação, Candace prosseguiu: – Só estamos todos um pouco aturdidos pela notícia repentina, mas não perderíamos isso por nada deste mundo. Espero que você me deixe ajudá-la nos preparativos.

– Basta! – Milicent bateu com a taça no braço da cadeira com tanta violência que acabou espatifando a frágil haste. O líquido restante escorreu, manchando o tapete. – Não haverá casamento algum. Pelo que vejo, Kelsey, você se deixou seduzir por um rosto atraente. Isso é uma tolice, mas não é irremediável.

Com esforço, Kelsey procurou normalizar a respiração e manter o autocontrole.

– Não houve nenhum anúncio público, portanto não há o que reparar. Você – ela apontou para Gabe – pode sofrer menos constrangimento se for embora agora.

– Não concordo – disse ele tranquilamente. – Quero ser constrangido.

– Nós dois vamos embora. – Tremendo de raiva, Kelsey agarrou a mão do noivo. – Foi um erro. O que tenho a dizer à minha avó pode ser dito em outra ocasião. Eu não deveria tê-lo trazido aqui, submetendo-o a isto.

– Espere. – Gabe levou as mãos unidas aos lábios e beijou o anel de Kelsey. – Deixe-a terminar.

– Peço a vocês que aceitem minhas desculpas. – Philip colocou-se entre a mãe e a filha. – Essa notícia foi realmente uma surpresa. Talvez seja melhor conversarmos sobre isso mais tarde.

– Não proteja essa garota. – Milicent levantou-se e caminhou até uma escrivaninha estilo Chippendale. – Você fez isso durante muito tempo. Já está na hora de ela aprender a encarar a realidade.

– É o que tenho feito – murmurou Kelsey. – Nestes últimos meses.

– Então encare isto – desafiou Milicent, pegando uma pasta na escrivaninha. – Compilei uma boa quantidade de informações sobre você, Sr. Slater. Uma boa quantidade. Jogador profissional, ex-presidiário. Filho de um bêbado itinerante, sem aparentemente meio de subsistência algum, e de uma faxineira. Fugiu de casa, viveu nas ruas e passou algum tempo na prisão por jogo ilegal.

Ela manteve a pasta fechada na mão enquanto observava a fisionomia de Gabe com um olhar frio e condenatório.

– Talvez tenha desenvolvido um gosto por coisas requintadas e tenha conseguido reunir algumas delas, mas isso não o faz deixar de ser quem é.

– Não, não faz – concordou Gabe. – Da mesma forma que ter nascido com elas não a faz deixar de ser quem é.

Milicent atirou a pasta furiosamente sobre a escrivaninha.

– Saia da minha casa.

– Espere. – A mão de Kelsey fechou-se convulsivamente em torno do braço de Gabe. – Como se atreveu a fazer isso? Como se atreveu a intrometer-se na vida de Gabe? E na minha?

– Farei o que for necessário para preservar o nosso sobrenome. E você, apesar do súbito apego que desenvolveu por aquela mulher, ainda é uma Byden.

– Aquela mulher é minha mãe. A senhora levantou um dossiê dela também? – perguntou Kelsey. – Tentou descobrir alguns segredos sórdidos da vida de Naomi para atirar na cara de papai e assim conseguir impedi-lo de se casar com ela?

– Essa foi, para minha infelicidade, uma das poucas vezes na vida de Philip que ele não quis me escutar.

"A cena havia sido bem parecida com esta", lembrou-se Milicent. Philip tinha gritado com ela e lhe dera um ultimato: ou ela aceitava aquela mulher ou perdia o único filho.

– Não, ele não quis me escutar – repetiu ela. – E os resultados foram desastrosos.

– E eu sou um desses resultados – devolveu Kelsey. – Foi isso o que a senhora esteve fazendo no escritório de Rooney esta tarde?

Milicent usou um dos braços para manter-se de pé, apoiando-se na escrivaninha.

– Não sei sobre o que está falando.

– Eu a vi. A senhora o contratou novamente, não foi? Para espreitar Gabe, para investigar seu passado.

– Foi apenas um mal necessário. Um meio de conseguir informações que a fizessem recuperar o juízo – defendeu-se Milicent.

– Bem, desperdiçou seu dinheiro. Não faz diferença alguma para mim. Eu já sabia tudo sobre a vida dele.

– Então você se parece mais com sua mãe do que eu queria acreditar. Merecerá o que eventualmente lhe acontecer.

– Tem razão. – Kelsey virou-se para o pai. – Você deixou de amá-la, papai? Ou permitiu que alguém o induzisse a isso?

– Kelsey – disse ele com a voz rouca, pois, de repente, não sabia o que responder –, o que aconteceu, aconteceu. Peço-lhes desculpas do fundo do coração por tudo. – Praticamente imóvel de choque e constrangimento, ele virou o rosto para Gabe. – A vocês dois.

– Desculpas? – disse Milicent com desprezo. – Você me ouviu dizer que tipo de homem ele é, que espécie de homem ela está usando para humilhar nossa família e ainda lhe pede desculpas?

– Sim. – Com os olhos tomados pela tristeza, Philip olhou para a mãe. – Eu me desculpo por você. Pelo fato de ter usado o sobrenome da família como um chicote. Um sobrenome que para você sempre significou mais do que algo tão simples como a felicidade.

Pálida como um defunto, Milicent segurou a borda da mesa.

– Não vou tolerar que meu filho fale assim comigo em minha própria casa – ameaçou, olhando bruscamente para Kelsey. – Aquela mulher é o pivô de tudo. Naomi é o pivô de tudo.

Kelsey balançou a cabeça lenta e positivamente.

– Talvez. Peço que me desculpem. Não voltarei mais. Vamos para casa, Gabe.

– Kelsey. – Enrubescida pela emoção, Candace precipitou-se na direção deles, detendo-os junto à porta. – Por favor, não culpe seu pai.

Estou tentando.

– Ele nunca teria permitido que isto acontecesse se soubesse... Tenho certeza de que você sabe que tipo de homem ele é.

Kelsey fitou o rosto de Candace, vendo a preocupação em seu olhar.

– Sim, eu sei. Sabe, sempre achei que você e papai combinavam muito. E que vocês se completavam, preenchendo-se reciprocamente. – Inclinando-se para a frente, ela deu um beijo suave no rosto de Candace. – Mas até agora eu não tinha percebido o quanto você o ama. E deveria ter percebido. Diga a ele que telefonarei mais tarde, está bem?

– Sim. Sim, eu direi. E... Kelsey... – Seu sorriso era um pouco sem graça, mas estava lá. – Meus melhores cumprimentos e votos de felicidade. A vocês dois.

27

— Uma tremenda família essa que você tem, querida.

– Que seja, Gabe. – Assim que ele estacionou o carro em Three Willows, Kelsey saltou e fechou a porta vagarosamente. – Mas agora não é hora de bancar o engraçadinho.

– Estou falando sério. Deixei você desabafar metade do caminho e fritar seu cérebro ao longo da outra metade. Achei que tinha sido o bastante.

Não, para Kelsey não havia sido.

– E não foi só por minha causa. Não foi mesmo. Foi por sua causa.

– E daí? – Num gesto descontraído, ele pousou o braço nos ombros de Kelsey. – Já jogaram coisas muito piores na minha cara. Ela nem mencionou a garota de programa em Reno e nem o que aconteceu em El Paso.

– Não é essa a questão. – Kelsey parou subitamente antes de dar o segundo passo. – Que garota?

– Consegui chamar sua atenção! – Ele a beijou fraternalmente. – De todo modo, gostei de seu pai e de sua madrasta. Dois de três é razoável.

Perplexa, ela só conseguia fitá-lo.

– Você não está nem ao menos aborrecido ou irritado com o que ela fez. Gabe, ela contratou um detetive para investigar sua vida, para fazer sua ficha, como se você fosse um criminoso.

– E o que ela conseguiu, Kelsey? Você já conhecia o que eu tenho de pior e defendeu até isso. E essa atitude tornou o fato de eu ter posto as cartas na mesa antecipadamente a melhor jogada que já fiz na minha vida.

– O que não a desculpa.

– Mas prova que ela só perdeu tempo. Talvez eu a compreenda até certo ponto. Nunca tive uma família para defender.

Kelsey deteve-se novamente.

– Você está defendendo minha avó?

– Não. Acho que ela tomou a atitude errada, o que acabou custando muito mais caro a ela do que a mim.

Kelsey assoprou as mechas de cabelo que caíam nos olhos.

– Talvez eu precise de um pouco mais de tempo para aprender a ser uma pessoa de mente aberta. Pegue o vestido no carro para mim, está bem? Naomi ficará feliz em vê-lo. Pelo menos uma pessoa nós conseguiremos fazer feliz hoje.

– E se eu as levasse para jantar? – propôs ele, passando o dedo sobre o anel que tinha lhe dado. Gostava de vê-lo ali. – Para comemorarmos?

– Por que não? Vou falar com ela.

Kelsey entrou apressadamente em casa, sacudindo o corpo, como se quisesse se livrar dos piores momentos do dia. Estava na metade das escadas, quando Naomi a chamou.

– Ah, você estava aí! – Deslizando uma das mãos sobre o corrimão, Kelsey desceu rapidamente as escadas. – Você estava absolutamente certa com relação ao vestido. Gabe foi pegá-lo no carro e depois ele vai nos levar para jantar fora. Acha que deveríamos tentar arrancar Moses das baias?

Naomi continuava parada no vestíbulo, as mãos entrelaçadas.

– Precisamos conversar. É melhor nos sentarmos.

– O que houve? Oh, Deus, não foi um dos cavalos, foi? Justice parecia um pouco resfriado, mas eu lhe dei os remédios exatamente como Moses me disse para fazer.

– Não houve nada com os cavalos, Kelsey. Por favor, venha cá e sente-se.

A estranha estava de volta. A mulher calma e controlada que convidara Kelsey para tomar chá. Aturdida, sentou-se ao lado da mãe.

– Está zangada comigo?

– Não. Não acho que zangada seria a palavra adequada. – Ela desviou o olhar e viu Gabe passando pela porta. – Seria melhor discutirmos isso em particular.

– Não. Não há nada que você não possa me dizer na presença de Gabe.

– Está bem, então. – Naomi levantou-se e caminhou até a janela, mantendo o olhar voltado para fora da casa. Precisaria de toda a sua capacidade de autocontrole agora, de toda a autoconfiança que fora obrigada a desenvolver na prisão para sobreviver. – Ligaram para você enquanto estava fora. Gertie anotou o recado e o deixou sobre a escrivaninha de seu quarto. Entrei lá há alguns minutos para levar a lista de convidados que havia organizado.

Naomi virou-se, o rosto inexpressivo.

– Peço-lhe desculpas por ter lido, mas não foi intencional. Estava lá e não pude evitar bater os olhos nele.

– Por que simplesmente não me diz quem telefonou?

– Charles Rooney. O recado diz que é urgente. Quer que você entre em contato com ele o mais rápido possível.

– Então, acho melhor eu saber logo do que se trata.

– Por favor – disse Naomi, erguendo uma das mãos. – Depois de mais de vinte anos, não posso crer que haja algo tão urgente assim. Você conversou com ele?

– Sim, duas vezes.

– Com que propósito, Kelsey? Eu não respondi às suas perguntas?

– Sim. Essa é uma das razões pela qual o procurei. Porque você respondeu às minhas perguntas.

– E você? – Ela se virou para Gabe, um lampejo de irritação escapando de seu olhar. – Você a encorajou a fazer isso?

– Não se trata de encorajamento. Mas eu compreendo.

– Como poderia compreender? – perguntou, áspera. – Como algum de vocês poderia compreender? Não imaginam como me senti quando vi o nome dele naquele pedaço de papel. Passei mais de uma década de minha vida tentando esquecer. Depois, me controlei para conseguir trazer tudo à tona novamente. O preço, pensei, esperançosa, que precisava pagar para trazer minha filha para o meu convívio outra vez. Isso não foi suficiente?

– Não foi para magoá-la que fui procurá-lo. Sinto muito se isso aconteceu. Procurei-o porque queria ajudá-la, porque eu esperava descobrir algo que pudesse mudar as coisas.

– Elas não podem ser mudadas.

– E para tentar saber se ele viu algo naquela noite que não disse à polícia. Se escondeu alguma coisa.

Estupefata, Naomi deixou-se cair sentada no braço do sofá.

– Você pensou, de verdade, que poderia descobrir algo capaz de limpar meu nome? Era isso que pretendia fazer, Kelsey? Uma tardia lavagem da roupa suja da família? – Com uma risada débil, Naomi esfregou os olhos. – Meu Deus! Que diferença isso poderia fazer agora? Você não pode me devolver um segundo sequer do tempo que perdi. Não pode apagar de minha memória os cochichos, a chacota, os olhares atravessados. Está feito – disse ela, baixando as mãos. – O que aconteceu está morto e sepultado, como Alec Bradley.

– Não para mim. Fiz o que achei que era certo. E se Rooney telefonou, teve algum motivo. Ele não quis conversar comigo hoje. Estava nervoso. Talvez até mesmo com medo.

– Esqueça isso.

– Não posso. – Ela se levantou, avançou alguns passos e segurou as mãos geladas de Naomi. – Além do mais, há outras coisas. O acidente de Pride, o suicídio de Reno. Tudo muito parecido com o que aconteceu há tantos anos. Com o seu cavalo, com Benny Morales. É como se um terrível eco tivesse levado muito tempo para nos alcançar novamente. E ainda não acabou. Até a polícia está se perguntando se há uma ligação entre o que aconteceu e o que está acontecendo.

– A polícia? – O que ainda restava de cor no rosto de Naomi desapareceu. – Você falou com a polícia?

Kelsey soltou as mãos da mãe e recuou.

– Conversei com o capitão Tipton.

– Tipton. – O estremecimento a sacudiu sem que ela pudesse evitar. – Oh, Deus.

– Ele acreditou em você – disse Kelsey, observando a mãe erguer a cabeça. – Ele me disse que acreditou em você.

– Mentira. – Tremendo, ela se levantou. – Você não esteve lá, naquela sala horrível, sendo bombardeada com perguntas sem parar. Ninguém acreditou em mim, muito menos Tipton. Se acreditou, por que me mandou para a prisão?

– Ele não tinha provas. As fotografias...

– De volta a Rooney – interrompeu-a Naomi, com um riso sarcástico. – Acha mesmo que pode mudar as coisas? Que pode descobrir uma evidência longamente negligenciada de que eu estava tentando preservar a minha honra? – A dor invadiu seu coração e sua voz. – Bem, você não pode. E mesmo que queira ajudar, não seria capaz. Porque eu não suportaria passar novamente por tudo aquilo. Eu não suportaria.

Saindo da sala, ela subiu as escadas correndo. Logo depois, eles ouviram a porta do quarto ser fechada violentamente.

– Que besteira. – Kelsey deixou-se cair numa poltrona e fechou os olhos. – Que besteira que eu fiz.

– Não. Você não fez besteira alguma. Apenas provocou um alvoroço. Talvez isso tenha sido necessário.

– Nós tínhamos feito um imenso progresso. Tínhamos caminhado tanto, Gabe. Ela e eu. E estraguei tudo.

– Acredita mesmo nisso?

– Não sei. – Ela ergueu as mãos e, logo em seguida, as deixou cair. – No início disse a mim mesma que estava fazendo perguntas por mim, porque tinha o direito de saber. Depois de algum tempo, convenci-me de que era por ela. Mas acho que, de fato, foi por mim. Eu queria botar as coisas em seus devidos lugares. Limpar o que estava sujo. Afinal de contas, se acredito nela, todos devem acreditar também.

– Isso não transforma você em uma vilã, Kelsey. – Ele caminhou até ela e sentou-se no braço da poltrona. – O que pretende fazer agora?

Kelsey respirou fundo e soltou o ar dos pulmões lentamente.

– Vou telefonar para Charles Rooney. Preciso terminar o que comecei.

ENCONTRARAM-SE COM ELE num bar. Não numa sórdida espelunca, que poderia dar um clima de encontro clandestino, e sim num confortável e bem-cuidado *lounge* bar, próprio para executivos. Rooney usara toda a sua habilidade, todos os seus truques ao longo do caminho para ter certeza de que ninguém o tinha seguido.

Quando os viu chegar, terminou seu primeiro gim-tônica. Estava acabado e sabia disso. Passara as horas subsequentes à saída de Rich Slater de seu escritório fazendo planos para desaparecer. Tinha o conhecimento, os contatos e, agora, o motivo para isso.

– Sr. Rooney.

– Sentem-se. Permitam-me recomendar-lhes o vinho da casa

– Ótimo – concordou Kelsey, balançando positivamente a cabeça para a garçonete.

– Café – pediu Gabe. – Disse que era urgente – lembrou a Rooney.

– Sim, disse. – Ele deu um tapinha em seu copo para pedir outro. "A saideira", pensou. "Pela manhã estarei bebericando no Rio de Janeiro." – Me desculpem, mas eu estava um pouco nervoso quando fiz a ligação. Foi o dia das visitas inesperadas no escritório. E a última não foi nada agradável. Sou detetive há mais de 25 anos. Bastante tempo. Tive muitos casos interessantes. Não usei arma uma única vez sequer. – Ele deu duas batidas na mesa. – Gosto do meu trabalho. Sempre gostei. É difícil formar uma clientela adequada. Certo tipo de pessoas, as pessoas certas, em geral não se importam de se relacionar abertamente com alguém do meu ramo. Contratam-nos com o mesmo tipo de desconfiança e relutância com que contratam alguém para exterminar baratas em suas casas. Querem resultados, é natural, mas raramente discutem a execução do serviço. Mas há outras que preferem um envolvimento participativo.

Ele fez uma pausa enquanto as bebidas eram servidas.

– Isso é fascinante, Rooney – comentou Gabe. – Mas não é propriamente urgente.

– Milicent Byden – disse ele, percebendo a boca de Kelsey endurecer – é uma pessoa acostumada a dar ordens a criados, sempre exigindo que sejam cumpridas de acordo com suas instruções.

– Sabemos que ela o contratou para investigar a vida de Gabe – disse Kelsey, tentando tirar o gosto ruim que tinha na boca com um gole do vinho. – Espero que tenha conseguido um bom advogado, Sr. Rooney. Acredite, ela não está nada satisfeita com os resultados.

– Você os jogou de volta na cara dela, não foi? – Achando engraçado, ele riu praticamente tocando a bebida do copo com a boca. – Talvez haja alguma justiça neste mundo. Ela ficou satisfeita com os resultados quando me contratou pela primeira vez.

– Primeira vez?

– Foi sua avó quem me contratou para conseguir a documentação do processo de custódia.

– A informação que eu tenho é que você foi contratado pelos advogados do meu pai.

– *Dela*, Srta. Byden. Deve lembrar que eles eram advogados dela também. E era assim que ela queria que fosse.

Ele pegou a fatia de limão de seu drinque e espremeu o sumo no copo.

– Eu tinha feito um serviço para uma conhecida dela. Divórcio. Deve ter achado que fiz um trabalho bom e discreto. Portanto, eu preenchia seus requisitos. Era ambicioso e muito jovem; deixei-me impressionar facilmente pela pessoa que ela era, pela pessoa que o marido dela era, pelo valor de seu cheque.

Ele deu de ombros e levou a mão à tigela cheia de pretzels em forma de caracteres chineses.

– Não vejo que diferença possa fazer a origem dos advogados que o contrataram – comentou Kelsey.

– Claro que faz diferença. Nunca me encontrei com seu pai. Eu o vi no julgamento, mas nunca ficamos cara a cara. Era assim que sua avó queria que fosse. E era boa em conseguir que as coisas fossem feitas do jeito dela. Ela queria que sua mãe ficasse de fora, fora da vida do seu pai e da sua, para sempre. E ela concebeu um plano bem simples para conseguir isso. Minha tarefa era seguir Naomi, tirar fotos, fazer relatórios. Foi tudo que Milicent Byden me disse. Mas sou um bom detetive, Srta. Byden. Já era naquela ocasião e descobri mais coisas.

– Mais coisas?

Kelsey percebeu que a porta havia se aberto um pouco mais e teve medo, muito medo, do que poderia encontrar atrás dela.

– É muito fácil achar a pessoa certa no hipódromo e negociar com ela. Uma de minhas fontes tinha toda a ficha de Alec Bradley. Sabia que ele jogava pesado e que tinha dívidas com gente não recomendável. Bradley não era muito bom em guardar segredos e revelou a negociação em que estava envolvido. Tudo o que ele precisava fazer era flertar com uma bela mulher, e sua parte no esquema estaria devidamente cumprida. Bradley e minha fonte se tornaram muito amigos. Não frequentavam o mesmo círculo, mas certamente eram farinha do mesmo saco. Ele falava demais, e minha fonte acabou pressionando-o para que contasse ainda mais, e depois me vendeu as informações que conseguira arrancar dele.

– Está demorando muito a cruzar a linha de chegada, Rooney – disse Gabe.

– Então, deixe-me tentar simplificar as coisas. – Ele afrouxou o incômodo nó da gravata. – O processo de custódia estava favorável a Naomi. Os juízes não gostam de tirar um filho da mãe. Talvez ela gostasse de festas, de homens, mas não se permitia nem uma coisa nem outra quando a criança estava por perto. Tinha dinheiro e recursos, e havia muitas pessoas dispostas a testemunhar que era uma boa mãe, e bastante dedicada. Assim, os Byden precisavam de alguma coisa para fazer a balança pender a favor deles. Milicent a encontrou em Alec Bradley.

– Minha... – Kelsey precisou de um instante para firmar a voz. – Minha avó conhecia Alec Bradley?

– Sim, ela o conhecia. Conhecia seus pais e seu caráter. E contratou Bradley para seduzir sua mãe. Para envolvê-la numa situação comprometedora. No tipo de situação que iria fazê-la parecer tudo, exceto moral e maternal.

Kelsey segurou uma das mãos de Gabe por debaixo da mesa.

– Está dizendo que minha avó contratou Alec Bradley? Pagou para... Por que eu deveria acreditar em você?

– Acredite no que quiser. – Rooney não ligava a mínima. Estava apenas botando tudo em pratos limpos, por assim dizer, antes de se aposentar. – Veio buscar respostas, Srta. Byden. Não me culpe se elas não lhe agradam. Ela deu a ele 20 mil como adiantamento.

Kelsey estremeceu ao ouvi-lo mencionar a cifra.

– A questão é que Naomi não parecia disposta a fazer o jogo deles. Não como Bradley e sua avó queriam que ela fizesse. Naomi estava conseguindo manter Alec sob controle. E, do jeito que o processo de custódia se desenrolava, sua avó precisava agir. Então, descobriu outro ingrediente para acrescentar à mistura. Houve problemas no hipódromo. Um cavalo morto, um jóquei morto. Mas a publicidade em torno disso acabou favorecendo os Chadwick.

Gabe ergueu uma das mãos.

– Está querendo dizer que há ligação entre esses fatos?

– Está tudo ligado. Bradley precisava de dinheiro, mas Milicent estava determinada a manter a carteira bem fechada até que ele produzisse resultados. Diante disso, Bradley e seu comparsa do hipódromo conceberam um pequeno plano. Quando o cavalo caiu, ele recebeu uns trocados, mas não conseguiu pôr as mãos na grana que esperava, já que o destino resolveu ficar do lado de Naomi. Milicent deu-lhe um prazo.

Rooney ficou observando o que ainda restava de seu drinque, perguntando-se se deveria pedir mais um. A menos de duas horas de embarcar no avião, decidiu que seria melhor manter a mente lúcida.

– Ela me mandou preparar a câmera e comprar bastante filme. E ficar nas proximidades da casa. Fui primeiro para o clube e vi Bradley encenar um ataque de ciúme.

– Encenar? – repetiu Kelsey.

– É mais fácil reconhecer uma farsa quando não se está envolvido. Além do mais, minha fonte já me alertara. Seria naquela noite. Bradley deveria irritá-la. Mas não acho que ele esperava que ela fosse dar o fora nele. Ele se achava irresistível. Quando sua mãe foi embora, eu saí logo atrás. Não havia mais ninguém na casa. Pelo menos até Bradley chegar. Recebi instruções para tirar fotos, mas só as que pudessem favorecer os Byden.

– Instruções dadas por minha avó – completou Kelsey acertadamente.

– Isso mesmo. No começo parecia promissor: ela de camisola, abrindo a porta para ele, deixando-o entrar. Tomaram um drinque, e ele procurou seduzi-la. Pela janela, consegui uma boa foto deles se beijando. Não me dei ao trabalho de fotografá-la empurrando-o. Não fazia parte da minha função. Eles começaram a brigar e pude ouvir trechos da discussão quando ela gritava, dizendo-lhe para ir embora, que estava tudo acabado. Ele a agarrou e começou a afagá-la grosseiramente.

Rooney levantou o rosto e olhou para Kelsey.

– Houve um momento em que pensei em entrar e fazer alguma coisa para ajudá-la. Ela estava em apuros. E não havia dúvidas quanto a que tipo de apuros. Mas não entrei. Tinha um trabalho a fazer. Em todo caso, ela conseguiu se desvencilhar dele. Estava furiosa, muito mais furiosa do que amedrontada. Gritou com ele e se precipitou na direção do telefone, mas Bradley a seguiu. Não acho que ela tivesse dúvida quanto ao que iria acontecer. E ela correu.

Rooney fez uma pausa, passando a mão pela boca.

– Ele sabia que eu estava lá. O filho da mãe sabia que eu estava lá, olhou na direção da janela e apontou, assim. – Rooney levantou o dedo indicador para o teto. – Lá em cima, ele indicou, tentando sinalizar que iria fazer o serviço no segundo andar. Assim, tratei de fazer aquilo para o que fora contratado e subi na árvore. Não pude ouvir nada, não com meu coração disparado. Não me permiti pensar. Tinha um trabalho a fazer, um grande trabalho, que me abriria portas para muitos outros. Ora, fora ela quem pedira isso, eu dizia a mim mesmo. Sim, pedira ao enrolá-lo durante todo aquele tempo.

– Você sabia que ele iria estuprá-la – conseguiu articular Kelsey. – Você sabia. E não fez nada.

– Isso mesmo. – Rooney bebeu o restante do drinque. – Ela entrou no quarto correndo. A essa altura, estava apavorada, mas também me pareceu ensandecida. A fina camisola caía-lhe do ombro, na parte em que havia sido rasgada. Ele também entrou no quarto e sorriu, parecendo amistoso, reconciliador. Pude vê-los através da janela, encarando-se intensamente, as roupas dela caindo e a camisa dele aberta. Pareceu uma provocação. Até sensual. Não sei o que ele lhe disse, mas ela balançou a cabeça e recuou. Em seguida, ele baixou as mãos, como se fosse desabotoar a calça, e ela deu um tapa no rosto dele. – Rooney umedeceu os lábios. – Essa foto eu fiz. Ele lhe devolveu o tapa. Mas isso eu não fotografei.

Rooney precisou de outra pausa. Não imaginara que contar minuciosamente o que havia acontecido naquela noite poderia afetá-lo tanto. Naquela ocasião, sentira-se mesquinho e atemorizado. Agora, sentia-se apenas mesquinho.

– Ela se abaixou, ficando fora do alcance de minhas lentes por alguns instantes. Ainda sorrindo, ele levantou as mãos, mas seu sorriso já não era amistoso. Então pude vê-la outra vez e notei a arma.

"Comecei a fotografar rapidamente, então. Eu estava assustado e continuei batendo uma foto atrás da outra, mesmo depois que ela já havia atirado nele, mesmo depois que não havia mais o que registrar."

– Foi legítima defesa. – Os dedos de Kelsey entrelaçaram-se nos de Gabe. – Exatamente o que ela afirmou o tempo todo.

– Sim, foi. Talvez... talvez ela o pudesse manter a distância depois de ter apanhado a arma, mas estava apavorada. Foi vítima de uma armadilha. Se todos os fatos tivessem vindo à tona, não acho que a tivessem acusado nem mesmo de homicídio culposo. Com certeza não a teriam condenado.

– Mas os fatos não vieram à tona.

– Não. Eu os reportei diretamente a Milicent Byden. Não conseguia pensar e fui à casa dela no meio da noite; tirei-a da cama. Ela me serviu uma dose de conhaque e sugeriu que eu me sentasse. Em seguida, escutou o que eu tinha para lhe contar. Do começo ao fim. Depois, me disse que o que tinha acontecido era o melhor para todos e que eu esperasse um dia ou dois antes de procurar a polícia.

– Ela sabia – murmurou Kelsey. – Então, ela sabia de tudo.

– Ela planejou tudo. Se Naomi não fosse presa, eu deveria entregar o filme aos policiais e prestar depoimento. Deveria dizer-lhes o que vira, apenas o que vira, e não o que eu supusera ou interpretara. Então ela me disse o que eu vira: uma mulher vestida de forma provocante, recebendo o amante na casa vazia. Os dois tomando um drinque juntos e se abraçando. Depois a discussão. A mulher demonstrando ciúme. Isso era óbvio depois da cena no clube. Indo para o andar superior, o amante a seguindo para pedir desculpas, reconciliar-se e, talvez, tentar seduzi-la. Mas, enlouquecida de ciúme, a mulher pegou uma arma e o matou. Ela me deu mais 5 mil em espécie naquela noite e me prometeu muitas referências.

Pálida, Kelsey levantou-se. Com uma das mãos na barriga, ela se precipitou para fora do salão do bar.

Gabe observou-a afastar-se e se deu conta de que seus punhos estavam cerrados sob a mesa.

– Você é um tipo revoltante, Rooney. Uns poucos milhares de dólares e alguns nomes elegantes em seu cadastro de clientes. Por isso, testemunhou uma tentativa de estupro e depois ajudou a trancar a vítima na cadeia.

– E tem mais – antecipou Rooney. – Vamos esperar Kelsey voltar.

– Diga-me uma coisa: por que resolveu trazer tudo isso à tona agora? Há algumas horas, não tinha nada a dizer.

– As coisas estão ficando complicadas. Não gosto de ser pressionado por dois lados. – Rooney deu de ombros. – Quando isso se tornar público, e eu decidi que se tornará, minha reputação ficará arruinada. A sensação que tenho é a de que estou prestes a me aposentar antes da hora. E achei que poderia fazer isso limpando um pouco a minha ficha.

– Estou me perguntando – disse Gabe, com um tom de voz calmo, destacando sintomaticamente as palavras – se devo levá-lo lá para fora e quebrá-lo todo ou se devo deixá-lo simplesmente viver com isso.

Rooney pegou seu copo e bebericou lentamente a água do gelo derretido.

– Todos fazemos nossas escolhas, Sr. Slater. Você é um jogador. Quando descobre que a casa marcou as cartas, arrisca-se a jogar?

– Alguns jogos simplesmente não se jogam.

Ele se levantou quando Kelsey retornou à mesa.

– Estou bem. Desculpem.

Ainda estava pálida em torno dos lábios, mas sua mão estava firme quando segurou a de Gabe.

– Tente aguentar um pouco mais – disse ele, virando-se em seguida para Rooney. – Conte-nos logo o que está faltando.

– Vocês não vão gostar. Milicent Byden não me contratou apenas para montar seu dossiê, Sr. Slater. Isso foi agora. Meses atrás, assim que Kelsey entrou em contato com Naomi Chadwick, Milicent tornou a me procurar.

Kelsey apertou os lábios, rezando para que seu estômago se acalmasse.

– Não entendo. – Mas, no fundo, ela achava que entendia e se sentia aterrorizada por isso.

– A verdade é que – prosseguiu Rooney – ela não queria você na fazenda. Não queria correr o risco de que você e Naomi se entendessem.

– E como pretendia evitar?

– Bem, já que nada manchava a reputação de Naomi desde que saíra da prisão, Milicent lançou mão do passado. Depois que Alec Bradley foi morto, eu lhe entregara meus arquivos. Todos. E neles havia muitos detalhes que não se restringiam a Naomi. Sou muito meticuloso e havia reunido informações sobre Bradley e seu comparsa. O acidente na corrida e minhas suspeitas do envolvimento de Cunningham. Quando ela a pressionou, Kelsey, e você não satisfez sua vontade, ela usou aquelas informações.

– Como? – perguntou Kelsey, e procurou reunir forças para ouvir a resposta. – Diga-me como.

– Ela mandou que eu procurasse o velho amigo de Bradley e o atraísse para a região com a promessa de um serviço. Não me disse qual, mas não levei muito tempo para descobrir. Também, com a história se repetindo... Uma corrida marcada, um potro morto. Boatos e suspeitas espalhados em torno de Naomi e de você. – Ele apontou o dedo para Gabe. – Milicent não o queria perto de sua neta. Kelsey precisava achar as corridas repugnantes e desumanas e voltar correndo para casa.

– Mas não voltei. – Kelsey sentiu as lágrimas aflorarem, mas não as liberou. Agora não. Ainda não. – Está querendo dizer que ela estava por trás disso? Por trás da morte de Pride e... Deus... de Mick?

– Nem mesmo uma mulher como Milicent consegue controlar um homem sem escrúpulos. Eu diria que quem ela contratou escapou de seu controle. Quando o cavalariço foi assassinado ela ficou furiosa. Advertiu-me severamente, como se eu mesmo tivesse esfaqueado o desgraçado. – Ele balançou a cabeça, lembrando. – Quanto ao cavalo, era isso que ela queria. A reedição de um crime, um escândalo para dar uma lição na neta.

– Por minha causa – murmurou Kelsey com a mão colada na de Gabe. – Tudo isso por minha causa.

– Você é a última descendente dos Byden – salientou Rooney. – Isso é muito importante para ela, que odeia Naomi com um tipo de paixão doentia que não se dilui com o tempo. Para destruir Naomi novamente e manter o controle sobre você, tudo valia a pena. Ela enviou a Cunningham muito dinheiro para ele comprar aquela égua, Big Sheba. Mais do que o suficiente para mantê-lo sob controle e persuadi-lo a trabalhar com seu contratado. Não que gostasse – acrescentou Rooney – de se envolver, mesmo que a distância, com esse tipo de gente. Mas os fins...

– Não conheço essa mulher de quem você está falando – disse Kelsey lentamente. – Não a reconheço. Como pôde ter arruinado tantas vidas?

– Controlá-las – corrigiu Rooney. – Jamais considerou o que fez mais do que um controle necessário. E eu me deixei levar por isso. – Ele esfregou a parte da testa entre as sobrancelhas. – Na primeira vez, eu era jovem, ávido e impressionável. Agora, eu me senti encurralado. Droga, era apenas um trabalho. Meu último visitante mudou o rumo das coisas. – Ele observou Gabe demoradamente. – Talvez eu esteja ficando velho. Deus sabe como estou cansado. Por isso, quando ele apareceu tentando fazer um novo acordo, resolvi dar um basta. E talvez goste de ter pensado que já estava na hora de fazer uma pequena reparação.

Rooney semicerrou os olhos.

– Querem saber como o filho de Benny Morales matou o potro dos Chadwick? Como alguém quase matou um dos seus também, Sr. Slater? Olhe para sua própria organização, e então para o seu velho. É isso aí – disse ele, quase sorrindo. – Rich Slater arrancara muitos segredos de Alec Bradley. E ficou mais do que feliz em poder fazer uso deles, reeditando os acontecimentos do passado quando Milicent mandou buscá-lo. Vingança e controle, vingança e dinheiro. Os motivos dela e os dele. Uma senhora combinação.

28

– Pare um instante, por favor.

A 800 metros de distância de Longshot, Gabe parou no acostamento.

– Está enjoada de novo?

– Não. – Estava, mas não fisicamente, como ele imaginava. – Preciso caminhar um pouco. Vamos? – Sem esperar resposta, ela saiu do carro.

"Uma noite perfeita", pensou ela. Uma típica noite de verão no campo, com céu amplo, estrelado e enluarado. Nem uma nuvem sequer para toldar seu esplendor. O ar recendia a madressilva que, pacientemente, cobria a cerca que se estendia ao longo das terras à direita. O gramado fervilhava com o ruído de grilos. Caminhavam, seus pés afundando na terra fofa do acostamento.

– É muita coisa – murmurou. – É simplesmente muita coisa. Como contar a ela, Gabe? – Ela se virou de repente, suas mãos estendidas à procura das dele e, talvez, de uma solução. – Como posso dizer à minha mãe que foi tudo planejado, que tudo o que aconteceu era parte de um esquema para mantê-la longe de mim?

– Antes de tudo – ele ergueu uma das mãos para prender parte do cabelo acima de uma orelha –, pare de se culpar.

– Não estou me culpando. – Debruçada sobre a cerca, contemplou as colinas. – Mas estou furiosa por terem me usado como se eu fosse uma marionete. Ela não pensou na criança que eu era. Isso está claro para mim agora. Nem na criança, nem, com certeza, no ser humano. Só na descendência – disse Kelsey, amargurada. – Isso é tudo o que eu era. Tudo o que sou para ela. Apenas uma Byden.

Para tentar consolá-la, Gabe começou a falar, mas desistiu, acreditando que, às vezes, é melhor apenas ouvir.

– Acho – prosseguiu Kelsey –, acho que ela quis de fato me amar, que tentou e até conseguiu em certos momentos. Mas o que ela sente por minha mãe e, talvez, a culpa, meu Deus, eu espero... a culpa com a qual conviveu por ter feito o que fez tornou isso quase impossível. Ela queria que eu fosse um crédito para o nome da família. Fui educada nas melhores escolas, iniciada nas artes, competente em música e tinha outras habilidades aceitáveis. Meus amigos deviam pertencer às famílias "certas". E qualquer ato de rebeldia, qualquer lampejo de minha própria personalidade ou dos meus anseios eram vistos como o reflexo da mulher que ela havia arruinado.

Kelsey arrancou alguns ramos de madressilva da cerca e, lenta e sistematicamente, começou a dilacerar seus botões.

– Quando completei 12 anos, ela queria que eu fosse estudar num internato na Inglaterra. Papai não deixou. Foi uma das poucas vezes que os vi discutirem. Eu precisava de disciplina, eu precisava de orientação. Papai disse que eu precisava ter infância.

Suspirando, ela esfregou as pétalas entre as mãos, e o perfume impregnou o ar.

– Será que ele tinha consciência de que ela o estava usando também? Fazendo dele outra marionete? O quanto ela foi responsável, Gabe, por ter destruído o casamento deles, quaisquer que tenham sido as possibilidades de eles conseguirem fazê-lo dar certo? Contudo, isso é o menos importante agora – murmurou, deixando as pétalas caírem de suas mãos. – Agora preciso descobrir qual a melhor forma de dizer à minha mãe o porquê. Como. E quem. E a meu pai. Tenho de contar a ele também, não tenho? Ele tem o direito de saber tudo o que ela fez naquela época. E tudo o que fez agora.

Virou-se para ele, aninhando o rosto em seu peito, feliz com o fato de os braços dele estarem ali para envolvê-la.

– Tanto desperdício. Tantas vidas perdidas e arruinadas. E tudo isso por causa de um orgulho familiar distorcido.

– E outros pecados mortais – disse Gabe calmamente, pensando no próprio pai. – Inveja, ambição, luxúria. Sempre acreditei mais na sorte do que no destino. Mas esse círculo vicioso foi criado por algo mais forte do que a sorte. – Ele a afastou um pouco para ver seu rosto. – Você e eu, Kelsey, fazemos parte dele desde o começo.

– E talvez não estivéssemos tão perto de destruí-lo se não tivéssemos nos encontrado. Vai querer encontrá-lo, não vai? Seu pai?

– Tenho de fazer isso.

– Poderia deixar por conta de Rossi – sugeriu Kelsey, abraçando-o com mais força. – Gabe. Ele quer machucar você. Se foi ao escritório de Rooney logo depois que nós saímos, provavelmente esteve nos seguindo. Ele está tentando descobrir um jeito de pegar você.

– Eu o pegarei antes. Esse círculo é meu, Kelsey. E pretendo fechá-lo.

– Mas se procurarmos a polícia...

– Por que ainda não fizemos isso?

Kelsey virou o rosto. Gabe conhecia profundamente seus sentimentos e anseios.

– Está bem. Antes, preciso falar com Naomi, e você precisa encontrar seu pai. Depois, colocaremos um ponto final nisso. Acho que é melhor você me levar para casa.

QUANDO CHEGARAM a Three Willows, Kelsey dispensou a oferta de Gabe de acompanhá-la. Precisava enfrentar aquilo sozinha. Ele a esperou entrar, e a luz da varanda se apagar.

Gabe tinha seus próprios demônios a enfrentar. E seu pai não era o primeiro.

Dentro de casa, Kelsey olhou de relance para as escadas. Era tarde. Sem dúvida, Naomi já estaria na cama. "Esperarei até amanhecer", pensou. Depois de tanta espera, uma noite não faria diferença. Mas isso era covardia. Suspirando, dirigiu-se à cozinha. Faria um bule de chá primeiro. Isso lhe daria oportunidade de pensar na melhor forma de iniciar a conversa com a mãe.

– Gertie?

Kelsey ficou surpresa ao ver a empregada acordada, enchendo o lava-louça.

– Oh, Srta. Kelsey, me assustou. – A empregada levou a mão à faixa de seu roupão cor-de-rosa.

– Já passa de meia-noite. Você não deveria estar trabalhando até essa hora.

– Ah, eu só estava cuidando dos pratos. Passou um filme de Bette Davis na televisão hoje à noite. Comi torta de limão e chorei bastante. – Ela suspirou, recordando-se. – Não fazem mais filmes assim, Srta. Kelsey.

– É verdade. Já estão todos dormindo? – perguntou, forçando-se a prolongar a conversa enquanto pegou mecanicamente a chaleira de sobre o fogão e foi até a pia enchê-la.

– Quer chá? Deixe-me fazer. – Dominando aquele espaço, Gertie pegou a chaleira de suas mãos e a colocou no fogo.

– Channing saiu com Matt Gunner. O potro dos Williams, Tennessee Walker, teve uma infecção. Não sabemos se sobreviverá.

– Que pena.

– Bem, é uma pena, mas é verdade. – Gertie segurava o bule de porcelana enquanto esperava a água ferver. – Mas, com certeza Channing se empolgou muito com a ideia de ficar acordado nas cocheiras praticamente a noite inteira. Eu lhe disse que deixaria a porta da cozinha destrancada e um prato de frango na geladeira.

– Então ele se sentirá no paraíso quando chegar.

– É um prazer tê-lo aqui.

– Para mim também. Preciso de duas xícaras, Gertie. Quero levar uma para minha mãe.

– Ah, ela está dormindo, querida. – Gertie decidiu que camomila seria o mais adequado e separou a porção sem medir. – Na verdade ela me pareceu tão esgotada e aborrecida com alguma coisa que eu a convenci a tomar um remédio para dormir não faz mais de uma hora.

– Um remédio para dormir?

– Disse que eu estava exagerando, mas ela não me parecia bem; pálida, esgotada. Uma boa noite de sono é tudo de que está precisando, e eu disse isso a ela. Vou vê-la antes de me deitar.

– Pode deixar que eu faço isso. – Kelsey olhou para o bule com resignação e alívio. – Apenas uma xícara, então, Gertie, obrigada. Conversarei com ela de manhã.

– Amanhã ela estará bem. Deve ser só cansaço, eu espero. – Gertie pôs o bule numa bandeja, junto do pires e da xícara. – Ela tem estado bem e feliz nestes últimos meses, como não ficava há muito, muito tempo. Graças a você. Independentemente de qualquer coisa, coração de mãe é movido pelo filho.

– Eu estou aqui agora.

– Sei disso, querida. Não fique acordada até tarde.

– Está bem. Boa noite, Gertie.

Kelsey levou a bandeja para cima e a deixou em seu quarto antes de ir dar uma olhada na mãe. Com o luar atravessando as vidraças descortinadas e banhando parcialmente a cama, ela pôde ver Naomi dormindo tranquila e profundamente.

"Então, a conversa será pela manhã", pensou, voltando para seu quarto a fim de esperar o dia amanhecer.

Gabe não se deu ao trabalho de estacionar o carro diante da casa, indo direto para as baias. Viu que a luz do segundo andar do galpão do haras estava acesa. Carrancudo, subiu as escadas e entrou sem bater.

Jamison estava sentado à mesa, seus papéis organizados e empilhados. Em um canto havia um copo de conhaque. Ele levantou a cabeça, pestanejando, como uma coruja.

– Gabe. O que faz aqui a esta hora?

– Eu poderia lhe fazer a mesma pergunta.

– Ah, bem... – Com um sorriso cansado, Jamison apontou para as pilhas de papéis. – Há sempre algo para fazer. E à noite é mais fácil se concentrar, quando as coisas estão calmas. Há uma jarra de café ali – indicou. – Se você quiser, é só esquentar na chapa elétrica.

– Não.

Gabe observou seu treinador, seu amigo, à luz amarelada da luminária sobre a mesa. A tensão e a preocupação dos últimos meses haviam deixado marcas nele. As manchas sob seus olhos pareciam equimoses. As rugas ladeando a boca, tão acentuadas e profundas, como se tivessem sido feitas a faca.

Aquele não era o rosto de um homem que recentemente treinara o cavalo vencedor da Tríplice Coroa.

– Eu costumava demorar nas baias durante longas horas quando eu trabalhava aqui, não é verdade, Jamie? Sempre atrás de você e do Mick.

– E como. – Jamison relaxou a musculatura dos ombros, que se tensionara sob o olhar escrutinador de Gabe. – Ou conseguia nos seduzir para uma rodada de pôquer e nos arrancava o pagamento da semana.

– Cunningham nunca o deixava em paz, se bem me recordo. Se você conseguia uma vitória, ele queria duas. Sempre uma corrida mais compensadora, uma premiação maior. Me lembro de que ele sempre dizia que Moses sabia fazer campeões em Three Willows. E que, se você não aprendesse, ele iria procurar alguém que conseguisse.

– Era muito difícil trabalhar para ele. Treinei e formei bons cavalos e ganhei muitas corridas. Ganhei o Cavalo do Ano na década de 1980 com Try Again. Mas nunca consegui satisfazê-lo.

– Ele queria um vencedor do Derby. E isso você nunca lhe deu. Mesmo depois que os Chadwick perderam aquele potro em Keeneland em... quando foi mesmo?... 1973. E o de Cunningham era o favorito, mas mesmo assim você não conseguiu.

A voz de Gabe estava serena, calma.

– O potro dele terminou a corrida em terceiro, que eu me lembre. Um frustrante terceiro lugar. Deve ter sido difícil para você suportar isso depois de ter se esforçado tanto para que ele cruzasse a linha de chegada em primeiro.

A lembrança fez a boca de Jamison se contorcer.

– Chegar entre os três primeiros no Derby não é vergonhoso. O potro não deu tudo o que podia dar naquele dia e só perdeu a corrida nos últimos 200 metros. As coisas também estavam difíceis por aqui, muito difíceis. – Ele pegou o copo de conhaque e tomou um gole. – Depois que Benny se enforcou.

– Você e Benny eram próximos.

– Éramos bons amigos.

Sim. Bons amigos. – Gabe puxou uma cadeira e sentou-se. – Até que ponto você se envolveu nisso, Jamie? Antes e agora?

– Aonde você está querendo chegar?

– Você e Benny eram amigos. Você o convenceu a arranjar o resultado da corrida ou apenas se deixou levar pela força das circunstâncias? Vou lhe dizer o que acho que aconteceu – prosseguiu Gabe, sem esperar resposta. – Acho que você lhe pediu para que o ajudasse. Dando uma espetadinha no potro. Cunningham o estava pressionando para que você fizesse isso. Talvez tivesse lhe oferecido uma comissão maior. Talvez simplesmente o tivesse pressionado, até você ceder, e, quando cedeu, levou Benny Morales junto.

Gabe não desviou o olhar do rosto de Jamison por um segundo sequer.

– Vencer o Derby. Algo que você sempre quis e que até então não havia conseguido.

– Está falando besteira, Gabe. Você me conhece há muito tempo.

– Conheço, Jamie. Eu o conheço há tanto tempo que jamais me preocupei com o fato de que tudo o que acontece naquelas baias tem a marca de suas mãos. Não o associei ao que aconteceu com o potro de Three Willows desta vez ou ao que quase aconteceu com o meu. Foi erro meu – disse ele, vendo Jamison baixar a cabeça. – Nunca pensei que você pudesse matar um cavalo para ganhar uma corrida. Qualquer corrida.

Gabe pegou um charuto e o examinou de ponta a ponta, enquanto Jamison permanecia em silêncio.

– Foi isso que me cegou, Jamie. Até Reno se suicidar. Ele não sabia que a dose era letal. Nem você. Você só queria que meu potro levasse uma espetadinha inofensiva, não é? Já que, infelizmente, Pride acabou tendo de ser sacrificado. Foi assim que meu pai colocou as coisas para você, Jamie? Dê você mesmo a espetadinha?

– Eu queria um lugar ao sol – sussurrou Jamison. – Um homem merece isso depois de cuidar durante tantos anos do lugar ao sol de outra pessoa. Em outras circunstâncias, aquele potro teria vencido o Derby sorrindo. Por que Moses tinha que ter um cavalo que competisse com ele? Por quê?

– Por azar.

Gabe acendeu o charuto. Já não era dor o que ele estava sentindo agora. Já não era mágoa.

– Você queria aquela vitória, Gabe. Não me diga que não queria.

– Sim, eu queria. Não vou lhe dizer que não.

– E vai dizer que não teria pensado de outra forma se soubesse o que estava acontecendo?

Os olhos de Gabe lampejaram. Não, não havia dor neles; e muito menos mágoa.

– Se pensa assim, por que escondeu tudo de mim?

– Você é um sujeito rebelde. Foi assim que Rich colocou as coisas. Um sujeito rebelde, em quem não se podia confiar. Lembre-se de como aquele potro correu, Gabe – disse ele, desesperado. – Pense nisso. Ele levou as três joias e nada poderia detê-lo.

– A que preço? Não foi apenas um cavalo morto, Jamie. Teve também Mick e Reno.

Os olhos de Jamison encheram-se de lágrimas.

– Esse serviço não foi meu. Meu Deus, Gabe, não é possível que você acredite que eu tenha feito aquilo. Lipsky agiu por conta própria. Eu só soube depois que tudo havia acontecido. E, então, era tarde demais.

A voz de Jamison falhou. Durante alguns instantes, ouviu-se apenas sua árdua respiração. Com esforço, ele recobrou as forças.

– Rich queria algo que o fizesse pensar, mas não me disse o que era antes de ter acontecido. Eu sabia que ele pretendia fazer mal a Double, Gabe. Deus é testemunha. O alvo deveria ser o potro de Three Willows. Um escândalo, uma desclassificação.

Ele tremeu de emoção e esperou que Gabe falasse, inclinando-se em direção à borda da mesa em meio ao absoluto silêncio.

– Você tem de acreditar que foram Rich e Cunningham que planejaram tudo, Gabe. Você precisa acreditar nisso.

– É verdade. Preciso.

– A desclassificação não bastava para Rich. O dinheiro que ganhou para fazer isso não foi suficiente para ele. É ambicioso, você sabe. Ele nos usou para matar o potro. Sofri muito quando aquele cavalo caiu. Quando percebi o que ele nos levara a fazer. E Reno... – Ele mergulhou o rosto entre as mãos. – Eu gostava daquele cara. Depois de tudo, tentei convencê-lo de que não tinha sido culpa dele, mas ele não quis me escutar. Rich é o responsável. Por tudo. Depois ele apareceu aqui para alterar as regras do jogo.

– Como?

Jamison deixou as mãos caírem e passou o dorso de uma delas na boca. Pegou o conhaque e o tomou, como se tomasse um remédio.

– Ele não queria que você ganhasse a Tríplice Coroa, Gabe. O fato de você ter chance o estava corroendo. Me disse que era apenas um servicinho para ajudá-lo a ganhar uma aposta que fizera. Mas o que ele queria mesmo era muito dinheiro. Ele me enganou. Você entende? A mim e a Reno. Eu não pretendia machucar Double, você precisa acreditar nisso. Eu mesmo providenciei a droga desta vez. Apenas o suficiente para desclassificá-lo.

Gabe semicerrou os olhos, faiscando.

– Na noite em que Kelsey foi até as baias... foi você, não foi? Foi você quem a feriu.

– Não cheguei a machucá-la de fato. Só precisava sair dali sem que ela me visse. E também tirei Kip do caminho. Mas não lhe causei mais do que um pouco de dor de cabeça. Depois, quando ela chegou, não pude terminar o serviço. Eu apenas...

– Eu poderia quebrá-lo ao meio só por isso, Jamie. – Rápido como uma serpente, Gabe agarrou o pescoço do homem. – Só por isso – murmurou ele, transtornado.

– Eu estava apavorado, Gabe. – Desesperado, Jamison tentava se desvencilhar do aperto ferrenho. – Por Deus, não entende que eu perdi a cabeça?

– Entendo muitas coisas agora.

Enojado, Gabe o soltou.

A vermelhidão do rosto de Jamison começou a esvair-se à medida que ele respirava.

– Rich armou uma cilada para mim. Não percebe? Eu lhe disse que não iria fazer aquilo, mas ele retrucou que, se o serviço não fosse feito, nós nos arrependeríamos. Por isso, tentei fazê-lo. Eu tentei, mesmo que de coração partido. Mas não funcionou. Reno deveria tentar fazer então no dia do Belmont, mas não foi capaz. Por Deus, Gabe, ele se enforcou. Não vale a pena morrer por causa de um cavalo.

– E vale a pena matá-lo?

– Eu lhe disse, eu não...

– Diga a si mesmo – Gabe o interrompeu rispidamente. – Diga a si mesmo que você foi a vítima, Jamie. Que você foi usado. Que o que aconteceu com Benny Morales, com Mick, com Reno, e até mesmo com Lipsky, foi apenas azar. Depois veja se consegue viver em paz com isso. – Gabe levantou-se, chutando a cadeira para o lado.

– Fiz o que tinha de fazer. E o enfrentei. Ainda há pouco eu o enfrentei.

Gabe levantou bruscamente a cabeça.

– Do que você está falando?

– Rich esteve aqui. Não faz mais de uma hora. Bêbado, agressivo. Disse que ia matar os cavalos, incendiar as baias. Deus sabe o que ele teria feito se eu não o tivesse impedido.

Gabe virou-se depressa e desceu as escadas correndo, com Jamie gritando e seguindo seus passos. Acendeu as luzes das baias, aliviando seu medo a cada uma que examinava cuidadosamente.

– Eu lhe disse que não o deixei entrar aqui – afirmou Jamison. – Eu o mandei embora, ir dormir e esquecer tudo. Disse a ele que estávamos rompidos e que eu não faria mais nenhum trabalho sujo para ele. Não depois do que tinha acontecido com Reno. Independente de quais fossem as consequências.

Gabe permaneceu do lado de fora da baia de Double. O potro aproximou-se dele, procurando preguiçosamente sua mão com o focinho.

– Você está demitido, Jamie. Arrume suas coisas e saia daqui hoje mesmo.

– Um homem tem direito de ter um lugar seu. Você deveria saber disso.

– Eu sei. Mas o seu já não é mais aqui.

Em cerca de vinte minutos, Gabe acordou três cavalariços e os postou nas baias. Até que encontrasse seu pai haveria vigilância permanente. Ele iria voltar, pensou Gabe, enquanto retornava para a casa. Ódio e ambição o trariam de volta.

Nada satisfaria Rich Slater senão a completa ruína do filho. O que fosse mais querido e importante para ele deveria ser destruído.

Mas, desta vez, tudo iria ser diferente. Desta vez... O sangue abandonou o rosto de Gabe. O que fosse mais importante, mais querido.

Kelsey.

Gertie estava experimentando um novo creme facial para a noite, que encomendara por meio de um canal de compras ao qual ela às vezes assistia na televisão da cozinha, um prazer raro e quase culpado que se concedia em meio a seus afazeres. A alegre e entusiasmada vendedora recomendara enfaticamente as qualidades cosméticas do produto, que, segundo ela, proporcionava um verdadeiro renascimento. Gertie não esperava milagres, mas gostaria de adiar o surgimento de novas rugas, que pareciam estar riscando seu rosto com crescente rapidez.

"Vaidade", disse para si mesma, rindo de seu reflexo no espelho. Tola vaidade de uma mulher que já tinha vivido mais de cinquenta anos neste mundo. Mas toda vez que se olhava de perto, pensou, tinha a esperança de se deparar com alguma redução das marcas em torno dos olhos, onde mais cruel e profundamente a gralha do tempo havia cravado suas garras.

Satisfeita com o novo ritual noturno, ela se levantou para tirar o roupão e sorriu ao ouvir o rangido da porta da cozinha.

"Com certeza, aquele garoto atacará a geladeira", pensou ela, "e provavelmente deixará a cozinha toda desarrumada." Rapazes da idade de Channing não gostavam de limpar migalhas. Seria melhor ir até lá e preparar-lhe um lanche e um copo de leite antes que ele tomasse outro refrigerante.

– Ouvi você chegando – disse assim que saiu de seu quarto, contíguo à cozinha. – Não adianta entrar na ponta dos pés. Trate logo de se sentar, que eu... – Ela se deteve, espantada. À luz do corredor, que tinha deixado acesa para ele, havia apenas silêncio e ordem. – Meus ouvidos estão começando a me pregar peças – murmurou ela. – Talvez anunciem na tevê alguma coisa para remediar isso.

Quando começou a se virar, uma explosão de dor invadiu um dos lados de sua cabeça. Soltando um grito que mais parecia um pio de passarinho, ela desmoronou no chão.

Rich deteve-se de pé diante do corpo inerte de Gertie e sorriu. "Acertei a filha da mãe com seu próprio rolo de massa", pensou, golpeando triunfalmente a mão com o pesado utensílio uma ou duas vezes. Cutucou-lhe levemente um lado do corpo com a ponta do sapato e quase caiu, desequilibrando-se ao se apoiar apenas numa perna.

"Você está precisando de equilíbrio, Rich, meu velho", disse para si mesmo, levando a mão ao bolso traseiro da calça para pegar o frasco de bebida. Quando não mais que umas poucas e míseras gotas umedeceram-lhe a língua, ele praguejou. Depois de guardar o frasco vazio no bolso, avançou por sobre o corpo de Gertie à procura da sala. "Com certeza há bebida nesta casa", pensou. "E, provavelmente, de primeira." Assim que se reabastecesse, iria à caça da bela de Gabe.

No segundo andar, Kelsey tomava outra xícara de chá, andando de um lado para outro no quarto. Ansiava pelo retorno de Channing. Assim, teria com quem conversar. E quem poderia entender aquele conflito das lealdades familiares melhor do que ele? Nem mesmo Gabe, apesar da total solidariedade, poderia compartilhar tão bem lembranças, sentimentos e frustrações. Channing era uma verdadeira rocha quando o problema era sério.

Pela manhã, dali a poucas horas, contaria a Naomi tudo o que ouvira. E, assim que a história fosse divulgada, Kelsey sabia, libertaria uma das mulheres que amava e condenaria outra.

Apesar de toda a amargura, de todo o ódio e de todo o doloroso desapontamento, ainda amava sua avó.

"Milicent, a magnífica", pensou ela, fechando os olhos. "Como ela sobreviveria ao escândalo e enfrentaria as consequências legais que inevitavelmente surgiriam?"

E como ela própria, Kelsey, conseguiria conviver com o fato de mandar sua própria avó para a prisão, pelo que ela havia feito e pelo que ainda iria fazer?

O barulho de vidro quebrando no primeiro andar a assustou. Channing, pensou, pondo a xícara de lado. Não ouvira o carro, mas, com certeza, ele estava lá embaixo, tateando desastradamente na escuridão, numa inútil tentativa de evitar acordar quem dormia.

Aliviada, Kelsey saiu rapidamente do quarto e desceu depressa as escadas para encontrá-lo.

– Channing, seu idiota. O que você quebrou? Se foi um dos cavalos de cristal de Naomi, terá que ralar muito para pagar por isso.

Ao chegar na base da escada, ela se deteve, estranhando. A casa estava em perfeito silêncio. Um arrepio percorreu seus braços. "Deixe disso", disse a si mesma, esfregando-os.

– Vamos, Channing. Não estou com vontade de brincar. Preciso conversar com você.

Ela acendeu a luz do vestíbulo.

– Sei que você está aqui. Essa sua mania de brincar de gato e rato nunca dá certo. Eu sempre o encontro. É importante, Channing.

Irritada, foi até a sala de estar. Iluminados pelo luar... os cacos de vidro sobre o tapete.

– Droga! Foi um dos cavalos. Belo trabalho, campeão.

Caminhando em direção aos cacos, ela se ajoelhou para recolhê-los.

– Todos os cavalos da rainha – disse Rich, acendendo as luzes. – Todos os homens da rainha – acrescentou, sorrindo para Kelsey. – Mas poderá a adorável filha da rainha reconstituí-los novamente?

E jogou a cabeça para trás, rindo de sua poesia absurda.

29

Kelsey ofegou de dor e surpresa ao contrair inadvertidamente a mão em torno de uma lasca de vidro. O sangue brotou na sua delicada palma.

– Cuidado, doçura. – Rich aproximou-se dela. – Pode se machucar seriamente. – Ao ver o corte na mão dela, ele mostrou fingida preocupação e ofereceu galantemente um lenço. – Não tive a intenção de assustá-la, mas achei que estava na hora de termos uma conversa, já que você está aquecendo a cama do meu garoto quase todas as noites.

– Você é o pai de Gabe.

Kelsey pôs-se rapidamente de pé, mas não adiantou; Rich conseguiu agarrá-la pelo braço.

– Há certa semelhança entre nós, não acha? As mulheres sempre diziam que formávamos uma bela dupla, meu garoto e eu. – Os olhos dele, brilhando por consequência do álcool e por prazer antecipado, passearam pelo rosto de Kelsey. – Ora, veja só. Você é ainda mais bonita de perto, tem um rosto de boneca. Não é difícil entender por que meu garoto fica rondando você. Não é mesmo. De jeito nenhum. Agora, tome isto. – Ele pôs o lenço na mão sangrenta de Kelsey. – Enrole isso aí.

Ela obedeceu mecanicamente.

– Se está procurando Gabe... ele está lá em cima. Vou avisá-lo de que está aqui.

– Uma coisa que nunca tolerei numa mulher é a mentira. – Com um movimento brusco, ele a empurrou e a fez cair sentada numa cadeira. – Acho melhor você não tentar bancar a engraçadinha. – Ele se inclinou, encurralando-a ao apoiar as mãos nos braços da cadeira. – Gabe não está lá em cima, não é verdade? Eu o vi deixá-la na frente de casa com aquele carro elegante não faz muito tempo. Não sei por que ele prefere ir para casa se deitar numa cama fria quando tem uma mulher como você Mas sempre tive muita dificuldade para conseguir ensinar o que quer que fosse àquele garoto.

Ele deu uns tapinhas na bochecha dela, comprazendo-se em aumentar a intensidade dos golpes e vê-la se contrair, receosa.

– Mas assim está ótimo. Apenas eu e você, conhecendo um ao outro. Uau! O que é isso que temos aqui? – Rindo, ele pegou o braço dela com a ponta do polegar e do indicador e a forçou a mostrar o anel. – Que colosso! Será que é o que eu estou pensando? – Ele balançou o dedo médio na frente do rosto dela. – Meu garoto vai fazer de você uma mulher honesta, querida? Bem, pelo menos você está num degrau superior ao das vagabundas com quem ele se deitava antes. Sem ofensas, é claro.

– Não – disse ela, esperando estender a duração do jogo dele. – Não fiquei ofendida. Gabe e eu vamos nos casar em agosto. Espero que possa ir ao casamento.

Mais por choque do que por dor, Kelsey gritou quando o dorso da mão dele atingiu-lhe o rosto em cheio. A máscara de cordialidade com que Rich bancava o palhaço continuou no mesmo lugar.

– O que eu disse sobre mentir? Você e aquele meu garoto gostariam mesmo era de me mandar para o inferno aqui e agora, não é verdade?

Ela pestanejou, tentando clarear a visão.

– Não sei – disse cuidadosamente. Sabia apenas que estava com medo e que seu tremor a denunciava.

– Você me conhece. Posso apostar que meu amado filho lhe contou tudo sobre mim. E sua mãezinha também. – Ao lembrar-se de Naomi, seu sorriso mostrou-se amargo. – Ela certamente tem o que dizer sobre o bom e velho Rich.

Kelsey endureceu o queixo para impedir que ele tremesse.

– Sinto muito, ela nunca mencionou nada sobre você.

O sorriso dele abandonou quase totalmente seu rosto.

– Vagabunda. Ela sempre foi uma vagabunda. E você herdou isso dela.

– De certa forma. Está me machucando, Sr. Slater.

– Rich, doçura. Ou, melhor ainda, me chame de papai, já que vamos ser da mesma família. – A ideia o fez rir até as lágrimas encherem seus olhos. – Uma família grande e feliz. Aposto que aquela víbora está fumegando. Devo mencionar a vovozinha? Eu a conheço muito bem. Deve estar espumando por saber que sua orgulhosa netinha pretende brincar de casinha com meu filho. Ela odeia sua mamãe, você sabia? Ela a odeia profundamente.

– Eu sei.

– Sabe o que eu acho? – Ele estendeu o braço e beliscou a bochecha de Kelsey com força suficiente para fazê-la gritar. – Acho que você deveria servir um bom drinque para nós dois. Depois, poderemos nos conhecer.

– Tudo bem.

Quando ele se afastou, Kelsey levantou-se devagar da cadeira, os olhos voltados alternadamente para as portas que se abriam para o pátio e para o vestíbulo. Tinha certeza de que, se conseguisse sair da sala, ele não a alcançaria.

– Você não deveria tentar fazer isso, doçura. – Rich voltou a agarrar seu braço, apertando-o com força. – Não deveria.

– Há conhaque naquele armário ali. Napoleon.

– Esse é maravilhoso. E muito fino. – Ele a levou pelo braço até onde a bebida estava. – Sirva-nos para brindarmos.

"Ele já está bêbado", pensou ela desesperadamente. Se lhe servisse uma dose generosa, talvez conseguisse escapar de seu domínio.

– Gabe disse que você já viajou bastante.

– Estive aqui e ali.

– Gosto de conhecer lugares diferentes. – Ela sorriu e entregou-lhe um copo. – Saúde. – Ela levou seu copo de encontro ao dele.

– Você é uma mulher fria. – Rich tomou um generoso gole do conhaque e, satisfeito, estalou a língua. – Essa é uma das coisas que mais me atraíam em sua mãe. Ela era como um generoso e gelado gole d'água, aquela Naomi. Mas nunca me permitiu beber de sua fonte. Deixou muitos homens se fartarem, porém nunca deixou o bom e velho Rich tomar um golinho sequer. Talvez ela deixe agora. Aposto que posso fazê-la mudar de ideia. Ela está lá em cima?

– Ela não está em casa. – Mal as palavras saíram da sua boca, o corpo dela girou bruscamente para trás. Caída no assoalho, Kelsey teve a impressão de que mil estrelas giravam diante de seus olhos.

– Vagabunda mentirosa. – Sorrindo, Rich tomou um pouco mais do conhaque. – Fria, vagabunda e mentirosa igual a sua mãe. Talvez prefira que eu experimente você em vez dela. – Ele riu até sentir dor ao ver a expressão de pânico estampada em Kelsey. – Não, não. Isso não seria decente, transar com a namorada do meu garoto. Além do mais, prefiro uma mulher mais... madura. E Naomi já é um pouco rodada, não é? Sabe, se sua avó tivesse me contratado em vez daquele Bradley cheirador de pó, as coisas teriam sido diferentes. Agora, por que não vamos lá em cima para eu tomar um golinho da água de sua mãe?

– Fique longe dela. – Nauseada, Kelsey teve a impressão de que sua cabeça girava enquanto tentava pôr-se de pé. O olho atingido estava embaçado. – Eu mato você se tocar nela.

– Sim, como sua mãe matou um homem só por ele ter seguido o curso natural das coisas.

– Nós sabemos tudo sobre você. – Tonta, ela se encostou no armário. "Preciso de apenas um minuto", pensou, "para aliviar essa dor na cabeça e me sustentar nas pernas trêmulas". – Gabe não está aqui porque foi chamar a polícia. Chegarão a qualquer momento.

Ela cambaleou para trás, quase caindo quando ele levantou a mão para ela novamente.

– Trate de falar a verdade, doçura. Ou eu estragarei esse seu rosto bonitinho.

– É verdade. Nós nos encontramos com Charles Rooney esta noite. Ele me telefonou depois que você saiu de seu escritório. E nos contou tudo. – Rezando para conseguir distraí-lo e ganhar tempo, ela começou a contar detalhes. Dessa vez ele acreditara. Ela podia ver isso no rosto dele. E o que viu indicava que ele poderia fazer coisa muito pior do que simplesmente esbofeteá-la outra vez.

– Eles o pegarão se o encontrarem aqui – prosseguiu ela. – Eles o pegarão e o colocarão atrás das grades, como fizeram com minha mãe. Talvez você ainda tenha tempo de fugir. Talvez não o encontrem se fugir agora.

– Eles não sabem nada sobre mim. Nada. – Ele pegou a intocada dose de conhaque de Kelsey e a bebeu de um único gole. – É tudo mentira. E você está se esquecendo do envolvimento de sua avó.

– Não, não estou. Eles prenderam minha mãe com mentiras. Será fácil prendê-lo com a verdade.

– É, de fato ele me delataria. – Enfurecido, Rich atirou o copo longe, fazendo-o espatifar-se na lareira, como num ritual bárbaro. – Minha própria carne, meu próprio sangue... e ele me delataria. Vou ter que fazê-lo se arrepender disso. Se arrepender muito.

Rich se aproximou. O pavor e sua agilidade fizeram Kelsey esquivar-se para o lado, de tal forma que ele não conseguiu agarrar mais do que a ponta da manga de sua blusa. Quando o pano se rasgou, ela disparou pelo interior da casa à procura da porta que dava acesso ao vestíbulo.

Mas ele a alcançou, interrompendo sua fuga com uma investida tão brusca e atravancadora que a fez sentir ondas de dor se irradiando até mesmo em seus ossos. Ofegante e soluçando, Kelsey entregou-se a golpes cegos e impetuosos, conseguindo atingir o ombro e o tórax de Rich enquanto avançava centímetro por centímetro pelo tapete.

Ele iria matá-la agora, tinha certeza. Iria surrá-la até a morte ou sufocá-la com as grandes mãos criminosas. E, quando tivesse terminado o serviço, iria atrás de Naomi.

Ela gritou quando ele a puxou pelos cabelos, movendo sua cabeça bruscamente para trás, um clarão diante dos olhos materializando a dor. Se tivesse conseguido recuperar a voz, teria suplicado para ele parar com aquilo. Suplicado, suplicado. Contudo, só o ar ocupava sua garganta.

– Peguei você, não foi? Peguei. Você não é uma vagabunda tão esperta quanto pensa.

Os dedos dela cravaram-se no tapete e esforçaram-se para alcançar algo, e finalmente conseguiram agarrar um estilhaço de cristal. Louca de pavor e dor, ela o atacou.

Dessa vez, foi ele quem gritou e afastou-se dela, com o sangue escorrendo copiosamente da bochecha, onde a delicada perna do puro-sangue de cristal lhe havia rasgado a pele.

Chorando, ela se levantou com dificuldade e correu pela sala, apavorada, com Rich a perseguindo.

Desesperada, ela caiu na escada, tentando recuperar o fôlego e livrar-se do medo para que pudesse pensar melhor. Gritou para avisar à mãe, mas apenas miados inaudíveis escaparam de sua garganta. Com medo e com o sangue amargando-lhe a boca, ela se agarrou desesperadamente ao corrimão e continuou subindo. Quase no topo da escada, ouviu Rich aproximar-se ferozmente dela.

– Não!

Ela arrebatou um vaso de lírios e o arremessou na direção dele escada abaixo. O impacto do objeto no corpo de Rich e o gemido de dor proporcionaram a Kelsey poucos e preciosos segundos, desperdiçados quando ela se atrapalhou ao tentar manusear a maçaneta da porta do quarto da mãe com as mãos ensanguentadas.

– Mamãe! Oh, meu Deus, mamãe!

Num esforço supremo, conseguiu abrir a porta com um forte encontrão, fechando-a rápida e violentamente atrás de si.

– Mamãe! Acorde! – Chorava, enquanto lutava com a chave, os dedos dormentes de terror. – Pelo amor de Deus, acorde! – Num salto, subiu na cama da mãe e a sacudiu, implorou, e tentou levantar Naomi segurando-a pelos ombros.

– O qu...? – Ainda sob a ação das pílulas para dormir, Naomi rechaçou a mão da filha, aborrecida. – O que é isso?

– Ele está vindo para cá. Levante-se. Temos que sair daqui. Você está me entendendo?

– Quem está vindo? – Naomi piscava com os olhos pesados de sono. – Kelsey? O que está acontecendo?

– Ele vai nos matar! Saia da cama, droga! – gritou ela novamente quando Rich arremessou o corpo na porta. – Saia da cama! – Com a respiração ofegante, ela voltou o olhar aterrorizado para a porta. – Ela não vai aguentar. Meu Deus, a porta não vai aguentar. A arma. Você ainda tem aquela arma?

Kelsey balbuciou uma ou duas preces a Deus quando abriu a gaveta da mesa de cabeceira. Lá estava ela, sua cromagem cintilando ao luar.

– O que você está fazendo? – Mesmo confusa e com a visão ofuscada, Naomi conseguiu transpor a névoa do sono e ajoelhou-se na cama. – Meu Deus, Kelsey, o que você está fazendo? Quem está lá fora?

A resposta de Kelsey foi manter os olhos fixos na porta, enquanto a madeira cedia pouco a pouco às violentas investidas do corpo de Rich. Ela segurou a arma com ambas as mãos, esforçando-se para impedi-la de cair dos dedos trêmulos.

Ele irrompeu quarto adentro, o sangue reluzindo em seu rosto. E viu apenas Naomi, ajoelhada na cama com a fina camisola de seda pendendo graciosamente de seus ombros. Os dentes dele brilharam quando avançou na direção dela. Kelsey sentiu a arma coicear, como se estivesse viva, seus braços vibraram e se deslocaram até os ombros.

Não ouviu o tiro.

– Alec?

A estranheza da cena e a sonolência em que ainda se encontrava levaram Naomi a misturar confusamente memórias do passado e o que acabara de acontecer.

– Não é Alec. – Kelsey ouvia-se como se estivesse a uma grande distância da própria voz. – É o pai de Gabe. Eu matei o pai de Gabe.

– Slater? – Meio sonolenta, Naomi saiu da cama e, exatamente como há muitos anos, inclinou-se sobre o corpo inanimado. Num gesto mecânico, tomou-lhe o pulso antes de se erguer. – Rich Slater? – Confusa, esfregou as mãos nos olhos. – O que está acontecendo aqui?

– Eu o matei.

Kelsey baixou os braços, e a arma pendeu-lhe frouxamente dos dedos.

Naomi fitou o rosto da filha e distinguiu o choque, a descrença e o medo. E obrigou suas pernas trêmulas a se moverem.

– Sente-se, Kelsey. Está tudo bem, sente-se.

Ela a conduziu gentilmente até a beirada da cama. Nada mais importava agora. Nada além de Kelsey.

– Dê-me a arma. Tudo bem. – Naomi pôs a arma de lado até que pudesse lidar com ela mais sensatamente. Logo tudo estaria resolvido. – Agora ponha a cabeça entre as pernas e respire fundo.

– Não consigo. Não consigo respirar.

– Sim, você consegue. Lenta e profundamente. Isso, querida. – Enquanto Kelsey procurava fazer o que a mãe lhe sugeria, esta, por sua vez, concebia um plano. – Agora vou lhe dizer o que vamos fazer, e eu quero que você me escute com atenção e faça exatamente, exatamente mesmo, o que eu lhe disser. Entendido?

– Ele ia me matar, e a você também. Ele teria matado nós duas. Mas eu o matei antes. Não me lembro de ter apertado o gatilho, mas devo ter apertado. – Os dentes dela começaram a bater. – Ele está morto.

– Não. *Eu* o matei. Olhe para mim, Kelsey. – Naomi levantou gentilmente o rosto transtornado da filha. – Oh, meu

Deus – disse ela, estremecendo e cravando as unhas na palma da mão até que a dor reduzisse a intensidade do choque. – Escute, querida. Ele arrombou a porta, e ele... – Ela roçou levemente a mão próximo a um corte no rosto de Kelsey. – E ele feriu você. Então, eu peguei a arma e o matei.

– Não, está enganada. Eu não consegui acordá-la.

– Não, não, querida. Eu acordei quando você entrou. Você entrou aqui para fugir dele. Depois ele arrombou a porta e eu atirei nele. Agora vou chamar a polícia, e é exatamente isso o que nós vamos dizer aos policiais.

– Não. – Kelsey levou a mão à cabeça, que ainda parecia girar. – Não. – Virou-se subitamente e gritou ao ouvir o rumor de passos ressoando escada acima.

– Meu Deus. – Gabe olhou de relance para o corpo do pai, depois fitou as duas abraçadas sobre a cama. – Kelsey! – Num único passo, ele se aproximou e ajoelhou-se diante dela, segurando suas mãos feridas. – Ele machucou você. Olhe para o seu rosto. – Indignado, ele se levantou de um salto, o olhar endurecido, mortífero. – Eu mesmo o matarei.

– Já fiz isso – disse Naomi calmamente. – Gabe, tire-a daqui. Leve-a para o quarto dela. Vou chamar a polícia.

– Eu estou bem – insistiu Kelsey, mas o quarto pareceu quase sumir quando ela se pôs de pé.

– Você precisa se deitar. – Gabe a pegou nos braços. – Eu cuido de você. – Ele tornou a olhar para Naomi. – Vou cuidar dela.

– Faça-a ficar lá dentro até que eu tenha terminado isso – disse Naomi, pegando o telefone.

– Ele estava lá – murmurou Kelsey, tremendo, enquanto Gabe a carregava para deitá-la na cama de seu quarto. – Ele estava lá. E quebrou um dos cavalos de cristal.

– Procure apenas descansar.

Ele queria abraçá-la. Mas também queria esmagar alguma coisa e transformá-la em pó. Depois de colocá-la na cama, estendeu uma colcha sobre seu corpo, que tremia intensamente, as pupilas reduzidas a pontos escuros pelo trauma. E o rosto dela... Gabe cerrou fortemente os punhos. O rosto dela estava marcado, ferido, ensanguentado. Ele não conseguia pensar. Naquele momento, não podia se permitir pensar no que seu pai havia feito a ela.

Ele foi rapidamente até o banheiro, umedeceu uma toalha e encheu uma xícara com água.

– Aqui, querida. – Ele passou o braço gentilmente por baixo do pescoço e do ombro dela e levou a xícara até seus lábios. – Beba um pouco disso.

– Ele estava lá embaixo. – As mãos dela agitavam-se sob a colcha. – Não era Channing. O cavalinho espatifou-se, e ele estava lá. Sorria o tempo todo. Ele me agredia e sorria.

A mão que segurava o pano umedecido cerrou-se com tanta intensidade que os nós dos dedos perderam a cor.

– Ele não vai feri-la nunca mais. – Com os dedos quase tão trêmulos quanto os de Kelsey, ele limpou o sangue do rosto dela. – Confie em mim, Kelsey. Ninguém mais vai machucar você.

– Eu não podia blefar. – Tremendo, ela se aconchegou ao corpo dele. Estava com frio, com muito frio, e ele tinha o calor que ela precisava. – Tentei não blefar, mas estava com tanto medo e com tanta raiva. E ele sabia disso, e por isso continuou me agredindo. – Ela aninhou o rosto maltratado no pescoço de Gabe. – Ele tinha mãos tão grandes.

"E preferia usá-las", pensou Gabe com o semblante carregado, "em mulheres."

– Eu o teria matado por isso – murmurou ele. – Eu o teria matado com as minhas próprias mãos por ele ter encostado em você.

– Não era eu. – De repente, ela se sentiu cansada, terrivelmente cansada. – Era você. Ele queria ferir você.

– Eu sei. – Ele virou a cabeça apenas o suficiente para roçar os lábios na sobrancelha dela, deitando Kelsey cuidadosamente sobre o travesseiro. – Está tudo acabado agora.

Ela deixou os olhos se fecharem por alguns instantes. Quando as piores lembranças afloraram sua memória, as dores recrudesceram. Ela sentia como se seu corpo tivesse sido pisoteado por uma multidão.

– Você veio.

Ela tateou a cama, procurando a mão dele, e a encontrou.

– Sim – respondeu Gabe, observando o entrelaçamento das mãos deles. – Um pressentimento. Só que demorei muito a agir.

Os olhos dela abriram-se novamente e um novo surto de pavor acometeu-a sem piedade.

– Naomi?

– Ela está bem. Se você estivesse sozinha... – Gabe sentiu um frio a barriga ao pensar nessa possibilidade. – Kelsey, eu vou desistir de você. Agora.

– Desistir? – Embora ela não tivesse certeza se iria gostar do que viria, levantou a mão para reconhecer pelo tato o estado do seu rosto.

– Se eu quiser ser honesto comigo, terei que sumir.

– Sumir? – O denso nevoeiro se dissipava. Ela podia ver Gabe nitidamente agora, e a tensão que invadia a beleza de seu rosto, o redemoinho de emoções que lhe agitava os olhos. – Gabe. – Ela pousou a mão em sua face, como se procurasse devolver-lhe cor e serenidade. – Não faça isso. Eu estou bem agora.

– Ele praticamente desfigurou seu rosto e rasgou suas roupas. Ele a aterrorizou. – Cuidadosamente, ele se desvencilhou do aperto da mão de Kelsey e levantou-se. – Era meu pai. Nada adiantou eu ter lutado a vida inteira para me livrar de qualquer herança dele. Eu tenho isso no sangue e sempre terei. Não tenho lugar em sua vida, Kelsey. O maior favor que posso lhe fazer é sair dela.

Com algum esforço, Kelsey conseguiu se sentar na cama. As dores percorriam todos os seus ossos agora.

– E eu lhe pedi algum maldito favor? – perguntou rispidamente. Logo em seguida, crispou o rosto ao ouvir o barulho de sirenes quebrando o silêncio da noite e sua cabeça latejante. – Se você quer me fazer de fato um favor, trate de me arranjar uma caixa de analgésico, e guarde suas grandiosas atitudes para você.

Ele quase sorriu.

– Estou tentando ser nobre.

– Você não é muito bom nisso. E eu não gosto de nobres. Gosto de você. – Jogando o cabelo para trás com uma das mãos, ela o fitou intensamente. – Você acha que só porque estou assim poderá escapar de mim? Nós fizemos um acordo, Slater, e você não vai me passar a perna.

– Eu nunca faço isso. – Ele voltou a se sentar na beirada da cama e pôs as mãos suavemente nos ombros dela. – E é só nesse sentido que consigo ser nobre. Que porcaria de herói eu sou. Eu deveria ter atirado nele, Kelsey.

Ela passou a mão por sobre o próprio corpo para segurar a dele.

– Não. Você não podia adivinhar que ele iria estar aqui, que ele iria fazer isso. E, mesmo assim, você veio – disse ela, franzindo a testa. – Por que você veio?

– Isso não importa agora. Mas era eu mesmo quem deveria tê-lo matado. Eu, e não Naomi.

Kelsey afastou-se dele, seu rosto empalidecendo novamente.

– Mas não foi você – disse ela devagar. – E não foi Naomi. Quem matou seu pai fui eu, Gabe.

SENTADA NA COZINHA, Naomi bebericava lentamente o conhaque. Sua vista doía à intensidade das luzes. E suas mãos tremiam.

Mas ela podia enfrentar a situação. E iria enfrentá-la.

Tudo em que conseguia pensar agora era que a filha estava lá em cima no quarto, ferida, aterrorizada, e Gertie, a doce Gertie, numa ambulância a caminho do hospital.

– Ele deve ter entrado por aqui – disse ela. – E agrediu Gertie. Ela ficará bem, não é? – Seu autocontrole diminuiu um pouco, e os lábios tremeram. – Ela é tão delicada e inofensiva.

– Os enfermeiros disseram que ela estava lúcida, Sra. Chadwick. – Rossi procurava falar com suavidade. A mulher lhe dava a impressão de que iria desmantelar-se a qualquer momento. – Procuraremos saber como ela está assim que chegarem ao hospital.

– Moses deveria ter ido com ela. Eu o deveria ter feito ir.

– Ele não se afastaria de você. Nós estamos tendo bastante trabalho para mantê-lo lá fora. Por gentileza, agora me diga o que aconteceu.

Naomi respirou fundo e começou a contar.

– Ele entrou na casa. Não sei como. Eu estava lá em cima, dormindo. Um barulho me despertou. Antes que eu pudesse me levantar, Kelsey entrou correndo em meu quarto. Ela estava apavorada. Totalmente descontrolada... E vi que ele a tinha agredido.

Ela pressionou a boca com a mão. Ela estava dormindo quando isso aconteceu. Estava dormindo enquanto ele surrava a sua filha.

– Pouco depois, ouvimos o barulho de violentas pancadas na porta do quarto, como se alguém estivesse arremessando o próprio corpo nela. Então peguei a arma guardada na gaveta da mesa de cabeceira. Quando ele conseguiu arrombá-la e entrar, atirei nele.

Rossi a observou levantar o copo e segurá-lo com ambas as mãos, tentando mantê-lo firme.

– Estava na cama quando atirou nele, Sra. Chadwick?

– Sim. Não. – Naomi pôs o copo de lado. Ela tinha que ter cuidado, muito cuidado. – Eu estava em frente à janela. Já tinha me levantado. Tudo aconteceu muito rapidamente.

– Disse que um barulho a acordou, mas sua filha entrou no quarto antes que pudesse se levantar e ver o que era?

– Sim. – Por que eles sempre repetiam o que ela dizia? "Eles tinham feito aquilo antes", lembrou-se ela. O que ela dizia não importava. Nunca importava.

– Permaneceu na sala desde o momento em que chamou a polícia, Sra. Chadwick?

– Não – respondeu ela, comprimindo os lábios. Se era uma armadilha, ela não entendeu. – Eu não desci. Permaneci lá em cima até que você chegasse.

– Fiquei impressionado com a bagunça naquela sala. Sangue, móveis quebrados. Eu diria que tanta desordem assim só pode ser fruto de um bom espaço de tempo. Tempo suficiente para qualquer pessoa se levantar da cama e procurar saber o que estava acontecendo.

– Eu... eu estava com medo. – Ela deveria dizer a ele que havia tomado uma pílula para dormir? Sim. Não. – Fiquei no quarto porque estava com medo.

– Com um telefone ao lado e uma arma na gaveta?

Ela ergueu o olhar e o enfrentou.

– Ele arrombou a porta do meu quarto – disse firmemente. – E eu o matei.

– Não, ela não fez isso. – Kelsey havia acabado de chegar à cozinha. Embora estivesse grata pelo apoio do braço de Gabe, afastou-se dele e se aproximou dos dois para tomar parte na conversa. – Minha mãe não matou ninguém.

– Você não deveria ter descido. – Desesperada, Naomi afastou-se da mesa. – Leve-a de volta para cima, Gabe. Está ferida. – Ela segurou tensamente o braço de Rossi. – Veja como Kelsey está ferida. Veja o que aquele desgraçado fez à minha filha. Ela está traumatizada. Nem sabe o que aconteceu.

– Pare com isso. – Kelsey aproximou-se da mesa. Sob a incidência da luz intensa, os cortes e as equimoses destacaram-se em sua pele clara. – Não vou deixar você fazer isso. Não é necessário. E não é justo.

– Por que não se senta, Srta. Byden? – sugeriu Rossi. – E me diz o que aconteceu?

– Não. – De um salto, Naomi contornou a mesa e abraçou os ombros da filha. – Me escute, Kelsey. Você está ferida. E confusa. Gabe a levará para o hospital, e eu cuidarei disso.

– Não. – Ela balançou a cabeça, aproximando-se de Naomi. – Não, mamãe.

– Não vou deixá-la passar por isso. Não vou! – Tremendo, ela abraçou fortemente a filha. – Você não tem a mínima ideia de como essas coisas são. Não importa o que você disser. O que realmente aconteceu não importa. Eles a levarão embora, Kelsey. Por favor, por favor, me escute!

– Importa, sim – murmurou Kelsey. – Não é como antes.

"Mas era", pensou Naomi. Claro que era.

– Minhas impressões digitais estão na arma. – Endurecida, Naomi voltou-se para Rossi. – A arma estava no meu quarto. Ele foi morto lá. Isso deve bastar.

– Naomi – disse Gabe gentilmente. – Sente-se.

– Você disse que iria cuidar dela – retrucou Naomi, virando-se para Gabe. – Disse que iria cuidar dela. Leve-a para cima.

– Sra. Chadwick. – Rossi observou o olhar de Naomi. – Basta fazermos um teste simples para esclarecer quem disparou a arma.

– Eu não ligo a mínima para os seus testes. Você não vai pôr minha filha numa cela.

– Acho que concordamos sobre isso. Sente-se, por favor – acrescentou Rossi.

– Vamos, mamãe. – Kelsey pôs o braço em torno dos ombros de Naomi. – Não há nada com que você deva se preocupar. Eu garanto.

– Gostaria de tomar um pouco de conhaque, Srta. Byden? – ofereceu Rossi quando ela se acomodou à mesa.

Kelsey olhou para o copo e estremeceu.

– Não. Perdi o prazer desse gosto. – Respirando fundo, ela começou a relatar. – Ouvi barulho de vidro quebrando...

30

O orvalho cintilava sobre a relva. Sentada numa cadeira no pátio, Kelsey o observava refletir os raios de sol, sabendo que logo eles seriam suficientemente fortes para evaporá-lo.

Lá embaixo, os cavalos estavam sendo tratados, as baias sendo limpas e as gamelas, abastecidas. Seu corpo ainda doía o suficiente para impedi-la de lamentar o fato de estar afastada daquela rotina por pelo menos uma semana.

Olhou ao redor e se deteve na porta que se abria atrás dela. Sorriu para a mãe.

– E Gertie?

– Ela está se sentido melhor. Mas está preocupada com o serviço da casa. – Suspirando. Naomi sentou-se e esticou as pernas. Pensou em pegar um pouco de café do bule que Kelsey tinha posto sobre a mesinha, mas estava com muita preguiça. – Estou usando a culpa para ver se consigo mantê-la na cama por mais um ou dois dias. Se ela se levantar, quem ficará preocupada serei eu.

– Argumento fraco.

– Mas funciona. Neste momento, ela está fazendo compras pelo canal de vendas da televisão. Como você está?

– Me sinto ótima até chegar ao espelho. – Ela ria. No decorrer dos últimos dois dias, algumas equimoses haviam desaparecido, mas outras surgiram. – Se não chego até o espelho, tudo isso me parece um sonho. Não sei se é apenas uma fase por que estou passando. Sei que matei um homem, mas não estou horrorizada.

– E nem se deixe sentir. Você fez o que precisou fazer para se proteger. E para me proteger. – Naomi ergueu o rosto para o sol. – Eu nem sequer me lembro dele. Não mesmo. Acho que o vi no hipódromo uma vez ou outra. Talvez tenha até falado com ele. Mas realmente não me lembro dele. Estive pensando que talvez fosse melhor se eu pudesse me lembrar, se tudo estivesse bem vivo em minha mente. Como não consigo me lembrar de um homem que alterou tanto os rumos de minha vida?

– Ele nunca teve importância para você. E sabia disso, o que aumentou o ódio que sentia. Descobriu uma forma de fazê-la pagar e lucrar com isso. – Ela empurrou um prato de croissants na direção da mãe.

– Sun Spot – murmurou Naomi. – Deus, eu amava aquele cavalo. Sim, ele realmente me fez pagar.

– Ela... a vovó... usou Alec Bradley e Cunningham para fazer isso e muitas outras coisas.

– Bill. – Com um longo suspiro, Naomi balançou a cabeça. – Ele é muito mais idiota do que eu imaginava. E que benefícios tirou disso, Kelsey, no passado e no presente?

– Ele não pagou pelo que fez antes. Mas pagará agora. A polícia, o comitê organizador da corrida... eles vão providenciar que Cunningham pague pelo que fez a Pride e a Sun Spot.

– Depois de todos esses anos. Ninguém nunca conseguiu solucionar o caso.

– E tudo poderia ter continuado assim, com as mentiras triunfando, se Gabe não tivesse voltado a Longshot e tirado aquela sequência real. – Ela sorriu quando Naomi mordeu o croissant. – Se ele não tivesse feito de si o homem que é.

– E se você não tivesse se apaixonado por ele. E é isso que compensa o que houve de ruim em tudo por que passamos, Kelsey. Quando penso no que poderia ter acontecido...

– Mas não aconteceu. Rich Slater pagou o preço pela participação que teve. E agora o caso está encerrado. Legítima defesa.

– Acho que foi uma tolice minha ter mentido para a polícia. – Naomi abandonou o que lhe restava do croissant sobre a mesa. – Não acreditaram em mim. Uma ironia, não acha? Antes eu disse a verdade; agora menti. Nem uma coisa nem outra funcionou.

– Você tentou me proteger. – "Estava na hora de dizer isso", pensou Kelsey, esperançosa de que o significado de suas palavras fosse entendido. – Tentou me proteger antes, quando eu era criança. E agora também. Mas estava errada nas duas vezes. E estava certa em ambas.

– Nem tudo tem solução fácil.

– E eu levei muito tempo para entender que nem sempre há um único tipo de solução para o mesmo problema. – Ela comprimiu os lábios antes de prosseguir. – Sou grata pelo que está fazendo por Milicent. Não, por favor, não fique irritada comigo. Sou grata, embora não possa resolver isso em meu coração, embora seja mentira. Sou muito grata.

– Que diferença faria agora, Kelsey, tornar pública toda a história e destruir o que lhe resta de vida? – Os pássaros cantavam de modo reconfortante. – Isso não me devolveria o tempo perdido. Não mudaria o que aconteceu com Mick, Pride ou Reno.

– Ela é responsável por isso. Por tudo isso. – Vergonha e amargura entrechocavam-se no íntimo de Kelsey. – Pouco importa o fato de que ela não queria que ninguém morresse. Ela é a responsável. Contratar outras pessoas para fazer o que achava necessário para proteger o nome da família? Que nome ela vai proteger agora? – perguntou Kelsey. – Que honra?

– Ela terá de conviver com isso. Não fiz por causa dela.

– Eu sei.

Naomi ergueu uma sobrancelha.

– Não que seja puro egoísmo de minha parte. Mas não quero passar por certas situações outra vez. A imprensa, a polícia. E, afinal, ganhei o melhor presente: saber que você acreditou em mim. E acreditou o suficiente para ficar do meu lado.

– Não fui a única pessoa que acreditou em você. E todo mundo iria saber o que aconteceu com Alec Bradley, com Pride, e todas as outras coisas, se a história se tornasse pública.

– Não ligo para todo mundo. – Naomi decidiu, finalmente, tomar um pouco de café. – Tive uma boa conversa com Moses ontem à noite, e concordamos. – Ela sorriu, e acrescentou creme ao café. – Quando uma mulher tem um homem que se mantém fielmente ao lado dela nos piores momentos de sua vida, todas as outras coisas são fáceis.

Naomi desviou o olhar ao ouvir o ronco do motor de um carro.

– Deve ser Gabe.

– É bom que seja. Combinamos de escolher o cardápio para a recepção depois do café da manhã.

– Então é melhor deixá-los a sós.

– Não, por que não fica? Assim pode concordar com o que eu já escolhi e ajudar a fazer minha vontade prevalecer.

Kelsey inclinou-se para a frente e segurou a mão da mãe.

– Amo você.

As emoções foram fortes, e depois se acalmaram.

– Eu sei – respondeu Naomi.

Kelsey levantou-se e cruzou o pátio para receber Gabe; e arregalou os olhos ao ver quem ele trazia no banco do carona.

– Papai?

Philip saiu do carro e, instintivamente, emoldurou o rosto da filha nas mãos.

– Oh, Kelsey. Oh, querida. – Nada do que Gabe lhe contara o preparara para aquele encontro.

– Eu estou bem. Verdade. Só que parece pior do que realmente é. Eu ia visitá-lo daqui a alguns dias. – "Quando estivesse com uma aparência melhor", pensou ela, e olhou duramente para Gabe.

– Seu noivo fez bem em me contar toda a história. Toda a história – repetiu ele. – Você omitiu muitos detalhes quando me telefonou, Kelsey.

"Outro tipo de mentira", pensou ela. O pecado da omissão.

– Achei que seria melhor. Só queria que soubesse que eu estava bem, antes que os jornais publicassem o que aconteceu. E eu realmente estou bem.

– Foi o que me disseram.

Ele voltou o olhar para Gabe, e depois desviou, fixando-o por sobre o ombro de Kelsey. Ela se moveu um pouco, mantendo-se entre o pai e a mãe.

– Papai queria saber pessoalmente se eu estava bem – disse ela.

– Claro que sim. – Naomi balançou positivamente a cabeça e manteve as mãos ao lado do corpo. – Olá, Philip.

– Naomi. Você parece ótima.

– Você também.

– Ah... – Kelsey procurou descobrir uma forma de desfazer o clima de certo constrangimento. – Channing está nas baias. Por que você não vem comigo até lá, papai? Vai se divertir vendo-o trabalhar, e ele certamente fará uma exibição especial para você – propôs ela, olhando desamparadamente para Gabe.

– Tenho certeza de que deseja conversar com Kelsey – disse Naomi. – Eu estava indo exatamente lá para baixo. Direi a Channing que você está aqui.

– Não, eu... – interveio Philip, mas logo em seguida se recompôs. – Na verdade, eu gostaria de conversar com você. Se tiver tempo...

– Tudo bem.

– Vamos dar uma caminhada – murmurou Gabe, pegando a mão de Kelsey.

– Não sei por onde começar, Naomi. Gabe me contou tudo. Tudo – repetiu Philip, com o coração apertado. – Ele teve a gentileza de me esperar para que eu pudesse vê-la. Eu precisava vê-la – acrescentou. – Antes de vir aqui.

– Eu compreendo.

– Compreende? – Insuportavelmente cansado, ele enfiou os dedos por sob as lentes dos óculos e esfregou os olhos. – Eu não consigo. Não consigo compreender. E quando eu a pressionei, ela se mostrou inflexível, inabalável – disse ele, e deixou as mãos caírem. – Ela não considera nada do que fez algo mais do que simplesmente o necessário. Pessoas morreram, mas ela não se sente responsável por isso. Nem pelo que aconteceu com eles, nem com você.

– E isso o surpreendeu?

Philip sobressaltou-se, franzindo o rosto.

– Ela continua sendo minha mãe, Naomi. Mesmo sabendo tudo o que sei. Pensei em centenas de formas para tentar desculpá-la, e nenhuma delas me pareceu convincente diante dos erros que ela cometeu, que eu cometi. – Ele tirou os óculos, esfregou os olhos novamente e os pôs de volta no lugar. – E a verdade pura e simples é que... Eu não sei o que lhe dizer.

– Está tudo terminado agora, Philip.

– Eu a abandonei. Todos esses anos eu a abandonei.

– Não. Houve um tempo em que achei que sim. De alguma forma, isso me ajudou, embora não fosse verdade. Eu não era quem você queria que eu fosse. Seja lá o que ela tenha feito, Milicent não pode ser responsabilizada por isso; só por ter garantido que você acreditasse nisso.

– Ela poderia ter evitado que você fosse presa.

– Sim.

– E o que ela fez agora a você... a Kelsey. – Ele prendeu a respiração à imagem do rosto ferido da filha. – Meu Deus, Naomi, ela poderia ter sido morta.

– Mas conseguiu se proteger. E a mim também. – Ela o observou, a dor e a incredulidade estampadas no rosto. – Não posso lhe dizer para não sentir o que está sentindo agora. Kelsey foi ferida e foi forçada a tirar a vida de uma pessoa para se defender. Você e eu nunca esqueceremos isso. Também nunca esqueceremos quem deu início a essa série de acontecimentos. Talvez – disse ela lentamente – isso seja punição suficiente para Milicent.

– Não há nada que eu possa fazer. – A voz de Philip falhou. – Nada que eu possa fazer para compensar isso.

– Não há nada que você tenha que fazer. Apesar de tudo, Kelsey conseguiu o que queria, e eu também. – Os lábios dela curvaram-se docemente. – Tenho tudo o que eu quero. A fazenda, um homem que me ama. Minha filha. Você fez dela uma excelente pessoa, Philip. Sempre achei que você faria.

– Ela se parece muito com você. – Ele observou a mulher que tinha sido sua esposa. Ela havia mudado muito e quase nada ao mesmo tempo. – Deus do céu, Naomi, se eu pudesse voltar no tempo e fazer alguma coisa. Qualquer coisa.

– Mas não pode. – "Ele sempre foi tão correto", pensou ela. "Tão honrado." Agora sofria porque não havia correção ou honra que lhe curasse a dor. – Nós queríamos coisas um do outro que não podíamos dar. E cometemos erros, erros que usamos contra nós mesmos, e que outras pessoas também usaram contra nós. Fomos vítimas dos anseios de terceiros, Philip.

– Você pagou caro por isso.

– Mas também ganhei com isso. Kelsey me ama. E para mim isso é o que importa. É simples. É maravilhoso. Portanto, deixe o resto ficar onde merece estar. E assunto encerrado. – Naomi respirou fundo. – Sabe, sempre me perguntei como eu me sentiria se o visse novamente.

– Eu também. E como está se sentindo, Naomi?

– Estou feliz em vê-lo, Philip.

– Você acha que deveríamos deixá-los a sós durante tanto tempo assim?

– Sim, acho. – Para confirmar isso, Gabe lhe deu uma sugestiva cutucada com o cotovelo. – Eles têm velhas questões para resolver.

– Mas... – Kelsey olhou de relance por sobre o ombro. Eles continuavam de pé, a uma grande distância um do outro. – Ele me pareceu tão triste.

– O mundo dele foi abalado gravemente. Mas irá se recompor outra vez. Talvez não volte a ficar como antes, mas irá se recompor.

– Candace não o deixará ficar pensando muito tempo no que aconteceu e, consequentemente, se afligir com isso. – Ela se virou para ele. – Gabe, o que fez você trazê-lo aqui?

– Precisamos ajudá-los a fechar o ciclo antes de dar início ao nosso.

– Gostei disso. – Kelsey inclinou a cabeça em direção ao ombro dele. – Você é terrivelmente esperto, Slater. E dissimulado também, indo à casa dele sem que eu soubesse e trazendo-o aqui.

– A ideia de ir vê-lo foi minha. A decisão de vir aqui foi dele. Ele precisava fazer as pazes com Naomi.

– E fará – disse ela, sorrindo consigo mesma. Aquele era, afinal de contas, seu conto de fadas pessoal. – Amo tudo isso aqui – murmurou ela. – Amo todas as coisas deste lugar. Já imaginou quantos campeões nós iremos fazer, Gabe?

– Você está se referindo apenas a cavalos?

Ela balançou a cabeça e riu para ele.

– Não, não apenas a cavalos. Você quer mesmo isso?

– Para mim, será ótimo.

Gabe a levou para longe das baias e dos funcionários, para junto das ondulações das colinas onde algumas éguas pastavam com seus filhotes, que apostavam corrida com a própria sombra.

– Na próxima primavera, nascerá outro filhote. De uma fêmea de Three Willows com um garanhão de Longshot. – Ele a puxou e a envolveu em seus braços. – Eu me lembrarei do dia em que ele foi concebido, de como a olhei e quis que você pertencesse a mim.

– E eu pertenço. – Ela enlaçou o pescoço dele com os braços. – E depois disso?

– Temos um baralho novo – disse ele, dando um tapinha no bolso. – Tudo pode acontecer.

– Tudo? Bem... – Ela atraiu a boca de Gabe para a sua. – Então, trate de dar as cartas.

fim

EDIÇÕES
BestBolso

Este livro foi composto na tipologia Minion Pro Regular, em corpo 10,5/13, e impresso em papel off-set 56g/m² no Sistema Cameron da Divisão Gráfica da Distribuidora Record.